U1011074

新中国 70 年 70 部
长篇小说典藏

新中国70年70部
长篇小说典藏

水乳大地

范　稳——著

人民文学出版社

图书在版编目（CIP）数据

水乳大地／范稳著．—北京：人民文学出版社，2019
（新中国70年70部长篇小说典藏）
ISBN 978-7-02-015512-5

Ⅰ.①水… Ⅱ.①范… Ⅲ.①长篇小说—中国—当代 Ⅳ.①I247.5

中国版本图书馆CIP数据核字（2019）第157696号

责任编辑 赵 萍
装帧设计 刘 静
责任印制 王重艺

出版发行 人民文学出版社
社 址 北京市朝内大街166号
邮政编码 100705
网 址 http：//www.rw-cn.com

印 刷 北京中科印刷有限公司
经 销 全国新华书店等

字 数 372千字
开 本 680毫米×960毫米 1/16
印 张 31.25 插页3
印 数 1—5000
版 次 2004年1月北京第1版
印 次 2019年9月第1次印刷

书 号 978-7-02-015512-5
定 价 49.80元

出版说明

为庆祝中华人民共和国成立70周年，全面展现中华民族的文化创造能力和文学发展水平，深入揭示新中国70年来的伟大历程、辉煌成就和宝贵经验，激励人们为实现“两个一百年”奋斗目标、中华民族伟大复兴的中国梦而不懈奋斗，我们策划出版了这套“新中国70年70部长篇小说典藏”丛书。为将该丛书打造成思想精深、艺术精湛、制作精良的精品丛书，我们成立了丛书评审专家委员会，成员均为密切关注和深刻了解我国长篇小说创作动态的资深评论家。委员会从历史评价、专家意见和读者喜好等方面对新中国成立70年来众多优秀长篇小说进行综合评定，从中选出70部描写我国人民生活图景、展现我国社会全方位变革、反映社会现实和人民主体地位、弘扬社会主义核心价值观和讴歌中华民族伟大复兴中国梦的精品力作。这些作品，大多为曾获中宣部“五个一工程”奖、“茅盾文学奖”等重大国家级奖项的长篇小说，政治性、思想性和艺术性高度统一，代表了中国文坛70年间长篇小说创作发展的最高成就。

我们致力于“把提高作品的精神高度、文化内涵、艺术价值作为追求”的使命任务，通过这套丛书的出版，在讲好中国故事、传播中国声音、阐释中国精神、展现中国风貌的同时，倡导精品阅读，引领和推动未来的中国文学原创出版。

“新中国70年70部长篇小说典藏”
评审专家委员会名单

评审专家委员会主任：李敬泽

评审专家委员会委员（按姓氏笔画排序）：

丁　帆　白　烨　朱向前　吴义勤　何向阳
应　红　张　柠　张清华　陆文虎　陈思和
孟繁华　胡　平　南　帆　贺绍俊　梁鸿鹰
董保生　董俊山　谢有顺　臧永清　潘凯雄

项目统筹：吴保平　宋　强

目　录

第一章　世纪初

第二章　世纪末

第三章　第一个十年

第七章　三十年代

第八章　六十年代

第九章　四十年代

第十章　五十年代

第一章　世纪初

1.叩开西藏的大门

沙利士神父弥留之际,他没有看到天国的光芒,但他一定看到了很久很久以前的某一天,当他第一次站在西藏东部的大门前时,层层蛮荒的山峦在天地间铺展开去,像无垠的大海中凝固了的波浪,山峦之上是白得发亮的云团,云团飘浮在蓝得纯净如天国的天空中,还有一座金字塔似的雪山耸入云天。它是如此的秀美纯洁,像一个冰清玉洁的无言美人,深深地吸引着每个第一次看见它的人。在二十世纪之初,法国外方传教会的沙利士神父没有想到自己将会终生为西藏东南部这片隐秘闭塞的土地魂牵梦绕,也没有想到一个人的孤独实际上和一片土地的孤独有着不可更改的必然联系。那时他还只是一个刚出道的年轻神父,跟随已在西藏的边缘地区传教多年的杜朗迪神父正从事一件对教会来讲意义非凡的壮举——叩开西藏的大门。

“杜神父,我看见西藏的雪山了。”沙利士神父指着远方天际之下那座金字塔形的雪山兴奋地说。

那些为他们牵马的藏族人则丢下缰绳,冲着远方的雪山磕起了长头,眼睛噙着泪水,嘴里喃喃道:“卡瓦格博,卡瓦格博!”

“这是什么意思呢?”杜朗迪神父问他的向导。

“卡瓦格博,白色的雪山,藏族人的神山!”向导不是在回答神父的问题,而是在向雪山礼赞,仿佛要把他的虔诚传达到远方的雪山上。

沙利士神父望着远方仿佛是飘浮在云层之上的雪山，不解地问："神山，它有多神？"

藏族向导虔诚地说："没有朝拜过卡瓦格博神山的喇嘛，他的法力就会减少一半；没有转过卡瓦格博神山的藏族人，死后他的尸体都没有人帮忙抬。因为他不干净。"

"你瞧，沙神父，"杜朗迪神父嘲笑道，"多么愚蠢的异教徒。我们的职责，在看见这座壮观的雪山时就非常明确了，那就是：把圣十字架插在他们的神山上。"

那个为他们牵马的藏族向导抬起头来说："老爷，你们上不去的。"

"是吗？"杜朗迪神父此时心情良好，用对一个孩子说话的口吻说："你等着瞧吧，孩子。没有上帝到不了的地方。"

那时他们刚旅行到滇藏交界处的一条绵长深邃的隐秘峡谷里，他们已经沿着澜沧江一侧的马帮驿道走了七天了。那条大峡谷仿佛不是由澜沧江千百万年地冲刷而成，而是它一夜之间的杰作，两岸的悬崖和陡坡就像用刀劈出来的一样。源自西藏高原的澜沧江是一条从云层之上倾倒下来的天河，巨大的落差使江水不是向前流淌的，而是跳跃着往天上蹿。河岸两侧巨石乱布，波浪撞在上面嘶喊哀鸣、粉身碎骨，终日在他们的身边发出愤怒的吼声，像一场接一场的惨烈战争；这些巨石和疯狂的巨浪使神父们不能不想起《圣经》上洪水滔天时期的蛮荒世界，但即便是诺亚的方舟，在如此凶猛的江水中也绝无生存的机会。自进入到陡峭阴森的峡谷里以来，他们一个人也没有碰见，要不是有一支三十人的马帮队伍为两个传教士提供后勤支援，不要说上帝的使徒，就是上帝本人，也早被饿得奄奄一息了。

杜朗迪神父是一个在中国偏远地区传播上帝福音的老手，经验丰富，意志坚定，同时又很自负虚荣。三年前，他被法国外方传教会派到了打箭炉（今四川康定）教区，那时教会的愿望是先在藏东至藏东南的地区建立传教点，依托四川、云南前往西藏的马帮驿道，步步为营地向西藏的中心拉萨挺进。传教会在打箭炉设立了宗座监牧区，在莫维尔主教的统领下，神父们在滇、川藏区遍设传教点。组织到西藏的传教探险队与杜朗迪神父坚定的意志有关，又和他渴望扬名欧洲的虚荣心相连。因为他认为：如此令人惊叹的大自然如果不是上帝所造，如此纯朴虔诚的人民如果不是上帝的选民，那就真是神父们的过错了，他早就决心成就一件让上帝也为他感到光荣的大事业，而今天是成就这项大事业的第一步。他坐在马背上，用望远镜仔细地观察了远方的雪山，也禁不住感叹道：

“主啊，它大约有两万英尺高[①]。真是全能的上帝缔造出来的一座美丽非凡的大雪山啊，阿尔卑斯山和它相比，不过是一座小山头罢了。”

“可它是西藏的雪山。”沙利士神父说。

“马上它就属于上帝了。”杜朗迪神父自信地说，“顶多三天，我们就会到达它的面前，让上帝的光芒照耀着它。”

两个传教士看着那座远方的蓝天下银光闪耀的雪山，也禁不住眼眶湿润起来。向导说，只要到了那座雪山下，就算到了藏区了。而从地图上推测，那座雄伟壮丽的雪山和缅甸和印度的东北部地区挨得很近，甚至比去圣城拉萨都近。骑在马背上的神父们相信，只要叩开了西藏的大门，就没有他们去不了的地方。教会的传教历史将因为他们的探险壮举而写下新的篇章。

傍晚的时候，神父们和他们的商队露宿在澜沧江峡谷里一个只有三户人家的小村子里。村子前方的马帮驿道上有一块残破的

---

① 一英尺约等于0.3048米。

石碑,上面刻写着“大清国云南府”,这意味着他们确实已经站在藏区的大门口了。可是这扇大门依然紧闭且充满敌视。吃晚饭时,一队康巴人的马队冲到了神父们面前,一个看上去很有教养的藏族汉子跳下马来对杜朗迪神父说:

“峡谷里的风前几天就带来了魔鬼的气味,我家的土司老爷不允许长得和魔鬼一样的人进澜沧江峡谷。你们回去吧。”

杜朗迪神父的向导低声对他说,这人就是雪山下野贡土司手下的扎巴多吉头人,他扼守着澜沧江边悬崖上的一条栈道。除了天上的鸟儿不需要它,任何人和牲畜要到藏区都得从那上面经过。按土司定下的规矩,每一个从栈道上通过的商旅都得交两块云南半开银元。

杜朗迪神父笑容满面地捧了一条哈达走上前去,“尊敬的朋友,我们不是魔鬼,是法兰西国的商人,我们将给你们带来财富和希望。至于通过栈道的过路费,我们将如数付给你,甚至可以比任何一个商人都付得多。”

“看看你手臂上的毛吧,只有魔鬼才会这样浑身长毛。”扎巴多吉推开了杜朗迪神父的哈达,鄙夷地说,“还有你们的眼睛,头发,鼻子,哈哈,原来喇嘛们经书上的魔鬼就是你们这个样子。请睁大眼睛看看你的脚下,这可是一条藏族人去拉萨朝圣的道路。有哪个藏族人会愿意踩着魔鬼的脚印去拉萨朝圣呢?”

扎巴多吉拨转马头走了,仿佛害怕沾上一身的晦气。杜朗迪神父在中国各地传教十多年了,还没有见到如此骄傲的中国人。他深信在西藏传教既需要耐心,又少不了计谋。刚才他没有表明自己的真实身份,是他和沙利士神父早就谋划好了的,他们将以商人而不是上帝的使徒的身份进入藏区。因为他们面对的是一个世界上宗教势力最强大、最完整的民族。他们就像要到岩石上去播种的农夫,既愚蠢又固执,既聪明又义无反顾。

在接下来的日子里，传教士们和扎巴多吉展开了拉锯式的谈判。一方对自己要去西藏的目的闪烁其词，遮遮挡挡，一方却认定是在和魔鬼谈事关自己的土地和子民的信仰、生存的大事。艰苦的谈判几乎进行到雨季来临，杜朗迪神父知道，如果等到泥石流下来时，他们今年就再也没有进藏的机会了。而藏区就在他的眼前，只要通过这条不足三百米长、依托在澜沧江悬崖边的栈道，他就可以实现罗马教会几百年来最伟大的梦想。在一个大雨即将来临的上午，杜朗迪神父带着几个仆人闯到了扎巴多吉头人的屋子前，他大声喊道：

"尊敬的扎巴多吉先生，这是你最后的机会。请出来面谈一次吧。"

头人在两个康巴骑手的护卫下来到杜朗迪神父的面前。"别费心思啦，这条栈道属于我们藏族人。而你这个自称是来自地球另一端的人，既不是去拉萨朝圣，要做的生意也不是我们藏族人需要的茶叶、布匹、丝绸。谁知道你会不会把魔鬼的灾难带给藏族人呢？所以无论你出多少的买路钱，我都不会放你过去。"扎巴多吉头人说。

"那好，既然你说这条栈道是你的，我就买下它。"杜朗迪神父语气坚定地说。

"你的口气比牦牛的肚皮还大了。你有那么多的银元吗？"头人笑着问。

"你开个价吧。"

扎巴多吉没有想到西洋人会当真，他随口说，"喏，那里有一个接雨水的石缸，一场连下三天三夜的大雨，才能将它填满。你的银元再多，能把它填满吗？"

杜朗迪神父只看了看那个房子外面的石缸，说声"你等着"就走了。中午的时候，他和手下的人牵来了三匹骡子，每匹骡子上都驮有两大筐云南半开银元。杜朗迪神父令人将银元哗啦啦地倒进石缸里，那连续不断的清脆悦耳的声音连天上的神鹰都听呆了，以至于忘了扇动翅膀，垂直地向澜沧江里栽了下去。在人们惊讶的目光中，石缸被银元顷刻间填满了。对扎巴多吉头人来说，满满一缸的银元，当然远比大旱之年的一场甘霖重要得多。

“妈的，这条栈道是你的了。”他肥厚的手掌一击，宣布了铁幕下的藏区对外国传教士的开放。

假如扎巴多吉头人能确切知道杜朗迪神父要去藏区干什么，他大约不会被一石缸的银元所打动。因为后来发生在这片土地上的灾难证明，为了这个目的，罗马教会已经作了四百来年的努力，而与杜朗迪神父用三年时间打通走进西藏的道路比起来，一石缸银元实在是一笔很划算的交易。

因此，当杜朗迪神父和沙利士神父以及他们的商队穿过了那条花重金买下的栈道，翻过一座山口，看到藏区湛蓝如洗的天空，白得发亮的云层，切割纵深的大峡谷，还有那座就像仙境中的大雪山时，杜朗迪神父感到自己正在拉动西藏封闭了几千年的铁幕的绳索。不知是悲壮还是狂喜，他的眼泪潸然而下：

“现在是掀开铁幕的时候了。”

2. 学习

三天以后，神父们在一个天上冰雹飞舞、地上大风肆虐的黄昏，叩响了他们进入藏区以来所遇到的第一座寺庙噶丹寺的大门。那座矗立在澜沧江峡谷西岸一个山头上的寺庙已有六百多年的历史，就像一座坐落在山坡上的村庄，鳞次栉比的僧舍依山而建，簇拥着山坡中央地带巨大的措钦大殿。大殿里威严的佛像洞悉着大地上即将要发生的一切。仿佛神造天设，峡谷里未来五十多年的宗教敌人在这个天上的神灵发怒的日子走到了一起。站在西藏大门外的那个人说：

“尊敬的僧人，我们是来自遥远的法兰西国的商人，请给我们提供一块能避风雨的地方吧。”

而寺庙内的僧人伸出了谦逊友善的双手：“哦呀，远方的客人，请进来吧。寺庙里从不缺少慈悲和关爱。”

就这样，两个神父顺利地住进了他们渴望已久的寺庙，住进了西藏的心脏。因为他们知道，要用一种宗教取代历史悠久的藏传佛教，首先要学习藏语和藏民族的文化与历史，只有向那些学问高深的喇嘛们学习，他们才能最终战胜被天主教徒视为异端的藏传佛教。

第二天，神父们遣散了为他们牵马的马夫，把带进来的东西堆放在一间大屋子里。然后他们拜访了寺庙的住持活佛五世让迥活佛和八大老僧。让迥活佛是个慈祥温和的中年人，他的气度立即就征服了两位神父的心。历辈让迥活佛从来都是寺庙里学问最深、德行最高远的大德高僧，这个传承体系几百年来已经到了出神入化的地步，每一辈活佛都给寺庙、给峡谷地区带来过广阔无边的福祉。尽管噶丹寺的活佛同时有好几位，但让迥活佛这个转世体系从来都是寺庙里的大活佛。杜朗迪神父献给活佛一座自鸣钟，两块西洋翡翠，一幅耶稣的画像。自鸣钟让活佛叹为观止，他说：

“洋人今天能用两根棍子（指时针和分针）来确定时辰，明天他们就会用马来拉动太阳和月亮了。”

“你们的时间走得太缓慢了，或许根本就没有流逝过。”杜朗迪神父用一个文明人自负的口吻说，“世界已经进入机器时代啦，而你们仿佛还生活在中世纪。知道什么叫机器吗？它重新规划了人们的生活。自从世界上有了各式各样的机器后，人们连走路都要小跑。”

让迥活佛没有过多追问机器为什么要驱赶人们一路小跑,他捻着手里的佛珠,缓缓说:“洋人的想法让神灵也感到不可思议,既然每个人的终点都是死亡,我不明白他们跑那么快干什么。”

让寺庙里的喇嘛们大开眼界的是神父们带来的那些来自西洋和汉地的商品,可他们的要价让所有的喇嘛都瞠目结舌,而要命的是喇嘛们对这些从没见过的东西又好奇喜爱得不能自持。在日复一日的讨价还价中,神父们已对寺庙的一切了如指掌了。当让迥活佛第一次用神父们带来的望远镜看到了峡谷对面山上的岩羊,并且连岩羊的胡须都看得清清楚楚时,他惊叹道:

“这个东西真是奇妙无比,它缩短了时间和空间,我仿佛伸手就可以把岩羊捉到。它是长了胳膊的眼睛。”

杜朗迪神父不无夸张地说:“它实际上丰富了人的生命。如果我们能轻易看清远处的事物,并感觉到可以把它放入我们的口袋,我们就赢得了生命的意义。”

让迥活佛便提出用寺庙里的珍宝换望远镜,但是杜朗迪神父说,他并不对藏族人的珍宝感兴趣。到后来除了镇寺之宝外,让迥活佛摆出了寺庙里珍藏了数百年的所有宝贝,它们摆满了措钦大殿外喇嘛们跳神的广场,而杜朗迪神父对此看也不愿多看一眼。一方越是死守自己能控制时间和空间的宝贝不放,另一方就越是想得到它。让迥活佛甚至认为如果为这“长胳膊的眼睛”念经、赋予它无穷的法力的话,说不定可以用它看见印度的佛陀和高僧哩。在他的多次恳求和坚持下,杜朗迪神父最后说:

“如果你同意的话,我情愿用它来换你们西藏人的舌头。”

在汉藏接壤地区,人们形容会说不同民族语言的人为长有不同舌头的人。一个人如果能有几个舌头的话,就意味着他在这个多民族杂居的地方到处都会有朋友。让迥活佛从来没有遇到过这样的交换,但是他认为杜朗迪神父是个有远见的商人,他已经会说汉话了，现在他又要学藏语，这说明他不想在藏区饿死。出于慈悲和怜悯，让迥活佛同意了这个交换条件。

从那以后，杜朗迪神父和沙利士神父在寺庙里和喇嘛们同吃同住，享受着贵宾的待遇，跟随让迥活佛和学问高深的格西喇嘛学习藏语和藏传佛教的基础知识。他们既有学者的坚韧，又具备了探险家的野心，更隐藏着传教士的狂热。他们被喇嘛们视为好学谦虚的西洋学者，神父们学习了伟大而历史悠久的藏传佛教的缘起、流派、教义、经典，以及护佑着藏人平安的各路护法神灵，甚至连魔鬼的名字让迥活佛都告诉了他们，以让他们在藏区旅行时有所防备。杜朗迪神父私下里也不得不承认，这些喇嘛都是一些正直的、颇有学识涵养的僧侣。但是每当夜深人静的时候，他却在自己的卧室里向上帝发誓：他要在这片土地上用耶稣基督的教义替代藏传佛教的教义。他将用毕生的生命来向藏族人指出藏传佛教的荒谬与错误，他甚至梦见有一天传教士们把西藏的所有寺庙都改宗成了天主教的教堂，那可是一些全世界最为华丽壮观的寺庙啊。尽管他在白天的学习中是那样的谦逊和谨慎。他不无得意地向远在打箭炉的莫维尔主教写信汇报说：

这些纯朴的喇嘛们绝对没有想到，我在他们的铁砧上接受可贵的锻造，今后必将用他们赋予我的利矛去攻打他们的宗教。条件成熟时，我决心向他们挑起捍卫我们的宗教、指出他们的谬误的战争。在全能的上帝护佑下，我将打败他们。

两年的时间很快过去，神父们已经可以说一口流利的藏语，已经会喝酥油茶、会吃糌粑面，已经会和喇嘛们共同探讨佛教的佛陀、涅槃、轮回、转世、无我、无常、因缘、四法印、五蕴、三界六道等教规教义,他们甚至还学会了唐卡画①的画技。他们的脑袋绝顶聪明,学习任何东西都很快,从喝酥油茶到本地方言。而在好学虚心的表象背面,杜朗迪神父在昏暗的酥油灯下写出了一部《藏文——拉丁文宗教对照词典》,这是为将来所有到西藏传教的法国传教士们准备的一件对藏传佛教展开进攻的必备武器,他还用藏文写了一本《天主教要义》的小册子,准备作为今后散发给藏族信徒的礼物,而另一本书《圣主光辉驱散雪域上空的黑暗》,则汇集了他和沙利士神父在喇嘛们的教导下认真学习了藏传佛教的教理后,合作写下的批判这个宗教的檄文。他们还了解到从云南到西藏去的道路情况,绘制了地图,这些地区的民风民俗他们也了如指掌,甚至做到了比自己的法国故乡还更了解。他们就像那些数百年来在这条汉地通往西藏的远古走廊上歇一歇气、调整一下体力再继续往前赶路的外地旅行者,和睦友好地同本地融为一体。没有人认为他们将在这里永远呆下来,也没有人会想到他们将给这条峡谷带来前所未有的灾难。尽管他们的初衷是想把耶稣基督的福音带给这片大地。

当神父们感到在喇嘛们的帮助下已经成为了刺向西藏及其宗教的一把锋利的剑后,杜朗迪神父把那部望远镜交给了让迥活佛,并且分文不收。

喇嘛们感动得不行,并为这两个行为古怪的西洋人的慷慨大度深为不解。当初任凭你把世界上所有的好话说尽,他们也紧攥着自己的宝贝儿不松手。现在他们一个子儿也不要就送给你了。让迥活佛连连说,如果这样的话,你就太亏太亏了。但杜朗迪神父说:

“一点也不。我已经拥有了藏族人的舌头,我必将拥有西藏的

① 流行于藏区的一种宗教卷轴画,通常绘于布帛和丝绢之上,是西藏地方绘画的主要形式之一。其表现题材十分广泛,既有宗教方面的,也有民俗、历史等方面的内容。

一切。世界上没有比这更令人愉快的交易了。”

神父们已经知道,大约在耶和华上帝创造了光明、天空、大地、日月星辰、游鱼飞鸟、人类和爬虫走兽那六天里,澜沧江的洪水冲刷出卡瓦格博雪山下的几个村庄。那时峡谷里树木遮天蔽日,日月不分,山岭行走,树木飞驰,魔鬼横行于雪山森林间。他们有的长有三个脑袋、六只手臂,张着血盆大口,吞吃一切生灵。但是喇嘛们说这段历史发生的年代实际上离我们并不久远,因为时间是轮回的,而不是澜沧江里流逝的水。今天的阳光和几百年前、甚至上千年前撒满峡谷的阳光一模一样。所以在同一颗太阳的照耀下魔鬼依然存在,他们是人类的影子。在你一转身的瞬间,他们逃跑的踪影依稀可见。

喇嘛们说,当年来自印度的莲花生大师为了使卡瓦格博雪山成为佛法的护法神,在雪山上的一个山洞里修行。他发现雪山的半山腰有一条七色彩虹总是从同一个地方升起,他循着彩虹的轨迹找到了森林里的一大片草甸,这片草甸就像悬在半空中的一样,周围都是怪石嶙峋的山崖和黑密的森林,没有一条道路与它相同,但是莲花生大师却看见一头牦牛在草甸上悠闲地吃草。莲花生大师在雪山上静坐修行了三年,彩虹从草甸上升起了三年,牦牛也在草甸上放养了三年,而他从没有看见一个牧人。到莲花生大师功德圆满,即将要回印度的时候,他来到了草甸上,可是牦牛不见了,彩虹也不见了,他只看见一堆还在冒着热气的牛粪,大师用法杖拨开牛粪,一头金牦牛从草地上显露出来了。大师说:

“有此牛,雪山下的众生再不会畏惧魔鬼。”

后来大师托梦给一个来此地朝拜雪山的云游高僧。这个云游高僧从前是拉萨哲蚌寺的读经僧,马上就要修到格西的佛学最高学位了。但他在一个清冷的早晨为莲花生大师的法像供奉圣水时,忽然听见大师说:“年轻人,遥远的地方有你成佛的因缘。”于是年轻的僧侣告别了寺庙，背上一个包袱开始云游四方的生涯。在雪域高原有很多这样的僧侣，他们的命运就是用脚步丈量大地，让自己的脚底高过苍茫的群山，用自己的心和神山圣湖、圣神的寺庙触摸、亲近和拥抱。年轻的僧侣到过印度，没有找到自己的佛缘，后来他又到后藏的冈仁波齐神山，前藏的南迦巴瓦神山，藏北的念青唐古拉山，甚至还到过汉地的五台山、峨眉山，都没有找到自己的佛缘。雪花染白了他的头发，又染白了他的胡须，最后连他的眉毛也染白了，当他来到西藏东部卡瓦格博雪山下的大峡谷时，他在梦里见到了莲花生大师托给他的梦。

梦告诉他，这里应该有座教化众生的寺庙。

梦还告诉他，金牦牛是寺庙的镇寺之宝，它的名字叫做“藏巴拉”。有了它，峡谷的众生就有了吉祥，肆虐的魔鬼便永无翻身之地。

云游僧依照梦的指点，在雪山下的草甸上找到了那只闪耀着金色光芒的金牦牛——“藏巴拉”。于是，一座雪山下的寺庙就是云游僧成佛的因缘。几十年后，宏伟的噶丹寺在高山峡谷中建成了，金牦牛被埋在了寺庙佛堂里释迦牟尼法像的座位下，云游的僧侣已成了风烛残年的老僧。他要把寺庙建成的消息告诉启迪他佛缘的大师，可是他已经没有时间再到印度去了。于是他将法力作用到一只猫身上，让它钻进莲花生大师曾经修行的山洞里。山洞深不见头，穿越了卡瓦格博雪山，在大地的心脏里穿行，直达印度。猫不仅告诉了莲花生大师这里终于有了寺庙的消息，还顺利地驮回了来自印度的经书和大师的祝福。自此以后，藏族人煨桑[1]的青烟在峡谷里袅袅升起，诵经声终日依偎着卡瓦格博雪山圣洁的身姿，藏族人的心灵终于有了寄托的地方。

那个受莲花生大师托梦，第一个在峡谷里建寺庙的云游僧人，

① 藏民族特有的祈祷、祭祀的方式。

就是后来的让迥活佛体系中的第一世大活佛。只有他是后人追认的,是他缔造了峡谷里的第一座黄教寺庙,带来了一代宗师宗喀巴注重德行修持的高尚宗教。

自莲花生大师降伏危害藏东地区的妖魔,使他们成为佛教的护法神后,藏族人借着神灵的庇护翻山越岭而来,他们是藏区东部的康巴人,是个像大山一样雄壮、像澜沧江一样刚烈的部落。那时江西岸的坡地受雪山溶化之水的滋润,土地像女人的肤肌一样富有弹性,也像女人的肚子一样丰润,只要你勤于耕耘,就会有令人欣喜的收获。那时没有土司,也没有藏政府或汉人皇帝派来的官吏,人们耕种着同一片土地,享受着同一个神灵的护佑,用太阳、月亮、星星、树木、溪流来为自己的孩子命名。那是一个没有族别、猜疑、仇恨以及战争的年代,家家的土地都一样大小,羊皮袋里的青稞面也一样多,没有人饿死,也没有人是奴隶。

3. 第一个受洗者

峡谷里的杜鹃花遍山开放的时候,神父们为这壮丽的景观所陶醉,那些高山杜鹃都是他们在欧洲从来没有见过的种属,它们和峡谷里险峻的山岗、辉煌的寺庙、藏族人火柴盒一般的土掌房、还有纯净得令人想融化进去的蓝天白云浑然一体。杜朗迪神父对沙利士神父说:“多么壮观的大自然啊,看来到了举行毕业典礼的时候了。”

沙利士神父说:“如果教会允许,我真想一直住在这漂亮的寺庙里做一个佛教的求知者。”两年来在寺庙里的学习使沙利士神父变得有些像一个佛教徒那样严谨、谦逊,刻苦忍耐。他比杜朗迪神父年轻许多,还不到三十岁,正处在求知与辨析真理与谬误的黄金岁月。与总是笑呵呵的杜朗迪神父不同,他容貌清瘦,目光犀利,神态严峻，面相悲苦坚韧。人们在那些磕着等身长头去拉萨的朝圣者身上，可以感受到从这个人身上发出的一模一样的宗教狂热感，他们都是那种随时可以为信仰献身、并坚信传播信仰就是自己的使命的苦修僧侣。

“别忘了自己的使命。”杜朗迪神父不高兴地说，“我们献给佛教徒们的第一件毕业作品，就是征服那个好战的野贡土司。”

“而我认为，我们应该先将上帝的福音传播给峡谷里的纳西人。因为他们是弱小的一群，也不是藏传佛教的信徒。”沙利士神父说。

杜朗迪神父为沙神父的建议感到羞耻，他大声地说：“我们千辛万苦地到西藏来，难道只是为了在佛教的强大面前畏惧吗？神父，干吗不把自己变成一支刺向他们的利剑？”

野贡土司是峡谷里最古老、最富裕庞大的家族。五百多年前一个从拉萨来的活佛从云南白族地区的鸡足山朝圣回来后路经这里，苦于山高路险，随身携带的行李又多，就向当地的信徒借牦牛。野贡家族的祖先及时地为活佛贡献了一头牦牛，活佛说：“野给贡马，会有好福气。”“野给贡马”的汉语意思就是“借牦牛给活佛的人家。”这家人后来就被荣幸地称为野贡家族。

传说活佛回到拉萨后为牦牛加持了法力，让它独自回来。一路上任何人也别想将它牵回家，因为它的两只角会放出烁人的火光。牦牛回到野贡家时，天上降下了一阵青稞雨，那是活佛从拉萨吹了一口仙气后飘过来的。青稞落在大地上，长出了苗，抽了穗，那一年野贡家的粮食堆得像小山一样高。峡谷里第一次出现粮食产量比所有的人家都高，且还吃不完的人家。后来牦牛老了，死了，野贡家的人就把它的头割下来，埋在了火塘下面，从此火塘的火就特别的旺，连刚从山上砍下来的湿柴都可以立即烧燃。五百多年来野贡家不仅人丁兴旺，家中的火塘再也没有熄灭过。

藏族人的火塘就像汉族人的香火，具有生命生生不灭、代代不熄的象征意义。纳西人迁徙到这里时，野贡家族正传到第三代，他们是明朝时随云南丽江的木氏土司征战藏东地区时留下的后裔。木氏土司败亡后，藏族人容纳了这些前统治者，条件是藏纳不通婚，纳西人不得在牦牛行走的地方开地。

汉族人来到这个地区时，野贡家族已经传到第七代。那时峡谷的人和魔鬼已经一样多了，人和魔鬼为争夺宇宙的控制权经常发生战争，寺庙的喇嘛们决定着这些战争的进程，而百姓只需把青稞和酥油背进寺庙就行了。据说这样的战争每三百年才发生一次，而野贡土司和邻近地区的各个土司部落的战争，每年都在发生。在白人喇嘛到来之前，这里已有一个县的设置，可是县衙门里由清朝政府委任的官员却不能制止峡谷里年年都在发生的战争。第八代野贡家族的儿子野贡·顿珠嘉措已是被清朝皇帝册封的本地土司，和卡瓦格博县的知县、寺庙的贡嘎喇嘛一起管理峡谷地区的僧俗事务。

其时峡谷里无论土司和百姓都知道了这两个和魔鬼长相差不多的西洋人，他们在寺庙里的刻苦学习使其赢得了“白人喇嘛”的尊称。当他们在一个上午拜访野贡土司，并向他奉献了一批西洋礼品和五支西式快枪时，连野贡土司也对白人喇嘛究竟是商人还是僧侣闹不明白了。他是一个身高体胖、野心勃勃的土司。他对那些令人晕眩的礼品不屑一顾，只对那五支西式九子快枪深感兴趣，它们比藏族人还在使用的火绳枪杀伤力大多了。野贡土司正需要这些快枪来对付雪山背后的巨人部落（在这个部落里，所有的成年男子平均身高都在一米八、九以上），澜沧江上游地区的白狼部落（他们是前白狼王国的后裔），以及崇山峻岭中出没无常的土匪武装。在峡谷地区，如果说木棒是手臂的延伸，石头是拳头的延伸的话，那么射击准确的子弹，则是权力和财富的延伸。

“尊敬的客人,你送来了比土地、牛羊、房产更珍贵的礼物。有了这些西洋快枪,还有什么我不能得到的呢?从今以后,我们是朋友了。”野贡土司在给白人喇嘛敬酒时说。

“我还有更珍贵的礼物送给你哩,如果你有足够的仁慈和虔诚。”那个叫杜朗迪的白人喇嘛说。

“那么,你们是站在土司一边的西洋贵族啰?”野贡土司问。

“不,”杜朗迪神父回答道,“我们是站在上帝一边的西洋僧侣。”杜朗迪神父第一次在峡谷里对一个土司说出了“上帝”的名称。不过他带给土司的第一样东西不是《圣经》而是枪。这就预示了要在这里传播一种西方的宗教,战争是不可避免的。

“谁是上帝?”野贡土司迷惘地问。

“啊,上帝是我们信仰的至高无上的神灵。他创造了世界,主宰天地万物的一切。他派遣自己唯一的儿子耶稣从天上下来拯救我们有罪的灵魂,让我们死后免受地狱之罚、升往天堂。”沙利士神父说。

“而我们是受耶稣的派遣来拯救你们的。”杜朗迪神父补充道,“尊敬的土司,信仰上帝吧,让我们虔诚地赞美他并服从他吧。你必将得救。”

“哈哈,又不打仗,又没遭灾,我们有寺庙,喇嘛们控制着神灵世界的一切,我们的来世都在他们手里。”顿珠嘉措土司摇晃着脑袋不在乎地说,“谁稀罕你们的拯救。一个草场上的骑手,不需要人家去帮他牵马。”

“可是你们的灵魂是有罪的,需要在上帝面前忏悔。”沙利士神父说。

杜朗迪神父接着说:“不信仰上帝,是要受到永无尽头的惩罚的。”

顿珠嘉措土司眼睛向上翻了翻,“白人喇嘛,我们要供奉的神灵和要敬畏的魔鬼已经够多的了。老婆娶多了,男人倒是夜夜都快活,可是麻烦也多了。”

两位神父为土司的粗俗皱起了眉头。“可怜的人,上帝之罚来临时,他必将像饥饿的婴儿一样,等待耶稣仁慈的拯救。”杜朗迪神父站起来时说。

没过多久,仿佛脆弱的峡谷被杜朗迪神父的咒语击中,一种不知名的魔鬼袭击了毫无防备的人们。被魔鬼俘获的人就像中了他的法术一样,每隔一天要么像身处峡谷底的六月天,浑身燥热难当,要么像置身于卡瓦格博雪山上的万年冰川上,冷得恨不能滚进火塘里。而到第二日,头天还在水深火热中煎熬的病人又什么事也没有了,放牧、下地干活,就像根本没有生过病一样。可是人们刚刚开始庆幸时,魔鬼却又来了。它令人恐怖的脚步声像准时升落的日月,人们甚至可以听到它让峡谷摇晃、沉沦、坍塌的狞笑。魔鬼控制了人们的冷暖,控制了人们出汗、喝水乃至力气。它让人们把身上所有的汗水都无缘无故地淌尽,而当你大口大口地喝水时,却依然感到口渴得不行,舌头和口腔仿佛随时都是干焦的,哪怕你把头扎进澜沧江里狂饮,无处不在的魔鬼仍然抽干着你体内的每一丝水分。由于没有水的滋养,人们身上的力气像山上的泥石流一样一天天地在流失,最后连呼吸的力气都没有了,眼睛里的光芒也就暗淡下来。活着的人把死者送到天葬台去时需要排队等候,不是天葬师忙不过来,而是天上的神鹰来不及消化。

噶丹寺里精通藏医的高僧们组织了一场隆重的法会,他们为僧俗百姓配出的药方需经过七七四十九天的念经,才能将喇嘛们的法力加持到药中去。喇嘛们说是一种瘟疫从魔鬼的口袋里释放出来了,为了驱散峡谷上空飘忽不定的魔鬼,他们做法事迎请了班丹拉姆女神,白哈尔神,金刚具力神,大梵天神,以及作为地方保护神的卡瓦格博雪山神等。药需要念过经才有药力,就像饲料里要加盐,牛吃了才长力气一样,这个道理谁都明白。没有喇嘛们的法力,谁来关注并解脱人们的苦难呢?每当峡谷上空电闪雷鸣时,喇嘛们便向人们描述神和魔鬼的战争进行得如何激烈残酷。

“要不了多久,魔鬼将被驱逐,各路护法神灵将带给人们胜利的消息。”喇嘛们满怀信心地宣布说。

可是魔鬼依然横行,人们依然在死亡。这时杜朗迪神父和沙利士神父走出了寺庙,换上传教士黑色的僧衣,在弥漫着挥之不去的死亡气息的几个村庄到处游走,人们已经没有力气来追问他们到这里来究竟想干什么。在野贡土司的许可下,他们在村庄里租了两间房子,一间作神父们的卧室,一间作为上帝的祈祷房,里面挂上了耶稣的画像,还设立了供坛。开初聪明的白人喇嘛并不说自己是来传播另一种宗教,并要改变人们的信仰和名字。他们不提耶稣基督,只对藏族人说这间祈祷房是“圣徒药房”,圣徒是一个全新的神灵上帝的羔羊,信奉他的人将得到上帝的怜悯与宽恕,战胜峡谷的魔鬼,升往天国。神父们从“圣徒药房”拿出了一种白色的药丸,先送给野贡土司家的人吃,他们立即就好了,连牦牛干巴肉也可以大口大口地吃啦。这让野贡土司第一次对寺庙里喇嘛们的法力产生了怀疑,他拿一颗白色药丸问杜朗迪神父:

“你们就靠这个拯救我们?”

“不。”神父举起了手上的一个十字架,“我们靠这个,耶稣的圣十字架。”

野贡土司看了看那个十字架,不置可否的哼哼两声,“喇嘛的法铃也比你手上那玩意儿精致哩。”他说。

白人喇嘛没有被野贡土司的忘恩负义而气馁。他们埋头抢救所有他们能遇到的病人,不论他是贵族还是农奴或者孤儿。他们对峡谷里流行的瘟疫解释与喇嘛们的不同,他们说这是一种疟疾,它是由于一种可怕的、人的肉眼不能看到的虫子钻到了人们的体内作的怪,这些虫子又是由峡谷中的某种黑色的蚊子传播的。白人喇嘛号召人们用松柏的丫枝来熏这种蚊子,那方式好像人们平时里的煨桑,不过不是敬奉给神灵,而是熏走黑色的蚊子。他们的慈悲心肠连噶丹寺的喇嘛们都深为感动,他们派出寺庙里年轻得力的喇嘛,会同白人喇嘛一起抢救峡谷里的生灵。那时白人喇嘛给人的印象是仁慈而宽厚的,两种教派的僧人相互都很谦逊,也很尊重,白人喇嘛还用他们的药救活了一些也同样染病的佛教僧侣。穿红色僧衣黄皮肤的喇嘛为穿黑色僧衣白皮肤的喇嘛带路,为他们背行囊,峡谷的山道上时常闪现着他们红黑分明的身影。

比起只会给人服药丸的杜朗迪神父来,沙利士神父的医术更为高明。他甚至可以用一把小刀把病人坏死的一块肌肉割掉,然后像织氆氇一样用针和线将划开的肌肉密密地缝好,而患者一点痛感都没有。一个在一旁参观了沙利士神父外科手术的喇嘛当时就惊讶地说:

“这是魔鬼的法术。”

沙利士神父说:“这只不过是上帝的仁慈罢了。”

每当他们救活了一个病人,他们才说是上帝拯救了他们有罪的灵魂,而不是他们的法术。人们背着青稞和打好的酥油到白人喇嘛借住的小屋去感谢他们时,却受到彬彬有礼的谢绝,哪怕他们还饿着肚子。他们说,如果收了藏族人的一点东西,就违背了上帝的旨意。上帝派遣他们到这里,是来拯救大家有罪的灵魂的。有一次沙利士神父饿昏在抢救一个病人的简易手术台上,人们这才发现白人喇嘛已经断粮三天了,他们平常吃的和用的都由马帮从古驿道上运来,但是泥石流把驿道冲断了,白人喇嘛也就断了粮。人们在他们的锅里发现了还没有吃完的树根和野菜。

尽管白人喇嘛的行为令人感动,可是峡谷里的人并不知道自己的罪在哪里。他们服了白人喇嘛的药,身上的力气一天天地恢复，魔鬼的影子似乎被峡谷的风越吹越远了，白人喇嘛神奇的药丸拯救了奄奄一息的峡谷，一些藏族人冲着卡瓦格博雪山磕起了长头，他们虔诚地呼喊道："拉索啰，神胜利了。"

但是白人喇嘛及时纠正说："不，是上帝胜利了。赶快在上帝面前忏悔吧，不仅你们的生命将得救，你们的灵魂也必被拯救。"

忏悔，救赎，耶稣，上帝，天国，基督，圣母玛利亚，洗礼，圣体，十字架。这些新鲜的另一种宗教的专有名词开始在一些藏族人口中流传。一种朦胧而遥远的爱在峡谷中涌动。多少年以来，人们对那些高高在上的神灵只有敬畏，对喇嘛们也只能敬畏。因为他们掌握着神灵赋予的无上法力，他们控制人们今生的灵魂，也负责来世的超度。而那些白人喇嘛，带给人们的却是博大的爱。他们像兄长一样待人，无论长幼贵贱，一律平等相待。这让峡谷里的藏族人有些受宠若惊，觉得自己的灵魂原来也是很尊贵的，美好的天国敞开着大门正等着他们呢。

终于有了第一个付洗者。与白人喇嘛当初的愿望相反，他不是一名贵族，而是一名叫阿措的流浪儿。没有人知道他的父母是谁，也不知道他究竟从哪里来，更不知道他白天在哪里吃饭、天黑在哪里睡觉。大疟疾流行时，他饿倒在澜沧江边只剩最后一口气了。是沙利士神父将他背回来，人们看见神父用口对着他肮脏的口吹气，把他体内的元气吹活了，阿措的眼珠才开始慢慢地转动。喇嘛们给人治病时也常使用吹仙气的招数，但他们只给病人的药吹气，说治病的法力已经加持进去了。不管怎么说，白人喇嘛给人治病的感觉既有很神奇的一面，也有非常人情味的一面。像春天里的第一场春雨，来得静悄悄的，虽然不是很大，万物却非常受用。阿措被他们口中的气吹活后，就成了白人喇嘛的第一个养子。在一个阳光灿烂的礼拜日，神父们把对他们有好感的藏族人都召集拢来，让他们见证峡谷里第一个信奉天主的教徒的光荣。杜朗迪神父那天穿了一身白色的祭衣，沙利士神父在一旁做助手，人们看见流浪儿阿措乱草一般的头发理清爽了，脸上再没有污垢和鼻涕，身上也有比较体面的衣服。杜朗迪神父手捧《圣经》朗朗说：

“我主耶稣在升天前教导他的信徒们说，‘天上地下的一切权柄都交给了我，所以你们要去使万民成为门徒，你们要因父及子及圣神之名给他们授洗。’孩子，来吧，光荣的时刻到了。”

阿措被沙利士神父推到杜朗迪神父面前，在他的一生中，还从来没有这么多人为他而忙乎，也从来没有这么多目光关注他。他有些哆嗦，沙利士神父轻声说：“孩子，别怕，你即将领受到的是圣宠，而不是苦难。”

人们看见杜朗迪神父把一注清水滴到阿措的额头上，“我洗你，因父，及子，及圣神之名。”杜朗迪神父唱道，“亚当，这是你新的名字。从此以后，你不但洁净了，你还成了天主的仆人，天主将赦免你的一切罪，让你走向天国之路。”

一个连一只狗都不如的流浪儿，竟然找到了自己的家，并有了自己的名字，他的眼睛没有变蓝，身上也没有长出像白人喇嘛一样的毛，这让峡谷里的藏族人大为惊讶。自那时起亚当就成了一个很体面的孩子，他的话像百灵鸟一样多，见人就说：

“看，这就是上帝的爱。”

一个月以后，神父们成功地为三户藏族人家付洗，其中一个受洗后取教名为托马斯的，是刚从四川那边藏区迁过来的外来户，据说他在那边杀了人，为了躲避仇家的追杀才举家出逃。托马斯从前并不是一个随便就把腰间的康巴刀抽出来的人，只是人家要偷他的牛，他才不得不杀了那个盗牛贼。这让他背上沉重的罪孽感。他在受洗前曾经问杜朗迪神父：“耶稣基督看得到我们的来世吗，我会不会变成牲畜？”白人喇嘛肯定地说：“不会的，在我们的宗教里，没有来世。只要你信耶稣基督，在主的面前忏悔，主就会赦免你的一切罪过，让你的灵魂升往天国。你还是你，你不会变成一条虫子，不会变成给人骑的马，不会变成一条终日劳累的牛。在主的国里你将过上全新的、富足的生活。”

托马斯说：“喇嘛们把我们的来世说得太可怕了，我不愿在恐惧中过一辈子。”

神父说：“这说明你们过去所信的佛教是荒谬的，魔鬼统治了你们的心灵，而不是上帝的光和爱。不信上帝，你们将永远洗不清自己的罪孽，上不了天堂。”

“你说的天国里有我们藏族人生活的地方吗？”托马斯又问。

白人喇嘛说：“在上帝眼里，每个人都是他的羔羊，他可是个很好的放牧者呢。他的恩宠施惠给每一个信仰他的人，而不管他是哪一个种族。孩子们，天国其实离你很近很近，你只要在主的面前忏悔就行了。”

不过令神父们感到沮丧的是，野贡土司顿珠嘉措始终不愿意皈依到天主的圣宠之下。这个峡谷里最体面的绅士对神父们的说教哼哼哈哈，不置可否。他有三个老婆，十多个奴隶，这让他从骨子里反感神父们宣讲的宗教。杜朗迪神父说婚配是天主教徒的七大圣事之一，上帝规定了男人只能有一个妻子，多娶妻子是渎神的，不洁的，是一种罪孽。可是历代野贡土司都有几个妻子，那是野贡家的传统。顿珠嘉措土司对神父们虚与委蛇只不过是对他们的西式快枪感兴趣。一天在他家的火塘边，他实在招架不住神父们的劝说，就对杜朗迪神父说：“如果你们能在让迥活佛前证明多娶老婆是一种罪恶，我就信奉你们的宗教。”

杜朗迪神父说：“我们能证明。我们还要在活佛面前证明，你们的宗教是一种谬误。”

顿珠嘉措土司笑了，“那就像证明水里的月亮不是月亮一样难。”

两个神父其实早就盼望着这一天的到来。他们差人给寺庙送去了一封战书,要求在峡谷里的土司和百姓的面前,和五世让迥活佛展开一场谁的宗教是世界上最好的宗教的大辩论。杜朗迪神父甚至在战书中傲慢地写道:“我们将彻底击败你们,用圣主的光辉驱散笼罩在西藏上空几千年的黑暗。”

4. 大辩论

神父们的战书在噶丹寺掀起轩然大波,喇嘛们不但感到自己受到了挑战,而且还被愚弄了。这两个当初的求学者,谦逊的商人,原来是钻到佛像底座下阴险的毒蛇。在寺庙的最高宗教机构“拉昔会议”上,噶丹寺的所有活佛、掌教堪布、掌坛师(也被称为“铁棒喇嘛”)、领经师,拥有格西学位的高僧等,都对白人喇嘛究竟要在这里干什么一筹莫展。高僧们先讨论了他们所不熟知的上帝、耶稣、基督等促使这些莫名其妙的人到峡谷里传播一种同样莫名其妙的信仰的因果关系。上帝是谁,住在哪里?他是和释迦牟尼一样的佛陀吗?但是他怎么连一幅肖像都没有呢?我们藏传佛教的任何神灵和佛祖可都是有名有尊位的。我们凭此知道怎样顶礼他们。耶稣又是谁,是和宗喀巴大师一样的圣者吗?从他们所带来的耶稣画像看,他不过像一个苦修的普通僧侣,看上去一点也不尊贵威严。只不过西洋人把他画得非常逼真罢了。应该承认,白人喇嘛的画技是我们那些画唐卡画的喇嘛们所不及的,他们一定有什么魔法,他们画画的颜料也跟我们的不同,连水也不能将之冲洗干净。总之他们有很多我们所不知道的东西,从画画的颜料到白色的神奇药丸。但我们有自己的宗教,也有自己的佛陀,可为什么他们非要到这里来传播一种跟我们毫不相干的宗教呢?这里面是不是有魔鬼的阴谋?是不是佛法的仇敌派他们来的呢?

五世让迥活佛从他六岁被确认为四世让迥活佛的转世灵童时起，他的师傅、导师从来就没有告诉过他，这个世界上还有一种宗教与他所信仰的藏传佛教在救世渡人上大体相似，但其仪轨、教宗、教义却有着本质的不同。尽管白人喇嘛的苦行律己赢得了人们的普遍好感，连高僧们也承认，他们从来没有见到过如此慈悲坚韧、如此苦修行善、普度众生的僧侣。因此在这次“拉普会议”上，五世让迥活佛一直没有发言，不过他感觉到其他高僧们也是站在澜沧江的此岸，讨论彼岸的问题。因此在穷结仲永堪布邀请他谈谈看法时，让迥活佛说：

“我不了解白人喇嘛是什么人。我目前还不能对他们下什么肯定的结论，但我可以否定他们身上的一些东西。他们不是魔鬼，尽管他们有着跟我们不一样的皮肤、眼睛、头发，但他们身体的这些器官仍然是一个人的器官。至于他们的思想是不是魔鬼的思想，我现在还不知道。他们不是商人，因为他们从不做任何生意。他们不是官吏，虽然汉人官吏和他们关系很密切，但他们从不对这个地方发号施令。他们不是无赖，因为他们对所有的人都奉献他的慈悲之心，所有的人也都把他们当朋友看待，甚至连我们这些和他们持不同信仰的人。他们也不是医生，尽管他们神奇的药丸和刀子证明他们的医术有区别于藏医藏药的独到之处，他们自己出钱，离开自己的亲友，从比印度更远的地方来到我们这里行善，像我们对待众生一样为百姓们服务，而且还不期待得到任何报酬。我认为，这种鼓励自己的教徒不怕路途遥远、甘冒生命风险去愉快而无私地帮助其他国家的人们，大约不是一个坏的宗教。但是他们的宗教肯定没有我们的宗教好，他们的神祇太少，宗教经典不多，竟然只有一本书；他们能控制的魔鬼也没有我们的多，他们甚至没有自己的护法神。仅从此点看，白人喇嘛的宗教不会长久的。一百年、五百年、一千年后，你们来看看，这块土地历经无数次劫难以后,能永远传承下去的,究竟是哪种宗教。”

穷结仲永堪布说:“我在一个上午曾经看见白人喇嘛手里拿着一个镜子,对着路边的岩石左看右看,就像在上面找金子一样。我推测,白人喇嘛来到我们这里,或许是来找黄金的。我想他们也像那些汉人一样,只对黄金感兴趣。”

让迥活佛有些忧心忡忡地说:“要是来找黄金的,那他们就找错地方了,隔一条山岭下的金沙江里才产黄金,澜沧江里却只产盐。但如果他们真是来传播一种宗教的,峡谷里麻烦事就多啦。藏传佛教的红、黄、白、花、苯五种教派,这里就有四种,还有一种纳西人的东巴教。俗话说部落太多上师苦,管家太多仆人苦。这教派太多,百姓还不是苦啊。我看他们除了藏族人的皮肤和酥油茶不能改变外,峡谷里的一切他们都想推倒重来。要是他们能像摘树上的核桃一样将太阳摘下来,连光明和热量也要被白人喇嘛重新分配。”

“那我们把他们赶出去。”一个年轻一点的喇嘛说。

“人家在峡谷里尽行善事,一点罪孽也没有做过。你凭什么赶人家走呢?如果你的慈悲没有人家的大,你就得尊重人家的德行。”让迥活佛训斥道。

“他们魔鬼的面目还没有完全表现出来罢了。”那个喇嘛不服气地说。

“放肆!”让迥活佛喝道,“他们不是要求辩论么?辩论是我们宗教的特长,哪一个格西大喇嘛不是在拉萨的高僧面前辩论出来的呢?依靠语言和智慧战胜他们,正体现了我们宗教的宽容和慈悲。躲在暗处的对手现在终于站到了台前,对峡谷的僧众来说不啻为一件好事。就像有人类就有魔鬼一样,宗教总有自己的对手。告诉他们,我等待他们前来接受教诲。他们只学了点藏传佛教的显宗常识,密宗大法我还没有来得及传授给他们哩。性急的学生总学不到真正的知识。”

三天以后，在卡瓦格博县的县衙门前，藏传佛教的高僧大德和天主教的神父展开了两种宗教的对话。知县刘若愚和顿珠嘉措土司见证了这场彬彬有礼、用语言和智慧交锋的宗教大辩论。比起后来在峡谷里两种宗教你死我活、充满着血与火的争斗，不同教派的僧侣们此刻就像宗教讲坛上的学究。在他们耐着性子讨论一个宗教问题时，峡谷里的杜鹃花有的是花开花落的时间。当满山残红飘零、雨季即将来临时，他们还没有弄清对方宗教中的一些起码问题。不是双方缺乏智慧，而是他们都是自己宗教坚定的卫道士。

他们首先讨论了世界的起源。依照神父们的论说，上帝创造一切是信仰上帝万能的最根本问题。而让迥活佛则驳斥说，宇宙间根本没有造物主，更没有什么上帝，诸法因缘而起，一切事物或一切现象的生起，都是相对的互存关系和条件。杜鹃花为什么漫山遍野地开放，那是因为有大地。大地催生万物，万物让大地光彩重生。你们的上帝离澜沧江峡谷九万万里远，他怎么能知道峡谷里杜鹃花开放的季节？如果佛陀的慈悲感天动地，峡谷里的杜鹃花便会全部开成白色的。这样的事情几百年就有一次。你们的上帝怎么会知道这其中的因缘关系呢？

“恰恰相反，这正证明了上帝无所不在的力量。”杜朗迪神父舔舔干燥的嘴唇，沙哑着嗓子说，“愚痴的人啊，我们的耶和华上帝在创造世界的第六日就说过，‘我要使地上到处生长鲜花瓜果，结满籽实，赐予你们为食；我要把青草绿树全赐予飞禽走兽，游鱼爬虫以及一切生物为食。’因此，即便峡谷里的杜鹃花为你们的佛陀全部开成白色，它也是上帝的杜鹃。”

“神父说得对，”知县刘若愚打着哈欠说，“那确实是上帝的杜鹃。”

他像一个不称职的裁判，对竞赛双方的规则与评判标准一窍不通，但是他只掌握一条从朝廷一品大员到八品官员都通行的准则，那就是不能得罪洋大人。他到这个最偏远的地方来做官，并不是赶鸭子上架，而是偌大的中国只有这一个位置留给他。

让迥活佛身后的喇嘛们眼睛都快要气得掉出来了。白人喇嘛的诡辩术没有一点明断和智慧，只有像公牦牛发情时的野蛮。他们用上帝的罩子笼罩一切，无论你说什么，他们便将这罩子往上一罩，说这是属于上帝的。

让迥活佛微闭着双眼，不急不躁地问："请问，你们的上帝是慈悲的吗？"

"啊，上帝的仁慈遍及世上万物。"杜朗迪神父说。

让迥活佛说："我们先不论仁慈。世上之人，有因造孽而失明、聋哑、瘫跛者，有因贫寒而饥饿、病痛、困顿者，有因战争而丧夫失子、因瘟疫而家破人亡者。那么，这一切无量之痛苦是谁造成的呢？如果上帝创造了一切，那么你们的上帝就没有大慈悲心。他给一些人带来痛苦，给一些人带去幸福，你所说的上帝的公正何在？其实在我们的宗教看来，一切痛苦都源于造孽，一切幸福均来自积德。今生之苦和前世有关，今生积德则为了来世。生命是一条链，不是谁赐予的，而是生生世世，相互关联。"

"你错了，尊敬的喇嘛。"沙利士神父插进来说，"人们的痛苦不是因为他们的前世造孽所致，而是因为他们有罪，没有在上帝面前忏悔。人死后没有来世，只有地狱和天堂，在主的面前忏悔认罪的人，直接升往天国。而你们的宗教，虚构了一个谁也没见过的来世，可是有谁能说出自己的前世是什么呢？尊敬的知县先生，在你来这里做官之前，你干什么？"

"我念书，后来中了举人。"刘若愚说。

"然后呢？"沙利士神父又问。

"后来，后来我家出了些银子，为我捐了这个知县。"

“这就是了。”沙利士神父击掌道,“如果你不念书,你当不了举人;如果你家不出银子,你做不了官。你现在的官位可以用你前世的钱来买吗?”

“神父说得对,官品只和现世的银子有关,前世的银子买不来现世的官。因为谁都知道,前世的钱是冥钞。”刘若愚站了起来宣布道:“时辰到啦,第一回合,西洋僧人胜,喇嘛败。第二回合之辩论,明日再说吧。”他打了个大大的哈欠,抵挡不住的烟瘾一览无余。

接下来的几日里,喇嘛们和神父们辩论了佛、法、僧三宝和圣三位一体的关系,藏传佛教密宗的“破瓦法”[①]与耶稣的复活是否是一回事,什么是真正的祈祷,是“主啊,求你宽恕我们的罪”还是六字真言“唵嘛呢叭咪吽”,佛教徒的“苦”和天主教的“罪”孰重孰轻,两种宗教中都涉及的地狱和天堂的区别等等。尽管在刘若愚不着边际的评判下,辩论越来越缺乏公允。有一天当辩论的双方来到县衙门前时,喇嘛们发现给让迥活佛坐的凳子变矮了,而对面白人喇嘛的凳子却加高了,白人喇嘛高高在上,傲慢地俯视着峡谷里人人尊敬的活佛。让迥活佛坐下时就像聆听老师讲课的学生。穷结仲永堪布气愤地说:

“活佛,不辩了。他们欺人太甚。”

“那么你们就认输吧。”杜朗迪神父得意地说。

“坐在高处的人,并不意味着他的思想就高远。”让迥活佛一字一句地说,“雪山顶上只能长出矮小的荆棘,山腰的大树却从不和荆棘比高矮。”

“上帝从来都是站在高处怜悯你们。你们的宗教是那样的荒谬,所以只配坐在矮处,接受我们的教诲。”杜朗迪神父摇晃着脑

① 藏传佛教密宗的修持方法之一,“破瓦”为“迁移”之意,精修此法的高僧运用破瓦法在即将圆寂时可自由投生,预言后世。

袋说。

对面的喇嘛们喘出的粗气已经像澜沧江的轰鸣了，让迥活佛挥手压住了他们的怒气，他缓缓说："如果你们非要认为一张凳子就能代表你们宗教的优越，我可以不要它。"

人们看见活佛深深地吸了一口气，双目微闭，仿佛睡意袭来，他马上就要进入美妙的梦乡。多年以后，峡谷里年长的老人还会回忆起这惊世骇俗的一幕。伟大的五世让迥活佛凭借自己深厚的法力，从凳子上腾空而起，悬在半空中和白人喇嘛展开捍卫自己宗教的大论战。当时所有在场的藏族人全都冲让迥活佛跪下了，白人喇嘛骇得目瞪口呆，他们往自己的凳子下垫石头，试图抵消自己出身低贱的自卑感，但让迥活佛始终高出他们一头。直到今天，五世让迥活佛说的话还让峡谷的众生没齿难忘，让迥活佛说：

"辩论让我们彼此了解对方。我们是在不认知你们宗教的情况下和你们辩论，而你们并不了解历史悠久的藏传佛教对这片土地的意义。我认为我们或许应该尊重你们的宗教，但是你们也要尊重我们的宗教。我们都是替神说话的僧侣，尽管我们各自供奉的神是多么的不一样。但是我们对众生怀有同样的悲悯。"

可是那天杜朗迪神父将此视为佛教徒认输的表示，他固执地说："谈论真理和谴责谬误是我们的责任。而你们的宗教恰恰充满了谬误。就像你现在靠巫术悬在半空中不下来一样。"

让迥活佛大度地说："这不是巫术，这是你还没有学到的东西。不是我不愿意教给你，而是你们太性急了。请记住，在众生面前，我们不侮辱你们的宗教，你们也不应侮辱我们的宗教。这是你们能够在峡谷里传播自己宗教的前提。"

"而我认为，这个前提是用一个真正基督徒的矛，戳穿你们的谎言。"杜朗迪神父傲慢地说。

那边的喇嘛们气得嗷嗷乱叫，但是让迥活佛依然不温不火地说:“你会发现,你的矛将被折断。”

5. 世仇家族

神父们和寺庙的喇嘛为了赢得人们灵魂的控制权而唇枪舌剑时,世俗的肉体凡胎却在为家族的世仇而大打出手。那时,野贡家族对寺庙与教堂的竞争态度暧昧。当两种宗教的僧侣们辩论得天昏地暗时,顿珠嘉措土司把自己当成一个看客,好话坏话对谁都不说。长期以来,土司家族与寺庙的关系并不融洽。土司允许寺庙在这片峡谷控制神灵,但并不十分乐意他们掌管世俗的权力,在土地、财富、人力以及与汉官的关系上,土司与寺庙的僧侣阶层多年以来一直在进行着勾心斗角的较量。不是他不需要神灵的护佑,而是他认为在现今这个时代,神灵的法力已不足以和一支西洋快枪抗衡。因此当来自卡瓦格博雪山背后的巨人部落掠走了野贡土司家的一群牛羊并打败了土司的家丁队伍时,野贡·顿珠嘉措首先想到的是尽快从白人喇嘛那里得到更多的枪,而不是祈求西藏的各路神灵。

在那场发生在雪山下充满血腥的杀戮中,巨人部落的一个头人泽仁达娃带领一百多号康巴汉子突然打着响亮的口哨从森林中冲出来,袭击了由顿珠嘉措的弟弟野贡·江春农布率领的土司武装。那些雪山部落的康巴人虽然武器简陋,但个个身高体壮,力大无比,骑术高超。他们的头人泽仁达娃简直就是一个神灵世界大黑护法神的化身,他的身高两米以上,膀阔腰圆,像一头雄壮的公牦牛。有一次他带人下山抢掠,被土司的强大火力赶走。心有不甘的泽仁达娃在逃跑的路上碰见土司家的两个女佃户,他巨手一揽,就将那倒霉的母女俩掠到了马上。泽仁达娃还在马背上就将女儿奸了,然后再奸女儿的母亲,这个过程中马只跑了十里地,而且后面还有追兵和呼啸的枪子儿。

那天当他们冲到江春农布的人马跟前时，许多家丁来不及点燃火绳枪就人头落地了。江春农布身边的几个枪法最好的护兵倚在一棵横陈在草地上的大树后，用白人喇嘛送的九子快枪撂倒了十多个骑快马像风一样冲杀过来的骑手，但是他们的头人泽仁达娃胯下的马比风还要快，枪手们甚至还没来得及看清抢杀过来的究竟是一阵风还是一个夺人魂魄的杀手，泽仁达娃便横刀立马跃在了他们的头上，在他雪亮的马刀刚一举起还没有劈下来时，枪手们的魂魄便惊叫一声，纷纷从他们的天灵盖处出逃了。泽仁达娃的战刀没有沾染上一点血，便夺走了四条人命。江春农布刚把手中的枪抬平，就被身高臂长的泽仁达娃一刀砍成两截。

成群的康巴骑手蜂拥而上，他们打马围着孤独的江春农布兜圈子，康巴人快乐的呼啸和战马兴奋的嘶鸣回荡在雪山峡谷间。在追赶的猎物走投无路、猎手伸手便可将它收入囊中时，一个男人的快感就没有不达到巅峰的任何理由。这样的快感在生命中并不多见，有的人一生中也就那么一两次，甚至一次也不会有。而男人一旦捕捉到这种感受，他们会像与漂亮的女人做爱时那样，将自己处于快乐巅峰上的时间拉得越长越好。

嗜血的口哨声终于稀落下来时，野贡·江春农布已被林立的马刀所包围，他胯下那匹没有经历过多少战火的峡谷地区的矮种马，在马刀的一片寒光中双腿已经吃不住劲，竟一屁股坐了下去。这让江春农布感到野贡家族的脸都让这不争气的马丢尽了，他不得不跳下马来，面对架在脖子上、抵在前胸和后背上的马刀，尽量挺直了腰，用他的热血赢回野贡土司家族的最后一点骄傲。人在穷途末路的时候，唯一能支配的，就只有这一口傲气了。

接着便是野贡·江春农布和土司家族的世代仇人用生命和马刀的一场对话。

“十四年前，我父亲死在你们野贡土司家的人刀下。”

“不错，那把刀现在还在我们野贡家。”

“现在轮到这把刀成为一件纪念品的时候了。”

“你要知道，野贡土司家现在有洋人的快枪了。”

“哈哈，洋人的快枪再快，可我一点也不着急。我是泽仁达娃[1]。”

“生命很短暂，快乐却有限。你想要得到的东西，可要抓紧时间下手。”

“你说得不错，在我的马刀挥起和落下之间，快乐和死亡就完成了。有什么话捎回家吗？”

“临终不说多余的话，是上等的好男儿；飞行不多拍翅膀，是有翅力的好鸟儿。下手吧。我第二次说这话了，我希望不会说第三次。”

草地上只见一道寒光飞过，江春农布的头便滚落在泽仁达娃的马蹄下。泽仁达娃手下的人想去拾起这颗倔强的头颅，用一个胜利者的方式羞辱它，但是它却逃了。它顺着草地的坡度向峡谷里滚去，跃过了草地边上的一条水沟，又绕过了一座玛尼堆，那上面有苍白陈旧的经幡飘扬，雪山上的风吹动着经幡哗啦啦作响，在天空中散发着藏族人祈愿吉祥的吟诵，就像藏族人见了玛尼堆都要绕上一圈一样，江春农布的头颅还有时间围着这无名的玛尼堆转了一圈，还用嘴叼了一块石头，轻轻放在玛尼堆上，那是他对神灵世界最后的敬畏。然后它穿越了一片树林，那树林背后有一座天葬台，几只兀鹫还盘旋在天空，等候人们将一地的尸体砸碎。江春农布的头颅仍然没有停留，它翻滚着跳过天葬台，继续向峡谷方向奔去。这时它遇到了一道横亘的山坡，挡住了它的归路。而泽仁达娃追赶而来的马队的马蹄声已经很近很近了，急迫的蹄声似

① “泽仁达娃”一名的汉语意思为“长寿的月亮”。

乎要把大地敲碎。头颅踌躇片刻,毅然用它的牙齿咬住山坡上的草根,再用两只巨大而坚韧的耳朵做支撑,一蹭一蹭地往上爬。泽仁达娃的手下已经追到了山坡下,他们被所看到的景象惊呆了,有人用火绳枪向头颅射击,但是头颅攀援的速度超过了子弹飞行的速度,枪手们怎么也打不准它,眼睁睁地看着头颅翻过了它归家之路的最后一道障碍。

在峡谷里,野贡土司的管家旺珠听见狗的狂叫,便一阵急跑打开土司大宅的大门,随着一股血腥气扑面而来,江春农布的头颅一脸悲怆地正冲着他,嘴角上还紧咬着几棵草根呢。

管家一屁股坐在了地上,失声痛哭:“佛祖呀,土司们的仇杀又开始了。”

大约在两百年前,野贡·顿珠嘉措的高祖父——第五世野贡土司迎娶了卡瓦格博雪山背后的巨人部落头人查拉的女儿,但是据说这个长得身高体壮的女人却不会生育。依照土司们的规矩,这种条件下他有权再娶一个女人为妻。那时峡谷地区风行一种名为“帕措”的父系氏族社会形态,在藏语里“帕”指父系、父亲,“措”指血缘,“帕措”一词连起来的意思就是“以父系血缘关系为主要血统而形成的家族”。一夫多妻制在“帕措”制中是非常普遍的。但问题出在那个来自雪山上的女人在五世野贡土司的新妻子讨回家后不到一年,就跑回了娘家,因为她的一只眼睛被暴怒的五世野贡土司打瞎了。雪山背后的地域向来被人们称为“热克”地区,“热克”在康巴藏语里有勇士之意,还有一个意思是出战必胜。人们常说,热克地区的康巴汉子刀出了鞘的话,就一定要沾血的。在一个月黑风高的夜晚,巨人部落的查拉头人带人闯到了野贡土司家,双方没谈上三句话,查拉头人的刀就跳出了鞘,因为五世野贡土司的话深深地刺伤了查拉头人的自尊。他说:“再贫瘠的土地,只要你深耕细作,就会有收获;而你女儿的肚子简直就是岩石一块,再优良的种子播下去也长不出粮食。”就在土司碉楼前的院子里,五世野贡土司被查拉头人一刀刺穿了喉咙。仇杀的祸根就此种下。

十三年以后,六世野贡土司率人攻陷查拉头人的部落,将查拉头人拖在马后面活活拖死了,还放火烧了村子。

过了五十年,查拉头人年仅十二岁的重孙用一支毒箭射穿了六世野贡土司大少爷的胸膛。

再过四十年,在澜沧江上游白狼部落的德若土司家族和藏政府的一个宗本以及噶丹寺的活佛调解下,两个世代为仇的家族坐在一起谈判,那时野贡土司家族已经传到第七代,而那个当年射毒箭的少年也长成了一个剽悍的康巴汉子。双方谈妥了赔偿条件,由巨人部落赔偿野贡土司银子五百两,作为土司家大少爷的“命价”,从今以后两个家族不再仇杀。然后双方喝了牛血酒,结为盟帮。酒喝到高兴处时,查拉头人的重孙说:“如果不是我当初的那一箭,你今天当不了土司。”七世野贡土司说:“是啊,我其实一直都想找机会感谢你。”说完七世野贡土司抽出腰间的康巴藏刀,将桌上的一个印度香梨劈为两瓣,一瓣给查拉头人的重孙,一瓣留给自己。巨人部落的后代毕竟嫩了点,将野贡土司献上的那瓣以示和解的香梨吃了。但是哪知道野贡土司康巴藏刀的刀刃上一边涂了毒一边却抹的是蜂蜜,他回到自己的部落后,毒药才开始发作,在他快死时,阎王告诉了他死因。于是两个家族间的仇杀竞赛再度开始。

七世野贡土司六十岁时,在生日寿宴上多喝了几杯,土司家的人也被庆典的欢乐弄得疏于防范。第二天人们发现老土司被勒死在自己的床上,而一个仆人却神秘地失踪了。几年以后人们发现他在巨人部落做一个放牧的自由民,但是他的自由没有享受多久,就被人将他的头砍下送到了峡谷中的土司家请功来了。

到第八世野贡土司顿珠嘉措时,他发动了三次针对巨人部落的战争，其中一次成功地偷袭了泽仁达娃父亲的帐篷，土司的家丁将帐篷的绳索砍断，帐篷塌下来把里面的人全裹住了，外面的杀手们刀、枪、矛一齐朝乱成一团的帐篷往死里扎，直到把那顶黑色的牦牛毛帐篷扎成了红色的筛子。但是一个才四岁的小孩却被一个忠勇的仆人巧妙地压在尸体堆下，这个小孩就是泽仁达娃。

年轻气盛的顿珠嘉措不喜欢偷偷摸摸的暗杀，自从得到了白人喇嘛的九子快枪后，他更乐意像射杀岩羊那样射杀巨人部落的康巴骑手。派自己的弟弟江春农布到雪山下的草甸上寻找被掠走的牛羊，不过是借机寻找再和泽仁达娃决一死战的机会罢了，但没有想到的是，装备精良的土司武装竟然中了泽仁达娃的埋伏。

对于土司或头人家族来说，只要有世仇，仇杀就像一场接力赛，一代又一代地传接下去。父仇报不了子报，子报不了孙报，是这个世界上的一笔冤孽它终归得有个了结。每一笔孽债算清，都是一段血腥而精彩的传奇在雪山峡谷间上演。仇恨是一颗种子，总有一天它会发芽，除非你把仇人一家斩尽杀绝。但要做到这一点是何其艰难。

在给江春农布超度灵魂时，顿珠嘉措土司请噶丹寺的让迥活佛打了一卦，问什么时候可以取下泽仁达娃的头颅。德行高深的让迥活佛一般从不轻易给人打卦请神，因为这属于神巫神汉才做的事情，但是碍于土司的情面，他只采用了一种最为简单的羊肩胛骨占卜法。土司的管家将剔尽了肉的羊肩胛骨投入火中，活佛在一边念诵着经文。烈火烧得那片羊肩胛骨吱吱作响，冒出的油一滴滴地融入火中，屋子里弥漫着羊油的清香。人们一会儿看看入定的活佛，一会儿看看火中的那块骨头。待羊肩胛骨烧出了神秘的纹路，活佛让人把它取出来，凑到眼前仔细地观看。能不能尽快复仇，神灵便会通过这些纹路昭示给大家。那时刻野贡·顿珠嘉措感到自己的心都要蹦出来了。

“是独脚鬼泰乌让使你们不和的。你们应该敬畏他。”让迥活佛说。

“活佛,泰乌让独脚鬼有三百六十多种,我们得提防哪一路的独脚鬼呢?”管家旺珠问。

顿珠嘉措不耐烦地说:“管它是一只脚的鬼还是两只脚的鬼,我关心的是啥时能取下泽仁达娃的头来。”

“愚痴的人啊,与其行五毒,不如持五行①。一类的因必然产生一类的果,大慈悲才为根本。你的眼睛现在为魔障所遮掩,怎么可以看到将来。不过我可以告诉你,泽仁达娃将死于一个放牛娃手上。中国再换两个朝代,泽仁达娃都还活着呢。”

活佛说完这话就起身走了。顿珠嘉措气得脸都白了,中国一个朝代的江山就是几百年,难道我野贡家要传到十几世以后才能杀泽仁达娃吗?他泽仁达娃又不是苯教的巫师,可以活上几百岁。土司砸了一只酥油茶碗,冲着活佛的背影吼道:

“尽管你是替神说话的活佛,但我野贡家的人总有一天会取下泽仁达娃的脑袋。杀他的人绝对不会是一个放牛娃!你污辱了我们野贡家族。”

下午,顿珠嘉措土司突兀地问管家旺珠:“白人喇嘛现在最需要我们为他们做点什么?”

“他们么,”旺珠不假思索地说,“他们最希望老爷在胸前挂一个十字架。”

“真是下人的脑袋。你难道没有闻到他们身上的那一身膻味?”

“老爷的意思是请他们洗个澡?”

“去呀,把帐篷在温泉边搭起来,另外给我准备一匹骡子的

① “五毒”佛经中指贪欲、瞋怒、愚痴、嫉妒、疑惑;“五行”佛典中指布施行、持戒行、忍辱行、精进行、止观行。

银子。”

管家旺珠木木地站在那里没有动，在他漫长的管家生涯中，他从没有为土司家族支出过如此巨大的开支。

“耳朵给狗吃了？”土司踢了管家一脚，他才一溜烟地跑了。

野贡家在澜沧江边有一处私人温泉，周围用木栅栏圈了起来，除非有土司家邀请，任何人都不能来这里洗澡。据说这是神灵赐给野贡家族的，每年的藏历新年，土司常把帐篷搭在温泉边，一家人便整天泡在温泉里，泉边有烧烤的牛羊肉和鲜美的牦牛奶、酥油茶、各种甜食、青稞酒。峡谷里有句谚语说，“天上的日子再好，也不如在土司家温泉里泡一天。”

神父们接到去温泉泡澡的邀请，竟激动得直呼上帝。他们确实已经忘了沐浴的滋味了。两个神父在旺珠的引领下来到江边，顿珠嘉措土司已经赤裸着身子泡在泉水中了，热气蒸腾中的他像一头漂在水中的大肥猪。“请下来吧，神父，这泉水不是地上涌的，而是天上淌下来的。”土司说。

神父们向温泉的上方望去，果然见到一股白色的蒸汽从江岸的坡地上迤逦而下，温泉的泉眼一定在山上，空气中飘荡着浓郁的硫磺味。两个神父矜持片刻，便脱了衣服钻到水中去了。当温烫的泉水接触到皮肤时，沙利士神父的眼泪涌上了眼眶，他连忙掬一捧水洒在脸上，心里说，主啊，这不是在梦中吧。

温泉下方几米远澜沧江的波涛声生动而质感，人就像头枕在一个又一个的波浪上。峡谷上方的天空似一条宽阔的蓝色大道，白云是这大道上匆忙的商旅，雪山是白云停靠的驿站，神父们不知道自己是哪一朵漂泊的白云。

“主啊！土司先生，你的脖子上好像有个小动物！”杜朗迪神父忽然惊呼道。

“哦呀，神父，你们看，我身上到处都是这种东西呢。不要怕，它们会吃掉你们身上不干净的东西。”顿珠嘉措土司不当回事地说。

两个神父几乎同时惊得从水里跳了起来，因为他们发现原来自己的身上也到处爬满了红色的蚯蚓一样的软体动物。土司哈哈大笑：“这是自然的恩赐。一个有身份的人是用不着自己搓背的。”

那确实是一种专以人身体上的污垢为食的小生物。神父们尽管恶心得不行，可是当他们任凭这些软体动物到处乱爬时，感到它们好像是在深翻尘封多年的土地。如果不去想它们，还真像有人在给你抓痒痒哩。杜朗迪神父嘟噜道：“这可真是西藏人的享受。”

他们在温泉里直泡得骨头都发酥了才起来，两个神父认为这是今生以来洗得最为痛快的一个澡。泉边的帐篷里仆人们已烧好牛羊肉，打好了茶。神父刚喝了第一碗茶，土司一挥手，仆人们就抬来两大筐银子摆在了神父们的面前。杜朗迪神父好像什么都知道似的，“其实耶稣基督更需要你的一颗善心，而不是仇恨。”

“你需要更多的信徒传播上帝的信仰，而我需要更多的枪为我弟弟报仇。”野贡土司直截了当地对神父们说。

“不，尊敬的土司先生，你错了。你需要爱你的仇人，并请求上帝宽恕他的罪过。看看那些在上帝面前忏悔过的罪人吧，他们的心中已再没有了恨。如果你要求我对你有所帮助的话，我只能给予你仁慈的教诲。”

“可是当初你来的时候，送给我的却是枪。”野贡土司嘟哝道。

“是的，我送过枪给你。但是现在我更愿意送一本《天主教要义》，这上面将告诉你耶稣基督的真理和上帝的荣耀。”杜朗迪神父拿出用藏文写的那本小书。

野贡土司接过那本书，看也没看就放在一边，“神父，你知道一个土司的荣耀是什么吗？那就是杀死他的仇人。我需要你们洋人的枪，越多越好！”

“主啊,饶恕这个迷途的罪人吧。”杜朗迪神父在胸前画了个十字。

“这是什么意思?”土司问。

“如果你不求我主耶稣的宽恕,你会下地狱的。”神父说。

“朋友,你们说话怎么和噶丹寺的活佛一样了?我告诉你一个土司是不会下地狱的,他的来世还是土司。只有泽仁达娃这样的人才会下地狱。要是你们的地狱和我们藏族人的地狱不一样的话,两个地狱我都要他下。”

野贡土司的声音很大,像一个醉汉的疯话。两个神父一时被他杀气十足的喊叫震住了。这时一直言语不多的沙利士神父用冷漠的口气说:

“我们需要在峡谷里建一座教堂,如果你不反对的话……”

顿珠嘉措土司眼珠转了转,大度地说:“峡谷里多一座寺庙有什么不好呢?你们保证人们升往天堂,我保护峡谷众生的安宁,在这一点上我们是一致的。”

“在主的护佑下,我们终于找到相同之处了。”杜朗迪神父说,“十支快枪,但愿它们带给峡谷的是安宁。”

野贡土司笑了,“如果再多十支,连鸟儿都不敢来惊醒神父们的梦。”

峡谷里薄暮升起时,两个神父一身轻松地踏上了归途。远远近近的狗吠声此起彼落。藏族人煨桑的青烟在峡谷中扶摇直上,与黄昏的雾霭渐渐融为一体。雪山被晚霞尽染,呈现出神秘美丽的橘红色调,像一个燃烧着的神灵;随着时间的慢慢流逝,神灵的火焰暗淡下去,峡谷便缓缓沉入黑暗。这时一支悠扬的藏歌不知被谁唱起,那声调拖得长长的,高高的,野性十足,似乎要把即将来临的漫长黑夜穿透,把藏族人的苦难穿透。

6. 建在牛皮上的教堂

澜沧江的水又一次由肥变瘦、由浑黄变清澈、由暴烈变温柔的季节，传教士们认为自己在峡谷地区已经站稳了脚跟，开始着手建立西藏第一座教堂的计划。杜朗迪神父在写给打箭炉教区莫维尔主教的信中说，依托天主的圣意，我们已经顺利地在西藏的土地上播下了信仰耶稣基督的种子。为了这一天的到来，我们传教会五年来的努力总算没有白费。这里的人们并不像外界传说的那样蒙昧愚钝，尽管他们还生活在仿佛中世纪的欧洲，但是他们善良温和，信仰坚定。男人是天生的修道士，女人是虔诚的羔羊。在这片苦寒荒芜的土地上没有信仰的生活是无法想象的。虽然这里并不是神父们的乐园，但也不是信仰者们的荒漠。尊敬的主教大人，我和勤奋刻苦的沙利士神父在这里工作三年多了，现在已为十六个虔诚的信徒付了洗，使他们皈依到天主的圣宠之下。这个成绩虽然很小，但这不是这块土地的过错，而是这里还未经耕耘。现在我们看到了上帝的光辉第一次照耀到了这片仿佛洪水滔天时代的峡谷。我听到天使在云端中喊："伸出你的镰刀来，因为收割的时候已经到了，地上的庄稼已经熟透了。"

峡谷里的青稞刚刚收获，大片裸露的土地呈现在为教堂寻找立足之地的神父们面前。峡谷里的地是最珍贵的，能放平一只桶的地方，都是世代藏族人耕种的土地。杜朗迪神父看中了位于驿道边一块属于噶丹寺的平地，它离水源很近，而且很方便，旁边有一条从雪山上淌下来的溪流，佃户们只需挖开水沟就可以浇地了。噶丹寺每年从这片土地上要收五百石青稞，多年以前噶丹寺的绛边益西活佛就说过，这片地是神灵的粮仓，连冰雹都不敢下到这块土地上。神父们为如何拿下这块地作好了充分的准备，他们请来寺庙的大总管贡嘎喇嘛，知县刘若愚和他的士兵，野贡土司的管家旺珠，就在地边和贡嘎喇嘛商量买地的价钱。

“这是神灵的土地，出多大的价钱我们也不会卖的。”贡嘎喇嘛坚决地说。

贡噶喇嘛既是寺庙的大总管，也是负责僧众纪律的“铁棒喇嘛”。在寺里是一个仅次于堪布和活佛的职务，由于峡谷地区土匪常来打劫，有时还会冲到寺庙的佛像前公然掠夺抢杀，因此这一带的各个寺庙都养有武装僧团，由寺庙里那些年轻气盛、念经又长进不大的喇嘛们组成，交由贡嘎喇嘛管理。他身材高大，面相威猛，可以轻易地将一头牦牛扳倒。因此贡噶喇嘛在噶丹寺、在峡谷地区虽然算不上高僧大德，但当他发话时，澜沧江的水也得打一个哆嗦。

杜朗迪神父说：“上帝在创造世界时，就创造了峡谷里最大的一块平地，他本来就属于上帝，只是暂时托付给藏族人代管罢了。不过出于对寺庙的尊重，我们愿意出钱将这块土地为上帝赎回来。”

“这是很公平的交易，神父们是知书识礼的人，没有人比他们心地更善良了。”

知县刘若愚站在两个士兵的前面说。如果没有带枪的士兵，他不敢在藏族人面前大声地说话；如果没有白人喇嘛，他不会给藏族人找来这么多的麻烦。噶丹寺的喇嘛们觉得这个大清皇帝派来的知县越来越令人讨厌了。佛教的信徒们向喇嘛们报告说，刘知县私下里见了两个白人喇嘛都是喊杜爷和沙爷。而他对寺庙的活佛却从来是斜着眼睛看的。他带着两个老婆到藏区来做官，又娶了一个康巴女人做第三房。据说他天天都要吃药才上床，而到早晨起来时连上马去衙门的力气都没有。高僧们认为峡谷里纯净了几百年的空气将会因为这个汉人官吏的放纵而受到污染。

杜朗迪神父让人抬来一筐银锭,然后说:“你们看,这是我们向你们买地的银子,其实,我们只要很小很小一块地就够了。”

“就这一点银子,你们能买多大一块地呢?”贡噶喇嘛轻蔑地问。

“不多,有一块牛皮大的地方给耶稣立足就行了。”杜朗迪神父说。

“就一块牛皮大的地方?”贡噶喇嘛向杜朗迪神父逼问道。

“耶稣基督需要的是信念,而不是地方的大小。哪怕在一个针眼大的地方,喏,仅仅是一个针眼,上帝也存在。我们只追求上帝的永恒,而绝不强求其它。”

“你可敢与我们立下契约?”

“当然。我们都是将契约担在肩膀上的僧侣,我们与上帝有契约,而你们与你们的神灵有约。来吧,请公正的知县先生为我们作证吧。”

那时贡噶喇嘛低估了杜朗迪神父的聪明,他甚至没有想到和寺庙的堪布、活佛们商量,就提笔在白人喇嘛早已准备好的契约上签下了自己的名字。一般来讲,寺庙对外的经济事务,都由贡噶喇嘛一手操持,无论是放高利贷,还是买地卖地,贡噶喇嘛签下的契约,从来没有让寺庙亏过本。

为了显示自己办事公正,刘知县真的让人找来了一张新鲜的牛皮,噶丹寺的喇嘛们将牛皮摊开,说:“拿去,这就是你们的耶稣站的地方。”

可是杜朗迪神父又有新的说法,他说耶稣基督怎么能站在这张还带有血污的、肮脏的牛皮上传播自己的教义呢?他提出牛皮必须经过三天的水浸泡洗后,才能作为耶稣基督的立足之地。喇嘛们商量后认为,白人喇嘛还是目光短浅,一张牛皮即便泡上三天,也撑不到哪里去。要想在这样大小的地方盖教堂,除非他们拥有魔鬼的法力。而雪域高原的魔鬼们是不会轻易为白人喇嘛所控制的。三天的时间,贡噶喇嘛准备在寺庙里做一场法事,诅咒白人喇嘛要盖的教堂。

但是白人喇嘛的法术超出人们的想象。三天以后,峡谷里所有的头面人物都目睹了白人喇嘛的戏法。杜朗迪神父拿出了一把锃亮的剪刀(人们还记得沙利士神父在给藏族人做手术时,曾用过这把小巧精致的剪刀),把那张泡涨发软的牛皮一圈又一圈地剪下,牛皮变成了细细的、长长的牛皮绳。在峡谷里最聪明的脑袋瓜、学问最深的活佛也不明白白人喇嘛究竟要干什么的时候,杜朗迪神父让知县的士兵将牛皮绳拉直、拉长。士兵们拉着牛皮绳每走五十步,就留下一个人像木桩一样永远地戳在那里,然后其余的人继续牵着牛皮绳往前走。他们走过了大片大片的青稞地,走过了雪山下的溪流,走过了绿荫匝地的核桃树林,走过了驿道,走过了驿道边的三座玛尼堆,甚至还走过了一小片草场,直到人们都快看不到他们的身影了,最后一个士兵才牵着牛皮绳走回来,这时他手中的绳子还有好长一截哩。

“好了,这就是一张牛皮大的地方,上帝之光将从这里照耀着你们的峡谷。”杜朗迪神父轻松地说。

所有的人就像中了魔鬼的法术一样说不出话来了。贡噶喇嘛的脸一下被魔鬼拧歪了,许久没有恢复原状,直到他挑起了与白人喇嘛的战争。“你们,你们是一群魔鬼!我要把你们的上帝剁碎了喂澜沧江的鱼。”

然后他抽出了腰间的康巴藏刀,向杜朗迪神父扑去。但是知县的士兵用枪口抵住了他的胸膛。

“买卖成交。根据大清国咸丰皇帝和大法国大皇帝签署之《辛丑条约》,大法国天主教传教会之传教士在中国享有保教权。外国神父在中国无论何处何地,均可买地租屋,建盖教堂。我等均应悉听尊便，不可为难，以示和约精神。故从今以后，此地属于大法国外方传教会，各级官吏、僧俗人等，均应给予其我大清国之礼仪和慷慨。”刘知县在士兵们的枪口后宣布说。

这时一阵怪异的风从人们的头上掠过，一个沙哑的声音从半空中传来：

“火最早是从木头中取出来的，但是毁灭森林的就是火。”

人们循声望去，只见苯教法师敦根桑布正骑着一面鼓从峡谷上空飞过。村里的几个六十岁以上的老民还记得，他们还是在孩童时见过他的面，那时他就是一个八十多岁的老巫师了，而今天漂浮在半空中的他看上去却不到三十岁。不过由于他和魔鬼们是朋友，所以他是一个出入于冥界与生界、法力超强的巫师。据说敦根桑布才十三岁时，便被一群魔鬼掠去，魔鬼们带他跑遍了整个雪域高原，待他重新回到澜沧江大峡谷时，他已经知道了许多魔鬼的名字和他们的居住地，更为重要的是他掌握了人类无法认知的各种降伏魔鬼的法术。比如他袍子里的一张小网可以捕获作祟的魔怪，他还能用一支羽毛截断生铁，为生者祭神，为死者降伏魔怪，是他多年以来在峡谷里赢得人们尊重的主要原因。但是在两百年前和黄教进行的一场宗教竞赛中，他输给了噶丹寺的高僧。当时苯、黄两个教派的喇嘛在为去世的五世野贡土司做灵魂超度、降伏魔怪的仪轨，敦根桑布刚刚打坐入定，他的鼻尖上便飞上来一只蜜蜂，无论他如何调集全身的法力也不能赶走它，在他一分神的瞬间，敦根桑布请神时所有的观想修持土崩瓦解，这使他顿失各路神灵的保护，自己也变成魔鬼了。后来他费了好大的劲，在雪山上的一个土洞里苦修十多年，才重新恢复了苯教巫师的身份。不过这次法术的失败，使野贡土司家族从此禁止苯教在峡谷地区传播，僧俗百姓也不许修持苯教的巫术，只有在峡谷地区遭遇到大灾难时，才允许他回来协助格鲁派黄教的喇嘛们降伏魔怪。从那以后，敦根桑布就成了一个骑一面羊皮鼓在峡谷上空飞来飞去的云游僧。没有人知道他从哪里来，也没有人知道他将去到哪里，更没有人确切知道他是否还活在人间。但是每当他不请自来，回到峡谷地区时，总有大事件发生。

“哦呀呀，尊敬的上师，请把话说明白了再走！”贡噶喇嘛跪在了地上，双手掌心向上呼喊道。

“你在跟谁说话？”刘知县问。

“敦根桑布回来啦，你们的末日到了。”贡噶喇嘛仰头望天喃喃地说。

刘知县、白人喇嘛都向半空中望去，但是他们什么也没有看见，只嗅到了一股用世界上所有的语言都不能表述清楚的异味，这种味道令人头晕目眩，心灵空虚，因为这与苯教神秘的巫术有关。杜朗迪神父和沙利士神父有些不明白贡噶喇嘛的意思，问刘知县：

“谁是敦根桑布，他在哪里？”

贡噶喇嘛轻蔑地笑了，“你们看不见他的。因为你们没有藏族人的眼睛。”

白人喇嘛甚至连藏族人的灵魂都要控制，没有藏族人的眼睛算得了什么呢。教堂以一种出乎峡谷地区人们想象的速度在一节一节地拔高，没有人见过这样古怪的房子，它不是河谷地区的藏式碉楼，也不是峡谷地带的土掌房，人们看见一个像雪山上的尖峰一样的楼房矗立起来，比藏族人盖的碉楼还要高出好几层，立在峡谷一侧的噶丹寺就显得比它矮多了，今后寺庙里的一切有关神的活动将被白人喇嘛尽收眼底。更为关键的是，它深深刺痛了护佑峡谷地区的各路神祇的眼睛。一些年轻气盛的喇嘛站在山梁上用甩石器把一块块石头像飞鸟一般射向教堂的彩绘玻璃，将它们击得粉碎。那玻璃碎裂的声音刺破了人们的耳膜，让许多人在好长的时间内听不到任何声音。

这是藏传佛教对天主教的第一次警告。

而白人喇嘛们并不领会这个挑战，他们将彩绘玻璃重新安装起来，并在外面安上护板。在教堂建筑工地的外围，当初被命令去牵牛皮绳的士兵如今仍然站在那里，他们的枪口冲着或愤怒或迷惑的藏族人。这些每隔五十步就像一根根木桩立着的士兵从没有接到撤退的命令，因为他们的长官被白人喇嘛收买了，成天躺在床上吸鸦片，以至于忘记了在风雨中还在给白人喇嘛站岗的士兵。他们的身上长了霉，生了苔藓，乱草一般的头发让小鸟在上面做窝，衣服成了荒草一样的颜色，皮肤和脸也与大地的颜色一模一样。他们的脚上也长出根须，使他们动弹不得。教堂打围墙时，汉地来的工匠已分不清他们究竟是一根废弃的木头呢还是一个个的活人，就派人去问刘知县。刘知县正在和军官们吸大烟，故作诧异地说：

“荒唐。木头就是木头，士兵就是士兵。难道你们没有长眼睛么？”

军官们不耐烦地说：“你管他是木头还是士兵，就让他们永远戳在那儿好了。”

工匠们争辩说：“老爷，他们真的是士兵啊！”

军官吹起了胡子：“是士兵回来还得天天操练，白吃皇上的粮饷。你来付啊？”

工匠们手中正缺木头，也就顺势把那些可怜的士兵当作柱子与围墙砌在一起了。只有一个士兵还有力气提出抗议，他用蚊子鸣叫一样的声音说：“我在湖北老家还有七十多岁的老娘呢，你们可不能把我抛在这里。”

一个老工匠说：“兄弟，自古忠孝不能两全。你就当这是为皇上尽忠了罢。”

这个冤死鬼最后用只有他自己才听得见的声音哽咽道：“尽个

鸟的忠，老子是在为洋鬼子站岗呢。”

白人喇嘛其实也知道这些陌生的士兵的忠勇和苦衷，但是如果没有他们站在外面，白人喇嘛就不会睡得踏实。杜朗迪神父想给士兵们做临终傅油圣事，以便使他们有罪的灵魂得到拯救，皈依到天主的圣宠之下。他手捧《圣经》来到围墙墙根，对一个已经和围墙融为一体的士兵说：“可怜的孩子，如果你信仰耶稣基督，我将指领你的灵魂走出地狱，升往天国。”

士兵一动不动，惟有风声呜咽。

神父又说：“啊，我听见你的忏悔了。藉神圣的傅油，赖天主的无限仁慈，愿天主以圣灵圣宠护佑你，赦免你的罪，拯救你，并减轻你的痛苦。阿门！”然后神父把从打箭炉带来的经莫维尔主教祝圣过的圣油抹在士兵灰扑扑的脸上。

峡谷中还是只有呜咽的风声。

贡噶喇嘛自从与白人喇嘛斗法输了后，一直在利用藏族人的方式报复这些佛法的敌人。他的道行并不高远，但他知道一些民间常用的毁敌巫术。比如说他私下里把两个白人喇嘛的名字写在纸上，连同一些写有“断命”、“掏心”、“断精力”的咒语一起，放入自己的靴子中，这样他每走一步路，都把白人喇嘛踩在脚下，并实施一次充满刻毒的诅咒。

不过最厉害的毁敌巫术是要找出白人喇嘛的灵魂所在。依照藏族人的传统，每个人的灵魂、家族的灵魂、甚至一个民族的灵魂，都和动物界或者植物界的某种生物有关。动物界的老虎、狗熊、狮子、大象，牦牛、骡子、绵羊，植物界的树木、花草，甚至自然界的湖泊、山丘，都可能是人们灵魂所寄居的场所。简单地说，如果某个仇敌的灵魂寄居在一头牦牛身上，那么你把这头牦牛杀了，你就夺去了他的魂魄，他的死期也就不远了。从前格萨尔王在和霍尔国作战时，就是首先降伏了象征霍尔国国王灵魂的一座雪山上的妖魔,才打败霍尔国的军队的。

然而难题在于人们不知道白人喇嘛的灵魂寄居在什么事物上,他们来路不明,信仰的又是不同的宗教,他们的民族与魔鬼是什么关系人们也不得而知。可是,令白人喇嘛也始料不及的是,有一股神秘的力量始终在与他们作对。在直插西藏蓝天的尖顶教堂刚要竣工的那天,峡谷里便刮起了前所未有的大风,将白人喇嘛教堂的尖顶像吹一顶帽子一样吹进了澜沧江。

就像教堂的彩绘玻璃被击碎后又重新安装上一样,白人喇嘛不知是不明白西藏这块神秘的土地上无处不在的法力,还是过分相信自己的银子,他们在很短的时间内又将教堂的尖顶重新立了起来。但是就在完工的那一天,峡谷中狂风大作,雷雨交加。一个能控制雷霆的护法神甩出两个威力巨大的炸雷,准确地击中了教堂的尖顶,将它炸得燃烧起来。在噶丹寺措钦大殿做法事的喇嘛们都听见了白人喇嘛惊恐的哀叹。

7. 向上帝开战

教堂的尖顶后来一直没有能再立起来,杜朗迪神父原来打算在教堂尖顶的阁楼上安放一个大钟。但是峡谷里风声日紧,信奉耶稣基督的藏族人已经成了人神共怒的发泄对象。他们来教堂做祈祷时,只得贴着村庄的墙根灰溜溜地来,再灰溜溜地回去。一些天主教徒经常在地里受到佛教徒们的嘲笑,他们被人们称为“洋人古达”,“古达”一词在东部藏语中有献媚、奴颜之意,是人们对摇尾乞怜的狗的形容。那时峡谷里的藏族基督徒还没有意识到,自从把自己交给了上帝,他们便命中注定要与孤独、歧视、伤害相伴。上帝即便能拯救他们的灵魂,但却不能带给他们多少好运。宗教总是和人们的日常生活紧密相连,可当宗教成为日常生活的障碍时,信仰便成了一种灾难。

彼得是峡谷里的第一批天主教教民,当杜朗迪神父用神奇的白色药丸救活了他全家时,彼得皈依了耶稣基督。他是一个厚道忠诚的人,租种着噶丹寺的几小片青稞地。半个月前当噶丹寺为让迥活佛顺利完成三个月的闭关修行而举行庆祝活动时,所有的僧俗百姓都去寺庙敬献哈达和礼物,并接受让迥活佛的摩顶祝福。但是彼得拒绝让迥活佛为其摩顶,他当着众人的面说:

“我是天主的选民了,我已经领受了天主的恩赐。活佛的祝福我再不需要啦。”

他对活佛的不敬当时令所有的喇嘛气青了脸,但是让迥活佛温和地说:“作为一个藏族人,你可要看清什么是真正的祝福。回去吧。”

彼得在活佛面前昂首转身离去,这是非常不敬的。任何人见了活佛后都是躬身退出,没有谁敢把自己的背影朝向活佛。贡嘎喇嘛在彼得走出寺庙后,带了几个年轻喇嘛追了上去,将彼得按在地上痛揍了一顿。从那以后,天主教徒见到穿袈裟的喇嘛都躲得远远的了。

杜朗迪神父认为这不是一件小事,对基督徒的侵犯就是对上帝的伤害。他找到刘知县,要求喇嘛寺为此赔偿。刘知县立即带了一队士兵到寺庙,要求交出肇事者。可是贡嘎喇嘛哪里肯依,他们把刘知县的人赶了出去,还打伤了三个士兵。一个月以后,刘知县从峡谷外搬来援兵,他们在山道上设伏抓捕了贡嘎喇嘛,将他五花大绑地捆了,拘押在县衙门里。据说连让迥活佛前去求情都被那个清军管带驱除了出去,他高坐在大堂上,跷起二郎腿将脚底冲着活佛,傲慢地说:

“抓你们的人算轻的了,以后再在这峡谷里得罪洋大人,我就关你的庙门。”

人神共怒的时刻终于来临。贡嘎喇嘛手下的那帮年轻气盛的喇嘛不听让迥活佛的劝阻，联络了邻近几座寺庙的僧侣，还有那些忠实的佛教信徒，向上帝和他的信仰者们开战。

实际上那段时间边藏一带已经成了一个火药桶，随时都可能爆发大规模的流血冲突。朝廷的官员们一方面派兵为外国传教士提供武装保护，一方面又限制寺庙里的喇嘛数量，将大批的出家人赶回家种地放牧，不从者只有一种结局——杀。可是朝廷的官员们忘记了，在这块桀骜不驯的土地上，无论你有多大的权势，当你把人和神灵都得罪殆尽时，你的末日也就来临了。

大暴动是一声口哨唤来的，多年以后，侥幸活下来的沙利士神父在他事后一直没有出版过的回忆录中写道："我们只听见了一声刺人耳目的口哨声，这种口哨是游牧部族和山地部落独特的语言，它和驱赶牲畜、狩猎以及谈情说爱有关。但是我们万万没有想到它还和战争相连。"

口哨唤来了满山遍野的康巴人，然后是更多的口哨此起彼伏，更多的康巴人跃马横枪，冲杀而来。峡谷在摇晃，澜沧江江水也被这万年难遇的精彩一幕所撼动，从而发出愤怒的吼声。喇嘛们围攻了县衙门，要求交出贡嘎喇嘛。守备队的士兵慌乱中打死了两个冲在前面的年轻喇嘛，事态顿时不可收拾。守备队瞬间就被康巴人的洪流淹没了，在县府即将被攻破之时，刘知县手刃了自己的两个爱妾。如果说杀第一个爱妾他还有怜香惜玉之情的话，杀那个康巴妇人时他就带着一股莫可名状的恼怒了，"都是你们康巴人干的好事。"他怒气冲天地说。然后他提着血淋淋的刀来到原配刘黄氏的房间，那刘黄氏正把两个儿女搂在自己的怀中，像一头绝望的母兽，睁着惊恐的眼睛望着一脸杀气的夫君。

"要是过去你对藏族人好一些，我们何至于有今天！"刘黄氏说。

"说这些都晚了。我们不能白头偕老啦，共赴国难罢。"

“我自己来。但是你得给我们留下孩子。”

“婉儿已经十四岁了,岂能受辱于那些蛮子!”

刘黄氏大哭,孩子也大哭。刘黄氏哭着跪倒在地,“他们是信奉佛教的人,不会做那伤天害理的事,夫君啊!”

刘知县一脚踢倒了妻子,把两个孩子夺了过来,丢下一句只有铁石心肠的人才能说出口的话:“贞洁比生命更重要。吊绳我已经给你准备好了。”

刘知县的小儿子荣儿才八岁,为他的康巴爱妾所生,此时早已吓得嚎哭不已。而大女儿婉儿却惊人地镇静,只用一双哀怨的眼睛深深地看了母亲一眼,然后问父亲:“爹,你都安排好了?”

这清醒的一问反而让刘知县泪雨横飞,禁不住仰天长啸,“你爹爹受皇上恩赐,为官一任,家事国事,一样都没有安排好。直闹得暴民四起,家破人亡。天杀我也!”

院子里还有刘知县的几个亲兵,都是随他从山西老家跟来的。直赴黄泉的马匹已备好,刘知县一挥手,一行人纷纷上马,向外面奔涌而来的洪流冲去。大家都把生死置之度外,谁离死亡更近,谁更渴望逃离这纷乱的人间,谁的脚下便会有一条归去的路。刘知县带着几个亡命徒边打边突,总算让他冲到了澜沧江的悬崖边。

他把两个儿女接下马来,指指江水说:“婉儿,荣儿,江的下游就是汉地。到了汉地我们的阴魂就可以找到归宿。跳下去吧。”

婉儿给他父亲磕了三个响头,一句多余的话也不说,掉头就跳到江里去了。荣儿只看到他姐姐的头在浑浊的江面上一闪,就不见了踪影。他喊:“姐——”

刘知县泪流满面,扶着儿子的肩头说:“下去吧,找你姐姐去。”

荣儿说:“我怕,爹。”

“蛮子来了,你会更害怕的,他们会掏你的心。”

“爹,你不能保护我了吗?”

“荣儿,你看这天下盗贼四起,生灵涂炭,你爹连朝廷的官印都保护不了。覆巢之下,焉有完卵乎。”

“爹,我们都死了,哪个为你养老送终啊?”

“荣儿,我们一起走了。你爹没有归家养老的福。”

“爹,江水好急,会淹死人的。”

“爹知道,江水急,回家的路就短了。不出十日,我们就到了山西老家,爹不是早就答应过你了吗,要带你回山西。”

“山西有什么好吃呢,有核桃和羊肉吗?牦牛肉干有吗?”

“有,都有,我们山西还有大枣呢,那大枣又甜肉又厚,一咬……”

“爹啊爹,你推我一把吧。”

“唉,我刘某人不知是造了哪样孽,一生尽干最不愿意干的事情。皇上啊皇上,你看到了吗?朝廷的边藏大事,怎么弄成这个样子啊!我刘家满门尽忠了!”

刘知县趁自己仰天呼唤,朝廷却听不见他在澜沧江峡谷中毫无意义的空悲切之际,一脚就将自己的孩子踢下澜沧江,然后他用一支杜朗迪神父送的勃朗宁手枪了断了自己走背运的一生。在他奔赴黄泉的路上,他看到了自己匆忙赶来的妻子,她脖子上的绳子都还没来得及解下来呢。两人凄楚的目光仓惶相对,都读出了对方眼中的内容。一个说,你总算没丢我刘家的脸,今后刘家的祠堂里会有你的一席之地。另一个说,去你姥姥的,还我的儿女来!

当暴动来临时,彼得和托马斯是第一批受害者。向寺庙租地种的托马斯也是在侍奉上帝和顺从寺庙的选择中虔诚地站在了上帝一边。一次寺庙要维修措钦大殿,所有的佃户都被派了差役,在过去这是再正常不过的事情。可是托马斯却拒绝前往。他说这天是上帝耶和华恩赐给藏族人的安息日,在这样的日子里他不能去喇嘛寺里干活了,否则就是对上帝的亵渎。

彼得和托马斯被暴动者从家里驱赶出来，房子也给扒了，他们把两个教民吊在核桃树上，问还信洋人的上帝不。托马斯说，当然信，我们还要追随耶稣基督升往天国哩。于是贡噶喇嘛就让手下的人割下了他们的鼻子和耳朵，但是他们仍然死心塌地地追随耶稣基督，后来，愤怒的石头和弓箭便淹没了他们的躯体。彼得在临死的时候悲哀地喊道：

“主啊，我们都是藏族人啊！宽恕他们的罪吧。”

喇嘛们则愤怒地喝道：“有罪的是你，你对活佛不敬，你被魔鬼夺走灵魂了！”

但是当这个世纪走到末端的时候，噶丹寺的喇嘛们却把彼得的重孙扛在了肩膀上，因为他被认定为云南藏区一个活佛的第十世转世灵童。可那个时候的喇嘛和教民们怎么会想得到有这么一天呢。上帝和佛陀也想不到。

峡谷里的基督徒如惊弓之鸟，纷纷躲到教堂里寻求保护。地里的庄稼荒芜了，牧场上的牛羊无人放养。教堂成了惊涛骇浪中的一叶扁舟，随时都可能倾覆。沙利士神父望着一院子神情哀泣、惊惶不安的教民，忧心忡忡地对杜朗迪神父说：“战争开始了，我认为我们应该暂时撤出去。”

“不。我们要赶快武装起来，保卫教堂！”杜朗迪神父大声喊道，像一个战场上的指挥员，而不是一个神父。

“可是我们只有几十个教友。”

“人子的光荣到了，主与我们同在。”杜朗迪神父向天空伸出了双臂。

“也许我们可以指望峡谷里的纳西人，他们毕竟不是藏传佛教的信徒。”沙利士神父建议道。他曾经到纳西人聚居的村庄去争取过信徒，他们对他还算友好，但是他们说纳西人有自己的宗教东巴教，也有自己的东巴祭司。大自然中他们的神祇已经很多了，不需要再崇拜其他民族的神。那个纳西人年轻的族长和万祥还说，一个在人家屋檐下的人，是不会向主人的窗户扔石头的。不过沙利士神父认为纳西人是一个聪明实际的民族，也许花些银子，可以暂时招募一些纳西青年为保护教堂出力。

“一个真正的基督徒，可以抵得十万雄兵。沙神父，要在西藏传教，我们和佛教徒必有一战，早来比晚来好。现在该轮到我们给他们一个教训啦！”

沙利士神父非常惊讶地看到了杜朗迪神父眼中从未有过的狂热和痴迷，那是一个殉教者走到天堂的门口时才会有的目光。作为一个传教士，他的职责只是传播上帝的福音，而不是与人战斗。沙利士神父不知道杜朗迪神父究竟是怎样想的，但是他认为，在强大的藏传佛教面前，传教士既是耶稣基督的火种，也是在干燥的森林中玩火的人，一不小心就可能引来满山遍野的大火，把自己烧了也就罢了，还将殃及许多无辜的人。

沙利士神父苦着脸问：“看看这一院子的老人和孩子吧，神父，我们怎么教训那些骑在战马上的康巴人？”

杜朗迪神父自信地对一筹莫展的沙利士神父说：“上帝早把一切都安排好了。你带两个人，马上到汉地去搬救兵。”

“军队一来，峡谷里将尸横遍野。”

杜朗迪神父说：“这就是上帝的惩罚，异教徒的命运。为了升往天国，与其教诲他们按上帝的意愿去死，不如让他们为上帝而献身。”

“可是，杀戮是违背上帝旨意的。”沙利士争辩道。

“神父，十字军东征圣城耶路撒冷时，穆斯林教徒的鲜血还淹没到了十字军骑士们战马的膝盖呢。”

“那你怎么办，还有这些教民？”

杜朗迪神父望着峡谷前方湛蓝的天空，喃喃地说：“沙神父，不流血,上帝的福音到不了拉萨。”

沙利士神父感到杜神父对流血的渴望已经超过传教的理想,他把自己当成走向十字架的耶稣了。鲜血真的能唤起藏族人对上帝的崇敬吗?沙利士神父已经没有时间多想,他挑选了托马斯的孩子马修和孤儿亚当,马修十一岁,亚当十三岁。如果一座房子在熊熊燃烧,沙利士神父能做的只有先救出无辜的孩子。他对他们说:“我们去找能伸张正义的人,但愿他不会给你们藏族人带来灾难。”

沙神父走后,杜朗迪神父叫人紧闭了教堂的大门,让两个教民在围墙上放哨。所有的教友都进教堂,这是心灵和生命最后的避风港了。战争的烽火已经映红了峡谷,但教堂里最后的弥撒仍然按时举行。那召唤教徒的钟声和枪声交织在峡谷的上空,一个悠扬而诗意,一个刺耳而血腥。一身白色祭衣的杜神父开始布道,他打开《圣经》,嗓音低沉地说:

“教友们,我的孩子,我的兄弟姐妹,今天是我主耶稣升天的日子,耶稣基督就在这一天完成了他伟大的救世义举。在圣城耶路撒冷东橄榄山,耶稣基督为自己的信徒们祝福,一朵彩云降下来,就把我们的主耶稣接到天国去了。他是为了你们而升天的啊!一个只有高居于天上的神,才可以拯救你们,才值得你们去信仰,并为他献出自己的生命。就在昨天下午,我们的两个教友为主作证,为你们赢得了荣耀。啊,我看到了,他们的灵魂已经升到了天国;我还听见他们说,为主的光荣而死的人有福了,我们从此免除了劳苦、病痛、饥饿和人间无穷无尽的灾难。啊,异教徒的枪弹和弓箭正向我们射来,这是上帝对我们的考验。想一想走向圣十字架的耶稣罢,他是那样爱我们,用自己的血使我们脱离罪恶,拯救我们的灵魂。《启示录》告诉你们说,‘你将要受的苦你不用怕,魔鬼要把你们中的几个人下在监狱里,叫你们被试炼。你们必受患难十日。’我的孩子们,不要悲伤,上帝会擦干你们的眼泪。天国近了,被杀的羔羊,将拥有权柄、富足、智慧、尊贵和荣誉。看哪,生活是多么辛劳和痛苦,让我们在这个特殊的节日里赞美天主的无限慈爱,让我们为圣子耶稣的升天与复活而欢庆吧。基督复活了,天使们皆大欢喜。基督复活了,坟墓中不再有死人。看哪,上帝的帐幕其实就在人间,他要与我们同在。让我们去追寻他的光芒,面对异教徒的刀枪。阿门。”

“阿门!”所有的教民齐声应道。有嘤嘤的啜泣在昏暗的教堂里潆洄,像山涧中流淌的雪山上的溪流,清冷而孤独。

“哗啦”一声撕心裂肺的巨响,教堂的彩绘玻璃被一块石头击中了,纷乱的玻璃碎片像一团被击散的雪花,飞溅在低头祈祷的人们头上。有的人脖子、脸被划破了,鲜血潺潺流下,但是谁也没有惊惶,连动也没动一下。穿过教堂的风带来了战火的消息,仿佛澜沧江的水从天而降。

杜朗迪神父拿起祭台上的一个十字架,缓缓地走下来,向教堂外走去,他说:

“来,为了上帝在西藏的荣耀,让我们去。”

十天以后,沙利士神父带来了一支由一个汉人将军率领的军队。这个将军的名字不为人知,即便是在汉地,人们通常只称他为赵屠户。他身材矮小,连五官也使劲地挤压在一起,仿佛不那样的话就会与他的身段不相称。但这是魔鬼的五官,他的耳朵一天也不能不闻见人的求饶和临死前的惨叫,他的眼睛一睁开就在寻找可杀之人,他的鼻子呼吸惯了血的腥味,他的嘴巴即便闭得紧紧的也会有一股股的杀气泄漏出来,他的喉咙里滚出的最频繁的一句话就是——戴好你的帽子,小心它第二天就找不到你的头。据说他一天不杀人就没有胃口吃饭,他到监狱里视察时,砍掉那些不顺眼的犯人的头可以增进他尊贵的食欲。他把这称之为“洗监”。由此引申而来的还有“洗村”、“洗城”等等。如果说这位将军于国家有什么功劳的话，这就是“洗监”一词对汉语言令人胆寒的贡献。当他来到澜沧江峡谷面对遍地的狼烟时，他感到自己将要胃口大开了。

教堂已经成了一片焦土，断壁残垣还在冒着缕缕青烟。幸存的教民已成了惊弓之鸟，飞到雪山上的树林中躲藏起来了。杜朗迪神父的头颅还挂在一棵大树上，已经发肿发黑。他曾经以上帝的名义，努力想把自己变成一把刺向西藏宗教的矛，但是他忘记了让迥活佛曾经告诫过他的话。沙利士神父指着赵屠户愤怒地说：

“你们必须对此做出解释！否则我将上告中国皇帝。”

赵屠户尽管杀人如麻，但是对外国人也是以爷相称。“沙爷，你不要急。我的炮弹会给你一个圆满的答复。”然后他抽出战刀，对着蓝天下红墙金顶的寺庙说：“炮队集合，目标——喇嘛寺！”

从那天起澜沧江的水改变了它的颜色，江水在白天变红了，晚上又变黑了。江面上漂浮的尸体比水中的鱼还多。从八十多岁的老人到十来岁的孩子，都被赵屠户的大炮赶进了澜沧江。峡谷里的大风吹送着遍野的哀嚎，那风声让人听来像是天地间最悲壮的恸哭。过去人们只知道峡谷里经年不息的大风会带来一些山外世界的消息，但从来没有人注意到风是会哭的。当风成为大地上的一种哭喊时，魔鬼和神灵都躲得远远的了。

没有神灵护佑的峡谷便是一条不设防的峡谷。噶丹寺的高僧们面对即将到来的战争请教了佛法的护法神，一天清晨在战神白哈尔的法相前，前去供奉圣水的喇嘛捡到了一张神灵对于这场战争秘密的昭示——

咒语战胜一切。

尽管贡嘎喇嘛对此表示反对，但是神灵的指示又不得不执行，况且高僧们坚决地站在神灵一边。贡嘎喇嘛有限的军事常识告诉他,清军的炮弹同样可以打穿充满信仰的血肉之躯和泥塑的佛像。他唯一可做的,便是让手下的武装喇嘛用浸透了水的棉被和牦牛皮蒙在寺庙的大殿和大门外,然后和大家一起集中在殿堂里念经做法事,祈求神灵的帮助。

一个喇嘛吹响了胫骨法号,这把法号是用一个十七岁少女的胫骨做成的,而且她还必须是在虎年生的。献出自己胫骨的少女及其家人将受到寺庙的终生供养,并且赢得人们的尊重。因为不到重大事件发生时,寺庙是不会吹胫骨法号的。它的号声凄厉委婉,惊天泣鬼。它是灾难的号角,死亡的前奏曲。它穿透了人们的今生和来世,甚至可以穿越六道轮回①,直达九重地狱。号声中每个人都看到了黑暗的地狱就在眼前,一生的信仰将接受最后的考验。措钦大殿鼓号齐鸣,诵经声大作。炮口之下的喇嘛们在殿堂内一排排地跏趺而坐,以咒语、密宗仪轨和清军的克虏伯大炮开战——

> 唵,别炸巴聂,煎炸,妈哈落卡纳,吽呸,唵,都噜,都噜则渣。渣雅,洛雅则渣。哈那,哈那则渣。布噜,布噜则渣,不妈不妈则渣。别都妈聂则渣。渣拉,渣拉则渣。沙巴未嘎呐,呐呀沙,则渣沙拉呀,沙拉呀则渣。呐嘎沙呀呐嘎沙呀则渣巴巴则渣,吽,吽,呸呸。沙面达嘎则渣。牒达则渣。吽呸。

此经是藏传佛教密宗咒语中的“十三轮金刚根本咒”,喇嘛们相信念此咒能息灾退敌,救民于水火,打败佛法的仇敌。这样的密咒在藏传佛教的显宗和密宗中有八万四千条,从音节上来讲多于清兵射杀而来的子弹,从意义上说它和威力无比的佛菩萨的心相通,而战神白哈儿和各路护法神是它力量的源泉。因此,射向寺庙

---

① 指佛教六种不同的生存境界,六道即天、人、阿修罗、饿鬼、牲畜和地狱。前三道是善良虔诚的众生投生之所,也称为“三善道”;后三道是恶业较多的众生投生地,又称为“三恶道”。

的炮弹越密集，喇嘛们诵经的祷文也就越高亢激昂。这是语言和枪弹的战斗，信仰和政治的较量。

战斗刚开始时，喇嘛们的咒语显示了它们的法力。最初射来的几发炮弹在咒语的作用下飞过了寺庙，落到后面的山梁上去了。负责瞄准的炮手感到不可思议，炮弹飞到寺庙的上空时，不往下落，却横着飞了出去。后来炮手们降低了炮口，甚至把大炮直接推到离寺庙大门不足一百码的地方。反正寺庙的反击只有他们听不懂的语言，而不是他们害怕的枪弹。经过校正过的几发炮弹打在寺庙大门上蒙的棉被与牛皮上时，竟被反弹回去，把放炮的清兵炸死了不少。

在大殿里念经的喇嘛们听到外面清兵的惨叫，纷纷跑出来大声呼喊："神胜利了！神灵必胜！"

然后，他们又回到大殿中，把手中的牛皮鼓、法号、钹、法铃等法器吹打得惊天动地。神灵的咒语像天上的雨点一样密集而不慌不忙。

后来，清军也请了来自汉地的神灵。他们在放炮前先焚香祷告，祈求家乡的菩萨在此助他们一臂之力。也不知是因为外来的神灵让喇嘛们的咒语失去了法力，还是由于汉地的菩萨更具威力，从那以后，从寺庙里反击出来的咒语便被清军密集的子弹和横飞的弹片纷纷击碎。它们在硝烟中像受到惊吓的燕子，吱吱呀呀地四散逃亡。语言、音节、祈祷词在枪弹面前是如此不堪一击，寺庙外的天空和山梁上遍布被打得支离破碎的咒语的尸体。在没有信仰的大兵面前，佛法的威力形同虚设。喇嘛们跪在五世让迥活佛面前，请他运用无上的法力，击退汉人的军队。可是让迥活佛说："既然他们连咒语都不怕，他们的灾难就大过我们了。让我们为他们的恶行祷告吧。"

作为一个佛教徒，他看任何事物都离不开因缘果报大法。当外国传教士在峡谷里欺民霸地时，让迥活佛阻止了贡嘎喇嘛的进一步过激行为，他告诉他们说，一类的因必然产生一类的果，虽三世诸佛也不能改变。白人喇嘛必将为他们播下的错误种子吃到致命的恶果。他们的恶行越多，受到的报应就越大。当以贡嘎喇嘛为首的寺庙武装攻打县衙门和教堂时，让迥活佛同样也以因缘之法阻止过他们。但是那时群情激愤，峡谷里到处飘扬着火药的气味，人们呼吸出的热气都充满了战斗的欲望。到教堂被毁，教民被杀，白人喇嘛人头高悬时，让迥活佛第一个感觉到了寺庙的灭顶之灾，因为他在一个凌晨看到措钦大殿中宗喀巴大师的法像在淌眼泪，这可是自有寺庙以来从没有过的事情。他把老僧们都送到了相对安全的地方，寺庙里收藏的上万卷经书也着人漏夜运到了雪山上的山洞里。因此炮火之下的噶丹寺只有贡嘎喇嘛的一些誓与寺庙共存亡的年轻喇嘛。

再一次炮击之后，寺庙里已经没有了声响，因为大殿里的鼓被击穿了，号被打断了，诵经的喉咙被硝烟填满了。那把胫骨法号被一块飞来的弹片击断时，人们听到一个少女“哎哟”一声凄厉的叫声，这声音在枪林弹雨中显得那样清晰和真实，连身陷绝境中的喇嘛们也不得不悲哀地承认：神灵也是会中弹的。

清兵包围了寺庙，一个清军管带提马向前，冲着一片死气的寺庙高喊：“里面的秃子们听着，限你们五分钟之内出来。双手抱在头上，否则枪弹伺候！”

贡嘎喇嘛从尸体堆里探出头来喊：“毁灭佛法的魔鬼，还是回去伺候你们的小脚女人吧！”

管带朝身后一扬手：“炮队准备速射，用炮弹给我把寺庙像这些秃子们的头一样地剃光。”

这时，管带看见一个似人非人的怪物从天而降，他骑在一面破鼓上，后面拖着一眼望不到头的黑烟。他从两军对垒的空地中飞驰而过,一股奇怪的无法形容的异味顿时充斥了宇宙,天地仿佛沉入无边的黑暗,那不是没有日光照耀的黑暗,而是丧失了信心、勇气、知觉和感受生命确存在的黑暗,是一个即将死亡的人在一瞬间面临生命离他而去的黑暗。士兵们一下没有了方位感,不知道自己究竟身在何方,也从此忘记了自己是从哪里来,又来这里干什么。有的人在多年以后才醒过来,发现已回到了自己在江苏、湖南,或者四川的老家,更惨的一部分人则是去到了某个陌生的连做梦都没有见到过的地方,自己随军征讨的光荣历史就像一堆已经干硬了的狗屎。但是在他们的老家已经有一座座衣冠冢孤独地横陈于青山绿水之间,他们的名字赫然刻在墓碑上。他们的妻子或者已经改嫁,或者已为战死的夫君殉情。他们被亲人当成游荡的孤魂野鬼拒之于家门之外。这是对一个还活着的人最残酷的惩罚。

黑烟之后是一场罕见的大雾,九天九夜峡谷里伸手不见五指,点灯不辨东西。军队和大炮不见了,寺庙不见了,喇嘛们也不见了,还有他们的诵经之声。峡谷里除了澜沧江的涛声和风声外,一点人的生气都没有。大地就像刚刚经历了一场创世纪时期的洪水浩劫一般,到处是灾难狰狞而凄楚的脸。赵屠户在写给慈禧太后的奏折中说:“大军所到之处,藏民望风跪拜,纷纷改宗易帜,归附朝廷,齐颂老佛爷吉祥。”云云。

军队班师回朝,峡谷里满目疮痍。沙利士神父在清军的保护下到高山森林中把那些还躲在树上和岩洞中的教民接回来。人们发现峡谷里现在既没有教堂,也没有寺庙了。心灵不知道将存放在何处,未来也不知道将交给谁。沙利士神父在教堂的废墟边临时盖了两间房间,一间做祈祷室,一间做自己和几个孤儿的房间。这次教难过后教堂又增加了三个孤儿,六名女教民成了寡妇,约三分之二的家庭受到了不同程度的伤害。面对一片焦土,遍地孤魂,沙利士神父忽然感到因为信仰不同而发生的战争，是对信仰本身的最大讽刺。上帝的福音和爱，并不应成为这块土地的仇恨之源。但是事实上，上帝成了信奉佛教的藏族人眼睛中的沙子。

一个傍晚，沙利士神父在山道上终于碰见了那个孤独的小女孩，他几天前就听说这个叫央珍的小女孩的父母都被赵屠户的军队杀了，她一直在村庄的遍地瓦砾中翻找可吃的东西，她大约只有十岁左右。沙利士神父有心将她收养到教堂中来。但是当他走近这女孩时，孩子惊叫一声，像一只受到伤害的小兽那样向一处悬崖飞逃而去。沙利士神父边喊边追，“孩子，啊孩子，请让我来帮助你。我是沙利士神父！”

小央珍身后就是万仞深谷，她已无路可逃。沙利士神父小心翼翼地接近那孩子，脸上堆满真诚的善意。“来啊，孩子，到我这里来。我带你回教堂。那里有上帝的爱，还有吃的，有好多好多哩。”

但是他发现了一个令他胆寒的现实。孩子瑟瑟发抖，每当他试图走近这孩子一步，孩子就抖得越发厉害，她脸上的惊恐使本来看上去十分可爱的五官都变了形。女孩没有哭出声来，但是泪如雨下，那是被吓呆到已经失声的表现。一个无助的小孩面对一只凶猛的老虎时，大约就是这个样子了。

沙利士神父羞愧万分，他相信如果他再走一步的话，女孩就会跳下悬崖了。他沮丧地退了回来。但这个打击对他来说还不是最大的，当他在回教堂的路上碰见一群绵羊时，发现这些无辜的绵羊见了他也像刚才那个女孩那样颤抖不已。有几只羊甚至吓瘫在地上，伸长了脖子仿佛引颈就屠。沙利士神父甚至还看到了绵羊眼睛中淌出的眼泪。他对着一群不谙世事的绵羊跪下了——

“主啊，求你饶恕我们的罪。即便中世纪的十字军东征时，做得也没有他们过分。但是这些迷途的羔羊什么时候才能认识到我们的一片苦心呢？谁去帮助那个可怜的孩子？谁能让他们相信上帝的仁慈？主，如果我们的存在是这块土地的一种罪过，那么，就让我们离开它吧。”

十天以后，信仰天主耶稣的教民在沙利士神父的组织下，借助于一根横跨在澜沧江上空的藤篾索——当地人称为溜索，纷纷溜到了荒无人烟的澜沧江东岸。那时东岸还是被魔鬼控制的领地，只有勇敢的猎人才敢借助溜索到江东来打猎。溜索固定在江两岸的岩石上，一头高一头低。在澜沧江峡谷地区，这是一种最便捷也最危险的交通方式，一个金刚木做的溜梆套住溜索，系在人腰上的两根羊皮绳又吊在溜梆上，渡江的人一手抓紧溜梆，一手护扶住吊溜梆的绳索以保持平衡，然后双脚一蹬岩壁，利用从高处往下溜的惯性像箭一样地射向对岸。沙利士神父是第一次用溜索过江，尽管他不相信澜沧江里会有跃出江面的魔鬼把人从溜索中一把掠下，但他不得不畏惧溜索下的澜沧江，那些大大小小的漩涡、翻腾起伏的波涛以及它的吼叫声，可以抵一千个魔鬼。一个教民提出，由他带着神父一起过江，就像那些带着孩子过江的女人们那样，他说他将把神父绑在自己的背上。你把眼睛闭上，喘一口气的工夫就到对岸了。但沙利士神父拒绝了这个有损男人尊严的帮助。“我们是去开辟一个全新的世界的，为什么不让我自己试一试呢？”

沙利士神父在江边做了祈祷后，人们为他捆好羊皮绳，一个教民抓了一把茅草，塞到神父扶溜梆的那只手上，权当手套。在开溜前沙利士神父高喊一声：“主啊，求你赐我力量和勇气吧，我们来了！”然后他双眼一闭，把自己射向江对岸。

第二章　世纪末

8. 法兰西的天使

凯瑟琳老修女又一次从天国回到人间时，见到神父悲悯的目光中有如释重负般的问讯。这让她感到有点羞涩，她说，神父，我看到天堂的光芒了，可我还没有走到那儿，你们就把我又叫回来啦。但是神父却一如既往地宽慰她，“凯瑟琳奶奶，你看，主说你还不能接受他的感召呢。你还有事没有办完。”

于是凯瑟琳伸出自己枯瘦的手抓住了神父，实际上自从她昏迷不醒的五个日夜以来，神父一直就守候在她的旁边，她的手稍一动，神父就握住它了。

“神父，天使要降临了。”

“是啊，我看快了。”神父边说边向教堂对面的卡瓦格博雪山顶上张望。今天天气很好，卡瓦格博雪山圣洁明亮，它俏丽的峰顶直指湛蓝如洗的天空，天使们一定会选择这样纯净诗意的地方栖息。

同前几次死亡一样，凯瑟琳修女神奇地彻底活回来了。看在上帝的分上，如果不是主显示了奥迹，很难相信一个八十三岁的老人，在长达一年多时间里，一次又一次地死去，一次又一次地复活。凯瑟琳老修女半年前的一次死而复生是因为大地的一次轻微摇动，当时活在世上的人谁也没有感觉到这次地震，他们正在忙碌着为凯瑟琳奶奶办理后事，教堂的唱诗班准备为凯瑟琳老修女唱最后的挽歌——安魂曲。但是躺在棺木里的凯瑟琳奶奶突然坐了起来,说,神父,烛台倒了。正在祭台前与她告别的人们在惊愕中发现果如凯瑟琳奶奶所言,装有耶稣圣体的神龛前的烛台确实倒了,但是蜡烛却没有熄灭,烛火也没有烧着祭台上铺着的金丝绒布。凯瑟琳修女后来解释说,她在飞向天国的半空中看见大地在起伏,于是就急忙赶了回来,一进教堂就发现烛台倒了。后来官方迟来的消息证实,此地发生过一次4.6级的地震。而凯瑟琳修女这一次复活,你不得不承认是因为天使马上就要降临人间。

仿佛是天人感应,来自天空中的声音给大地上盼望已久的人们带来了动人的消息:天使从雪山上飞下来了。

按照事先的部署,天使将降落在教堂后院的平地上。人们早已将那里拾掇出来了,几个警察尽量把人们从后院中心往外赶,县上的两个副县长亲自坐镇,准备在那里迎接从雪山上飞下来的天使——在这些父母官心目中,即将降临在这块虔诚而贫瘠的土地上的并不是天使,而是财神。神父离开了正在慢慢恢复元气的凯瑟琳,也来到后院招呼应酬。今天虽然不是什么宗教节日,但是教堂却高朋满座,教堂的后院里不仅聚集了县上、地区的官员和记者,还有本地的民主人士、教派代表。他们中有藏传佛教的活佛,有前藏族土司的后裔野贡家族的人,有村庄里德高望重的老民,有经商的有钱人和钱还不是很多的人。总之,雪山下的一切头面人物都来了。这是教堂一年来最热闹的一天,连复活节和圣诞节都没有过这么多人。

神父的朋友,藏传佛教黄教派噶丹寺的六世让迥活佛瞅准一个机会对神父说:“凯瑟琳修女虽然信的不是我们的宗教,但一定是被我们教派的某位大师施了密宗的‘破瓦大法’,把她的灵魂迁移出来了,这让善良可怜的凯瑟琳老修女多次死而复生。她一定有件很重要的事情还没有做。”

神父平和地对让迥活佛说:“在我们的宗教看来,人死后灵魂只能升往天堂。如果他一生中信奉天主的话,真正的基督都是可以复活的。”

这样的争论在这片寂寞封闭的土地上已经一百来年了,从嘴唇到唾沫,从心灵到智慧,从教宗到教派源流,从冷酷的刀枪到血肉的身躯,两种宗教的卫士们一直没有停止捍卫自身教派的尊严。但是今天人们把教派之争暂时放在了一边,让迥活佛应教堂之邀,前来观看天主教的信徒们从遥远的法兰西请来的天使,做澜沧江峡谷中人神共乐的表演。

今天从雪山上飞下来的天使并不是一个登山专家,她只是一个爱好滑翔运动的法国女郎。她将从雪山半山腰海拔四千三百米的一个高山牧场上起飞,然后借助澜沧江峡谷遒劲的大风,飞越澜沧江,飞越峡谷地带众多的山脉、田野和河流,降落在澜沧江东岸的天主教堂内,完成一个天使降临人间的最富喜剧色彩的神话。为此宿愿这个名叫德芙娜的法国女子足足等了三年,终于在二十世纪的最后一年里如愿以偿。作为对当地政府慷慨支持的回报,她的家族将为峡谷里的一个酿酒厂提供援助,一家规模不算太大的中法合资的企业将在德芙娜小姐高山滑翔成功时,在教堂里正式签订合作合同。多年以前,这座教堂也是德芙娜家族中一个叔祖曾经传教过的教堂。无论在传教会还是德芙娜的家乡,这位于二十世纪中期在西藏神秘失踪的传教士有许多的传说。现在是印证这些传说的时候了。

德芙娜小姐还在澜沧江上空时,就通过卫星电话向地面报告说她的感觉好极了,峡谷上方的大风让她非常惬意,她就像在天国中旅行。而在地上的人们看来,她不过是具备了西洋人新近修炼到的某种可以驾驭空气的法力。随着让迥活佛一同来的噶丹寺的几个老喇嘛,私下里便交换过他们对眼下这个花样翻新的世界的评判,他们指出,其实这没有什么神奇之处,从前苯教的巫师还曾经骑一面破鼓在峡谷里飞行呢。如果这位法力深厚的巫师还活在人间——天知道他是不是还活着，因为很多人可以证明，他是出没于神鬼世界和人间的一个不受死亡约束的僧侣，——他完全可以和西洋女子一比高低。只不过往昔那个人神不分、魔鬼比人多的时代已如澜沧江水，轰然南去后，神灵们曾经驰骋过的峡谷只留下一些模糊的印象和余音的回忆，像长年围绕着卡瓦格博雪山峰顶的云雾，时而密云紧锁，给人以沉重的挤压感；时而又虚无缥缈，若隐若现，不可捉摸。

"一切都逃脱不了轮回大法，外国人又到这大峡谷来卖弄他们的魔法了。"年迈的让迥活佛悄声对他身边的一个喇嘛说，人们看见他的目光有一丝嘲讽。

从教堂所在的这个山口望去，天上先只出现了一个红色的点，在天空中缓缓地游动，然后它慢慢地变大，有一只高原神鹰兀鹫那么大了。在澜沧江峡谷，如果上帝或者佛祖允许人挑选可以得到的最大恩赐，人们只会选择一种，那就是飞。

现在，这个得到上帝赐福的法国女人飞过来了，她享受到了澜沧江峡谷吹拂了千万年的大风，或者说，她用西洋的法力成功地驾驭了它。她在天空中鸟瞰到了这片土地的雄奇和荒蛮，它不仅很美，而且美得令人惊惧。这一段雄伟壮观、险峻严酷的峡谷完全可以和美国的科罗拉多大峡谷媲美。岁月留下的沧桑历历在目，大地像一个愤怒的巨人，隆起和抬升，切割和落陷，都不是造物主的杰作，而是大地向造物主反抗的战场遗址，你甚至可以感受到还飘荡在这遗址上激烈搏杀后的硝烟。在德芙娜小姐不知道中国、不了解藏区的时候，她不明白自己的祖先为什么要到这个在地图上都难以找到的地方来传教。现在她在峡谷上空狂风的猛烈撕扯中忽然顿悟：要是没有信仰，这里简直没法生存。

实际上澜沧江大峡谷的风是不可征服的，不管你的法力来自于何方,有多深厚。德芙娜小姐没能如愿降落在教堂的后院里,她在教堂前方猛烈的大风推动下,一直向偏北方向飘去。她不知道教堂所处的这个山口的大风,曾经给她的祖先、给所有在这里待过的外国传教士留下过何等深刻的记忆。在滑翔前的演练计算中,她忽略了自有教堂以来,风就是它的敌人这个重要因素。德芙娜小姐像一只红色的大鸟一般掠过了教堂屋顶上的十字架,掠过了教堂后院核桃树的树梢,掠过了人们惊讶的目光。人们只看见她的金色长发像一面飘拂的旗帜,在蓝天中一闪,就不见了。

“她被吹到峡谷中去了!”有人惊叫道。

“主啊,愿你的力量与她同在。”神父慌乱中在胸前画了十字。

“哦呀哦呀,佛祖呀,快救救这个可怜的人吧!”年迈的让迥活佛双手合掌,开始急速地念起了平安经。

院子里的官员们乱作一团,他们从没有处理过这样的突发事件,连和外国人打交道,也是第一次。人们涌出了教堂,沿着外面的滇藏公路狂追。这条大峡谷中的唯一公路,像一条黄色的飘带缠绕在崇山峻岭之中,很难找到超过一公里的直线距离。它具有西藏东部地区道路的一切特征,狭窄、崎岖、险峻,九曲回肠,夺人魂魄。如果德芙娜女士要想在这少有平地的峡谷里平安降落的话,公路是她唯一的选择。但在这条道路上开车都不是一件容易的事,驾着滑翔伞降落,就不知要靠哪一路的神灵保佑了。

一年以后,当德芙娜小姐回到法国南部美丽的尼斯小城,坐在壁炉前,用一台幻灯机打出近千幅照片,向亲友们讲述她在西藏东部康巴藏区澜沧江大峡谷中的传奇经历时,没有一个法国同胞认为她说的是真的。那群人中有自称为东方文化的爱好者,有到五大洲作过探险的高手,德芙娜小姐的家族从来就不缺乏高卢人的冒险精神。但遗憾的是,他们中除了有一个先祖到过西藏为上帝服务外,半个多世纪过去了,他们对西藏的认识只能从德芙娜的叙述中补充一些新的东西。

德芙娜小姐说，确实有一位西藏的神助了我一臂之力。这不是上帝的力量，而只能是藏区到处都存在的神灵们的力量，尽管那里还有全西藏唯一的天主教堂。藏族人有一条天天都要念诵的咒语，他们称之为六字真言。任何到西藏旅行的人，当他被那里险恶绝美的环境所困厄时，他最好和西藏人一样，念六字真言。神灵会在这个时候出来帮助他。那天我在半空中时，已经感到自己根本不能驾驭滑翔伞了，风太大也太怪了，我只能眼睁睁地看着它带着我向澜沧江里冲去。如果我不想掉进湍急的江里，唯一的选择就是撞向绝壁。我呼唤了上帝，无数遍地呼唤，但是不管用。也不知是谁的力量让我这时想起了人们曾经教过我的六字真言。就在这时，一股神奇的力量仿佛托住了滑翔伞，将它神奇地拨转了航向，我甚至没来得及采取什么措施，那个保护我的神灵就像轻轻放下一个婴儿一样，把我降落在那条又破旧又险峻的公路上了。主啊，一切就像做梦一样，我感到西藏的神灵就伴随在我的身边。

"那么，六字真言到底代表着什么，怎么念？"有人问。

"唵嘛呢叭咪吽。噢，它太深奥了、太难念了。用法语简直念不准它。藏族人仿佛是用鼻子而不是用嘴来念的。我认为西藏佛教文化最精髓的东西全在里面了，据说它从古老的梵文演变而来，听起来它就像来自宇宙的声音。在西藏到处都可以看到这条经文或者说咒语，寺庙里、石头上、悬崖上、藏族人悬挂的经幡上。一个虔诚的藏传佛教信徒，一生中也许要念上几百万遍以上。他们天天、时时都在念。"

"是不是像我们念'上帝啊，赦免我的罪过吧？'"

"这个……也许是吧。"德芙娜小姐踌躇片刻，又坚定地说："肯定不完全是，这里面一定还有很多更深奥的东西。你们知道，西藏人不相信救赎，他们只求来世。在他们的生命观里，人是有前世、今生和来世的。如果今生不行善信佛,来世就可能变成牛马牲畜。因此为了来世,他们宁愿受尽今生的一切苦难。”

“这倒很有意思,谁知道你在西藏骑的某一匹马,它的前世是不是一个有罪的人呢。”那个东方文化的爱好者说。

人们都轻松地笑了,但德芙娜小姐有些生气,“我不认为这是一个很好的幽默。你们还是不了解西藏。”

这时德芙娜小姐的爷爷、那个前西藏传教士的兄长,一个九十多岁的白发老者,用苍老的声音打破了壁炉前的难堪。“亲爱的,你一定找到都伯修士的一些东西了?”

“弗兰克爷爷,我只找到了这个,从一个认识都伯修士的藏族老教民家中翻到的。”德芙娜拿出一张用简陋的木框镶嵌的照片,递给她爷爷。

“噢,可怜的都伯,上帝的羔羊。”老弗兰克捧着照片,眼泪簌簌而下。那是让思念牵扯出来的眼泪,散发着多年前的温情。

人们看见的都伯修士是一个高大俊朗的中年男子,站在远离尼斯上万公里的澜沧江峡谷的某座山梁上,他的身后是荒凉的大山,看不见大山的顶。德芙娜解释说这座大山就是在当地最有名的神山卡瓦格博雪山,但那时人们更关注都伯修士的神态和面容,他穿着黑色长袍,看上去好像很不开心,忧心忡忡,他的目光望着前方的大地,似乎找不到着落点。他的身边有一匹西藏峡谷地区的矮种马,也是一副心不在焉的模样。在都伯修士的背后依稀可见几间低矮简陋的藏式民房和一片麦地。人们没有在照片上看到都伯修士供职的教堂。这张发黄的老照片就像一间古董店的橱窗,人们可以从中一窥远逝的历史。

“这几颗核桃也是我从那边带回来的,据说它们是都伯修士种在教堂的后院的。我去的时候,正是核桃成熟的季节,那一树的核桃呀,在风中向我招手,仿佛都伯修士忧郁的眼睛。”

德芙娜小姐那天发现教堂后院的核桃树不同凡响,她从来没有见过那么根深叶茂的大核桃树,即便在澜沧江荒凉贫瘠的大地上,她也为这片土地竟能有这样一片绿荫匝地的幽深和宁静感动。当她得知这就是传教士们当年种下的核桃树时,她也像现在的弗兰克爷爷一样,把感慨的眼泪洒在了那片陌生的土地上。那时她好像见到了被遗弃在一个遥远荒岛上多年了的亲人的遗物。那些核桃和树上的绿叶在强烈透明的阳光照耀下,在浓郁的深绿中闪烁着点点明亮的白光,好似跳跃在树丛中有灵魂的金子。

那是来自中国西藏的核桃,对于弗兰克家族的人来说,它们就像是从月球中采来的一样。“愿上帝与他的灵魂同在。”老弗兰克把一颗核桃捧在手心里,不像是在打量一颗普通的核桃,而像是在端详一颗敬献给上帝的心。

德芙娜小姐介绍说,她从当地信奉藏传佛教的藏族人口中得知,1950 年共产党即将解放西藏前,天主教徒和佛教徒发生了一场流血冲突,都伯修士在逃走时,带走了某件很珍贵的东西,其价值无与伦比。多年以来人们为此一直争论不休。西藏的寺庙里有很多的珍宝,但她认识的一个被称为让迥活佛的高级僧侣说,都伯修士当年带走的东西比他的寺庙里所有的珍宝都值钱。当地的官员们也含糊其词地认为,都伯修士实际上做了一件很不绅士的事情。如果他不擅自离开教堂,他将会像其他传教士一样,被安全地遣送到香港,然后他就可以和弗兰克爷爷一起,晚年天天在尼斯温情的海湾漫步了。但是他带着一个仆人跑了,自从他试图翻越卡瓦格博雪山后,人们就再也没有了他的任何消息。如果他能成功翻越卡瓦格博雪山,他就离印度不远了。或许,他在印度隐居起来了,像那些修炼东方神秘的瑜伽功夫的隐士。按弗兰克爷爷的说法,都伯修士从德国人的战俘营出来后,性格就变得很内向古怪,不然他也不会跑到遥远的西藏去做一个与世隔绝的修士。

德芙娜的叙述让人们感到很沉重。他们想象都伯修士没有结局的旅途以及那随同他一起失踪的神秘珍宝。但是他们发现,面对同样神秘的西藏,他们的想象苍白乏力。自从教会方面将都伯修士列入失踪人员名单后,老弗兰克多年来一直没有放弃寻找自己胞弟的努力,让德芙娜到遥远的澜沧江峡谷去作高山滑翔或者投资,不过是老弗兰克为了最终证明自己家族成员的荣耀而搞的一种试探。因为传教会不知出于何种原因,一直不肯给都伯修士盖棺论定,到今天他连一个殉教的名分都没有。然而不幸的是德芙娜只带回了有关都伯修士失踪前不良行为的传说,人们就更不知道如何对这个半个世纪前自发到西藏传教的修士作出评判了。

那个东方文化的爱好者这时找到了发挥自己学识的机会,他引经据典,侃侃而谈:

“我想令人同情的都伯修士带走的一定是某件珍贵的文物,比如说达赖喇嘛或班禅大活佛用过的法器,或者是某位高僧的舍利。因为在藏族人看来,这些都是价值连城的圣物。就像我们中的某一位幸运者发掘到耶稣生前的圣物一样。据我所知,传教士们早年在那里还是很受西藏的贵族和官员们欢迎的,十八世纪初,在最先进到拉萨传教的传教士们的努力下,七世达赖喇嘛就和我们的教皇克列门十二世互通书信问候,互送礼物。哦,请想一想那些来自神秘的西藏宗教领袖身边的礼物有多么的珍贵吧!或者,都伯修士带走了大量的黄金?我们知道,早在两千多年前的希罗多德时代,欧洲人就认为西藏是一个盛产黄金的地方。可以说欧洲人对西藏的认识最早是从黄金开始的。有一个有趣的传说,在印度以北的地方有一种蚂蚁比狗小,但又比狐狸大,它们在筑穴时,把地下的沙子挖出来,而这些沙子中就饱含了黄金。人们冒着风险驾着骆驼去偷盗这些金沙,因为一旦被那些既凶猛跑得又快的蚂蚁发现,就谁也活不了啦。人们常常只能将公骆驼留下给蚂蚁,骑着剩下的母骆驼飞逃。那可怜的母骆驼还惦记着圈里的小骆驼呢,因此只有它能跑过像风一样奔驰的蚂蚁。哦,请原谅,看我说得太远了。不过,十九世纪后期,印度测量局的英国间谍蒙哥马利上尉确实在西藏的西部发现过正在开采的金矿。”说到黄金,这个东方文化的爱好者眼睛就发亮。

“请问,上帝和黄金、珍宝,哪个更重要?都伯修士是献身圣职的人,难道他到西藏传教仅仅是为了黄金?请你尊重一个为了上帝的荣耀而远走他乡的正派修士!”老弗兰克用手中的银色拐杖猛戳地板,他还没有从往昔纯真年代的美好记忆中回过神来。“我坚信,令人尊敬的都伯修士还活在人间。他就在西藏的某座雪山上,就像刚才德芙娜说的那样,在神奇的西藏,人是可以永生的。如果有必要,我将到西藏去找他。哦,可怜的都伯,请等着我。”

“弗兰克爷爷,你该休息了。”德芙娜小姐说。

9. 神话与现实

三年前,独身闯进澜沧江大峡谷的德芙娜并没有给当地人带来更多的惊奇,深感惊讶的倒是这个在世界各地我行我素的闯入者。尤其是当她在藏传佛教气氛浓郁的西藏看见十字架时,她的兴奋与激动不亚于看见了教皇。她第一次走进这个教堂的时候,一个慈祥和蔼的老人正在院子里剥核桃,她穿一身黑色的长袍,头上也裹着黑色的包头。那时德芙娜已在西藏旅行两个多月了,藏族人这样的衣着她还是第一次看见。不过这个一身素黑的老人看上去颇有风韵,有某种若隐若现的贵族气质;与终年在地里劳作的妇人不一样,她的皮肤细腻,似乎保养得十分得体。使人想到东方古老的瓷器,虽然年代久远了,但仍然散发着迷人的光泽。像大多数康巴地区的藏族人一样,她的五官长得很开很饱满,眼睛和鼻子特别传神。那目光始终是慈爱平和的,带着一股博大无边的爱。她年轻时候一定长得很漂亮,圣母玛丽亚温存和蔼的目光也不过如此,德芙娜想。老人和她一照面,就像一个老朋友一样地拉住了她的手,邀请她到教堂里坐坐。那时德芙娜小姐连简单的藏语都不会,除了堆出一脸的笑容,她不知该怎样感谢对方的盛情。但是最不可思议的事情发生了,老人用略显生疏的拉丁语问:

“姑——娘,你——从哪里——来?”

德芙娜小姐吓了一大跳,仿佛在巴黎的香榭丽舍大街上忽然听到一个外星人跟她讲话。好在她在上中学时学过拉丁语,她激动地拉着老人的手说:“法国,法国。我从法国来!”

“噢,噢,主啊,主。”德芙娜看见老人抬手去抹眼角的眼泪,还不断地在胸前画着十字。她从来没有看见一个老人如此动情地哭过,但是没有一点声音。

这时一个看上去很厚道的中年男子从教堂一侧的屋子中走出来,看见德芙娜后他却有些惊愕。他用藏语和那个老人急速地说了些什么,但是老人只是无声地哽咽,无法回答他的问话。后来他大约猜出来德芙娜是一个旅行者,便帮她放下背上的行囊,请她到屋子里喝酥油茶。

这是他们的第一次见面。那个哭不出声来、但能说拉丁话的老人便是教堂的凯瑟琳修女。在以后的时光中她充当了教堂神父和德芙娜小姐的翻译,德芙娜小姐发现凯瑟琳修女所说的拉丁语陈旧而生涩,很多地方夹杂着一些她不明白的藏语。老人平静下来以后曾告诉她,她的拉丁语是跟当年的外国传教士学的,好多年不说了,她以为已经彻底忘记了呢,但当那天一见到德芙娜时,仿佛是天主的圣意,它们从她心中自然而然地就流淌出来了。不过她们之间还是不能流畅自如的交流,比如当德芙娜小姐急切地问起当年在这个教堂传过教的都伯修士的情况时,凯瑟琳老修女便沉默了，像一口古井。而这个教堂的安多德神父却出生在红汉人解放西藏之时，对教堂从前的历史知之甚少。

实际上，促使德芙娜小姐对这个地区流连忘返的并不是这座在西藏还唯一存在着的教堂，而是这里迷人的人文风情。峡谷两岸连绵巨大的山体和天地之间纵向排列的雪山是在传说中生长的令人敬畏的神灵，他们庇护着峡谷里的牛羊、野兽、青稞、麦子、男人、女人以及江边的盐田——当德芙娜小姐深深爱上西藏后，她便学会了用西藏人的眼光来打量那些雪山、江河、玛尼堆和到处飘扬的五彩经幡。受过良好地理学教育，又对人类学深感兴趣的德芙娜小姐发现，这条隐秘的峡谷完全可以作为人类进化历程的教科书。史前造山运动和河流切割的痕迹新鲜而滋润，仿佛创世传说中的世界刚刚在这里完成，而创世的祖先们，还隐匿在那人类永不可及的雪山之巅。山体表层的运动如此剧烈，由山崩和泥石流造成的伤痕处处可见，那些巨大山体的伤口，年年都在流血，年年都在增添新的创伤。头年还在放牧的高山草甸、树林，耕种的坡地，第二年就可能面目全非，甚至不翼而飞。流传在峡谷里的创世歌谣和英雄传奇被人们唱了一代又一代，但是每一代的吟唱者给人们叙说的并不是洪荒年代的历史，而是昨天刚刚发生的事情。

开初德芙娜听见这些吟唱和传说时，还认为这里的人没有时间概念和历史观，她不知该为他们悲哀还是该赞赏他们的乐观健忘。但是当她在峡谷里几次进出，并呆过相当长一段时间后，她发现沧桑演变在这里不是漫长而无声的，而是急迫又形神兼备、山呼海啸般的。在最古老的寺庙里，活佛们坐着最新款的日本丰田越野吉普，喇嘛们身上除了挂着佛珠和护身符外，腰间还别着爱立信手机。神话和现实，在这里实际上就是一对孪生兄弟。

很久以来，噶丹寺的喇嘛们每年春季都有一个向寺庙后一座大山开枪射击的仪式，人们告诉德芙娜小姐说那山下镇压着一头被降伏的野牛,如果不开枪予以威吓,野牛就可能在雨季到来时拱破山体,威胁寺庙的安全。那些射向山体的子弹都是被活佛念经诅咒施加过法力的,即便野牛不惧怕子弹,也得敬畏活佛们的咒语和法力。

“现在他们还向那座大山开枪射击吗?”德芙娜小姐向陪同她参观寺庙的一位县宗教局的干部问道。

“现在寺庙不允许有枪支了,但每当举行这个仪式时,我们会借枪给他们。”

“这么说,你们作为信仰马克思主义的无神论者,也相信那山体里真有一头野牛吗?”

“不,我们不相信。但是我们尊重藏民族的宗教传统。”干部一本正经地说。

“就像你们并不信仰上帝,但也允许一些藏族人信仰天主教一样。但它可不是这里的传统。”

“是的,尽管那是帝国主义侵略我们的产物。”干部忽然想到德芙娜小姐也是一个来自帝国主义国家的人,现在他们正需要她的投资和帮助,就聪明地打了个比喻,“好比一个私生子,虽然他来到这个世界上也许不太合乎道德常理,但他也有生存的权利。对不?在文明社会里,我们还应该给予他更多的关爱。”

德芙娜小姐争辩道:“尊敬的先生,我不同意你的比喻,但是我赞赏你们给予教民们生存的权利。”

“你会看到我们所做的一切。我们还打算拨款重修教堂呢。”

这样的答复让德芙娜小姐感到很惊奇。在她来中国前,她从西方的媒体上读到过许多在共产党中国的教堂因无人信教而关门或被封闭的报道。现在连西藏的教堂都要重建,那真是比上帝的福音还要令人感到欣慰的事。

其实这个峡谷中的教堂并没有多少西式教堂建筑风格的特

征,它不过是一座土木结构的简陋大房子,与其说是一座教堂,不如说是一座大仓库。它有一个前院和一个广阔的后院,那里种有一些蔬菜和玉米,还有一个约两百多平方米的葡萄园。教堂内部的陈设却可以和欧洲的任何一座乡村教堂媲美,人们对待上帝的态度是虔诚和正规的,无论是神父布道的祭台还是信徒的忏悔室,无论是彩绘的耶稣像和泥塑的圣母像、圣约瑟像,以及两侧墙上悬挂的耶稣受难时的“十四苦路”图,都让人感到在上帝的世界里,不论是哪一种民族,人们对他的尊崇是一样的。教堂的安多德神父说,从前教堂四周还绘有许多宗教壁画,但是“文化大革命”时都被毁了。德芙娜问是谁干的,安多德神父犹疑片刻,终于鼓起勇气说:“当年捣毁教堂的人,我是其中之一。”

德芙娜惊讶地问:“为什么?”

安神父羞愧地说:“你不用问了,那是一个灵魂堕落的时代。”

德芙娜小姐感到,这个地方有很多的秘密,如果她能搞清其中的一两个,那么她会让全欧洲大开眼界。历史的真相正在被时间所遗忘,动人的人生命运也正在被现代社会的喧嚣所湮没,天地间曾经发生或正在发生的事情超过任何一个最聪明的脑袋瓜的想象。了解这些秘密的难题在于,每个人的心灵对他人来讲,本身就是一个秘密。

教堂所在的村庄位于澜沧江峡谷的东岸,被称为右盐田,据说是在这个世纪初由外国传教士带领藏族人开辟出来的;同在东岸与右盐田隔着一条山涧的山梁上生活着当地的少数民族——纳西族,他们的村庄叫左盐田。正如右盐田的藏族人过去因为信仰被迫迁到澜沧江东岸一样,峡谷里的纳西人也是从地势相对平缓的西岸迁过来的,只不过并不是为了信仰,而是因为盐。

多年以来,澜沧江深处的这段峡谷以产盐而闻名于藏东地区,因此人们称这个地方为盐田。在苦寒贫瘠的高山峡谷地区,盐是珍贵的,它是男人力气的源泉,是女人乳汁的催化剂。峡谷里耕地太少,许多地方连一只盛满水的木桶都不能平放,更多的地方连在山崖上奔走如飞的岩羊也不能立足。但正是因为有了盐,人们才能够在这块土地上繁衍。同时,二十世纪在这条峡谷中演绎的林林总总的爱情故事和大大小小的战争,也都和盐有过关系。就像盐是人们生活中不可或缺的调料一样,它也让一段乏味的历史有滋有味。

比起藏东南的其他地方来说,盐田县是一个相对富裕的地区,它既拥有澜沧江湿热河谷地带比较平缓的坡地,又拥有大自然恩赐的盐井。那些常年从地底冒出盐卤水的井穴就位于澜沧江边,现在人们已经无从考证是谁最先发现井穴里的泉水就是大峡谷里的子民世世代代的财富、梦想以及家族繁衍的力量之源。一则流传了很多代人的传说直到今天还经常被人们提及。几百年前当野贡土司告诉迁徙而来的纳西人不得在牦牛行走的地方开地时,纳西人把眼睛望向了天空,可是天空已被藏族人的神灵住满,然后他们又把祈求的目光投向了纳西民族的自然之神"署",东巴经书告诉纳西人,"署"和纳西人的祖先从前是同父异母的亲兄弟,在宇宙间纳西人的祖先控制了农耕和畜牧,"署"则主宰了大自然中的一切。"署"用一根棍子在澜沧江边戳了几个坑,说:

"那里有你们的财富,有你们的子孙万代。"

于是含有生命力量的盐卤水就源源不断地涌出来了。但是纳西先祖们发现他们无法把盐和水分开,江中的鱼尚可以靠人的力量用网捞起,分离出水中的盐则需要神灵的指引。一个勤奋的东巴祭司在树皮纸上书写这一段历史时,发现滴落在树皮纸上的汗水晾干后结晶出了盐粒。那绝对是"署"神对他的启示,没有比自然之神更智慧的神祇了。

神祇的启示就像黑夜里天空中的闪电,一瞬间照亮大地上的万物,点燃人们智慧的火花。澜沧江岸没有平地,于是人们就在江岸的坡地或悬崖上用圆木搭起一座座像吊脚楼一样的平台,用山上的黏土将平台夯实抹平,然后把从井穴里背上来的盐水倒进平台里,这就是澜沧江峡谷独特的盐田。它利用峡谷里干燥的大风和高原火辣明亮的太阳,将盐水中的水分蒸发干,田里留下的就是结晶的盐了。在没有化学工业的时代,人们将盐和水分离依靠的是火,而在澜沧江峡谷里崇尚自然神灵的纳西人首先想到的是公正无私的太阳。

盐带来了有限的商业繁荣,藏东地区崇山峻岭中的马帮驿道嗅着盐的味道蜿蜒延伸而来,很早以前这里就成了汉地到藏区的咽喉之地。过去那些精明的汉族人、白族人、甚至纳西人,将从汉地贩来的丝绸、茶叶、布匹、红糖等物品,驮在马背上,组成一队队的马帮,雇佣能吃苦又能爬雪山的藏族人为他们赶马,从这里翻越一座又一座的雪山垭口,走两个月的路程就可到拉萨,再走一个月的路程便可到印度,然后他们又把印度的香料、藏区的药材等驮回汉地。这样一个来回,一般要一年的时间,在没有公路的时代,马帮是这个地区唯一的运输工具,也是这里的人们没有被世界所遗忘的证明。要是没有成群结队的马帮往来,山外世界改朝换代无数次了,也跟这里的人们没有一点关系。

德芙娜小姐曾经跟着贩盐的短途马帮在澜沧江峡谷的古驿道上走过一段,驿道的石板上还残留着碗口大的马蹄印,马儿们步步都踩在这些古老的蹄印上,一步也不会错。在驿道上行走时,给人的感觉就像这儿的时光永远不会流逝。德芙娜在日记中曾写道:“历史的足迹完好地保留在隐秘的大地上,清晰而神奇。但是却没有人知道。”

10. 转世灵童

左盐田由于是一个马帮的驿站,因此它就比右盐田繁华得多,加之纳西人向来善于经商,右盐田的藏族人即便是要买一节电池,也得绕过两个盐田间的那条深谷,到左盐田去买。这年麦收过后,右盐田的村民保罗带儿子罗伊思到左盐田赶集。父子俩中午时到一家川菜馆吃午饭。保罗认为那些四川人的菜做得不错,这几年大批的四川人、云南人,或者不知道是汉地哪个地方的人涌到了左盐田,他们带来了许多新奇的东西和越来越便宜、但却越来越不耐用的百货到藏区来。从大彩电到马掌。就说马掌吧,保罗刚在一家店铺里买了一副。从前一副马掌走一趟印度或者拉萨回来都还是好好的,而现在不会超过半年工夫,马掌就磨得只剩一张纸那么薄了。连生铁都不耐用了,这个世界上唯一值得信任的就只有天主了。保罗想。

餐馆里进来了几个老喇嘛,年龄大约都在七十岁以上,却人人目光炯炯,精神矍铄。他们在保罗的桌子一侧坐下,一人要了一大碗面条。那个开餐馆的小个子四川老板已经会说藏话,据说他讨了一个康巴女人做老婆。保罗听他问喇嘛们面里要不要加一点肉酱,但喇嘛们说来一碗酥油茶就可以了。

他们拿出了自己背囊里的木茶碗,一字排开放在桌子上,等待四川老板来倒酥油茶。其中一个年纪最大的喇嘛眼睛不断往保罗这边瞄,保罗下意识地将自己的身体向另一侧扭去,因为他怕他们看见自己脖子上挂着的那个小小的银色十字架。上帝的福音即便已经在峡谷里传播了近一百年了,但是一个藏族基督徒还是对那些曾带给过他们惨痛教训的喇嘛心有余悸。在这些藏族人时刻都要顶礼尊崇的上师面前,信仰天主教的保罗惟有敬而远之。

“那是我的碗，你还给我。”保罗听见他儿子说。

他转过身来，发现他儿子罗伊斯用手指着那个最年长的老喇嘛面前的酥油茶碗说。喇嘛们的木茶碗总是很考究，镶银包金，做工精细，看上去价值无比，像一件圣物。

“别乱说，罗伊斯。”保罗忙按下了儿子伸出去的手。

四个老喇嘛也惊愕不已，从他们的惊愕中可以看出某种按捺不住的激动与狂喜，尽管他们人人显得庄重威严。

“孩子，你说是你的，你就过来拿去。”那个老喇嘛和蔼地说。在保罗还没有反应过来时，罗伊斯像条鱼一样就从他手臂中滑出去了，他落落大方地走到了喇嘛们中间，拿起了他说是自己的那只茶碗，顺势就坐到了那个老喇嘛的腿上，像跟自己的老外公一样熟稔。

老喇嘛莫名其妙地颤抖起来，他将罗伊斯紧紧地搂住，又从行囊里掏出七八串佛珠，问：“找找看，这里面有没有你的东西。”

“罗伊斯，你给我回来！”保罗想过去抱他，但是其余几个喇嘛用严厉的目光阻止住了他。

罗伊斯挑了一串看上去很陈旧的佛珠，用一个大人的口气说：“哦呀呀，我找了它好长时间了，原来在你们这里！”这是保罗第一次听见自己的儿子用如此清晰准确的话语说话，听起来陌生无比。这个孩子到三岁时才能说一些简单的藏语词汇。直到这个中午以前，保罗还在来左盐田的路上纠正儿子略显结巴的发音。

那个老喇嘛忽然就老泪纵横起来，他把罗伊斯放在凳子上，自己匍匐在地，像一个孩子一样对着另一个孩子哭泣道：

“智慧慈悲的松觉活佛啊，你让我们找得好苦！你离开我们的寺庙外出修行有四年啦，你好吗？我是次仁堪布，你还记得我吗？”

就这样，一件好像弄错了的事在左盐田这个简陋的川菜馆里降生了。来自云南藏区一座寺庙的高僧们，找到了他们的九世松觉活佛的转世灵童——十世松觉活佛。而令人匪夷所思的是他竟出生在一个信奉天主教的藏民家庭。

九世松觉活佛四年前在自己的禅房中面向西北方向圆寂,在他圆寂之前的一个夜晚,活佛说他将要到雪山下一个盛产麦子的地方去修行。人们通过活佛的这句遗言从寺庙往西北方向出发,寻找雪山下种麦子的地方,而在整个藏东地区由于海拔高,只适宜种青稞,种麦子的地方倒十分罕见。转世灵童寻访小组的高僧们走遍了藏区的无数座雪山,到著名的神湖纳木错去观看了湖相,他们甚至到拉萨的哲蚌寺请法力高深的降神师打卦,从神灵那里得到的启示是,九世松觉活佛将转世到一个只能看见一线天的地方,你们去那里找他时,一个孩子会坐到你们的腿上。

当一阵风掠过左盐田狭窄而尘土飞扬的街道时,人们都知道右盐田出了个转世灵童,小罗伊斯早已被激动的人们扛在肩上,在盐田的街道上到处游走。一条条雪白的哈达抛向这个可爱幸运的孩子,老人们巍巍颤颤地挤上前来摸他的脚,请他为他们摩顶祝福。而那孩子令人惊奇地对蜂拥的人们表达出了与他的实际年龄不相称的慈悲和关爱,他老成地向人们挥手,给挤上前的老人摩顶祝福,尽管他还不会一句藏传佛教的经文,但人们有他的这一轻轻的触摸就心满意足了。也许孩子只把这一切视为某种童心世界里的游戏,但孩子的落落大方和对人们欢呼的欣然接受,已足以令人感到这种种神秘的奥迹,的确是前世活佛转世投生到这个孩子身上了。喇嘛们嘴里呜呜咽咽地向信徒们叙说刚才的奇迹,他们几年的辛劳终于在这一天功德圆满。而孩子的父亲却被人们撂在了一边,保罗是一个寡言少语、性格温和的藏族人,从来没有见过这样的场面。当他儿子被喇嘛们抱走时,他当时差点吓晕过去。但是他发现所有的喇嘛对他儿子都弯下腰来,个个像慈祥的老祖父,便终于明白自己受过洗礼的儿子将被人们送到寺庙里当活佛供起来、尊贵终身。保罗这才急得在人群中猛一跺脚，大喊道：

"坏了，要出教案了！"

保罗上过中学，了解一些澜沧江峡谷里两个不同信仰的村庄过去的历史，喇嘛教曾经给他的家族带来过惨痛的记忆。保罗不知自己是怎么跑回的教堂，冲着正在吃饭的神父喊：

"喇嘛、喇嘛们抢走了罗伊斯！"

安多德神父当时惊得将手里的饭碗打落在地，刚刚恢复了元气的老修女凯瑟琳也吓得双手捂面，"主啊主"不停地祈祷。到神父问明了事情经过，才缓缓出了口气，安慰保罗道："没有关系。转世灵童的最后确定还要经过县里、地区和自治区的宗教管理部门批准呢，如果你不愿罗伊斯去当活佛，我可以帮你去申诉。再说了，按照他们宗教的规矩，这样的孩子会找上好几个作为候选，谁知道他们会选上谁呢？"

"神父，罗伊斯是受过洗礼的啊！"

"我知道，他是天主恩宠下的孩子，天主的神印已经牢牢印在他幼小的生命中去了，他怎么可以成为一个藏传佛教的活佛呢？我会帮助你的，我也会说服他们，哪怕跟他们再来一次宗教大辩论。"神父猛然有种神圣的使命感，多年以前，教堂的白人喇嘛在和噶丹寺的活佛进行大辩论时，就有过这样的使命感。

神父知道保罗的家史，这个家族中的第一代教民、保罗的曾祖父彼得曾经因为拒绝活佛的摩顶祝福而命丧喇嘛们的乱石和弓箭之下。可是你看看吧，现在喇嘛们把彼得的重孙扛在肩膀上，还要立他为活佛。上帝啊，安多德神父也不知道该怎么祷告了。

在这个多种民族杂居，多种宗教并存的环境中，安多德神父其实更知道尊重对方信仰的重要，没有这个前提，他们就没有和平与安宁。政府的宗教管理部门每次召集寺庙的活佛、堪布、住持们和安神父一起开会时，反复强调的也是这个问题。好在安神父现在已经和噶丹寺的大活佛六世让迥活佛成了好朋友，他们作为各自不同宗教的代表，同为自治区的政协委员，在地方上享有极高的政治待遇。他们经常一同去拉萨开会，小组讨论也在一起，有几次甚至还被安排住在同一个房间。到了晚上，神父和活佛都要做祷告时，那真是一个有趣的时刻，一个拿出《圣经》摆在面前，另一个则翻开宗喀巴大师的《菩提道次第广论》，两个神界的代言人用同一种语言祈祷不同的神灵，求他们给予众生的护佑。让迥活佛是一个学问渊博、待人随和的高僧，他比安神父年长三十来岁，都可以当他的父亲了。作为西藏宗教界唯一的天主教神父，每次开会时官员们都要让安多德神父第一个发言，但安神父总是说，藏传佛教是西藏宗教界的大哥，让迥活佛也是我的父辈。我们先听前辈讲讲吧。

正如安神父所料，傍晚时分，让迥活佛在县宗教局官员陪同下来到了教堂，老活佛一见到安神父就说："神父，我是来恭喜你们的。"

安神父谦逊地说："活佛，值得恭喜的是你们。"

县宗教局的王局长问安神父："这么说你们承认了那个转世灵童了?"

神父反问道："你们的意见呢?"

局长说："我们认为这是一件好事情。它体现了宗教的团结，再说，被寻找到的活佛前世是云南藏区的，我们也要和邻省搞好关系么。"

神父说："但是孩子的父亲思想有顾虑，他怕……"

让迥活佛打断了神父的话，"这有什么可顾虑的，藏族人家几辈人到圣城拉萨磕长头进香，也请不来一个活佛。神父，有众生便有活佛，无众生便无活佛。众生要脱离苦海，佛就要显化身来引渡众生。刚才我来的时候，看见峡谷里的彩虹了。这是神灵的旨意啊。”

“据我所知,你们还会找几个具备相似条件的孩子作候选的。”神父说。

“没有这个可能了,罗伊斯已是无可非议的人选。他们在孩子的左手臂上发现了一个酷似六字真言第一个字母‘唵’的胎记,而九世松觉活佛在同样的部位上也有这样的印记。你说神不神奇?”宗教局的王局长天天和宗教界的人士打交道,自己也有点人神不分了。但原则他是要坚持的,那就是一定要顾全大局,让过去这个地方两种曾经是冤家的宗教不再发生什么纠纷,让他们和睦共存。这是他的职责。

“这么说,这个孩子一生下来,就不属于耶稣基督,而是你们的人?”神父有些疑惑地问让迥活佛。

让迥活佛笑了,“不仅是我们的人,而且是我们的活佛。我们的宗教是最宽容的,我的前世是藏族人,可我是一个纳西人。你应该知道,当我被认作五世让迥活佛的转世灵童时,藏族人还正在和信仰东巴教的纳西人打仗呢。哦呀,那战火打得连卡瓦格博雪山神都躲得远远的了。可转世灵童在纳西人的村庄里一寻找出来,战争马上就平息啦。神父,你的信徒为我们的宗教积了大德,我们要好好感谢你们呢。人家云南那边已经在准备丰厚的礼物,来迎请十世松觉活佛了。”

一个平凡的孩子被认定为转世灵童之后,对他神性的塑造就开始了,他再不是一个普通的人。有关他的很多微不足道的小事现在在人们看来,都带有种种神奇迹象,它们或许和前世的生命遗传相连,或许和佛祖广阔无边的佛缘和法力有关。而这种力量常常是超自然的,不是一个肉体凡胎的俗人可以轻易看见的。比如有人回忆说保罗的妻子玛利亚在怀罗伊斯时,曾去乡卫生院做检查,一个陌生的老喇嘛忽然就冲着玛利亚叩起了长头;而另一则传说则神秘地描述了罗伊斯出生时天上的景象，卡瓦格博雪山顶出现了一道美丽的光环，直到婴儿第一声啼哭从产房里传出来时，那道光环才缓缓消失。还有人回忆说罗伊斯受洗礼那天大哭不已，分明是在拒绝耶稣基督的圣宠。在这片土地上，传说就是现实，至少也是被艺术化了的现实。人人都是神灵世界的作家和诗人，这份才能与生俱来，与秘境一般的大地有关。

安多德神父被这些神乎其神、令人难以置信的传说所左右，同时也面临来自宗教管理部门和佛教寺庙的喇嘛们的压力。他已经被召到县上、地区的有关部门开过几次会了，他们劝他顾全大局，活佛转世到一个信仰天主教的藏民家庭，在当今这个时代，是一件很正常的事情，也是一件大好事。政府不干涉人们的信仰，人人都有选择自己信仰什么的自由。神父，请想一想从前吧，现在的信徒们是多么的幸运。说到信徒的幸运，安神父就再也无话可讲了。自有教堂以来，没有哪个年代像今天这样祥和宁静，教堂再不用担心被捣毁，教友出门也不会受到佛教信徒的歧视甚至追杀。这不是天主的恩宠，而是人们终于学会了如何在一片狭窄的峡谷中和睦相处。

安多德神父后来把自己关在教堂内反省了三天，面对耶稣基督他准备把所有的罪与罚都担当起来。他对耶稣说，全能的主，现在已不是靠辩论和战斗就能捍卫你的荣耀的时代啦。在圣城耶路撒冷，在伯利恒，伊斯兰教徒和犹太教徒还在互相扔石块，投催泪弹，甚至舞刀动枪。但这里是西藏，我们需要和平的生活。仁慈宽容的主，我要放弃了。你的一只羔羊将要被他们培养成为一个活佛，一个信奉另一种宗教的人们尊贵的神。但愿这也是你的光荣。

神父后来对保罗夫妇说，他已在天主面前为他们赎过罪了，仁慈的天主赦免了我们的罪。保罗，尽管我们有自己的信仰，但喇嘛们现在不是敌人了，都是我们的朋友，我们怎么能做得罪朋友的事呢？保罗，如果你和喇嘛们握手，主会为你感到荣耀的，人家也会更尊重我们。我主耶稣说，“人因先知的名接待先知，必获先知所得的赏赐；人因义人的名接待义人，必得义人所得的赏赐。”

保罗沮丧地说：“神父，我听你的，我也听天主的。可是把罗伊斯送去当活佛，我做不到。”

神父把保罗领到教堂厢房的平台上，从这里可以看到右盐田的村舍和前方的峡谷，神父指着前方说：“保罗，你看到了什么？”

保罗说：“我看到了村庄、峡谷，还有卡瓦格博雪山的顶。”

“你再往上看呢？”

“上面是一片天呢，神父。”

“是啊，多么狭小的一片天，像放牧人的帐篷裂开了一条线。保罗，你明白我的意思了？”

保罗不说话了，神情变得很凝重。神父想保罗是个聪明人。

11. 教堂的地道

吃晚饭的时候，神父留保罗在教堂里吃饭，但是他们发现凯瑟琳修女没有来。神父去她的寝室叫她时，听见里面有说话声，这让神父感到好生奇怪，他仿佛听见凯瑟琳修女说：“忏悔室。椅子。神父啊，你怎么不早告诉我呢。我明白啦，我会找到的。”

神父想，凯瑟琳奶奶又在梦中跟阴间的亡友说话了。他多次听见她跟已经故亡了六十多年的丈夫对话，一问一答的，仿佛那个冤死鬼就在她身边似的。一次她甚至通过询问自己的亡夫找到了已丢失多年的一只手镯。他明确告诉她，那只手镯掉在左盐田的纳西人和玉珍家了，民国三十五年的冬天，你到你的表姐和玉珍家做针线活，顺手把手镯取下来放在一个篾篓里，后来忘了带走，然后这个篾篓又被和玉珍瞎眼的父亲扔到了柴堆上。民国三十九年春天土匪火烧左盐田时,和玉珍家的柴堆也给一把火烧了,但那只玉手镯是烧不坏的,它就埋在灰烬下。这样的故事如果凯瑟琳修女说说也就罢,谁也不会当真。可她真的请安神父在和玉珍家老房子的柴堆下面约一尺深的土中,把那只手镯挖出来了。这让安神父不得不相信,只有活到她这样年纪的老人,才有权利在阴间和阳世来回奔忙。

“凯瑟琳奶奶,吃饭了。”神父推门进去。

令神父惊讶的是凯瑟琳奶奶就站在门后面,她一把拽住神父的手说:“来,我带你去找一样东西。”

神父说:“奶奶,不着急的,我们先吃饭好吗?”

“我知道教堂的宝贝藏在哪里了,他们刚刚告诉了我。”她拉着神父就往外走,完全不像一个病人。

“什么宝贝?谁告诉你了?”可怜的凯瑟琳奶奶,她又活糊涂了。神父悲悯地看着她。

“来吧来吧,宝贝在忏悔室里。神父,难道你忘了,‘文化大革命’时,红卫兵要找的那些宝贝。”

神父伤感的回忆就像幻灯片一样地被展现出来。自解放以来,峡谷里的人们一直都在传说,那个最后被赶走的外国传教士沙利士神父留下了一批金银财宝藏在教堂里。说得最神乎其神的是有一尊纯金铸造的外国裸体女人像,它有真人般大小,眼睛是用西藏最名贵的宝石镶嵌的,而里通外国的发报机就藏在裸体女人的肚子里,天线可以从耳朵里拉出,发报键钮则镶在其牙齿上。那时人们贫乏枯燥的想像力被更加贫乏枯燥的报纸广播大字报一煽动,变得像一个顽皮孩子样的倔犟、像脱缰烈马样的疯狂。在阶级斗争天天都要讲的年代里,外国人的教堂很容易跟特务活动联系在一起,这是连一个小学生都可能会做出的逻辑推断。

神父看到凯瑟琳奶奶一脸严肃,生怕她的血压因为太激动又升上来了。为防不测,他把保罗叫上,两人随着凯瑟琳奶奶进了教堂,直奔忏悔室。这个房间就在教堂内大门的左侧,由于教堂可利用的房子少,多年以来,神父的告解室同时也兼作教堂里的库房,一些农具什么的都堆在这里面,甚至还有一个巨大的盛粮食的柜子,里面堆满了今年刚收回来的麦子。因此,忏悔室里弥漫着新麦的清香。安神父就是在这乡村气息十足的告解室里听自己的信徒们的忏悔。

现在忏悔室里真正保留下来的旧时代的东西,就是神父听信徒忏悔时坐的那把椅子了,它很高很笨重,以便于隔板外跪着忏悔的信徒与里面的神父交谈。这把椅子在“文革”中躲过了一劫,大约是因为它太不起眼了。

凯瑟琳奶奶以不容置疑的口吻说:“你们把它挪开。”

保罗看着神父,神父对他挤挤眼睛:“就挪开它吧。不然凯瑟琳奶奶今晚不会吃饭的。”神父虽然在教堂里的权力至高无上,但他相当尊重老修女凯瑟琳,生活中的许多事情,他都听她的。他们费了好大的劲才把那张老椅子挪开了,凯瑟琳奶奶跪在地上,用手在木地板上东拍拍西拍拍,像个寻宝的探险家。地板在她的拍打下发出“噗噗”的闷响,这沉闷的声音证明,地板下面没有空。没有暗室,也没有地道。这样的探寻安多德神父在当红卫兵时早就做过了,而且比凯瑟琳奶奶做得仔细、认真得多。那时,谁不想为革命立上头功呀。

“我们走吧,酥油茶都凉了。”神父说。

“他告诉我就在椅子的地板下面呀。”凯瑟琳奶奶自顾自地说。

神父稳住笑,问:“凯瑟琳奶奶,谁告诉你了?”

“沙利士神父,他刚才跟我讲的。”凯瑟琳奶奶说得非常肯定。

“在梦中告诉你的吧,他离开我们这里已经快五十年了。”保罗没好气地说。

“不对,他在我耳边说的。过去的事情,你们年轻人不懂。”

凯瑟琳奶奶显然生气了,她在忏悔室里像一个梦游的老人一般捣腾,神父和保罗袖手站在一边,时不时地上前帮她一把。当一个老人家在做属于他们的游戏时,也跟一个孩子做游戏差不多,旁边的人只有耐心地等待这场游戏结束。没有办法,谁都有老糊涂的那一天。

“主啊,我想起来了!”凯瑟琳奶奶大叫一声,“从前那张椅子不在这个位置上,它是放在这里的。”她指着那个巨大的粮食柜说。

“凯瑟琳奶奶,今晚你究竟要干什么呢?”保罗没好气地问。

“把粮食柜搬开,我给你们看沙利士神父的东西。”她语气坚定地说。

在安多德神父印象中,这个巨大的粮食柜自他记事起就放那儿了。如果凯瑟琳奶奶坚持要搬开这个柜子的话,单是腾空那些新打下来的麦子,他和保罗大概要花两个小时的时间。

但是仿佛上帝在暗中指示他,安多德神父不再怀疑凯瑟琳奶奶似梦非梦的行为了。他找来一把铲子,脱了外衣甩开膀子干起来,保罗尽管一肚子的气,但在神父和凯瑟琳奶奶面前,他没有发脾气的资格,只有嘟着嘴跟着神父一起干。

到他们终于把粮食柜挪开,已是夜里十二点了。这正是发现一桩秘密最合理的时间,教堂外的风声吹送出神秘的声响,仿佛无数根鞭子,抽打着人们的恐惧心理。凯瑟琳修女不再拍打地板以探虚实,指着一块已经发黑的地板对保罗说:“把它撬开。”

保罗几乎没有使什么力,那地板就像是急于要将埋藏近半个世纪的秘密公之于众,自己就跳开了。啊,下面果真有名堂呢。他们看到一个已生锈的圆铁环和一把古老的铜锁,锁上一层厚厚的铜绿。

“主啊,求你告诉我们,谁会有钥匙呢?”神父因为激动,声音都有些发抖了。

“砸烂它!”凯瑟琳奶奶像一个现场总指挥,神父从来没有见到她做事这样果断利落过。

保罗一铲就将锁砸开了。现在,教堂的秘密就在眼前。

一块活动的木板被掀开了,他们看到了一个黑黑的地道,有一道狭窄的台阶延伸下去。一股古老而腐朽的气息扑面而来。

神父惊叹道:“真是奇怪,当年红卫兵闹得那么厉害,也没有找到这个地道。保罗,去找把电筒来。”

保罗拿来电筒时,牙齿磕得像冰雹打在铁锅上。神父问:“你怎么了?”保罗说:“神父,下面、下面会不会……会不会有死人?”

凯瑟琳奶奶顶了他一句,“我是死过多少次的人了,你怕不怕我?”尽管保罗不怕凯瑟琳奶奶,但他还是留在了上面。

神父搀扶着凯瑟琳修女下去了,地道的台阶并不长,大约只有十来级,然后转了一个弯,就是一间七八平方米的地下室。它大约有两米多高,里面并不潮湿,安神父发现墙的四周都是岩壁,可以想见当初凿这个地下室时是很费了一些功夫的。他们在里面只看到了一张木桌,上面放有一个大铁箱,旁边有一盏已经锈坏了的风灯。安多德神父用电筒四处照了照,除了冰冷的岩壁,再没有令人激动的东西。

安神父叫保罗下来和他一起把那只大铁箱费力地抬上去。他想,要是二十多年前发现这个秘密,教民们又将面临什么样的命运呢?那时人们一直认为,教堂是相当有钱的,传教士们在这里传教了几十年,掠夺了西藏多少财富啊;峡谷里发生第一次教案后,清政府赔了三十万两白银。想想吧,传教士们有多少钱。

铁箱子打开后,也许所有的人都要失望。安神父只发现一捆用厚厚的防潮油纸——现在已经见不到这种油纸了——包裹了好几层的纸包,还用棉线捆扎得紧紧的,那么长的岁月流逝过去了,安神父还能通过这紧扎的棉线感受到当年那个藏匿者的细心和缜密，哪怕是打一个小结，似乎都经过了深思熟虑。他小心地打开了纸包。上帝啊，原来是两大摞书稿。一摞是纳西人的东巴象形文经书，大约有近千册。和经书在一起的还有一本用外文写的书稿，里面夹杂有许多东巴文字，安神父推测这大约是外国神父研究东巴象形文字的一部手稿。政府这几年到处在收集整理这些据说很有价值的东巴经书，说是世界文字史上的活化石。另一摞手稿是用藏文写的，虽然没有东巴经书那么厚，但捧在手上却沉甸甸的，仿佛捧着一段沉重的岁月。

安神父这时感到了某种神圣和庄严，就像要见证一桩神奇的奥迹那样，他不知道今晚所经历的一切，是不是一场梦；他也不知道一旦他打开这些尘封了近半个世纪的手稿后，是不是就意味着峡谷里曾经流传了许多年、许多代人的传说和秘密，包括他这个教民世家的秘密，就会真相大白了。

他翻开了那摞藏文手稿，第一页的标题是：

“世纪初教会在西藏的传教活动。”

第三章　第一个十年

12. 出埃及记

多年以前当沙利士神父借助一根横跨在澜沧江上空的溜索，从江的西岸溜到东岸开辟新的传教点时，他把自己看成引导以色列人出埃及的摩西。不过上帝耶和华没有显示他的神迹，用他法力无比的魔杖使横渡险恶的澜沧江成为坦途。早在上帝的创造力之外，峡谷地区的人们便利用一根藤篾索作为渡江的工具了。多年以后沙利士神父都还忘不了那惊心动魄的一幕，一个又一个的藏族教民从溜索上飞越而来，从六十多岁的老人到十来岁的孩子。有两个教友不幸掉到江中去了，真的就像澜沧江里有一个长胳膊的水鬼一般，人仿佛不是掉下去的，而是被令人恐惧的魔鬼拽下去的。尽管如此，那些大无畏的藏族人在跨越这道生死线时就像在荡秋千嬉戏一样，有的人甚至还在过溜索时吸着鼻烟哩。牛羊也是从溜索上荡过来的，它们的眼神一般都很惊恐，伸长了脖子绝望地望着下面湍急的江水。它们永远不会明白为什么要离开自己熟悉的草场，为什么要被吊在这条细细的绳索上迁徙到另外一个陌生的地方。牲畜如此，人何以堪。沙利士神父当时想。

江东岸并不是《圣经》上说的遍地是流着牛奶与蜂蜜的富庶之地，这里到处是巉岩绝壁，山梁上荒草丛生，树木遮天蔽日，野兽出没，人烟罕至，连一条路也没有。“我们可不能过与世隔绝的生活，断绝同上帝的联系。”沙利士神父告诫自己的教民。

教民们安慰神父说:“有江水走的路,就会有人走的路。”

整整三年的时间,沙利士神父的主要工作就是带领教民们在荒山僻野中开拓道路。教民们多年以后都还在传说,神父有一个与上帝随时保持方向的神奇东西,无论他带领他们走到哪里,一根永远指向北方的针让他们不会在群山中迷路。他们向南沿着澜沧江水流的方向终于打通了前往云南的道路,向东则找到了一条可以走到四川藏区的路,从那里穿越无数的高山大河就可以到打箭炉了;而到拉萨的道路则是那些借道而来的马帮们发现的。

在寻找出路的岁月里,他们甚至在前往四川方向的高山峡谷中发现了地狱里的魔鬼部落。这个部落在藏族人的传说中流传已久,但谁也没有真正见到过。人们传说魔鬼统治了这个部落,使部落里的所有人都成为魔鬼的化身。当他们猝然相遇时,发现者和被发现者都惊吓得大叫不已,纷纷倒退回去了几公里。开路的教民们惊慌失措地来向沙利士神父报告说,他们在山那边见到一群魔鬼,他们大都没有头发,也没有眉毛,个个面目狰狞,一些人身上淌着死人的浓血;他们有的没有鼻子,有的眼睛只是两个空洞,有的嘴巴上长出一个拳头大的肉瘤。他们用树叶当衣服,身上布满老树疙瘩一样的结疤,有的人甚至连手指都没有。一定是作孽太多的人被打入地狱后,不知哪里弄错了,让他们又回到人间受罪啦。教民们七嘴八舌地向沙利士神父描述他们的见闻。神父那时已经可以断定他们是一群什么人了,于是他说:

“那么,让我们去拯救这些可怜的人。谁愿意与我同去?”

教民们你看看我,我看看你,竟然没有人响应神父的召唤。神父走出去很远了,孤儿亚当才慢慢地跟在他身后。不是他害怕,而是他当心一旦神父被这群魔鬼掠走了,他们可怎么办啊。他远远地看见神父勇敢地走近了那群魔鬼,向他们伸出了手。他听见神父用藏语高喊道:“迷途的羔羊啊,来,让我来帮助你们!”

天黑的时候,沙利士神父回来了,教民们围在他的周围,把他们的神父左看右看,佩服得五体投地。沙利士神父告诉他们说:"这是一群麻风病人,这种病在我们那边也叫做汉森氏病。他们不是魔鬼,只不过是受到一种麻风杆菌感染的可怜的人。病菌侵袭了他们的身体,但他们的灵魂仍然属于上帝。我已经说服他们的头领皈依仁慈的上帝了。明天我们就给他们送些吃的和药去。"

"他们是藏族人吗?"有教民问。

"不全是。彝族人、傈僳族人、白族人,甚至汉族人都有。是谁让他们聚集在一起的呢?"神父说。

一个年长的教民路德说:"神父,你说的那种病莫不就是我们说的'鬼见愁'吧。听我爷爷讲,过去不管哪个村庄出现这样的病人,都要被赶出去。"

"噢,不怜悯别人的人,必不蒙怜悯。"神父趁机宣讲道,"我告诉你们,我主耶稣显示他的奥迹的时候,也曾经拯救过许多患麻风病的人,主耶稣对一个患大麻风的病人说,'你洁净了罢',那人立即就洁净了。你们要相信耶稣的仁慈。"

教民们听呆了,耶稣只说了一句话,就治好了连魔鬼都发愁的顽疾。在这块孤独封闭的地方,既然魔鬼四处横行,人们只有相信神迹,才能摆脱魔鬼的追踪。因为人是不能和魔鬼相抗衡的。

第二天神父带着一批教民来到了麻风病人的部落,他们背去了粮食、衣物和一些药品。神父把一个十字架立在了部落外面的一个山头上,代表着上帝对这个被世人所抛弃的部落的关爱。部落大约只有三十来人,他们在一条小河边搭建了一些简陋的茅草棚,靠打鱼狩猎和采摘树林里的野果为生。部落的头领是一个曾赶过马的汉族人,得了麻风病后被马帮头领赶了出来,他在这个部落里有三个妻子。但是她们加起来只有三只完好的手,四条完整的腿,一张半尚可辨认的脸。神父与他约定,今后部落有人要死了，一定要通知他，他会赶来为死者做临终圣事。“你们的身体虽然在开始腐烂，但你们的灵魂能不能得救，就看你们的心是否和上帝在一起。”他告诉头领说。

头领问神父：“代表天上的皇帝的人，人们见了我们就像见到了魔鬼，你为什么要救我们呢？”他不知道上帝是谁，他把他想象成玉皇大帝的模样。

神父反问他道：“你见过没有牧人的羊群吗？”

头领张张溃烂的嘴说：“那么，你把我们领走吧。”

神父说：“我把你们的心领走就行了。我会常常来看你们的。”

当第一队马帮商队沿着藏族人开辟的道路来到江东教民们的村庄时，一个曾多次到过印度的马锅头（即马帮头领）欣喜地对沙利士神父说，从江东岸去拉萨原来比从江西岸走近多了，还可以少翻两座大雪山呢。沙利士神父自负地说，我早就有预感了，东岸有通往拉萨最近的道路。主会保佑它比西岸更繁华。

从此，江的东岸就不再是一个孤独地困厄于群山中的地方。

一个信使带着沙利士神父的信走了三个月，终于与远在四川打箭炉的传教会取得了联系，莫维尔主教已经被调往其他的教区了，新来的劳纳主教在回信中告诉沙利士神父说，托天主的护佑，我们以为你已经殉教了呢。人们过去一直传言澜沧江西岸的两个传教士已经为主作证牺牲了，我们上告到了中国皇帝处，迫使中国政府赔偿了巨额的银子。这些赔偿让你再建一座宏伟壮观的教堂也绰绰有余。但作为对暴民和中国政府的惩罚，超出我们实际损失的巨额赔偿是必须的。尊敬的沙利士神父，你就在澜沧江的东岸大胆地修建一座符合上帝旨意的天主教堂吧，把教堂的尖顶修得高入云端，使它成为刺向西藏蓝天的一把锋利的剑。让那些异教徒们看看上帝的力量。

不过沙利士神父没有遵循劳纳主教的旨意行事，他认为这个新来的主教大人一点也不了解西藏。他不会忘记从前江西岸被大风吹跑和雷电击倒的教堂尖顶，他也不会忘记曾经想把自己变成一把刺向藏传佛教的利剑的杜朗迪神父的悲剧。即便我们是上帝的使者，但我们毕竟是来到遥远东方的客人。纳西人说得好，一个暂住在人家屋檐下的人，是不会向主人的窗户扔石头的。因此，当沙利士神父见到随劳纳主教的信一同到来的二十四匹骡子的银子时，他并没有显得多么的高兴。“如果这是藏族人所说的命价的话，我和杜朗迪神父可值不了这么多钱，况且我还活着哩。这和一个传教士的使命相悖。”他在给劳纳主教的回信中说。

教堂当然要建，但关键看你采用一种什么样的姿态。是带有某种挑衅性的傲慢建一座西式教堂呢，还是建一处能和西藏的环境相适应的上帝的避风港。上帝不会在乎教堂的形式，他在哪儿都可以安身立命。沙神父把新建的教堂盖成了一座大房子，看上去它不过比藏式土掌房大许多罢了，它的外观土头土脑，教堂的大门是双扇木门，大门两侧是两个三层楼高的垛楼，从正面看像一个汉字的“凹”字，十字架不是醒目地立在垛楼的最高处，而是羞羞答答地树立在“凹”字的中央。为了选这个地方沙利士神父可说是煞费苦心，带领几个教民把江东岸的地方都跑遍了。最后他将地址选在山梁临风口的一座小山头上。教民诺瑟说，神父，这里的风太大了，我们干吗不找一个避风一点的地方呢？沙利士神父微笑道，诺瑟啊，西藏的大风刮来时，哪里还有能躲避的地方。与其东躲西藏，不如迎风挺立。

朴实的教民们哪里知道沙利士神父的心机。那时东岸还没有喇嘛寺的地，也不是野贡土司的势力范围，神父把一个山头都圈到教堂的范围之内，他带领人们用黏土夯了一道厚实的围墙，围墙上盖了个瞭望楼，还在多处地方抠了射击孔，搭建了供射击者可蹲可站的平台。从这些射击孔瞭望出去，一支步枪轻易地就可以控制方圆五百平方米的范围。被厚重的围墙圈起来的教堂既不像住家也不像衙门,但从它所处的地势上看,却非常像一处堡垒。这里是东岸两座伸向澜沧江的山梁的最高处,一条新开辟出来的马帮道路把它们连在一起,而教堂所在的地方正好是扼制这条重要道路的要冲。这两座山梁就是后来的左、右盐田。

至于教民们的住家,则分散地建在教堂的四周。那时江东岸是一个纯基督徒的世界,他们在神父的指导下,寻找水源,开挖水渠,砍倒大树,放火烧山,劈出东一块西一块的土地,在房前屋后种上峡谷里极易生长的核桃树。在峡谷中要想有一块稍大一点的土地无异于痴人说梦话,耕地的牛能走上十步不用回头,就算是上好的土地了。那时的沙利士与其说是神父,不如说是一个原始部族的头领。他以上帝的名义对所有开垦出来的土地都作了公允的分配,新开的土地虽然稀少而贫瘠,但不管怎么说,人们总算过上了安宁的日子。

13. 雪山下的殉情

八世野贡土司顿珠嘉措得到自己儿子的死讯时,是他刚从拉萨朝圣回来的那个中午。其实死亡的味道他在峡谷的山梁上就嗅到了,当时他对管家旺珠说,峡谷里死人了,好像死了好多好多呢。

他走进土司的碉楼,死亡的气息扑面而来。到处是悬挂的经幡,喇嘛们超度亡灵的诵经声随着煨桑的青烟四处飘荡。野贡土司跳下马来,对着跪了一地的家人和仆人问:“谁死了?”

“是是是……大少爷啊……老爷……”一个仆人泪流满面地说。

管家旺珠给了他一马鞭,“老爷还没有进家门,就说这些不吉利的话。当心你的舌头。”

野贡土司这时看到了妻子央宗哀怨的泪脸,他的心一下就掉到了峡谷的最深处,但是血却涌上来了。他明确地意识到,他又要打仗了。

出乎野贡土司意料的是,夺走他儿子野贡·扎西尼玛性命的不是老冤家泽仁达娃(按照峡谷里的仇杀规则,野贡家必须杀了泽仁达娃后,他部落里的人才可以复仇呢),不是一直觊觎野贡家领地的德若土司家族,也不是汉人的军队,更不是澜沧江东岸信奉上帝的天主教徒,而是他身边一直向他纳着税赋、和藏族人和睦相处了多年的纳西人。

更让他感到不可思议的是,让扎西尼玛命丧黄泉的原因竟然只是因为爱情!

那时峡谷里的藏族人还从来没有听说过,爱可以让人死。

但是纳西人则认为,如果一对恋人不能选择婚姻,那么就选择死亡。爱和死,是一对如影相随的、非此即彼的孪生兄弟。

因此,两个月前扎西尼玛从看上纳西姑娘阿美的那一时刻起,就不可避免地选择了死亡。那场雪山上的狩猎仿佛有某个神灵在暗中指引,使扎西尼玛走向了死亡的第一步。

那是欢乐的第一步。野贡家的仆人来报告说,雪山下的牧场上最近来了一头凶恶的老熊,已经叼走三头羊,一头犏牛了。夏天里牲畜都赶到高山牧场上去放牧,雪山下的那些不大的草甸和连绵的草坡在融化了的雪水滋润下,丰美而茂盛;夏天里的高山牧场又是一个天国一般的地方,牛羊撒落在绿茵茵的草甸上,像天上的云团降落在大地,岩羊、麂子、野鹿跳跃于茂密的森林间,还有那些唱着婉转动听歌儿的色彩斑斓的鸟儿们,它们叫唤的是一个生动丰富的夏天,是让每一个狩猎者心里润润的夏天。扎西尼玛早就向往着这样的夏天了。那时扎西尼玛已经长成一个孔武有力的小伙子,尽管他还不到二十岁,但是已经很受姑娘们喜爱了。他秉承了野贡家族的许多特征，宽阔的脸膛，拳曲的头发，壮实的身胚，还有豪爽的性格，敢作敢为的冒险精神。在卡瓦格博雪山下他有数不清的相好，有时一个晚上他不得不连着钻两三个帐篷，不是因为他是土司家的大少爷，而是因为他是个不错的情人呢。能喝酒，能唱歌，能跳转起来像风一样流畅的弦子舞，而且干起那事儿来一点也不比那些已婚男人差劲。他走到哪个帐篷，哪个帐篷就响起悠扬绵长的歌声，欢快的笑声，姑娘们幸福的呻吟声。但是一个叫其美卓玛的情人说了一句让扎西尼玛大跌面子的话，她说，“尽管你可以让许多姑娘欢乐，但你还不算一个真正的男子汉，因为你还没有杀过人，甚至还没有猎到过一头老熊呢。”扎西尼玛那时骄傲地说，“那是一件很简单的事，比把姑娘们放平在火塘边容易多了。”

扎西尼玛带着十来个随从白天在高山牧场上追逐着老熊的踪迹，晚上就在帐篷前燃起篝火，饮酒作乐。那是一段快乐的时光，直到有一天扎西尼玛追一只岩羊追到一个小溪边时，他在雪山下寻欢作乐的生活才开始变得忧郁起来。他开了三枪都没将那头仿佛受到神灵保佑的岩羊打中，这让扎西尼玛很恼火，提马狂追而去。当他勒马追到一处悬崖边时，没有看到岩羊，却发现了悬崖下面的一汪清澈的水潭，还有水潭里一个美若天仙的姑娘。在人间是绝不会有这样美的姑娘，当时他差一点惊得从马上滚下来。他在一瞬间有种跳下水潭把那美丽的姑娘捞起来的欲望，他相信他已经来到了神话传说中的世界。

“请别开枪！”

一声甜美的嗓音从水潭边传来，扎西尼玛平端的枪口颓然掉下，它是被这柔和的嗓音震落的，那支枪在岩石上弹了一下，像一根棍子一般落入潭中了。扎西尼玛方才回到现实，他看见了水潭边的少女，一个峡谷所有姑娘的美加起来都还没有她的一根头发美丽的姑娘。

那头被追逐的岩羊就依偎在少女的身边，显然它被打伤了，鲜血沿着它的前腿往下淌，令人奇怪的是少女正用一只手给它捂血呢。

扎西尼玛绕过悬崖，来到水潭边，他第一次不知道在一个姑娘面前该说什么话了。“佛祖啊佛祖，你你…………是天上掉下来的，还还还是从水中浮上来的？”

少女笑了。哦，佛祖，那是多么动听的笑声啊，喇嘛听了也会后悔出家呢。扎西尼玛感到自己男子汉的豪情一下就没有了。从那个时候起，他就不再是野贡家的大少爷，不再是野贡家未来的骄傲，不再是众多姑娘们的情人，不再是跃马横枪，驰骋在高山牧场上的英俊猎手啦。他成了一个羞涩胆怯、被突如其来的爱情惊呆了的大孩子，成了一个被美丽的姑娘彻底征服了的绝代情种。他本想说，姑娘，你多么美啊，但从他嘴里说出来的话却是，“这个……这……我打的岩羊，它……它是是你家养的？”

“看它多可怜。”少女说。鲜血从她圆润的手指中流出来，让他心疼得难受。他很想去帮她，但又不知道该怎样做。他把自己头上的狐狸皮帽子摘下来，使劲地在手上搓揉，想递给她擦手，但又不敢。土司家的大少爷在一个姑娘面前成了一个傻子，再也骄傲不起来啦。

“有一种止血的草，你认识吗？”还是她说。她仰起头来，扎西尼玛这回把她看真切了，天啦，她有一双比眼前这汪雪水融化的水潭还要明亮水汪的眼睛，她的鼻梁比雪山还要圣洁挺拔，她的嘴唇像弯弯的月亮，她的两腮粉红娇嫩得像春天里的桃花。那一刻他想，要是能亲上她一口，——佛祖，看一眼也行啊——死他都愿意。

“喂，傻站着干吗，你听不懂我说的话吗？”少女说。

“我我……我我我我……”

“你真是个傻瓜。这样吧，你来帮它捂着血，我去找止血草。”

她伸出一只手把一直呆呆站着的他拉下来，他就乖乖地蹲下来了。然后，用他的狐皮帽子去捂岩羊的伤口。

"噢，多好的帽子。"她惋惜地说。

"没没没……有事的，帽子不不……好……"他大汗淋漓地说。他不明白自己为什么会出那么多的汗。

不一会儿她就扯了一把他叫不出名字的草回来了。她手脚麻利地用草擦洗岩羊的伤口。刚才他的一枪从岩羊的前腿擦过去了，这是被神灵控制的一枪，正好打得不轻不重，如果枪子儿稍稍偏一点，他怎么能追到这个水潭边来呢。

岩羊的血止住了，它乖乖地蹲在她的身边，一会儿用哀哀的目光看看她，一会儿又用恐惧的眼光睃他两眼。打猎那么多年了，他第一次觉得这些山上奔跑的动物原来也是很可怜的。

"这岩羊，是你家养的?"他已经不敢再看她的眼睛，也不会说话了。

"哈哈，你说第二次啦。"少女又笑了，笑得扎西尼玛心惊胆战。"去，去，快走啊你。回家去吧。"少女拍拍岩羊的背，它站起来了，看看这两个奇怪的人，一跛一跛地走了。扎西尼玛第一次看到一只岩羊从自己的眼前慢慢地离去，这些家伙从前见了猎人总是跑得像闪电一样快。但是闪电忽然慢下来了，慢慢地消失在树林间，那感觉就像在梦中一样。

这个下午就是一场梦啊。"你是谁家的姑娘?"他晕乎乎地问。

"阿美。叫我阿美吧，我可认识你呢，你是野贡土司家的大少爷，看看雪山下的阳光多么明亮啊，都是你带来的。"[①]她大方地说。

"你怎么会认识我呢? 我都不认识你。"他嘀咕道。峡谷就这么大一点地方，一个最美的姑娘他怎么就不知道呢。

"哈哈，你总是骑在马上，一大堆人跟着你，在峡谷里跑来跑去

---

① 在藏语里，"扎西"是吉祥的意思，"尼玛"是太阳的意思。

的。我在窗口前看你一眼,我叔叔就要拉我下来。”

“你叔叔是谁?”

“你肯定认得,他是和万祥啊。”

“噢。”扎西尼玛想起那个人来了,他是在江边晒盐的纳西人的族长,但是他每年也得向土司家纳盐税。他头天赶着骡马驮来成筐的银子,第二天就可能又驮来很多汉地的商品,然后把成筐的银子又驮回去了。一个很精明的纳西人。

“难怪从前我没有见过你,原来是你叔叔不让。这是为什么呢?”他现在说话自如多了,慢慢地在一个美丽的姑娘面前恢复土司少爷的骄傲和信心。

“想想你在姑娘们面前做的那些事吧,哪个纳西人家不怕你。”阿美姑娘也伶牙俐齿,她说这话时脸红了。

一条峡谷都给染红了,扎西尼玛顿时感到自己醉得不能自持,他伸手去撩姑娘飘拂在脸上的头发,嘴唇哆嗦着,一句话也说不出来。

“请拿开你的手,大少爷。”她矜持地说,“我可不是你可以随便闯进帐篷里的那些姑娘。”

“我我……我今后再不会进去啦。佛祖在上,我发誓。”他随后把一只手放在了她的肩上。

她挣脱开了,“大少爷,我是纳西人呢。请好好想想。”

“难道你不是一个美丽的姑娘么?姑娘和小伙子难道不该在一起么?”

“天啦……你们土司家有土司的规矩,你可别忘了啊。”她叹了一口气,仿佛在惋惜什么。然后站起身来,打了一声悠扬的口哨,一群羊就从林子间钻出来了。啊哈,原来她是个牧羊女。让扎西尼玛更惊奇的是,那只刚才受伤的岩羊,也跟着她的羊群出来了。

“嘿,你可不能走。”他在她后面喊道。

“峡谷里的地是你们野贡家的，这雪山上的地方也姓野贡?”她回头鄙夷地说，可看他的目光却意味深长。

他一下清醒过来了，土司家大少爷的聪明像一只放飞的鸽子又飞回他的怀里，“哎，你干吗要在窗口前看我的马队呢?”

这话像一颗准确的子弹击中了阿美姑娘，她愣了一下，赶紧提了裙子逃之夭夭。但是她春心荡漾的心扉已经昭然若揭。

从那以后扎西尼玛的灵魂就被魔鬼勾走了。他的贴身仆人、口齿伶俐的拉巴平措事后对野贡土司说，他不吃饭也不喝茶了，他也不唱歌不跳弦子舞，他更不去找那些姑娘们。有人把姑娘送到他帐篷里都被他赶了出来。他成天躺在帐篷里，魔鬼使唤了他的舌头，他说的话我们一句也听不懂，要么他就成天不说一句话，连抬起头来喝口茶都不情愿。我们告诉他说发现那头老熊的踪迹了，只要骑上马，放出藏獒，半天的时间就可以追上它。但他还是一动不动，就像我们到雪山下根本不是来打老熊的。有时他却骑上马在草甸上像风一样地奔跑，也不让我们跟着，谁跟他去谁就要吃马鞭。有一天晚上我们好不容易在一个水潭边找到他，他在那里睡着了。但是满脸都是眼泪。

老爷，我们都该死。有一天少爷莫名其妙地失踪了。他是被一种魔鬼的口弦勾走的，那口弦在太阳还没有出来时就从雪山上飘下来了。我们在睡梦中都听到这口弦声，但等我们起来时，少爷的帐篷就空了。我们找啊找啊，围着卡瓦格博雪山转了一圈。我们想找不到少爷，我们就死定了。有的人想逃跑，但是想来想去，怎么跑得出老爷你的马鞭呢。后来我们总算在雪山下的一片林子外听到了少爷的歌声。那已经是半个月以后的事情了。我们钻进了林子，那是雪山上最密的一片树林，里面连太阳的影子都看不见。我们随着少爷的歌声在林子里钻啊钻，也不知道钻了多久，突然发现一片大得看不到边的草甸。天啊，那是我们看到的最大的一片草甸了，雪山下怎么还有这么漂亮的草场啊。少爷在那草甸上跳哩、唱哩。当然，还有那个姑娘。天啊，她是我们见到的最漂亮的姑娘。

老爷，那里真是天国呀，草甸上到处都是鲜花，四周是又密又高大的树木，各种野兽在树林里窜来窜去，一点也不怕人，抬头就可以看到卡瓦格博雪山洁白的尖顶。谁到了那里，都想死……哦不对啦，都想把帐篷扎在那里。少爷和那漂亮的姑娘也把帐篷扎在草甸的边上啦。我们说，少爷，回去吧，老爷要回来了。但是少爷不听，用马鞭赶我们走。那个漂亮的姑娘，我们后来才知道她是纳西人，简直就是魔鬼的女儿，她看人的眼睛太可怕了，只看你一眼你的骨头就软了，就走不动路了。我们没有办法，只好把帐篷搬来紧靠着少爷的帐篷。少爷开初不愿意，把我们打得到处乱跑。后来那个叫阿美的纳西姑娘为我们求情，少爷才允许我们留下来。

老爷啊，少爷是过了一番王子的日子才死的啊。那个纳西姑娘比格萨尔王的王妃漂亮多了。她随便摘一片叶子，就可以吹出好听的让人淌眼泪的曲子，连林子里的鸟儿都不唱了，岩羊和麂子，还有马鹿，都跑出来听她吹的曲子。我们看到这些平常找也找不到的家伙，就想举起枪来打它们，但是我们连举枪的力气都没有了。我们的骨头全软了。不，老爷啊，是那姑娘吹的口弦太好听了，这种时候谁还会干杀生的事呢。

我们对少爷说，少爷，该下山了。我们会跟老爷求情，让他同意你娶这个女人做你的妻子。但是少爷说，野贡家的祖先说了，藏族人和纳西人不能通婚。我一回去，心爱的女人就飞走了。我才不回去呢，除非澜沧江水倒流了。

有一天，培楚独自出去打猎，钻出了林子。第二天他回来说，在林子外的一个山洼里发现了泽仁达娃的帐篷，人不多，只有四五个人。我们说少爷，佛祖保佑，野贡家的骄傲该轮到你了。凭我们的人枪，泽仁达娃有几条命啊。我们可以像老爷多年前那样先砍倒他们的帐篷，然后刀枪一齐往里面扎。这回可不能让那家伙得便宜了，我们要把帐篷扎成碎片，再把里面的人一个个地拉出来，吊在树上。但是少爷的骨头被那个女人搞软啦，他的女人说，干吗要去杀人呢？我们说他杀了野贡家的二老爷，我们要去报仇。少爷都在收拾枪弹了，但是那个纳西女人说，少爷，你看多好的阳光啊，跟我去草甸上采野花吧。少爷就把枪放下了。老爷，她只说了这一句话啊，少爷便忘记了野贡家的荣誉。那个姑娘让他去死，他怎么会不去死呢。

野贡土司听到这一段时，像一头愤怒的老熊咆哮道："该死的东西，难道采野花比报家仇还重要吗？"雪山下的泽仁达娃要杀一个野贡家的人，还需费九牛二虎之力；而这些看上去温顺厚道的纳西人，仅仅站出来一个小女子，就把土司的继承人谋害了。"现在野贡家的仇人不是泽仁达娃了，是那些该死的纳西人！"他气咻咻地说。

事实上自从扎西尼玛一来到这片仙境一般的高山草甸，他就不可避免地沉醉在爱情温柔的死亡陷阱里。峡谷里的纳西人称这个地方为"游舞丹"，意思是"殉情之地"，它是有情人殉情自尽的天堂之门。阿美姑娘一踏上雪山下芳草萋萋的草甸，就回头神情哀婉地对扎西尼玛说：

"我们纳西人一来到这里，就想死啊。"

她说她想死时，仿佛说她爱他一样真切寻常。

而这场死亡游戏中的另一个痴情者——土司家的大少爷也神魂颠倒地说："和你这样的姑娘死在这漂亮如仙境的草甸上，就好比醉死在温暖的火塘边。佛祖，我现在明白了，为什么人们会说自己幸福得要死。"

他们在草甸上翻滚、旋转、欢唱、流连忘返，把爱的雨露满草地播撒,夏季草甸上五颜六色的鲜花得到他们爱的滋润,开放得密如天上的繁星,远远望去像阿妈编织的七色氆氇。阿美看到草地上如此娇媚的无名小花寂寞地开放,看到扎西尼玛俊朗脱俗的面庞,看到雪山圣洁高远的身姿,看到草甸周围墨绿深邃的森林,眼泪止不住哗哗地往下淌。

“哦呀,阿美啊阿美,你应该笑,应该歌唱,应该大声说:多幸福的日子,一年三百六十五天,天天都这样,那该多好啊!”他为她拂去脸上的泪花,把自己的头埋在她温香的胸脯里,“真想在这里盖一座房子,天天都睡在你的奶子上。渴了,饿了,转过头去,就能吃到世上最美最甜的乳汁。”

“唉,真是土司家的少爷。”阿美姑娘叹息道,“连神灵的土地也想让他姓野贡。”

“这只不过是一块没有被人发现的高山草甸而已。”扎西尼玛不当回事地说,“等我当土司,我就年年把野贡家的高山牧场迁到这里来。神灵么,我会敬献给他丰美的祭品的。”

“少爷啊,没有找到世上最美最悲的爱情的人,是来不到这块草甸的。有些事情,有些地方,即便就在面前,但人的眼睛却看不到。”

“你们纳西人其实对神灵的敬畏跟我们藏族人一样。那么是谁最先找到这块天国里的草甸的呢?”

“你想听?”阿美姑娘问。

“想听。”他肯定地说。

“如果你相信我们纳西人的传说,你就能天天都生活在天国里。”阿美姑娘指着自己丰满的胸脯,“还天天睡在为你搭的房子里。”

“那你就快讲吧。”扎西尼玛急不可耐地说,并不知道他正在滑入“游舞丹”的死亡陷阱。

“最早的时候，是一群放牧的纳西姑娘发现了这一片高山草甸。”阿美依偎在扎西尼玛的怀里幽幽地说，“她们被草地上的鲜花和周围茂盛的森林、远处的雪山感动了。她们在遍地鲜花的草地唱歌、跳舞，在溪水边洗去一身的劳累和风尘。她们唱着、跳着，跳着、唱着，越觉得这里像天国一样地美好，就越感到峡谷里不是人生活的地方。

“她们的歌声越唱越凄凉，她们的舞越跳越轻飘，几乎都要跳到云层上去了。当她们的脚步再也踩不到草地上时，她们想到了死。

“‘能死在这么优美的地方该多好啊！’一个姑娘首先说。

“‘我愿意死在草地上的鲜花中，让我和这朵没有名字的小花一样轻盈漂亮吧。’又一个姑娘说。

“‘我愿意死在雪山下，让我的身子像雪山一样洁白，谁也不要想来污染我。’还有一个姑娘说。

“‘阿姐们啊，我已经十八岁了，人要是能死在杜鹃花开得最灿烂的时候，该多幸福啊。我不愿意看到杜鹃花被风雨吹落的样子。’

“最后，一个年纪最大的姑娘说，‘妹妹们，身为女儿，哪有不被男人欺负、不受人间苦难的呢？当你还在用尿布时父母就为你找好了一个男人，当你看到自己中意的小伙子成了人家的新郎，你们就会知道比黄连还要苦的命了。从我奶奶的奶奶那一辈的传说中，我从没有听说放牧的姑娘能和自己的心上人结为夫妻。除非是在一个叫游舞丹的地方，那里的人想和谁相爱，就和谁结为夫妻。那里没有老人，没有寺庙，没有战争，也没有土司和官老爷，人们永远都年轻。’

“于是，姑娘们问，‘姐姐，你说的那是个什么地方？我们怎么去呢？’

“‘那是情人们的国。我们一起死吧，死了我们的灵魂就可以去到那里了。’

“就这样，七只绿色的鸟儿为她们引路，七个放牧的姑娘为了寻找情人的理想国，一起在这片草甸边的树林里吊死了。雪山上的风把她们为情而死的消息吹遍了纳西大地，也把她们没有归宿的灵魂吹到每一个爱情不如意的青年男女心中。她们就成了纳西人又可怜又害怕的‘风流鬼’，跟随她们一起出行的风是白风和黑风，昨天我们不是在树林里看见了冲我们吹来的黑风吗，那就是‘风流鬼’哈出的热气啊。很久以前，白风和黑风曾把一个与人偷情的纳西姑娘吹到了岩石上，让她永远贴在那岩壁上下不来了，现在那块岩壁上都还有她的身影。”

“噢，幸好昨天的那阵风不大。”扎西尼玛晕乎乎地说。

“凡是到这片高山草甸来放牧的姑娘或小伙子，只要一唱起‘风流鬼’曾经唱过的歌，跳起她们曾经跳过的舞，‘风流鬼’就会钻进她（他）们的心里，她（他）们就不想活了。为情而死，是一件多么幸福的事情啊。”

扎西尼玛就像喝醉了一样——不，比喝醉还要迷糊百倍——痴痴地望着他心爱的姑娘，“阿美，你不想回去了么?”

“我不想回去了，你呢?”

“我父亲还要把土司的位置传给我呢。”

“那你就等着当你的土司吧。”阿美姑娘幽怨地说。她的忧郁引来草甸上的一阵白色的风，呜咽成一支伤感的歌。阿美姑娘从怀里拿出了一把竹子做的口弦，低头吹起来，那调子凄切绵长、悲伤哀婉，像一把温柔的刀子，一直割到人的骨头里，割到人软弱的心尖。

“阿美，求求你，别吹啦。我难受得要死。这是一支什么调子啊。”

“我们叫它‘骨泣’调，是‘风流鬼’喜欢吹的调子。”阿美姑娘扑闪着一双柔情万种的眼睛，那目光仿佛有一股强大的吸力，把土司家的少爷一步一步地引向纳西人的殉情天国。

阿妹的左手牵着阿哥的右手，
向“三多阿普”[1]跪下，
问一问情死的好时候，
算一算阿妹的厄年[2]，
算一算阿哥的厄年，
说是厄年的时光，
是情死的好时候啊。
有情的阿哥呀，你为什么不说话？

“你为什么不唱呀，扎西尼玛？”她摇晃着他慢慢僵硬了的身子，那躯体仿佛已经不是他的了，他的灵魂正在阿美姑娘凄迷的调子中徘徊，“风流鬼”已经进到了他多情的内心。

“哦，阿美，多好听的歌啊，可我怎么从来没有听到过呢？”他喃喃说。

这时一只绿色的鸟儿飞到了他们的头顶，那是纳西人养的鸟儿，是所有殉情人的领路者和朋友。鸟儿盘旋在他们的头上用婉转的歌喉与阿美姑娘对唱：

不能成一家，同化一片霞；
不能成一对，同化一缕烟；
烟霞随白鹤，飞到雪山上。
共穿一件衣，死在一座岭；

---

① “三多”是纳西人信奉的古老民族保护神，其塑像为白盔白甲，骑白马，相传他能在冥冥之中率领纳西武士冲锋陷阵，因此也被视为战神。殉情的男女在临死前都要到“三多”的塑像前慷慨悲歌、山盟海誓、求卜问卦。

② 纳西人认为男子的“厄年”多为逢“九”的年月日或年龄之岁，女子的则是逢“七”的年月日或年龄之岁。

衣上飘白雪,飘落柏树上;
柏叶变为鱼,白雪化为水,
鱼水来相会,雪山找爱神。

“佛祖,鸟儿原来真的会唱歌呢。”扎西尼玛嘀咕道。

“我们走吧,时候到了。”她牵着他的手,走过芳草萋萋的草甸,走过遍地迎风起舞的野花,走过身边飘拂的白云,走过还在风声中萦绕的“骨泣”调,走过白风和黑风的呜咽,走过纳西人一个又一个悲情哀伤的殉情故事,走过野贡土司家族规定的藏纳两个民族不能通婚的鸿沟,来到一棵高大的柏树下。

“你瞧,这是我们的殉情树,”她抚摸着粗壮的树干说,“很多不能白头到老的纳西男女,都从这棵树升到情人们的国。当我们吊上去的时候,它会为我们流泪哩。”

扎西尼玛仿佛被掏空了身体内的一切,他已经不是土司家的少爷,也不是一个机智聪明、深得姑娘们喜爱的采花高手,纳西人的“风流鬼”牢牢地控制住了他的灵魂。他由着她在树枝上结好了上吊的布绸,那是一根红色的绸子,她早为这个时刻做好了一切准备。她结两人的吊绳时不慌不忙,沉着冷静,既不忧伤也不痛苦,就像在做一件天天都要干的农活。她把布绸在树枝上打了个结,这样两人一起吊上去的时候,才不至于一头重一头轻。她甚至还用手拉了一下布绸,欣慰地说:“结实着哩。扎西尼玛,你不知道上吊的人压断了树枝,是一件多丢人的事情。”

“是一件倒霉的事情。”扎西尼玛说。然后他为自己的话忽然感到害怕,他们可是在说自己上吊的事啊。他奇怪为什么他一点也不将它当多大回事。

他还听话地搬来了两截树桩,放在吊绳下。然后他神情恍惚地跟着她站在树桩上,又像梦游一般顺从她的命令,将布绸挽的套子套在脖子上。在那惊天地泣鬼神的关键时刻,他看到了她凄美绝伦的面庞,高贵雅致,从容不迫;看到了她那双眼睛,温柔得让人心碎;看到了卡瓦格博雪山圣洁的峰顶,一朵巨大的云飘过来,让它蒙上沉重的阴影;他还看到了纳西人的“风流鬼”,她们一身白衣,裙裾飘拂,神情端庄,像藏族人的女神;最后,他看到了他的父亲野贡土司愤怒的脸,怒气从他的嘴里、鼻孔里、眼睛里、甚至耳朵里喷射出来,扑向无辜的纳西人。佛祖啊,还是让我不要看到这张脸吧。他祈祷道。

“扎西尼玛,我们去了。”阿美姑娘温柔地说,“你先蹬掉树桩吧。”

他深深地望着她,眼里禁不住淌下了两行温热感动的眼泪,那是他对人生最后一丝幸福的感受。

“阿美,我是多么的爱你。”他深情地说,然后又嘀咕道:“佛祖,这到底是为什么啊!”

14. “野蛮人高尚的战斗”

几天以后,人们费了很大的劲,才找到两个殉情者的尸体。扎西尼玛的仆人们明明曾经在那块草甸上和他们生活过一段时间,可是当他们再次回到雪山下时,竟然许久都找不到那块草甸,拉巴平措为此没有少挨土司老爷的马鞭。正如阿美姑娘说的那样,有些近在眼前的地方人的眼睛是看不到的。后来还是找来了纳西人的东巴和阿贵,让他做法事确定了殉情者的方位,才依照纳西神灵的指点找到了那棵殉情树。让藏族人气愤的是,他们吊在树上的少爷死后,脚心还被烧煳了一块,和阿贵解释说这是由于殉情时女方害怕男方不够坚决,因此要检查男方是否真的死了,然后才吊死自己。因为一个人去情人们的国是不会幸福的,留在人间的那个将会更加不幸。

“这简直是比抢人还要恶毒的谋杀！”顿珠嘉措土司看着儿子焦煳的脚，愤怒地喊，“去把那个和万祥给我叫来。”

“他早就来了，一直跪在外面。”旺珠说。

“把巴登和扎金放出去，咬死他！”野贡土司气咻咻地说。巴登和扎金是他的两条凶猛的藏獒，曾经咬翻过一头豹子。

“老爷，康巴人不骂请罪的人。你忘了我们在拉萨商量的事了吗?”旺珠站在那里说。

“什么事?”野贡土司气糊涂了，把他一段时间以来一直想干的大事忘了。

“江边的盐田，老爷。这是一个好机会啊。”像所有对主子忠心耿耿的管家一样，旺珠总是在最适当的时候，说最恰当的话。

这次拉萨朝圣让野贡土司知道了澜沧江的盐对藏区的重要。他走了两个月的路程了，还看到人们在用峡谷里的盐。由于这几年汉地动乱不已，边藏地区土匪横行，汉地来的盐越来越少了。他甚至还听说在一些地方部族之间为了争夺盐的贩卖权而发生了战争。峡谷外一个比他的领地大多了的土司对他说，盐真是个好东西啊，一粒盐只让你舌头咸一下，一撮盐让你的酥油茶有了香味，一坨盐让你一天不愁吃喝，一口袋盐就让你腰带的银子坠不住了，而一个马帮商队的盐呢，无数个马帮商队的盐呢，你要什么就都在里面啦。

野贡土司这才开了窍，妈的，祖先当初怎么会让纳西人去江边晒盐呢？他让人给他着藏族武士装，这是在正式场合或重大节日时才穿的行头。他上身穿了五件由汉地丝绸做的“对通”短衣，一层一层地叠在一起，这代表着土司的富贵；外面又套了件“楚巴”锦缎长袍，用印度虎皮镶的边，它象征土司的威严；头上戴起珍贵的狐皮帽，标志着土司的尊贵；然后披挂上那些复杂的胸饰、腰饰，有护身符，熊掌箭囊，羊皮挂袋，如意珠，九眼莲花猫眼石，还有一只野贡家族世代相传的镶金边和嵌有各种宝石的靴子，它是几百年前由七世达赖喇嘛所赐。本来七世达赖赐给野贡家族的靴子是一双，但一只靴子被野贡土司家的老祖先供奉在土司楼前的一座白塔里，另一只野贡土司家族的历辈祖先征战时都要把它挂在胸前。多年前六世野贡土司在和德若家族的人马打仗时中了对方埋伏，无数的子弹像雨点一样向六世野贡土司打来，但全被这只神奇的金靴挡住了，六世野贡土司回到家里时，从靴子里倒出了一茶碗的子弹头。当然，现在野贡土司最具威慑力的装饰品还是外国神父送的枪了。他把一支长枪和一支短枪都挎在了身上，然后耀武扬威地走到了大门外，那个倒霉的纳西族长正等着他的发落哩。

“你呀，不要像一条狗一样地蹲在我的门口了。快回去准备好家伙吧，因为我们藏族人要向你们纳西人开战了。”他晃动着身子，故意把那些装饰品摇晃得叮叮当当，仿佛为他的宣战助威。

从太阳当顶时纳西族长和万祥就跪在土司家大门前了，现在太阳都要落山啦。这个可怜的族长为了本族人在藏区的生存，已经在土司面前忍辱负重多年了。尽管他比野贡土司还大几岁，但他还是说：

“大哥，这些银子够了吗？”

他没有叫他土司老爷，而是喊大哥。跟藏族人一起在峡谷里讨生活，纳西人一直把自己当小弟弟看，天下哪有大哥不原谅小弟过失的呢。他身后有十匹骡子驮的银子，每筐银子都摞得高高的，筐子上大大的写着“命价”。即便野贡家的人被世仇泽仁达娃所杀，要赔偿的银子也不会有这一半多。

“不是银子的问题，老弟，你们纳西人要有灾难了。在你把女人和孩子都迁出了村庄后，我的马队就要踏平你们的家了，我们康巴人不会在你们的女人孩子面前杀死你们。”野贡土司傲慢地说。

和万祥尽管还跪在土司的面前，但是依然不卑不亢，语调铿锵，他说："大哥，在我们纳西人看来，世上有九十九种祸，从来不曾有女祸；世上有九十九种仇，从来不兴有女仇。阿美和大少爷的事，在我们纳西人的村庄里，家家都碰到过。他们不能结婚成家，但是他们又不能没有这份爱，于是他们就选择了殉情。他们去的地方人永远不会老，石头上也能长出庄稼，老虎是他们的坐骑，鸟儿会唱歌，鲜花会说话，星星可以随手摘来做胸前的宝石，彩虹可以剪来做衣裳，河里流淌的都是酥油茶，人们只需干一年的活，就一辈子吃不完，剩下的日子他们就唱歌、跳舞、吹口弦，和野兽们嬉戏玩耍。他们比活在这个世界上还幸福哩。大哥，我们该为这对幸福的年轻人祝福才是啊，干吗要打仗呢？在这片土地上，江水缠绕着峡谷，白云依恋着雪山，纳西人不是你的敌人，是你的兄弟啊！"

"别跟我胡扯啦！野贡土司家的世仇就是因为女人引起的。老弟，看到峡谷上方的那片乌云了吗，愿你们的神灵能保佑你们纳西人，战争马上就要开始了。"野贡土司说完，转身走了，他手下的人"嘭"的一声把大门关了。

和万祥抬头看看天上的乌云，果然就看到了战神狰狞的脸。他的眼泪顿时就下来了。

几百年来，勤劳朴实的纳西人在峡谷里以晒盐为生，他们忠实地恪守了野贡土司的规矩，不在牦牛行走的地方开地。但是信奉自然神灵的纳西人的"署"神赐给了他们江边的盐田，于是他们得以在峡谷里立足。他们的村庄就建在澜沧江边的乱石滩上，洪水经常淹没纳西人的村庄，但是从来就没有把他们从峡谷里冲走。江岸边是他们建造的成片的盐田。藏族人在地里收获青稞，纳西人则在田里收获盐。从峡谷的山冈上望去，阡陌纵横的盐田像一块巨大的被打碎了的镜子，映照着蓝天白云和雪山森林。他们一直小心翼翼地和峡谷里的藏族人和睦相处，就像和万祥说的那样，借住在人家的屋檐下,从不用石头打主人家的窗户。可是,有谁能料到一段爱情会打破这几百年来的和谐呢?

当和万祥把要和藏族人打仗的消息告诉族人时,男人们开始磨刀擦枪,女人们先是抹眼泪,然后她们在一个叫木德丽大妈的带领下,找到了和万祥。纳西人的姓氏一般只有两个,官姓木、民姓和,木氏家族被认为是从前纳西王国的国王木天王的后代,即便传了多少代了,即便一个姓木的人家已经成普通百姓,却依然在族人中享有相当高的威望。木德丽大妈在村庄中虽然也是一个晒盐户,但她是峡谷里木氏家族中最年长的一位。她对和万祥说:

"纳西人和藏族人打仗,是几百年前的事情了,那时我们纳西人有木天王护佑。现在我们有谁可以指望呢?"

和万祥瞄一瞄自己手中的那杆老式火枪,说:"我们只有指望它了。不是鱼死就是网破吧。"他的身边摆满了一个纳西武士的所有行头,从他高祖父那里传下来的一副铁甲胄,长矛,一镞弓箭及羊皮弓箭袋,当然还有一个号召纳西武士投入战斗、奋勇冲锋的白海螺。尽管这些东西已经有好多年都不用了,那副铁甲胄上锈迹斑驳,白海螺吹出来的声音也喑哑而低沉。

"你们男人还可以指望我们呢。"木德丽大妈说。

和万祥苦笑道:"这可是从来没有听说过的事情。木大妈,看在土司总算发了点慈悲的分上,赶快带上家里的女人和孩子逃命吧。"

"这一点点慈悲可以救我们纳西人的命。你这个族长怎么当的哦?"

"难道你们也想和康巴人的马刀对杀?"

"如果他们都是货真价实的康巴汉子,敢用马刀砍向我们的胸脯吗?"木德丽挺起虽然已经耷拉到肚脐处了但依然丰满的乳房,冲着和万祥的枪口。她身后的女人个个都把胸脯挺得高高的,就像在炫耀一个武士所拥有的最厉害的武器。

“你你……你们要干什么啊大妈?”

“我们不愿失去自己的丈夫,不愿失去自己的儿子、女婿。我们都死了,也不会让你们上战场。”

“你说这话就怪了,我们不上战场,谁来保护你们,谁来保护我们的盐田?”

“你们是纳西人的种。木天王在峡谷里留下这一点种可不容易哩。”木大妈说。

“大妈,男人要死也该死得像个男人。回去吧,纳西人的种绝不了,不在这里就在那里,我们大自然中的兄弟‘署’神还在,纳西人就在。”和万祥说得很凄惨。

“把枪给我!”木德丽大妈以不容商量的口气说。

和万祥把枪抱在怀里,“大妈,你要让我空着手和野贡土司打仗吗?”

木德丽大妈一挥手,她身后的女人一拥而上,将和万祥按倒了,可怜的族长只说了句“简直没有章法……”就被婆娘们把枪夺走了。转眼那杆火枪便被砸成了两截。

接下来一个又一个的纳西男人被他们的母亲、妻子、姐姐、妹妹、嫂嫂、女儿们缴了械,女人们在这个行动中惊人地团结,惊人地坚韧不拔,男人们的刀枪全成了一堆废铁。第二天,当野贡土司的队伍冲到纳西村庄时,康巴骑手们发现了一个他们从来没有遇到过的战争场面,每一个纳西男人都被一群女人和孩子紧紧包围,她们全都赤手空拳,脸上是决绝悲情的表情,她们挺起丰满的胸脯,与男人们的马蹄、枪口和马刀对峙。

那是一场奇怪的战斗。野贡土司的家丁队长友吉对管家旺珠说:“这些婆娘们真碍事儿,哪有这样打仗的?砍倒她们几个,她们就知道马刀是铁打的了。”

旺珠一把拉住友吉的缰绳，高声喝道："别丢了康巴人的面子！纳西人，是条汉子就站出来！"

那时和万祥在女人们身后急得直跳脚，妈呀妹妹呀地求情，所有的纳西男人全都像他那样，在女人堆里害臊得面红耳赤，但是他们试图反抗的手脚已经不属于他们了，试图战斗的雄心也被伟大的母性淹没了。

马队在一堆一堆的女人中冲来闯去，但是马刀上没有粘上一点血。骑手们放火烧纳西人的房子，女人们看着家产迅速地化为灰烬，但还是紧紧地护住她们的男人；骑手们又朝天上放枪，枪子儿贴着女人们的发梢飞来窜去，女人们依然毫无惧色。藏族人有一句骄傲的谚语说："狮与狗斗，虽胜犹败。"而没有抵抗的战斗则更让胜利者丢尽颜面，更何况他们在打一场和女人的战斗，简直就让男人不是个男人。

野贡土司那时骑马立在高处，把村庄里发生的一切看得清清楚楚。"了不起的纳西女人。"他沮丧地说，"别再丢野贡家的脸了，让那些狗娘养的都回来吧。"

15. 借悬崖六百尺

当天晚上，守在残垣断壁前的和万祥收到了野贡土司的停战信，野贡土司在信中说，鉴于纳西女人死也不离开她们的男人，而爱惜荣誉的康巴男人又不愿意和娘儿们打仗。因此为了让纳西男人也有一点尊严，他建议和万祥带着纳西人离开澜沧江西岸。信白人喇嘛耶稣教的藏族人到了澜沧江东岸后，峡谷里不是就平静下来了吗？你们纳西男人总不至于像小鸡那样永远躲在母鸡的翅膀下吧。他在信的最后又补充道。

"他这是要占我们的盐田哩。"和万祥看完信后，终于明白了野贡土司发动这场战争的目的。

和万祥请来族中的老人和东巴祭司，给他们看野贡土司的信。一个老人说："我们纳西人，除了会晒盐和赶马外，还能干什么呢？没有盐田，就没有了碗里的食。明天，还是和他们拼了吧，拼到最后一个人，也要保住我们的盐田。"

和万祥羞愧地说："婆娘们不会答应的。我们不能再在藏族人面前丢脸了。"他神情哀戚地问东巴祭司和阿贵，"现在只能指望我们纳西人的神灵了。你给我们请来的战神呢？"

和阿贵翻着手上残破的经书，摇晃着头说："快了快了，纳西人的战神就在看不见的云层后面。现在大地上的污秽还重哩，等我把'除秽'仪式做完……"

纳西人认为，男女偷情，必然会污染大地和天空。神灵最讨厌由偷情产生的秽气。因此纳西人要迎请神灵，首先要做法事清除地上的秽气。和万祥不满地说："只怕你的法铃还没有响起，野贡土司的马队就冲过来了。"

第二天，峡谷里电闪雷鸣，瓢泼大雨淹没了整条峡谷，也荡涤了笼罩在峡谷上空的秽气。天界的战争爆发了。两边的祭司忙于仗剑斗法，调遣天兵天将。和阿贵招请来的纳西神灵和喇嘛们迎请来的藏族神灵挟带着各自拥有的乌云、雷霆、闪电和狂风在天空中展开激战。和阿贵躲在一个山洼处，头带东巴的五佛冠，身穿一件红色法衣，外套白羊毛皮毡，左手持法杖，右手持摇铃，胸前挂满了念珠、海螺、手鼓等法器。他把法杖指向东边的天空，口中念念有词，于是东边的雷神像扔一个石子那样将一个炸雷投向野贡土司的碉楼。而那边此时也没有闲着，野贡土司请的能控制雷神的曲结喇嘛看见炸雷打来了，急忙令人锣钹鼓号一齐敲响，然后他挥剑一指，将剑锋向那炸雷刺去，东巴的炸雷受到抵抗，法力又相对弱小一些，因此在炸雷即将要击中野贡土司的碉楼时偏离了方向，但也将碉楼旁边的马厩击得燃烧起来。那些受到袭击的康巴战马像奔泻的洪水，把一切试图阻挡它们的东西都冲垮了。

野贡土司当时急得直跳脚，“狗娘养的，把天上的神灵都请来！就是把一条峡谷都变成魔鬼的世界，也要打败他们！”

曲结喇嘛令人找来一幅东巴教的教宗丁巴什罗大法师的画像，把它挂在一面涂有牛血的墙上，然后他取出一支箭，口中念念有词，再将箭头也浸上牛血，张弓搭箭，一箭就射中了丁巴什罗的胸膛。在山坡那边做法事的东巴和阿贵那时只觉得胸口被猛击了一下，顿时跌倒在地，一口鲜血从喉咙里喷涌而出。在他昏迷之前，他看到峡谷里的山岭在飞驰，树木在行走，躺在地上的尸体比站着走的人还多。他捂着胸口对赶来救他的和万祥说：“力量强大的民族，他们的神灵也是强大的。去东岸吧。‘署’神会保佑纳西人，当年它在西岸赐给了纳西人盐田，它也会在东岸同样赐盐田给我们，纳西人要不断地迁徙才能活命。岩羊能立足的地方，我们纳西人也能活下去。”

和万祥在大雨滂沱、澜沧江水陡涨三尺的危险中冒死溜到了江东岸，他羞愧万分地来见沙利士神父。首先他对自己几年前在教民们遇难时没有援之以手表示深深的惭愧，他说那是没有办法的事情，寄居在人家屋檐下的客人是不好插手主人的事务的。更何况纳西人是个谦逊温和的民族。这个小个子的纳西族长在沙神父面前谦卑而彬彬有礼，这让神父将他与那些汉人官吏区别开来。汉人官吏在洋人面前总是显得那么猥琐，但是他们其实都很狡诈。他们要向人道歉时总会找上一大堆不相干的理由来搪塞自己的错误，他们绝不会像眼前这个纳西人，自己没有做到的事，就勇敢地承认下来。“其实我很欣赏你们的聪明。”沙神父说。

“不，尊敬的神父，我们并不聪明啊。要是那时我带领族人和你们站在一起，何至于有今天这般狼狈。”

“啊,和先生,即便你们参加进来,也改变不了什么。况且我们是在为信仰而战,而我们的宗教你们又不相信。我记得当年我到盐田里宣扬耶稣基督时,你派人来请我离开,说你们有自己的神灵了,并不需要洋人的上帝。”

“神父,我们在这里远离自己的民族,谁都得罪不起啊……”和万祥说着说着就哭了起来。

“可怜的纳西人。”沙神父在胸前画了个十字,“我能为你做什么呢,找野贡土司谈判吗?”他问。

“神父,谈判没有用了。他的儿子和我的侄女爱上了,但是藏纳不通婚是峡谷地区几百年的规矩。他们不能结婚,就双双在雪山下殉情吊死了。”

“噢,我的上帝,竟还有这等事?”神父惊讶不已。

“神父,这就是我们纳西人的麻烦啊。我们认为相爱的人不能成家,就和死了一样,还不如殉情到一个你们所说的天国一般的地方去,几乎每一个纳西人家都有年轻人到雪山上去殉情,我们是重死不重生,重情不重命。昨天和野贡土司开战,要是有男人战死了,女人也会跟着去殉情。纳西人家是很少有寡妇的。”

“一个充满悲剧精神的民族。”沙利士神父感叹道,“那么,昨天死人了吗?”

“一个人也没有死,女人们全冲到前面,把男人挡在身后。那些康巴骑手也是些珍惜自己面子的人,但是我们纳西武士的脸却丢尽了。”和万祥羞愧地说。

“野蛮人高尚的战斗!”沙利士神父评价道。他开始喜欢上纳西民族了,可惜他们不信耶稣基督。

“不,神父,这是一场卑鄙的战争。野贡土司看中了我们的盐田。他要把我们全部赶走!”和万祥愤慨地说。

“那么,你们打算去哪里呢?”神父问。

“我们打算到这东岸来开盐田。神父,我们知道江东岸是你带领教民们开的,我们不会与你们争地,只求你让我们在江边的悬崖上有立足的地方就行了。”

神父沉默了,良久不说话。自从带领江西岸的教民到东岸开辟教点六年多来,他把这里看成了西藏的伊甸园。他甚至在心中盘算着一个宏伟的计划,以后凡是在川、滇边藏地区受到生命及生存威胁的耶稣子民都可以迁徙到这里来。他要把这块土地变成一个纯天主教徒的世界,使它成为一个模范教点,让罗马教皇也为之赞叹。沙利士神父一生想为上帝奉献的最高事业和理想,也莫过于此了。而现在这些崇拜大自然中多神教的纳西人也想涉足进来,便让神父感到有些不悦。上帝明显地希望他拒绝,而身处峡谷中的沙利士神父又有些不忍心。

“东岸的江边不比西岸,全是被江水冲刷出来的悬崖峭壁,岩羊都不能在那里行走,你们怎么搭建盐田呢?产盐卤水的井在哪里呢?”他找了个聪明的借口。

“没有我们纳西人不能做到的事。大地上的万事万物都是我们的亲兄弟,它不会亏待我们。神父,你只要让我们过来,我们会报答你的。”

沙利士神父看着这个走投无路的纳西人,觉得是自己编一个上帝的口袋让他钻进去的时候了,“和先生,自中国通商开口岸以来,我们洋人在你们中国的上海、天津这样的大地方都有租界,在那里一切事务由我们洋人说了算。在租界里身份低贱的汉人与狗都不允许入内,这是文明世界的通常做法。澜沧江东岸是上帝指引藏族人开的,它是上帝的领地,也是受到中国政府保护的。我主耶稣说,‘人若不是从水和圣灵生的,就不能进上帝的国。’你们不信仰上帝,怎么可以轻易进来呢?”

和万祥急了,“神父,如果你有难处的话,我可以向你租借么!”

“借？借什么？”神父问。

“借一段江边的悬崖。神父，我可以写张借据给你们。”

这可是闻所未闻的事情，神父说：“要是你们用这种精神来信奉上帝就再好不过了。不过以上帝的名义，我借给你那段悬崖。”神父在收紧口袋了，同时，他也完全把自己当成东岸的国王，这让他很得意。

他拿出纸笔递给和万祥，他当下就写了一张借据，其文如下——

借　据

澜沧江峡谷东岸之地为大法国神父沙利士君于藏历木鼠年率信奉耶稣天主之藏族教民所开，铁马年夏西岸之纳西人因与野贡土司起殉情及盐田纠纷，被迫迁徙东岸。现经双方协商，纳西族长和万祥向大法国之神父沙利士及教民借澜沧江东岸悬崖六百尺，以作开盐田之用。

立据人　纳西和万祥

沙利士神父把借据仔细地看了，笑道：“‘借悬崖六百尺，’和先生，法国总理大臣一定不会答应这个条约的，因为它是中法之间的又一个不平等条约，不过这次吃亏的是我们大法国。你既不说明归还日期，也没有写上利息怎么付。”

和万祥傻眼了，真的是借字一出口，还时难煞人啊。

沙利士神父晃晃手中的借据，“再不平等的条约，上帝都会接受，因为上帝是仁慈的。既然你们要到上帝的领地来开盐田，你们就应该放弃自己的多神崇拜，只信仰我们全能的、唯一的上帝。如果每年你们能有十个人皈依到天主的圣宠之下，我就算作是你借悬崖的利息，到你们纳西人全部都信仰了天主教，这段悬崖就属于你们的了。怎么样，和先生？”

和万祥脸上的汗水下来了,良久他才说:“神父,你这是在让我抵押纳西人的灵魂。”

“不是抵押,而是更新你们的生命。”神父自信地说。

沙利士神父以为从此以后他就把纳西人的信仰用绳子拴住了,他随时都可以收紧这根绳子。但是这个上帝的使者犯了一个致命的错误,他忘记了信仰是不能捆绑的,谁束缚人们的信仰,谁就在自己的脖子上先套上了一条绳索。

16. 活佛的箴言

东巴祭司和阿贵与噶丹寺的喇嘛动用各自的法力调遣神灵的战争把天给打破了,滂沱大雨从那时起就下个不停,连峡谷里年纪最大的老人都没有见过延续了这么长时间的雨季。如果说雨有停歇的话,不过是密集的像箭矢一般的雨变成稀疏的雨点,但是转眼又是瓢泼的雨柱了。神灵们不仅在天上打,地上的较量也争夺得不堪收拾。西岸先是爆发了百年未遇的山洪,从雪山奔腾下来的暴虐的洪水冲毁了野贡土司大片的青稞地;纳西人尽管都逃到江东岸去了,但他们的“署”神请来了澜沧江的洪水,将江边所有的盐田荡涤一空,野贡土司在雨中眼睁睁地看着那些盐田一块一块地被洪水带走,就像看到一筐又一筐的银子被冲走一样。与纳西人战争尽管他胜利了,但在大自然的惩罚面前他输得精光。他挥着拳头冲阴霾的天空高喊:“魔鬼! 魔鬼,你有完没完啊!”

其实他忘记了,当初就是他说要把一条峡谷都变成魔鬼的世界。而他永远想不到的是,魔鬼一旦招引出来后,峡谷的灾难才刚刚开始。

绵长而永无休止的大雨把峡谷里的一切都泡软了,平常看起来雄壮巍峨的大山,坚硬如铁的巉岩,在雨中变成了流动的稀泥,它们流动的速度甚至超过了江中的流水;野贡土司也感到自己的骨头都被泡软了,那不是没有力气的缘故,而是没有信心和勇气去面对这个残酷的现实。噶丹寺的五世让迥活佛来告诉他,峡谷里是经不住战争的,纳西人和藏族人一起生存在这条峡谷几百年了,藏族人在地里收获庄稼,在草场上放牧牛羊。纳西人在盐田里收获盐,在马帮驿道上讨生活,佛祖早就把一切都安排公平了。“若此有则彼有,若此生则彼生。”你为什么非要违背佛祖的旨意呢?你不但得罪了纳西人的神灵,连我们自己的神灵也得罪了。想想那些被赶走了的白人喇嘛吧,他们为什么会把一条绳索套在自己的脖子上?一类的因必有一类的果啊。野贡土司当时回答说,活佛,绳索即便套在我脖子上,我也把它看成荡秋千。让迥活佛感到,野贡土司一代比一代傲慢,一代比一代贪婪,如果土司们连神灵都不屑敬畏,你怎能指望他们能听一个活佛的话呢?

让迥活佛询问过寺庙里能控制雷霆的曲结喇嘛,峡谷的暴雨什么时候才能停止。但是曲结喇嘛说他已经无法控制天上的神灵了,“它们就像放出牢笼的老虎。峡谷的灾难我看不到头。”他说。

让迥活佛没有责怪曲结喇嘛法力不及,他默默地把自己关进了活佛密室,闭关静修,不吃不喝。活佛身边的小喇嘛有时把酥油茶和糌粑从一个小窗口递进去,但是又原封不动地被推了出来。这是活佛和外面世界联系的唯一通道,神灵的旨意也从这里传递出来。喇嘛通报说,让迥活佛在密室里观修绿度母女神。穷结仲永堪布告诉信徒们,慈悲无限的绿度母将会悲悯藏族人的苦难,她对让迥活佛法力的加持将强大而迅猛。让迥活佛会迎请这尊伟大的女神让藏族人远离地、水、火、风造成的灾难。大雨将马上停歇,天空万里无云,卡瓦格博神山将现出它圣洁的峰顶。

信徒们这才想起,自峡谷里连降暴雨以来,他们已经很久很久没有看到卡瓦格博神山的洁白顶峰了。他们天天把哈达、酥油灯进献到活佛密室外,希望他们的活佛能战胜控制了天界的魔鬼。那期间寺庙里天天都做法事,香烟缭绕,诵经声不绝于耳。当太阳终于从乌云中露出它宽阔的脸庞,并用它的光芒驱赶峡谷上空的雨云时,人们再次云集在寺庙前欢呼:“神灵胜利了!伟大的让迥活佛,请结束迎请神灵的闭关吧。”

但是让迥活佛仍然没有出来,连穷结仲永堪布也不知活佛究竟还要闭关静修多久,一种不祥的预感让他面对峡谷里明晃晃的太阳也高兴不起来。因为有一天让迥活佛从小窗口里递出来一张小纸条,上面写道:

邪恶的盐,让峡谷没有小孩。

那时谁也没有领会这句禅语的分量,对盐的渴求使人们忘记了一个民族繁衍后代的天职。野贡土司已经驱赶着人们修整被泥石流和洪水冲毁的土地,搭建江边的盐田。澜沧江水在消退,那些曾被洪水淹没了的井穴慢慢现出了水位,人们掏尽淤泥,一股股混浊的泉水涌出来了。管家旺珠舀了一碗泉水送到野贡土司面前,请他尝一尝,他说:“老爷,我终于尝到盐的味道了。”

野贡土司用手蘸了点卤水,送到舌头尖边,但是他在还没有尝到盐的味道时就哈哈大笑起来,“我已经闻到银子的味道了。狗娘养的,让他们手脚快一点。”

自从雨停了后,峡谷里天天烈日当顶,闷热无比。湛蓝的天空连一丝云的影子都看不见,卡瓦格博雪山的尖顶悬在人们的头上,明晃晃的像一把锋利的宝剑。在江西岸搭建盐田的藏族人有一天忽然发现江东岸的悬崖上纳西人也在搭建盐田。他们看见纳西人把身子吊在绳索上,把木桩打进悬崖的缝隙处,尽管那边全是一些连岩羊都不能行走的峭壁,但是悬在半空中的盐田还是一天天地建起来了,而且一点也不比西岸的盐田建得慢。那一根根扎在悬崖上、澜沧江里的木桩,就是他们立足于藏东地区坚韧顽强的脚。

而更令人惊奇的是，纳西人在东岸的另一条山梁上找到了自己的立足之地。那是这个旷日持久的雨季的杰作，东岸下游的那条山梁被连续几个月的大雨冲走了它往昔的狰狞，一个暴雨如注的夜晚，大约有半条梁子坍塌进了澜沧江，那一声长长的巨响仿佛地狱之火在喷涌，峡谷两岸的人都听到了这雷霆万钧的吼声，澜沧江水也险些被阻塞，洪水已经淹到教堂的围墙底下来了。人们不知那半条山梁是被雨水淋垮的，还是被澜沧江冲走的，或者是被神灵的法力劈开的。新改变的地貌像一头巨兽裸露的伤口，但是却让无以立足的纳西人大喜过望，它陡峭的山崖不见了，露出相对平缓的坡地，尽管那上面还乱石密布，寸草不生，但是纳西人仿佛从这片神灵赐予的不毛之地上看到了他们未来的土地和村庄。对于山地民族来说，只要有能站稳脚的地方，就会有他们所需要的一切。因此在大雨之后，纳西人纷纷迁往泥石流冲毁过的山梁上。他们在乱石遍布的地方建立自己的村庄，有的房屋利用一堵峭壁作为天然的山墙，有的屋子里甚至还有狰狞的巨石，突兀地立在房子的中央，像家中的一件家具或者摆设。

但那是一片崭新的土地，不属于上帝也不属于野贡土司。峡谷里澜沧江东岸的地理格局就此形成了，信奉耶稣基督的藏族人依然住在当初沙利士神父带领他们开垦出来的江上游的山梁上，不久以后这里被称为右盐田；而纳西人在泥石流堆上重新开发出了自己的家园，它被叫做了左盐田。

野贡土司望着江对岸层层搭建起来的盐田和像蘑菇一样从荒芜的土地上冒出来的房舍，心想，天不灭纳西人。他把地里和牧场上所有的人都赶到江边去建盐田。管家旺珠曾经对他说，下大雨的时候许多饿死和被雷电劈死的牲畜都还烂在地里没有处理，是不是等清理完牧场上的事再说。但野贡土司说：

“天上的神鹰会照顾它们的，对面的纳西人可不会照顾我们。

谁先晒出第一批盐,银子就流到谁的家。”

对银子的渴求使野贡土司听不到灾难的脚步声。闷热的气候和火辣的太阳让死亡的牛羊腐烂得比火炉边的酥油还快。天上的神鹰已经来不及照顾那遍野的死牲畜,峡谷里的恶臭仿佛凝固在了半空中,连穿越大峡谷的风都吹不散。但是野贡土司那时只想尽快地闻到银子的味道,对令人窒息的腐臭置之不理。而地上的一些嗅觉灵敏、动作诡异的幽灵却悄悄地占领了臭气熏天的牧场。没过多久人们发现一些硕大无比的老鼠横行峡谷,它们甚至见了人也不躲避,大摇大摆地和人争夺狭窄的山路,有几次甚至把两个小孩都挤下山道了。人们那时还不知道,魔鬼已经悄悄完成了它对峡谷的控制。

17. 让脑袋去晒盐，让脚好好睡觉

第一批盐晒出来后,银子顺利地流到了野贡土司家。而那时江东岸的纳西人还在搭建他们仿佛永远也搭不起来的盐田呢。野贡土司在喝酒庆贺时对他的小儿子野贡·坚赞罗布说:“盐真是个好东西,牛羊、土地也是好东西,但是牛羊变成银子,要好几年的时间;地里的青稞只能管我们的肚子不挨饿、酒罐里的青稞酒不干枯。这个世界上没有比盐变成银子更快的东西了。”

坚赞罗布则比他的父亲看得更深刻,尽管他那时才十二岁。他回答父亲说:“爸爸,没有枪,哪儿来盐田啊。枪才是比盐变成银子更快的东西。”

坚赞罗布是野贡土司跟他的第三个老婆所生。但他已经可以骑在马上像风一样地驰骋了。野贡土司忽然发现这个最小的儿子比为了一个女人就去上吊的哥哥扎西尼玛更像一个土司。过去他把所有的注意力都放在培养扎西尼玛上,甚至还有过把坚赞罗布

送到噶丹寺当喇嘛的念头，因为土司家出个喇嘛，将使土司在俗界说话更有分量，在神界更尊贵。现在他明白看错人了。如果有的儿子只喜欢到草甸上去采花，那么，他宁愿选择那喜欢枪的后代来坐土司的位置。他对伺候在一旁的旺珠喊道：

“来呀，去找一支枪。你们将来的主子需要它了。”

旺珠拿来一支白人喇嘛送的九子快枪，野贡土司郑重其事地递到坚赞罗布的手上，说：“拿着，你今后的领地全在它的射程之内，就看你怎么用它了。”

坚赞罗布接过他父亲的枪，“哗啦”一声扳动上枪栓，吓得一边的旺珠大叫：“小少爷小心，枪膛里有子弹呢。”

在这个不寻常的晚上表现出色的坚赞罗布说：“没有子弹的枪，就像神鹰没有了翅膀。”

野贡土司哈哈大笑，用手拍打着儿子尚还幼嫩的肩膀说：“好啊，明天我就带你到雪山上去，你想打什么呢我的儿子？”

“我要把子弹打进我们野贡家仇人的嘴巴里。”他平静地说。

在座的人们都愣住了，或者说高兴得不知该说什么好。还是管家旺珠机灵，他冲着野贡土司弯下了腰，把手中的酒碗举得高高的，“恭喜你了老爷，野贡家报世仇的日子不远啦！”

野贡土司一高兴，又叫人多宰了五头羊，一头牛，让家里所有的仆人和在盐田干活的下人们都来喝酒。那顿酒宴一直喝到天上的星星都失去颜色了，太阳眼看着就要从峡谷的东边升起来，野贡土司还没有完全醉，他想，天要亮了，那是太阳的功劳；太阳要出来了，盐田里该有人去晒盐了。于是他对管家旺珠说：“去，太阳……太阳要出来啦，别浪费……我的太阳。”

旺珠走到院子里，对醉卧在火堆边的友吉说：“老爷发话了，叫你带人到盐田干活去。”

野贡土司家的前家丁队长友吉因为在驱赶纳西人的战斗中有

功，现在被野贡土司封为盐田的管事，负责盐田的监工和贩卖，第一批晒出的盐他就为土司赚来大筐的银子，使这个家伙认为自己也是很了不起的人了。他醉醺醺地对旺珠说："我的脑袋是想……马上就到盐田边去帮老爷晒银子……哦不，晒盐啊，可是我的腿不想去啦。要是我的脚想去的话，我就……去。有劳你啦，回去告诉老爷，友吉的脚现在……它……它不听脑袋……的使唤啦……"

旺珠回来把友吉的话说给了野贡土司，土司看着已升到峡谷东边山尖的太阳，再看看大院里醉了一地的人们，知道就是给他们一顿马鞭，也不能把这些醉鬼从酒肉之乡中抽打回来。他摇醒了睡在火塘边藏毯上的坚赞罗布，"罗布，罗布，醒醒，太阳出来了。可是有人说他的脑袋想去为我们家的盐田晒盐，但是他的脚不想去，你说该怎么办？"

坚赞罗布呵欠连连、睡意朦胧地说："爸爸，脑袋想去就让脑袋去么，脚不想去就让脚好好睡觉吧。"

土司摸摸坚赞罗布的头，说："好儿子，你说得对。你可比你父亲聪明多了。"

然后他抽出腰间的康巴刀，递给旺珠，就像让他去办一件极为寻常的事一样："去，把友吉的头割下来，放到盐田边。让这狗娘养的脚好好睡觉吧。"

旺珠没有犹豫，接过刀子大步走到友吉面前，大声说："友吉，老爷看得起你啊，让你还算忠心的脑袋去为他晒盐呢。"

友吉那时还没有完全清醒——佛祖才知道他究竟醒还是没有醒，他愣愣地看着旺珠手中的康巴刀，张了张嘴，打出最后一个幸福的酒嗝。

"那么，你请吧。"他说得有些沮丧，但也不无豪迈。

旺珠不再多说，抓住友吉长长的头发，一刀就把那还在醉生梦死的头切下来了，鲜血带着一股浓烈的酒味一下子在院子里弥漫开来，并且很快充斥了整条峡谷，把每一个醉意阑珊的人都刺激醒了。旺珠提着友吉惊得张大了嘴巴的头，一步一步地朝盐田方向走去。所有的人此时都明白了他们的身份，明白了土司老爷的刀是可以随意切断人的脖子的。他们像一群受到主人严厉呵斥的羊群一般乖乖地跟在那颗血淋淋的头颅后面。他们听到了血滴落在峡谷的土地上的滴答声，听到了太阳在峡谷东边的山峰背后攀登的匆匆脚步声，听到了野贡土司抽刀出鞘时清脆而刺人神经的那一声“嚓——”，也听到了友吉的头被切下来时刀和脖子对抗时的那一声“咯嚓”，他们还听见了友吉那没有了身子的头仍然在说话，他说得急促而懊悔：

“太阳出来了，不要浪费土司的太阳啊。”

从那以后，友吉的头就一直搁在澜沧江西岸的盐田边，每天启明星刚刚开始发亮的时候，盐民们都能从睡梦中惊醒，不是他们天天到这个时候都要做噩梦，而是因为友吉在江边叫唤呢。直到后来友吉的头与岩石连在了一起，成为江边那些褐色岩石的一部分，人们才再也听不到友吉的催促声，因为那时峡谷里的太阳已经不属于土司。

也是从那以后，澜沧江西岸晒出的盐全是红色的了。那盐猩红猩红的，像浸透了人的血。这种红盐人不愿意吃，但把它掺在饲料里，牛吃了长力气，羊吃了长膘。

18. 盐的颜色

没过多久，江对岸纳西人的盐田也开始出盐了，令人奇怪的是他们晒出的盐是白色的，不论从成色还是质量上来说，都比野贡土司的盐好。那些驮盐的马帮更愿意购买纳西人的白盐，而且红盐的价格每斤还比白盐少一个半到两个藏币，因为他们说人吃了红盐会上火。野贡土司酒醒以后,才发现他砍友吉头的那把刀太快了。

但是砍下的头怎么才能再接上去呢,那就像要想改变盐的颜色一样难啊。他问管家旺珠,“都是澜沧江边的盐卤水,都是一样的盐田,都是同一个太阳,为什么现在我们就晒不出价格更高的白盐来?”

旺珠回答说:“老爷,大概是因为我们的神灵和他们的不一样吧。”

野贡土司气鼓鼓地说:“我们的神灵经常不站在我这一边。在我需要他们的帮助时,却尽遇到些魔鬼。你赶一驮骡子的银子到寺庙去,让他们做一场最隆重的法事,把我们的盐也变成白色的。要是有可能的话,告诉喇嘛们,用他们的法力把对岸纳西人的盐变成红色的。我想这一定是纳西人的东巴捣的鬼。”

噶丹寺的五世让迥活佛拒绝了野贡土司的要求,他对旺珠说:“神灵只控制盐的味道,并不控制盐的颜色。就像地里的庄稼,神灵能控制它们的生长和成熟,但不能控制它们的青黄。”

旺珠追问道:“尊敬的活佛,那么你说是什么东西控制盐的颜色呢?”

活佛望着寺庙前方峡谷中的氤氲,以及峡谷两边的大山,良久才缓缓说:“你去问问大地吧,它赐予我们一切。一切因缘大法都来源于大地啊。”

野贡土司听说寺庙不愿为他做改变盐颜色的法事后,把脸上的横肉全都拉成长条状的了。“大地?大地还在我野贡家的控制之下呢!狗娘养的,西岸不给我晒出白盐来,东岸的白盐难道就只属于纳西人么?我能把纳西人赶到东边,也可以把他们赶到天边!哈哈,这要看我高兴不高兴了。坚赞罗布不是说了嘛,枪是比盐变成银子更快的东西,枪难道就不能改变野贡家盐的颜色么?(啪,一个他身边的家丁挨了一马鞭。)这些只知道死念经书的喇嘛,他们还没有一个十二岁孩子的脑袋聪明。哼!他们能控制神灵,可是谁见过他们把神灵像一个朋友一样带到家里来喝酒了?那些能驱散冰雹的巫师,冰雹来的时候,他们忙着把冰雹赶出寺庙的领地,别人地里的庄稼就不管了。去年那场冰雹的账我还没跟他们算呐。如果神灵真的可以战胜一切,清朝皇帝的军队打来的时候,那些藏族人的护法神到哪里去了?战神们又到哪里去了?(一个挡路的家仆被踢了一脚)大黑护法神,金刚具力神,阎王神,白哈尔神,大梵天神,载乌玛保神,哼哼,喇嘛们说起他们来一个比一个厉害,可寺庙还不是一样被炮弹和枪子儿打得稀烂。我要是不聪明一点,没有跟他们站在一边,赵屠户的军队还不把这土司大宅踩平了?佛祖啊,我想了好久了,这个世道在变啦,没有信仰的人就像不勒缰绳的马一样,跑得越来越快了。想去哪里就去哪里,想怎么胡来就怎么胡来。可是你惩罚过他们吗?让迥活佛,愿佛祖保佑你的吉祥,你们的咒语被雨水淋湿了吗?"

"老爷,老爷啊……"旺珠躬身劝解道。

"别打断我。他不是还在密室里闭关静修吗?他修持到了什么?他迎请的吉祥在哪里?大雨是停了,但是太阳让所有死了的牲畜都烂成了稀泥。闻闻这峡谷里的臭味,比酒窖里的味道都还要浓,但是酒窖里的味道是香的,我们闻到的却是死亡的臭味。他却躲到密室找安静了,众生的苦难谁来管呢?那个狗娘养的泽仁达娃,活佛说中国要换两个朝代,野贡土司家的人才能要他的命。现在中国终于换朝代了,汉族人却用了三百多年的时间,换一个朝代难道可以像换一个婊子那么容易吗?可我儿子说了,他要把子弹打进泽仁达娃的嘴巴里。泽仁达娃你听到了吗?喂进你嘴里的子弹我儿子已经给你准备好了。(他用马鞭到处乱抽,仆人们跪在地上任他抽打)活佛的话不管用啦,愿你吉祥。峡谷里魔鬼比人还多的时候，人们侍奉完魔鬼，自己有一口糌粑吃就行了；魔鬼和人一样多的时候，喇嘛们就躲在寺庙里挑起魔鬼和人的争端，这样他们就有事情干了；哼，总有一天，这峡谷里人会比魔鬼还多，纳西人，白族人，彝族人，回族人，还有那些看不到他们的地方尽头的汉族人，他们都会来的。哈哈，现在连喜马拉雅山那边法兰西国的人都来了，他们还带来据说能救藏族人灵魂的耶稣，这下可就热闹了，白人喇嘛控制了藏族人的灵魂，魔鬼怎么办呢？神灵们又住在哪里？喇嘛们的法力还管用吗？这个世道真他娘的乱透了！（他又把一个仆人踢出去三尺远）听白人喇嘛说这个世界上还有个国家的太阳永远不会落下。哦呀，佛祖，这些狗娘养的要晒出多少的盐啊。看看吧，到处都有人在晒盐。佛祖给的一点点好处，人人都来抢夺。要是他们都拥到峡谷里，澜沧江也会被人堵起来。可是那些吃着我的供奉的喇嘛们，连盐的颜色都改变不了。（他想把谁猛抽一鞭子，但发现身边没有可抽的，就顺手往屋子的中柱上抽了一鞭子。）尊敬的上师，我送到寺庙里的酥油、青稞、银子都到魔鬼的口里去了？与其由你们交给魔鬼，还不如我亲自给他们送去。佛祖，如今这峡谷里请一个有用的神灵多难啊，找一个做尽坏事的魔鬼倒非常容易，比找一个放牛娃还容易哟。要是你们的法力真的无边，嘿嘿，我一高兴，把所有的魔鬼都召来！让我们一起和魔鬼们比试比试，是你们的法力厉害，还是我野贡家的快枪厉害。”

旺珠这时已经全身跪趴在地上了，“佛、法、僧三宝啊！老爷，你把藏族人的神灵都得罪啦！魔鬼是召请不起的啊！”

“那有什么关系。我有盐田，就有更多的银子，然后还会有更多的枪。你找一个魔鬼来，我给他一枪，看那狗娘养的倒不倒！”

为了盐的颜色野贡土司把所有能想到的咒语都骂出来了。他从楼上骂到楼下，从厅堂骂到马厩，仆人、家丁、女佣全都跪伏在地上，做他的出气筒，任他抽打乱踢。土司老爷踢他们时就像踢路边的一块石头,把他们踢得满地滚——有时这难免也有做作的成分,他们尽量滚得远一些,装成非常痛苦的样子,也许老爷会高兴些呢。仆人们不明白的是,当老爷得到大少爷扎西尼玛的死讯时,发的火也没有今天这么大,难道土司家的一条人命还没有盐的颜色重要吗?

19. 大瘟疫

魔鬼们一定是听到了野贡土司的召唤,毫不客气地用死亡的阴影席卷了整条峡谷。这是一种峡谷里的人们从来没有见到过的魔鬼,连噶丹寺的喇嘛们能控制的神灵也不知道是哪一路的魔鬼释放出来的瘟疫,因为他们自身也被这种魔鬼击倒了。这场可怕的瘟疫比多年前那场肆虐峡谷地区的疟疾恐怖百倍。魔鬼像无处不入的风先从人们的腹股沟和腋下侵入,然后在那些部位开始作祟,先是疼痛、发冷,然后肿胀起来,从一个核桃大到拳头般大小。人们看到自己身上的这些包块束手无策,念经、烧香、磕头都不能将体内的魔鬼驱赶出来。当魔鬼的阴影出现在患者的胳膊或大腿上,使黄色的皮肤发黑,并让人们的舌头也变黑时,阎王的勾魂簿上已经明确无误地写上这些倒霉者的名字了。那是一些被魔鬼控制的东一块西一团的黑色斑块,它们在人们身上像阴魂一样地出现。有的人皮肤上一出现黑斑,不到三天就死了;有的人头天晚上还在祈祷念经,第二天早晨就再也起不来啦。从牧场上的放牛娃到地里干活的佃户,从土司贵族到寺庙里的喇嘛,魔鬼不分贵贱,一律击杀,任意地掠夺它所遇到的所有人的生命。没有一家没有死者,没有一户没有哀嚎。失去亲人已经不是幸存者最大的悲痛,最大的哀伤在于人们不知道活着的亲人中下一个将轮到谁,每一个人看别人的目光都能拧出泪水来。到后来,人们的泪水也流干了，眼珠成了两颗干硬的核桃，没有光泽，没有活力，也没有爱、怜悯、仁慈、同情、喜悦、悲伤、孤独、仇恨。人们互相打量时，就像死人看死人。

野贡土司的三个妻子已经死了两个，另外还死了三个叔叔，两个舅舅，一个舅母，四个外甥，六个仆人，牧场上的牧人则全部死光，不少佃户更是全家死绝。野贡土司的第一房妻子央宗死在火塘边，她低声说了句“扎西尼玛，草甸上的花真的那么好看吗?”身子一偏就倒了；第三房妻子曲珍是坚赞罗布的母亲，在死的那天晚上，她仿佛有预感，硬撑着身子来到坚赞罗布的卧榻前，认真地对他说：“罗布，你要想当个好土司，就要远离枪。当有人要拿枪去打仗时，你最好在家里喝酒。”第二天早晨，人们发现她安详地躺在自己的床上。多年以后，当坚赞罗布面临生死抉择时，他想起了母亲临终前的告诫，但作为一个桀骜不驯的康巴人，他选择了战斗，放弃了坐在家里喝酒，这样他就再也没有回过豪华气派的土司大宅。野贡土司一个常年在寺庙里吃斋修行的舅舅死得更为离奇，他说要去拉萨请法力无边的大活佛来镇压魔鬼。他骑上马，带了几个仆人想走出这一片死气的峡谷，到晚上仆人们要歇下来扎帐篷时，发现还骑在马上的老爷已经被魔鬼截杀了。谁也不知道他是什么时候咽气的，他的双脚死死地蹬住马镫，两胯将马鞍夹得紧紧的，以至于人们只有把他连马鞍和马镫一起抬回来。

这时野贡土司才明白，世上的有些事情，不是枪就能解决的。管家旺珠在土司用咒语召请峡谷里的魔鬼时曾经提醒过他，但是他自己也被魔鬼缠上了，他的妻子和两个孩子都离他而去。人们涌到噶丹寺，期望喇嘛们的法力能保佑他们，可寺庙里的喇嘛们也自身难保，措钦大殿里念经的喇嘛稀稀拉拉，有气无力，而各扎仓里则躺满了同样被魔鬼侵袭了的浑身布满黑色斑块、气息奄奄的喇嘛。从有格西学位的高僧到刚受戒的小沙弥，魔鬼轻易地摧毁了喇嘛们的法力。

这时人们才突然发现,冷清的峡谷里魔鬼比人多了。山道上成天见不到一个人,魔鬼的身影却到处都是。他们在峡谷的村庄和山道上横冲直撞,任意捕杀被他们撞见的可怜的人,甚至还挤到人们的火塘边,在忽明忽暗的火光中闪着阴险的笑脸。一些老人想起了澜沧江两岸盐晒出来之前让迥活佛从静修的密室里参悟出来的那句真言——“邪恶的盐,让峡谷没有小孩。”

佛祖啊,一年多过去了,峡谷里没有哪户人家生过一个孩子!

澜沧江东岸耶稣的子民和纳西人也同样没有逃脱魔鬼的惩罚,沙利士神父是第一个站出来解释魔鬼名字的人。半个月前,他到江边去看纳西人的盐田时,曾看到几只老鼠顺着横跨峡谷两岸的溜索爬过来了。他在当天的日记中这样写道:

> 溜索不仅是大江两岸人们的交通工具,也是动物们保持来往的走廊。我看到三只超出人们想象的巨大的老鼠沿着那根藤篾索爬过来了,只有澜沧江大峡谷的老鼠才会有这样高超的绝技,它们竟然对轰鸣着的澜沧江一点也不感到害怕。难道它们也向往基督徒的圣地吗?

当东岸的人们身上开始出现肿胀和黑斑时,沙利士神父才恍然大悟——夺人魂魄、横扫一切生灵的鼠疫来了。

从那以后,教堂天天都要敲响丧钟,连沙利士神父也不得不在心底里担忧:世界末日是否已经提前到来了?神父在教民中开展了一场卫生运动,他带领他们捕杀老鼠,焚烧死牲畜,将死者深埋,到处撒上生石灰。并且让教民们勤换衣服,天天洗澡。他告诉教民们,瘟疫是由老鼠传播的,老鼠是菌源体,寄生在它们身上的跳蚤叮了人,人也就感染了这种瘟疫了。我们欧洲人叫鼠疫,也叫黑死病。早在十四世纪中期,这种瘟疫就在欧洲蔓延过,它大概夺走了近两千万欧洲人的性命。从流行这种瘟疫开始,欧洲每十年就爆发一次，这场灾难一直延续了一百来年。一些人死了，而另一些人则活下来，为什么呢，因为上帝拯救了他们。你们赶快忏悔吧，末日审判已经来临了。他在布道时经常向自己的教民呼吁。

信徒们虽然遵循神父的话虔诚地向上帝忏悔，祈求上帝的拯救，但在他们当中一种怪异的抵御魔鬼的方式与宗教史上曾经发生过的闹剧不谋而合，上帝作证这并不是沙利士神父的教导，而是信奉耶稣基督的教民再次受到了本民族宗教的引诱。一片死气的峡谷最近一段时间里风传苯教法师敦根桑布又回来了，或者说他也被黑色的魔鬼击倒了。人们说他在雪山上和黑色的魔鬼大战一场，直打得黑天黑地，日月无光。黑色魔鬼后来放出一种语言的毒瘴，那是世界上最刻毒、最阴险、最伤人尊严的语言。比赵屠户当年攻打寺庙的子弹都要厉害百倍，因为它不是伤害人的躯体，而是直接伤害人的内心。苯教法师被这魔鬼语言的毒瘴击中，身体也开始变黑起来。但是法师立即对雪山上一种叫“荣子”的荆棘施加了法力，并用它抽打自己的身体，把身上的魔鬼赶出来。

据说魔鬼虽然法力无边，但也害怕荆棘的刺。人们通常把一些荆棘种在地头边、房屋前或者村边，不只是为了防牛羊啃吃地里的庄稼，主要是为了阻吓天空中到处乱窜的魔鬼。现在，人们开始仿效苯教法师敦根桑布的做法和魔鬼对抗。每个人天天都将自己的皮肤从上到下、反反复复地察看，一寸一寸地抽打，直到把黄色的皮肤在自己无奈的抽打下变红、淌血，人无以言状的痛苦和恐惧得到释放，黑色的魔鬼也仿佛正在受到沉重的打击。

人们都已经知道皮肤一旦发黑，就是死神的请柬。东岸的教民路德为了保住唯一还活着的一个儿子，也找了根佛教徒们用来驱赶魔鬼的“荣子”，他每天都抽打那可怜的孩子，路德的行为很快让其他教民忘记了神父的教诲。这种被神父视为异端的行为后来发展到教民们一边抽打自己的身体，一边绕着教堂念诵祈祷经文，那场面就像信奉藏传佛教的信徒围着他们的寺庙和神山转经一样。沙利士神父不让这些已经被瘟疫弄到癫狂地步的教民进入教堂,他说:“教堂不能使人免除死亡,人只能使教堂神圣,耶稣的教堂不是异教徒的神山。‘鞭笞派’是受到罗马教皇谴责的,耶稣就在你们的体内,折磨自己身体的人是对圣灵的亵渎。”

但是人们用沉默和荆条的“劈啪”声来回答他们的神父,这是教民们第一次没有听他们的精神引路人的话。可疫情并没有得到多少控制,沙利士神父这才明白,在死亡面前,大家的恐惧是一样的,而不管他从前持什么信仰。后来即便是空气,也可以传染这种致命的瘟疫了。人的命运只有完全托付给上帝。他写信到打箭炉教区求援,但是送信的人还没有走出峡谷就倒毙在路边了。他在日记中写道:

> 仿佛上帝抛弃了这条峡谷。难道我们做错了什么吗?即便我让这些善良的人们灵魂得到了救赎,但谁来拯救在深渊中沉沦的峡谷?

20. 纳西人的魂路

一个下午,沙利士神父来到教堂的垛楼上,望着另一座山梁上纳西人在泥石流浩劫过后的乱石堆上新建立起来的村庄,企图能看到一点人间的生气。自从他们从悬崖上迁走之后,沙利士神父试图套在纳西人脖子上的绳子不解自脱。但那边也笼罩在一片死寂之中,连一声狗吠都听不到,更别说能望到一缕炊烟。他突然想到这些日子来到盐田里干活的纳西人少了许多。该去看看这些可怜的人啦,也许他们这时才能认识到上帝的爱。

他叫上亚当与他同行,他们甚至找不出一头能骑的骡子出来。两人沿着两条山梁之间的小道徒步而去,在翻过了几处泥石流堆后,他们来到了纳西人的村庄。死亡之气从每一家每一户破败的窗户中溢出,来不及掩埋的死牲畜随地都是。哀嚎之声是证明这个村庄还有活人的唯一标志,一些新建的简陋房屋甚至还没有来得及封顶,瘟疫就把建房者全家的性命夺走了。

沙利士神父来的时候,东巴和阿贵正带领众人在给死者送魂,尸体不是一个个,而是一排十多具。对于重死不重生的纳西人来说,那是个简单得不能再简单的宗教仪式了,连作祭祀用的牲畜和纸冥马看上去都显得不够。因为已经没有更多的人手去做这些本该十分隆重的事。

死者中就有和万祥的一个叔伯和两个外甥,他和其他死者亲属一样一身丧服,头上缠着白布包头,身上披着麻衣,腰间还扎着一块宽宽的白布。一个村子的人都是这种打扮,使人感觉就像在阴间行走。这个时候没有人戴孝的家庭是没有的,悲痛是峡谷里第一次能让大家共同拥有的东西。和万祥一身阴气地走上前来与神父打招呼,神父不知道他家死的究竟是谁,只是礼貌地向他致以问候。和万祥族长问神父:"有什么事吗?"

沙神父说:"我是来看看你们需不需要帮助。上帝将怜悯可怜的罪人,如果你们需要忏悔的话,仁慈的上帝将宽恕你们的罪,使你们的灵魂升向天堂。"

和万祥目光哀哀地看着地上的那一排死者,"谢谢啦,神父,我们的亲人有自己应去的地方。看看这满峡谷的悲伤吧,活着的人一个个地死去,女人们却一个小孩也生不出来。神父,你们的神灵有让女人肚子尽快大起来的法子吗?"

沙利士神父认真地想了想。然后说:"没有。"其实他也发现了,这一年峡谷里竟没有一个女人生育。

和万祥叹口气:"世上有活一千年的古树,难得有活一百岁的长者;水总要流到山下去的,就让它流下去吧。可是,水源不能干枯啊。"

沙利士神父那时对纳西人和他们的宗教还不太了解,他看到东巴祭司和阿贵在村庄的路中央向峡谷的东北方向展开一条长长的画卷,那是东巴超度亡灵的“神路图”,上面画的是信奉东巴教的纳西人供奉的各类神系和需要斩杀的魔鬼,那些神像画在一种树皮纸上,这种纸柔软而有韧性。上面的画是用植物和矿石颜料描摹上去的,旁边配有东巴经象形文字。画面上有阴森的鬼地也有吉祥的神界,在鬼地的画幅中罪人们的亡灵备受各类恶鬼的折磨,生前滥杀野生动物的,死后被虎、豹、熊等动物啃吃;犯有男女私通罪的,男的被魔鬼用铁钳拉出生殖器,女人被魔鬼用凿子钉入头颅;而生前诽谤人的则被魔鬼将舌头拉得长长的,由一头被魔鬼驱赶的牛在上面实施耕舌之罚。那是一长串活生生的地狱惩戒画卷,任何人看了都会对自己的所作所为心生后悔。

沙利士神父从没有看到过这种古老的树皮纸,更没有看到过如此拙朴原始而又超越了现实想象的神系画普。他感到震惊,一个念头在他心中闪了一下:这种原始部落的画和象形文字要是拿到巴黎博物馆展出的话,欧洲应该轰动了。因为它们不是已经死亡、并已远离现代文明数千年的原始宗教画卷和象形文字,而是活生生的,是生存于纳西人中并被他们所依赖的精神支撑。这才是欧洲人从来没有见过的远古东方文明。

出于礼貌,和万祥族长在东巴祭司做宗教仪式时向沙利士神父解释他们亲人的亡灵将去向何方,又将如何去。向东北方向铺开的“神路图”代表着纳西人的祖先从前是从北边迁徙下来的,现在东巴祭司要把死者的亡灵向着那个方向一站一站地送回去。一个模仿死者的木偶身着东巴的法衣,骑在纸冥马上,由东巴祭司扶着从“神路图”上一站一站地走过,每走一站,都有一场和魔鬼的战斗。几个身着纳西武士装的男人在一边挥舞着长刀,为死者助威。东巴祭司一直把死者的亡灵从鬼地超度到神界,让他们来到“巨那茄罗神山”,那是纳西人祖宗生活过的地方。“也是我们的灵魂最终要去的地方,不是你们的天堂。”和万祥说。

“令人费解的去处。”沙利士神父说。

“看看这一峡谷的死人吧,都往你说的那个地方去,不同种族的人又要打仗了。还是各走各的好,神父,我不明白,人生前的事你们要操心,身后的事你们为什么还管呢。难道死了的人灵魂回老家你们的上帝也不允许么?”

神父还真被问住了。如果上帝是悲悯的,他不会阻挡一个灵魂要回家的可怜人;如果上帝是仁慈的,鼠疫为什么要横加在这些善良而又无辜的人们身上。但是作为一个侍奉圣职的神父,他不会去追问自己的上帝。他只有问和万祥:“难道你们不害怕地狱的烈火吗?”

和万祥说:“不。我们只害怕‘署’神发怒,就像现在一样。”

“就目前峡谷里的这场灾难而言,跟你们的所谓‘署’神没有关系。尊敬的族长,这是一场在我们欧洲也曾经发生过的鼠疫啊。它是由可恶的老鼠引起的。”沙利士神父想证明自己的观点,举目四处观望,果然就看到了几只老鼠旁若无人地窜来窜去,“喏,灾难的根源就在它们的身上。”他指着老鼠们说。

但是和万祥对他说:“那不过是几只老鼠罢了。灾难是因为人们太贪婪所致。”

“噢,这倒很有趣。”神父在胸前画了个十字,“如此贫穷的峡谷有什么东西值得人产生贪婪之心呢?”

“银子、土地、盐田、女人,都会让人贪婪啊。人要一贪婪,天空都不会洁净。神父,难道你没有闻到吗?这峡谷多么污浊啊。那么大的风,都吹不尽天空中的秽气。看看藏族人和我们都干了些什么吧,阿美姑娘和土司的少爷在牧场上行苟且之事,污染了草甸和森林,然后土司和我们争夺盐田,‘署’神怎么不发怒呢?”和万祥仍然固执地说。

“异端的信仰。”沙利士神父感叹道，“和先生，十四世纪鼠疫在欧洲流行时，人们也是如你所说，认为是由于一种‘腐蚀之气’或者‘老妇人的情欲’引起的。可是谁也没有想到这是全能的上帝对亵渎圣灵的人们的惩罚。末日到了，你们纳西人要忏悔，上帝才能指引你们的灵魂升往天堂。”

和万祥说：“我们的经书中讲，有一棵生命神树掌管着人们的寿数。这神树上的树叶和人的生命有关，绿叶代表年轻人，黄叶代表老年人。一个叫美利董阿普的神灵，他每年用白银的竿子挑下枯黄了的叶子，留下绿色的，这样世上就总是老年人先死。唉，大概是美利董阿普神又喝多了，把生命神树上的枯叶和绿叶都打落下来了。”

“噢，主啊，他肩负那么重要的职责，怎么可以随便喝酒呢？”沙利士神父随口说。

“这样的事经常发生，神灵又不是谁家的孩子，他任性着哩。世上为什么有孤寡，为什么白头发的人会为黑头发的人送终？就是因为生命神树上的绿叶被喝醉了的神灵打掉了啊。”

此时和阿贵东巴手中的法铃声响忽然大了起来，他已经顺利地将一个亡灵超度到神界了，他用似唱非唱的诵经声高声朗诵道：

将死者之魂送到种一季庄稼永远吃不完的神地，

送到可坐于白云之上，在日月中穿戴打扮的神地，

送到绿树森森、青草茵茵的神地；

送到以日月为灯，星宿为帽的神地；

送到湖水永不干枯，树木永不凋零，金灯永不熄灭的神地；

送到金花银花开遍，吉祥幸福永存的神地；

送到纳西远祖崇仁利恩居住的神地；

送到人类始祖神美利董主居住的神地；

送到九代男祖、七代女祖之地;
送到远祖曾居住过的山洞中;
送到祖先曾经放牧过的高山草场上。

“你认为我们的灵魂要去的地方如何呢?”和万祥看着沙利士神父在认真地倾听,便问。

“那确实是一个不错的地方,不比我们的天国差多少。但是你们不向上帝忏悔,灵魂同样得不到拯救。”神父最后这一句话说得他自己都没有信心。他觉得纳西人比藏族人倔强多了,他们看似温和卑谦,但他们的骨头藏在棉花里。

“顺便问一句,”他说,“这幅迷宫一样的宗教图,可以卖给我一幅吗?”

和万祥愣了一下,随后坚定地说:“神父,如果你要买一条阳世的道路,你可能买得到,但是没有人会出卖自己回到祖先之地的魂路。”

第四章　八十年代

21. 扎西门巴

扎西门巴[①]的藏医小诊所就设在左盐田镇穿城而过的滇藏公路一侧，那是一间简陋的土墙房子，和周围的小食品店、小百货店毗邻。如果不是特别留意和需要，过路的人连看也不会多看它一眼。它有一个不大的窗口面向公路，陈旧的窗框上黑黑的一层油腻物，那是来看病的藏族人趴在窗口上时留下的痕迹，窗户两边的墙上还遗留有“文革”时期的标语，字迹陈旧模糊，残缺不全，但时常令人触目惊心，那都是当年来自汉地的红卫兵的杰作。在那上面可以读出来的字是“横扫……牛鬼……神”和“踏上……脚……不得翻身”。穿过镇上街道的风把路上的尘土刮起，从窗口处扫荡而过，就更加重了这家小诊所门脸的苍凉和沉重。但是窗口处时常都围满了求医问药的藏族人和纳西人，纳西人也是一身藏式打扮，说着地道的藏东地区的康巴藏语，已难以区分他们的族别。一个戴着副老花眼镜的老者在里面永不知疲倦地忙忙碌碌，没有人敢正视他深邃有力的目光，也没有人会对他做出的任何诊断有丝毫的怀疑。他们像对待一个神医一样对他所说的每一句话、每一个字言听计从。

因为他不仅是个能治百病的门巴，还是一个活佛，当然是在从前。门巴只有半边脸，另一半脸被“文革”的烈火烧毁了，看上去像

① “门巴”的汉语意思为医生。

干旱了三千年的土地。

活佛变为门巴，这不是藏传佛教的转世，而是峡谷地区二十世纪中期的政治风云使然。不过活佛以佛的化身超脱人们的苦难，门巴以医术悬壶济世，治病救人于危难之时，在这一点上也符合佛教要义。那时藏区缺医少药，虽然人们开始逐渐明白生老病死不是由卡瓦格博雪山下的魔鬼控制，但简陋的医疗条件仍然是人们生命保障的大敌。一天，县医院的医生们狼狈地把一具骷髅送到扎西门巴的诊所，他们留下一句话："病人家属说，只有你才能救活他。"

扎西门巴掀开了担架上的棉被，确实看到了一个骷髅一样的人——如果他还真的是个人的话。他瘦得连包骨头的皮都快看不到了，一股恶臭随着被掀开的被子冲天而起，熏得周围的几个人都打了个趔趄。扎西门巴发现，患者的肚子从心窝一直到小腹，都被刀子划得东一道西一条的，里面的胃啦，肠子啦，肝啦，还有一些已经腐烂了的东西，都看得清清楚楚。一些逐臭的苍蝇嘤嘤嗡嗡地飞来，赶都赶不走。连天上的神鹰好像也嗅到了一顿即将来临的大餐，不慌不忙地盘旋在天空，在大地上缓慢移动着死亡的阴影，似乎有足够的耐心。

"谁弄的?"扎西门巴问。

"县医院的医生杀的!"病人的父亲气咻咻地说。

这个叫仲永的病人从前是个天天都要喝下三四斤青稞酒的康巴汉子，他父亲当年给他取这个名字，[①]就是希望他能像一个乞丐那样有个好胃口，什么都能吃。可是他三十五岁的时候就把自己的胃喝坏了。他们背地里请了几个已回家务农的老喇嘛为仲永念经做法事，那时寺庙还没有恢复宗教活动，喇嘛们的法力已荒疏好

① "仲永"的汉语意思为乞丐，藏族人有时在孩子取名时故意用一些低贱普通的名称，既求将来好养，也图避让魔鬼的注意。

多年了。他们使出了浑身解数也降服不了在仲永身上作祟的魔鬼,仲永家的人才把他送到县医院来抢救。县医院的医生都是些新毕业的工农兵大学生,他们粗糙的医术比喇嘛荒芜的法力更令人揪心。他们判断仲永是胃出血,于是就为他做了胃切除的手术,主刀医生杨新民是个自愿到藏区工作的赎罪者,多年以前曾带领一支戴红袖章的队伍把峡谷地区搅得天翻地覆,雪山下的魔鬼也被他的人马驱赶得无影无踪。可杨新民却从没有见过这样严重的胃出血,就像他当年扫除峡谷地区的寺庙和教堂一样,他锋利无情的手术刀一刀下去就将仲永的胃切掉四分之三。可在缝合的时候他却遇到了魔鬼的作弄,搞得他连汗水都掉到仲永的胃里去了。

手术三天后,仲永的状态不见恢复,而肚子却一天天地肿胀起来,直到它胀成一个圆圆的皮球,然后就"嘭"的一声爆炸了,就像仲永的肚子里爆炸了一颗手榴弹。那一声炸响医院里所有的医生都听见了,杨新民的心从此也被震裂了,再也没有安宁过。他们眼看着仲永肚子里腐烂的食物流了一床而束手无策,唯一能做的就是像切一个西瓜那样在仲永的肚子上东划一刀西拉一刀,既是想清理仲永肚子里的那些脏东西,以免感染,也想找一找究竟是哪一路的魔鬼在作祟。但他们不是藏传佛教徒,不能与雪域高原的魔鬼对话,他们的老师也没有教过他们在西藏行医与课本知识的不同之处。他们只能眼看着不能进食且还失血过多的仲永急速消瘦下去,血管也很快萎缩了,到最后连液体也输不进去了。手术后半月,仲永变成了一只晒干了的大龙虾,从前他有九十多公斤重,现在还不到四十公斤。身上的骨头都不只那点分量呢。仲永的父亲灰心地说:

"这些穿白衣服的门巴还是不如从前那些穿红衣服的喇嘛啊,至少他们知道是哪个魔鬼要吃仲永的血。"

"他们把仲永的胃缝漏了。"扎西门巴只往仲永乱七八糟的肚子看了一眼,就肯定地说。

“尊敬的扎西门巴,请你把话说明白一点。什么缝漏了?”仲永的父亲说。

扎西门巴把一小瓶红颜色的盐水从仲永的嘴里灌进去,两分钟后它们从一段腐烂的肠子里淌出来了。

扎西门巴感叹道:“一个织氆氇的大娘,也比他们用针仔细。胃没有缝好,仲永吃下的东西全淌到肚子里去了。吃东西的生灵,怎么能没有胃呢?”

“可他们说仲永得了胃癌。”

“从小吃糌粑的藏族人眼下还不会得这样富贵的病。控制疾病的魔鬼就不知道癌症是什么东西。”

仲永的老父亲给扎西门巴跪下了,“大慈大悲的扎西门巴,只有你能救仲永的命了。你懂医术,还知道魔鬼的法力。藏族人的病还是需要藏族人的门巴才能治得了啊!仲永的孩子才十岁啊扎西门巴。”

扎西门巴把老人搀扶起来,“我们先不讨论魔鬼,把病人的肚子清理干净再说吧。”

过去没有多少人知道藏医也会外科手术,人们认为藏医治病不过是利用藏区独特的植物及珍贵动物的器官,以汤、散、丸、膏、油、酒等药剂,采用服药、滴鼻、泻、吐、放血、针灸、敷、穿刺、涂抹等方法治病。其实早在八世纪时被称为藏医医圣的云丹贡布大师的巨著《四部医典》[①]中,就详细论述过数十种外科器械的用法。多年前扎西门巴作为一个转世灵童在拉萨学经时,就跟他的导师学习过藏医藏药的基本原理,并得到灌顶传承。成为活佛以后,他常常

① 藏医学最重要的经典著作。原作者为八世纪的藏医医圣宇陀·云丹贡布,著作时间为八世纪末期。该书包含古印度吠陀医学、汉地中医学以及其他某些邻近国家古老医学内容,其主体则是具有鲜明的藏民族特色的医学。全书共156章,用藏文偈颂体诗写成,分为四部分。

利用静坐时期钻研藏医理论,《四部医典》他几乎能倒背如流。如今能精通这部巨著的人在藏区也许还不到十个人。

他拿出一个小木箱,里面用层层的哈达包裹着手术器械,刀、钳、镊子、兽骨针等一样也不少,只不过在一个西医医生看来有些简陋原始罢了。扎西门巴先用一些黄色的小骨针扎在病人的各个穴位上,每扎一针他的嘴里都念念有词,像是藏族人久违了的佛经经文,也像是安慰病人的话语。扎西门巴就在这样的氛围中有如神助——实际上他已经在做神才能做的事情了。人们看见他在仲永的肚子上打了两个小洞,安上管子将里面的脏东西放出来,这让仲永的家人大感惊奇,县医院的医生在仲永的肚子上大动干戈,但是他们还是降服不了仲永身上的魔鬼。看看人家扎西门巴吧,没有无影灯,也没有各式监护仪器,更没有护士,一切都在他微微有些颤抖的手下有条不紊地进行,但这种颤抖不是一个人在年龄面前的妥协,而是神在舞蹈。

外面围观的人们多年以后都还在传说,扎西门巴是悬在半空中为仲永做完手术的,峡谷上方的一束光线随着扎西门巴的指挥始终围着病人旋转,当扎西门巴累了的时候,他脱下外衣,顺手就把它挂在了那束光线上。他像安排一个个曼陀罗一样地把仲永肚子里那些破烂不堪的器官重新安排好,然后将被魔鬼玷污过的东西清理出来,一扬手就扔了出去,天上的神鹰纷纷赶来,准确地把仲永体内各路魔鬼的化身叼走。那时,种种神迹预示着仲永的生命即将得到挽救。卡瓦格博雪山被夕阳染成了雪青色,这是连峡谷里年纪最大的老人都没有见到过的颜色。每当峡谷里有不可思议的奇迹发生时,总是有某种自然的奇观昭示给芸芸众生,这已是澜沧江大峡谷的一种规律了。

半个月后,仲永在扎西门巴的诊所已经可以喝酥油茶了,但他第一次从病床上坐起来时,竟会感到头晕,不是他的身体恢复得不够好,而是他看床下的地板就像站在峡谷的山冈上看谷底的澜沧江。他已经在病床上躺了一年多了,好久都没有往低处看过。他惊恐地抓住扎西门巴的手说:“门巴呀,你的床怎么这样高?”

扎西门巴说:“床不高,是你正从高处走下来呢。”

尽管高处是人人向往的地方,但是活着可比什么都好。仲永死而复生的故事在峡谷地区不胫而走,虽然那时宗教和信仰还在阳光下躲躲闪闪,你可以不相信一切,但你绝对会相信一个神医所创造的生命奇迹。那段时间里扎西门巴的名声传得比峡谷里的风还快,在不当活佛的日子里,他在人们心目中赢得了比当一个活佛更大的尊敬。人们抬着茶砖、红糖、酥油饼还有哈达来找扎西门巴看病,诊所外面等候就诊的人天天都排起了长队。有的病人甚至远道从云南、四川的藏区赶来,病人并不完全都是藏族人,还有纳西人、彝族人、白族人,甚至那些穿着时髦衣裳的汉族年轻人。

一天,政府的一辆吉普车开到了扎西门巴的诊所前,一个干部模样的人恭敬地把扎西门巴接上车。那辆吉普车出了县城,沿着简陋的公路跑了一整天,然后来到一座大城市。小车直接开到一个有卫兵站岗的宽阔大院,一个年轻人恭敬地把扎西门巴引到一座小楼里。那时他想,佛祖啊,我大概又得罪他们了。

在一间宽大的办公室里,一个个子高大、站在窗户前的男人背对着他。他的威严与气度可以从他的背影中感受出来。有人就是这样,哪怕只留给你一个影子,也会令你心生敬畏。

“扎西门巴,这是首长的尿样,想请你看看。”领他进来的那个年轻人将一个小瓶放在扎西门巴面前。

尿诊是藏医术的一种奇特的诊断方法,扎西门巴更是精通此道。患者只需提供尿样,他就能根据尿液的色、味、泡沫和沉淀物等异象判断出患者病在何处,从胃、肝、肺、脾、肾、肠道等内脏器官的病变到风湿、性病、各类传染,乃至食物中毒,老扎西便利用当活佛时修炼到的法力和作为一个门巴的医术,看一眼你的尿液就告诉你该服什么药了。对于一些疑难杂症,他甚至不惜亲口尝患者的尿液来确诊。曾经有一个来自汉地的知青不相信扎西门巴的医术,他把马尿盛在一个瓶子里,请门巴看看自己是什么病。老扎西只看了那尿液一眼,便说:"我只给吃饭的看病,不给吃草的看病。"羞得那个自以为是的家伙尴尬万分。

扎西门巴松了一口气,如果是请我来看病的,就不会去乞求佛祖的宽恕了。他仔细地观察了那瓶尿样,然后胸有成竹地对那个背影说:"尊敬的首长,你的胃要小心,至少十多年前它就不听你的话了;你的肺上也有毛病,它受到过伤害,大概是呛水引起的;你有肾虚,还便秘;你喜欢吃辛辣的食物,其实这对你的身体并不好。"

那个背影突兀地说:"六世让迥活佛,你不认识我了?"

扎西门巴颤抖了一下,但很快控制住了自己,说:"我只是一个识得几味草药的门巴啊,现在是共产党领导,没有活佛了。"

那人哈哈笑了,转过身来,"谁说共产党领导,就不要活佛了?让迥活佛,你看看我是谁?"

扎西门巴抬起头来,嘴就张得合不拢了。"你、你,莫非转世了?"

"嘿嘿,转世是你们的事,但我们共产党人有九条命的。活佛,我已经恢复工作一年多了。这次请你来,并不是要你给我看病,你说的那些我都知道,管它的呢。我是想请你回寺庙当活佛去。"

这人就是地区的副专员木学文,曾经为盐田的解放打过仗、流过血。"文革"时他和活佛曾在一个劳改农场共同接受过造反派的劳动改造。有一个晚上活佛亲眼看见他不堪凌辱跳下了澜沧江,从那时起就再没有这个共产党官员的消息了。

"啊,尊敬的领导,"扎西门巴总算醒悟过来,恢复了常态说,"哪里还有寺庙呢?红卫兵早把寺庙捣毁了,你又不是不知道。如果你想为老百姓做点善事的话,用你有权力的笔画几个圈,为盐田镇盖一座藏医院吧,我还可以去做一个门巴。任何运动来了,门巴都是需要的。”

“尊敬的领导”走过来,扶着活佛的肩膀说:“让迥活佛,寺庙毁了,我们还可以再修么。藏族人的精神信仰是毁不了的。活佛,我们已经在拨乱反正了,医治人的心灵,比医治人的病痛更重要,你说对吗?过去因为错误的运动而打倒的一切,我们都要尽快重新恢复起来。包括你,尊敬的让迥活佛。”

活佛的眼泪忽然就下来了。不是什么人都可以看到一个活佛哭的,当佛也流泪时,过去的岁月总有诸多令人感慨万千的苦难。如果说最坚强的人能承受住世间所有苦难的话,那么活佛则是把人间和神灵世界的苦难都承受下来了。人们传说噶丹寺是在活佛的眼泪中重新立起来的,但那不是悲天悯世的眼泪,而是拥有苦难并最终战胜了苦难的眼泪。木学文那天面对唏嘘不已的活佛,自己也感动得不能自持,“都过去了,活佛。就当是经历一场噩梦吧。”他说。

“不,领导,那不是一场梦,只是众生的一劫罢了。”让迥活佛平和地说,“佛经上讲‘诸行无常,是生灭法’。世间的一切,都逃脱不了刹那间生又刹那间灭的无常大法。生生灭灭,灭灭生生,我们还要感谢这场苦难哩。”

22. 梦里生长出来的寺庙

三天以后,让迥活佛回到了峡谷,他关闭了患者盈门的诊所,拿出自己行医多年的积蓄,买了一卡车木料,一卡车水泥,一卡车砖,然后他身上就一个子儿也不剩了。那个帮他把木料拉到噶丹寺旧址的卡车司机问:“扎西门巴,你要在这里盖房子?”

扎西门巴回答说:“不是盖房子,是建寺庙。”

卡车司机惊讶地说:“就这点东西,还盖不了一间小屋子哩。”

扎西门巴说:“峡谷里再小的一间屋子,也能为佛祖遮挡风雨;西藏再宏伟的寺庙,也是从一间小屋子旁边建起来的。”

他在噶丹寺旧址的一道断墙边搭了个窝棚,窝棚周围是一人多高的荒草,野狗们出没其间。它们对一个老人的到来从怀疑到归顺,不过是一顿饭的工夫。当炊烟从窝棚里升起来的时候,它们就像找到了自己的主子,温顺地趴在他的脚边了,眼里闪耀着梦幻一般的渴望。

让迥活佛以为,在相当长的一段时间里,自己将和这些野狗们做伴,他甚至准备为它们再搭一个狗窝。山坡上山风很硬,像千万把刀子在空中飞过。这时一个惭愧的身影在暮色中慢慢爬上了山坡,那身影之所以是惭愧的,是因为他面对这片废墟罪孽深重。

那人在走向活佛的时候,步履越来越沉重,离活佛还很远的,他就迈不开脚步了。让迥活佛向他招手:“欢迎啊,从毛主席身边来的红色门巴。”

“活佛啊,求求你啦!”他远远地冲着让迥活佛双手合十道。多年以前,当他带领一队热血沸腾、干劲冲天的红卫兵杀到噶丹寺时,让迥活佛便是这样迎接他们的,而且说的还是同样一句话,只不过活佛那时称他们为“毛主席身边来的红色护法神”。

他就是县医院那个将仲永的胃缝漏了的西医门巴杨新民,事隔多年,他没有想到自己会在一个暮色苍茫的夜晚,以如此的方式向活佛请罪。尽管他以有限的知识挽救了许多藏族人的生命,但是他发现,在他没有看到壮观的寺庙重新耸立在雪山下时,在他没有面对一个遭受过他迫害的活佛真诚地忏悔前,他的噩梦永远都不会完。

让迥活佛把杨新民引进窝棚,倒了碗茶给他暖身子。杨新民脸上的羞愧慢慢地被那碗茶温暖了。“活佛，回到峡谷以后，我一直不敢到这里来。”

“这里不过是大地上的一片废墟罢了。自有佛以来，这样的废墟一直都存在。有人为寺庙进香，就有人要把寺庙夷为平地。这也是一段逃不脱的因缘啊。”活佛平和地说。

“活佛，你真的不想做一名门巴了吗？好多藏族病人还等着你妙手回春的医术呢。我们医院打算搞一个藏医专科，还想请你老人家去挂帅。”

“治病只能救人一世，而医治人的灵魂，却能救人生生世世。还是让我们藏族人梦里的东西实在一点罢。”

杨新民知道，多年以前，他带到峡谷来的红卫兵不但扫荡了这里的寺庙、教堂和纳西人的东巴宗教，甚至还把人们梦里的东西都赶出来批判了。梦是来世的影子，藏族人都这样说，可是红卫兵们说，我们不仅要革封建迷信今世的命，还要革你们来世的命，让那些牛鬼蛇神永世不得翻身。那年月里没有一个人敢有梦。

“活佛，我想进入到你的梦里。你答应吗?”杨新民真诚地说。

活佛慈祥地说:“我们的梦，像大地一样兼容一切。佛祖啊，峡谷里第一个愿意与你共梦的，竟会是一个汉族人。”

“一个罪孽深重的汉族人。”杨新民说。

其实，自从峡谷的气候转暖以来，六世让迥活佛便在每个晚上做同一个梦。在这个梦里卡瓦格博雪山和噶丹寺是永不变化的场景，就像很久很久以前第一世让迥活佛在梦里看到的一样。他先是梦见雪山下颓废了多年的噶丹寺，荒草萋萋、断壁残垣，然后梦见煨桑的青烟在废墟上萦绕；青烟过后，一排排的地基从废墟上长出来了，就像地里长出的庄稼；它们长呀长，劳动的号子和歌声从地基处飘起来。舂墙的藏族人也是从地里冒出来的，他们在老人的梦里踩着云彩忙忙碌碌，一面面的墙在他们的歌声中长高，变厚,一座座的大房子像雨季时森林里的蘑菇,在大地上拔地而起。啊,佛祖欣慰地笑了,神灵们重新回到了峡谷。峡谷的众生轮回到了吉祥的善道。老人的梦执著专一,永恒不变。

在开初那段时间里,峡谷里的人们都说扎西这老头儿疯了,放着收入可观的门巴不当,一个人跑到噶丹寺的旧址上与野狗为伴。他们站在山梁上远远地观望,"文革"烧寺庙的大火还让一些人心有余悸。他们看见老扎西像一个不服老的愚公,孤独地在废墟上爬上爬下。傍晚的时候县医院的杨医生下班后会从江东过来,和老扎西一起干活,两人一直要忙到星星出来才会吃晚饭。

他们面对庞大的废墟,就像在打一场没有指望的战争。杨新民有一天泄气地蹲在废墟上偷偷地哭了,"活佛,一个人造孽的时候,怎么没有想到将来要洗清自己的罪孽是一件多么难的事情。"

"不,洗清罪孽是一件最轻松的事情,就如你在佛的面前点燃一盏酥油灯。"

"我们俩光是将这废墟清理出来,大概也要二十年。"

"我比你想的时间还要更长哩,一千年的时间,噶丹寺的废墟都还压在我们藏族人的心上。"

杨新民觉得自己不是在一个活佛面前赎罪,而是在聆听一个智者的教诲。他利用休息时间到噶丹寺的废墟上干活已经引得医院上下的不满,县城就那么大一个地方,拿政府工资吃饭的人本来就不多,现在的政策是要重用知识分子干部,像杨新民这样的大学生,虽然在"文革"中有过不光彩的行为,但人家自愿到峡谷地区来援藏,思想已经改造得很好了,甚至传说组织上正在考察他,要让他当副县长哩。

雨季里连绵不断的暴雨使废墟的清理工作进展缓慢。一个大雨滂沱的下午杨新民和让迥活佛想把一根圆木抬到木料场上。在从一堆瓦砾上下来时,走在前面的让迥活佛忽然脚下一滑,坐到了地上,后面的杨新民把持不住,圆木直往前冲,整个儿压在了活佛身上。杨新民感到天都坍塌下来,“活佛啊——”他大叫道。

圆木下的让迥活佛已经没有一点儿声息,杨新民连活佛的脉都把不住了。但他像所有虔诚的藏族人一样相信,活佛是不会死的。他冒着大雨背着活佛连夜往县医院送,天上的雷神发出一声声的叹息,闪电为杨新民照亮脚下的山道。杨新民不知道自己究竟是怎样过的澜沧江,也许是飞过来的呢。

即便是飞过澜沧江的神迹,也不能和活佛死而复生的奇迹媲美。杨新民当然知道心脏停止跳动了一个多小时的人在医学上意味着什么。可是当他把活佛放在医院的抢救床上,拿起电击器准备为活佛强行起搏已死的心脏时,仿佛为了向他证明什么,耳边一个声音温和地对忙碌的他说:

“别用那东西,当心伤着自己。”

杨新民吓了一大跳,回身看活佛时,他已经在病床上目光柔和地望着他了。这时一个护士从外面进来,匆匆对杨新民说:“杨医生,忘了告诉你,那东西是坏的,漏电。”

电击器从杨新民手中“咣当”一声落在地上。“活佛……”

他流泪了。他相信了。

活佛为建寺庙受伤的消息撼天动地,峡谷里的人们不再观望徘徊。半年后活佛恢复了身体,当他回到噶丹寺的旧址时,一大群老僧和百姓已经跪在那里等待他的摩顶祝福了。他们说:“慈悲的六世让迥活佛啊,我们都知道你阳光下的梦了,它和我们的梦一模一样。”

六世让迥活佛感慨地说:“神灵护佑有信仰的人做同一个梦。”

一个和让迥活佛年龄差不多的放牛倌、从前寺庙里的仁多堪布喇嘛说:“我在梦里还听见你诵经的声音呢。你在梦里闭关静修的时候,是谁在静室外面为你驱赶魔鬼啊?”

让迥活佛微笑着说:“当然是你,精进忠诚的仁多堪布。”

从那天以后，杨新民不当医生了，他从汉地请来了一队能工巧匠，亲自指挥他们施工，亲自审定图纸，那些汉地的工匠都把他当成一个藏族人。废墟上天天都有劳动的号子和欢快的歌声，那情景和让迥活佛往昔的梦一模一样。供奉佛陀们的大殿和幢幢僧舍拔地而起的速度甚至快于让迥活佛的梦。在这个世纪初，赵屠户军队的炮火轰平了噶丹寺，但是寺庙在很短的时间就重新矗立在峡谷中，甚至比同样遭到毁坏的教堂恢复得更快，教堂还有清政府的三十万两白银作赔偿，而寺庙全靠藏族人捐献给来世的功德。尽管噶丹寺在这个世纪里屡次遭到重创，但是人们重建寺庙的急迫心情，快于那些毁灭佛法者们的手脚。炮火和运动可以在一天之内让一座有数百年历史的古寺黄钟毁弃，瓦砾遍地，可在信徒们的梦中，它却一天也不曾消失过。

实际上被毁坏的只是寺庙的外形，它的内核像雪山一样亘古不变。当第一座佛陀的法像在大殿里立起来时，仁多堪布捧出了寺庙的镇寺之宝、噶丹寺第一世让迥活佛从莲花生大师那里传承来的金牦牛——“藏巴拉”。当年红卫兵烧毁寺庙前，是六世让迥活佛把这尊纯金的牦牛让他的老师绛边益西活佛连同寺庙收藏的上万卷经书一起藏在雪山下的一个山洞里。那个山洞就是传说中莲花生大师曾经修行过的山洞，它和印度相通。在灾难深重的岁月里，造反派曾经想找到这个山洞，刑讯逼供了无数人，可是有一次他们已经走到洞口了，神灵的法力却让他们看不见它。

让峡谷里的官员们都感到吃惊的是，藏民们从雪山上用一百多头骡马，驮回了从前寺庙收藏的上万册经书。从前噶丹寺以收藏经书之丰富完整而在藏东一带享有盛名，其中一套完整版《甘珠尔》和《丹珠尔》[①]尤为珍贵，相传为明代时的木氏土司请来自拉萨

① 《甘珠尔》也称“正藏”，即释迦牟尼本人语录的译文，成书于公元8—12世纪，共有1108卷；《丹珠尔》也称“副藏”，是佛弟子及后世佛教学者对佛陀教义所作的论述和注疏的译文，成书于14世纪中叶，共有3461卷。这两套经书构成了《藏文大藏经》的组成部分。

的高僧费时三十多年，用雕版印刷完成。另外寺庙里还收藏有上百部的《格萨尔王传》抄本和刻本，以及《苯教大藏经》[①]、《红史》[②]等重要经书和历史文献。一座寺庙就是一个民族的历史，也是一个民族的图书馆。仿佛一切都在神灵的控制中，被毁坏的都能重建修复，万劫不复的却纤毫未损。

寺庙有了经书和镇寺之宝，就像传统有了依据，为佛像的开光大典也有了厚重的分量，这么多经书竟然一本也没有被"文革"大火烧掉，实在是一个奇迹。特地前来参加释迦牟尼法像开光大典的地区副专员木学文看着那院子里小山一样高的经书，感叹道：

"当初是谁出的主意，把这些经书藏到了雪山上？这可真是一件功德无量的大善事啊。"

"在很久很久以前，西藏的宗教受到了大劫难。"陪在木副专员身边的让迥活佛仿佛不是对他一人，而是对峡谷的众生讲经说法一样，苍凉的声音抑扬顿挫。"有上师受到神灵的指引，便把佛教的经典埋藏了起来。它们有的藏在雪山下的山洞里，有的藏在老虎的窝里，有的藏在大江的水底，有的埋藏在藏族人的脑子里。到国家稳定，人民和睦相处，宗教信仰再次成为众生的灵魂皈依时，这些被埋藏的经典才会被有佛缘的人挖掘出来。这就是西藏宗教的'伏藏'。"

木副专员听入了神，良久才感叹一句："可惜我们纳西人的东巴经书，现在已经找不到几本了。还有那些外国传教士留在教堂的书，都被烧啦。不管怎么说，它们也是一笔文化遗产。"

---

① 苯教是藏族的原始宗教，《苯教大藏经》为苯教文献的最大集成，是苯教鼻祖辛饶米保的遗训及其注疏，成书于公元19世纪，原卷数不详，现存卷数约500卷。

② 藏文古代历史著作，成书于公元14世纪中叶，记载了西藏历史政治和宗教的源流、世系及相关史事，同时还详细描述了西藏和周边四邻尤其是汉中央王朝的关系。

23. 阳光下的耶稣

解放以后,教堂作为帝国主义侵略中国的罪证之一,一直没有进行过正式的宗教活动。它曾经被当作进藏解放军的军需仓库,后来又作为右盐田的小学校。学生们在教堂的大厅里上课,过去外国神父布道的祭台成了老师们的讲台。当然不会有耶稣画像了,圣母像和圣约瑟像也被挪到一个角落,像一个被冷落的不受欢迎的客人。但是教堂四周墙壁上的宗教壁画直到“文革”前都还存在,教堂那时并没有受到多少破坏。后来身为教堂神父的安多德还记得,在他还是一个小学生时,经常在老师上课时走神儿,教室两侧墙上背着十字架的耶稣的画像深深地控制着他的思绪。那时他还不知道这是大部分乡村教堂里都必备的宗教壁画——“十四苦路图”。从耶稣被推上十字架到背负着十字架一步一步地走向天国,安多德觉得这些画比他所要学的课本生动有趣多了。他曾回去问过母亲安妮,但每当他一提到耶稣的名字,问到教堂的事情,头上就会莫名其妙地挨上一巴掌,母亲也会偷偷地淌眼泪。在安多德少年时代的记忆中还有一个忌讳,便是不能在人前——甚至自己的母亲——提父亲的事,对于亲人和教民们来说,他是一个生死未明的人,据说他在临解放前和一个外国传教士跑了,而官方从前的说法则把他视为帝国主义的走狗,安多德自然就是这条“走狗”的狗崽子了。父亲这条可怜的“走狗”现在肯定不在人间了,但是安多德一家人今天却始终相信他还活着。一个没有被确认死亡的人,总是会给亲人留下许多的期盼和痛苦。

多年以来安多德一直没有忘记,那时教堂一侧的厢房是一间图书室,里面都是当年外国神父留下来的图书,摆满了十多个书架,但全是外文,谁也看不懂。学生们从破败的窗户中翻进去,将那些硬皮装的图书撕下来，用书的硬壳来包自己的作业本。有些书上画有裸体的男人和女人，还有胖乎乎的小孩，肩膀上长了一对翅膀，从云中飞下来。调皮的男生们把那些裸体男人的图片偷偷塞到女生们的抽屉里，然后躲在一边看那个女生如何脸红。

那是一个灵魂堕落的时代。安多德回忆起这些往事时，经常如此感叹。他还记得有些不信教的藏民曾来到教堂，把谁也不关心的图书一背篓一背篓地背回家去当柴烧，或者揩屁股。“文革”时，大部分图书都被红卫兵一把火烧了。现在这些谁也看不懂的图书尚存有一些，还不到一千册。安多德回到教堂当神父后，曾花了相当长一段时间翻阅这些图书，希望从中找到过去岁月中父亲的蛛丝马迹。由于不识外国文字，他只能一页一页地翻，有时他用鼻子去阅读，幻想那段尘封的历史能通过味觉告诉他点什么。书中残留的一丝酥油的味道，一点青稞酒的味道，甚至还有一些他不知道的类似于某种香料或香水的味道，都让他浮想联翩。他断定这些味道他的父亲一定也闻到过，父亲的气息也该留下一些的。但他如何把曾经在这片峡谷上演过的复杂纷繁的历史风云与自己父亲特有的气味区别开来呢？没有人能告诉他。

当澜沧江西岸的佛教徒们忙着重建他们的寺庙时，东岸右盐田的人们便把毛主席像和耶稣像并排供在自己家的神龛中，对外国宗教的信仰虽然没有被提倡，但已不再是一种罪过。那时安多德已是一条三十多岁的汉子，但是非常奇怪的是他没有结婚，表面上看似乎有某个神灵在召唤他，应该走另一条人生道路，其实在“文革”后期，他已经在偷偷阅读藏文的《圣经》了。多年以后人们才发现，即便“文革”时运动来得那样激烈残酷，但是好多教民家都埋藏着解放前外国神父发给的《圣经》，尽管那时在教堂院子里被烧掉的藏文《圣经》及各类宗教辅读课本和书籍堆得像一座小山，大火燃烧了两天两夜，但精神的粮食是烧不尽的。许多教民即便再穷，也有两本或更多的《圣经》，就像他们盛青稞酒的土罐不会只有一个一样。有的人家甚至还藏有外国神父写的《天主教要义》这样一些在那个时代绝对会被认为反动的小册子。外地来搞运动的汉人不会知道这些，他们看到成堆的经书被化为灰烬，便以为革命已经成功，帝国主义的流毒被彻底肃清了。安多德家保留下来的《圣经》是埋在牛圈里的，每当他要阅读这部大书时，都需要先把牛粪扬到一边，然后撬开一块活动的青石板，取出一个木箱，耶稣就在里面了。

幸运的是在安多德把《圣经》读完读懂之时，气候已经变得适宜宗教信仰的种子发芽了。直到现在，安多德都还记得当年他在一个风和日丽的下午，找到峡谷地区的最高官员、盐田县的曲热县长时的情景。他说，我要去北京上神学院，将来做一名右盐田的神父。他还告诉曲热县长，他已经写信给远在北京的中国天主教主教团，主教团秘书长对西藏竟然还有人信仰耶稣天主大为吃惊，他答应帮助推荐他到也是刚刚恢复授课的北京神学院深造。

曲热县长一定记得，当年带红卫兵去教堂闹革命的就有这个个子不高的青年，看看吧，现在他却想要做一个神父了。这个社会可真是开放到了天了。“文革”时那么厉害的政治运动，居然没有改变你们。安多德记得当时曲热县长如是说。而他的回答是，自从我们受了洗后，就像盐溶化进了水里，水就永远都是咸的了。

水还可以被晒干只剩下盐哩。县长嘀咕道。但是安多德回敬了他一句，盐终究还是要溶入水里。没有盐，人就会没有力气，对吗县长？你看到窗外的鸟儿了吗，它们多么自由自在。曲热县长从自己的办公桌往外面看去，窗外的核桃树上一群快乐的鸟儿在阳光下跳跃鸣叫，无拘无束。它们的背后是峡谷，峡谷上方的卡瓦格博雪山，还有雪山上的蓝天。不是眼前的这个年轻人提醒，他还真没有闲暇时间来看这道风景，思考这道风景。县长明白了，纵然他有天大的权力,他也不可能让鸟儿不歌唱。他最后只有说,寺庙恢复宗教信仰是一回事,教堂的问题,事儿可就大着哩。我要请示上级后,再给你答复。

安多德告诉他,村民们已经把耶稣像和《圣经》都拿到太阳下了。如果没有神父的引导,他们会走到雪山顶上去寻找升往天国的道路。

他不是在威胁曲热县长,几年前这样的悲剧确实在峡谷里上演过。“文革”后期,一些信奉天主教的教民看不到任何希望,就自发跑到一处悬崖上乞求耶稣带他们走,他们在山顶上不吃不喝,仿佛等待引颈就屠的羔羊。政府费好大的劲才把他们劝解下来。作为一方父母官,曲热县长肯定不愿意自己的百姓再干蠢事。从前他是野贡土司家的一个奴隶娃子,他爱自己的家乡,知道自己肩上的责任,知道有信仰的人们心底里蕴藏的能量。

实际上政府有关部门早就注意到了阳光下的耶稣,它已成了一个不容回避的事实。当曲热县长把安多德的情况逐级反映上去后,自治区领导责成副专员木学文来分管这件事。没过多久,木学文就带着一帮人到右盐田来搞调研了。但是他犯了一个小小的错误,他进村时的车队在简陋的公路上扬起冲天的尘土,让敏感而脆弱的峡谷惊恐不安。当他们一行人来到教堂门口时,正逢是个礼拜日,教民们没有在教堂里做礼拜,而是围坐在教堂的大门外,阻挡官员们进教堂。领头的是教堂的前修女凯瑟琳奶奶。

凯瑟琳奶奶那时身体硬朗、口齿利落,“文革”结束后,右盐田的学校搬了新校舍,教堂重新空闲起来。这时凯瑟琳奶奶搬进了孤独的教堂,尽管破败的教堂里阴气森森,后院杂草丛生,到处都是孤魂野鬼,甚至还有一些胆大的小野兽在夜晚出没于其间。但是凯瑟琳奶奶对那些关心她的人们说,魔鬼和野兽,都是老人的朋友。你们害怕的话,可以躲得远远的,我可得留在这里招呼它们。

后来，当政策逐步宽松的时候，人们开始礼拜天来教堂。先是一些五六十岁的老人，然后是他们的儿子、媳妇，甚至孙子。当初他们像潜入村庄的野生动物，低着头佝偻着背，小心谨慎地紧贴墙脚，忐忑不安地来到教堂，直到看到这座破败的房子和耶稣的画像时，他们的心才算落了地，仿佛一颗游荡的心总算找到了归宿。木学文带领一帮干部来到教堂时，教堂已有几十人经常来念经做弥撒了。尽管那时还没有神父，但是教民们有自己的一套和实际情况相吻合的宗教仪轨。

“这里是教堂，不是你们来的地方。”凯瑟琳奶奶站在人群的最前面，对被人们簇拥着的木学文副专员说。

“妈妈，我只是来看看大家的。”

“我不是你的妈妈。早就不是了。”凯瑟琳奶奶一点也不给自己的儿子面子。

“你不愿做我的母亲，我还非要做你的儿子哩。”木学文笑笑，对周围的干部们说，“我们进去。”

“你敢！”凯瑟琳奶奶真的生气了，顺手操了一把扫帚横挡在前面。

“怎么啦妈妈，我们是进去谈工作的。”木学文说。

“你的工作在你的官府大楼里谈，别来打扰我们。你们一进教堂，可没有好事情。要进去的话，就从我的尸体上跨过去吧。”她说到激昂处，身体晃晃就要倒了，木学文抢前一步，搀扶住了她。

“妈，你误会了。我是来帮助你们重新恢复宗教活动的。”

“噢，我还没有老糊涂呢，让你可怜的老母亲多活几年吧。”凯瑟琳气吁吁地说，她已经没有一夫当关的力气啦。

“妈啊妈，你先去一边休息。”他一挥手，秘书立即就把老人家扶到一边去了。实际上如果没有凯瑟琳奶奶专员母亲的身份，教民们可不敢这样和政府作对。他们自动让开一条路，让干部们鱼贯而入。木学文先察看了教堂的情况，然后和大家坐在教堂的院子里，笑呵呵地说：

“各位大叔大妈，父老乡亲，你们的耶稣爱你们，我们也爱你们啊。”

应答他的是一片沉寂，就像冬天里站在山崖上看到的澜沧江，听不到波涛声，但你可以感觉到水在流动，暗流深藏在平静的水面下。

“是不是又要搞运动了？”

难堪的场面持续了很久，一个老人才突兀地冒出一句。他现在已经喝得差不多了，他是一个打了一辈子光棍的孤独老人，安多德的舅舅诺斯。从前他在教堂里当厨子，据说当年他能为外国神父做地道的法国菜。每次来教堂望弥撒，他都要喝得大醉，然后稀稀拉拉地哭一场，谁也不知道他到底伤心些什么。有时候几个老教民会陪着他一起哭，更多的时候是他一个人坐在教堂前的台阶上，自顾自地哭，就像自顾自地说话一样。

“诺斯大爹，你喜欢运动吗？”木学文笑着问。

“那是魔鬼喜欢的事。”他的身子左晃右晃的，好似被魔鬼控制了。

“那么，我是魔鬼吗？”木学文问。

“魔鬼也怕你哩。”他偏偏倒倒地将手中的酒碗向木学文递来，“喝一口啊，能降服魔鬼的人。”

木学文把酒碗接了，一口饮干，“好酒。一定是我母亲酿的。听说教堂的葡萄园今年丰收了，是新葡萄酿的酒吗老母亲？”

“你现在知道了，葡萄是新的好，母亲还是老的好。”凯瑟琳奶奶撇撇嘴说。

“妈呀妈，从来就只有你说我这个当儿子的不好，我都认。从前政府确实做过对不起教民的事，现在我们知错就改，拨乱反正，一切都在好起来。难道不是吗？峡谷里各种信仰的人我们都尊重他们的选择。藏传佛教的宗教活动恢复起来了，天主教虽然不是我们民族的宗教，但是我们再不会干从前的蠢事啦。等条件成熟了，我还打算把失传已久的纳西人的东巴教也恢复起来呢。宗教再多，只要大家是爱国的，是互相团结的，过去峡谷里因为信仰不同而发生的宗教悲剧就不会重演。嘿，安多德，你坐那么远干什么？是你提出要进北京的神学院吗？”

坐在人群后的安多德站起来说：“是的。木副专员。”

“北京有很多全国著名的大学，现在中国所有的年轻人都梦想到那里去念书。你为什么非要上神学院呢？”

“我不知道那些大学对拯救我们的灵魂有什么好处。看看这些老教民吧，难道他们不需要一个神父吗？喇嘛寺里已经回去了那么多喇嘛了，听说连过去参加过叛乱的喇嘛都请回去了。妈，你不要拉我。”安多德说话时，他的母亲安妮一直在悄悄地拉他的衣襟。

“那么，你有信心成为一个称职的神父吗？”

“我有。”安多德肯定地说。

“你就去吧，好好地学，早早地回来。”

“这……这太好了。木副专员，我……我现在还凑不齐路费呢。这样吧，我搭便车去，一站一站地搭，没有便车的时候我就骑马，没有马骑我就走路。总有一天我会到北京的。条条大路通罗马哩。”安多德在一瞬间做出了个大胆的决定。

木学文笑了，“小伙子，你知道北京离我们这里有多远？”

“澜沧江下游的汉地吧。”安多德窘迫地说。

“唉，你真该出去见见世面了。你最远到过哪里？”木学文问。

“我到过地区，原来想去拉萨看看，但听说那里没有教堂，就没去。十多年前曾经想和外地来的红卫兵出去串联，可我妈不让我去。”安多德老老实实地说。

木学文再度发出了感叹，“如今我们峡谷里的人，视野还不如从前呢。过去的那些赶马人，最远的到过印度。上了年纪的老人家都知道的。这样吧，我这个月的工资是你的路费了。”他说着掏出一叠钱，递了出去。

安多德站在那里没有动，他被木副专员的举措惊呆了。十多年前当他和外地的一帮红卫兵把时任盐田县县委书记的木学文从地区揪回来批斗时，他们将他双手反剪押在一辆大卡车上，外地的红卫兵强行给他剃了个阴阳头，还告诉安多德说这是汉地革命小将整治走资派的最新发明。这还不算最厉害的，还有把破鞋、裤衩、尿壶挂在他们脖子上的哩。一个红卫兵笑着告诉他。在回峡谷的路上木学文用藏语对安多德说他快渴死啦，请求给一点水喝。他的脖子伸得老长老长，那样子像一只气息奄奄的山羊，只是山羊再可怜，它还是一只羊。而当时的木学文连羊都不如。绿色军用水壶就斜挂在安多德的肩上，他只要递过去，将来就不会有那么多的罪过感。但是当外地红卫兵问安多德他说了些什么时，安多德回答说，他说他的脖子上需要再挂上一个尿壶。红卫兵们哈哈大笑，说到了你的村庄，你就去给他找一个来吧。

“你愣着干什么，还不快接着。”木学文将钱塞到安多德的手上。

“木……副专员，过去……我、我我，欠你的……”安多德双手哆嗦起来，然后他的眼泪无声地下来了。

“不，是我欠你们的。”木学文高声说。

24. 求学与敬畏

三天以后，安多德启程了。信教的百姓一直把他送到了滇藏公路边，安多德的舅舅诺斯说，要是我还走得动，我会为你牵马，送你到北京的。三十多年前我还年轻时，沙神父让我为他牵马，随他一起回法国，但我又舍不得我们这峡谷。现在我老啦，想去哪儿都去不成啦。沙神父啊，你这个帝国主义的特务，你为什么偏要去做一个特务呢？呜呜呜。

诺斯舅舅今天又多喝了点，以至于他说到后来就闹不清是在为一个将来要做神父的年轻人送行呢，还是在揭发前教堂神父的罪行。只有右盐田的教民知道，自“文革”以来诺斯对沙利士神父的怀念方式之一就是揭发这个外国神父的特务罪行，他把神父说得越坏，对他的想念就越深。在一个接一个的批判会上，诺斯的发言总是声泪俱下，因此很受来搞运动的小将们的欢迎，他们听不懂藏语，只看到这个可怜的老头儿一把眼泪一把鼻涕的唠叨，便认为他苦大仇深，过去一定受了外国传教士很多剥削和压迫。他们甚至一度还把他树为典型，让他到邻近的几个村庄去诉苦。但是有一次他说着说着就说漏了嘴，大讲自己受洗前如何跟着他母亲、带着三岁的妹妹流浪到峡谷，他们举目无亲，身无片瓦，连小狗也要欺负他们。而自从外国神父让他们全家入了教后，他终于可以吃饱饭，有衣服穿，睡在能避风雨的教堂里了。不幸的是有个长有两个舌头的人把诺斯的话翻译给了在场的红卫兵，于是他当场就被揪下来了。以后的大会，就是他在台上弯着腰低着头接受人家的批判了。

安多德告诉诺斯舅舅，现在不是神父就一定是特务的时代啦，你看木副专员不是也支持我出去学习吗？诺斯舅舅，你要等着我呀。不在神父面前忏悔的人，是进不了天堂的。

安多德的母亲安妮其实那时比诺斯还更伤心，只不过她那颗饱受磨难的心已经非常麻木了，如果她要把所有的苦难都哭上一遍的话，泪水也会让澜沧江水涨的。因此在送儿子出行的时候她很克制，但目光却很凄凉。她不知道儿子这一去，是不是就像多年前她的丈夫离开家门的那个早晨一样，再也没有回家的日期。那时安多德还在她的肚子里哩。要不是凯瑟琳奶奶极力支持，安妮就是吊死在家门前，也要阻止安多德的北京之行。凯瑟琳奶奶说，藏族人的脚什么时候怕过路远了？想想当年的外国神父吧，他们还是从海的那一边过来的哩。安多德还没有走到大海边呢。

安多德就是在这样一片泪眼凄迷和积重难返的阴影中离开了他的峡谷，他的亲人。两个年轻赶马人与他同行，他们沿着被泥石流冲毁的公路慢慢走出了人们期待的目光，并把那众多的目光越拉越长，直至看不见。

这种被亲人的身影痛苦地拉长的目光，安妮多年前就有过切肤之痛，那时是她的丈夫，现在是她的儿子。她不知道上帝是否怜悯她永远收不回来的目光。她在无数个夜晚向上帝祈祷：全能的主，你无所不能、无所不知，请你赐福我啊，让我的眼睛看到我的亲人。

在以后的岁月里，安多德与峡谷的联系就靠一张薄薄的信纸了，因为他向孤独的母亲发过誓，除了天主耶稣外，他天天惦记的就是母亲。他会随时写信回来，儿子走得再远，也不会像父亲一样，一去就没有了音讯。

一周以后他的信来了，说他们已经到了云南，但还是藏区，同样可以吃到牦牛肉、糌粑，喝到酥油茶。他还在信中说，这里的藏区有大片大片的草甸，牛羊多极了，想不到我们藏族人也会生活在这么好的地方。而更为重要的是，这里通汽车了，他再不用骑马啦。还有一个让人高兴的消息，他最后补充说，从这里到北京，所有的路都是通的。根本用不着马了。看来我们盐田真是太闭塞啦。

五天以后他的信又到了，说他经过纳西族地区，白族地区，彝族地区，终于到了汉地的大城市昆明。妈妈，天主赐福于我，让我坐火车去北京，这是从前做梦都没有想到的事情。可买一张火车票实在太难了，人们要排很长很长的队。有些人比喝醉了酒的康巴人还要无礼，他们凭力气挤到窗口前，把妇女和老人都挤到一边。妈妈，我在火车站排了两天两夜的队，感谢天主，终于买到票了。不过，小偷把我的钱都摸走了，那可是木副专员一个月的工资啊。在我们峡谷里偷打人家树上的核桃，已经是非常堕落的行为了，而这里居然还会有人把手伸到你的口袋里偷钱，这实在让我想不到。不过我想这是魔鬼对我的考验，全能的上帝一定看到他堕落的灵魂了，愿上帝宽恕他的罪。

第三封信安多德写得更长，有很大部分是在漫长的路途上写的。他向母亲详细描述了比峡谷的风还要快的火车，他把它形容为有一长串铁轮子的钢铁房间。一声吼叫，它就跑起来了，一百头老熊的吼声也没有它的声音大。它的上面有厨房，有厕所，有水从铁管子里像山泉一样地流出来，还有旅馆，因此有的人甚至可以在火车上睡觉。火车跑的路是用钢铁铺起来的，不像我们盐田的公路，年年都要被泥石流冲垮。钢铁当然比泥石流厉害多了，它一定是上帝强大力量的证明。妈妈你想想吧，从昆明到北京，要用多少钢铁啊。车上有服务员来送水给你喝，但是他们没有酥油茶，连听都没有听说过。不过周围的汉人知道我是藏族人后，对我就相当热情了。他们问了我很多西藏的问题，他们都没有到过西藏。他们不知道晒盐的方法，打酥油茶的方法，做奶渣的方法，甚至连我们怎样吃糌粑他们也感到很稀奇。看来汉族人也不是什么都懂，也没有我们认为的那样聪明，尽管他们很多人戴眼镜，连十来岁的小孩子也戴。他们总把西藏想象得很可怕，其实当年那些进藏的红卫兵才让我们感到可怕哩，连喇嘛也怕他们。不过火车上的这些汉人却很有爱心，他们听说我的钱被小偷偷了，问我吃饭怎么办，我说这么快的火车一开起来，很快就到北京了么，到了北京我有介绍信，就有吃饭的地方了。一个大妈告诉我说，火车要走三天三夜才到北京呢。主啊，中国真是太大了。于是人们都拿出钱来为我买饭吃。我想他们一定也信耶稣基督，才会有这样的仁慈。但是我不好问他们，因为他们不戴十字架。后来火车上的领导知道了我的难处，他们说他是车长，我想他的权力一定比木副专员还要大，人们对他都很尊敬。他穿得像一个将军，心很善良，让我到火车的厨房里吃饭。他们不收我的钱，这让我很不好意思。我想这大概是天主对我的恩赐吧。那个吃饭的地方很漂亮，没有车厢里拥挤，桌子上还摆有鲜花哩。在我吃一顿饭的时间里，火车一声吼叫，就从一个城市开到了另一个城市啦。妈妈，想想吧，我们去最近的县城要走四天的山路，坐车也要一天。汉地真是太发达了，上帝对他们真是太偏爱了。我问车长火车是怎么开动的，他说是用电。我想了一个晚上，也没有想明白电怎么可以开动这样一大串由钢铁连接起来的家伙。后来终于想明白了，右盐田第一次用电的时候，保罗家的大儿子站在凳子上用手去摸电线，刚摸到线头就被电推出去好几米远。想一想电的力量有多大吧，连人都会在一眨眼的工夫被它推得老远老远，它一声吼叫，也同样可以把火车从一个地方推到任何一个它要去的地方。要是有一天它能把火车推到我们峡谷里就好了。今后我们要像敬畏上帝一样地敬畏电。

接下来峡谷和北京就连在一起了。每当安多德有信来的时候，右盐田村的教民都会像看乡村电影一样，聚集在安妮家听识藏文的后生念信，峡谷里的北京和在北京的安多德便从那一刻起开始真实而生动起来——

他在人多得让人找不到上帝在何方的北京火车站下车了，一个热心的警察用了半天的时间才把他送到神学院。

他顺利地入学，一个姓章的汉人大主教专门来看望他，并慷慨赠送给他生活费。他身边的同学都是来自中国各地的汉人教友，他们有的很年轻，这里全是基督徒的世界；和他们交谈才发现在中国信奉天主耶稣的并不只有右盐田的藏族人，汉族人，彝族人，满族人，蒙古族人等等，中国的好多个民族的人都有上帝的选民，我们其实并不孤独。

北京是个巨大无比的城市，西藏所有的藏族人加起来也没有这个城市的人一半多，一条街道也比澜沧江峡谷还长，但它是笔直的，漂亮的，两边都是高高的楼房，也像一条大峡谷，人们上这些高楼不用担心脚力不够，一种用电控制的房间“叮当”一声就把人们提上去了，“叮当”一声又下来了。敬畏电吧。

北京人说话好听极了，个个都是广播里的播音员。

神学院组织他们参观了一个制造钢铁的工厂，火车的钢铁就是由这里制造的，人们利用知识把石头变成了钢铁，他们先把石头熔化成水，然后它们在一个大炉子里像酥油一样淌出来，就成了钢铁，这也归功于令人敬畏的电。

北京也有教堂，还有一座喇嘛寺哩，他在里面见到了从西藏来的藏族人，当然“文革”时他们也像我们那样挨了整，教堂和寺庙里都没有宗教活动。

北京有一种在地下行驶的火车，人们坐一种用电控制的台阶下去，台阶可以自己走动，这是连上帝也想象不到的事情。车站也在地下，里面的房子灯火辉煌，火车从地洞里开出来，速度快极了，它开过来的声音像山上下来泥石流。电控制了一切。

北京的商店进去了就找不到出来的路，因为它太大太大了，还到处都是人。商店里什么都有卖的，就是没有敬奉上帝的东西。

神学院里还有修女，她们来自比北京还更繁华的大海边的城市，她们对西藏很有兴趣，但她们不愿意到西藏去为天主服务，因为西藏没有海边的食物。她们个个都长得像天使一样漂亮。

那几年安妮就是在期盼儿子的来信中打发时光，这些来信一时让她欣喜，一时又让她惊恐不安，在地洞里的火车怎么开出来呢？要是泥石流下来了，安多德不是给埋在里面了吗？冬天房间里不生火塘，光靠一种钢铁片子里散发出来的热气就可以了吗？像天使一样的修女会不会扰乱安多德侍奉耶稣天主的心？要是电，机器，火车，钢铁，还有那些说不出名堂的东西控制了一切，上帝怎么办？

当她问凯瑟琳时，阅历丰富的老奶奶便会告诉她，没有什么可怕的，多年以前她就在汉地见识过了，她明确无误地向安妮指出：那时的火车是用火开动的，而不是电；她曾亲眼看到人们把煤一铲一铲地填进火车头的火炉里，那个火炉就跟我们藏族人烤火煮茶的藏式火炉差不多，只不过它更大一些罢了。不过在地下开的火车她倒没有见到过，但是她确实听从前教堂的都伯修士讲，巴黎从前也有这种火车。你想想，就像耶稣是从他们那边传过来的一样，地下开的火车也会一同开过来的。这说明从北京到巴黎，人们可以不像从前那样坐在海上的房子里飘过来了，从地下也可以走。都伯修士说过，世界是一个球的模样，我们在这边，他们在那边。挖一个地洞把两边连起来，路就近多了哩。

总之，它们不是魔鬼的东西，上帝早就安排好了一切。老奶奶最后总结道。

随着安多德在神学院的学习日益深入，他的来信已经很少谈及个人的见闻了，他开始试着向右盐田的教民阐述上帝存在的本质，就像一个真正的神父那样。他在一封来信中谈到，神学院的老师让他认识了托马斯·阿奎那，一个伟大的智者，上帝存在的见证人，他告诉了我们上帝存在的 Five wags（五种理由），——安多德的原信如此，凯瑟琳奶奶对此的解释是：这就是耶稣在那边用的语言了——上帝的确是世界上万事万物的第一推动者。火车是由电推动的,但电是由谁推动的呢?人们说是工人从电站发出来的;而电站的电又从哪里来的呢,人们说是水冲的;水怎么能冲出威力无比的电来呢,人们说利用水往下流淌的力量;那么水的力量是谁给予的呢,显然它不是任何人给予的,只能是全能的上帝。所以我明确告诉你们,以后不用敬畏电了,敬畏上帝吧。归根结底电是上帝之力推动出来,能自己行走的台阶,能"叮当"一声就升到半空中的房间,一声吼叫就可以在地上和地下行驶的火车,都是上帝的杰作。

凯瑟琳奶奶看完这封信对安妮说:"他已经能从道理上证明上帝的确存在了,从前沙利士神父也是这么说。"

安妮眼望着峡谷上方的蓝天,喃喃地说:"安多德走那么远的路,只为了向我们说明上帝终究是存在的,真是干了件冤枉的事。"

凯瑟琳奶奶撇撇嘴说:"那可不冤枉。神父是上帝的秘书,上帝的意思他要知道得清清楚楚才行,就像我儿子的秘书一样。"凯瑟琳奶奶忽然想起那个她并不喜欢但却随时忠心耿耿地跟在他儿子屁股后面转的年轻人。

两个老人家在寂静的教堂常常这样有一搭没一搭地发表自己对世界的看法,对上帝的认识。她们把曾经凋敝的教堂一点一点地拾掇出来,像两只行动迟缓的老蚂蚁,一个出于对上帝的热爱和对往昔岁月的怀念,一个则更多地为了自己儿子今后的出息。慢慢地人们发现荒芜的教堂在两个老人家的蹒跚步履下开始变得井井有条起来了。破败的门窗被清除修整好了,后院葡萄园的空地种上了玉米、蔬菜和小麦。葡萄园年年都大获丰收,凯瑟琳奶奶酿制的葡萄酒储存了几大酒缸。当有嘴馋的教民想讨一点来喝时,她总是说:"这是神父做弥撒时的葡萄酒呢。做弥撒没有葡萄酒,哪还有做它的意义?那可是耶稣的血啊。"

25. 桃花盐

当第一缕春风从汉地吹过来时,澜沧江两岸的桃花率先开放,一树树桃花像飘在峡谷里的片片红云。盐井里涌出的盐卤水就像一个刚做母亲的康巴女人的乳汁一样丰盈。盐民们搭建再多的晒盐平台都晒不完那含盐量出奇地高的卤水。峡谷里到处都听得见人们在奔走相告:

“出桃花盐了!”

出桃花盐的季节是澜沧江峡谷的节日。澜沧江在这时换上了它最美丽的外衣,江水变成深蓝色,像高原深邃无边的天空。人们说澜沧江一年四季有六件衣服,随着季节的更替它分别穿上蓝、绿、红、黄、灰、黑六种颜色的衣裳。这时节春暖花开,风干物燥,高原的太阳火辣无比,峡谷底像一个闷热的蒸笼,强烈的光线把一丝丝水分直接抽上天空中去,水分蒸发的速度与人们身上淌下的汗水一样地快。早上倒进盐田里的卤水,下午便被晒干,盐田里就是一片白花花的盐了。地里的庄稼才刚刚播下种子,这里却在忙于收获。刚刚恢复宗教活动不久的寺庙举行了为庆贺盐田丰收的法会,连地方上的领导都会赶来参加。喇嘛们在寺庙大殿前的广场上鼓号齐鸣,跳起神灵凌空蹈虚、飘飘欲仙的舞步,藏民们则穿上节日的盛装,为神灵喝彩。人和神灵好久没有这样共同欢庆过了。

那一年,盐田就像珍贵的土地一样,被重新分配给私人,这是自十多年前的人民公社化后个人第一次真正拥有自己的盐田。政府甚至连税都不抽,人们晒多少盐,就可以按市场的盐价获得多少收入。生活开始慢慢好起来了,盐民们首次成了峡谷里直得起腰杆的人,一些人甚至准备重新盖房子了。在过去,盐民的地位只比土司家的农奴稍高一些,他们没有土地,也没有牛羊,官府和土司抽的盐税又重，还得往寺庙里进贡，因此盐民家庭一年下来几乎所剩无几。峡谷里流传的有关盐民的歌谣是这样唱的：

盐民苦，盐民苦，
汗落九滴一粒盐，
弯腰驼背晒屁股。
太阳晒干眼中泪啊，
澜沧江边把命赌。
官府土司来抽税，
卖了房子去逃难。
好汉不娶晒盐女啊，
来世莫投盐民家。

晒盐一般都是女人们的事，这与纳西人的传统有关。他们认为澜沧江两岸喷涌卤水的井穴实际上就是女人伟大的生殖器。东巴经里不是说井穴里有纳西人的子孙万代吗。井穴里的卤水哺育了盐民，同时也滋润了峡谷的儿女。井穴里涌出的卤水越多，峡谷的子民繁衍就越旺盛；反之，人们的生殖能力越强，井穴的卤水就涌得越多。人们不会忘记，当年藏族人和纳西人为争夺盐田发生第一次战争而得罪了神灵时，江边的井穴不涌盐卤水了，峡谷里的女人一年都没有生育。

因此，在出桃花盐的季节，女人们越干越有力气，越活越红润。而男人们也被喷涌的盐卤水弄得骚动不已。女人们白天下到江边深深的井穴里，将卤水一桶桶背上来，沿着峡谷里陡峭的栈道攀越而上，然后倒进自家的盐田里。晚上则一身汗香地钻进男人的怀中，不管她们的男人愿不愿意，她们都要与他们做爱。男人们有时不耐烦了，说，歇歇吧。但女人们会说，要是不来一回的话，明天井里就没有卤水了，地气和人气是相通的。看看白玛拉珍家的井吧，都快见底了。可怜的白玛，谁让她出生在那样的人家。

被女人们在床上引以为证的白玛拉珍是峡谷里的老姑娘,今年虽然才二十二岁,但在三十多岁就有人当祖母的峡谷,这已是一个非常令人焦急的年龄。没有哪个纳西男人有勇气对她多看一眼,因为她的爷爷从前被认为是“养毒鬼”。在纳西人的眼里这样的人家鬼气很重,是世俗生活中与魔鬼为伍的人。尽管政府号召大家破除迷信多年了,但谁能在这片既偏远又孤独的峡谷里证明神灵魔鬼的确不存在呢?朴素的人们可以向你证明:如果没有魔鬼作祟,“文革”中峡谷里怎么会发生那样多伤天害理的事情呢?人实际上是很弱小的,稍一不小心,魔鬼就可能控制人们的生活。多年以来人和魔鬼都在这片峡谷里共生共存,如果没有魔鬼,人们的生活反而会缺乏色彩,就像没有动物人类会觉得孤独一样。同样,如果没有“养毒鬼”这样的人家,魔鬼世界又由谁来照应呢。因此在纳西人聚居的地方,总有一两户倒霉的人家被认作是和魔鬼打交道的人。

白玛拉珍其实并不希望哪个男人会看上她,但是她不得不为自家的井穴不产盐卤水而焦急。非常奇怪的是她家的井穴和玉珍家的就只相差十来米的距离,但是玉珍家井穴里的盐卤水喷涌得都快冒出井面了,那个婆娘每天从早背到晚,井里的卤水还背不完。然后她便对着峡谷底的其他女人们说:“哦呀呀,这井里的卤水累得我裙子都湿透了。”

而那些有家有室的女人们则会打趣道:“是你家男人压出来的吧,昨晚上你叫唤了大半夜呢。”

哄笑声盖过了澜沧江江水的轰鸣。在这个女人劳作的峡谷,床上的话题是辛苦劳动的一剂舒缓剂。而白玛拉珍每夜都独守空床,却每天都要听她们笑谈床上的花花新闻。渴望中的婚床啊,将由哪个勇敢的男人有力的臂膀来做成?

是“嘚嘚”的马蹄声和野性的歌声伴随着爱神的脚步一起来

的。澜沧江西岸卡瓦格博村的赶马人独西从看到白玛拉珍时,就看穿了横隔在藏族人和纳西人之间数百年来的爱情篱笆。尽管他只有一只眼睛,但这种人看问题更专注,更投入,更独到。

那时独西刚从监狱里出来,用一只眼睛重新打量面前这条陌生而熟悉的峡谷。他戴一顶油腻腻的藏式毡帽,浑身都散发出令人惧怕的野公牦牛般的气息,又浓又黑的长发蓬松地披到宽阔的肩膀上。他身上穿的藏装不像藏装,汉装不像汉装,嘴唇上的那一小撮浓黑的胡子向两边弯弯地翘起,把他所有的骄傲和嘲讽全挂在了上面;那只瞎了的眼睛一副死不瞑目的样子,可透出来的东西比魔鬼的目光还犀利,眼帘下面一层灰色的云翳仿佛深藏着宇宙中最遥远的黑暗。如果你把他当成一个藏族武士,但他又更像一个流浪汉;但你真把他看成流浪汉时,他的商人的精明和情人的执著又让你感动。他现在为盐商们赶马,将峡谷里的盐驮到集市上去交给他们,自己赚点脚力钱,有时他自己也倒腾一些,赶上两三匹骡子的盐,去峡谷深处那些不通公路的村庄贩卖,这样便可以赚更多的钱。当然这要辛苦得多。独西赶马还有个特点,他从来不和人做伴,他是峡谷里的独行侠,人们说连魔鬼都怕他。在女性的峡谷里,他一眼——别忘了他是独眼——就看到了白玛姑娘的焦渴。

“姑娘,你的井里为什么卤水那样少?”

“我、我不知道。它快干枯了。”白玛拉珍回避着问话者像刀子一样的目光。

“为什么那些婆娘们的井不干枯呢?”他用嘲讽的口吻说。

“人家勤快么。”

“错了,姑娘。她们白天是干得很辛苦,晚上可没闲着。”他仿佛是一个枪法准确的猎手,枪枪都打在白玛姑娘孤独的靶心。要命的是他的射击从来都好像是漫不经心的,一语中的了,他的胡子还翘得高高的,一点也不给人面子。

“她们……交上了好运。”白玛姑娘羞赧地说,她的脸红得让山坡上的桃花也害羞了。

“为什么她们会交上好运?”他逼问道。

“好运……好运是父母给的。”提起父母她的阵脚就更乱了。

“又错了,父母只给了我们一条命。好运么,在我们藏族人看来,如果没有人送给你,就在自己的手掌上去找。”蹲在地上看盐的成色的独西,用他那巨大无比、温暖异常的手掌摸到了白玛姑娘的大腿上。

那里就像被火烫着了,或者被电触着了,白玛姑娘的两条腿都剧烈地颤抖起来,“你、你你你你究竟要不要盐啊,哎哎哎哎……哎,啊……你你要干什么……”然后她就瘫了,成为一个没有了骨头、带着汗香味的软软的人儿啦。

“送给你好运。”

独西说得果断而温存,就像一个慷慨大方的人送人价值高昂的礼物。多年以前,雪山下一个临死的老人把他一生的好运送给了他,独西一直攒到今天,现在他要把这份好运送给一个他喜欢的人了。他没有费多大的力气就把她放平在江边盐民们储存盐巴的黄泥土坯小屋里,中午时这里也是人们歇气吃饭喝酥油茶的地方。女人们在这里恢复体力补充能量,也谈论床上的事情。但是没有谁想到盐巴堆也可以权作婚床。他们在盐堆上翻滚,一个浑身发软却在做着无谓的抵抗,一个横冲直撞却迫切地渴望找到一条幸福的出路。他撕扯她的衣服,仿佛揭开酥油上面的那层皮一般,一碰就破了,雪白的肌肤闪耀着圣洁的光芒,这光芒每现出一点,都是一把把威逼人的刀子,让独西战栗害怕。他像个在黑暗的隧道中摸索前进的探险者,越害怕,越想往前。实际上通过这条隧道并不难,比捅破一层窗户纸难不了多少。峡谷里的晒盐女都穿得很少，为了干活方便，她们下身除了穿一条长裙外，经常什么也不穿。

“啊，啊呀，你要受到魔鬼的惩罚的！”她用脚踢他，用牙咬他，用手抓他。说这话时却语调温存，像对一个调皮的大孩子说话。

“你的魔鬼我不认识。”他说这话时手一刻也没有闲着，强劲有力的手掌快乐地在她的身上任意游走。他在她温柔的反抗中得到的不是拒绝，而是鼓励。因为在独西看来，与其说那是咬，还不如说是亲吻；与其说是抓挠，莫如说是抚摸；与其说拿不知名的魔鬼来告诫他，不如说是情人间的调侃。而她双脚乱蹬乱踢的姿势，不过是为了炫耀那丰腴结实的大腿。

他在误打误撞中总算彻底解除她的武装了。“佛祖啊，这么美，这这这……美呐，怎么会是个养毒鬼的女儿！”他浑身颤抖不已，不是感到害怕，而是对突如其来的幸福毫无准备，尽管他渴望这一天已经很久很久了。

姑娘突然不反抗了，直挺挺地躺在盐堆上，像一条晾晒在岸边的鱼，刚才还活蹦乱跳的，现在被阳光和空气窒息了，被爱窒息了。她双目紧闭，头扭向一边，身子僵硬得就像中了魔鬼的法术一般。独西不知道刚才的搏斗中是不是由于自己力气太大，把身下的这个女人折磨死了。这让他感到害怕，他欠的前一条人命让他蹲了十五年监狱。爱情的大门才刚刚打开，我可不能走错了门，又进到监狱的大门中去了。他想。

“喂，醒一醒。”他拍拍她的脸，但她一动不动，真的像死过去了一样。白色的盐粒沾满了她湿漉漉的头发和肌肤，还有丰满的乳房，柔软的腹部，壮实的大腿上全是盐，以至于独西不知道那雪白的胴体上哪是盐哪是皮肤。他用舌头舔了舔她的脸，咸咸的，她依然僵硬着；然后他又吻她的嘴唇，还是咸咸的。

但是这轻轻的一吻，她就用双手去勾他的脖子了。啊哈，她活回来了。

“妈的,原来爱情也是咸的。”

独西一声感叹,就把自己感动的头颅埋在那高耸的双乳之间了。

带着咸味的爱情让两个人感受到某种辛辣刺激的快感,那滋味开初并不美妙,甚至还很痛苦。但是独西发现他身下的女人是个多么湿润酥软的女人啊,她下体的汁液潺潺流出,就像澜沧江边流量丰沛的井穴。晒盐女就是这种味道吧。于是他忍着盐粒的渍咬,把自己一头扎了进去。

“啊——啊——”白玛拉珍伸手抓了一把盐塞进自己的嘴里,以免那快乐的喊叫让神灵世界的魔鬼听见,但她感觉与独西相反,那盐竟像蜂蜜一样地甜。

峡谷开始摇晃起来,澜沧江水忽然跳起来有三尺高。“地震了!”在盐田里干活的女人们喊道。但是她们没有跑,因为地震在这里是家常便饭,没有哪一年峡谷里不地震几次。不过她们发现这次地震非常奇特,它很有节奏,与她们在床上和自己的男人们引起的震动频率一致。玉珍发现自己的下身被一股莫名的火烤湿润了,她正有些担忧邻近盐田里那些目光犀利的婆娘们发现自己的窘迫,却看到一条峡谷都充满了羞涩。

此时坠入爱情之河的人儿已全然没有了羞涩之感。他们任自己的躯体在盐堆中翻滚,让雪白的盐粒被爱的甘露融化。大汗淋漓的躯体被澜沧江粗粝的盐浸蚀,使两个初涉男欢女爱之道的人在幸福的巅峰中时时逃脱不了针刺一般的痛感。但是这种痛对刀扎在皮肉上都不会感到害怕的独西来说算什么呢?与其说这种感觉在给他们添置欢愉的障碍,不如说这种障碍更刺激了他们抚摸、亲昵、砥砺,直至最终互相融化在对方深处的欲望。独西在第一轮高潮后感叹道:

“盐真是个好东西呐。”

他身下的女人呻吟道:“啊,啊化了,化了啊!”

“什么化了?”独西问。

“盐化了,晒干的盐又化了。啊,我化了我浑身都是水啊独西!”

独西第一次听一个女人这样真情、这样近距离地呼唤自己的名字,他的心悠悠的直往嗓子眼奔,那一刻他真担心自己一颗火热的心会滚出来。但是他的眼泪却先滚落出来了。这让他感到害怕,独西怎么会哭了呢?他的一只眼睛就是哭干的,因此另一只眼睛里的水分得匀着点用,他从不在乎钱,但却十分珍惜自己的眼泪,他连眼眶湿润的时候都没有过。不过,对一个七尺男儿来说,这种时候哭的感觉真好,就像久旱的土地遇到了天上的甘霖。

他的眼泪将已被融化的女人再度激发起来,她忽然变得强壮无比,翻身就把独西压在了身下。雪白的盐巴再度被两人剧烈的翻腾扬得四处飞扬,仿佛小小的屋子里在下一场细密的雪。如果说第一轮高潮时独西占有绝对的优势的话,这一轮他即使没有处于下风,也只能跟这个曾经被融化了的女人打个平手。一个温柔而韧劲十足,一个强壮而凶猛急躁。皮肤和骨骼的磨蹭与碰撞,时而是星星与月亮的抚摸,时而是江水和大地的较量。当独西再次发出公牦牛般的叫唤时,太阳也羞到云层后面去了。

“天啦独西,独西天啦,盐堆又变小了。”白玛拉珍哭了,低声地啜泣,像一只在林子间自顾自地唱着歌儿的小鸟。

独西哈哈大笑,震得盐堆上的盐粒簌簌往下掉。他笑个没完没了,那是澜沧江一浪推一浪的波浪,又是一条长长的没有尽头的欢乐的道路,任何与他同行的人,都会被这笑声感染,并与他一同大笑不止。他笑着说:

“澜沧江会还给你的,只要你有了男人。哈哈哈哈哈……”

白玛拉珍感动得无与伦比,她牵引着独西的手往自己的幸福深处摸去,“独西你看到了吗,我的井穴里卤水多丰富啊!”

“啊是啊,啊是的,我摸到啦。啊是是是啊,啊,啊……”

又一轮冲锋之后,独西彻底被征服了。他拥着怀中的女人动情地说:“你这个养毒鬼的女儿啊,你知道他们为什么要这样叫你吗?”

“听我父亲说,有一年我爷爷养的一头犏牛忽然会说话,还无缘无故地淌眼泪,然后峡谷里开始流行瘟疫,死了好多的人。人们说是我家的那头犏牛带来的。”

“他们瞎说嘛。瘟疫是由卡瓦格博雪山下的一个魔鬼控制的,你去问寺庙里的活佛就可以知道它的名字。怎么会是由一头犏牛带来的呢?”

这时他们才发现本民族的魔鬼于对方根本就不存在。不存在也就不敬畏,没有敬畏爱情便畅通无阻。

“可是为什么所有的人都认为我们是养毒鬼呢?”

“他们这样说,是因为你太漂亮了。”独西捧着他女人的脸说。

“我漂亮吗?天啦,我是世界上最丑最丑的女人了。”

“佛祖啊,那些两只眼睛都好好的人,怎么还发现不了一个漂亮的女人!”

“你不要哄我了,我有七八年都不敢照镜子了。澜沧江的水就是我最大的一块镜子,我在里面看到的是一个没有人要、一年比一年老的女人,我怕我看着看着就跳了下去。”

“哈,那是澜沧江跟你开了个玩笑,它让你等我等到现在。明天你再去江边看看自己的影子,峡谷里的那些婆娘,哪个会有你漂亮。”

事实证明独西的话是诚实而正确的,不等白玛拉珍回到家中,她已经从所有遇到的男人们惊讶的神情中,发现了自己震惊峡谷的美。他们全都在她的身后说:“天,这是谁家的姑娘?”一个漂亮姑娘引起的震动,同样也可以使峡谷摇晃起来。

从此以后,白玛拉珍家的井穴开始源源不断地喷涌卤水了,从白天到黑夜,卤水多得淌到了澜沧江里。因为崇尚自然的纳西人认为天地间的一切事物都是阴阳结合的产物。天为雄,地为雌,天地交媾,产生白露,白露聚集,才产生湖泊、海洋,也才产生了有形的生物。同样,山为雄,水为雌,山水相依,便造就了哺育人们的大地和峡谷。如果一个纳西女人没有得到正常的性爱,那么,她不仅违反了自然的法则,并受到自然的惩罚,她的灵魂也将找不到回家的路。现在,白玛拉珍可以昂头挺胸地回家了。当她挺直了腰走路时,她发现她的乳房像雪山一样高耸巍峨。

三天以后他们双双到左盐田镇的乡民政所领取结婚证。纳西乡长旺久高兴得合不拢嘴,白玛拉珍是他的一个远房外甥女,为了她的婚事他跑坏了三双鞋。更让他高兴的是,又一对藏纳青年走到一起了。在过去的岁月中,藏纳通婚不是招来战争,就是引起成双成对的恋人们集体殉情。不过旺久乡长乐观地认为,这桩婚事嘛嘛溜地顺利,什么啰嗦事儿也不会有,因为时代不一样了,魔鬼早已远遁。

"小伙子,你们野贡家的人和我们纳西姑娘就是有缘。"

"我不是野贡家的人,乡长,你认错人了。我是个马脚子。"独西翘翘胡子,骄傲地说。赶马人靠脚力吃饭,人脚和马脚连在一起称呼,便成了操此行业的人的代称。

"哈哈,你野贡家的人在峡谷里谁不认识呢?俗话讲牛头可藏不进怀里。别看你现在长成了一条五大三粗的汉子,十多年前你当放牛娃时做的事情,我现在都还记得一清二楚。"

独西的胡子耷拉下来了,带着点在监狱里向管教干部汇报思想的正经说:"我早就和野贡家族划清界限了。毛主席、共产党改造了我,让我赶马为生,找到世界上最漂亮的姑娘。野贡家族能给我这些吗?”说到姑娘,他的胡子又翘起来了。

旺久乡长哈哈大笑,不断拍打独西宽厚的肩膀,“其实我们早就是一家人了,民族团结既需要政府的工作,也需要爱情的滋润。我们要向前看,年轻人。”

独西说了句很得体的话:“旺久大叔,峡谷就这么大一点地方,藏族人和纳西人总要碰到一起。过去的事情我不想再提起,也不想知道得更多,搂着心爱的女人睡觉比什么都强。”

“揭疮疤总是很痛的,把它掩盖起来倒很容易。”旺久乡长拿出一个橡皮章,“啪”的一声盖在一个红色的小本本上,然后郑重地交到独西的手上,用十足的官话说:“在深入揭批‘四人帮’,全国人民拨乱反正、改革开放、推进四个现代化的浪潮中,在以邓小平同志为首的党中央的亲切关怀下,青藏高原在起舞,澜沧江在欢笑。我代表左盐田纳西民族自治乡,庄严宣布,卡瓦格博村藏族青年独西和左盐田纳西姑娘白玛拉珍正式结为夫妻。”

独西有点招架不住旺久乡长的“庄严宣布”,他接过结婚证书翘了翘胡子说:“旺久大叔,你的舌头比我听说的外国神父给人证婚时还抡得圆。不过你说得再多,我们早就是夫妻了。”

26. “宗教庇护一切”

四年以后,远方的游子安多德学成归来,他给右盐田村带来了欢乐,却使左盐田镇和江对岸的噶丹寺骚动不安。喇嘛们的脸上写满了阴郁,因为六世让迥活佛在寺庙的宗教教务会议上向大家通报说,教堂的宗教活动要正式开始了。一个信天主教的藏族人将成为西藏的第一个神父。

“他是谁?”有喇嘛问。

“他嘛,一个大概不会喜欢我们的人。”六世让迥活佛说,“他父亲的爷爷托马斯,木龙年第一次反洋教时被我们的人吊在树上用箭射死了;而他的父亲马修,就是在解放时跟白人喇嘛都伯跑了的那个人。我的前世曾经在一次梦中告诉我,马修死了,是我们喇嘛们的过错,让我为他好好超度。我不明白政府究竟是怎么想的,让一个两代都和我们有仇的人回来当神父。"

"运动刚刚结束,峡谷里才安宁了几年,难道说又要发生宗教战争了?"年长的仁多老堪布担忧地说。

"我想,还不至于吧,现在是政府领导一切,他们要照顾到方方面面的人。"让迥活佛说,"政府告诉我,要和信外国宗教的人团结。不管怎么说,有信仰的人总比没有信仰的人好。山羊和绵羊都是羊,都吃草地上的草。十多年前搞运动的时候,他们的人还不是跟我们一样挨整。我的前世五世让迥活佛说过,'酥油和水虽然不能融在一起,但是我们藏族人有打酥油茶的茶桶哩。'我们的慈悲也应该施惠于他们。"

仁多老堪布说:"现在政府搞改革开放,我到北京去开会的时候,发现外国人又很受政府的欢迎了。这峡谷里恢复教堂,是不是也是为了让外国人喜欢才搞的呢?要是那样的话,他们还会把白人喇嘛请回来哩……"

"这事跟外国人没有关系。"让迥活佛打断了仁多老堪布的话,"政府的干部说,这叫落实民族宗教政策。我们藏传佛教的政策落实了,人家天主教的政策还不是要落实。一样一样啰。听说那些纳西人信的东巴教,他们也要恢复呢。"

"喔呀呀,那就不止山羊和绵羊放在一起养了,"老堪布呷了一口酥油茶,"连山岭上的岩羊也要放在一起养了。"

"这也未必就不是一件好事。想想从前吧,大家互为猛兽,峡谷里一天安宁的日子都没有,连神灵们都不耐烦了。"让迥活佛又补充说,"不过,现在峡谷里发生的许多事情,我也越来越看不明白啦。共产党当年来到峡谷后,无论是土地、盐田,还是土司、寺庙,他们都要改变。我们中害怕变化的人,甚至不惜违背佛祖的旨意,扛上枪和他们打仗。可是你们看看吧,一切又都变回去了。连他们过去的敌人土司也重新成了峡谷里最有钱的人啦。”

那几年峡谷里的确发生着超出神灵控制能力和人们想像力之外的事情。变化就像五十年代那般剧烈,如果说几十年前的巨变是山呼海啸般的,那么现在则是潜移默化的,像卡瓦格博雪山下一点一点丰厚起来的冰川。可是变来变去,有些事情仿佛又变回去了,就像一个轮回。过去土地和盐田统统收归人民公社,有一段时间连吃饭都要到公社的大食堂,尽管那里的东西是多么的难吃,且还吃不饱。现在公社没有了,土地和盐田又重新分给了个人。过去人们做一点小买卖,都是一种不可饶恕的大罪,可是你看看吧,野贡土司家的儿子独西,那个一只眼睛的家伙,蹲过监狱的劳改释放犯,他最先拣起了往昔土司家的老本行——盐巴贩运生意,竟然成了峡谷里家资上万的人。佛祖啊,他又重新雇人为他干活了。只不过现在人们不叫他土司老爷,而叫他老板。

“身在佛门的人,永远弄不明白共产党心里在想什么。”仁多堪布忧心忡忡地说,“就像他们不明白我们的神灵想什么一样。”

活佛说:“你只说对了一半,仁多堪布。能控制这个世界的人,也能控制你头上的天空。拥有天空的人是最强大的。”

半个月后,寺庙得到通知,教堂的神父将前来拜访六世让迥活佛,让寺庙做好准备。喇嘛们将事情想象得很严重,他们认为一切又回到从前了,从北京学习回来的神父肯定会像多年前的白人喇嘛那样,和喇嘛们来一场谁的宗教更优越的大辩论。是上帝创造了一切,还是诸法因缘而起;是耶稣的爱对峡谷的众生更管用,还是佛陀的悲悯在关照着这片大地;是六字真言“唵嘛呢叭咪吽”还是“主啊,求你保佑我们,宽恕我们的罪”在祈诵着峡谷的平安;峡谷的杜鹃花究竟属不属于遥远的上帝，藏族人又敬又畏的来世到底存不存在。六世让迥活佛做好了充分的准备，他要像他的前世五世让迥活佛那样，用智慧和语言捍卫自己宗教的尊严。他相信，共产党的官员不至于像他的前世所面对的那些清政府和国民政府的官吏那般缺乏公正。

但是事态远远比喇嘛们的设想简单得多。教堂的新神父是由地区的木副专员带来的，就他们两个人。不像来挑战，而像来串亲戚会朋友那般随意轻松。

当让迥活佛在佛堂前见到木副专员时，发现随同他来的神父不过是一个拘谨的年轻人。他一身黑色衣服，领口处有一块白色的方块，胸前挂一个小小的银色十字架。木副专员说："活佛，今天我给你带来了一个新朋友。来，认识一下，这位是右盐田的安多德神父。"

安多德比他四年前离开峡谷时胖多了，皮肤也变白了。但更大的变化来自于他身上的矜持和审慎。如今他是神父了，不再是从前那个在峡谷里种地的青年农民，不再是带领外地来的红卫兵在峡谷里冲来杀去的少年学生。

让迥活佛站起身来，端起一碗刚冲好的酥油茶放到神父面前，"从北京回来的年轻人，我们早就在恭候你的到来。"

安多德显得很拘谨，向活佛道了声谢，就找不到话说了。

佛堂里显得有些冷场，木学文询问了寺庙里的一些宗教活动，又向活佛大体介绍了安神父在北京学习的情况。而那个年轻人始终正襟危坐，寡言少语，双方似乎一点也没有要展开大辩论的火药味。让迥活佛有些纳闷了，他微笑道："我的前世就和你们的外国神父打过交道呢。年轻人，哦，对了，安、多、德神父，我们什么时候辩论你们的耶稣和我们的佛陀呢？"

安多德迷惑地望着木学文，木学文当然知道这两种宗教的捍卫者曾经在峡谷里演绎过的故事。他对安多德说："你认为有辩论的必要吗?”

安神父明白了,他肯定地说:“尊敬的活佛,我不是来辩论的。我希望我们再不辩论,也不互相仇恨。我们只宣扬自己的宗教,而不伤害你们的宗教。”

让迥活佛长长嘘了口气,“感谢佛祖,你们终于明白耶稣在这片土地上应该怎样做了。其实我们早就应该是朋友。”

然后让迥活佛向安多德神父伸出了自己的手。

安多德神父迟疑了一下,还是把自己的手伸了过去。就这样,一个活佛和一个神父的手,在经历了半个多世纪的血与火的抗争和隔阂后,终于握在一起了。

安多德神父也有些激动,他用双手紧握住活佛的手说:“尊敬的活佛,我们真的需要你们做朋友呢。”

木副专员笑了:“啊,要是我现在有一台照相机,我会把这个时刻拍下来的,让那些诬蔑我们的外国人看看,活佛和神父是不是一家人。”

活佛说:“是一家人,但要去的地方不一样。”

神父说:“是啊,一家几兄弟还各有所好呢。”

木副专员说:“这就对了,是兄弟就要互相帮助。活佛,神父有件小小的事情要麻烦你们呢。”

让迥活佛双手朝上谦虚地说:“请讲,请讲。”

安神父脸红了,似乎下了好大的决心才说:“真的不好意思,初次见面,就来给寺庙添麻烦。是这样,教堂在政府的关怀下就要恢复活动了,我想将教堂重新修整一下,但是我们现在还缺一些木料和砖。听说寺庙里储存有一些,能不能先借我们一点,等教堂有钱了,再还你们。”

“不就是一些木料吗,明天我就让人给你们送来。砖我可以让寺庙的喇嘛们帮你们做一些。”

木副专员说:“活佛真是菩萨心肠。政府宗教部门现在钱不多,但是喇嘛们不会白出力气的。”

活佛说:“钱不钱的你就不要提了。现在不是买一块牦牛皮大的地方建教堂的时代啦。”

安神父对这个典故好像不知道,用询问的眼光看着木副专员,木副专员不好在这种场合下重提旧事,便说:“活佛说得对,时代不一样了,我们要向前看。活佛是诚心帮助你们,这对峡谷里不同信仰的百姓来说,是一件大好事。”

让迥活佛真诚地说:“过去的事情,我们寺庙有做得不对的地方,你们教堂要多多原谅啊。”

安神父连忙说:“活佛,都过去了。教堂也做过对不起寺庙的事情。不过没有永远的仇人,只有一世的朋友。大家都是藏族人么。”

活佛说了一句意味深长的话:“宗教庇护一切。”

吃晚饭的时候,让迥活佛执意要留两位客人在寺庙用膳。安多德不好意思地说,这次来得匆忙,没有为活佛带一点见面礼,再在寺庙吃饭就欠活佛太多了。让迥活佛大度地说,真朋友不需要见面礼。当年外国神父第一次来到寺庙时,带来了许多喇嘛们从未见到过的礼物,可是他们也带来了我们从未遇到过的麻烦。

木学文和安神父出来时,看见措钦大殿外的广场上站满了喇嘛,他们用怀疑的眼光看着那个与他们不同信仰的异教僧侣。夕阳映照着喇嘛们绛红色的僧衣,像一片涌动的红云。一身素黑的安神父从这在西藏随处可见的红色波浪中走过时,使广场上的色彩丰富生动起来。他不知从哪里升起来一股勇气,对眼前的喇嘛们高声说:

“尊敬的上师,魔鬼已经被打败了,胜利属于有信仰的人。仁慈的上帝欢迎你们到教堂来做客。”

第五章　二十年代

27. 九头喇嘛

峡谷里的老人们至今还记得，黑色的瘟疫是在一个大风年被狂风一点一点地刮走的。那是一场刮了整整三百六十五天的大风，瘦小一些的牛羊和孱弱一点的小孩都被狂风刮到了天空，他们就像升向天国的幸运儿，毫无牵挂地脱离了大地，在风中和澜沧江里的鱼、山岭上的动物、地上的牛羊、飘飞的经幡一起自如地舞蹈。人们要用巨大的石块压在房顶上，才可保住屋顶的木片不被风刮飞。狂风荡涤了一切，峡谷里的房屋、寺庙、教堂、道路、土地等裸露在外面的东西，都被风洗得干干净净，甚至把人们的头发都梳洗干净了，许多人一年都没有到峡谷的温泉里洗过澡。到大风停止时，人们发现天地如此之新，家家的房子就像被水洗过了一样。连噶丹寺措钦大殿外的那一排金黄色的转经筒，过去长年累月地被信徒们的香火熏染，又被无数藏族人抚摸推动，早就在上面积淀了一层厚厚的黑色油腻物。清军的炮火曾经锤炼过它们，但是一点也没能改变它们的颜色。可旷日持久的大风就像一把刷子，将这些转经筒从里到外清洗得如同崭新的一般。寺庙专门为此做了一场法会，庆贺这些古老的转经筒的新生。

那一年峡谷的地里没有收到一粒粮食，盐田里也没有收到一粒盐。青稞种刚一撒下去，就被天上的神灵收走了；盐田里人们才刚把卤水倒出来，穿越峡谷的风便把田里的水吹到天空中，一点希望也不给人们留下。那是饥饿的一年,草根、树皮、野果、甚至江边悬崖下的一种白色的黏土,都是人们肚子里的食物。许多人胃里长出了手,从嘴里伸出来,抢掠一切牙齿能嚼碎、喉咙能咽下的东西。饥饿是一只巨大的口袋,笼罩在峡谷的上空,这个口袋里除了肆虐大地的大风,连一根枯草也没有给人们留下。

峡谷里唯一不饿肚子的只有野贡家族的人,这个古老的家族不但没有断粮,而且粮仓里陈年的青稞还在发霉腐烂。即便是发霉的青稞在这个时候也飘香十里,它们的香味甚至可以飘到雪山背后泽仁达娃同样饥饿的部落。为了青稞,泽仁达娃已在一年之内向野贡土司发动了五次战争,尽管每次都被野贡土司的家丁武装赶了回去。肚子没有吃饱的人毕竟打不过吃喝不愁的军队,况且连护佑他们的战神也是饥饿的。

那是泽仁达娃接连走背运的时期。泽仁达娃在十八岁那年杀了野贡·江春农布后,他在回部落的路上摔了一跤,从马上滚到一百多米深的一条山谷里,但是他却连擦伤都没有。但那是神灵对他的警告,虽然他大难不死,可从此以后,泽仁达娃的一生再没有用过自己的好运了,直到他多年以后把它交到野贡家的另一个后人身上。

民国以后,泽仁达娃率领雪山部落的大部分康巴好汉加入了与汉人军队打仗的藏军队伍。把自己的部落轻率地拖入到与官府连年不断的战争中,并最终使这个延续了近十代人的部落走向衰落,是因为“九头喇嘛”的故事燃起了泽仁达娃反叛的怒火。泽仁达娃是在雪山下的一座水碾房里见到“九头喇嘛”的。那天有个牧人来告诉他从水碾房下的水沟里淌出的水全是红色的鲜血,他便带了几个人来到水碾房察看。他们看见一个没有头的喇嘛在水沟边清洗自己的头颅,旁边摆着一个已经很破旧的羊皮鼓。那被洗的头颅还在说话哩,它说:

“赵将军可以砍下我的头，但草场万万不可开垦。草场上不会生长庄稼，只能养育牛羊啊，没有草场就没有了牛羊，没有了牛羊，就没有了藏族人啊。”

那头颅边哭边唱，边唱边淌着鲜红的血。泽仁达娃一声惊呼：“哦呀，那不是敦根桑布法师吗？”

但是他们向前走，法师就向后退，水碾房也跟着向后退。他们永远走不到敦根桑布的身边，就像圣洁的卡瓦格博雪山峰顶，你看得见、感受得到，但作为一个凡人，神灵早就规定好了你与神界的距离。泽仁达娃急得大喊：

“上师，你真的是能骑在鼓上飞行的敦根桑布法师吗？”

苯教法师的头颅说：“我就是敦根桑布。”

泽仁达娃问：“法师，谁要开垦草场啊？”

头颅说：“赵屠户赵将军。”

这个被藏东地区的藏族人视为恶魔的屠户将军泽仁达娃当然知道，不过早有传说他被藏族人打死了，看来魔鬼真的不止一条命。

“他开垦草场了吗？”

“他把我的头砍下来了。”

“哦呀！”

“砍下一个头后，我又生了一个头。”

“哦、哦呀！”

“又砍下一个头，我再生一个头。”

“哦呀呀……”

“再砍，再生。”

“哦……”

“生了九个头，砍了九次。”

“……”

"这是最后一个头,也被他砍了。赵将军说,你就是有一万个头,也不能阻挡我开垦草场。我的士兵年年要吃十万斤粮,你们能年年拿十万个头来阻挡?"

藏族人跪在法师没有头颅的身躯前,哭成了一片。

"康巴的汉子们,上马呀!"泽仁达娃跃上了战马,抽出了马刀。从那天以后,他就没有再回过自己的部落,常常连睡觉做梦都是在马背上。

藏东地区二十三个雪山下的部落和三十六个草原游牧部落只要一听到"九头喇嘛"的悲壮经历,都立即召集起牧场上的汉子们,跃上战马,打着嗜血的口哨,杀向官军驻防的军营。那是一场波及藏东十六个县的连绵日久的战争,"九头喇嘛"的故事传到哪里,哪里的战火马上就燃烧起来了。

但是汉人的军队越打越多,战事的消息在大风中被吹得七零八落。牧场和村庄狼烟滚滚,一会儿说汉人军队被大风全部吹到澜沧江里去了,一会儿又说风把更多的汉人军队吹回来了。更有传言说拉萨的汉人军队被大风吹到印度,印度的佛陀运用超强的法力,让他们纷纷皈依了佛门,成为了佛法的护法神。许多参加战斗的藏族人都认为,他们所反抗的是清朝皇帝的"叛军"。因为这些"叛军"穿着短小的灰色军服,脑袋上戴着圆盘帽,还敲打着洋人的洋鼓,喊着洋人的口令打仗,和从前梳着小辫子、背着"兵"字的军队完全不一样了。他们为一个已经倒台多年的皇帝浴血奋战,并不是他们想对皇帝表示出自己的忠勇,而是驻扎在藏区的官军在新旧政权交替时期的胡作非为已到了令人不能容忍的地步。

那场旷日持久的战争就像一场巨大的游戏,指挥作战的藏军将领更多地依助神灵的帮助而不是那些骁勇善战的康巴骑手。泽仁达娃和他部落的马队有时长达半年多没有和敌人打过仗,即便汉人军队就在看得见的山谷里,马队只要一个冲锋,就可以将那些不善骑战的汉人军队冲得个七零八落。但是藏军将领通过占卜认为,这一天不宜打仗,军队应该到寺庙里去烧香。而有时藏军将领们的占卜又过分依赖佛法的各路神灵,有一次一个藏军代本[1]命令泽仁达娃一百多人的马队去进攻一座有三百多官军据守的要塞,并说护法神已经明示,当马队发起冲锋时,汉军士兵的枪栓将扳不到枪膛上,因为一个法力强大的高僧已经做了隆重的法事,况且,"还有喇嘛迎请来的天上的阴兵从后面抄他们的退路。"但是当泽仁达娃带队冲锋时,他遇到了雨点一般密集的子弹,他的战马中了四弹,他从马上被摔到汉人军队的枪阵里,打过来的子弹让他透不过气来,一颗子弹钻到他的肚子里,两颗击中了他的腿。当他爬回到自己人的阵地时,肠子拖了一里长。仿佛那不是他的肠子,而是一段没有斩尽的孽缘。泽仁达娃恼怒地对藏军的一个代本嚷:

"佛祖啊,他们的枪栓拉得比谁都利落。你给我召请的阴兵呢?"

那个代本也抱怨道:"魔鬼的军队,连阴兵也害怕。你的肠子怎么办?"

泽仁达娃把肠子一把一把地拖回来,一大团地捧在手里,那上面粘满了泥土和草根,他也不仔细看一看,随便挽几挽,就把它们统统塞进肚子里了。一个随军征战的活佛过来,将温热的手掌捂在伤口处,念了一段经文,泽仁达娃泉水一样往外涌的鲜血才止住了。在后来的三个月时间里,魔鬼控制了他的语言,他喊出的胡话人们要么听不懂,要么被吓得躲得远远的,有一年的时间里他没有骑到马背上。那次他能奇迹般地活回来,让活佛也感到不可思议。因为那个活佛后来说,有一天他看见魔鬼用一根绳索拖着泽仁达娃的身体往地狱跑,但是泽仁达娃反把魔鬼拖了过来,然后像扔一颗松果那样把魔鬼扔得远远的了。

---

① 代本是相当于团长一级的指挥官。

六年的战争过后，藏东地区再也见不到一个汉人士兵，连汉人官吏都不见踪影，仿佛他们真的做了藏族人的护法神或者被风吹跑了一样。其实不是他们在藏区闹够了，而是他们陷入了中国军阀大混战的烂泥潭。但是泽仁达娃当初带出来的四十八条康巴汉子，如今只剩下二十一个骑手了。他们长年累月地在马背上颠簸厮杀，他们的村庄被前来进剿的汉人军队烧了个精光，他们的女人孩子都躲到连他们也不知道的地方，他们的牛羊要么是被汉人军队掠走，要么是饿死冻死了。他们再没有了曾经能放牧、能唱歌、能繁衍后代、能祭祀神灵的村庄。马背成了他们唯一安身立命的地方，他们忘了节令，不知寒暑，甚至已经不会农耕放牧了。有一天饥饿的泽仁达娃立马在峡谷的一座山头上，看着河谷底的村庄和江边的盐田，忽然对他身后同样饥饿的康巴弟兄说：

“活佛说过的那些话，经书上的那些戒律，不能帮我们填饱肚子。这个乱世如果我们要想活下去，首先得把自己变成一群魔鬼。”

28. 济贫就是借贷给上帝

峡谷里连上帝也是饥饿的，沙利士神父已是第三次屈尊来到澜沧江的西岸借粮了。他已经能在这条横跨在澜沧江两岸的藤篾索上身轻如燕地飞翔，甚至能娴熟自如地控制自己在溜索上的速度。他曾在日记中写道：“藏族人是最直截了当的民族，与其兴师动众地架一座桥，还不如拉一根藤篾索来得更方便，反正都是从此岸到彼岸。而走路过去和飞过去，境界是大不一样的。对于一个要想在峡谷地区生活下来的人来说，如果他不能掌握这门技术，那么他的世界就只有一半。”

神父在一个天空阴霾的下午带教堂的杂役马修拜访了野贡土

司的大宅，土司依然那么肥胖，气色依然那么红润，仿佛他不是身处于一个饿殍遍野的峡谷。与他相比，面带菜色、瘦得只剩一层皮的沙利士神父就像一个难民。他和自己的教民一样，已经吃了一个多月的草根和树叶面粥了。沙利士神父在两个月前曾经向打箭炉教区的劳纳主教申请了一批粮食，但是驮运粮食的马帮刚一走进峡谷，就被大风吹到了空中。沙利士神父当初不相信风会把一整队马帮吹到天上去，但是当教民们指给他看那些在峡谷的云层之上飘忽不定的马匹和赶马人时，他才对峡谷的风有了最为深刻的印象。“那些可怜的赶马人仿佛还在日夜兼程地行走，只不过他们不是走在大地上，而是走在云端之间。他们就像一群在天国赶马的勤劳但不走运的中国人。”沙利士神父在当天的日记中写道。

“我不相信你们会没有粮食。我听人说，你每隔七天便给饿肚子的人施舍呢。”野贡土司在他的火塘前对沙利士神父说。

“啊，尊敬的土司先生，我们现在只能给穷人们一点树叶熬的汤喝了。要不了几天，连树叶都不会有啦。在仁慈的上帝面前，你怎么能看到自己的族人一个接一个地饿死呢？”

野贡土司巨大的火塘上炖着三口大铁锅，它们是连在一起的。一口烧着滚热的水，一口炖着萝卜羊肉汤，那里面有一整只羊腿，另一口锅里则煮着狗食。对同样饥饿的沙利士神父来说，肉的香味他也有好几个月没有闻到过了。从他的脚一落在澜沧江西岸的土地上起，他就闻到萝卜炖羊肉的清香，到他进土司的大宅、被迎请到火塘边时，他几乎幸福得晕过去。不是想到自己马上就可以大吃一顿，而是食物的香味已经让他不能自持。马修肚子里有一只手几次想从喉咙处伸出来，但是神父严厉的目光把它压了回去。

野贡·顿珠嘉措胖得下巴直接搁到了胸脯上。在沙利士神父看来，这个土司几乎每年都要胖一圈，听说土司大宅里的一些门年年都要拆了重修，不这样的话，野贡土司就不能从这些门里进出，尽管他才三十多岁。沙利士神父不明白他为什么要让自己胖得如此难受，但就是他的教民也认为，肥胖是尊贵和富裕的标志。峡谷两岸的藏族人常说的谚语是：如果你的腰杆有野贡土司的脖子粗，你说的话就可以让峡谷摇晃。

“请喝茶吧，神父。”野贡土司把一碗打好的酥油茶递给沙利士神父，并不给神父身后的马修，“这是最后一点茶末打的茶了。我们藏族人形容一个人倒霉，就说他穷得买一块茶砖的钱都没有了。现在我就是这样的人。神父啊，西藏的宗本、代本有几年没来峡谷地区了，汉地官员也不管我们，我们就是全部都饿死在这条峡谷，外面世界的人也不会知道。”

沙利士神父说：“他们要是真的来了，对你不一定就是件好事。”他把那碗茶转手递给了身后的马修，马修一口就把碗里的茶饮尽了，他本想为神父争点气的，但是胃里那只焦虑的手一点也不给他面子，把滚热香甜的茶一把拽了进去，让他险些呛住。一丝嘲讽浮现在野贡土司的脸上，神父感到有些不自在。

野贡土司大概看出了沙利士神父的窘态，他让人盛了碗羊肉汤放在神父的面前，“来，神父，先喝碗羊肉汤吧。”

沙利士神父咽下从饥饿的胃里泛上来的口水，“尊敬的野贡土司先生，我是来借粮的，并非是来喝你热情的肉汤。我的教民们，还有那些缺粮的难民，在等待你的仁慈。”

“哦呀，神父，我还不够仁慈吗？我的地里，我的盐田，一年都没有一个佃户交来一粒粮食、一颗盐，可是我没有把他们关进地牢，没有给他们穿木靴，甚至没有打过他们。我只是给他们记在账上就行了。请问，天下还有我这样仁慈的土司吗？就是你们法兰西国也不会有。”

“济贫就是借贷给上帝，在天国里你会得到回报的。打开你的粮仓吧，借我五十驮骡子的粮食。”沙利士神父不想再和野贡土司绕弯子,他发现他说话越来越像那些汉地的官员。

“啊,神父,在这年月粮仓是不能轻易打开的,风会把粮食全部吹到空中,现在连神灵都是饥饿的呢,他们的法力会把所有在阳光下晾晒的粮食收走。还有那些胃里长着手的饥饿的人们,也会在天空中把随风飘洒的青稞拦截下来。现在不要说一粒粮食,就是空气中有一丁点儿粮食的味道,就会引来一场战争。”野贡土司摇头晃脑地说,并把手指向火塘上方的天窗,仿佛上面真有一个会掠走一切粮食的神灵一样。

“你可以用银子把剩余的粮食压住。我付给你银子,价钱由你定。”沙利士神父鄙夷地说。

“噢,神父,我不需要银子。现在谁需要银子呢?我们这里有一个故事说,在洪水滔天的年月,峡谷里只逃出来了两个人,一个是有钱的财主,他带了一麻袋的银子;一个是种地的穷人,他带了一麻袋的青稞。两个人逃到一个山头上,四周都是洪水,财主开初还嘲笑穷人真是种地的命,逃命都舍不得青稞。可是到洪水退了的时候,财主的麻袋空了,穷人的麻袋里却装满了银子。聪明的神父,这是为什么呢?”

“这正体现了上帝的公正。不怜悯别人的人,必不被人怜悯。”神父直截了当地说,“你最需要的是什么,你明白吗?是上帝的仁慈。”

“你错了,神父。”野贡土司再给沙利士神父续了碗茶,“我最需要的东西,在你手里。你把它们给我,我就给你粮食。”

“除了我的圣职,我什么都可以给你,甚至我的生命。”沙利士神父说得非常坚决。

“二十条九子快枪,一千发子弹。只有它们才压得住我的粮食。”野贡土司笑呵呵地看着沙神父说。

沙利士神父沉默了,自从杜朗迪神父第一次把枪给了这个贪婪的土司后,峡谷里的战争就不断升级,因为打仗死的人远比饿死的人还多,因为战争引起的灾难远比饥荒引发的灾难更为严重。欧洲的战争结束了,这里似乎还看不到和平的影子。如今峡谷地区有一支藏族民谣是这样唱的:“叫你去拿木耙,你却去拿钢枪;叫你去割青稞,你却去烧(人家)房子;叫你去转神山,你却去抢马帮。”和汉族人打了那么多年的仗,虽然藏族人看似胜利了,但却留下比牛毛还要多的土匪。

“很遗憾,你要的东西我没有。”沙利士神父站起身来准备告辞。

“那么,你要的粮食我也没有。”野贡土司傲慢地说。

在沙利士神父走出野贡土司宅院的大门前,他回头对马修说:“我主耶稣说过,‘骆驼穿过针的眼,比财主进天国还容易’呢。当财主下地狱时,他想要得到上帝的怜悯,比我们借粮食济贫还要困难。”

野贡土司向天上翻翻白眼:“你的地狱跟我没有关系。”

沙利士神父从来没有想到过一场大风会刮那么长的时间,从大风刚刮起来的那一天起,他甚至还在布道中颂扬了这场清新痛快的大风。峡谷里的死亡之气将被这上帝遣来的大风吹走,耶稣将显示他的奥迹,把一个崭新的世界带给普天之下的人们。他用浑厚的男低音庄严地宣布说。但是后来在大风刮得最惨烈的日子里,他已经没有心思来担忧地里的庄稼、受灾的教民,而是不得不为教堂的安全日夜提心吊胆。耸立在山头上的教堂虽然占据了战略上的有利地形,但是峡谷里的大风却使它像惊涛骇浪中的一条小船,随时都有可能被吹到澜沧江里去。沙利士神父庆幸自己当初没有把教堂建成哥特式的,如果教堂的尖顶再被大风吹走,他将如何再次向自己的教民们证明上帝的意志和力量呢?符合西藏建筑特色的,看似笨拙的教堂在大风年有效地抵御了来自空中的威胁,这在无意间似乎证明了一个不可抗拒的意志:在西藏,它博大的山峦大地可以容纳你干许多事情,但你不能做得太过分。

那时沙利士神父还不能透彻地理解峡谷里的藏族人、纳西族人对待自然的态度。险恶的自然环境和严酷的生存条件,使人们与自然的关系顺理成章地成为了人与神的关系。面对恶劣的自然条件,人不能控制的东西越多,人就被看不见的神灵控制得越多,更何况还有人和人的因素。给沙利士神父驮运粮食的马帮即便可能在临江的栈道上被大风吹下澜沧江,但吹到天空中的云层之上,则是藏族人为了宽慰焦急的神父的心。那队可怜的马帮刚一进峡谷,粮食的香味就被泽仁达娃嗅到了,他的马队神不知鬼不觉地就将一整队马帮掠到了雪山上。当他们走到雪线以上时,峡谷底的人们望上去就像在看一些在云端中行走的人。沙利士神父没有上过雪山,他不知道峡谷多变的气候和怪异的光线会让人产生一些不可思议的视觉错误。这不是上帝的杰作,而是澜沧江峡谷的幽默。

沙利士神父带马修回到澜沧江东岸时,一个纳西商人在江边的溜索处正等着他。商人对神父躬身施礼道:“神父,在饥饿的峡谷里,银子和钱换不来粮食。”

沙利士神父好奇地看着他,“那你说什么东西可以换来粮食呢?”

“你们宣讲的仁慈和我们纳西人的美德。”商人说。

这人名叫和德忠,人长得精悍矮小,其貌不扬,但他却是纳西人村庄中最有势力的马帮头领,自沙利士神父带人开通了前往云南的驿道后,得到最大实惠的并不是教会来往传递的教皇谕旨和上帝的福音,而是那些在驿道上辛勤赶马的马帮们。

“啊,仁慈和美德,”神父感叹道,“我不知道现在能吃饱肚子的人心里还有没有这件珍贵的东西?”

“神父,人和人是不一样的。”和德忠说,“我刚牵了五匹骡子的粮食到教堂里,你可以施舍给那些饿肚子的人了。”

神父感动得险些掉下了眼泪,他拉住和德忠的手说:“仁慈的人,上帝会看到你的义举。怜悯穷人的人,有福了!”

“我只希望一个义人能知道我的仁慈,因为他的义举成就了我的今天。神父,如果你们的上帝什么都能做到,替我带个信给他吧。我等待着他来家里做客。”

和德忠说完这话骑上马走了,神父看着他的背影久久收不回感激的目光。和德忠说的那个义人,现在还是峡谷里一个谜一般的人物,他们之间发生的故事就像古时候的传奇一样让人匪夷所思。多年前,他家中只有一匹高大健壮的骡子,和德忠视它如自己的兄弟,还给他取了一个名字“德福”。“德福”虽然不能给和德忠家带来巨额的财富,但至少可以让他和他的老母亲填饱肚子。可在一个雪花飞舞的傍晚,和德忠赶着“德福”在江边的山道上碰见了一个蒙面大汉,他像一座黑金刚一般立在山道上,手里拿着一把雪亮的康巴藏刀,更可怕的是他的那双眼睛,像黑暗里豹子的目光。那蒙面大汉说:“兄弟,我被人追赶。借你的马来用用。”和德忠知道自己不是蒙面大汉的对手,只有哭丧着脸说:“可是我还指望这匹骡子能给我和我的老母亲挣来腹中的口粮呢。”蒙面大汉说:“要是我过得了江,我就不会借你的骡子,你的老母亲也就不会饿肚子了。谁叫我们没有喇嘛们的法力呢。”他一把夺过缰绳,将骡子上的货物掀下来,翻身跨了上去。这时山道远处已传来追赶者的枪声和马蹄声,蒙面大汉提缰奔跑之前扬起了手中的康巴刀,和德忠吓得蒙住了眼睛,哭着说:“别杀我,我还没有娶老婆呢。”

蒙面大汉叹了一口气:“还有你这样比我更走背运的人。兄弟,你记住,一年以后,我会还你的骡子的。”

那年月十个被抢的人,有五个能活着回来的,就算命大运气好了，谁还能指望一个劫匪会还给你被抢的东西。可是一年以后的一个早晨，和德忠在家里听到一阵熟悉的马蹄声，他推开房门一看，竟然看见了去年被抢走的骡子。更让和德忠不敢相信的是，骡子背上还驮有两大麻袋沉甸甸的青稞。他当时想，人家可真是一个义匪，还没有忘记我和我那饿肚子的老娘。可是等他把麻袋里的东西倒出来时，他和他的老娘顿时被吓晕过去了，半天才醒过来。

那是整整两麻袋的大洋啊。

和德忠捐给教堂的粮食，缓解了峡谷的饥饿。沙利士神父曾经问他愿不愿意领洗入教，但和德忠像所有的纳西人那样，固执地认为，我们纳西人已经有很多的神灵需要照顾了，你们洋人的神灵即便再好，和这大地上的万事万物有什么关系呢。我行善和你们的上帝没有关系。他还向峡谷里的人们宣布，他将捐资在澜沧江两岸架设一座吊桥。他说他将请在印度的英国工程师来设计这座吊桥，让人们今后可以像法力高深的喇嘛们那样，从澜沧江上空走路过去。他还说，他建这座吊桥其实并不是为了今后马帮们的行走方便，而是为了感谢多年前那个被澜沧江水阻隔、而不得不抢劫了他的骡子的义人。

29. 探寻与迷失

教堂新来了一个名叫巴勃的神父，他是一个传教史方面的专家，尤其对罗马传教会在东方的传教历史深有研究。在来盐田教堂之前，他曾在澳门、温州、天津等地传过教。这是一个性格孤僻古怪、书卷气很重的传教士，沙利士神父从劳纳主教写来的推荐信中感觉到，巴勃神父和教会的同仁们不太合群，似乎在哪里都受到魔鬼的作弄，按他的资历和学识，他至少也应该升到主教一类的圣职了,但是他现在连一个本堂神父的名分都没有。劳纳主教在信中明确指出,他是来协助沙利士神父工作的。如果他能在你的帮助下开辟一个新的教点,上帝会感谢他;如果他在澜沧江的大峡谷中能证明罗马传教会几百年来在中国——尤其是在西藏——的传教是符合上帝旨意的,罗马教皇会让他吻其尊贵的脚背。沙利士神父从这些揶揄的文字中读出了巴勃神父的处境。他很同情这个比自己还年长二十多岁的老传教士,但是当他第一次站在他的面前时,他感到一股刺骨的阴风被巴勃神父带来了。他似乎终生都与风有关,他一来就赶上了吹了一年的大风,他最终也必将消失在风中。

与巴勃神父一同来的还有一个来自澳门的修女微娜,她干瘦而精悍,对上帝的事业充满热情和理想。与身材普遍高大健壮的康巴女人比起来,微娜修女就像一个中学生。但不管怎么说,巴勃神父和微娜修女的到来,让沙利士神父感到了教区主教大人对目前在西藏唯一的教点的重视,从今以后,他不再是在西藏孤军奋战的斗士了。而教会方面的考虑则更为深远,劳纳主教在给沙利士神父的信中还说,“和你的传教点隔着一座大雪山下,美国‘五旬节’教派的牧师们已经在靠近藏区的傈僳人中开展工作了。我相信他们要去的最终目的也和我们一样——圣城拉萨。”

劳纳主教说的那个地方就是卡瓦格博雪山背后的怒江大峡谷,那条峡谷和澜沧江峡谷几乎是平行的,也是一条前往西藏的通道,卡瓦格博雪山是这两条大江的分水岭。

“可恶的美国人,他们到处都要插上一脚。”沙利士神父想到自己的光荣将要被美国人抢先,心里便不平衡起来。但转念一想,这有背上帝的旨意,于是又说:“傈僳人是比藏族人更原始野蛮的民族,‘五旬节’教派的牧师能在那里站住脚,也不容易啊。愿主保佑他们。”

但是巴勒神父的回答是:"只有品质符合上帝的性质的人,才可以在天国里占有一席之地。一个不合时宜的弥赛亚[①],无异于干柴下的火星。"

沙利士神父当时就像被呛住了,他不知道教会怎么会派一个悲观傲慢的、与西藏格格不入的传教士到这里来,他冷冷地说:"巴勒神父,你和微娜修女的当务之急,是尽快学好藏语,这将有助于你们认识西藏。耶稣所要求的纯朴而自然的虔敬,纯洁而正直的生活,对一切人无私慷慨的仁慈,这里的人们从来都不缺乏。如果有可能,你们还应该学习一些藏传佛教的基本知识,或者了解点东巴教的常识。一个只懂一种宗教的人,并不算真正懂得了自己所拥有的宗教。"

不过巴勒神父的到来还是让沙利士神父看到了右盐田传教点向前发展的希望,尤其是在得知美国人在雪山背面怒江峡谷里的情况时,沙利士神父似乎听到了竞赛场里的呼喊加油声。雨季来临之前,两位神父匆忙组织了一次向西藏腹地的远征,右盐田二十个带枪的教民参加了这次没有明确目的地的远行。沙利士神父在出发前曾经乐观地说:

"如果运气好,我们或许可以到拉萨。要是运气再好一点,我们甚至还可能把十字架立在佛教徒的圣城。"

因为沙利士神父深知在西藏运气是个重要因素,它和人的努力和上帝的护佑一样不可或缺。神父们打算沿着澜沧江峡谷里的驿道逆流而上,既考察沿途的民风民情,也看看是否还有把传教点再往前发展的可能。可是他们只往上游方向前进了两百多公里,就与当地土族发生了大小十多场冲突。不是人们对上帝的福音不接纳,而是他们对两个有着魔鬼一样眼睛的洋人心存恐惧和仇恨。在一个村庄里,他们被三百名藏族人包围了五天,人们向神父们提

① "弥赛亚"就是基督徒眼中的救世主,也指称为耶稣。

出了一个古怪的要求，如果耶稣比他们世代信仰的佛祖释迦牟尼更有法力，那么，请你们的耶稣帮我们降服村后雪山上那个专吃小孩的恶魔吧。有一次他们沿着一座看似不起眼的雪山山腰前进时，愤怒的藏族人把他们驱赶到了山脚下，双方争执了半天才弄明白，原来这是当地人的神山，所有的过路者都必须沿顺时针方向行走，逆时针方向过雪山的只能是魔鬼。而在一条险峻的山道上，沙利士神父险些被山头上滚下来的巨石击中，山顶却一个人也不见。

其实令沙利士神父退缩的还不仅仅是藏族人的仇视和藏区腹地神秘莫测的宗教环境，越来越升高的海拔和日益稀少的人烟才是令他心灰意冷的主要原因。自一出了峡谷，海拔都在三千五百米以上，其中还翻越了十来座海拔五千米左右的大雪山。巴勃神父过第九座大雪山时患上了严重的高山反应，差一点把命都丢在那座不知名的雪山上了。他气喘吁吁地对沙利士神父说：

"如果我们是去寻找约翰长老①的王国，我认为它就深藏在我们永远也到不了的前方；但是如果我们翻越这些世界上最难跋涉的大雪山，只不过是去发展新的教点，我认为这样遥远的传教点大概也是短命的。三百多年前，教会在西藏的西部就有过如此的教训了。"

"只有上帝知道，约翰长老王国的城门在哪里。"沙利士神父在弥漫的风雪和稀薄的空气中终于丧失了信心和勇气。他想，也许群山深处的约翰长老王国的后裔并不一定喜欢一个现代基督徒去打扰他们与世隔绝的生活。

一个月后，这支远征队被迫返回。当沙利士神父回到自己的房间，看到桌子上那些铺了一层灰的纳西东巴经书时，他忽然明白上帝要他做的事情是什么了。

---

① 早在12世纪，欧洲就流传着在古老的东方有一个未被发现的基督徒王国的说法，这个国的国王叫约翰长老，他身兼国王和教皇二职，集王权与教权于一身。地理大发现以前，欧洲人一直热衷于找到这个国家，使它能回到基督世界的怀抱中去。

最近几年，沙利士神父开始对东巴教产生了浓厚的兴趣，并不是纳西人的多神崇拜使他对上帝产生了怀疑，而是纳西人的东巴象形文字引起了欧洲学术界的震惊和轰动。这个事件的肇事者就是沙利士神父。多年以前他通过邮路给巴黎国家博物馆邮寄两本东巴象形文字的经书。这两本由树皮纸书写的经书是东巴和阿贵的一个侄儿偷偷卖给他的。自从沙利士神父在鼠疫横行的年代里见到了纳西人丧葬仪式中珍贵的《魂路图》后，他就对这个民族怪异诡谲的文化着了迷，但是和阿贵东巴却对沙利士神父深怀敌意，他有个令沙利士神父哭笑不得的说法："天地间自古就有可以看的和不可以看的东西，有看了养眼睛的和看了伤眼睛的东西，东巴象形文如果被蓝色的眼珠看得太多，邪恶的秽气将会污染我们的经书，得罪纳西人的神灵。"

不过这难不倒聪明的沙利士神父。他结识了东巴和阿贵的侄儿兼学徒和令高，这个家伙正准备结婚，手头上有些紧张，沙利士神父用一匹羊的价格就从和令高那里买到了两本他偷偷临摹的东巴经书。因为作为一个东巴学徒来说，不仅要跟着师傅学做各种法事，念唱经文，能临写一手好的东巴象形文，也是必须掌握的技艺之一。

在欧洲露面的东巴象形文经书令欧洲的学者们大为惊叹，人们将之赞誉为"远东自甲骨文之后的又一重大发现"。学者们和各学术机构纷纷来函向他索要"人类启蒙时期的原始图画文字"。沙利士神父由此而在欧洲名声大振，人们甚至把他看成一个勇敢无畏的探险家、文化人类学家，有的大学甚至邀请他回欧洲去演讲。这倒让沙利士神父始料不及，他是作为一个传教士来到西藏的，如果是神学院递过来的教鞭，他会很乐意地接受。但是那些从没有见到过澜沧江峡谷的学院派的学者们，你如何跟他们讲得清纳西人万物有灵、多神崇拜的宗教观呢？

欧洲对东巴象形文字的重视，促使沙利士神父在侍奉上帝之余，对纳西人的文化和宗教多了一份关注。他经常往左盐田跑，不是去发展教民，而是去搜罗散落在民间的东巴经书。和万祥在逐步改变对沙利士神父的看法，当他感到沙利士神父已放弃了让纳西人信奉天主教，而自己反倒对纳西人的宗教产生了兴趣的时候，他便对和阿贵说：

“我们的文字里一定有现在还不知道的魔力，它能抵御洋人的秽气。当他们见到我们的‘署’神时，他们就再不敢提他们的耶稣了。既然洋人的经书可以拿到峡谷里来，我们的经书也同样能拿到洋人的国家里去。让他们看看，纳西人的神灵也是尊贵的。”

和阿贵说：“要是他真敬重我们的神灵，我甚至还可以教他识读东巴文呢。我是怕我们又中了白人喇嘛的奸计。当年他们跟噶丹寺的喇嘛学佛教经文时，像个学童一样谦虚，学出来后，就一巴掌把老师打倒了。洋人毕竟跟我们不是一个祖先，谁知道他们肚子里的肠子有几道弯。”

“即便洋人肚子里的肠子要比我们的多绕几道弯，但他们至少是怜悯穷人的人。”和万祥说，“不管怎么说，在大家都肚子饿的时候，这个白人喇嘛还想得到在路边支一口大锅，给穷人粥喝。”

由于和万祥对沙利士神父有了好感，和阿贵就不能阻止沙利士神父不断搞到东巴经书了，而且他后来弄到的不是临摹本，而是一些纳西人家的珍藏本了。有些东巴经书年代久远，让沙利士神父捧着它时心里就一阵阵发颤，凭直觉他也可以判定这些发黄发黑、掉角卷边的树皮纸经书至少也有几百年的历史。但是当他发现纳西人是个没有时间概念和历史感的民族时，他不知该为他们感到悲哀还是该感谢上帝。创世纪时期的神话故事在他们的口中说出来，就像是在上几辈人中发生的事情；而峡谷里刚刚发生不久的事件，纳西人又常常将之说成是很久很久以前的故事。沙利士神父每到纳西人的家中做客,就像走进了一间满屋子古董的房间,主人对陪伴他们一起度过漫长岁月的东西毫不在意,沙利士神父常常可以用一小口袋青稞,就换来一本价值连城的东巴经书。

经过几年时间的收集,沙利士神父已经有了近千本东巴经书了。这是因为到后来他已经不理会欧洲各学术机构的征购要求。他要自己保留这些东西,并且学习它们。仿佛是上帝的旨意,他对东巴经文的热爱超过了当年他跟随杜朗迪神父在噶丹寺学习藏传佛教时的热情。在和万祥和几个纳西老人的指点下,他已能识读一些常用的象形文字,他的雄心是要做欧洲第一个能破译纳西东巴经文的人。

在那些缓慢而艰难的岁月里,教堂的神父们除了每日早晚的祷告,漫长的白天中就像两个隐居在深山里的学者,一个面对纳西人文明的碎片——象形文字——冥思苦想,一个却迷失在传教会在东方断断续续的传教历史之中。两个神父平常的交谈也少有愉快,除了侍奉同一个上帝之外,他们再没有其他的共同之处,似乎与人搞僵是巴勒神父的特长。那些像昙花一现地散落在古老东方大地上的教堂,那些被传教会不断派遣到东方来的坚韧刻苦而又命运不济的传教士,时时都在撕扯着巴勒神父灰色的心灵。如果说沙利士神父对东巴象形文字的着迷是对一种远古东方文化的热爱的话,那么,巴勒神父对教会在东方传教史的研究则是对未来传教工作的彻底失望,因为在书籍中他没有看到多少成功的传教范例。而现实中的传教工作则比书籍中的记述更令人难以容忍,上帝的事业就像陷入了一眼望不到头的泥沼里,不要说挣扎出来向前迈一步,能保住自己不被淹没,就算是上帝天大的恩赐了。

巴勒神父时常这样想:我们是在沼泽地里建上帝的教堂。

巴勒神父带来了十四骡子的书籍,他一来到右盐田的教堂,不是尽快地熟悉自己的工作,不是花更多的时间在教民中走访,也不是对当地的民风民情表现出相应的热情，而是把自己整个儿埋进了书堆里，仿佛他是罗马神学院的教授。他阴郁少言，落落寡合，对教民缺少一个神父应有的爱和热情，即便散步时遇见虔诚的教友，人家向他问安，他也懒得回应。生活艰苦并不是巴勃神父的苦难，孤独寂寞也不是他终日忧郁的原因，他的忧伤更不是耶稣在客西马尼园的忧伤[①]，而是一种看出了上帝的旨意错误了的忧伤。

右盐田的教民经常可以看到这个满脸胡须、面色阴沉的神父在傍晚时分于落寞的山道上徘徊而行。他的胡须是淡黄色的，乱蓬蓬的遮盖了他大半张脸，使他本来就没有表情的面部更加神秘幽深。噶丹寺的喇嘛们放出的咒语在风声流传，这个新来的黄胡子白人喇嘛是风鬼的化身，是他带来了经年不息的大风。看看山梁上枯黄的草吧，都是被他的黄胡子染黄的。澜沧江西岸焦虑的牧人如果不是还饿着肚子，连过溜索的力气都没有了的话，早就派出杀手把巴勃神父解决了。

沙利士神父在大风中也听到了一些对巴勃神父不利的消息，他告诫他不要一个人于黄昏时刻在山梁上到处乱走，因为大风中掩藏着威胁。

“为什么？”巴勃神父那时正要跨出教堂的大门，他回过头来问沙利士神父，“散步是上帝赐予人的权力，即便它不有助于身心的健康，也对在这茫茫群山中寻找上帝有帮助。”

“不管怎么说，你还是要小心，哪怕是一次平常的散步。在西藏，上帝也有鞭长莫及的时候。”沙利士神父冲巴勃神父孤单的背影说。“一个在妙不可言的西藏找不到生活乐趣的人。马修，去，跟着他。既不要魔鬼惊扰巴勃神父的散步，也不要巴勃神父感觉到你的存在。”

---

① 《新约·圣经·马太福音》中记载，耶稣在被捕前，曾在客西马尼园感到十分地忧伤，他对自己的门徒说：“我心里甚是忧伤，几乎要死。”这是《圣经》中耶稣唯一为自己感到忧伤的地方。

第一次教案马修的父亲被喇嘛们吊在树上用弓箭射死后,他就一直跟神父们住在教堂里。现在他已经是个二十来岁小伙子,还是个天才的好猎手。尽管教堂里有沙利士神父带来的西洋快枪,但马修还是喜欢用藏式火绳枪。他可以在猎物还没有出现之前就把火绳点燃,然后从嘴里吐出一颗铅弹——他的嘴里可以放进十多颗铅弹,口腔就是他的子弹袋,——等猎物刚好进到他的枪口之下时,火绳枪便响了。时机掐算得就像打响一个榧子那般地容易。马修不明白巴勒神父晚饭后为什么还要到处走动,他曾经在巴勒神父心情好的时候问过他,回答说是习惯,就像你们藏族人习惯喝酥油茶一样。这让马修更为费解,如果走路需要像喝茶那样天天伺候、并且让人感到舒服的话,那么人人都愿意去赶马了。马修曾经跟着马帮去过一趟拉萨,差一点死在半路上。说到拉萨,马修不像其他藏族人那样心神向往。他说拉萨一点也不好,不是因为那里没有峡谷里天天都可以见到的朋友,也不是因为康巴藏语在拉萨地区被人取笑,而是因为拉萨没有教堂和神父。尽管拉萨高僧如云,喇嘛遍布,寺庙巍峨,香火缭绕,但他在那里就像来到了一片信仰找不到归宿的土地。

沙利士神父的担忧曾在一个傍晚得到了印证。那天马修看见两个噶丹寺的武装喇嘛和一个卡瓦格博村的猎手,他们从山涧中爬上来,想抄巴勒神父的后路。马修及时地赶在他们的前面,把火绳枪平端在自己手上。那个卡瓦格博村的猎手他当然认识,从前他们曾一起到雪山下打过狗熊,他也是一个使火绳枪的好手。他们甚至还是远房表亲。如果不是因为信仰不同的宗教,他们见了面肯定要一起大醉一场哩。如今在右盐田生活的藏族基督徒,大都和江那边有着沾亲带故的血缘关系。他们在黑暗里默默地对视,并没有把枪指向对方。峡谷的风从他们中间响亮地穿过,像阻止他们成为朋友的一道无形障碍。他们互相看得见,说着同样的语言，身上还流着同一个祖宗的血，但已无法用邻里乡亲的感情去交流了。那个卡瓦格博村的猎手只在嘴里嘀咕了一句：

“洋人古达。”然后就转身走了。两个喇嘛恨恨地看了马修一眼，也跟着消失在山涧的灌木深处。

这场遭遇马修没有对任何人讲，并不是他不信任神父，而是他害怕神父再次招来汉人没有信仰的军队。这几年藏东地区年年打仗，老百姓最怕的就是在雪山峡谷、草场森林间杀来杀去的军队，更不用说十多年前的那场由宗教纷争引来的劫难。和马修的父亲托马斯一起遇害的教友彼得在临死前的那声呼唤“主啊，我们都是藏族人啊”，让人们许久都没有弄清楚藏族人和藏族人为什么要互相残杀。但人们逐渐明白了因为信仰的战争，是没有胜利者的，连神灵和上帝都是失败者。

30. 来来往往的军队

夏季即将结束的一个黄昏，西边的太阳被一片碎云切割得支离破碎，大风驱赶着黑夜步步逼近，天空一半深蓝一半乌黑，云层堆积在峡谷的上方，仿佛是自上而下即将冲下来的黑色洪水。巴勃神父一如既往地站在山梁边那块突出的岩石上，面对空空的山谷发呆。狂风吹起他的黑色长袍，望上去使他像大地上一只被剪断了翅膀的鹰。马修远远地跟在一块巨石后，抱着他的火绳枪都要打瞌睡了，这时他嗅到了一股比魔鬼的味道还要肮脏的气味。不是由于这种气味很臭，而是因为它和纯洁的峡谷格格不入。当年带来那场鼠疫的臭气也不能和这个美好黄昏里野蛮地闯进来的陌生气味相比。

“糟啦，神父还是把汉人军队给引来了！”马修在岩石后面叫苦道。

多年以后,马修还坚持认为,巴勃神父之所以要天天晚上到左右盐田的山梁上去"习惯",就是为了在那里等汉人军队。他对村里人说,巴勃神父黑色的衣袖一甩,汉人军队就从他的袖子后面钻出来了。

那是从四川方向来的一支军队。带队的是四川军政府的一个小连长。他的队伍在崇山峻岭中走了两个多月了,一个人影也没有见到,他都怀疑自己是否走出地球了。当他猛然和孤单地伫立在山梁上的巴勃神父相遇、并和神父蓝色的眼光相对时,这个自以为是的连长惊得把腰间的手枪抽了出来,他大叫道:

"妈的,我们走到欧罗巴洲了!"

"军官先生,这里不是欧洲,是上帝的国。"巴勃神父伸开双手说。他看到穿军服的人,以为是看到了文明人。他认为,至少他们比藏族人更有教养一些。

"这里不是中国?"连长的惊讶还没有完。

"欢迎来到西藏。"巴勃神父再次伸开双手说,"我的书籍你们带来了吗?"一个月前,他接到劳纳主教大人的信说,近期内将有政府的军队把他要的书带来。

"噢,西藏。他妈的,我们终于走到西藏了。你的什么?"连长甩掉帽子问。

"我的书籍。"

"噢,那些书啊,一路上弟兄们要拉屎,它们正好派上用场。"连长满不在乎地说。

"上帝啊,那可是教会的历史!"巴勃神父痛心疾首地说。

"教会的屎(史)也是屎,也得有东西去揩。让开道。"连长挥挥手,根本就不把巴勃神父放在眼里。

"滚回去!野蛮人!"巴勃神父再不把他们当文明人了。

"洋鬼子,让开道!别把老子惹火了。"他把枪掏出来点着巴勃神父的鼻子尖说。

这时马修像豹子般窜到连长和巴勃神父之间,谁也没有弄明白这个巨汉是从哪里冒出来的,他一把就把大兵连长举到了半空中,如果不是巴勃神父喊住他,他差点就把这家伙扔到山谷里去了。

马修前面的大兵们拉枪栓的声音响成一片,巴勃神父连忙高喊:“士兵们,别开枪,要不军官先生就没命了。”

那个连长悬在半空中也急得喊:“哪个打枪我日他妈!爷,快放我下来!”

好在沙利士神父带人适时赶来,一场遭遇战才没有打响。沙神父把大兵们迎进教堂,让亚当和微娜修女烧热水给他们烫脚,煮树叶菜汤给他们喝。他们脚上的臭味和身上的汗味熏灭了祭台上的蜡烛,让圣母玛利亚也皱起了鼻子。他们身上养的虱子比一粒粒青稞还大,他们一边喧闹,一边把虱子从身上捉下来,顺手就塞进嘴里,还咬得“啪嗒”“啪嗒”响,仿佛那声音能让他们感到幸福。祭坛上的耶稣圣体也被大兵们在教堂院子里的喧哗搅醒,沙利士神父察觉到了耶稣的不悦,他在心中向耶稣告罪道:主啊,宽恕这些无知的人们吧。他们是来为教堂提供保护的。但是他转回头去看到教堂里一片狼藉,他的祈祷又变了。哦,全能的上帝,还是让他们尽早离开吧。他们不是一些迷途的羔羊,而是一群没有了缰绳的野马。

士兵们只在教堂里待了两个小时,但教堂就像经受了一场战争。他们打坏了十六只木碗,两口大铁锅,七条凳子,三扇玻璃;他们还像骡子一样在教堂的墙角到处撒尿,修女微娜开初还出来为士兵们烧洗脚水,但是几个大兵看着她就淌口水,下流的嬉笑也一同淌了出来,吓得微娜再不敢露面了。

“你们是一支什么样的军队?”沙利士神父等那个连长烫好了

脚,在阳光下把脚上的血泡一个个挑了,才问他。

“我们么,我们是刘司令的队伍。”

“是属于北洋政府的吗?”沙利士神父对中国近期来的时局多少有些了解,据说一个乡村里的乞丐,只要他敢于打出一杆旗帜的话,他就可以自封为将军。

“谁还听那个鸡巴政府的。”连长姓张,他从脖子后抓了一个巨大的虱子,扔到嘴里“啪嗒”一声咬碎,一丝血从他弥漫着口臭的嘴唇处流下来。沙利士神父皱起了眉头,只有上帝才知道他从前是否就是一个乞丐。他继续说:“现今中国南方的军队和北方的军队打,西面的队伍和东面的打。张飞打岳飞,杀得满天卵子乱飞,就差没有打到玉皇大帝那里去了。政府说的话还不如当兵的放个屁。”然后他一拍腰间的枪说:“这就是你的政府。从今天以后,我就是政府,政府就是我。兄弟我已经被刘司令委任为盐田县的县长了。”

沙利士神父惊得目瞪口呆:“可是……可是,你是个军人。”

“军人怎么啦? 军人又不是和尚,人家的女人都睡得,县太爷的位置就坐不得了?”张连长一边说,眼睛一边往微娜修女的房间看。

“当然,如果军官先生愿意的话,大总统的位置也是可以坐的。过去贵国的袁世凯不也是军人吗?”沙利士神父讥讽道,“不过我要奉劝军官先生一句,右盐田是天主教徒的领地,传教是受贵国政府保护的。如果军官先生的队伍对教民有所侵犯,当被视为对教会、对法兰西国的冒犯。我国政府绝不会无视不管。”

沙利士神父用外交口吻一字一句地说,这一招还真把这个粗鲁的大兵震住了,他不得不收回自己时常往微娜修女的房间溜来溜去的眼光,他说:“其实,我们是来为你们提供保护的。”

“我认为,”沙利士神父站起身来说,“你对我们最好的保护就是马上带上你的军队从教堂、从右盐田撤出去。”他做出了送客的手势。

“可是,可是我的县衙门,要要……要设在这里呢。”张连长吞吞吐吐地说。

“右盐田没有你设县衙门的地方,这里是教会的土地。不要说一支军队,就是一支没有皈依上帝的猫,都不允许在这里留下来。”沙利士神父说得很坚决。

张连长摸摸自己腰间的枪,但是他没有勇气把它抽出来。“那么,我们就到下面的那个村庄开署办公吧。他妈的,不管中国是哪个朝代,洋大人还是洋大人。狗杂种们,集合!”

三天以后,盐田县政府的招牌就在左盐田纳西人的村庄中挂出来了。纳西族长和万祥对这支粗俗不堪的军队持谨慎欢迎的态度,他想至少在康巴藏区,有政府总比没有政府好,江对岸的野贡土司不是随时扬言要靠枪弹改变自己家盐的颜色吗?过去清政府时县府设在江西岸,县衙门就像是野贡土司家族开的。现在纳西人在政府的保护下看来可以直起腰杆来了。因此他动员全村的父老为新成立的县府盖了一幢房子,还买了鞭炮,在一片喧闹声中把张连长迎进了县府。张连长那天换了身长袍马褂,从此后他就被人们称为张县长了。

但是张县长的宝座还没有坐热,他就被云南人一枪打死在县府的大门前。那支从云南来的军队手中全是法式武器,连小炮都有两门。一个滇军少校营长在三月峡谷里桃花盛开的中午,带着一支满身是泥的军队开到了左盐田。他掏出一张发黄的委任状自己宣布说,奉“靖国护法”军杨司令的命令,鄙人从今日起正式履行盐田县县长一职云云。

张县长那时带了几个马弁堵在县府的大门前,他冲滇军营长嚷:“云南蛮子,别拿啥鸡巴羊司令马司令来唬人,滚远点!哪个给你发的委任状啊，茅坑里揭下来的吧。”

滇军营长不露声色地说：“它给我发的。”他眨眼就把手枪掏在了手上，一枪就把张县长打了个狗吃泥。滇军士兵一拥而上，用刺刀把四川的官吏赶走，将新县官登堂入室地拥入了县太爷的宝座。

汉人军队走马灯似的在峡谷里来来往往，并不是他们想治理边藏地区的混乱，而是盐的味道让他们互相争夺不休。他们为盐而动的干戈比野贡土司厉害多了，而且他们征收的盐税连天上的神灵都皱起了眉头。一个汉人县长的性子比野贡土司还要急，他嫌太阳晒盐的时间太长，命令盐民们伐倒山上的大树，改用大铁锅煮盐水。那段时间峡谷里浓烟滚滚，神灵蔚蓝的天空被熏得黢黑。往昔青翠的山岭就像被人剥去了衣服。东巴和阿贵在做祭天仪式时，听到了“署”神愤怒的抗议。在他还没有来得及告诉众人神灵的惩罚时，山梁上冲下来的泥石流便将江边的盐田冲得荡然无存。

三个月后，来自藏东昌都地区的藏军又赶走了云南人。那是第一支训练有素的藏族军队，他们由英国人提供武器和负责训练，一个穿藏装的英国上尉指挥了那次战斗，这样他们不用再靠占卜来决定战斗的方式和进程。他们行军时演奏的进行曲都是“上帝佑我女王”。沙利士神父在教堂里听到这支熟悉的曲子时，咬着牙帮对巴勃神父说：

“可恶的英国佬，他们倒扮演起十字军的角色了。难道他们又要靠铁和血来传播上帝的福音吗？”

巴勃神父从一堆书中抬起头来说：“不，他们不是弘扬基督旗帜的十字军，而是二十世纪的海盗。十五世纪末，航海家达·伽马的船队首次抵达印度卡利库特城的海岸时，当地的阿拉伯人问：‘是什么魔鬼带你们到这里来的？’达·伽马的船员回答说：‘不是魔鬼，而是上帝派我们来寻找基督徒和香料，还有黄金。’那时探险家们手里拿着十字架，心中却充满对黄金的渴望。当欧洲人再往北看时,喜马拉雅山脉挡住了他们的目光。现在英国人终于穿越了喜马拉雅山,闯到藏东地区来了。只不过他们不是靠圣十字架,而是依靠枪炮。他们到这里来,心中想的还是和几百年前的探险家们一样,绝不是上帝和基督,而是黄金。”

沙利士神父对巴勃神父的引经据典不置可否,他很想提醒他,这里不是神学院,是西藏的教堂。但是他又不想和他争论,如果谁要和巴勃神父挑起传教史的话题的话,那无异于用掌声将他请上了神学院的讲台。沙利士神父可没有那样的时间和精力。因为一阵马蹄声已经在教堂院子的大门外停下来了。

来者是打了胜仗的英国上尉以及他身边的藏族军人。他是一个满头金发的青年,看上去三十来岁,西藏高原强烈的阳光使他白皙的皮肤呈现出油亮发光的古铜色,这在欧洲一定非常受人羡慕,但必须是天天有上好的酥油茶,新鲜的牛奶,精致的牛羊肉,才可以养成如此健康漂亮的肤色。像沙利士神父和巴勃神父,他们已经有将近一年不知牛羊肉的滋味了,他们的肤色和本地的藏族人一模一样,干燥、黢黑、粗糙,沟壑纵横,像久旱无雨的大地。

气质高雅的英国上尉与其说是一个军官,不如说更像一个冒险家,他随身带有罗盘、经纬仪、望远镜、海拔表以及一台德国莱卡相机,一个藏族仆人身上挂满了这些来自欧洲文明世界的产物。他用法语向两位神父问安,并说他有好长一段时间都没有进过教堂了。他谦逊地问沙利士神父,他可以进教堂做忏悔吗?

沙神父不客气地说:“如果你的战争是正义的,天国的大门一直向你打开。”

上尉矜持地说:“英国皇家军队的战争都是正义的。”

沙利士神父推开教堂的大门:“那也得看时候。1840 年你们和中国人的鸦片战争,能算是正义的吗?英法百年战争中,又有哪几场战争是正义的呢?”

上尉说:“不管怎么说,现在我们是盟友,在欧洲共同打败了普鲁士人。”

“欧洲的战争结束了,你来西藏干什么呢?打中国人吗?”神父点燃了祭台上的蜡烛。

“不是,”英国上尉面对耶稣像画了十字,默默地祈祷了一番才说,“为了防备俄国人。”

“在耶稣面前,你得说真话,俄国人在西藏的北边,你们却跑到藏东来了。”

英国上尉愣了一下,换个话题问:“神父,你们为什么要到西藏来传教呢?”

神父一针见血地说:“那不是你关心的问题。把恺撒的归还给恺撒,上帝的归还给上帝。西藏更需要什么,只有上帝知道。但一定不是你们的枪炮。”

英国上尉回敬道:“神父,恕我冒昧,也不一定是你们的十字架。”

一个月后,傲慢的英国上尉和藏军撤走了,拉萨方面派了一个贵族出身的宗本来行使地方权力,但是这个贵族只来了左盐田一次,就被这里险恶的自然环境所吓倒,他只是骑在马上对壮丽的峡谷说了一句话:“一个魔鬼都不愿落脚的地方。”然后就打马回拉萨了。他派他的管家到这里来代替他行使职务,这个管家也只是每年来收两次盐税而已。盐田县基本上仍处于无人管辖的状态。

更为糟糕的是,那几年这个县的行政归属就像峡谷里的大风吹拂的一片落叶,鉴于第一任县长的教训,每当有不同派系的军队打来时,县长就主动把县政府的大印包好放在自己的办公桌上,人却逃之夭夭。而在某些特殊的时期内,这里甚至谁也不来管,只有大山深处那些出没无常的土匪在这里行使着他们任意烧杀抢掠的权力,雪山下的阴兵有时拿他们也没有办法。这是因为土匪们给阴兵将领贿赂了大量的金银珠宝。即便是在阴间,鬼魂们也是有欲望的。喇嘛们解释说。

31. 虹化

那段时间寺庙正面临一桩重大的事件,五世让迥活佛在一个月前预言,他将在天上的两颗星星交汇时圆寂。按藏族天文历算,这两颗星星三百年才交汇一次。

五世让迥活佛已经是八十来岁的老翁了,他闭关静修的时间前后加起来就长达四十多年,几乎占了他生命的一半时光。那是在雪山上阴冷黑暗的山洞、寺庙里幽暗潮湿的房间中一人独处苦修的四十年,一个肉体凡胎几乎不能抵御那寂寞、苦痛的煎熬。但像所有德行高深的僧人一样,让迥活佛把一切苦难当做是成佛的必然之路。无论是修习藏传佛教的显宗还是密宗,藏东地区能和让迥活佛法力相抗衡的高僧大德几乎没有。噶丹寺的喇嘛们都知道这样一句格言:“噶丹宝座无主人,谁有学问谁去坐。”人们记得,多年前曾经有一个来自四川藏区的云游密教大喇嘛来到噶丹寺,他对峡谷里的僧众对让迥活佛的敬仰很不以为然,提出要和让迥活佛比试法力。让迥活佛万般推脱不得,只得应允。那个大喇嘛深得宁玛派(红教)密法真传,有一身“拙火定”功夫,他坐在雪地上,赤裸上身,一坐就是三天三夜,身上仍然热气蒸腾。旁边观看的人无不抚掌叹服。而让迥活佛说,“要证明这一点功夫不需要那么长的时间啊。”他也脱了僧衣坐在雪地上,让人把一件透湿的羊皮披在自己身上,那羊皮经水一淋马上就冻硬了。但不一会儿工夫,人们就看见披在让迥活佛身上的羊皮在冒蒸汽了,俄顷,透湿的羊皮变成干羊皮,仿佛被烈日暴晒了几日一样。四川的大喇嘛仍不服气,在众目睽睽之下把自己的身子变得近乎透明,人们只听得见他的呼吸和飘浮的话语在空气中飘来飘去。但是当他试图再显身变回来时,让迥活佛法杖一挥,在空气中便形成了一道法力深厚的无形的墙,四川的大喇嘛无论如何也穿越不了这道墙。他只能在墙那边向让迥活佛俯首认输,不然的话,他就永远会被囚禁在那道法墙内了。让迥活佛在这场比试结束后对四川来的大喇嘛说:“我战胜了你,让我感到羞愧,因为这并不能说明我的德行就有多高远。我只是想告诉你,法力深厚的人,不应该经常显示自己的法力,那是爱好虚荣的表现。”

在寻常的日子里,五世让迥活佛是一个谦逊温和、悲悯仁慈的老喇嘛,但像历辈让迥活佛一样,他对寺庙的贡献无人可比。清末赵屠户的军队轰毁了寺庙后,是他第一个从瓦砾堆中站起来,在断垣残壁中竖起了召唤神灵的五彩经幡。只要让迥活佛在,噶丹寺的灵魂就在,信徒们就会朝九晚五地来寺庙进香火、转法轮,向佛、法、僧三宝顶礼膜拜。因为对于藏族人来说,灵魂没有寄放处的日子是不能想象的,同样,众生的凡界里没有活佛来护佑也是不能想象的。

让迥活佛大限那一天到来时,天上阳光灿烂,蓝天透明得深不见底,寺庙里从早到晚诵经声不绝于耳,四周的信徒扶老携幼,将寺庙围了个水泄不通。人们痛哭流涕,失魂落魄。噶丹寺的三大堪布掌教,降边益西活佛等高僧,都汇集在让迥活佛的僧房里,等待着活佛的最后明示。因为他们还不知道他将转世到何方哩。一般来说,大活佛要圆寂时,总是要用隐晦的比喻来说明自己即将转世的方向,这样寺庙里的转世灵童寻访小组才有据可循。自让迥活佛预言自己将要圆寂以来,人们从没有听他说起过自己转世的方向,哪怕是可以牵强附会的只言片语。

让迥活佛希望到僧房屋顶的平台上去,他平和地说:“阳光会收走一切。”

人们把活佛抬上了僧房的平台，他在一个蒲团上跏趺而坐。从这里他可以看到寺庙周围转经磕长头的人们，而人们看不到他。他身边的喇嘛们发现阳光照在让迥活佛油亮发光的脑门上，像一盏白日里的酥油灯。让迥活佛从前曾经修习过宁玛派的密法，脑门能随意念张开一条裂缝，那裂缝大到可以放进一根草根，此法力谓之曰开顶，能开顶的高僧可以由此而吸收太阳的能量和天地之气，用肉体凡胎的身、口、意三业[①]，与佛身的身、口、意三密相应，以达到人神合一的瑜伽最高境界。人们今天看到让迥活佛头上的那条肉沟经太阳一晒，泛出新鲜肉一样的红色。他们就知道，活佛今天八成是要虹化在这满峡谷的阳光中了。

高僧们在让迥活佛周围跪了一地，人人口中诵经声不断。让迥活佛眼望着寺庙周围的人群，对他身边的洛桑喇嘛说：

“我不过是要去参加一次贤者的喜宴罢了，他们为什么要那么悲恸呢？”

农布喇嘛是让迥活佛的近侍，他已照顾让迥活佛的起居近五十年了。他躬身伏在活佛身边说：“活佛啊，他们不是为你即将来临的圆寂悲恸，他们是在祈祷你能早日更换自己的身体。”

“生命不过是澜沧江里的一个波浪，波浪消失了，水还在；只要水在流动，下一个波浪又将出现。”让迥活佛说。

“活佛，下一个波浪将出现在何方呢？”穷结仲永堪布问。

让迥活佛微笑了：“在我生前的遗憾还没有安排好之前，我还不能确定我在哪一户人家更换我的身体。也许，到我去到西天乐土后，我的灵魂会告诉你们。”

“活佛啊，我跟了你几十年了，虽然不及你的聪慧十万分之一，但我想，我能猜出你的遗憾是什么。”农布喇嘛躬身说。

“那好，你就说说看。”

---

① 佛教的“业”是指行动或作为，体现力量和作用、功德。

“大殿里宗喀巴大师、莲花生大师、佛祖释迦牟尼的法像该塑一层金身了。可是寺庙里没有那么多的银子。”

“农布喇嘛,你的眼睛不能只看到寺庙里,要往众生看。”

“哦呀,活佛是众生的佛。我明白了,活佛是担忧江对岸的洋人宗教威胁着我们的寺庙。”农布喇嘛说。

“洋人宗教本不是我佛教的敌人,我们佛教可以包容他们,就像天包容地一样。但是他们却攻击我们的宗教,动摇我们藏族人的根本,我们的年轻喇嘛就去杀他们的人,他们又召来朝廷的军队毁我的寺庙。他们是没有信仰的军队,有信仰的人的争论,由没有信仰的人来调解,就像把两条在水中嬉戏的鱼捉出来放在沙滩上一样。宗教可以争论,但绝不可以杀生。世界上没有教人杀生的宗教啊。农布喇嘛,你说对了我的遗憾之一。”

农布喇嘛为自己能猜中让迥活佛的遗憾甚为高兴,他转身为活佛献上一碗酥油茶,“那么,活佛的另一个遗憾……”

让迥活佛没有回应农布喇嘛的话,苍老的眼睛望着蓝得透明的天空,手中捻着佛珠继续说:“洋人宗教也不是一种坏的宗教,众生有不同的信仰,本来也是一件好事。没有信仰的人就像黑暗中少了一盏酥油灯,那该多么可怜啊。遗憾的是,佛陀没有告诉我们,藏族人可不可以信仰洋人的宗教。他们好像是播错了种子的粗心农夫。雪山下只生长青稞和麦子,而不会生长谷子。尽管我们现在就像酥油和水一样地不能融在一起,但是我们藏族人有打酥油茶的茶桶哩,水和酥油不也可以在茶桶里交融在一起吗?因此你们应牢记我们藏族人常说的那句话:朋友有时可能变成仇人,仇人有时可以变成朋友,对谁都不要怀有敌意。”

穷结仲永堪布说:“活佛,家禽和野兽怎么能在一面山坡上吃草呢?”

让迥活佛微笑道:“宗教庇护一切。”

多年以后，五世让迥活佛的第六辈转世让迥活佛，在和共产党的官员及教堂里的神父共同探讨这片土地上两种不同的宗教如何相处时，也曾如此说过。因为不同辈分的活佛是可以说同一句话、做同一件事的。活佛在转世过程中更换自己的身体，就像更换一件袈裟，他依然在思前世活佛所思，言前世活佛所言，甚至连语气助词，他们也会在同一种情绪下发出同一声感叹。

此时阳光下的卡瓦格博雪山散发出圣洁的光芒，在天气晴朗的日子里，卡瓦格博雪山一天中也会像澜沧江一样，更换不同的衣裳。从早晨像少女脸色的含羞绯红，到白天如哈达般洁白如玉，再到傍晚似喝醉了酒的康巴汉子脸膛那样血红辉煌。她的衣裳是神灵赐予的，是神界向人间展示天堂美丽梦幻景色的一个窗口。

这时人们看到让迥活佛头上的那条缝裂开了，太阳的七彩光线从那缝里射进去，进入让迥活佛的头颅里，再通过他的意念，进到他那颗悲天悯人的内心，进到他慈悲无限的腹部。彩色的光线在他的体内旋转、舞蹈，把即将死亡的细胞激活，让快要停滞阻塞的血管重新畅通起来，使一个僧侣平静了一生的鲜血再次活跃起来，像一个新生婴儿的血那样的鲜嫩、洁净、充满活力。

五世让迥活佛的身体此时仿佛是一盏不点自燃的酥油灯，尽管屋顶上撒满灿烂的阳光，一团红色的光晕便始终萦绕在他的头顶，使他像一尊坐在法座上的佛。从让迥活佛身上散发出红宝石一样的光芒，与绚丽的阳光相互辉映，并相互碰撞，发出兵器与兵器交锋时“叮当叮当”的脆响。这光芒不是来自于他绛红色的袈裟，而是源于他像大地一样坚硬的躯体、像江河一样蜿蜒的血脉、像太阳一样温暖慈悲的内心。

阳光下，让迥活佛缩小了一圈，仿佛是一个刚受戒的小比丘。

屋顶上的高僧们都惊呆了。他们即使再修习几生几世，也达不到让迥活佛如此深厚的法力，因为虹化是藏传佛教修持密宗的最大成就。

“这不是什么奇迹，”让迥活佛说，“只不过是一个波浪在慢慢消失罢了。”

“活佛啊……”农布喇嘛五体投地，喷涌的泪水浸湿了袈裟。

让迥活佛的眼睛平视前方，仿佛看透了俗世的烦恼和苦难，将最后的悲悯集中到恬淡自然的宁静之中。他的身体在慢慢变小，可他的法力却越来越令人敬畏。

“你们该走了。众生需要你们的关照，神灵需要你们的祈诵。啊，多么美妙的阳光呀！我就像浸在一条向南流淌的阳光之河里，我要涉过去啦。”

绛边益西活佛向高僧们使了个眼色，然后躬身退了回去。高僧们知道，有些奇迹没有得道成佛的人是不能看的，让迥活佛在阳光下虹化时身上会散发出巨大的能量，修行不到位的人会受到这能量的伤害。

太阳快要落山时，让迥活佛依靠终生修持到的无穷法力，把自己虹化到西藏绚丽灿烂的阳光中。当天晚上，天上的两颗星星准时交汇，人们这才上到屋顶平台，将让迥活佛请下来。噶丹寺的喇嘛们说，那时让迥活佛已缩小到只有一个胎儿大小了，而他的四肢和五官依然完好如初。他还是端坐于蒲团之上，面如童子，心若止水，情系众生，手结法印。他的躯体像春天里的树叶一般鲜嫩轻盈，他的肌肤像刚打出来的酥油一样湿润细腻。过去八十多年来所有的磨难与风尘，所有的学识与明断，所有的智慧与法力，所有的仁慈与悲悯，所有的宽容与忍耐，所有的寂寞与清苦，都如江面上的一个波浪，暂时平静下来了。

让迥活佛虹化圆寂的消息被峡谷的大风吹遍到整个藏东地区，关于活佛虹化的奇迹在信徒的传言中越传越神奇，已到了出神入化的地步。在让迥活佛虹化后的那一周里，沙利士神父甚至让教堂的敲钟人亚当每天下午六时都敲响长达半个小时的钟声。他在教堂的丧钟声里对自己的教民说:“不管怎么说,他也是一个虔诚的僧侣,尽管我们的教义和教规决定了我们不同的牺牲精神,但是僧侣和僧侣之间的慈悲是一样的。不过你们应该牢记:在神圣的耶稣基督面前,任何令人难以置信的异教奇迹都是必须加以抛弃的异端。”

沙利士神父对让迥活佛在阳光下的虹化始终持怀疑和批判的态度,他在日记中写道:

> 人们传说这个高级僧侣在阳光下融化了,最后只剩下婴儿般大小。佛教的信徒把这个事件作为他们所信仰的宗教的奥迹加以崇拜。但是,上帝啊,藏族人对事物的夸张是欧洲人远不可比拟的,看看他们平时的民歌就知道了。他们在此方面具有天才般的文学才能。因此,有谁能证明这个高级僧侣所演示的奥迹是一种真实存在还是某种魔术表演呢?他们宁愿相信一个人在阳光下被蒸发,而不相信耶稣也会复活,甚至还会以他的圣灵降临人间。上帝,尽管我在为他的去世祈祷,但我要指出他所行的谬误。如果我还有机会和他展开宗教大辩论,我将明确地告诉他:一个复活的灵魂远比在众目睽睽中消失的肉体更有宗教价值。

尽管沙利士神父在那段时间内利用一切机会向自己的信徒们宣讲耶稣基督的复活远胜于活佛的转世,但是在整条峡谷里,不为让迥活佛虹化的奇迹深为叹服的只有三个人,那就是他自己和巴勃神父,还有微娜修女。不过有一次微娜修女在向沙利士神父作忏悔时承认:要是她从小就在这条峡谷里长大,从来没有见识过峡谷外的世界,也不知道现代的工业文明,不知道耶稣,不知道圣母玛利亚,不知道苏格拉底、亚里士多德、柏拉图,不知道罗马传教会的种种戒律和训令,她也许会相信活佛虹化的奇迹。

“神父,这是一种罪过吗?”微娜修女问。

在忏悔室里,沙利士神父过了很久才说:“如果真的是一种罪过,也不是你的错。是由于上帝来到这块土地太晚了。”

几年时间过去了,藏传佛教的信徒们还在从四面八方赶来寺庙朝拜让迥活佛的法体,峡谷里从来没有过这样多的人,噶丹寺因为让迥活佛的虹化而在藏东地区香火大盛。就是那些皈依了天主教的藏族人尽管也深信耶稣复活的奥迹,相信上帝是全能的造物主,但他们毕竟是藏族人,他们对神灵的敬畏是与生俱来的。沙利士神父曾经问过马修,是否真的相信人可以在阳光下被蒸发,马修的回答代表了所有信奉天主教的藏族人观点,他说:

“神父,这是西藏的太阳。在你们来到这里之前,光线就是神灵的手指了。”

32. 昂贵的烦恼

沙利士神父不得不承认西藏的太阳确实与欧洲的太阳不一样,甚至与他在汉地传教时见到的太阳也不一样。天碧蓝如洗,云团堆积出千奇百怪的形状,变幻出黄、红、白、黑、绿、紫、青、蓝、灰等等远远超出你想象的颜色;阳光从云缝中射出来,极富穿透力和表现力,像一束巨大的追光照射到大地上。有时这种追光就像被神灵所使唤一般,任意地打扮着苍茫的大地,使它雄浑、古朴、苍凉,仿佛上帝创造世界时的景象。有一天一束奇特的阳光照射到左盐田的村庄,久久不肯离去,使那里的房舍和农田看上去像是个大舞台,纳西人土掌房的轮廓被极具质感的阳光勾勒出一道道金边,炊烟在金色的追光中袅袅上升,使人感到那里就是贫寒苦难的人们梦寐以求的仙境,而那时峡谷里其他的地方还笼罩在一片烟雾弥漫中。敲钟人亚当在教堂的屋顶平台上首先看见了这神奇的光芒，他大声对教堂里的人喊："快来看哪，太阳的手掌像妈妈一样地在抚摸纳西人。"

人们在亚当的叫喊声中涌到屋顶去看稀奇，因为雨季里峡谷已有一个多月没有见到太阳了。大家对纳西人村庄的福分惊叹不已，沙利士神父在胸前画了个十字，高声宣布地说：

"那是耶稣的光。"

"哦呀！感谢天主。"屋顶上的藏民们一起叹服道。

"纳西人有福了。"沙利士神父继续说，"这是一个好的征兆。耶稣基督说，'我是世界之光，凡跟随我的人，不会在黑暗中行走。'耶稣的光已经照耀到了他们的村庄，要不了两年，纳西人将会放弃他们的多神崇拜，皈依到耶稣基督的圣宠之下。"

沙利士神父边说边为自己的美好描述所感动。用天主教取代纳西人的东巴教多年以来一直是他的梦想。这个梦想似乎只隔着一层窗户纸，但沙利士神父在藏区传教那么多年了，就是捅不破它，让耶稣的光照射过去。这也是让沙利士神父百思不得其解的一个难题，照理说他们已从强大的藏传佛教阵营中打开了一个突破口，他们就更有能力将弱小的纳西东巴教徒们改宗为天主耶稣的信徒。尽管沙利士神父很同情纳西人——他们和他一样，是藏区的少数人，——对他们的东巴教也深感兴趣。并不是他不认为东巴教是一种异端，而是这种宗教让他看到了文明世界的昨天。——欧洲人永远不知道、并且再也回不去的昨天。

但纳西族长和万祥坐在这令人羡慕的阳光中还感到周身发冷，连血都快要凝固起来了。在阳光灿烂的日子里，魔鬼却在自己身上作祟，这可不是个好的征兆。

和藏族人一样，纳西人是最讲究征兆的民族，自然中的征兆是神灵对人们行为的暗示。人们应该自觉地感悟它，并遵循它的旨意行事。和万祥去年秋天在祭天时犯了一个小小的错误，做仪式时献给“署”神的粮食本来应该用刚打下来的新青稞,可是他在忙乱中却把陈年青稞供到祭坛上,等仪式完了后他才发现青稞不新鲜了。一个月后,魔鬼找上门来,让和万祥受到肚子天天都饿得不行、但却吃不下任何东西的惩罚。不是家里没有吃的,而是他的双唇肿得有拇指粗,口腔里溃烂得看不到一点好肉。东巴和阿贵来他家中捉鬼时告诉和万祥,他得罪的是一种名为“依道”的饿鬼,在东巴经书的《神路图》中可以看到这种饿鬼,什么东西到他嘴边,马上就燃起一团火烧干净了。和万祥那时感慨万千地说,我的嘴边也有一团火啊,你看看,连喉咙里面都烧烂了。后来和阿贵重新为和万祥做了一场祭天的法事,祈求“署”神饶恕和万祥的不敬,又给他吃了大量的凉药泻火,和万祥身上的魔鬼才被驱赶走了。一般来说,东巴们都懂得一些医术,他们总能聪明地把宗教和医术巧妙地结合起来。

就像医生看病先要问清病因一样,东巴给人治病要先找到是什么魔鬼在病人身上作祟。这天和阿贵一来到和万祥家里就用一面镜子到处照,从客房到卧室,从灶门到床脚,最后连牛棚的角落都照到了。但奇怪的是竟然一点魔鬼的影子都没有照到。当他爬到和万祥家的屋顶,无意中用镜子对着澜沧江的对岸照的时候,他猛然从镜子里看到了一个令他胆寒的画面:一个他从未谋过面、但法力深厚的法师,正在一帮人的簇拥下从山外来到峡谷。法师的身后乌云密布,九头怪鸟在云翳中四处逃窜,有一个黑色的太阳在沉沦。

“哎呀……”和阿贵惊呼一声,竟从屋顶上摔了下来。幸好和万祥的院心里堆了层牛吃的草料,他才没有摔伤。

“你怎么了?”和万祥就坐在院坝的阳光下,他拥着厚厚的被子,还颤抖不已,像个刚从冰水中捞起来的人。

“驿道上有人要来了。”躺在地上的东巴和阿贵咧着嘴说。

“峡谷里天天都有人来。让你照鬼,你却照到峡谷里去了。”和万祥抱怨道。

“这个来者就和一个鬼差不多。”

东巴和阿贵把镜子递给和万祥看,奇怪的是刚才他在屋顶上照射到的景象还留在镜子里。“这个人我见过。”和万祥说。现在轮到他开始神神道道的了。

“你……你在哪里见……他? 他是个鬼啊!”和阿贵几乎是用哭声说。

“在梦里。”和万祥说。身上抖得更厉害了。梦见鬼的人,大概是要倒霉了。他确实是梦见过这个法师,而且不止一次,因此印象深刻。在和万祥的梦里,他是个不讲规矩的牧羊人,老把自己的羊赶到和万祥的地里吃青稞苗。当和万祥去赶那些羊时,这个人就站在远处说:“纳西人,请照顾好我们的法王。”

东巴和阿贵听了这个梦后,一时不能分清它到底是个吉祥的梦还是代表厄运的梦。他从自己的背囊里抽出一叠绘有东巴象形经文的图片,那是一些包含了宇宙间各种意义的卦象,一共有三十三张,每一张卦象都由一根细羊毛绳拴着,和阿贵把所有的羊毛绳线头都攥在手里,递到和万祥面前,说:

“人不能说清楚的东西,就把它交给神灵吧。来,抽一张。”

和万祥犹豫了一下,随意抽出了一张,交给和阿贵。

这些卦象图片都有专门的东巴经书来解释,只有当东巴祭司的人才能说得清它的含义。和阿贵翻出经书来,像个大虾一样地趴在地上,对照卦象一一地阅读,然后他抬起头来说:

“他或许是个长有两个舌头的人。”

“从哪里来的?”和万祥问。

“在卦象上看不出他来自何方。这上面显示,无论是雪山、草原、江河、湖泊、沙漠、田野、森林,还是人类的所有居住地,都没有他生活过的踪迹。他就像是来自世界以外的人。”

和万祥忧心忡忡地说：“那么他不是神灵的使者，就是魔鬼的帮凶。”

实际上被和阿贵的镜子照着的那个法师是野贡土司刚从拉萨请来的神汉，他是个被拉萨藏政府解职的代言神巫。代言神巫的职责是替神灵说话，向达官贵人们传达神灵的旨意。从转世灵童的寻找，到每年藏政府的政事农桑，官员们都要向代言神巫问讯。这样的职位在圣城拉萨至关重要，但却风险万端。多年以前英国远征军入侵拉萨时，布达拉宫交给这个名叫丹玛的代言神巫一件根本不可能完成的任务，让他预测藏军应该在哪个方向阻击英军。丹玛神巫迎请神灵附体后，以神灵的口吻明确无误地告诉藏政府的噶伦们，藏军应占领某条河谷里的一座小山头，因为从这座小山头上散发出来的法力会让英军不战自溃。噶厦政府听从了丹玛神巫的神谕，占领了那座山头，但是连简单的工事都没有构筑，“神灵的法力会照顾一切”，藏军将领都如此认为。而英国人的远征军并没有理会看不见的法力，轻而易举地就越过了那座山头，直抵拉萨。自那次代替神灵宣谕失败后，丹玛神巫差一点被藏政府的官吏杀了。以后他就再没有脸面在拉萨混了，成了个云游四方的喇嘛。当然如果有人请的话，他还是很乐意替神灵说话的，尽管这是一件十分危险的工作。有一段时间丹玛神巫心灰意冷，索性结了婚。可是在一次降神的过程中，神灵惩罚了他的不敬，让他吐出了自己的五脏六腑。幸好他及时地向白哈尔神悔罪，并发誓今后再不近女色，神灵才没有收走他的内脏，让他自己重新装了进去。

丹玛神巫在向峡谷里的人们叙述自己不平凡的经历时说：“人的头脑里装什么，心里装什么，肚子里又该装什么，我比谁都清楚，因为我都看见了。就像我们藏族人的白塔里总要装进佛像、经书、五谷、珠宝、猎枪一样。”

丹玛神巫看上去是那种不容易使人相信的人,他的头老是不停地摇晃,就像山羊的头一样。他一到峡谷就东嗅嗅西看看的,再加上他下巴上的一撮胡子,就更与一只羊没有什么两样。也许是因为经常替神灵说话,他的话常常让人感到是飘在半空中的语言,就像飘在卡瓦格博雪山山腰的云彩一样,看上去非常美丽灿烂,但离你却十分缥缈遥远。当他被人领到野贡土司的客房中时,野贡土司决定先试试他的法力。他对丹玛神巫说:

“拉萨来的尊敬的神巫,我这里正好有件烦心的事情需要垂询你。我的一个生于马年的朋友,哦呀,一个多么好的人啊。只要我一出门,他就一直跟着我。可是你看,这些年来我是越来越胖,而他却越来越瘦了。请你降神告诉我,是什么魔鬼让他一天天瘦下去的呢?”

丹玛神巫晃晃自己的头,细着嗓子说:“尊敬的土司老爷啊,这点小事根本用不着烦请无所不知的神灵啊。我已经知道你朋友瘦下去的原因了。”

“从圣城拉萨来的人,在我野贡家的峡谷里,抬手要小心你的手臂,走路要小心你的脚掌,而说话,则要小心你的舌头。如果你不能代表神灵说话,你就是在代表魔鬼说话。”野贡土司这个朋友的事,半年前他就告诉给一个自称去过印度的占卜术士,结果给出了错误答案的占卜术士被丢进了澜沧江。

丹玛神巫说:“我还是把答案写下来吧。不敬神的话语,神灵听了要生气的。”

旺珠给他准备好了纸笔,丹玛神巫在客房的神龛前上了一炷香,又磕了头,然后才再在纸上写下一行字。旺珠凑过去看,只见那上面写的是:

土司家并不缺钱,就买副新的吧。

这个回答和野贡土司所要问的问题显然牛头不对马嘴。旺珠把它拿给土司看了，两人眼神一碰，然后哈哈大笑起来。原来野贡土司“越来越瘦下去的朋友”实际上是他的一匹坐骑蹄下的马掌。野贡土司走到丹玛神巫的面前，躬身向他施礼，用崇敬的口气说：

“我今天总算见到法力高深的人了。上师，你比那些成天在寺庙里修行的喇嘛们还要有学问呢。来呀，给丹玛上师抬银子来。”

“且慢，”丹玛神巫抬手阻止道，“土司老爷还有话要说，你的心事都在神灵那里搁着哩。你可不会为了一副马掌大老远的把我请来。”

土司再次向丹玛神巫躬身道：“你说的对。如果你真的能替神灵说话，你就是我请进家里来喝茶的第一个神灵了。请吧，请吧，让神灵为一个土司说出他的心事吧。如今这世道，有谁还会为一个土司的烦恼操心呢？”

“六藏克银子。”[1]丹玛神巫声色不露地说。

野贡土司咂咂嘴：“请神灵说话，可不是一件容易的事。”

丹玛神巫说：“烦恼是很昂贵的，穷人只要吃饱了肚子，就从来没有烦恼。”

“那么，就看看你的金口玉言里，有没有我昂贵的烦恼了。”土司说。

“我需要闭关打坐三天，洁净我的身体。”神巫站起身来说。

如果你不收银子就降神的话，你早就洁净了。土司本想这样说的。他为丹玛神巫临时找了间幽暗的房间，把他关了进去，连一碗水也不送给他喝，让他彻底洁净自己。三天以后，丹玛神巫从闭关的黑屋子里出来了，但他一点也不像饿了三天三夜的人，倒像一个即将走进祭坛的殉教者。他神情严肃，两眼凝重，动作迟缓。他的表情无声地告诉人们，神灵就要来了，就要说话了。

和丹玛神巫一起来的还有几个小喇嘛，他们忙着为丹玛神巫

---

① 一藏克约等于20公斤。

作降神的准备，一个巨大的铁头盔被小喇嘛们抬出来，刀、剑、三叉戟、弓箭等各种兵器，其中一把又长又重的剑需要两个喇嘛才抬得动，他们称之为“疙瘩金刚剑”，还有做法事时用的法号、头盖骨碗、经书、钹、铙、羊皮法鼓等。降神的地点就选在土司大宅前两棵巨大的核桃树下，人们围了里外三层，尽管各类神灵早已遍布西藏的山山水水，但不管怎么说，看神灵说话对峡谷里许多人来讲还是第一次。

所有的人关心的是：神将告诉我们什么？

丹玛神巫在助手的帮助下已经穿戴整齐了，他头戴平和五佛冠，身穿鲜艳的地方神法衣，胸前挂着个巨大的护心镜，脚登牛皮高统靴，被他的助手们拥到一个临时搭建的宝座上。他落座后，喇嘛们开始念诵祈请神灵的经文，两个小喇嘛各持一支法号，对着丹玛神巫的耳朵吹响凄厉的号声，此时锣、鼓、铙、钹一齐敲响，土司的大宅前顿时充满热闹而阴森的喧嚣。

虽然没有人看见要请的神灵是如何进入丹玛神巫的体内的，但是人们感觉得到神灵确实依附到了他的身体上。他开始抽搐、痉挛、脸色发红发紫，他的身体仿佛已不是他自己的了，像一个喝醉了酒的人那样晃来晃去。在他颤抖得最厉害的时候，神灵便开始控制他的身体，人们把那把“疙瘩金刚剑”抬到丹玛神巫的面前，他轻轻地就把它拿起来了，在众人还没有看清楚时，丹玛神巫就像拧一条氆氇一样地将“疙瘩金刚剑”拧成了麻花状。

“哦呀——”所有的人张大了嘴。

“他倒真有些力气呢。”野贡土司说。

“那不是他的力气，是神灵的法力。”管家旺珠说。

丹玛神巫把“疙瘩金刚剑”扬手扔得老远，他的助手们又递给他一把三尺长的短剑，他在颤抖中将剑从嘴里塞了进去，人们看到剑越进越深，最后只有剑柄露在外面了。然后一个小喇嘛从他的背后将那把剑一抽而出,剑上一点血也没有。

“哦呀——”

法术表演得差不多了,丹玛神巫开始降神。助手们将那个又大又重的铁头盔抬起来,扣在丹玛神巫的头上。这样重的头盔,一个人别说戴,连抱起来都困难。但是丹玛神巫在法力的作用下竟然将它顶起来了,还在场地上走起了神灵的舞步。那是巫术士的舞步,就像踩在虚空中的步履一样,每一步都搅起阵阵鬼气。

丹玛神巫现在取下了沉重的头盔,他还在痉挛,像一个正在发作癫痫病的病人,一个神志清醒的人是请不来神灵的,就像你大白天不能做梦一样。丹玛神巫和他刚才降神之前已判若两人,但是他现在要替神说话了,或者说,神灵自己要说话了。一个助手早领了野贡土司的旨意,贴近丹玛神巫的耳边问:

“土司老爷请问神灵,他目前最烦恼的事情是什么?”

“咕噜……咕噜咕噜……”丹玛神巫神经质地摇晃着头,像鸽子叫唤一样。

这就是土司费了老鼻子的劲,请来的神灵所要说的话。它必须经过神巫的助手翻译,人们才能知道其意思。不过,即便是翻译过来的话,也是非常隐晦难懂的。那个担任翻译的助手对大家说:

“神灵说,红云和白云。”

野贡土司看看自己的管家,他也一脸茫然;然后他又看看天上,天上既没有红云也没有白云。

丹玛神巫忽然开始用拳头捶打自己胸前的护心镜,他捶打得那样疯狂,以至于把自己的手指骨节都打断了,一节节手指飞到了天上,神巫黑色的血污染了洁净的大地;然后他又去撕自己的喉咙,仿佛那里阻塞了似的,那喉咙被撕开以后,人们隐约看见一个绿头小鬼在喉管深处张头露目,一脸坏笑。他的助手连忙上前去死死地拉住了他,急速地说:“尊敬的神灵啊,求你再多留一会儿。”

“咕噜咕噜……咕噜。”神灵又发话了。

“颜色。神灵说,有种颜色伤了土司老爷的眼睛!”他的助手高声翻译道。

野贡土司一直坐在丹玛神巫的对面,现在他猛地从椅子上跳了起来,将身后的椅子都碰翻了,好像他也被神灵附体了一样。他高举双手伸向天空,大声叫道:

“说得多对啊!颜色对眼睛的伤害,比刀子划破了眼珠还厉害哩。白人喇嘛来到峡谷里时,他们白色的皮肤和蓝色的眼珠让喇嘛们的眼睛受到了伤害;大地上的青稞由绿变黄时,雪山上泽仁达娃的土匪们的眼睛就被伤着了;草原上涌起绿色的波浪时,牛羊的眼睛就被伤着了。澜沧江边的盐有红色的也有白色的,我站在西岸看东岸白色的盐田时,我的眼睛就被那盐发出的白光烧伤了,难道你们没有看到老爷我的眼睛很久以来就是红的了吗?”

“白色的盐,让峡谷不安宁。”神巫的助手不等神灵说话,就自己宣布道。

野贡土司接过一个仆人递给的一条哈达,双手捧着将它献给了丹玛神巫,然后转身对众人说:“你们听见了吗,神灵告诉我们了,又要打仗啦!真好啊,盐的颜色就像女人的颜色一样。我喜欢白色的盐,就像我喜欢皮肤白皙的女人一样。来呀,把海螺吹起来,牛皮鼓敲起来!康巴的勇士们,上一次和纳西人打仗,你们虽然胜利了,但是让我感到羞耻!纳西武士手上连一根木棍都没有,纳西的娘儿们用她们的奶子挡住了你们的马蹄,今天洗刷你们耻辱的时候到了。去吧,告诉江东岸的纳西人,让他们像一个真正的男子汉一样,做好战斗的准备。”

由盐的颜色引发的第二次藏纳战争很快就要打响了。野贡土司蓄谋已久,只等神灵的一个暗示,战争的宣言便顺利地发布。中国内地军阀之间正在忙于内战,藏政府派来的官员连每年来收盐税都嫌麻烦。没有比现在进行战争更好的时机了。野贡土司以神灵的名义向澜沧江西岸自己属下十二个村庄的头人都派了差役，让每一户佃户和农奴都出人出枪，随时听候他的调遣，这被称之为“门户兵”。“门户兵”将为白色的盐而战，为土司敏感而布满血丝的眼睛而战。因为他说：

“白色的盐将会治好我的眼睛。”

多年以后，每当峡谷里有孩子的眼睛患了红眼病的时候，父母们都用白盐融化的盐水为他们清洗。他们说：“白色的盐清火哩，当年土司的红眼病就是被白色的盐治好的。”

那一年，丹玛神巫宣布说：“打仗的吉祥日子将定在峡谷里第一朵桃花开放的时候。要让江对岸的纳西人知道，我们是为颜色而战。”

野贡土司那一阵天天一大早起来就去看桃花开了没有。土司家后院就有一棵大桃树，往年桃花开得最为灿烂。多年来人们已经认识到了桃花和盐的关系，如果一树的桃花盛开得如天边的云霞，那么江边盐田里“桃花盐”收获得就越多。“桃花和盐的神灵一定是同一个。”人们都这样认为，因此在供奉财神时，人们总是把盐神和桃花神当成一个神来祭祀。桃花盐桃花盐，先有桃花后有盐。在峡谷里这是连小孩都会的谚语。

野贡土司在每日的念经祈祷中，都加进了祈愿后院的桃花早早开放的内容。但是天公有些不作美，本来已经是春暖花开的阳春三月了，可是一股来自北方的寒流却迟迟盘桓在峡谷里，让气温升不起来，桃树枝上的花骨朵就像一个个攥紧了不愿松手的小拳头。

仿佛神灵要阻止野贡土司为颜色而打仗的信心。一天早晨，澜沧江两岸晒盐的人们发现盐井坑冒出的卤水竟然又是黑色的了，晒出的盐也是黑色的，还有一股浓烈的腥气。峡谷里第一次和白人喇嘛的宗教战争时，赵屠户的军队血洗峡谷和噶丹寺后，盐井坑就冒出过这种黑色的卤水。不过那时峡谷里哀鸿遍野，人们收尸办丧事都忙不过来，没有人到江边来晒盐。寺庙的喇嘛们也被赵屠户的大炮轰得不见了踪影，因此没有人为黑色的盐做出解释，只有纳西人的东巴和阿贵说，黑色的盐是“署”神的惩罚。但他的声音太小了，峡谷里能听到的人不多。

西岸急于投入战斗的人们纷纷传说，天气老是不回升，盐井坑又冒黑色的卤水，是东岸那个老东巴在做法，他一定驱赶来了这反常的寒流，以阻止桃树开花。野贡土司听信了这个说法，他冷笑道：“难道我不可以生堆火么？”

从那天以后，野贡土司命令所有的桃树下都要一天到晚地生火为桃树驱寒，而且，根据丹玛神巫的占卜，粘过女人经血的裤衩可以破除江东岸东巴的巫术，抵御天上的寒流。于是，一夜之间，西岸所有的桃树上都挂满了那些从来羞于见人的花花绿绿的东西。

巫术的战争终于要结束了，丹玛神巫宣布了自己的胜利。因为人们看见桃树的花骨朵在树下柴火的烘烤下，虽然有些萎靡不振，但毕竟慢慢绽放了。

红色的桃花开得这样美丽，
姑娘啊，我要去打仗了，
别一朵桃花在胸前，
就像把你的脸藏进了怀里。
我右肩的战神啊①，
请照顾好我桃花一样忧伤的姑娘。

很多年以后，这支离别的歌谣还在峡谷里传唱；很多年以后，

① 藏族人认为每个人的右肩上都是战神居住的地方，它也特指个人保护神。

它还在缤纷的桃花雨中飘零;很多年以后,六七十岁的老人在唱这支歌时还泪流满面;很多年以后,它还是一支藏族女人不能听到的歌,一听到它就心如刀绞。

33. 让迥活佛的智慧

但是战争的进程与第一次藏纳战争相比却大不一样。纳西人已经没有了退路,纳西女人不再把他们的男人挡在身后,而是准备好了一根根殉情的贞洁带。连接澜沧江两岸的溜索在战争还没有开始时就被纳西人砍断了,康巴的勇士们于是效仿古人的方式,将一张张整羊皮缝成一个个的口袋,留下一只腿作为气嘴,然后往里吹满气,再扎紧气嘴,就成了一个个的气囊。每个康巴勇士都有一个这样的气囊,他们把它绑在自己的胸前,作为渡江的救生筏。据说这是很久以前元朝的开国皇帝忽必烈的发明,他的士兵就曾采用这样的气囊渡过了藏东的一些大江,征服了云南、四川、西藏的大片地方。

胸前绑着羊皮气囊的康巴勇士们像一只只大腹便便的庞大青蛙,在澜沧江的激流中沉浮。东岸坚守自己盐田的纳西人箭矢、火枪、石块像雨点一般射向江里,康巴的勇士们既要和激流搏斗,又要躲避纳西人的枪弹,在江水中他们几乎没有还手的能力,更何况以骑射著称的康巴人水性并不那么高明,多数康巴勇士还没有抵达江东岸,就被一个接一个的波浪带走了,就像在风中飘零的一瓣瓣桃花。有少数的勇士泅水到了岸边,但是东岸的地势太陡峭,他们还来不及在峭壁上站稳脚跟,纳西人的长矛就将他们赶下江中。江面上到处都是漂浮的尸体,纳西人和康巴人拼死搏斗的呐喊充斥了峡谷,凄厉、野蛮、愤怒、惊恐的叫声连太阳都吓得躲进云层深处去了。刚吃过午饭不久,天就黑下来了,仿佛天上的神灵不愿意看到人间这残忍屠杀的一幕。

野贡土司在这一天共发起了九次顽强的冲锋,但澜沧江的波浪轻易地就将它们冲垮了。

野贡土司指挥作战的帐篷就搭建在江边,他把这次战争当成一场野餐,他以为康巴的勇士们一冲锋,纳西人除了让娘儿们在前面抵挡一下外,自己就会丢下盐田,逃到另外一个地方去。这样,他就可以在江边的帐篷外为凯旋归来的康巴勇士大摆酒宴、欢歌跳舞了,他甚至连要宰杀的牛羊都圈在了自己的帐篷外面。

这天晚上,他收到了纳西族长和万祥的一封箭书,它是被绑在箭杆上从江东岸射过来的。尽管双方眼下正处于战争状态,但和万祥在信中照样称野贡土司为大哥,他在信中说:

大哥,以江东岸地势之险峻,你就是有百万康巴勇士,也不可能攻上我江东的土地。不是我们纳西武士如何能打仗,也不是康巴汉子缺乏勇气,而是神灵始终都是公正的。尽管我们是不同的种族,但一切都在神灵的护佑之下。我们的东巴经书《人类迁徙记》中说,人类的祖先崇忍利恩与天女衬红褒白成婚后,生下三个儿子。但是他们长大后都不会说话。后来一只从天上飞下来的蝙蝠告诉他们,只要敬畏神灵,诚心祭天,儿子们就会说话的。祖先们信了,祭天,敬神。第二天,三个儿子到门口蔓青田里玩耍,看见一匹马跑来吃蔓青,他们急了,高声喊叫起来。老大用藏语喊:“达尼芋玛早!”老二用纳西话喊:“软尼阿肯开!”老三用白族话喊:“满尼左各由!”

他们喊叫的其实都是同一个意思:“马吃蔓青了!”

从那以后,三个儿子就会说话了,一母之子也变成了三个不同的民族。老大是藏族,住在拉萨白坡脚,老二是纳西族,住在人生广阔地，老三是白族，住在苍山下洱海边。

大哥，现在是你的马要来吃我们纳西兄弟的“蔓青”，我们共同的祖先看着你呢。

在和万祥的信后，还有一封沙利士神父的短简，上面说，他对峡谷里藏纳两个民族再次发生的战事感到非常遗憾，尽管这场战争与上帝无关，但是他还是要奉劝尊敬的土司先生，这场为盐的颜色而引发的战争是违背上帝旨意的，因为主耶稣说过，“盐本是品质纯正的，如果它失去了盐味，怎么能使它再变咸呢？”啊，尊敬的朋友，盐一旦没有了咸味，还不如沙子。

野贡土司把信给自己的儿子野贡·坚赞罗布看，他现在已经是个二十一岁的汉子了。他先问：“阿爸，我们藏族人和纳西人真的是同一个祖先吗？”

野贡土司想了想才说：“很久以前，纳西人曾经做过我们这里的王。我们和纳西人都是赶着牛羊从北边迁徙下来的。”

坚赞罗布说：“既然纳西人说他们‘住在人生广阔地’，那就让他们沿着澜沧江继续迁徙下去吧。”

野贡土司吃惊地看着自己的儿子，觉得自己真的有些老了。刚才纳西人同一个祖宗的说法让他还有所犹豫，可你看看坚赞罗布，祖宗的话已经吓不倒他了。

野贡土司拍拍儿子的肩膀：“我一直认为，你会比你阿爸更有出息。那些狗娘养的，自以为知道点过去的事，就来对现在的人说三道四。太阳可不等我们。继续干吧。”

第二天，野贡土司刚要下令发起冲锋，天上忽然降下一场从来没有见过的大冰雹，连野贡土司原来准备庆功宰杀的牛羊都被那些拳头大的冰雹打死了不少。人根本就走不到江边。观战的丹玛神巫对野贡土司说：

“那边一定有个会使天气咒术的巫师。这场冰雹就是他调来的。”

“他能调来冰雹，我还会调来天上的炸雷哩。快去请曲结喇嘛来，要比试斗法术，纳西人还得向我们藏族人学习呢。”野贡土司冲着满峡谷的冰雹大喊。

第一次和纳西人打仗时，能控制天气的曲结喇嘛曾经运用法力击败过纳西东巴和阿贵。在他的法力状态最佳时，可以将天上滚过的雷顺手摘下来，像扔一个鞭炮一样，扔向佛法的敌人和被他诅咒的人。但是现在曲结喇嘛已是个瞎了眼的老人了，六年前他在接天上的一个响雷时，不慎在泥泞的山道上滑了一跤，雷虽然接住了，但已来不及扔出去，结果把他自己给炸了。从那以后，他就躲到卡瓦格博雪山下的一个幽暗的山洞里闭关修行，他已经发下宏愿，今世永不出来。

闭关修行的人是不接待来访的，但野贡土司家是寺庙的大施主，穷结仲永堪布还是带旺珠管家来到了曲结喇嘛闭关的山洞前，他只能在这里和曲结喇嘛说话，至于曲结喇嘛是否愿意出来参加因为盐的颜色的战争，那就看他的定力了。

“回去告诉你们的老爷，以我为教训吧。神灵赐予的法力是用来抵抗佛法的敌人，不是用来伤人的。伤人者既伤别人，也伤自己。我的上师五世让迥活佛就说过，滥用神灵法力的人，是爱好虚荣的表现。”曲结喇嘛的话语从山洞的深处穿过黑暗，一波一波地传出来，像是人生的前世或者后世的声音。

“尊敬的曲结上师，”旺珠管家跪在山洞口，躬身谦卑地说，“我家老爷的眼睛被江东岸盐的颜色伤着了，纳西人的东巴还调来冰雹打在我江西岸的土地上。地上的牛羊被打死了，庄稼也被毁了。上师啊，修持密宗大法的出家人菩提心为因，大慈悲为根本，方便为究竟，众生等待着你去解脱他们。”

“如果盐的颜色伤眼，那就闭上眼睛吧；如果冰雹从天上掉下来了，那就待在家里吧；如果心存十种恶业[1]，那就一定有灾祸了；如果众生都能持因缘大法，像茶和酥油那样的交融在一起，宗教将庇护一切。”

这话语分明是五世让迥活佛的声音，连在一边的穷结仲永堪布听了也大为惊讶，禁不住问：“尊敬的五世让迥活佛，是你在里面讲话吗？”

旺珠也听出五世让迥活佛的嗓音，早吓得额头触在地上不敢抬起来了。一个已经去世了四年多的活佛，尽管人们还没有将他寻找出来，但是他的身影、他的话语、他的思想，随时随地都在你的身边。

山洞里没有回音，穷结仲永堪布又问：“曲结喇嘛，刚才的话是谁说的呢？”

仍然没有回答，那段话仿佛来自过去。旺珠只好留下带来的银子，只身回到野贡土司的帐篷里，直截了当地对他的老爷说：

“老爷，不能再打下去了。让迥活佛回来啦。”

野贡土司那时眼睛红肿得只剩一条缝了，那可不是江东岸的白盐灼伤的，而是战事不顺让他急火攻心，欲望的火苗一下就窜到眼睛里了。他现在看什么都觉得那东西在着火，体内的欲望不仅燃烧着自己，还燃烧着眼前的世界。这让他感到很烦躁。他就顺口说：“那就请活佛到帐篷里来喝碗酥油茶。”

旺珠吓了一跳，以为他老爷真的看见让迥活佛来了呢，忙扭头往回看。他的背后就是澜沧江的东岸，纳西人矗立在悬崖上的村庄和盐田，在他回头一瞥的瞬间，他看见了江面上明晃晃的阳光下，一个孩子正蹦跌跌坐于一个波浪之上。

“佛祖啊……”

---

① 佛教的十种恶业包括身之三恶业——杀生，偷盗，邪淫；口之四恶业——妄语，两舌（挑拨离间），恶口，绮语；意之三恶业——贪欲，瞋怒，邪见。

旺珠眼泪顿时就下来了。这个孩子的前身他是多么熟悉、多么崇拜啊!

澜沧江两岸的战火暂时停下来了。丹玛神巫向野贡土司献上了一条渡江的计策,他建议野贡土司放弃过时的羊皮囊,改用牛皮筏渡江。峡谷里的人从来没有见到过船、筏一类的渡江工具。青藏高原上的澜沧江太凶猛,根本就不是一条可以行船的江。丹玛神巫说,如果给牛皮筏加持了法力的话,它就可以抵御澜沧江的波浪。

野贡土司杀死了本来用来庆功的数十头牦牛,在丹玛神巫的指点下,晒干后缝制成了六条牛皮筏。牛皮筏的前面还设计了一块挡板,蒙上厚厚的棉被和牛皮,用以遮挡纳西人的弓箭和火枪散弹。丹玛神巫还向野贡土司建议,寺里有那样多年轻力壮的喇嘛,为什么不请他们一起来乘坐牛皮筏呢?如果他们过了江,洋人的脚就要打抖了。

可寺庙对野贡土司的建议不置可否,因为人们找不到那些掌教的高僧和大活佛绛边益西活佛了。自让迥活佛虹化以来,三世绛边益西活佛和穷结仲永堪布联合掌管着寺庙的宗教大权,绛边益西活佛传承体系在噶丹寺里其地位仅次于让迥活佛体系,当让迥活佛传承体系需要寻找他的转世灵童时,绛边益西活佛便担当起了从寻找到培养灵童的一切重任;同样,在绛边益西活佛体系传承过程中,让迥活佛传承体系的各代大活佛也起着不可或缺的作用。

在绛边益西活佛的带领下,寺庙里最近举行了好几场秘密大法会,僧众在大法会期间隔天只喝一次酥油茶、吃一顿糌粑,为的是对神灵的虔诚。而寺庙里像活佛、堪布、格西、掌坛师、领经师等高僧大德们,据说已经在半个月时间里除了隔天一碗茶外,没有吃任何东西了。而且他们还经常一起在佛堂里修持一种普通僧侣不能观看的密法,在他们修持这种密法时,连大地都在微微颤动。

很久以来，俗界的土司在准备战争，僧界的喇嘛们却在为五世让迥活佛的转世煞费苦心。五世让迥活佛虹化已经四年多了，他的转世灵童应该浮现于人间了。但是，由于灵童是找出来，而不是选出来的，因此这个过程既有很多的波折，又暗藏着许多不可更改的法定的东西。鉴于让迥活佛在虹化时并没有明确说明自己将在哪个方向更换自己的身体，他的圆寂方式又相当独特，噶丹寺的高僧们只能像在黑暗中凭借着微弱的星光赶路一样，在崎岖漫长的寻访转世灵童的道路上摸索前进。做法事，观湖相，求佛陀，问神灵，刻苦修行，迎请了各路神灵前来指引寻访灵童的高僧小组不要被魔鬼所迷惑干扰。

就在峡谷里的桃花被当作是战争的信号时，睿智的五世让迥活佛抢在桃花开放前的一个清冷的早晨，向人们显示了自己的转世方向。他的灵塔的东面塔顶上，竟然长出一支杜鹃花苗来。两天后，这株杜鹃苗竟开出白色和红色两种颜色的花朵，喇嘛们发现了这个奇迹，纷纷前去告诉寺庙的临时大住持绛边益西活佛。而那个早上绛边益西活佛正为自己昨晚的一个梦百思不得其解。他在梦里看见五世让迥活佛在江面上行走，边走边回头向西岸张望。寺庙的高僧们根据种种神奇的迹象判定，五世让迥活佛的转世灵童将要出现了。

绛边益西活佛明白了五世让迥活佛的智慧。他告诉大家，“你们应该仔细想一想五世让迥活佛虹化前说的最后几句话，‘我就像沐浴在一条向南流淌的阳光之河里，我要涉过去啦。’在我们这里，向南流淌的河只有澜沧江，伟大的五世让迥活佛涉过了这条江。五世让迥活佛灵塔上的那株杜鹃花为什么要向着东面开花呢？佛祖啊，五世让迥活佛是在告诉我们，他在江的东岸等我们哩。”

寺庙的转世灵童寻访小组秘密来到了江的东岸。过去他们在寻访转世灵童时也曾多次来到过江东，他们沿着这边的马帮驿道甚至一路走到了拉萨,但是他们从没有进过渡江后最近的两个村庄——纳西人的左盐田和信奉天主教的藏族人的右盐田,因为这不是佛教徒的村庄。但是这一次,五世让迥活佛的法力指引他们走进了纳西人的村庄,他们刚一进村口,就看见一个四岁的纳西男孩在路口迎接他们,他用一种与他的年龄不相称的口吻对行色匆匆的高僧们抱怨道:

“你们怎么才来啊,战火都快要烧到纳西人的房子了。”

绛边益西活佛蹲在那个孩子面前,激动地问:“孩子,你家在哪里?”

“在八瓣莲花上。”孩子说。

能住在八瓣莲花上的可不是凡人,“佛祖啊!”一群老僧冲着孩子全跪下了。

接下来的验证过程就像人们所期望的那样顺利吉祥,尽管这个男孩是纳西人的东巴教祭司和阿贵的小儿子。他牵着绛边益西活佛的手,把高僧们领回自己的家里。老僧们发现,孩子家的房子立在一处巨大的岩石上,那岩石看上去形状既规整又奇异,像一朵盛开了千万年的莲花。

当几个老喇嘛出现在院子门口时,和阿贵吓得一屁股坐在院子里,他还以为野贡土司的人马已经打过江来了呢。他曾经想过,如果野贡土司征服了江东,第一步是占了纳西人的盐田,第二步大概就是要纳西人改宗藏传佛教了。那么,他这个东巴既没有了盐田和土地,也没有了自己的信徒。与其如此,他还不如像一个纳西武士骄傲地战死。

但是事情的发展没有和阿贵想象的那样糟糕,但又超出了他的想象。“一个藏传佛教的活佛,怎么会投生到一个东巴人家呢?你们没有弄错吧?”闻讯赶来的族长和万祥对高僧们说。

“神灵的眼睛是不会看错人的。”穷结仲永堪布说。

和阿贵眼看着自己的孩子被喇嘛们抱在膝前,心中有剜肉之痛,“可我们是纳西人啊!”

“这样的事情不是没有先例,”仁钦平措格西说,“早在大清乾隆年间,邻近的四川藏区在你们纳西人中就找到了转世灵童;光绪初年,云南藏区的一个纳西活佛后来又转世回一户藏族人家。在我们这个地区,不同的民族是依照神灵的旨意像种子一样播撒在大地上的,有谁能知道活佛会在哪一个民族更换自己的身体呢?”

和阿贵苦着脸对和万祥说:“族长,你看怎么办呢?”

和万祥说:“这是藏族人的活佛在拯救我们的村庄。”

“藏族人和纳西人,都在让迥活佛的悲悯之下。”绛边益西活佛说。

“是的,战争该结束了。”那个孩子突兀地在人群中说。

这时刻,在澜沧江对岸,野贡土司牛皮筏全部做好了。丹玛神巫为牛皮筏加持了法力,它们的底部在神巫的咒语声中自行膨胀起来,让聚集在江边所有准备出征的人们看得目瞪口呆。丹玛神巫夸耀地说:“如果需要的话,我还可以让它们在空中飞行哩。”

全身武士打扮的野贡土司说:“那我们坐着它飞过去不是更好?”

丹玛神巫说:“当然,飞过去是件很容易的事,但是请好好想一想吧,天空是神灵控制的,大地才属于我们。如果我们双脚离开了大地在空中飞翔,神灵就会把我们狠狠地摔在地上。”

野贡土司说:“多聪明的神巫啊,这就是为什么我们不能在悬崖上像鹰一样从高处飞下来的原因。”他向众人表明了自己也很聪明。每条牛皮筏里可以乘坐五个康巴勇士,野贡土司带着儿子坚赞罗布坐在第一条下水的牛皮筏上,他们在牛皮筏四周装饰了五彩的经幡,经幡上是一些祈诵战神保佑的经文。被打扮得花花绿绿的牛皮筏看上去不像是去打仗,而是去参加宗教节日。

牛皮筏成为了那次战斗中威力强大的新式武器，东岸的纳西人看着藏族人竟然能够坐在一种他们从来没有见过的神奇东西上渡江而来，纷纷扔下手中的火枪和长矛，用手捂住了自己惊讶得闭不拢的嘴。

“天哪，他们坐在江里！”一个纳西武士说。

“这是东巴经中说到过的船，它是属于神灵的！”另一个也惊呼道。

有人说：“赶快问一问和阿贵东巴，我们的神灵的船是不是被土司偷走了？”

纳西人纷纷从岩石后探出头来看坐着神灵的船渡江而来的藏族人。他们在神灵的船上还可以神闲气定地向岸上射击。坚守江岸的纳西武士措手不及，惊慌失措，被一阵阵排枪放倒了好几个。

从东岸上投来的标枪和射来的火枪散弹几乎不能对牛皮筏上的康巴勇士们构成什么威胁，牛皮筏前那块巨大的挡板足以遮挡纳西人微弱的抵抗。野贡土司一手拿着枪，一手捻着胸前的佛珠，望着江东岸悬在半空中、排列得参差不齐的盐田对坚赞罗布说：

“纳西人像对待女人一样来搭建江边的盐田。”

“阿爸，我不明白你的话。”坚赞罗布说。

“哈哈，等你和十个以上的女人睡过觉后，你就明白啦。”

“使劲划呀，谁第一个站在纳西人的盐田上，谁就是那块盐田的永远主人！”他又对牛皮筏上的划桨手们说。

“嗬呀！”划桨手们一声欢呼，恨不得一步就跨上岸去。

但就在此时，划桨手们忽然发现牛皮筏划不动了，既不向岸上移动，也不顺着水流的方向下飘，每只牛皮筏都仿佛被施了法力定在了那里。年轻的坚赞罗布最先发现战事的异样，他手指江东岸，大声惊呼：“阿爸！喇嘛，喇嘛们！”

野贡土司忙循声望去，果然看见东岸江边站着一群老僧，他们或许是站在江水中，或许是站在岸边，或许是悬浮在水面之上，总之，江西岸寺庙里的喇嘛出现在江东岸纳西人的领地就是一个奇迹。至少，你弄不明白他们是怎么过江的。那群老僧就像一群江边的雕像，面对纷飞的战火和湍急的江水巍然不动。

绛边益西活佛怀中抱着一个孩子，老僧们拱卫在四周，仿佛怕野贡土司的人抢走了似的。

"战争结束了，土司老爷！"绛边益西活佛挥手冲牛皮筏上的人们高声喊。

"谁说的？"野贡土司厉声问。

"峡谷的众生啊，五世让迥活佛转世灵童我们找到啦！你们怎么还来这里干杀生的事情呢？"嗓门一向很大的尼玛次尼领经师高声说。

野贡土司呆呆地问："谁是让迥活佛的转世灵童？"

所有乘坐在牛皮筏上的康巴勇士都在问："谁是转世灵童？"

"他就是我们的五世让迥活佛的转世灵童。"绛边益西活佛把那孩子高举在自己的肩膀上，大声宣布道："以佛、法、僧三宝的名义，我要告诉你们，你们不能攻打一个产生了活佛的村庄。"

"别听他的，那是纳西人的村庄！"野贡土司喊道。

绛边益西活佛呵斥道："尊敬的土司老爷，请原谅我的冒犯，你已经掉入二障[①]的蛋壳中出不来了，贪婪和愚痴蒙住了你的眼，充斥了你的心。如果今天见了小灵童你还要舞刀弄枪的话，明天你就可以骑在活佛的头上了。"

野贡土司仿佛被一颗子弹击中了似的，手中的枪一下掉进了澜沧江。他回头一看，只见牛皮筏上的那些连死都不怕的康巴勇士们，全都冲那个刚寻找出来的转世灵童跪下了。

---

① 即佛教所说的烦恼障和所知障，经文中经常把愚痴者和困惑者形容为掉到一个鸡蛋中出不来的人。

战争确实结束了。

而在另一只牛皮筏上的丹玛神巫，正伏在牛皮筏边呕吐。一个冒牌的神巫是不能见真正的活佛的，就像黑暗不能见到阳光一样。丹玛神巫先是吐出了早晨喝下的酥油茶和糌粑，然后吐出了昨晚吃下的酒肉；神灵的惩罚纷至沓来，他开始呕吐自己的内脏，先吐出了胃，再吐出肠子，又吐出了肝和肺，直至他把自己的一颗心也吐了出来，它是黑色的。那是魔鬼的心，丹玛神巫的本来面目昭然若揭。他已经不可能像他刚来时吹嘘的那样，将吐出的五脏六腑再装回去，因为天上的一只受到神灵派遣的神鹰一个俯冲，把那颗罪孽深重的心收回去了。

丹玛神巫最后吐出了自己的舌头，舌头上坑坑洼洼，布满了是非和刻毒的咒语，它一掉进江里，水中的鱼立即被毒死了好几条。

绛边益西活佛轻蔑地说："舌头多了，祸事就来了，哪里来的还是回哪里去吧。把峡谷的安宁还给我们。"

活佛的话音刚落，丹玛神巫翻身就落进了江水中，他变成了一条黑色的鱼，在波浪中一闪就再也不见踪影了。

于是，本来是去抢占纳西人盐田的牛皮筏，现在成了迎请纳西转世灵童的过江工具。在出发前野贡土司为牛皮筏装饰的彩色经幡，正好为这隆重庄严的时刻妆点出些节日的色彩。伟大仁慈的五世让迥活佛的转世灵童顺利找到了，没有人再有心思打仗，也没有人再顾及盐的颜色，并为大地上的一种颜色而战，因为一个产生了活佛的村庄是受人尊重的。宗教庇护一切，灵魂的皈依比什么都重要。

第六章　七十年代

34. 魔鬼的造访

这一年的冬季来得特别早，明明才十月中旬，一场大雪就让卡瓦格博雪山在一夜之间丰满起来，雪线就像滑落的白色幕布，把头天还苍翠的高山森林和草场笼罩起来了，就像要匆忙掩盖一个秘密。千百年来，雪山上究竟有多少秘密不为人知，人们已经不敢去追问。因为现在峡谷里即便一个大字不识的藏族人，都知道神秘的东西是必须批判的，能控制人们灵魂的神灵早就被打倒了。

高山牧场上瘦子喇嘛的牛群全成了白色的，仿佛都变成了神话传说中具有神灵之气的白色牦牛。当他从草场上的帐篷里钻出来时，就像回到了久违了的神灵世界。眼前的一切都洁白无瑕，与纷繁的尘世毫不相干。

"嗬——"瘦子喇嘛哈出一口白气，那只常年与他相伴的藏獒达嘎便跑了过来，围着他的脚打转。瘦子喇嘛对它说："下雪了，我们怕是回不去了。"

他说着就流下了两滴老泪，不是因为伤心，而是年迈的瘦子喇嘛患有风泪眼好多年了。过去藏族人认为，见风落泪，是成佛的标志。

达嘎哼哼两声，算是作答。瘦子喇嘛翻出一只已啃了一多半的羊腿，边揩眼泪边递给达嘎，"你吃吧，我老了，魔鬼也欺负老年人呢，都钻到我的嘴里来啦。昨晚我听见他们在锯我的牙齿，就像锯一棵棵的树一样。”

达嘎口里叼着羊腿，用同情的眼光看了看瘦子喇嘛一眼，然后便叼着骨头去找它的孩子卡巴。瘦子喇嘛把火塘的火堆拨燃，他即便蹲在地上，也要费力地弯下腰去吹那还有热气的火灰，那姿势像一只弓着身子的大虾。瘦子喇嘛其实并不瘦，只是因为他太高了，如今在峡谷里很难找到这样高的人。他长手长脚，虾腰驼背，连脸庞也长得惊人，挺直的鼻梁像一条横亘的山岭，让人看着脚也会发软。但是一个放牧者多年的孤独早已经深深地刻在他的脸上，这使他看上去慈祥而悲悯。他就像一棵到处游走的细长的老树，使空旷的草场不寂寞。

“达嘎，不管怎么说，我们还是试一试，也许大雪还没有把路完全封死。你说呢，达嘎？”瘦子喇嘛喝完早晨的酥油茶，抹抹嘴对他的伴儿说。

达嘎正在训练卡巴如何从它的嘴里抢吃的，它把骨头压在一条前爪下，当卡巴来抢时，它就用另一只前爪扇卡巴，那粗壮的爪子抵得了一个康巴汉子的胳膊，有时达嘎出爪重了，卡巴便被扇得满地滚，呜呜乱叫，但对骨头的向往使它一次又一次地往前扑。达嘎刚做了母亲，卡巴才半个月，但已经可以啃吃骨头和糌粑了。达嘎在这种时候表现出来的狠劲连瘦子喇嘛都看不下去，“人和狗啊，牛啊，羊啊，其实没有什么不同哦，都是为了那一口。达嘎，你轻一点好么？”

达嘎使劲摇摇头，将脖子上的项圈甩得哗啦啦响，那是它不赞同主人的观点的表示。这工夫卡巴趁机把骨头抢走了，躲到帐篷一角，急速地啃起来。它的眼睛随时都在提防着达嘎。

瘦子喇嘛来到帐篷外，刨开草地上的积雪，一些小石子就露出来了，他将它们一一捡起来，每捡一颗，它就念一头牲畜的名字，多洛，嘎农，巴吉，罗嘎、农批……一共有三十二颗石子，那代表他为生产队放牧的九头犏牛，二十三只羊。他把这些石子装进腰间的一只布袋里，口里念了一段经文，牛羊们就知道瘦子喇嘛在召唤它们回来了。它们哪怕游走到再远的牧场上吃草，都会自己跑回来。早晨天还没有亮时瘦子喇嘛把这些石子隔着帐篷门撒出去，牛羊们便会自己爬起来到草场上找吃了，而瘦子喇嘛还可以再小睡一会儿。牛羊们都知道，瘦子喇嘛是用法力放牧，他不是一个普通的牧人。

瘦子喇嘛今天早晨不想再给牛挤奶了，就让它们也歇一天吧，还要走山路呢。他想。然后他开始收拾帐篷里的东西，一个高山牧场上的放牧者，他的生活用具非常简单，一头牦牛就可以驮走他的所有家当。他把还有半袋的糌粑面连同羊皮袋一起放进铁锅里，几块剩下的羊肉用一个布袋装好。他想如果佛祖保佑，他和达嘎赶着牛群可以用两天的时间走完下山的路。在牧场上打好的酥油有三大饼，奶渣有一口袋，这些都得交回给生产队，他们会凭此给他记工分。瘦子喇嘛年年都到高山牧场上放牧，这可是个苦差事儿，生产队对出来放牧的人记的工分低，而走失了牛羊或牲畜们得病死了，放牧人都要承担责任。如果你成分不是那么好的话，一项破坏国家财产罪就可能会让你进学习班甚至到农场劳改。夏季里的高山牧场已经不是从前天空中情歌飘荡、草原上野花浪漫的时代啦。

瘦子喇嘛在扎奶渣口袋时，想找他的羊皮绳，他明明记得刚从背囊里把这根绳子拿出来了，但现在左寻右寻就是见不到，帐篷就这么大一点地方，已经拾掇得没有什么可剩下的东西了。就在瘦子喇嘛四处查看时，一个声音在他身后说：

“你要的绳子在这里。”

瘦子喇嘛一回头，便看到一个他从未谋面过的魔鬼坐在火塘的三角铁架上，他几乎是坐在三角铁架上方的火苗尖上，当然只有魔鬼才会有这样的本事。他的手上果然缠着瘦子喇嘛的羊皮绳。他笑嘻嘻的，像一个爱开玩笑的、幽默的藏族人。火还在他的身下燃烧着哩。

瘦子喇嘛只愣了一下，就像对一个多年未见的老朋友说："嚯，你终于来了。为什么不坐在藏毯上呢？我可以为你重新铺开。"瘦子喇嘛说着把刚卷起来的藏毯铺开了。

"我怕冷。这里很好么。"魔鬼说。

瘦子喇嘛不和魔鬼客气了，自己在藏毯上盘腿坐下，和魔鬼面对面。除了跟忠实的藏獒达嘎说说话外，瘦子喇嘛已经有三四个月没有和谁说过话了。在寂寞的高山牧场，有魔鬼做伴，总比什么都没有强。瘦子喇嘛从收好的行装中拿出两个茶碗，把茶罐重新煨在火堆边，"你呐，也来一碗茶吧，"他说，"只听说你们也害怕运动、文化大革命，还没有听说过你们怕冷。"

魔鬼没有回答瘦子喇嘛的话，"你该走了。"他有些俏皮地说。

瘦子喇嘛弓下腰去把火吹旺一些，"不着急么。你可以把我带走，但你得让我喝完这碗茶。"

而他那天碰到的却是个性急的魔鬼，他说："走吧，我等你等了八十多年了。"

不知是因为刚才火烟熏的，还是因为别的什么原因，瘦子喇嘛的眼泪又下来了。"八十多年的时间并不长么，昨晚睡觉前我才四岁，醒来就八十多岁了。你说说，这寿岁你们是怎么管的，一定是哪儿弄错啦。"

魔鬼笑了："是弄错了。本来在你四岁那年就要收走你的，但是人家帮你把命抵了。"魔鬼的笑脸甚至有点和蔼可亲，使瘦子喇嘛差点忘了他是一个魔鬼。

茶已经热了，瘦子喇嘛把茶倒进酥油茶筒，然后一上一下地打茶。他边打边想，热香热香的酥油茶啊，从来都是打给远方的客人喝,现在要打给魔鬼喝了。这让他打茶的动作迟疑而沉重,有两次甚至把茶都打出来了,惹得魔鬼在一旁笑话他:“你真的该走了,连茶都不会打了。”

瘦子喇嘛说:“是吗,那是因为你在旁边。”

他倒了两碗茶,递给魔鬼一碗,高声说道:“欢迎啊,远方的魔鬼!”

魔鬼伸手接了,连碗一起喝了下去。

瘦子喇嘛嘀咕道:“真是饿鬼变的,我只有这两只碗哩。”然后他也喝了一口,滚热的茶刚到喉咙里,又自己倒着流出来了。不是由于烫,而是瘦子喇嘛猛然发现今天的茶味道奇异,令人作呕,不再是他喝了八十多年的酥油茶了。他喝到了死尸的味道,从前他多次闻到过这种味道,不过可不是在酥油茶里。

“你把我的茶弄坏了。”瘦子喇嘛心有不甘地说。

魔鬼好像感到有些愧疚,同情地说:“这个时候的人,吃什么都不香啦。”

瘦子喇嘛被他的话所感动,这才认真观看对面与他谈话的魔鬼。尽管瘦子喇嘛已经八十多岁了,但他的眼睛依然好使,连林子间跳跃的鸟儿的羽毛是什么颜色他都看得清楚,何况这个比真人小不了多少的魔鬼呢。魔鬼的皮肤是一层死尸皮,干涩、粗糙而且僵硬,就像经书中说得那样,它是黑蓝色的。瘦子喇嘛虽然多年不念经书了,但他还是终于想起来了,这个魔鬼的名字叫囊珠森吉顿巾,他眼下呈现的是阎王的一种内修身形,名为寂静阎王。经书中把他描绘为生有凶暴的罗刹头,一手持一把滴血的砍刀,一手拿着人头盖骨做成的血碗,他专收世上的恶人和罪孽深重的人的命。不过他今天呈现在瘦子喇嘛面前的是他的善相,而不是怒相,因此他并不显得十分的恐惧。瘦子喇嘛觉得由他来收走自己的性命,自己今生所造的罪孽,也许可以得到补赎了。——至少到目前为止，寂静阎王对他还不错。

这时达嘎带着卡巴从外面跑进来了，它们没有看见魔鬼，连魔鬼的味道都没有嗅到，达嘎是听到主子的说话声才跑回来的。它一进帐篷，魔鬼就不见了。达嘎用诧异的眼光看着自己的主人，也许它认为主人又在自言自语了。它呜呜两声，责怪主子为什么还没有收拾好。“你也要催我呀。”瘦子喇嘛对它说，“那就上路吧，时候到了，谁也躲不过去。”

草场这时已经变成了茫茫的雪原，瘦子喇嘛孤零零的黑色帐篷像白色世界中的一个小黑点。他在拔固定帐篷的木楔子时，拔了几下也没有拔出来，他正想找一个东西来撬一撬，魔鬼从他身后伸出手来，轻轻地就将木楔拔起来了。

瘦子喇嘛说：“我可不会谢你，你真比我还急。不管怎么说，我得把生产队的牛羊赶回去。那是集体财产，你明白吗，现在连一根羊毛都属于社会主义。”

魔鬼在他身后说：“噢，那么什么东西才属于你自己呢？”

瘦子喇嘛老是淌眼泪的眼睛让他在魔鬼面前很不好意思，他不得不在回答魔鬼的问话时，不断揩眼睛。他说：“过去的日子，都是属于我的。我从前造的孽，谁也不会要。还有这些老也淌不完的眼泪。”

“刚才我忘了，还有一样吉祥的东西属于你。”魔鬼跳到了瘦子喇嘛的眼前。

瘦子喇嘛抹一把眼泪：“噢，吉祥。这个时候对我还有什么用呢？你把金山银山给我，西藏法王的王冠给我，都会像雪花一样被风吹走。”

“你的好运气。”魔鬼认真地说，“我一直没有给你，不是我忘了，而是时候不到。”

瘦子喇嘛望着空旷的雪原，喃喃说：“难怪我这一辈子都不走运,原来你们捏在手里不放出来。”

“可怜的人,许个愿吧,你要怎么用你的好运。”魔鬼用同情的口吻说。

瘦子喇嘛想都没有多想,说:“我把他送给下山路上碰到的第一个人。愿他的人生吉祥。”

魔鬼咂咂嘴:“要是那个人是你的仇人呢?”

“我没有仇人,”瘦子喇嘛又抹一把眼泪,“因为我是峡谷里所有人的仇人。我们走吧。”

瘦子喇嘛赶着牛羊上路了,在他前面奔跑的是藏犬达嘎和卡巴,在他身后如影紧随的是黑蓝色的魔鬼寂静阎王。他深一脚浅一脚地在雪地上蹒跚而行,狂风吹得雪花起着旋儿像藏族人煨桑的青烟,像瘦子喇嘛看得见却一抓就融化了的吉祥,狂风也把他风泪眼里不断淌出来的眼泪吹成干硬的小冰凌,一条条地粘在他的老脸上。开始他还用僵硬的手指将它们掰下来,后来他干脆不管了,冰凌在他的脸上横七竖八地堆积,像一些隆起来的新皱纹,把这张本已沧桑得无法阅读的脸弄得更加像峡谷冬天里衰败、破落的大地,连跟在他身后的魔鬼看着也不忍心。

“不要哭啦,人走到这一步都会这样。如果你有话要交代给亲人,就说给我好了,我会转告的。留下一些忠告的话,比留下眼泪好。”魔鬼不无同情地说。

瘦子喇嘛看着白茫茫的群山和他脚下深远幽静的峡谷,良久才说:“我没有亲人。”

两滴眼泪又淌下来了,佛祖应该知道,这并不是被风吹出来的。

天空中阴云厚重,卡瓦格博雪山笼罩在黑色的云幕中。密云往下压的速度超过了瘦子喇嘛下山的脚步,天地间转眼伸手不见五指,除了魔鬼,瘦子喇嘛什么也看不见。雪花密集得使人喘不过气来，风声中有千万个厉鬼在哭泣。尽管峡谷里人间的一切牛鬼蛇神都早已被打倒，但雪山上仍然是魔鬼横行的世界。瘦子喇嘛只得把牛羊赶到一处悬崖下，刚想停下来喘口气，他就听到达嘎凄厉的狂吠，那是它从未有过的惊恐呼叫。随后一连串的雷霆从瘦子喇嘛的头上倾泻下来，一直紧跟着他的魔鬼也惊叫一声，逃遁得不见了踪影。在瘦子喇嘛还没有想清楚是哪一路的神灵发怒时，白色雷霆一瞬间便卷走了天地间的一切。瘦子喇嘛，藏獒达嘎，达嘎的孩子卡巴，以及他为生产队放牧的九头犏牛，二十三只羊。

还有他没来得及送人的好运。

35. 澜沧江边的魔术

冬天的峡谷里朔风怒号，从青藏高原吹下来的风沿着峡谷的山口浩荡而来，把人都吹得摇摇晃晃的，这种时候在江边盐田狭窄的山道上背盐卤水需要十分小心，稍不留意就可能被大风吹到澜沧江里去。澜沧江东岸和西岸的盐田早已被收归公有，如今它们既不属于野贡土司也不属于纳西人，属于人民公社，还属于一个新建起来的劳改农场。农场的盐田就建在江东岸左盐田镇过去纳西人的盐田旁边，那些接受劳动改造的人也像当年纳西人开辟东岸的盐田时那样，在悬崖峭壁上凿壁打眼，栽下一根根木桩，搭建悬在半空中的盐田。唯一不同的是，这些现在被改造成了地道盐民的男人们，并不是通过晒盐来获得财富，而是在艰苦的劳作中洗刷自己从前的罪孽——不管你有还是没有。他们没有政治身份，属于被那个时代专政的对象。

每天清晨，启明星刚开始发亮的时候，凄厉的起床号声就划破凛冽的夜空。农场实行半军事化管制，劳改者起床的速度一点也不亚于军人。他们从简陋的工棚里一拥而出，有的人一边跑一边还在系纽扣、系鞋带,仿佛身后有人在用刀子刺他们的背。虽然现在早已不是野贡土司生怕耽误了他的太阳的年代,但是人们奔向盐田的速度跑得比当年野贡土司的盐民们还快。他们必须在太阳升出峡谷东边的高山前,每人背二十桶的卤水倒进盐田里,然后,才可以吃上这一天的第一顿饭。

前土司坚赞罗布今天没有早饭吃了,因为管教干部根据最新的阶级斗争动态,结合盐田的历史,认为有必要在盐田旁开一个现场批判大会。学校的学生和左、右盐田,以及江对岸卡瓦格博村的村民们都被召集起来集中到澜沧江的西岸。那时候开批判会就像从前打仗一样,空气在一瞬间就充满了硝烟味,连澜沧江的波涛都被人们的口号声吓得不敢自由喧哗了。

按照惯例,被批判的对象站在众人的面前,还有若干陪斗者。土司的后代坚赞罗布身边站着的是前土匪头目,纳西富商的后裔,参加过叛乱的喇嘛,东巴祭司的后代,前活佛,有里通外国嫌疑的天主教徒,殉情未死的胆小鬼,共产党的前县委书记木学文,以及几个偷窃犯、强奸犯、投机倒把犯。除非魔鬼的作怪,这些无论是宗教信仰还是政治观点都曾经属于不同阵营的人是绝不会站在一起挨批判的。

批判会的组织者先念了一段冗长乏味的报纸社论,运用神奇的法力把邓小平的右倾翻案跟峡谷里毫不相干的历史扯到了一起。他说根据群众的揭发,澜沧江峡谷西岸盐田边的一块岩石是一个藏族人的头颅,他是野贡土司的走狗和帮凶,即便到了现在,他还在为野贡土司看守盐田,为配合邓小平的右倾翻案,为万恶的土司制度复辟作准备。“坚赞罗布,赶快交代吧,你的材料全在我们手里。”

神情猥琐的坚赞罗布抖了一下,腰弯得更低了。他努力地回忆这又是哪一桩没有来得及向政府交代的罪行。人头怎么会是岩石呢,它怎么才能跟邓小平的右倾翻案配合在一起呢?它是野贡土司家族从前犯下的千百种罪恶中的哪一桩呢?如果他回忆不起来,他就不能在这个批判会上洗清自己。佛祖啊,如今最革命的人也弄起这些神神鬼鬼的事来啦。

“坚赞罗布,抵赖只能罪加一等!”有人在高呼口号。

“是,是是,我有罪。”坚赞罗布赶忙弯下已不能再弯的腰。

“罪在哪里?”

“罪在……罪在,我我……我实在想不起来了,队长。”

“让我来帮你想,猪屎一样臭的坚赞罗布。”一个一贯要求进步的前盐民的后代东珠确杰从人群中站出来说,“听我爷爷讲,从前他给土司家晒盐的时候,每天早晨天还没有亮,这块石头就在盐田边催促人们起床去干活,说‘太阳出来了,不要浪费了土司的太阳’。这石头叫人给土司干活像钟一样准,它会说话,甚至还能告黑状哩。它实际上是土司走狗的精魂变的。有一次我爷爷偷偷带了一坨盐回去,被它看见了,告诉了土司。我爷爷被抓到土司大宅的地牢里,穿了三个月的木靴,脚掌上的骨头全都给挤碎了。”

“东珠确杰,你在讲神话故事哩。”坚赞罗布抬起头来说,“我可从没有听说过石头也能开口说话的事儿。”

“老实点!”会议主持人喝道。

“是是,我老实。”坚赞罗布又低下了头。

“东珠确杰的揭发对我们很有启发。”会议主持人说,“同志们,你们想一想,过去的土司有多狡猾。他让人头变成石头,这澜沧江边到处都是石头,谁会去提防一块石头呢?把那块既反动又顽固的石头给我揪出来,我们今天要砸烂它!坚赞罗布你要是不认罪改造,我们就要像砸烂这块石头一样砸烂你的狗头。”

于是有人把一块石头搬到了众人面前,表面上看它只是一块普通的石头,根本不像一个人的头颅,也跟一个游荡的冤魂没有关系。但是峡谷里流行了多年的真真假假的传说,使这块石头确实让从前的盐民们心存敬畏。多年以前土司家的家丁队长、盐田管事友吉滴血的头颅曾放在上面,他的鲜血曾经浸染过它,他的精魂也曾经寄托在上面。它活该被批斗是因为它总是在凌晨搅了盐民们的美梦,它活该被砸烂是因为它让人们感到恐惧。就像那些泥塑的佛像也应该被打倒砸烂一样,这块石头被碎尸成了无数的小块,再也威风不起来了。

批判会结束后,已是中午,劳改者们在民兵的押送下继续背卤水。坚赞罗布由于到现在还没吃上一点东西,又弯腰驼背地站了一上午,现在背着沉重的卤水走在悬崖边的栈道上,就像澜沧江悬崖上的一根老树枝,随时都可能被吹进江里去。这时另一个被改造者木学文背了一只桶,跟在坚赞罗布的身后,来到江边的井穴旁,坚赞罗布先沿着一把竖梯下去,井并不深,只有三四米左右。木学文看看周围,没有人注意他们。他也一猫身下去了,像潜入地下的一只动物。

木学文跨坐在竖梯的横栏上,他的脚正冲着井底的坚赞罗布的头,“喂,尊贵的土司老爷,开心点。批判会开到如此荒唐的地步,就差不多开到头了。石头有什么罪呢,人命才是关天的。”

坚赞罗布仰头说:“你还嫌那会开得不够长不是?就别再扯什么人命不人命的啦。过去的事,藏族人的命像一根草一样。这峡谷里到处都是孤魂野鬼,每一棵树、每一块石头,你都可以说它是某个灵魂的寄放处。如果你们也有藏族人的眼睛的话。”

木学文不紧不慢地说:“这条人命还与你有关哩,尽管你那时还是一个十二岁的孩子。”

坚赞罗布急了,嚷道:“木学文,你现在不是土改工作队队长,也不是县委书记啦。你跟我一样,是一个接受劳动改造的罪人。你说的这些有谁会相信呢?我十二岁时还没有当上土司,怎么能杀人呢?”

木学文笑嘻嘻地问:“‘脑袋想去晒盐就让脑袋去,脚不想去就让脚好好睡觉’,这话是谁说的?”

“是……是我说的,可可可……人却不是我杀的啊!你要是诬蔑我,我可对你不客气了。”

“你要对我怎么样?”

“你的脚我伸手就抓到了,我们一起淹死在这卤水井里,你以为怎样?”他说着真的抓住了木学文的脚。

“来吧,使力呀,”木学文任他抓住他,毫无惧色地说,“看看一个从前的土司胆量究竟多大。喂,动手啊!”

坚赞罗布抱着那只脚,并没有使劲往下拽,而是把脸贴上去了,就像抓住了一个可以把他拉出苦海的救星。“你们这些不信佛的共产党啊,我可真拿你们没有办法啦。木书记,你的命比我的硬,枪子儿都打不倒你,谁又能把你怎么样呢。虽然你现在不当书记了,但是我看得出来,那些在台上的人,命还是没有你硬,因为连魔鬼也讨厌他们。将来峡谷的天下还是你们这些人的。”多年以前,这两个峡谷里的好汉曾经刀兵相见,坚赞罗布曾向木学文的心窝处开过一枪,但是被打下马来的却是他自己。

“坚赞罗布,他们不是真正的共产党。你相信这一点就行。”

两人从井穴里爬出来,就像刚才什么事都没有发生。他们把卤水倒进各自的盐田里,坚赞罗布走到一块岩石下时,神秘兮兮地对木学文说:“木书记,我搞到一点印度鼻烟丝,要不要来一口?”

木学文有些惊讶,都什么年代了,这个前土司居然还有这个玩意儿,看来还是他们这种人会享受生活。他们躲在岩石后面,把印度鼻烟丝小心翼翼地送到鼻孔前,啊,那可真是久违了的享受啊,就像久违了的平和岁月一样。几个响亮的喷嚏打出来后,仿佛把一身的疲乏和晦气都打出来了,两人的眼睛中都泪光闪闪。“谁给你的?”“我儿子独西。”坚赞罗布还想再打几个喷嚏,但是快乐稍纵即逝,就像被风吹散的卤水的腥味。

“噢,他还在上学吗?”木学文问。

“不让土司的儿子上学啦。有一天老师把‘苍蝇’念成‘苍绳’,独西说老师念错了,但是老师说一个土司的儿子也敢说老师错了。就把他赶出学校了。这小子性子也野,在峡谷里到处乱跑,夏天到高山牧场上放牛,秋天便去帮人赶马,还跟着赶马的马帮去了一趟拉萨呢。这鼻烟丝就是他从拉萨给我带回来的。看看你们把土司的后代改造得多有孝心。”

“汉族人说,家贫出孝子。他有多大啦?”

“十四岁了。但看上去只有八九岁,吃不饱么。不过已经可以和魔鬼打架了。”

“和谁打架?”木学文没有听清楚。

“魔鬼。”坚赞罗布就像说一件寻常事一样,“如今这年月,峡谷里的魔鬼比得上民国时期了。那天我儿子和六个小鬼在羊圈里大战一场,把羊圈的围栏都打散了,这几个专找小孩子闹的小魔鬼还抓破了他的脸;另有一次,我在梦中看见一个穿着件袈裟不像袈裟,牧羊人的披肩不像披肩的魔鬼在追他,独西操起一根矛与魔鬼对打,我赶过去帮他,魔鬼一见我就跑了。你说奇怪不,第二天他说给我听同样的梦,他说的和我梦见的事情一模一样。从那以后,独西的梦我都看得见,也可以随便进到他的梦中去,就像推开一扇门那样,抬腿就进去了。”

“唔。照你这么说,人们可以做同一个梦,并可以同时在梦中相见,批判会也可以挪到梦里去开了,反正再厉害、再荒唐的批判会,不过是一场噩梦而已。”木学文嘲讽地说。

“噢,木书记,求求你,让我们藏族人的梦里也安静些吧。”

很长一段时间以来,坚赞罗布的梦就不安宁了,这还不仅仅是因为魔鬼在他的梦里如入无人之境,还由于众多的哭声始终在他的耳边萦绕。这哭声从梦里传到梦外,又从梦外进入梦里。它并不是某种悲泣,也不是哪个人强烈的伤感,它没有任何情感色彩,仿佛天空中的风声,澜沧江的流水声,连绵不绝,经久不息。但它是未来的哭声,是悲剧或者灾难还没有发生时就传来的哭声,上了年纪的老人家一般都能听到这样的哭泣。准确地说它不是一种哀恸,而是某种警示。

前一个星期六下午,是农场一月一次的允许家属探亲的日子,坚赞罗布悄悄对儿子独西说:“峡谷里要出大事了,独西,你听见天空中的哭泣了吗?”独西问:“爸爸,你是说要死人了吗?”坚赞罗布说:“我不知道。即便真的要死人,死的要么是一个很冤很冤的人,要么就是一个命很硬的家伙。”那时独西望着峡谷下方的澜沧江,像一个早熟的小老头,“爸爸,你看到我昨晚做的梦了吗?”坚赞罗布想了想,回忆自己昨晚是否有和儿子做同一个梦,他感到好像有一团模糊的影像,就像即将飘散的云雾,他抓不住也辨不清。他只有支吾道:“啊,昨晚我睡得太死啦,一觉醒就忙着来背盐卤水呢。”但是独西用不相信的眼光看着他父亲说:“我可在梦里看见你的梦了。爸爸,你心里在想什么我知道。”坚赞罗布当时吓了一跳:“独西,独西,大人的想法常常是很反动的,你可千万不要到处去乱讲啊。”

而独西却说:“爸爸,讲讲我们家的仇人吧,我求你了。你要不讲,人家也会告诉我的。”

坚赞罗布想了半天,最后才吞吞吐吐地说:“好吧,我讲了,你只能一个人知道,不能告诉任何人。就当供你批判吧。独西,你是不是先去买几斤酒来?”

独西从身后拿出一个五公升的塑料桶,往他父亲的面前一蹾:“我早就准备好啦。”

那时刻,坚赞罗布觉得独西已经长成一个男人了。

这天晚上收工回来后,劳改者们才听说雪山上发生雪崩了,有一些牧人还没有来得及转场到冬季牧场,连人带牧群地被埋在雪里了。公社已经派出了由民兵组成的抢险队,劳改农场的犯人们被命令随时待命,一旦找到死伤的人员和牲畜,他们也将到雪山上去抬尸体。

晚上熄灯前,坚赞罗布在洗脸池旁边看到一个老人弓着身子在清洗自己的肚子,一摊污血被水从他的伤口处冲洗下来,还淌到了水池里,他刚想说,那是大家洗脸漱口的地方,别弄脏了。可那个老人抬起头来,他们互相都很惊愕,恐惧让他们再不敢再多说什么。坚赞罗布看看他周围的犯人们,但是他们好像都没有看到这个可怜的老者,有的人甚至已经走到水池边打水洗脸了。坚赞罗布清楚,他碰见一个未来的幽灵了。峡谷里的藏族人认为,如果有人要死了,他的灵魂会在临死前几天出游,过去卡瓦格博村有个叫达若的老人家是全村人最害怕在晚上碰见的人,因为凡是有谁在夜间被他看见了灵魂,第二天痛失亲人的哭嚎之声就会从那人家中传出来。但是这个晚上坚赞罗布没有弄明白的是,他怎么会看见他的灵魂呢,难道自己也变成了达若这种人人害怕遇到的人?人们认为阴魂只会被一些罪孽深重的人看得见,善良的人只会看到阳光下的花朵。

临睡前,坚赞罗布悄悄地对木学文说:“峡谷里要死人了。”

木学文忧心忡忡地说:“那么大的雪崩,肯定有遇害者。”

但是巨大的灾难却以一种魔术的形式在人们的面前呈现。两天以后,县里为澜沧江上新落成的吊桥举行隆重的通车剪彩仪式。多年以前左盐田的纳西富商和德忠曾经想要捐资建这样的一座吊桥,甚至还说要请英国工程师来设计建造,可是老天不给他留名峡谷的机会。现在,作为无产阶级文化大革命取得的辉煌成就之一,由四川来的工匠顶风冒雨地干了半年，总算把一座横跨大江的吊桥建成了。那些四川人是一些快乐而手脚麻利的工匠，他们能吃苦，但不能吃没有辣子和花椒的食物。藏族人打给他们的酥油茶他们都要在里面撒上辣子面和花椒面。与生性厚道谨慎的藏族人相比，他们能说会道，咋咋唬唬，不惧神灵。有人看见他们甚至在玛尼堆前撒尿，好在现在是打倒一切的时代，要是在以往，如此渎神的行为是要被藏族人割掉小鸡鸡的。但是他们心灵手巧，把在江边悬崖上艰苦的劳动当成一场魔术表演。那时峡谷两岸的人仍不知道吊桥是什么模样，人们在画报上见到过长了一排排细长细长的脚的桥，桥下的那些脚直接站在江水中。而四川人说他们要建的桥却没有脚，“它是悬在半空中的。”建筑队长对人们说。有个藏族干部问：“即便在江边的悬崖上搭盐田，也要用木桩撑起来，你怎么能让过人的桥悬在半空中呢？难道你有从前那些大活佛的法力吗？”建筑队长做了鬼脸，夸张地说：“我们没有什么法力，但是我们会变魔术。在你睡一觉起来后，我们就把桥给你变出来了。如果你愿意，我们还可以把桥变没了。”

从那以后，藏族人天天都在等着看四川人的魔术。那确实是一件很神奇的事情，人们看见他们先在江两岸立起了两座高高的水泥塔，它们比藏族人从前造的白塔更高、更庞大，但是没有塔尖。那塔以出乎人们想象的速度节节升高，因为县革命委员会的头头们不断要求四川人加快进度，以便在一个值得纪念的日子里让吊桥竣工。四川人只有以变魔术的手段来建造他们的吊桥。到他们在江两岸拉起了钢绳，并在钢绳间铺开了木板后，藏族人才像从梦中醒来一般，哦呀，没有脚的桥原来是这样的啊！

那天正是纪念“文化大革命”中领袖的一个著名讲话的日子。藏族人已经被许多他们从来都不知道的纪念日搞得晕头转向，但是上面说要庆祝，要纪念，要开会拥护，要献礼，于是他们就认认真真照办不误,他们对毛主席的感情同样真挚虔诚。竣工典礼被弄得比过藏历新年还要热闹,人们把红旗插遍了澜沧江两岸,新落成的吊桥也打扮得像一个即将出嫁的新娘,红色的绸布从西岸拉到东岸,红色的纸花大朵大朵地扎在吊桥的条条钢绳上。前两天吊桥竣工后,身背钢枪的民兵守在桥的两头,不让好奇的人们上去,连看也不给多看。说是没有剪彩,行人就不能通过。人们由是又学会了一个在藏语里从没有见到过的新词汇“剪彩”。“剪彩”是一个与变魔术有关的词汇,吊桥一剪彩,四川人的魔术就变成啦,吊桥也就可以走人了。今后人们过澜沧江,就可以像从前那些法力高深的喇嘛们那样,从澜沧江上走过去。当权派将通过吊桥向人们证明“文化大革命”的胜利,活佛们的经书中提到的神迹,现在普通的百姓也可以做到了。

木学文和其他劳改者们也被集中到澜沧江的东岸观看这场“文化大革命”的胜利果实展示,他们不是来庆祝而是接受教育的,因此他们没有资格享受走在吊桥上的待遇。根据那天的日程安排,最先走上吊桥的是各级官员领导,由他们负责剪彩仪式,然后是献花的小学生,接着是县里身着节日盛装的毛泽东文艺思想藏族表演队,然后才是急迫地渴望在澜沧江上行走的贫下中农社员同志们。那时江两岸的山崖上和江边全挤满了人,与其说他们是来分享喜悦的,莫如说他们是来看魔术的。藏族人、纳西人、汉族人不仅都穿上了过节时才穿的衣服,还带来了青稞酒,吊桥还没有开始剪彩时,许多人都喝得差不多了。

木学文对身边的坚赞罗布说:“雪山上的人还没有救下来,他们就忙于搞这一套,真是不把人命当回事了。”

坚赞罗布也喝得醉醺醺的了。今天劳改农场的管教干部破例让他们喝酒,他就放开了喝。他说:“魔术要开始啦,从今以后,人人都可以在澜沧江上走路了。除了溜索,过去我和我父亲曾经坐在牛皮筏上横渡过澜沧江，当然，那时是为了去抢纳西人的盐田。可怜我那老父亲，当了一辈子土司，也没有看到过澜沧江上的吊桥。”

木学文苦笑道：“其实早就该修这样的桥了。我在台上的时候，就曾经想搞这个事情，但是他们不让搞。”

“木书记，本来今天去变魔术的应该是你啊，看看那些穿干部装的后生，他们打过仗吗，流过血吗？”

“嘘，你给我说话小声点。”木学文捂住了坚赞罗布酒气冲天的嘴，“那不叫变魔术，是剪彩。”他又更正道。他向桥上望去，几个穿中山装的年轻干部走向了吊桥的中央，他们春风满面，踌躇满志，其中一个人手中拿一把大剪刀。木学文此时心中难免有些发酸。

红布被剪断了，鞭炮声热烈地响起来，掩盖了人们的掌声和欢呼声，也掩盖了几声微弱的脆响。人们纷纷涌到了桥上，这是他们第一次感受到在澜沧江上走路的滋味，已经安排好的庆典程序全被疯狂的人们打乱了，学生们在桥上找不到该献花的领导，藏族表演队的队员们找不到空间翩翩起舞，许多人故意在摇摇晃晃的吊桥上跺脚、跳跃，还大声呼喊。晃动的吊桥使人们尖叫、惊恐、激动不已，就像要从空中飞下来前的那般兴奋。那真是一个欢乐喜庆的时刻，人们好久以来都没有这样自由痛快地高兴过。但是它与紧接下来的悲剧比起来，就太短暂了。

木学文先是感觉那吊桥太小了，似乎不能容纳那么多欢庆的人们；接着他又感到吊桥太脆弱了，似乎也经受不了那热闹喜庆的氛围。这让他忽然感到不安。他看见吊桥像一根布带子一样在半空中飘忽，桥上的人也不像人，而像一些道具。仿佛那不是现实中的一座桥，而是梦里的某个景象。他不由自主地抓住了坚赞罗布的胳膊，“桥上的人太多了。”他说。

他的话音刚落，人们就听见“劈啪”一声脆响，西岸的吊塔冒出两股白烟，固定在吊塔上的粗大钢绳就像一根甩起来的牧羊鞭，一下在空中飞舞起来，桥上的许多人被它横扫一空，转眼就都被赶到空中去了。

“哦呀，四川人又在变魔术了。”坚赞罗布嘀咕道。

“出事了！”木学文惊得跳了起来。

吊桥在一瞬间就不见了，还有吊桥上的人也不见了，这不是魔术又是什么呢？在江两岸观看的人中有不少人就是这样认为的。“狗娘养的四川人，本事真不小。”坚赞罗布看着空空如也的澜沧江，又往嘴里倒了一口酒。“木书记，快坐下来看，多好看啊。下一个节目，他们就要把桥给我们藏族人变回来了。”他自信地说。

“桥断了，快去救人呀！人全在江里啊！”木学文站起来大声呼喊。

许多人如梦方醒，他们看见波涛汹涌的江面上人头漂浮，嘶喊声顿时响彻峡谷。那真是一场噩梦，不少人想跳下江里去救人，但他们已经醉得迈不动双脚了。就像当年野贡土司家的盐田管事友吉，脚不听脑袋的指挥了。在江边看“魔术表演”的几个醉汉多年以后还在后悔，说他们确实看见密密麻麻的人头在江水中沉浮，但没有力气站起身来去救人。而更真实的可能是，他们在醉意阑珊中也把人落在江水里看成是四川人变“魔术”的一部分。因为有一个醉汉当时冲江里向他呼喊救命的人说：“你还要喝啊，喝多了谁把我们的吊桥变回来？”

木学文最先跳进湍急的江水中，他只救起了两个小学生，其中一个还在送医院的路上死了。人们永远都记得，木学文那天抱着那个孩子的尸体大哭不已。

36. 英雄迟暮

峡谷里的灾难在众人的眼皮下像一场“魔术”一般的上演，雪山上的灾难却永远无人知晓。这是一场罕见而奇怪的雪崩，一般来说，在这个时候是不会雪崩的。如果是在春天，雪崩就像夏天的泥石流一样频繁，谁也不会感到奇怪。峡谷里立体垂直的气候很容易把雪坡下端的积雪融化，上方的雪堆自然就垮下来了。大的雪崩可以把人畜像一片树叶一般地卷起来，吹过一道道山梁，它产生的强大冲击力甚至能把一些大树拦腰击断或连根拔起。

当雪山上的瘦子喇嘛像一片树叶那样被雪崩的冲击波吹起来时，他看到了一片白色混沌的世界，这是一个迅速往下跌落的世界，并伴随着魔鬼们愤怒的吼叫。人的呼吸瞬间就不存在了，因为心被魔鬼死死揪住，要从喉咙那里拖出来，但是拖到嗓子眼处时却卡住了。人的大脑里忽然一片空白，一生中所有的欲望和罪孽都无影无踪，像雪地上一样干干净净。佛祖啊，死亡多么美丽啊，人在多么自由地飞翔啊。凡尘的一切是多么轻易地就得到了解脱啊。有的人一生都在寻找飞翔的感觉，他们希望自己像苍鹰一样自由地翱翔在蓝天白云上，他们还希望自己能如愿以偿地从劳苦的此岸飞到享乐的彼岸，可是他们却不知道只有在死亡之前，他们才能实现自己的梦想；有的人试图在尘世找到解脱苦难之路，可他们是用苦难来解脱苦难，就像以错误来弥补错误一样，令人生永远背负着沉重的苦难。

瘦子喇嘛索性把自己蜷曲起来，像他刚来到这个世界上时那样，原模原样地回到大地母亲的怀抱中去。如果佛祖念及他这几十年的喇嘛生涯可以抵消他前半生的罪孽，或许他还可以转世为一个婴儿呢。人们常说喇嘛可以转世为喇嘛，瘦子喇嘛却从来没抱过这样的希望，他当喇嘛只是为赎罪。如果神灵决定他只能转世为一条虫，他也没有意见。因为只有他才最清楚自己的罪孽有多么的深重。

飞翔结束了，瘦子喇嘛感到自己跌落到一个冰窟里。那是一个寂静得让人的骨头都发寒的冰窟,他想寻找寂静阎王的身影,但是周围一片漆黑。照理讲在黑暗中人们更容易看见魔鬼,但是瘦子喇嘛那时意识已经模糊不清了,他像一个在死亡的激流中挣扎的人,力图想一些还惦记着的事情,想一些有意思的往事,想一些他的敌人和他的亲人,甚至还想再喝一碗酥油茶。轮回的地狱之火啊,哪怕你来自阴间,请烧起来吧,我怕冷呵。

此时他明白了,他还不想死。尽管在许多艰难得让人毫不留恋生命的岁月里,想死是一件解脱苦难而又极其容易做到的事。但是在死亡的门槛边,人对阳世却有那样多的惦记和怀念。我还惦记什么呀?瘦子喇嘛想。

他想起来了,他还有一件事没有做完。他还有好运没有用呢。他得用完自己的好运,才能跟魔鬼走。

得赶紧啊,你这不中用的糟老头子。他在死亡的门槛边挣扎。

到瘦子喇嘛感到一口口的暖气呵在自己的脸上,一只柔软而温热的手掌不断抚摸他干硬的脸颊时,他还没有想明白自己一生中经历的许多事情,他忽然又不想回去了。就留在那冰窟里有一搭没一搭地回想,也比回到这寒冷的雪原强。他勉强睁开眼睛,第一眼看到的是一块猩红而硕大的舌头,正悬在他的鼻子上方。啊,那不是魔鬼的舌头,是藏獒达嘎在给瘦子喇嘛以温暖呢,它把他脸上的雪渣和冰碴一口一口地舔下来,它呼出的热气让瘦子喇嘛感到了这个世界的存在。

"噢,你做了件错误的事。"瘦子喇嘛看看自己身边的一堆雪,便知道达嘎至少用了好几个小时,才把自己刨出来。他试图辨别一下方位,却怎么也想不起这个地方。峡谷就那么一小方天地,哪一条山梁瘦子喇嘛不熟悉呢?但现在他就像来到了一个陌生的世界,他看不到一座认识的山头,也找不到一条走过的路。天空一片混沌,呈现出末日来临前的颜色。

“达嘎,我们这是在哪儿?”瘦子喇嘛习惯性地去抹眼泪,但奇怪的是他发现自己的风泪眼并没有淌泪,他正有些奇怪,马上就发现他的眼疾转移到达嘎的眼睛中去了,因为达嘎在风中流泪。

“魔鬼的法力有时使得真是有点莫名其妙,发动那么大一场雪崩,只是为了让一条狗也得上那见风落泪的毛病。达嘎啊,难道你也要想成佛了?可是现在佛也要受批判啊。”

达嘎呜咽着,不断把头扭向雪堆一侧,瘦子喇嘛从来没有见到过一条狗如此伤心,它跪下前腿,两条后腿弯曲着,用下巴使劲地磨蹭着雪地。瘦子喇嘛心里一紧,“达嘎,达嘎,卡巴呢?”

他在达嘎的泪光中总算找到了可怜的卡巴,它已经僵硬了。显然它也是达嘎从雪堆中刨出来的。瘦子喇嘛先是像一头失去孩子的母兽那样怪声尖叫,那尖叫声在雪地上空打着旋儿向天上升去,幸好没有人听见这惨绝人寰的尖叫,要不人们一定会把这当成魔鬼的叫声。急得快发疯了瘦子喇嘛甚至一度从雪地上腾起来,半天都没有降落在地上。到他终于落地时,他开始咒骂魔鬼。人们用荆棘在村头驱赶你,用经文咒语诅咒你,用最肮脏污秽的东西做法事镇压你,都是你命中该有的!你只配吃长了梅毒大疮的淫荡女人的经血。因为你是魔鬼,你就可以做世界上最恶的事情;因为你是魔鬼,你就不害怕任何惩罚。可是我要告诉你,等我到了你们那边,我会把我的兄弟们——我从前的那些不怕死、也不怕魔鬼的康巴兄弟们重新召集起来,和你开战。我会抓到你,把你的皮剥下来,把你的脑浆挖出来吃,把你的心——如果你还有心的话——掏出来喂狗,把你的肠子扯出来编成一根绳子,拴在你的精魂上,让你永远不能再出来害人。你是阴间的魔鬼,哈,我认识你;从前我也是人间的魔鬼,做的恶事比你还多,可你认识我吗?

瘦子喇嘛把魔鬼一通好骂,最后把自己的眼疾重新骂回来了,但是他并不后悔。他为达嘎抹一把眼泪,又为自己抹一把,到后来手心里就不知道抹的是谁的眼泪了。他边唠叨边把卡巴埋在了雪地里。他本来想召唤天上的神鹰来带走卡巴,但是多年的放牧生涯使他已没有了从前的法力,灰蒙蒙的天空中什么都没有。他甚至连挖一个坑的力气都没有啦,大地封冻得像一块铁。

瘦子喇嘛不打算回去了,他什么都没有了,他宁愿跟可怜的卡巴守在一起,也不愿饿死在路上。他将坐在卡巴的身边,等待阎王的到来。像一个真正的康巴汉子那样,平静地和死亡握手。

但是达嘎不愿意,它对着瘦子喇嘛吼叫,用头拱他的双脚,咬着他的靴子往前拖。这聪明的牧羊犬,主子的一切想法它都知道,它从不会违背主子的意愿。但这次例外了,它要驱赶自己的主人回到温暖的峡谷,那里还有人等着他哩。

"噢,达嘎,你走吧,我是老得走不动了,你没见我有好几十年都没有喝到酥油茶了吗?从我看到魔鬼的那一天起,我就没有喝到可口的酥油茶了。一个藏族人怎么能不喝酥油茶呢。你走吧,找你的伴儿去,你还可以再下崽呢,生下小东西来了,也叫它卡巴,它就是卡巴的转世。"

但是达嘎扑倒了瘦子喇嘛,它把自己的奶头拱到了瘦子喇嘛的嘴边,不容他是否愿意吸它们,一股温热的狗奶自己就射出来了。饥寒交迫的瘦子喇嘛怎能拒绝这人间的甘露,他还听见达嘎悲泣的声音:

"喝吧,这就是你的酥油茶。"

"噢,你终于也会说话了。达嘎,你是个好母亲。"

达嘎把自己的力量注射到瘦子喇嘛体内,使他的双脚站了起来,他们继续往山下走。瘦子喇嘛边走边找寂静阎王的身影,可是怎么也看不到。他想,要么是魔鬼也被雪崩掩埋了,要么是刚才自己的咒语让它害怕了。想到这里,瘦子喇嘛心中就升起一股豪情,你爷爷还不老。

他们终于找到一条依稀可辨的路了,瘦子喇嘛记得,在他出家以前他曾在这条路上杀过人,有一个死者的精魂曾经在这里作怪了很久,那时峡谷里的人们不敢从这条路上经过。瘦子喇嘛还记得,他的刀割破那人的喉咙时,死者还有一句话刚说了一半,但是在那一瞬间,软弱的话语被锋利的康巴刀一刀切为两半,后面半句话被封在喉管里直冒血泡,然后就从刀伤处随着鲜血一起流出来了。那是一个临死者永恒的遗恨。从那以后,冤死者的精魂便剥夺试图通过这条路的所有人的说话能力,使他成为哑巴。这条山涧小道就被人们称为"哑路"。

瘦子喇嘛想起这些血腥的陈年往事,便问达嘎:"达嘎,我还会说话么?"

达嘎说:"你会说话。说得跟从前一样。"

"我要不会说话了才好哩。这样也对得起他。"瘦子喇嘛抹一把眼泪,又去抹达嘎的眼泪,但是他发现达嘎不再哭了。

"你说对得起谁?"达嘎问。

"啊,你不认识的,那是昨天发生的事情。噢,达嘎,我太老了,已经分不清多久是昨天了。过去的事情,是不是都是昨天才刚刚发生?"

达嘎说:"什么都是一刹那间。"

"哦呀,达嘎,你说话怎么像我的师傅呢。他已经圆寂三百年了。"瘦子喇嘛仔细地看达嘎,好像想看出他师傅的影子。

"也是一刹那间的事。"达嘎又说。

瘦子喇嘛突然想起来了什么,抱着达嘎的头说:"你也应该不会说话了才对,可是你说得比山下那些人还好。达嘎,你在说话吗?"

"我在说话,我才刚刚学会说话呢,我有好多话还没有说,在它咬断我的脖子前,我要说我憋了一辈子的话。"

“是啊,人死前就会发现自己有很多话没有说。活得好好的时候,要么是你不想说,要么是人家不要你说。到你想说一个人真正要说的话时,阎王却不等你了。可恰恰就在人要跟阎王走之前,说的才是最最真实的话。从前峡谷里有白人喇嘛的时候,他们教藏族人在临死前向他们的神灵认罪,他们的神灵住得那么远,怎么能知道藏族人的罪呢?因此他们被毛主席赶走了。现在只有毛主席才最知道我们的错误在哪里,他的法力比所有的神灵都要大,天天都发语录来教导我们。”

达嘎头也不抬地说:“我知道哩,毛主席的经文,你们天天都要念。”

瘦子喇嘛纠正达嘎道:“那不叫经文,叫语录。藏话里没有这个词,我们得用汉话恭恭敬敬地来说它。毛主席的语录跟我们的经文不一样,可不敢再乱说了,达嘎。”

达嘎不满地甩甩头:“一个意思啰。”

瘦子喇嘛有些紧张地四处张望了一下,仿佛怕有人听见达嘎的话。“你刚才说了反动话呢达嘎,从前有人也这样说,挨批判了哩。尽管你是一条狗,但是你说话一不小心,就反动了,他们也要开你的批判会。”

达嘎悲哀地看看瘦子喇嘛,扭头跑了,任凭瘦子喇嘛在后面怎么喊它,它也不回头。从那以后,瘦子喇嘛就再没有听达嘎说过一句话。

走完“哑路”,到一个岔路口时,达嘎往左边的路走,瘦子喇嘛跟了两步,忽然受到魔鬼的指引,站住了。他冲远去的达嘎喊:“回来,达嘎,这条才是我们要回去的路啊!”

右边的小道是决定命运的一条路,达嘎先于瘦子喇嘛看到,但是作为一条忠诚的藏獒,它会像它的主人那样,将勇敢而豪迈地选择死亡视为它的荣誉和骄傲,因此它愉快地服从了命运的安排。

它用悲绝的目光最后看了它的主人一眼,脚步沉重地往自己的末路跑去。

他们走走停停,这期间达嘎让瘦子喇嘛吃了两次奶,在吃第二次奶时,瘦子喇嘛只吸了一口便对它说,哦,达嘎,我已经很饱很饱了,你就留着点吧。但是达嘎的奶水仍然滴答滴答地往下滴。瘦子喇嘛心疼达嘎的奶水,但他身边没有盛奶水的东西,他的背囊被雪崩夺走了。好在他腰间的康巴刀还在,他就爬到山坡上砍了一根高山箭竹,盛了两竹筒的狗奶。那时他没有注意达嘎与他惜别的目光。那目光说:这是最后的奶水了。你可得省着点啊。

翻过一个山垭口,再往下走,就是一条万年冰川,这条冰川一直延伸到澜沧江西岸的卡瓦格博村上方。他们将穿越冰川,然后沿着冰川的走向回到峡谷。瘦子喇嘛呼唤神灵的一声“啦索啰!”余音还没有散尽,便听到了一个孩子的呼救声和老熊的吼叫。达嘎没等瘦子喇嘛发出命令,早就像一支出了弦的黑色利箭那样射出去了。瘦子喇嘛的目光追到它时,达嘎已经和一个比它的体型还要大两倍多的黑色狗熊咬在一起了。

一个放牛娃躺在一棵大树下,刚才老熊攻击他时,他想往树上逃,左小腿被老熊撕下来一块肉。瘦子喇嘛赶过来时,他已经痛昏过去了。他的小腿上血肉模糊,鲜血像泉水一样地淌。瘦子喇嘛撕下自己的衣裳,把放牛娃的小腿扎紧,然后他拨开稀薄的积雪,大地上露出了枯黄的小草。瘦子喇嘛找了几种草塞到嘴里嚼碎,再敷到放牛娃的伤口上。他的眼睛一直在看着和老熊鏖战的达嘎,不断地喊:

“使劲咬啊,达嘎!”

“好样的,达嘎!”

“如今峡谷里就你一条汉子了!”

达嘎以凶猛的吼叫回应瘦子喇嘛的鼓励。尽管达嘎几乎有一头一岁多的小牛犊那么大,但从体魄上来讲它还不是老熊的对手,老熊一掌就将它扇出去三四米远。但是它滚了几圈后,又勇敢地杀回来,围着老熊吼叫,瞅准机会了就扑上去狠咬。有几次老熊抓住了它,将它摔翻在地,用锋利的熊掌将它的头皮抓扯得稀烂,它甚至一度咬住了达嘎的耳朵,把它的半片耳朵都撕扯下来了。这是一头饥饿的老熊,它一定也是被这场来得太早的大雪和同样很奇怪的雪崩弄得失去了以往的生活规律,好不容易遇到一顿美味,它怎能不拼死一搏呢。

这是两个黑色的幽灵在白色的雪地上的搏杀,它们从山梁上打到山坡下,又从山坡下追逐到山涧里。灵活勇猛的达嘎曾经一度咬住了老熊的后腿,使它转不过身来,干嗥着没有了招儿。但是这头老熊也许跟瘦子喇嘛一样老,它的皮太厚了,达嘎咬不软它。平常达嘎跟狼搏斗时,要是咬住了狼的后腿,狼基本上就输定了。但是老熊不是狼,达嘎锋利的牙齿最多只能在老熊肥厚的腿上扎几个小坑。老熊在雪地上打滚,利用自身体积的优势甩开了达嘎。瘦子喇嘛在一旁高喊:“咬它的鞭子呀达嘎!”于是达嘎就一个劲儿地冒死往老熊的怀下钻,不惜把自己的头和腰暴露在对手的利爪和大嘴前,它浑身都是血,蒸腾的热气带着浓烈的血腥味。但它知道,今天如果它不能咬住老熊的睾丸,它就不能取得这场血腥搏杀的胜利,也不能为主子尽力了。

在一次类似于自杀式的进攻中,老熊一掌拍断了达嘎的脊梁骨,那“喀嚓”一声脆响让瘦子喇嘛的心凉透了。达嘎不得不倒下了,它在悲哀地呜咽,眼睛凄凉地望着山坡上的瘦子喇嘛,并不关心老熊即将吞噬过来的血盆大口。

达嘎的喉咙终于被咬断了。

达嘎的汉语意思是“背上有一团白毛”,人们说这样的藏犬忠诚、勇猛,曾经是格萨尔王帐下的猛犬。

老熊在坡下咬死了达嘎，现在它得意洋洋地往坡上爬。瘦子喇嘛知道该轮到他出场了。他把还昏迷不醒的放牛娃放在大树背后，掰下一根胳膊粗的金刚木树枝，用康巴刀剃去丫枝，把它的头削尖。过去藏族人曾用这种坚硬无比的树木做犁地的犁头。那临时制成的兵器有两米多高，瘦子喇嘛把它握在手上时，感到流失多年的豪气又回到自己的手上了。

他把放牛娃摇醒，那孩子仿佛从梦中醒来一般，用诧异的眼光看着眼前这个满脸白胡须、一身是雪渣的老人。在他的第一印象中这个长相奇特的高个子阿老就像一个在传说中生活很久了的食人妖魔，他甚至还经常在噩梦中见到他。他看上去并不比狗熊令放牛娃害怕多少。但是瘦子喇嘛没有注意到小孩脸上的细微变化，他对他说："孩子，今天我要是命中该死，这个可以帮你。"

他将自己的康巴刀递到放牛娃手上。但是放牛娃就像摸到一块烧红了的生铁般一下把瘦子喇嘛的刀扔了，他说："我不要你的刀。"

老熊已经在山坡上嗥叫了。瘦子喇嘛把刀子捡起来，再次递到放牛娃的手上，"你的刀呢？刚才弄丢了是吧？康巴人总是用自己的刀，可这种时候了，我的就是你的。快拿着。"

放牛娃把刀握在手里："阿老，那你怎么办呢？"

瘦子喇嘛晃晃手中的金刚木："我有这个呢。"说完他转身走了。

放牛娃在他身后突兀地喊："阿老，你杀了老熊，也活不了多久啦。"

瘦子喇嘛头也没有回地说："我知道哩。"对于一个已经看到了阎王的人来说，还指望能活多久呢。他根本就没时间想为什么这个素不相识的孩子也会这样说，因为老熊已经站在他的面前了，正用一双阴鸷的小眼睛打量着他。

“来吧，我还不老哩。”

瘦子喇嘛挥舞着手中的金刚木，向老熊挑战。他向四周瞭望，除了白色的群山和黑色的森林，以及魔鬼在森林的阴暗处用忧郁的眼光看着他外，他找不到一个帮手。

“不用为我担心，这活儿我还能做。”他对魔鬼说。

老熊伏在离瘦子喇嘛十来米远的地方，它摇晃着脖子长声嗥叫，还用前爪把雪地上的雪击打得四处飞扬。瘦子喇嘛早就熟悉它的这些伎俩，他双手拄着金刚木，一动不动地站在原地，像一棵已在大地上生了根的老树。

老熊在原地耀武扬威了几分钟，这些招数既不能吓倒对手，也没有激怒瘦子喇嘛，他仍然站在原地，用冷硬而苍老的目光逼着它。老熊这时才知道，今天它的对手是雪山下一个孤独的暮年老英雄。

“你跟我一样罪孽深重啊，”不管它愿不愿意听，瘦子喇嘛开始数落老熊的罪恶，“我们真是一对儿，欺负那些手上没有枪的人。人家的青稞熟了，盐收回家了，牛羊长大成群了，出门赶马经商赚到钱了，媳妇讨回家了，我们就下山去抢他们，杀了他们。哪家哪户有钱，我们就去吃大户，烧他们的房子，还抢他们的女人。他们的力气没有我们大，他们信佛教说的一切，连一只蚂蚁都不敢踩。但是我们不管这些，我们都喜欢鲜血的味道，喜欢听软弱者的哀求，这样我们才感到自己很有本事，对哦？有带枪的比我们更强的人来了，我们就躲到雪山上。我们能活到这么老，不是神灵没有惩罚我们，只是佛祖让我们活着把该受的罪受完。路越长，弯道就越多，人越老，苦头也就越多。喂，现在是时候了，佛祖让我们两个罪人一起下十八层地狱呢。”

老熊听到这些话，真的生气了，它大吼两声扑了过来。瘦子喇嘛依然纹丝不动，在老熊离他只有三四米远时，他抬高了一只手，高喊道:“嗬嗬,老朋友,跳起来呀!”

老熊被激怒了,它伸展前肢、高高跃起来,夹带着一股浓烈的腥气向它的猎物压下来。老熊扑人一般都是这样,在发出愤怒的狂吼时,以排山倒海之势,首先从精神上击垮对手,没有经验的猎手早就被它的这种气势吓瘫了脚。但这正是瘦子喇嘛所需要的,他在老熊展开了前爪,露出自己胸部最脆弱的部位时,像一道闪电一样一头钻进了老熊的肚子下,然后他猛一蹲身,把金刚木竖着紧紧地抱在怀里。老熊压下来时,金刚木的尖正好扎进老熊的胸膛。

当瘦子喇嘛感到金刚木的重量时,他快活地说:“你是第十七头!”

老熊的鲜血从胸口喷涌而出,像下了一场血雨般把瘦子喇嘛淋了个透湿,他在一瞬间差点被浓重的血腥味窒息而死。沉重的老熊压在瘦子喇嘛的身上,几乎把他给压扁了。他试着想搬动怀中的金刚木,但它就像钉在了老熊身上一样。瘦子喇嘛那时想,它要是再不翻身,我会被这家伙活活压死的。

但是胸膛上扎着根金刚木的老熊怎么能不挣扎呢,它一个侧滚,就把瘦子喇嘛解救出来了,那时他已经成了一个血人。他让金刚木继续留在老熊的胸口里,自己在雪地上滚了几滚。他得尽快离这疯狂的家伙远一些。有些狗熊命大得很,闹不好还会给你一掌,那就够你受的了。

老熊越滚,那金刚木在他的身上扎得就越深,最后它终于认输了,侧躺在雪地上呼呼地喘气,血沫子不断从它的口中呼出来。瘦子喇嘛这才松了一口气,“第十七头,一个吉祥的数字啊[①]。”他喘着气快活地说。

---

① 藏族人的数字占卜法中“十七”是个最吉祥的数字,人们认为这个数字可以带来吉祥和好运。

瘦子喇嘛先去看了看达嘎，它已经变冷了，脖子处只有一层皮连着。瘦子喇嘛一边抹眼泪一边直骂自己老糊涂。达嘎明明告诉了你它的脖子将要被咬断，你怎么就不多留一个心眼儿呢？多年来，他在牧场上与达嘎相依为命，这个世界上再没有比达嘎更能带给他温暖的朋友了——尽管达嘎是一条狗。可是现在人和人交往哪有人和狗交往更令人愉快的呢？他感到他一辈子经历的灾难都没有今天的多，佛祖啊，你看看吧，先是卡巴被雪崩夺走了性命，然后又是达嘎死在老熊的口下，接下来该轮到我了。魔鬼，你这样的安排很好。

37. 送给孩子的好运

他伤心够了，才想起那个孩子。哦，他没给冻坏了吧？那是谁家的孩子啊，这大雪天跑到雪山来干啥呢？他步履蹒跚地往回走，纷纷扬扬的雪花包裹着他，他才发现又下雪了。好大的雪啊，瘦子喇嘛仿佛从来没有遇到过这样大的雪。哦，他想起来了，民国三十七年的冬天，他从国民政府的监狱中逃出来时，也是这样大的雪，那时他成功摆脱了追赶他的人，消失在茫茫的风雪之中。他化成了千万片雪花中的一片，飘呀飘，飘过了重重山岭，一身是伤地飘回了他的峡谷。

瘦子喇嘛回到放牛娃身边时，他已经快冻僵了。但那把康巴刀还死死地握在他的手上，他的眼神虽然很无力，可还是那么古怪。瘦子喇嘛把他拥在怀里，焐了他好一会儿，他想起达嘎最后留给他的两竹筒狗奶，它们还在他怀里温着哩。他将奶水一口一口地喂到孩子的嘴里，像一个慈爱的老爷爷。过了一会儿孩子身上才算有了点热气。他对他说："我们得生堆火才行。孩子，你带得有火吗？"

那放牛娃当然带得有火，没有哪个上雪山的人不带火种的。他把一盒火柴递给瘦子喇嘛："阿老，你经常这样杀老熊吗？"

"它是第十七个倒霉鬼。当然，从前我用枪。"

"阿老，你浑身都是血，这不吉利哩。"孩子说。

"吓着你了吗，孩子？等我把火生起来，用雪擦一擦就好了。"

瘦子喇嘛很快就堆拢了一大堆柴。火引燃后，他又看见魔鬼的身影在火苗尖上闪现了一下。他低声骂道：走远点，别吓着孩子。

放牛娃受伤的那只脚还不能下地，瘦子喇嘛不知道他是否伤着骨头了。他把他抱到火堆前，然后清理自己身上的血迹，他捏一个雪团，在身上到处擦，雪团擦红了，他又再捏一个。这时那放牛娃问：

"阿老，你身上经常沾满血吧？"

瘦子喇嘛一怔，一个看上去十来岁的孩子怎么会问这样的问题呢。但是魔鬼指引他如实回答说："不是身上，是手上。"

"那么，你杀过人了。"孩子用肯定的语气说。

瘦子喇嘛不想跟一个孩子讨论杀人的问题。他从火堆中抽出一根已烧成木炭的栗木树炭块，指着放牛娃受伤的左腿说："如果你不想今后脚瘸的话，就让我烧一烧。不会有多痛的，很快就过去了。"

放牛娃说："你下手要利落一些。"

瘦子喇嘛拍拍他的脑袋："看你年纪不大，却是条康巴汉子了。来吧，躺下。"他侧压在孩子身上，在下手前，他扭头对他说："要是痛得受不了了，你就喊出来。喊妈妈吧，这样你会好受些。"

孩子说："我在地上一个妈妈，天上一个妈妈，还有一个妈妈找不到了，我该喊哪一个呢？"

"都喊。"瘦子喇嘛回答道。

然后他下手了。火红的炭块一接触到孩子小腿上鲜嫩的肌肉,发出“哧——”的一声怪叫,连一直在一边看着瘦子喇嘛的寂静阎王都不禁打了冷颤。孩子没有喊妈妈,却大喊了一声“爸爸——”

瘦子喇嘛把放牛娃的伤口创面认真地烙了一遍,他连眉头都没有皱一下。那孩子已经痛昏过去了,到他醒来时,他喘着粗气说:

“阿老,你烙得我好痛啊,我要杀了你!”

瘦子喇嘛微笑道:“那我们就谁也不欠谁的了。”

还有小半筒狗奶,瘦子喇嘛把它煨在火堆边,他想那放牛娃经过这一番火疗以后,肚子一定也给搞饿了。他在拨弄火堆时,听到了火的笑声。

“孩子,火在笑,酒没喝够。可是我们没有青稞酒啊,不过这个也可以让你抵挡一下午了。”他把那竹筒递给了放牛娃。

“我阿爸说,火塘里发出笑声时,是有人要带给我们财运了。”放牛娃说。

终生都离不开火塘的藏族人可以从火塘中听到笑声,那其实是湿柴火在燃烧过程中排出空气而发出的“噗噗噗”的声音。

“哦呀,你看我这记性,差点把一件大事给忘了。”瘦子喇嘛望着放牛娃,“孩子,我有一样东西要送给你。”

“阿老,你的身上除了天上飘来的雪花,还会有什么东西送我呢?”

“有,当然有。孩子,我要送给你我的好运。”瘦子喇嘛神情庄重地说。

放牛娃愣了一下,然后哈哈大笑,就像听到了一件非常好笑的事情。“你?就你、你、你这样又穷又老的老头儿,我怕你连多买一块茶砖的钱都不会有。看看你的好运气在哪里?放牧回来遇到雪崩，生产队的牛羊全给你弄丢了，回去后你少不了要挨批判，说不定还要进去劳改哩。”

“你说得不对，”瘦子喇嘛从腰间抽出个小小的布口袋说，“我的牛羊全在这里，它们并没有弄丢。你拿去看看。”

放牛娃把布口袋接过来看了：“是一些石子么，怎么会是生产队的牛羊呢？”

“总共三十二颗石子，三十二头牛羊，一头也不会少。我的石子在，生产队的牛羊也就在。”瘦子喇嘛肯定地说。

“你送我的好运就是指这个，把石子变成牛羊？”

瘦子喇嘛把布口袋拿回来，说：“孩子，你的年龄还小，不会明白的。我送给你的好运，要到你长大以后才能享用。”

放牛娃用狡猾的眼睛看着瘦子喇嘛：“长大后才能享用的好运我不要，我要现在就能享用的好运。阿老，把你的好运变成点吃的给我。我的肚子实在太饿了。”

瘦子喇嘛揩了揩眼角，看到魔鬼坐在孩子背后的树枝上嘲笑他。魔鬼对他说：“你送错人了。”瘦子喇嘛没有理这个讨厌的魔鬼。他只是想，我遇到个顽皮的放牛娃。尽管他的个子是那样的小，尽管稚气还时常从他黝黑的脸庞中时不时闪现出来，他和瘦子喇嘛在牧场上见到的其他放牛娃不一样。

瘦子喇嘛不愿再忍受魔鬼的嘲笑，他抬起一只手，压在放牛娃的头上说：“闭上眼睛，我先把我的好运灌到你的体内，然后我才告诉你好运是什么。时候不早啦，我们得抓紧。”

放牛娃说：“看在你救了我一命的分上，我接受你的好运。阿老，还没有人送过我这样的礼物呢。”然后他顺从地闭上了眼睛。

瘦子喇嘛用手压住放牛娃的头，口中念了几段经文，然后他轻轻地一拍放牛娃的脑门，庄严地说：

“以佛、法、僧三宝的名义，我的好运属于你。”

放牛娃睁开眼睛,觉得天地间什么都没有改变,甚至自己饥饿的肚子。他正在四处寻找送给自己的好运,瘦子喇嘛已经一躬身把他背在背上了。“我们得赶快走,既然我不能把生产队的牛羊带回去,至少我得把你这个调皮的小家伙带到他爹妈面前。魔鬼,你得给我留点时间。”

“你在和魔鬼说话?”孩子在他的背上问。

“你不用管。人老了,魔鬼天天都和他打照面,成了他唯一的朋友。”

“为什么我没有看见魔鬼呢?”

“你还是一个孩子么。”

他们爬上了冰川。冰川上有很多的裂缝,有的冰缝绵延几里长,深达几十米,在阳光灿烂的日子里,它们会从裂缝深处发出蓝色的阴冷光芒,仿佛地狱里魔鬼们的目光。为了绕开这些可怖的冰缝,他们不得不在冰川上绕来绕去。瘦子喇嘛多年以前被官军追捕时,只要逃到了冰川上,那些官军就不敢再追了。这条冰川是雪山上的一道门槛,过不了这道门槛的人,就只好到阎王那里去报到了。只有终年与雪山为伴的藏族人,才最知道冰川的习性。哪里有巨大的冰缝,哪里有深不见底的冰窟,瘦子喇嘛就像知道自己手掌上的纹路一样清楚。

峡谷里的藏族人还认为,这条冰川甚至是峡谷里政治气候的晴雨表,如果一年里风调雨顺,没有战争和大的灾难,冰川就会从雪山一直延伸到峡谷西岸卡瓦格博村上方的山谷里,有几年冰川还像牛的舌头一样从人们的窗户外伸进来;而当冰川的冰舌大面积地向雪山上退缩时,峡谷就不会太平了。瘦子喇嘛记得,卡瓦格博村的人们已经有十多年没有在自己的村庄边看见冰川了。

瘦子喇嘛感到今天自己的脚有些发软,别看这孩子个子不大,但死沉死沉的。为防万一,瘦子喇嘛不得不找了一根树枝做拐杖,放牛娃在他背上说:“阿老,让我下来吧,我可以拄着拐杖走。”

瘦子喇嘛说:“人要是得用三条腿走路,他的路就快走到尽头了。你还小,可别去撞这个霉运。”

“回到峡谷里人家会笑我了,藏族人只有小的背老的,哪有老的背小的啊。”

“他们不会笑话你,他们会笑我哩。我是个多没用的人,不要说生产队的牛羊看不住,就是连自己的狗都看不住。没有比我这个废老头子更糟糕的人了。”

放牛娃说了句真心的话:“阿老,你的牛羊不是还在么?”

瘦子喇嘛感到有些宽心,他摸摸自己口袋里的那包石子:“是啊,它们还在。”

“你还救了我。”孩子补充道。

“是啊,我还送给你我的好运呢。”瘦子喇嘛觉得这个孩子现在说话动听得多了。老年人是最好哄的,一句宽心的话就够了。

“阿老,好运是什么?你说过你要告诉我的。”孩子又问。

“好运么,它不是吃的,也不是穿的,更不是钱。但它是你命中随时会帮助你的东西。只有在你最需要它的时候,它才会出现。这要看日子。”

“什么时候才是好运来的日子呢?”

“我也不知道。有的人一辈子饿肚子的时候比吃饱饭的时候多,有的人一辈子都在打仗、逃跑、饿肚子、被人追杀、躲债,他喜欢的女人不喜欢他,他不喜欢的女人却又和他成为一家,睡觉都要睁着一只眼睛,在梦里也经常被魔鬼追杀。你能说这样的人有好运么?”

“阿老,你的好运多么?”

“从来没有过。”

“不对吧,听我爸爸说,每个人都有好运。”

“我的好运全攒下来了。”

“就像你一生攒的钱从没有花过一样?”

“是啰。”

“为什么要送给我呢?”

“你命中该得。”

放牛娃眼睛有些湿润,他说:“阿老,我要下来了。我有些受不了啦。”

“好嘛,我们就歇一歇。看看能不能给你找点吃的。”

他们这时已经安全地越过了冰川,走到雪线以下了,山坡上到处是灌木丛。瘦子喇嘛把放牛娃放在一块巨石上,自己到灌木丛中采野果,有一种叫“军粮果”的红色野果,从前打仗的人们断粮时,常用它来充饥,他过去经常吃这样的野果。不多一会儿,瘦子喇嘛就用帽子捧回一大捧“军粮果”来。

山风依然很硬,那是从冰川上刮下来的能刺入人骨头的雪风。瘦子喇嘛看到放牛娃已经吃得满嘴通红,就说:“少吃点吧,这东西吃多了拉不出屎来。”

“阿老,不是我饿慌了才吃得这么多,”孩子有些眼泪汪汪了,“我是心里难受。”说完他又将一把“军粮果”塞进嘴里。

瘦子喇嘛望着放牛娃的眼睛:“怪了,魔鬼又把淌眼泪的毛病转到你眼睛里去了。嗨,他也不看看你是谁。”

“阿老,你是谁?”孩子突然严肃起来,仿佛下了很大的决心才问这个问题。

“我嘛,一个在高山牧场上为生产队放牛的老头儿。”

“阿老,你得告诉我你到底是谁,不然我就把你的好运还给你。”

瘦子喇嘛看着这个可怜的放牛娃,他的身子单薄瘦弱,好像从来就没有吃饱过饭似的;他皮肤黢黑干燥,像一个常年在野外风餐露宿的小流浪汉。他和放牛娃坐在一块突出的岩石上，放牛娃的背后是一道悬崖，悬崖以外就是温暖的峡谷，他们只需再翻两道山岭，就可以回到人间了。有几只兀鹫在孩子身后的天空中盘旋，从上往下看去，他可以清晰地看见兀鹫伸开的翅膀，那翅膀尖的羽毛像人张开着的手指，又像一些在天空中滑行的牙齿。它们是一些飞翔在蓝天中的坟墓，将要把谁的肉体埋葬进去啊？

“我是瘦子喇嘛，人们都这样叫我。”他追踪着兀鹫的身影，慢吞吞地说。

“不对，你从前叫吹批喇嘛。”孩子说得很肯定。

“哦呀，那是我师父给我取的法名。可是现在寺庙里的菩萨像都砸了，叫吹批喇嘛又有什么用呢？”①

“叫吹批喇嘛之前，你又叫什么？”孩子老成得像一个审查别人履历的干部。

瘦子喇嘛身子微微一颤，用既吃惊又恐惧的目光看着那个刨根问底的孩子，他没有看见孩子咄咄逼人的眼神，却看到了孩子身后的魔鬼，他在捂着嘴笑哩。“既然他已经来了，我就实话告诉你，我的名字大概你爸爸那一辈人知道。”瘦子喇嘛把眼角的泪揩掉，就像揩掉他的最后一个秘密。

“我是泽仁达娃。”

他说这个名字说得十分口生，仿佛在说一个久已生疏了的朋友的名字。

“佛祖啊，果然是你啊！”放牛娃哭了，并且像一个大人那样哭得很伤心。

瘦子喇嘛伸手拍拍放牛娃的肩膀：“别哭啦，现在不是从前了。从前人们听到这个名字才会哭，因为总有人家要死人了。我当峡谷里的魔鬼早已经当到头了。我们走吧，我还有时间背你下山。”

① “吹批”的汉文意思是弘扬佛法。

瘦子喇嘛站起来去搀扶放牛娃，他抓住他瘦小的胳膊一下就把他提起来了。但是放牛娃却从腰间把康巴刀"唰"的一声拔出来了。

"你——为什么要拔刀呢？"瘦子喇嘛惊愕地问。

"阿老，我不能让你再背我了。我实在受不了啦！"孩子泪眼婆娑地说。

"噢，这没有什么嘛。孩子，康巴人的刀是不能轻易拔出来的，拔出来了，就一定要见血的哦。快收回去。"瘦子喇嘛说。

"阿老，"放牛娃给瘦子喇嘛跪下了，"阿老，为什么偏偏是你救我的命呢？为什么偏偏是你对我这么好呢？为什么你还要背我过冰川呢？阿老，我们不能再走下去了，要不我就做不成我的事了。难道你不问问我一个人跑到这雪山上来干什么吗，阿老？你说得对，这把刀今天是要见血的啊！"

"你要杀我？"

"阿老，我是野贡·独西！"放牛娃大声喊道，一条峡谷都听到了他的喊声。

"噢，你是野贡家的人。我等了你们那么多年了。"瘦子喇嘛一点也不惊讶，苍老的目光带着迷茫的眼泪、透过孩子稚嫩的眼睛看到了两个世仇家族几百年来的仇杀史。他问："孩子，你多大了？"

"十四了。不过还差九天。"孩子挺起胸膛豪迈地说。

"你们野贡家族可真的是衰落了，他们怎么会派一个小孩来干这件倒霉的事呢？"这时他也看到了寂静阎王阴森的目光。魔鬼没有发笑，就真有人要倒霉啦。

但那个小小的杀手仍在哭泣。

"孩子啊，你该感到骄傲。过去多少人要取泽仁达娃的命，包括你的父亲坚赞罗布，你的爷爷顿珠嘉措，还有很多很多的好汉，都是一些连魔鬼也害怕的人，可是神灵却认为我的苦还没有受够。

现在是时候了,快起来吧。”

“阿老,我不能起来。我一站起来,你就该倒下了。”孩子哭着说。

“你说得对,因为神灵也是这样认为的。”瘦子喇嘛说,“看啦,我送你的好运应验了。”

瘦子喇嘛把野贡·独西扶起来,让他面对自己苍老的胸膛,那孩子尽量把自己的腰挺直了,但也只有他的肚脐高。他把手上的刀在瘦子喇嘛面前比划了一下,觉得自己无论如何也杀不了这个高瘦高瘦的老人。不是没有胆量,而是感到别扭。他的手颤抖起来了。

“泽仁达娃,你太高了。”野贡·独西说。

“那好,我蹲下来。你可别指望我给你跪着。”瘦子喇嘛说着真的蹲下了,像骑在一匹死亡之马上。即便这样,他也比野贡·独西高。

“你不找样东西和我斗一斗吗?既然你连老熊都杀得死,也许你真的还不太老,还可能会杀了我呢。这样才符合我们两家的规矩。”孩子突然说。

瘦子喇嘛苦笑道:“我早过了和人争勇斗狠的年纪啦。刚才我拿火炭烙你,就当我已经杀过你一次了。”

“泽仁达娃,我杀了你,你们家的后人就可以来杀我了。我叫野贡·独西,你在阴间一定要传个信给他们。”那孩子的声音细细的,尽管他说得像一个康巴男人那样充满豪情。

“你好好活着吧,我没有后人。”

孩子愣住了,觉得两个家族连绵不断的仇杀到他这里就终止了,好像游戏才刚刚开始就结束了一般遗憾。他说:“你总有亲戚什么的吧。”

“没有了,全被他们杀光了。我是峡谷里最后一个孽障,孩子,放手干吧。记着我给你的好运。”瘦子喇嘛的眼睛仍然望着峡谷下方。

瘦子喇嘛在等待。他忽然想起多年前，天上的雷神一路追杀着他，让他无处可藏。当他绝望地逃到这座山岭时，他看到了对面山梁上的一个绛红色的身影，他还看到了天上的一个炸雷直奔他的脑门而来。那个绛红色的身影挥起手中的法杖，就像斩断一段孽怨一般，把他罪孽深重的过去一刀斩断。那天他在这里得到了拯救，今天他不指望谁来拯救，他指望死亡能解脱自己。这是一个人最后的一点骄傲了。

他用鹰眼一样的目光向峡谷下方望去，把八十多年的时间迅速地浏览了一遍。他首先看到了草场上奔驰而来的马队，年轻的泽仁达娃跃马横刀，一刀就砍下了野贡·江春罗布的头，那颗不屈的头颅一直跑回到峡谷里的野贡家，他们怎么追也追不着；他看到了峡谷上空的高原神鹰兀鹫，它们已经等得不耐烦了；他还看到了峡谷里升起的炊烟，看到了澜沧江两岸的村舍，看到了藏族人的土掌房顶平台上煨桑的青烟，看到了家家房顶上的经幡旗，它们在峡谷的狂风中哗啦啦地飘扬，祈诵着藏族人等了一代又一代的吉祥；然后他看到了澜沧江西岸的噶丹寺，寺庙里的经幢在阳光下熠熠发亮，他的师父六世让迥活佛在一堆熊熊燃烧的烈火前巍然不动。他还看到了苯教法师敦根桑布的那只破鼓，在神灵控制的空间飘来飘去，但是敦根桑布法师却了无踪迹。他的目光像风一样穿越在峡谷的时空里，他看到了江东岸右盐田的教堂，那个破败的十字架立在教堂的垛楼上，修女凯瑟琳迈着细碎的脚步来到教堂屋顶的钟楼，正准备为他敲响丧钟；他还看到了澜沧江边的盐田，一块块地沿着江边的悬崖搭建起来，田里的盐卤水在峡谷上空的阳光照射下泛着白光，晒盐的人们刚刚把晒好的盐收集起来，泽仁达娃的马队就从峡谷的山涧深处冲出来了，马刀在阳光下闪耀着阴冷的光芒,女人和孩子的哭喊响彻峡谷;他最后看到了一处纳西人的大院,那里面人来人往,人们正在办喜事,一个有钱人正把一个绝色美女娶回来做二房,美人儿从大红花轿里走出来,她是那样的丰满而妩媚,仿佛是格萨尔王的王妃,峡谷被她的美色映照得通红,连卡瓦格博雪山顶都被染红了,这时泽仁达娃的马队从天而降,飞扬的马蹄踢倒了喝喜酒的人们,踢倒了试图出来阻挡的新郎,踢倒了新娘喜房的大门,泽仁达娃巨手一揽,别人的新娘就成他的了。

“你还不动手?”瘦子喇嘛——吹批喇嘛——前巨匪泽仁达娃回头对那孩子说,他说得很温和慈祥,仿佛怕吓着了他,或者像一个老人问一个孩子为什么还不去上学那样轻言细语。

“那么,还有什么话要说吗?”孩子装作很老成的样子问。

“临终不说多余的话,是上等的好男儿;飞行不多拍翅膀,是有翅力的好鸟儿。这话是你们野贡家的人说的。他是条好汉。”然后瘦子喇嘛揩掉了自己眼角边最后一颗眼泪。

“泽仁达娃,你也是。”

野贡·独西说完就将刀捅进了瘦子喇嘛的肚子里。他是闭着眼睛干这事儿的,不是因为他害怕见到血,而是他眼睛里的泪太多了。

野贡·独西只听到一句话:“哦呀,你的手太软了,让我来帮你。”

然后他就感到手上空了,待他睁开眼睛,泽仁达娃不见了,而刀却还在他的手上,黑色的血滴答滴答地往地上滴落,像瘦子喇嘛老也淌不完的眼泪。刚才他感到一双粗粝而坚硬的手抓住他的手腕往被刺者的肚子里带,让刀子深深地扎了进去。那一定是神灵在助他一臂之力,孩子想。他站在岩石上四处张望,瘦子喇嘛就像刚从他身边飞走了的鸟儿一般,连个影子也没有了。

四周只有山风呜咽。

野贡·独西向着峡谷跪下了，痛痛快快地哭了一场，直到哭瞎了自己的一只眼睛。

第七章　三十年代

38. 劫婚

连年的战争造就了许多奇奇怪怪的人穿梭来往于峡谷。神汉、占卜术士、江湖游医、云游的喇嘛、藏戏班子、说唱艺人等等。他们来到有钱人的大宅前，宣称自己与神灵们交往的经历，以此换取一碗酥油茶、一袋青稞面。去年就有个流浪四方的格萨尔王传的说唱艺人，他说自己从前只不过是一个铁匠，但自从他在拉萨河谷边见到了格萨尔王后，他就可以说唱格萨尔王的英雄故事了。野贡土司顿珠嘉措那时把他待为上宾，好酒好肉的款待，他能说会唱的本事倒也真不小，一段格萨尔王的故事他可以不吃不睡地说唱三天三夜。所有的人都昏昏欲睡时，这个江湖艺人就爬上了野贡土司家最漂亮的一个女仆的肚子。最后看在格萨尔王的面子上，野贡土司才没有打断他的腿，只是把他赶走了事，当然还有那个女仆。野贡土司也发了善心，给了她自由民的身份，让她随那说唱艺人流浪四方。“谁叫他肚子里有那样多格萨尔王的英雄故事呢。说唱英雄故事的人，自己也是半个英雄。”野贡土司说。

那时峡谷显得比往年热闹得多了，澜沧江的东岸和西岸都有了通拉萨和汉地的驿道，除了冬季，月月都有成队的马帮从峡谷里穿过，他们都是些走南闯北、为了生存甘冒风险的男人。左盐田马帮生意做得最红火的当数精明的纳西商人和德忠，他的马帮常常聚集起几百匹骡子和马，上百人的赶马队伍，浩浩荡荡地从峡谷中穿过，领头的头骡一般都高大威武、披红戴绿，体现着这支马帮队伍实力不凡。人们问和德忠“去拉萨的路好走吗？”他豪迈地回答说：“条条大路通拉萨。”人们又问“从拉萨到印度远吗？”他说：“从圣城拉萨出来，一支山歌还没有唱完，印度就到了。”如今和德忠在左盐田盖的大宅几乎可以和土司媲美了。人们说要不了多久，和德忠也可以当纳西人的土司了。

但是当另一个真正意义上的探险家来到峡谷时，马帮们的气派和见识和他比起来，就显得寒碜得多了，连走南闯北的和德忠也不得不为他的勇气和铺张感到惊讶，因为他就像一个闯进贫寒的峡谷里来的国王。

这个人就是布洛克先生，一个风度翩翩的英国绅士，夏威夷大学的植物学博士，或者说那个年代最疯狂的冒险家、植物学家、民族人文学者。他在与西藏毗邻的云南纳西族地区已生活了十多年，同时为英国和美国工作。他给英国爱丁堡皇家植物园寄去横断山脉地区丰沛的植物珍稀标本和花卉种子，丰富了英国人的花园；同时他又为美国《国家地理》杂志撰写专栏文章，介绍滇、川、藏地区多民族杂居而形成的多元文化状态和这里瑰丽壮观的自然景观。当他第一次来到右盐田的教堂时，他带有一支由三十多个纳西武士组成的卫队，还有四个仆人，八个轿夫。尽管他可以骑马，但布洛克博士认为，在中国乘坐轿子是一种身份地位的象征。“如果你不搞得像一个国王出行，那些以衣帽取人的政府官吏是不会把你当多大回事的。你瞧，当我到左盐田时，那里的县长叫我布爷。”他对沙利士神父说。他的行头也让沙利士神父目瞪口呆，望远镜、显微镜、测量仪器、罗盘、欧洲最新款的双筒猎枪、德国莱卡照相机等等，甚至还有一套洗印彩色照片的设备，“上帝啊，摄影已经进入了彩色时代了。”他感叹道。

更让沙利士神父惊叹的是，布洛克博士即便生活在中国偏远的民族地区，又到如此蛮荒闭塞的地方来探险，但他依然保持着一个绅士的生活习惯，甚至到奢侈的地步。他带来了钢丝床、可折叠的餐桌、躺椅、在欧洲的海滩上才可见到的太阳伞，甚至还有一个帆布浴缸。布洛克博士说："我在这里的生活几乎和欧洲一样，甚至比在欧洲还要快乐。尊敬的神父，你在哪里洗浴自己的身体呢？"

沙利士神父不卑不亢地回答道："在自然中。"

就像沙利士神父对布洛克博士的铺张感到不可理喻一样，博士对神父的清贫与坚韧也同样吃惊。"他们说云南以远就再没有传教士了，因为我所在的地方，仿佛已是地球的边缘。神父，要是你回到欧洲的社交沙龙，你会成为那里的英雄。"

"我不是为了当英雄才来这里，"神父说，"真正的英雄是雪山上的藏族人。"

"在我看来，你们都是值得钦佩的人。我在云南的怒江大峡谷探险时，也碰见过一个和你一样的传教士。"

"美国人。五旬节教派的牧师。"沙利士神父有些不屑一顾地说。

"是的。那人是摩尔牧师。他在傈僳人中传教，那是一个连文字都没有的山地民族，令人尊敬的摩尔牧师和一些传教人员甚至为他们创造了一种文字。"

"上帝创造世界，美国人创造麻烦。在某种程度上，文字就是麻烦的根源。"沙利士神父酸溜溜地说。

"噢，神父，你不能这样说。"布洛克博士从嘴边取下烟斗说，"你们侍奉的是同一个上帝呢。我认为，你们应该互相走动。"

沙利士神父自负地说："我会在拉萨等他。"

"我非常乐意转告你的话，要是我能再见到摩尔牧师的话。顺便说一句，几年前我在怒江峡谷见到摩儿牧师时，他也跟我提起过雪山这边的教堂，他说他将在拉萨等你。”布洛克博士故意刺激沙利士神父。

沙利士神父转头向巴勒神父说：“跑道上的两个对手，不是吗？”

巴勒神父撇撇嘴：“但愿大家都不要跑错了方向。”

布洛克博士此次探险的目的地并不是西藏腹地，他要往四川藏区那边做一次意义非凡的旅行。他闪烁其词地说，这和美国军方有关。沙利士神父就没有过多追问。三天以后，布洛克博士的人马浩浩荡荡地出发了。他留下了一台相机和黑白照片的洗印设备赠送给神父，可是沙利士神父并不领情，他刻薄地说：“我要那玩意儿干什么，它能拍下上帝显灵的身影吗？”布洛克博士是个宽容的人，他说照相机是当今人类最伟大的发明，就像蒸汽机推动了世界前进的步履一样，照相机留下了历史的痕迹。即使它不能见证上帝的光荣，也对见证藏族人和纳西人的文明有帮助。

沙利士神父看着远去的马队对他身边的巴勒神父说：“贫穷和富贵并不是朋友，即便上帝也没有办法让这两个朋友走得更近一点。在贫穷面前，富贵总是显得虚荣而矫情。”

“一个在西方世界出卖廉价见闻，并且哗众取宠的人。”巴勒神父评价道。

左盐田这些年的发展超过了右盐田和对岸的卡瓦格博村，一是由于政府的县衙门一直设在这里，二是因为聪明而善于经商的纳西人使他们的村庄成为了来往过路马帮的大驿站。左盐田现在已经不是一个纯纳西族的村庄了，一些随着赶马人来的汉族人、彝族人、傈僳族人、白族人都到这里落脚或做生意。这个多年前由于巨大的山体坍塌而造就的小村庄不仅有了客栈、酒馆、杂货店，甚至连从汉地来做皮肉生意的暗娼店都有了。老鸨们带来了会唱女妖歌声的木匣子，一张像饼一样的片子放进匣子内，里面就传来一个女人嗲声嗲气的、可以使人浑身起鸡皮疙瘩的歌声。男人们说，这歌听了让人脚发软，老想和女人做那事儿。因此每当木匣子里女妖的歌声一响起，那些腰里有几个钱的男人们就往挂着红灯笼的铺子里钻。对这方面的事嗅觉最为灵敏的东巴和阿贵对充斥左盐田的秽气深恶痛绝，尽管他在自家的后院里做了几场驱赶秽气的法事，但是污秽的气味依然填满了峡谷的天空。因为每天晚上挂红灯笼的铺子一开门，秽气就像魔鬼喷出的毒雾一样冒出来，还有女人的浪笑和男人的呻吟。老天啊老天，看看他们都在你的领地里做了些什么。你们把天空污染了，灾难就不远啦。

和阿贵的诅咒没能阻挡峡谷的颓废，左盐田的富商和德忠向族人宣布他将从云南纳西地娶回第二个老婆。“这是为了让羊圈里的母羊产下更多的崽儿。汉地为什么那样富裕啊，因为他们的有钱人都有三四个老婆。”他为自己的行为辩解道。那时左盐田一向勤俭持家的纳西人还没有讨小的习惯，只有藏族人的土司和头人才有可能娶第二个老婆，许多贫苦的藏族人还几兄弟娶一个老婆呢。

仿佛为了和对岸的野贡土司斗富，和德忠在贫穷的峡谷大张旗鼓地操办自己的婚事。他的新娘从云南丽江雇了八个轿夫用轿子抬到峡谷，前后还有二十人的武装护卫，那场面几乎可以和那个老是叼着一个大烟斗的美国人媲美。峡谷里有一句赞美和德忠的话说：“银子是走出来的，春宵是买回来的。”

据说那来自纳西地丽江的姑娘从前也是大户人家的女子，只是家道中落了，父亲又嗜酒如命，她的醉鬼父亲便被一千块云南半开银元的聘礼所打倒，把她卖到西藏。左盐田的纳西人记得，当新娘从花轿里走出来时，所有的男人都感到了一阵揪心的痛，所有的女人都张大了嘴。这哪里是人肉凡胎的父母养出来的人儿啊，分明是美丽的春神的女儿。过去人们认为一个纳西女人的美在于健壮、高大、肤色黑红发亮。可是他们看见的却是一个白皙、纤巧、像一株嫩杨柳一般的娉娉婷婷的忧郁美人儿，娇嫩得像马上就要融化的雪团。如果你非要说她有什么缺点，那就是她大约不会笑。可就是她阴郁的面容，也是一种峡谷里旷古绝伦的美。她从此改变了峡谷里的人们对女性美的看法。

纳西地最漂亮的女人撼动了整整一条峡谷，甚至连卡瓦格博雪山也被她脸上的羞涩映红了，那天大土匪泽仁达娃也被这红色的雪山震惊了，他问自己的手下：

“卡瓦格博雪山怎么红得像姑娘的脸?”

一个兄弟说：“大哥，因为峡谷里来了一个可以做格萨尔王妃子的美人儿。”

泽仁达娃望着红得害羞的雪山沉默片刻，走向了自己的战马，他一跃便跨上了马鞍，马鞭往峡谷里一指，用不容置疑的口吻说：

“如果她真的是雪山女神，那我们去把她抢过来。”

泽仁达娃的马队在人家新婚之后的第二个夜晚冲进了和德忠的大院，他们来势凶猛，像一盆从天而降的祸水。那时和德忠一家还沉浸在新婚的喜庆里，大多数的客人都还没有从头天的宿醉中醒过来，飞扬的马蹄就将他们踢翻在地。和德忠手里拿着一把短枪，衣冠不整地从洞房中跑出来，但是泽仁达娃的马头一下就把他撞倒了，他从地上爬起来时，看到了泽仁达娃那双燃烧着无穷欲望的豹子眼。

“我认识你。”和德忠说。

“是吗?”泽仁达娃问，“以后你再也认不出我了。”他扬起了手里的马刀。

“请等一等，好汉。”和德忠说，“干吗不下马来叙叙旧呢？我的喜酒还多的是。”

泽仁达娃笑了：“还不知道是谁的喜酒呢。我们真的认识?”

和德忠也算是一个老跑江湖的人,知道怎样和一个凶恶的土匪打交道。他把泽仁达娃引进客厅,让吓得发抖的仆人给他们上酒,他们在宽大的火塘前坐下,和德忠指指陈设奢华的客厅说:“好汉,你看,我的这些家产,都是你给的。你要的话,都可以拿去。这尊金佛像是印度产的,这个梳妆镜是英国人造的,这架留声机,美国货,里面可以唱出女妖的歌声,还有这个不穿衣服的纯铜女人雕像,法国货。他们派神父到峡谷来宣讲耶稣的苦难,自己却过着淫秽的日子。”

泽仁达娃扇扇鼻子道:“我对这些不感兴趣。我也从没有买过这些没用的东西给你。”

“记得多年前你还我的那匹骡子吗?”和德忠结束了和一个大强盗的哑谜。

泽仁达娃一拍自己的脑门说:“哦呀。真的像汉族人说的那样了,我们不是冤家不聚头。”他想起了多年前曾经借过这个人的骡子逃命,后来又驮了两大筐大洋还恩的往事。

和德忠给他倒了一碗酒,也给自己倒了一碗,“好汉,为我的喜事,也为我们再次相逢,干。”

泽仁达娃仰头把一碗酒喝了:“为我们脑袋都还在肩膀上。”

“再拿酒来,还有外面那些弟兄,要像待远方尊贵的客人那样让他们喝高兴。”和德忠大声喊道。

这场奇怪的抢劫便以抢和被抢的双方大醉一场开始。如果不是泽仁达娃上马走的时候看见了他朋友妻子惊世骇俗的美,如果不是新娘在外面闹哄哄的场面即将要收场的时候要去上那一趟厕所——她躲在洞房里实在憋不住了,如果不是泽仁达娃在酒气熏天中忽然闻到了那一股使人骨头发酥的香味——天知道他怎么能在醉醺醺的时候还能嗅到爱的味道!泽仁达娃在痛快地畅饮之后就真的以为自己真刀实枪地杀到左盐田,只不过是来会一个多年不见的老朋友。他在马鞍前一回头,就看见了那个绝色美女凄美艳丽的芳容。新娘只瞥了泽仁达娃一眼,眼光就像受到惊吓的小鸟,"吱"的一声飞了,泽仁达娃听到了这目光飞逃的声音。仅这惊鸿一瞥,灵光闪现,泽仁达娃就跨不上他的战马了。

和德忠那时还在对他的朋友拱手作揖,他说:"恕不远送了。"

一瞬间,泽仁达娃作出了一生中最为残酷的决定,他说:"朋友,应该是我送你上路啊。"

和德忠笑着说:"大哥,你喝多了。"

泽仁达娃眼睛直勾勾地望着人家的新娘:"我可比什么时候都清醒。"

和德忠终生的错误在于他不能跟一个土匪称兄道弟。他可以是一条好汉,但他不一定就当得了你的大哥。和德忠伸出一只手去,想把泽仁达娃扶上马。但是不知是泽仁达娃误解了他的意思,还是和德忠的动作惹恼了泽仁达娃,他反手一掌,就将和德忠推出老远。

"大哥,你……你真是喝多了。"和德忠说。

泽仁达娃抽出了身上的康巴刀:"兄弟,我要对不起你了。多年前我本该杀了你,你说你还没有娶老婆。一个男人还没有沾过女人,是不能死的。现在你有两个老婆了,我还光着身子在这个世界上闯荡。这公平吗?"

"你的妻子呢?"和德忠问。

"哈哈,早被官军杀了。他们杀了我全家。"

和德忠说:"那些官军该杀。"

"可我得杀了你,兄弟。"泽仁达娃冷酷地说。

"大……大哥?我们不是……冤家。"和德忠说话有些不利索了。

"现在是了,兄弟。我喜欢上你老婆啦。不是第一个,是第二个。这一个。"泽仁达娃指着还站在院子里发呆的新娘子说,就像说喜欢上他兄弟的某样东西。

和德忠愤怒地说:“你不是我的大哥了,我也不是你的兄弟。快滚吧。”

身高臂长的泽仁达娃一步就跨到和德忠的跟前,用刀顶住了他兄弟的脖子。“眼睛一闭,你就看不到人间的痛苦了。兄弟,可别怪我啊。”

然后他的刀锋横着一抹,和德忠的喉咙就断了。鲜血喷出来老高,溅了泽仁达娃一脸,仿佛是他身上的血一样。和德忠软软地倒下去了,手脚不断地抽搐,喉咙里还在“咕噜咕噜”地冒着血泡,好像还有好多话没有说完。不知是在惦记着他的娇妻呢,还是想说那座没有来得及为泽仁达娃建的吊桥。院子里和德忠家的人全都吓呆了,有片刻时间大家以为这是在梦里,刚才两个兄弟还在推杯换盏地喝得高兴,现在一个就把另一个的脖子抹了。这不是在梦里又是在哪里呢?

最先醒悟过来的是那立即做了寡妇的新娘子,她尖叫一声,捂着脸扭身往洞房里跑,泽仁达娃追了过去,他撞开了洞房的木门,新娘像一只野兔一样在房间里躲来躲去,人高马大的泽仁达娃东扑西扑,可就是闻得着新娘身上的体香,摸不着新娘的裙边,两人就像在做一场游戏。最后新娘从洞房的窗子里跳了出去,又打开后院的门跑了。泽仁达娃恼怒地从洞房中出来,大声喝道:“牵马来!我醉了,我的马可没有醉。”

院子里早已乱作一团,和德忠的家人正和泽仁达娃手下醉意阑珊的土匪们扭打厮拼。泽仁达娃拔出手枪,朝天上打了两枪,他的战马听出了泽仁达娃的枪声,自己跑到了他的面前。泽仁达娃一步跨了上去,一提缰绳冲出去了。

他沿着山道狂奔,不必担心他会找不到那可怜的新娘,因为她的体香在峡谷里绝无仅有。泽仁达娃像一条狗一样嗅着那酥人的香味，只追了不到半里地，就看到了那个像一只金丝鸟儿一般仓惶出逃的女人。他一夹马肚，感到自己的下身一阵阵地温热。他想，还没有把人家压在身下，自己的东西就喷出来了，真没有出息啊，还没有哪个女人把我折磨得这样狼狈。在他还没有从自我愉悦的陶醉中醒悟过来时，人家的新娘已经娇喘吁吁地在他汗淋淋的怀里了。

他把她横抱在马鞍前，仿佛抱着一只羔羊，女人已经惊吓得昏厥过去了，脸色苍白得像月光下的雪地。泽仁达娃本来可以在马背上就搞了她，但是他没有。他得找个地方好好地享受一番。他的马儿似乎很知道主人的意思，它一路飞奔，还嘶嘶地高叫。泽仁达娃浑身的血都在往上涌，女人身上熏人的乳香味都快要让他疯狂了。马儿终于跑到林间的一块草地上，泽仁达娃翻身下马，轻轻地把那女人放下来，仿佛放下一团洁白的云朵。

哦，佛祖啊！当一个饥饿的人忽然面对一顿美味大餐时，他一定不知道从哪里下手。泽仁达娃此时所有的酒劲和幸福感一齐涌了上来，搞得他浑身发软、眼前发黑，竟一头栽倒在女人的身边。

泽仁达娃醒过来时，睁眼看见了头上的蓝天白云，那些白得发亮的云团似乎还在旋转，而他却找不到太阳在哪里。他首先想，我这是在哪里呢？然后他又想，我为什么要躺在这个地方？最后他终于想起来了，刚才他割断了一个人的脖子，因为他看上了这个人的老婆。哦呀，那个漂亮得可以当格萨尔王妃子的女人呢？

他伸手一抓，只抓到了草地上的一把青草。泽仁达娃翻身爬起来，草地上空无一人，现在他完全清醒了。狗娘养的，没有出息到家了。他感觉腰间有点不对，伸手一摸，枪还在，但康巴藏刀被那个女人摸走了。泽仁达娃笑了，毕竟是女人见识啊。

他跌跌撞撞地在林子边找到了那个女人，他感到奇怪的是，她正在用刀割自己的裙子，“嗨，你不会脱裙子吗？”他问。

“别过来。我有刀呢。”新娘子恨恨地说。

“你为什么不拿我的枪?”他笑着问,就像在逗一个小孩玩耍。

“我要用刀做一条绳子。”她幽怨地说。

“干什么用呢,牵马的缰绳吗?”

“吊死鬼的绳子。站远点!”新娘声色俱厉地说,她想把用裙子结好的绳子扔到头上的树枝上,但是树枝太高了,她扔了几次都没有扔上去。

泽仁达娃又笑了,她往上抛绳子的姿势可真好看。“哎,要我来帮你吗?”

“人家要去死了,你还笑。”

“你们纳西人就是怪,男人死了,还有其他男人么。活着多好。”他上前一步。

“走开。”新娘软弱地说。

“我走了,谁来帮你把绳子扔上去?”他又往前了一步。

“别过来,你这个强盗!”她用刀子对着泽仁达娃,嘶喊道。

“是的,我是个强盗,土匪,杀人不眨眼的家伙,或者说是个魔鬼。但是,我喜欢上你了,你应该感到自己的好运来了,因为峡谷里再没有比我更坏的人。”他直接用胸膛面对着她的刀尖。

“别想来碰我,我会杀了你!”

“来吧。”他说,“要么你杀了我,要么让我喜欢你。”他的豹眼死死地盯住她的一双凤眼,他有充足的信心,可以用目光打落她手中的利刃。“我叫泽仁达娃,你叫什么?在你下刀之前,请告诉我你的名字。佛祖在上,我死了也会记住它。”

“木芳。”她软软地说。不像是在向仇人宣布自己的大名,而像是告诉一个情人她草木春秋、鲜花芬芳的芳名。

康巴藏刀无声地落在地上。木芳自长这么大,还从没有听一个男人说他喜欢她。当初和德忠来到她家时,她被人引到那个陌生而矮胖的男人面前,就像一件待价而沽的货物展示给他看,然后和德忠就给他父亲下订单了。即便是在他们新婚的第一个晚上，和德忠也没有对她说他喜欢她。他在黑暗中爬到她的身上，喘着粗气，很快就完了事，然后他翻身下去就睡了，仿佛刚才干了一件很累人的活儿。他只让她感受到了男人的一丁点东西。可是当她第二天在院子见到这个巨人时，一瞬间她把他同昨晚的另一个男人作了暂短的比较，这让她羞愧万分。她第一次感到她对和德忠的恨比眼前这个强盗更甚。尽管是他杀了自己的丈夫，也是他把她劫到这个人不知鬼不觉的地方。但在这个巨汉面前，一个女人既恐惧又安全，既惊惶又好奇。

可怜的木芳没有选择，她身子一软，往地上瘫去。泽仁达娃长臂一伸，把她拦腰搂住了。他把她紧抱在怀里，凑着她的耳朵说：

"佛祖在上，我的美人儿，你要什么，我都可以给你。"

木芳浑身发抖，紧咬着嘴唇摇头。泽仁达娃像一个殷勤体贴的情人，连声对她说，你要雪山上的雪莲吗？要山洞里的珍宝吗？要印度珍贵的虎皮要草原上的貂皮吗？要十二个眼的猫眼石吗？要比雪山下的湖泊还要绿的翡翠吗？要比太阳还红的红玛瑙吗？最后，他终于问到了点子上啦，他问：

"你要一个终生都爱你的男人吗？"

女人不发抖了，也不咬嘴摇头了，她忽然像睡着了一样平静。泽仁达娃现在可以把她放平在草地上啦，他也再不会头脑发热地晕过去。这一次，他发现他从没有像爱哪个女人一样爱上了这个美人儿。

39. 风中的危险

春末，峡谷底的桃花落英缤纷，满地残红，而高山牧场上的春天才开始真正来临。先是漫山遍野的高山杜鹃花竞相开放，把一条条山岭装扮得花花绿绿，万紫千红；那些杜鹃花就像藏族人的性格，开放得热情而泼辣，迅猛而果敢，仿佛在一夜之间，它们就由千万个神灵的千万支神奇的画笔，把峡谷里的山岭点染得五彩缤纷。藏族人的情歌在杜鹃花盛开的季节唱得最为火热，满峡谷都是余音袅袅的歌声。峡谷两岸的牧羊人和马帮驿道上的马脚子常常会互相赛唱，有些情歌唱得露骨而直白，连山岭上的杜鹃花听了都会羞红了脸。有的康巴汉子受不了对岸唱歌的妹妹的挑逗，干脆抛下羊群，丢开手里的农活，跑下山梁，从溜索上滑过来跟情人幽会了。

在沙利士神父眼里，没有战争和自然灾害的时候，峡谷里的藏族人日子过得还是很诗意的。他对成天忧心忡忡的巴勃神父说："我在藏区传教三十多年了，还没有发现哪个藏族人有精神障碍。噢，上帝，尽管这里生活清苦，但是这里的人们比欧洲人快乐多了。他们把人生简化为三件事：干活，信教，娱乐。你瞧，身体的需要交给劳动，精神的需求交给宗教，其余空闲下来的时间，就全部交给了唱歌、跳舞、喝酒和谈情说爱。他们中的智者甚至连自己什么时候死都安排好了。还有比这更会安排生活的民族吗？"

巴勃神父揶揄说："有，在天堂里。"

在沙利士神父看来，那一段时间里，巴勃神父患上了深刻的郁闭症，在教堂里几乎听不到他一句多余的话。人们除了在主日望弥撒时能看到巴勃神父日益萎靡的身影外，他几乎不存在。做祭祀时作为沙利士神父的助祭，他时常走神，有一次他帮沙利士神父倒祝圣过的红葡萄酒，竟把一瓶酒都倒在了托盘内而不是酒杯里。红色的葡萄酒溢出了托盘，把祭台上的白布都染红了，而巴勃神父却浑然不知，就像一个不能自持的醉鬼。而在忏悔室里，他负责听忏悔的几个教民常常在诉说了自己的罪过后，得不到巴勃神父明确的指示。仿佛他既不宽恕自己，也不代表上帝宽恕别人。每天他的脸上永远只有一个表情，那就是像江边的岩石一样阴冷、僵硬、古怪。有一天教民路德向巴勃神父忏悔说，他的一群羊偷跑到约翰的地里吃青稞苗，等他发现时已经晚了。但是他又害怕约翰知道了不高兴，会认为他是故意的。就一直没有告诉约翰。在耶稣面前，路德并不是想隐瞒这桩错误，而是时间越长，他就越说不出口，可是他心灵中的负罪感就越重。在长久的等待之后，巴勃神父在忏悔室里突兀地说了一句：

“让罪孽的感觉像一阵风吧。”

老实巴交的路德怎么能听懂这些深奥的启示呢，他在回去的路上还在想，要是风能吹走我们的罪，还要神父们干什么？

沙利士神父知道，巴勃神父曾经给教区主教大人劳纳主教写信要求调换一个传教点，但是遭到了劳纳主教的拒绝。劳纳主教在给沙利士神父的信中说，欧洲局势紧张，中国内地战火遍地，传教会近期内根本不可能派出更多的传教士到西藏来。在这充满战火和仇恨的世界上，望你们通过守斋和祈祷做信仰的见证。我会为你们的虔诚转求天主，使你们永远度过一个基督化的生活。想一想你们的光荣吧，耶稣在西藏的先驱。上帝将护佑你们的伟业。

实际上在传教会，没有人比巴勃神父更知道耶稣在西藏的地位。因为他精通传教会在西藏的传教史，而这段不幸的历史告诉了他许多的传教悲剧。历史就是一块巨大的石头，你对它知道得越多，你背负的重量就越重。巴勃神父不会忘记从十七世纪初第一个到西藏古格王国传教的安东尼奥·德·安多德神父，这个上帝的宠儿，即便他差一点就让古格国王皈依了耶稣上帝，可他同时带给古格王国还有什么呢？是喇嘛们的暴乱，是古格王国的灭亡。约一百年后卡普清修会[①]的传教士纵然成功地在拉萨建立了传教点，可是他们得到的回报是什么？是饥饿，后继无援，西藏上层贵

① 又名嘉布遣小兄弟会，意为“顶风帽”，因其会员服装附有尖顶风帽而得名。该修会提倡安贫、节欲、发四愿，过清贫的生活。

族的敌视，佛教徒的围攻，信奉天主教的教民被殴打，以及被叛军所杀的孤独无助的传教士。从十七世纪初到十八世纪这一百来年的时间里，罗马教会传信部共派出了三十批一百多人次的传教士到西藏传教，他们有的死在横渡大洋的船上，有的死在喜马拉雅的风雪山口，有的死在土匪抢劫的刀下，有的被东方不知名的病魔夺走了生命，有的则被宗教引起的暴乱吞没。即便是那些到达了西藏的幸运儿，把十字架矗立在这片陌生的土地上，可是他们就像在西藏的某个圣湖里扔了几块石头，随着时间的流逝，这圣湖里曾经有过的响动和涟漪都不见了。圣湖还是圣湖，藏族人在里面看不到一点耶稣的影子。

失败，失败，没有止境的、就像藏族人信仰的轮回那样的失败。不是巴勃神父对上帝没有信心，而是他对教会在西藏的传教事业看不到希望。在西藏，没有藏传佛教的护佑，这个民族不会存在到今天。罗马教廷传信部的先生们都是一些狂妄自大的白痴，他们也许只在地图上研究在西藏传教的可能，他们甚至连一个藏族人都没有接触过，怎么能知道离罗马教廷万里之遥的西藏对上帝的态度呢？

无数个黄昏，巴勃神父在山道上散步时，就这样沉浸在历史的黑暗隧道里不能自拔。由于他几乎不与人说话，他的散步就成了一个在傍晚游荡的孤魂。马修一如既往地远远跟在他的身后保护他，和巴勃神父一起完成晚饭后的“习惯”，以至于马修现在吃晚饭后不出去走走，胃里便会感到不舒服。马修对自己的妻子安妮说：“习惯其实就是你养的一条狗，你把它养大了，它就一直跟着你。”

秋风像一群群赶路的厉鬼在峡谷里穿越而过时，人们并没有注意到这一年的秋风与往年有什么不同。它们总是滚动着低沉而如雷鸣般的吼声从青藏高原上呼啸而下，像澜沧江里夏季的洪水，但是它们比洪水泄得更快更凶狠。人们往往忽视风的破坏威力，只不过在无垠的天空中敢于和它们抵抗的东西不多罢了。当然峡谷里的人们也不会忘记多年前的那个大风年,把地上的一切刮得干干净净,澜沧江西岸的佛教徒至今还认为,是东岸右盐田教堂里的那个大胡子白人喇嘛带来整整刮了一年的大风。他的命运与风有关。

马修到死的那天都还记得巴勒神父出事的那个傍晚风声如雷,一弯上弦月早早地就挂在了北边的天空。他奇怪的是那月亮竟是金黄色的,就像一把金镰刀。巴勒神父那时长久地伫立在左右盐田间的山梁上,面对着朦胧阴森的山涧。这样迎风挺立的姿势多年来他一直没有改变,风梳理着他一脸乱蓬蓬的胡须,也梳理着他时而混乱时而严谨的思绪;那是一个历史学者的思绪,是在历史的长河中迷失了方向的思绪,被澜沧江大峡谷里的大风一吹,它就更加混乱了;风还撕扯着他的黑色长袍,离巴勒神父足有两百米远的马修都能听到那长袍在风声中劈里啪啦的呻吟。

马修躲在一个背风的岩石下,怀里抱着他的火绳枪。他想,沙利士神父就不会像巴勒神父这样,把更多的时光用在这无聊的"习惯"上。每天晚饭后,沙利士神父一般都到教堂里一个人面对耶稣的圣像默想许久。在教民们眼里,沙利士神父才是纯正的基督徒,他的谦逊,热情,仁慈,智慧,以及忍受苦难的毅力,做得就跟藏族人的活佛一样。作为一个异族人,如果你能和藏族人一起忍受苦难,并从精神上给予一定的指导,比你帮助他们改变这种苦难更能赢得尊敬。因为在一个藏族人看来,苦难不过是为了来世的一种修行。如果今生不把人间所有的苦难都吃尽,他们怎么敢保证来世的幸福呢。尽管神父们一再告诉信仰耶稣天主的教民们没有来世,只有天堂里上帝的国,可是他们还是一不小心就把幸福的来世和上帝的国混为一谈。

马修突然听到了一种奇怪的声音,尽管在大风的呼啸声中这声音并不大，像一只鸟被勒紧了脖子那一刹那间的惊叫。马修的心却猛地一紧，仿佛站在悬崖边一脚踏空般惊惶和恐惧。他从岩石后窜出来，巴勃神父刚才站立的地方空无一人。

“神父……”马修急得大喊。

而巴勃神父此时正在山涧里御风飞翔。

马修看到，巴勃神父像一只低空飞行的巨大苍鹰，在峡谷里大风的吹送下，在他的视野中越飞越远。在朦胧的山谷中，与其说那是一个人在飞行，还不如说那是一片黑色的树叶。他的黑色长袍像飘飞的翅膀，在黑暗的山谷里迎风招展。

马修吓得一屁股坐在了山道上。他从没有看到过一个坠崖的人可以在风中飞的这么远，除非他是那个经常骑着一面鼓在峡谷里飞行的法力高深的苯教喇嘛敦根桑布。

“巴勃神父被风吹走了。”这个消息很快就在右盐田传开。沙利士神父组织所有的教民打着火把溜到山谷底去寻找巴勃神父的尸体，左盐田的纳西人也纷纷过来帮忙。人们的火把将两个盐田间的那条山谷都映红了。沙利士神父开初不相信风会把一个人吹走，他认为巴勃神父一定是遭到了江对岸佛教徒的暗算。可是等他们终于找到巴勃神父的尸体时，他自己也被搞糊涂了。巴勃神父坠落的地点离他生前最后站立的悬崖边至少也有一公里的距离。难道一个体重足有八十公斤的成年男人会被大风吹得这么远？

“在我们的东巴经书里，风还把人吹到崖壁上揭不下来哩。”纳西族长和万祥看到沙利士神父那么伤心，就宽慰他道。

如果可怜的巴勃神父真被风吹到悬崖下，那倒好了。沙利士神父心里想。他担忧的是，巴勃神父的神经被西藏的大风吹断了，显然这是教会最不愿意看到的。

三天以后，教堂为巴勃神父举办了隆重的葬礼，人们把他葬在杜朗迪神父的坟墓边。当年沙利士神父开辟澜沧江东岸的教区时,除了确定教堂的位置,村庄的布局和土地的分配外,还特意留了一块空地作为基督徒的墓地。它就在马帮驿道的下方,面对峡谷里的澜沧江,从驿道上过往的人们都能看到那些坟墓上的简陋木十字架,现在那里已经有十多座坟茔了。天上的兀鹫有时嗅着尸体的味道,降落在这些十字架和坟头上,瞪着一双迷茫的眼睛四处打量,似乎在问:天葬师到哪里去了?

40. 上帝的早餐

那一段时间沙利士神父过得比较消沉,这并不是由于失去了巴勃神父使他感到哀伤,而是峡谷里的人们对此事的传言使上帝的信誉受到了伤害。"你想想,"人们说,"上帝派来替他说话的人居然会被风吹走,上帝说的那些话还能镇压得住峡谷里的魔鬼吗?如果白人喇嘛说的天堂真的存在,为什么他们自己没有升向天堂,却葬身在峡谷的山涧里?"喇嘛们话里有话地说:"哦呀,这个可怜的白人喇嘛大概是想飞向天堂的,但是西藏的大风并不帮他。"

这些传言从噶丹寺里传出,变成了佛教徒们讥讽天主教徒的笑料,峡谷的风又把它从澜沧江西岸吹到东岸,让东岸的天主教徒们深感迷惘和屈辱。于是,在圣神降临节①的前一天,沙利士神父在布道中对自己的信徒说:"有那对主的信仰不够坚定的人,问我能不能带给你们一点天堂的消息。我知道你们藏族人是相信神迹的民族,你们历来认为天上的东西比地上的事物更值得信赖。那么好,明天上午十点,你们将看到主耶稣在峡谷显灵。诺斯,明早你不用为我准备早餐了,主会给我从天上送来一顿丰盛的早餐。"

---

① 又称为"五旬节",耶稣复活后第四十天升天,第五十日差遣"圣灵"降临,门徒从此领受圣灵后开始传教。因此教会规定每年复活节后的第五十日为圣神降临节。

第二天上午,厨子诺斯和亚当在沙利士神父的指点下在教堂外的空地上用生石灰划了一个横竖均有一箭之地的巨大的十字架。沙利士神父还叫人为他摆了一张桌子,上面铺上亚麻白布,还摆上了吃西餐的刀叉、勺匙,甚至还摆了一副明显多余的枝形烛台。那是他多年都没有用过的餐具,因为平时他都和教民们一起用手捏糌粑吃。沙利士神父坐在桌子前,脸上充满自信,像一个国王。人们围在十字架外面,等待耶稣神迹的降临,人人脸上既激动又迷惑,这可是沙利士神父到峡谷传教以来,第一次向人们证明主耶稣的奥迹。连左盐田的纳西人也来了不少,他们也想看看,白人喇嘛如何吃到从天上落下来的早餐。

那天天空湛蓝,人们曾经猜测神父的早餐大概会从云团上面飘下来,但是天上一点云彩也没有,爱惜神父声誉的人开始为他担心。但是神父依然是那副不慌不忙的模样,他在自己的胸前系了一块白布,神父说这叫餐巾,在他们的国家,人们吃上帝盛宴时都要戴这个东西。

十点刚过,一种像公牦牛发情时的嗡嗡声从南边的天空传来,神父的脸上露出了自信的微笑。人们引颈张望,天上盛早餐的篮子、碗、茶壶,甚至一张烙饼,都不见一点踪影。但是,他们忽然看见一只飞得很高的鹰,公牦牛叫的声音就从那里发出,它越飞越近,越飞越低,冲着教堂外的那个大大的十字架飞了过来。巨大的声音让所有的人都跪下去了,不断地在胸前画着十字。

“那是神鹰啊!”有人惊呼道。

令人敬畏的神鹰在教堂的上空盘旋,它张开的翅膀并不扇动,可是它飞得那样快、那样高。“真是一只翅力好的鹰。”人们说。神鹰最后对准了地上的十字架又俯冲过来,仿佛有一只巨手,把人们头上的帽子一把摘走了。人们正在惊慌之际,却惊讶地发现一朵白色的蘑菇开在空中,缓缓地向地面降落下来。

“感谢你，仁慈的上帝！是你赐予我们每天的食粮，也是你让峡谷的人们知道了自己的罪，并且相信你的力量。”沙利士神父单腿跪在地上，双手伸向天空，仿佛要接住上帝赐给他的早餐。

那朵白色的蘑菇在天空中飘啊飘，把地上所有人的心都搞得飘忽不定，不知道自己是否在梦里。它后来准确地落在十字架的中央，沙利士神父走过去，从瘪了的蘑菇下取出一个铁箱子。多年以后，这个标着U.S.A的上帝的早餐箱就是沙利士神父埋藏在地窖里装东巴经书和自己手稿的大铁箱。神父让亚当把箱子打开。一刻钟以后，神父的餐桌上摆满了上帝的早餐，那都是些峡谷里的人们从来没有见到过的东西，神父告诉他们说，这是咖啡，我们在吃早餐前要先喝它，就像你们的酥油茶一样；这是面包，黄油；这是巧克力，一种甜食；这是沙拉酱，这是……啊，感谢上帝，这是多么丰盛的一顿早餐啊。你们也来一点吗？

所有的教民都还在目瞪口呆中醒悟不过来，有几个教民跪下去说：“神父，我们相信了。”

“相信了什么？”沙利士神父明知故问。

“相信了主无所不在的力量，相信了天堂的确存在。要是我们天天真诚地祈祷，主耶稣就会派那只神鹰来接我们上天堂。”一个教民说。

“我实实在在地告诉你们，”沙利士神父用耶稣的口吻说，“巴勃神父的灵魂其实早已经在天堂里了。他肉体跌落在峡谷的山涧里，只不过是上帝借此考验你们是不是真心爱他敬他罢了。看哪，今天是纪念主耶稣圣灵降临的日子，这顿来自天上的早餐已为耶稣作出了见证。你们要悔改，奉耶稣基督的名受洗的人啊，你们的罪要得到赦免，就必须领受主所赐的圣灵。好了，现在，我要好好享受这主耶稣所赐的早餐了。”

这是一次非常成功的表演。两个月前，当布洛克博士从四川藏区探险回来路经教堂时，在和沙利士神父的闲聊中，说起他和正在支援中国政府抗战的陈纳德将军很熟。曾经有一位飞行员说他在藏东飞行时，看见了一座比珠穆朗玛峰还要高的大雪山。这在世界上引起了巨大的轰动。但是布洛克博士亲自前往那座雪山测量，发现它只不过是一座海拔将近七千多米的雪山。此事让布洛克博士名声大振，连美国空军总部也邀请他去华盛顿，为驼峰航线上一些他们还没有搞清楚的雪山标出准确的高度。因为飞虎队每年都要在这条飞越喜马拉雅山脉、令人胆寒的航线上摔下不少飞机。因此布洛克博士说，如果他需要，他随时都可以调遣飞虎队的飞机为他提供探险活动中后勤方面的保障。

沙利士神父那时正为峡谷里上帝的信誉受到质疑而焦心，便异想天开地让布洛克博士请飞虎队为上帝的力量做一次见证。布洛克博士是个虔诚的天主教徒，同时也深为敬佩沙利士神父的奉献精神。两人约定，在圣灵降临节这一天，飞虎队将派出一架飞机为神父送来上帝的早餐。“这并不是上帝的幽默，只不过是要让这些虔诚的人们感受到耶稣圣灵的降临，是可以通过一顿早餐来证明的。”沙利士神父说。

41. 红色军队

进出峡谷的马帮带来的消息说，有一支红色的军队最近开到了藏区边缘，他们在和政府的军队打仗，已经死了很多很多的人，走了很远很远的路了。据说这一切只是为了中国的颜色。

“这真是一个令人难以理解的国家，”沙利士神父对亚当说，“他们不为宗教信仰而战，不为权力而战，却为虚无的颜色杀人。”

那是复活节前圣周一的一个下午，春日的太阳暖洋洋地照在教堂里，把空泛无味的时光拉得很漫长。神父在教堂的院子里翻拣邮差通过马帮驿道送来的信件和教会分派过来的简报，那个忠厚老实的藏族邮差阿雅每个月来一次。简报中就有这几年在中国内地到处发生的有关红色军队的消息。

沙利士神父忧心忡忡地问亚当：“对你们东方人来说，颜色是不是和人们的理想有关？既然这方小小的峡谷里都曾经因为盐的颜色而发生过战争，中国那么广阔的地方，同样会因为代表各种意义的颜色而打仗。藏传佛教的信徒们在几百年前，不也因为佛教的颜色不同而分成不同的派别、并且互相攻击吗？如果以颜色来区分这个世界，谁知道在他们眼里，上帝和教会属于什么颜色？”

“黑色的，神父。”嘴快的亚当说，“因为神父们都穿黑衣服。”

沙利士神父又问：“亚当，你们藏族人喜欢什么样的颜色？”

亚当那时正在院子的一个角落里劈柴，笨拙粗大的斧子在他手里就像使一把小刀那样运用自如，如果有必要，亚当甚至可以用斧子给你劈一根掏耳朵的耳匙。他揩揩脸上的汗说：“神父，看看我们的房屋和佛教徒们的寺庙就知道了。吉祥的颜色能带给我们好运。”

“可怜的人们。”沙利士神父说，“对一个时运不佳的国家来说，好运就像水里的月亮。遗憾的是好运并不是你手中的斧子，而竟然被某种颜色所决定。”

“神父，我们藏族人认为，天上的神灵是有颜色的，地上的人信奉的神灵不同，他们就会为颜色而打仗。神父，红色的军队能带给我们好运吗？”亚当问。

沙利士神父耸耸肩：“只有上帝才知道。”他想了想又说，“教会和军队从来就不是兄弟。除非路易九世麾下的十字军。①”

“我听说他们连眉毛胡子，哦呀，还有头发，都是红色的。”亚当喜欢到处打听事情，更喜欢夸大其辞，神父多次在他忏悔时指出过

① 指公元11世纪法国国王路易九世带领的参加第一次十字军东征的军队。

这个毛病。可是亚当生性快乐、伶牙俐齿，在右盐田人们叫他“长舌头的亚当”、“快乐的亚当。”

沙利士神父看见这时院子里已经聚集了不少藏族人，他们都一副大祸临头的模样，就提高了声音说：“不管他们是什么颜色的军队，我们的教堂是受国民政府保护的。如果他们像雪山上泽仁达娃的土匪队伍一样胡来，不要忘记，我们都是耶稣圣宠下的勇士。为了维护上帝的荣耀，我们将打败他们。”

复活节第二个主日①的凌晨，一场春雨不大不小地下了起来，天上的春雷响得很特别，像音乐厅里的大鼓，在峡谷的天边轰鸣得很有节奏感。这是一个很美妙宁静的春夜，沙利士神父那时还躺在床上，想起了巴黎的音乐厅，就像回想一场遥远的梦中某个模糊的片断。他还记得，在来中国传教之前，曾到巴黎的一家不太著名的音乐厅里听过一场音乐晚会，那时他还是一个刚从神学院毕业的年轻学生，对未来充满信心，对上帝的事业坚定不移。他笃信荣耀上帝的伟业于一个年轻的教士来说，便是去到遥远神秘的东方，把上帝的福音传播到一个欧洲人想像力以外的地方。地球这一边的事情，一个欧洲人冥思苦想一万年，也挨不到边。沙利士神父想。

他在起床洗漱时迅速归纳了自己的思路，准备在早上的弥撒布道时的发言。耶稣基督复活了，这是我们举行神圣慈悲瞻礼的一天；耶稣基督复活了，一个救世主在天地间诞生，人类的罪孽从此得到了救赎；耶稣基督复活了，坟墓里不再有死人，天地间充满了圣徒们的爱……

他一边想一边走进了教堂，厨子诺斯已经在生火烧茶了。沙利士神父先在耶稣像前默祷片刻，然后来到祭室，换上了一件白色的法衣，他在祭台上巡视了一遍，为耶稣像前的两盏长明灯添了些

① 即复活节后的每一个星期日。

酥油。当他把一切准备妥当后,天空已经微微泛白了。要是在往常,虔诚的教民们应该陆续来到教堂。

但是在这个早晨,沙利士神父在教堂门口引颈张望时,看到的却是几个他从不认识的带着长枪、穿着灰色军装的汉人。他们就像从地上冒出来一般,突然就出现在教堂的大门前,一个别短枪的年轻军官很有礼貌地拍了拍开着的大门,问:

“我们可以进来吗?”

马修已经把火绳枪端在了手上,亚当也操起了一把斧子。沙利士神父愣了几秒钟,看到了年轻军人帽子上的红色五角星。他们就是红色的军队!怎么来得这么快?或者说,怎么连一点声响都没有?因为从前,凡是有军队开到峡谷,哪怕是三五个带枪的毛脚土匪,早就闹得鸡飞狗跳了。

显然抵抗是徒劳的,也来不及了。沙利士神父挥手制止了马修和亚当,做出了一个邀请的手势,用汉语说:“欢迎啊,为中国的颜色而战的军队。”

年轻的军官笑了,露出一排洁白整齐的牙齿。这让沙利士神父很惊讶,一支知道刷牙的军队,应该是中国最有希望的军队。

“你就是那个外国人?原来你不是长有三只眼睛的魔鬼。”军官笑着说,抬腿进了教堂。

“你们也不是红眼睛红眉毛的妖魔鬼怪啊。”沙利士神父回敬道。

军官说:“我们是中国工农红军。中国工人和农民的队伍。”然后他又笑了,仿佛他除了打仗,就是笑。

沙利士神父仔细打量了这些军人,他们的军装很陈旧,甚至到了破烂的地步,但是收拾得利落整齐;戴的帽子除了有布缝的红色五角星外,还有令人费解的八个角,像一圈连绵的小山峰;他们的军服也不是统一的灰色,有的服装是黑色的,有的几乎就看不出原来的颜色了,似乎这支军队的后勤给养有问题,但是他们精神十足。沙利士神父不得不承认,这个军官与他从前在峡谷里见到的所有带枪的人不一样,他的笑容灿烂而朴实,如果不看他身上陈旧的军装和腰间别着的勃朗宁手枪,他和一个庄稼人没有什么两样。不过从他笑容中的自信可以看出,他们是一支有信仰的军队。

沙利士神父招呼军官在院子里的方桌前坐下,又让亚当来冲酥油茶。这个军官自我介绍说,他是一名政委。沙利士神父不知道红军的政委是多大的官阶,他认为大约相当于西方军队里的随军牧师,但好像他们的权力又比一个牧师大得多。随同红军政委来的几个军人把枪放在一边,操起扫帚就扫起地来,其中一个军人还拿起亚当放在一边的斧子劈柴。他们就像回到自己的家,把教堂所有能干的活都抢过来干,而且一点也不陌生,那个劈柴的士兵一看就是个干过农活的人。这些红军人人乐观、热情,对教堂里的藏族人彬彬有礼,人们甚至被他们这种出人意料的谦逊姿态吓住了。他们呆呆地站在一边,仿佛成了外人。

沙利士神父当然清楚,这些长途跋涉而来的红军,肯定并不仅仅是来为教堂扫地劈柴的,他在请红军军官喝了第一碗酥油茶后,便问:“军官先生,你和你的士兵们都是信仰上帝的基督徒吗?”

年轻的政委又笑:“我们不信仰上帝。但是我们信仰一个比你们的耶稣更伟大的人,他的名字叫马克思。”

沙利士神父耸耸肩:“我听说过他。一个德国犹太人。”

“是的,他是我们中国共产党人的革命导师。他让我们明白了如何铲除这个世界上的不平等,如何消灭剥削与压迫,如何让自己的人民翻身得解放,建立一个平等自由的红色新中国。”

“这就是说,如果你们在中国打仗赢了,中国将要变成红色的了?”

“当然,那时中国将是一个红彤彤的崭新的国家。”红军政委肯定地说。

“包括藏族人吗?”嘴快的亚当在一边问。

“藏族同胞是我们的兄弟,我们有责任解放他们。”红军政委挥手说。

“可是,国民政府的十多万军队正在追赶你们。”沙利士神父说。

红军政委轻松地笑了,仿佛他并不是一个被追赶者:“十多万军队算什么,我们有四万万中国民众的支持。我们要到中国的北边去抗击日本人,拯救我们的民族。”

“可是你们却跑到藏区来了。”神父嘀咕道。

红军政委说:“蒋介石不让我们去,我们只有多走一些路了。中国那么大,条条大路都可走到抗日前线。你们要明白,将来解放全中国只能依靠我们工农革命的武装,而不是代表资产阶级和封建地主阶级少数人利益的蒋介石反动政府。”

沙利士神父再次耸耸肩:“那是你们中国内部的事了,但愿你们也来一次法国式的大革命。可对于教会来说,凡是受过洗礼、信仰上帝的教民,都是上帝的选民。我们的教堂虽然是受国民政府保护的,但我们不是你们的敌人,你们也不是我们的敌人。对吧?”

“我们尊重你们,不是我们害怕国民党政府,而是工农红军爱护我们的人民,尊重人民群众的信仰。因为将来我们要建立的红色新中国,人人都是自由平等的,当然信仰也是自由的了。”

“那可真是上帝的国了。”沙利士神父松了一口气,在他看来,尽管他们的信仰与教会的要求相去甚远,但是他们的行为和一支基督徒的军队没有什么两样。“那么,尊敬的军官先生,我可以为你做些什么呢?”他问。

“听说神父会做外科手术。我们部队有几个受伤的伤员,不知是否可以抬来请你看看?”

“噢，帮助有困难的人，是一个神父的天职。请抬来吧。”

不多一会儿，四个伤员抬来了，他们都是非常严重的枪伤，由于长途跋涉，消毒不严，四个伤员的伤口都严重感染甚至溃烂了，如果不立即做手术，他们大概活不过半个月。沙利士神父就把手术台建在教堂院子的屋檐下，由于没有麻醉药品，沙利士神父问红军政委，是不是等找到了麻醉药后再做手术。但是那个政委一挥手说，没有麻醉药的外科手术我们经常做。神父，你放心做就是了。

在几乎整整一个白天里，沙利士神父用一把外科手术刀在四个活人身上小心谨慎地切除腐烂的死肉，用镊子把他们身子里的子弹头取出来，他甚至还把一条已经坏死了的胳膊锯掉了。在这整个过程中，他没有听到一个红军伤员呻吟。当最后一个手术做完后，他瘫在地上，仿佛已经严重脱水了。这不是因为劳累，而是由于高度紧张而感到后怕，锯下那条坏死的胳膊时，小钢锯拉动摩擦骨头的响声让他全身的骨头都酥了，他用了一万分的勇气才让自己没有倒下去。

红军政委适时递给沙利士神父一碗酥油茶，还拿出一块毛巾来给他揩汗。“知道他是什么人吗？”他指着那个被锯掉了胳膊的红军伤员问。

“在我看来，你们个个都是令人钦佩的军人。”沙利士神父真诚地说。

“他是我们的军长。”红军政委充满尊敬地说。

“什么？”沙利士神父大为惊讶，“他那样年轻，就当到将军了。他大概还不到四十岁吧？”

“不，他才二十七岁。他已经指挥了一百五十多次恶战了。他是我们的战神。”

“噢，上帝啊。一个中国的拿破仑。”

“过去他能双手使枪,现在只能用一只手了。”红军政委有些惋惜地说。

“如果你们是基督徒的军队,那该多好啊。”

“我们是工农大众的军队,不是更好吗?”

这支红军部队在峡谷里待了五天时间,峡谷的人们从来没有见到过这么多的人马,不是他们数不清究竟来了多少红汉人的军队,而是他们身上有某种神奇的魔力,就是有十万扛枪的红汉人在你身边,你该干什么还干什么,连你做的梦都不会受到惊扰或改变。要是在过去,扛枪的人一来,村子的人半年都睡不踏实觉。现在峡谷里虽然涌进那么多身经百战的人,但是峡谷的安宁一点也没有被打破,连见了陌生人必定要狂吠不已的藏獒都不叫一声。如果说他们给峡谷带来了些什么改变,只是这些红汉人的歌声让人们感到新奇。他们仿佛是一支唱着快乐的歌儿打仗的军队,凡是有红汉人在的地方,歌声就从那里飘荡出来。不仅他们自己唱,他们还组织藏族人、纳西人唱。他们乐观开朗,乐于助人,对藏族人和纳西人秋毫无犯。在他们刚来的头两天,村庄里的藏族人跑了一大半,可是红汉人的军队进到空无一人的村庄,就在老百姓家的屋檐下露宿,哪怕主人家的房门还大开着,在没有见到主人之前,他们绝不会进入人家的房子。到红汉人的军队来的第三天,人们陆续回到自己的家里,发现牛羊圈里的牲畜一头也没有少,还被红汉人喂得饱饱的,房前屋后也被打扫得干干净净。即便他们晚上为了取暖烧了主人家的柴火,也一定要把一两个大洋放在主人的柴堆前。左盐田的纳西族长和万祥躲到山上前,忘了把刚卖了盐的一百个大洋收藏好,就放在他家神龛前的台子上,到他回来时,一百个大洋上除了有一层灰,一个也没有少。而他的房屋前就露宿有五十多个红汉人的士兵。

当然,红汉人的军队也不是不需要粮食,但是他们做得像一支文明社会的军队一样体面和纪律严明。他们在左右两个盐田的村庄口设置了购粮点，把大洋一摞摞地摆在临时借来的桌子上，价格由当地人定，他们绝不讨价还价。这让峡谷里的人们非常稀奇，自古以来，有人有枪的军队是不需向老百姓买粮食的，要么是官府和土司支你的“乌拉”差役，无偿供奉给他们吃的用的，要么是他们明火执仗地抢夺。出钱买粮食的军队，峡谷里的人们还闻所未闻。和万祥是第一个把粮食挑到红汉人的购粮点的人，他说：“你们真是一支义军，这一担粮食算我的一点心意吧。”但是红汉人的军队非要给他钱，而和万祥怎么也不要，这时那个红军政委出现了，他对和万祥说：“老乡，如果他们不给你钱，他们就违反了我们红军的纪律，是要受到处罚的。”

和万祥问：“是我送你们的，你怎么会处罚他们呢？”

红军政委严肃地说：“任何红军士兵，如果拿了老百姓一点东西，哪怕是一粒粮食，就违反了我们的纪律。情节严重的，我会枪毙他们。”

42. 会飞的粮食

根据和万祥的建议，红汉人打算到澜沧江对岸的噶丹寺去筹集粮食，因为百姓家的粮食毕竟有限，而寺庙里的青稞却年年多得吃不完。红军政委写了一封书信给对岸的噶丹寺，由噶丹寺的六世让迥活佛的父亲和阿贵去送。自从纳西人中出了个活佛以后，江对岸的藏族人对纳西人好多了，左盐田的纳西人还经常过江到寺庙里去拜望自己民族的活佛，慢慢地他们中的一些人也开始信奉起藏传佛教。噶丹寺的高僧们把这归功于伟大的五世让迥活佛的智慧，而皈依了佛教的纳西人则认为，一个人间的佛比自然中的神灵更具有号召力。

和阿贵对红汉人的认识是从他家的一盘石磨开始的。当红汉人来到左盐田时,他和大家一样,躲到了山上。到他回来时,发现几个红汉人正抬着石磨往他的院子里走。红汉人请的一个通藏语的人告诉他,石磨被红军借去磨了两天的青稞面,现在他们是来送回石磨的,还特意送来一个大洋,说是石磨的磨损费。

尽管作为一个东巴教的祭司,和阿贵最不愿意去的地方就是佛教的寺庙。可为了给好心肠的红汉人筹集到粮食,他还是从溜索上渡到江西岸。多年来他的心中一直有股隐隐的苦涩,不仅仅是由于失去了一个儿子,更由于害怕失去一个民族的信仰。那些经常去寺庙叩拜他儿子的人,回来后对他就不那么尊敬了,有的人甚至在家里供奉起了佛教的神龛。他们有了小孩以后,也要送到江西岸去请他的儿子摩顶祝福,还起一个藏族的名字。如今左盐田的纳西人中,已经有不少人叫尼玛,扎西,央宗,吹批,达娃了。令和阿贵不无担忧的是,再过几十年,峡谷里的纳西人还知道不知道自己的祖宗是谁,纳西人中还有没有东巴。

多年以前,纳西东巴和阿贵和噶丹寺的曲结喇嘛曾经为调集天空中的神灵而斗过法,双方可以说打了个平手。和阿贵使唤一个大雷击中了野贡土司大宅前的马厩,而曲结喇嘛用无形的法力将和阿贵打得口吐鲜血,这段往事在峡谷里两个民族中广为流传。在每一个传诵者口中,都把自己民族宗教祭司的法力说得出神入化,以至于这种俗人看不见的法力成了双方互相威慑对方的强大武器。它在传说中存在,同时它又是看不见的,可是你不能忽略它;它不是一支枪口中射出的子弹,但它在你的灵魂深处产生着巨大的震慑作用,使你一生一世都敬畏着它。值得庆幸的是,噶丹寺的巫术高僧曲结喇嘛遁入了山洞,再也不出来了,和阿贵对外人也不再展示自己曾经拥有过的克敌绝招。因为噶丹寺的五世让迥活佛曾经说过,显示自己的法力是爱好虚荣的表现。一个德行高超的人，怎么会为了虚荣而伤害无辜呢。因此，尽管人们对这一段往事津津乐道，但是只有和阿贵和曲结喇嘛才知道，伤害别人，其实就是对自己的伤害。尽量地回避对方，虔诚地侍奉好自己的神灵，是他们现在唯一的态度。

但是和阿贵没有想到自己会在寺庙里受到如此隆重的款待。从他一跨进噶丹寺的大门时起，他就受到了一个异教祭司从来没有得到过的礼遇。两个小喇嘛恭谦地在前面引路，身后还跟着四个喇嘛，他们把他直接引进了措钦大殿，喇嘛们全都向他躬身施礼。甚至连寺庙里一向以威严著称的铁棒喇嘛见了他也双手掌心向上，做了个请的姿势。他们将他引到措钦大殿的楼上活佛修行的密室，他看见了自己的儿子、噶丹寺的六世让迥活佛身穿红色的袈裟，跏趺趺坐于墙边一块巨大的氆氇上，几个老僧围坐在小活佛两侧，像他的侍从，更像他的老师和父亲。

啊，儿子长高长壮了，尽管他才十五岁，但他已经长成一个康巴人的模样了。和阿贵想。他的肤色黑红发亮，阳光的印记清晰地印在他健康的脸上。和阿贵张口想叫儿子的小名，但是话到嘴边又立即咽下去了，仿佛有某个神灵在使唤他的舌头，他喊了一声：

“活佛……”

“你……来了，请坐吧。”小活佛一摆手道。他的脸上波澜不惊。

马上有人给和阿贵让出地方，请他坐在离小活佛最近的地方。密室里光线很暗，和阿贵总觉得六世让迥活佛——自己的儿子——就像一个悬在半空中的小神灵，似乎他的身体内散发出一股他看不见的法力，震慑着密室里的所有人。六世让迥活佛平和地说，他刚从后藏的一座雪山上修行回来，目前在师父的指导下正在静养，他的师父是令人尊敬的绛边益西活佛。

和阿贵告诉小活佛和寺庙里的高僧们，红汉人的军队想买粮食，但是他们有他们的规矩，不准一个带枪的人到寺庙里来，因此请他来转送一封信。同时他们还送来五条上等的哈达，说是献给寺庙里的活佛和高僧们。

信是用流畅优美的藏文写的，高僧们从没见过汉人这么谦逊的文书，“不是由于他们找了一个非常了解藏语用语习惯的人来帮他们写这封信，而是因为他们是一些敬畏神灵的人。”年迈的绛边益西活佛说。

小活佛看了信也说：“看来他们并不如国民政府说的那样凶恶。他们是一支有德行的军队。”

一旁的穷结仲永堪布说：“如果他们不想和我们打仗，只是想买我们的粮食，为什么不卖给他们呢？”

“把粮食卖给饥饿而又有德行的军队，是众生的意愿。”绛边益西活佛说。

小活佛欠身问他师父：“野贡土司那边，是否也会卖粮食给红汉人呢？”

绛边益西活佛笑了：“对野贡土司来说，这是送上门来的生意，不是打上门来的敌人。他不是一个傻瓜。”

实际上澜沧江西岸早就知晓了红汉人的消息，顿珠嘉措土司已经和寺庙的武装僧团商量好，如果红汉人要打过江来，西岸的僧俗武装将联合起来，竭力击退红汉人的进攻。国民政府甚至还派来了一个特派员，动员野贡土司和寺庙里的武装阻击红汉人的部队，还说每打死一个红汉人，蒋介石委员长将奖励一百块大洋。那个特派员是一个自以为是的家伙，皮夹里装着一叠藏族人看不懂的命令，他以为这样便可以指使峡谷里有几百年历史的野贡家族和噶丹寺的武装喇嘛们。开初，野贡土司地盘上最靠近云南地段的一个头人扎巴多吉曾和红汉人的部队打过一仗，多年前就是他卖给白人喇嘛进西藏的栈道。据他到卡瓦格博村向野贡土司通报说,红汉人的军队装备精良,有无数的战神护佑着他们,子弹打在他们身上,他们也不倒。扎巴多吉的武装刚和红汉人一打,就被冲垮了。他们占据着古驿道前的山头,可是红汉人从后面摸上来了,只有神灵才知道他们是如何从那些岩羊都不能走的悬崖上爬过来的。不过红汉人是一些很尊重康巴人尊严的人,他们俘虏了扎巴多吉的人马,但是第二天又都放回来了,不但没有收走他们的枪支和马匹,还给他们的干粮袋里装满了青稞面。红汉人说,他们不想和藏族人打仗,他们来到这里只是借借路。野贡土司和寺庙武装僧团的带兵百长鲁茸次尼喇嘛从西岸的山头上早就看到了,红汉人从江东岸路过的部队少说也有五六千人,峡谷里男女老幼加起来也没有红汉人的军队多。

野贡土司曾经就对鲁茸次尼说:“老虎的爪子下有一百块大洋,一只小老鼠敢去拿吗? 还是给蒋委员长省着点吧。即便他现在是中国最大的土司,我看他拿这些红汉人也没有什么办法。汉人的事情,让他们自己闹去吧。”

鲁茸次尼说:“佛祖护佑,幸好他们只是路过,要是他们打算在这里住下来,峡谷的众生麻烦就大了。”

因此尽管那个蒋委员长的特派员一再敦促野贡土司过江去打红汉人,可嗜酒的土司老爷却总是天天在火塘边一醉不起,有一天他实在对特派员烦了,就趁着酒兴说:“在这座大宅里,谁要在土司老爷酒喝得高兴的时候说种地的事,放牧的事,甚至说女人的事,他就会被装进一个牛皮袋里,扔进澜沧江。哪怕他是从佛祖那边来的人呢。”

红汉人遵守自己的诺言,他们绝不派一个带枪的人到寺庙里来。甚至噶丹寺由八大老僧组成的慰劳团带着大量的酥油饼、青稞酒、红糖等礼物到东岸回访红汉人,邀请他们到寺庙来参观时,也受到那个红军政委的婉言谢绝。他说,他非常向往藏传佛教的寺庙,但是红军有严格的纪律,不得骚扰藏族人的神灵。等以后他们打败了日本人和国民党,他会很乐意到寺庙里来还愿。

澜沧江西岸所有卖给红汉人的粮食都由当地的百姓通过溜索一袋又一袋地运到了东岸,红汉人不仅如数付清了所有的粮食款,还付给那些为他们搬运粮食的藏族人工钱,一些藏族人甚至拿到了比去拉萨赶一趟马还要多的钱,以至于他们后来不叫红汉人了,而称他们"菩萨兵"。

唯一对峡谷里火热的粮食买卖不满的是那个可怜的国民政府特派员,他跑到顿珠嘉措的面前大发雷霆,指责土司以粮食"资匪"。顿珠嘉措那时抹抹自己嘴唇上的胡子,平静地对特派员说:

"哦呀,粮食不是我卖出去的,是自己飞过去的。在我们这里,天空中住满了神灵,要是神灵需要的话,什么东西都可以飞哩。"

特派员气愤地说:"别给我胡扯啦。我要上告到蒋委员长那里,派人以'通匪'的罪名把寺庙捣毁,还要把你抓起来。"

顿珠嘉措微笑道:"藏区这么大的山,你怎么走得出去呢?等你告到蒋委员长那里,红汉人早就走啦。"他回头问自己的儿子坚赞罗布,"罗布,从我们这里到汉地,什么东西走得最快?"

坚赞罗布回答说:"天上的鹰飞得最快,地上的水流得最快。"

顿珠嘉措土司笑呵呵地说:"你看,我儿子多聪明啊。从天上你大概回不了汉地啦,就从澜沧江里走吧。"

在国民政府的特派员还没有弄明白顿珠嘉措土司的话时,他就被土司手下的人装进一只牛皮口袋里,扔进澜沧江里了。半个月后,蒋委员长的部队来到峡谷,当有人提到这个多嘴多舌的家伙时,顿珠嘉措土司同样抹着他的胡须告诉他们,令人尊敬的特派员在过澜沧江的溜索时掉到江里为国尽忠了。

红汉人的军队和他们来的时候一样,走时也神不知鬼不觉,就像一场悄然退去的洪水。更令峡谷里的人们感到惊奇的是，澜沧江两岸的村庄竟然有十多个藏纳两个民族的青年跟着红汉人走了。尽管他们现在并不是一支很富裕的军队，尽管他们还被国民政府的十多万大军紧紧追赶，但是这支军队就像有一股神奇的魔力，让峡谷里淳朴厚道的人们久久不能忘怀。因为这么庞大的军队来了，没有打一仗，也没有死一个人，甚至连房子都没有烧一间，连藏族人的护法神都感到惊奇，噶丹寺的绛边益西活佛就曾对自己的信徒说：

“当红汉人的军队来到时，我们每个藏族人右肩上的战神已经作好了和他们决一死战的准备。但是，有信仰的军队和有信仰的百姓是不会打仗的。你们等着看吧，要不了一个轮回，他们还会回来。”

第八章 六十年代

43. 峡谷的秽气

在公路还没有修到峡谷里来的时候，人们仍然靠马帮传递消息，而古老的马帮驿道又经常被泥石流、洪水、山崩等自然灾害毁坏。常常是峡谷里夏天花红叶绿，马帮带来了上级要求做好冬季防寒抗冻的指示；而冬天澜沧江水清澈见底时，上面来的文件却说要加强防洪抗灾。盐田人民公社的旺久大队长在波及全国的大跃进已经折腾了一年多之后，才接到开展大跃进的指示。随着文件一起来的还有一本过期的画报，他从画报上看到两个头戴白帕子的朴实憨厚的妇人，一人抱一大捆稻子，站在田里长得密密的水稻上，脸上荡漾着幸福的笑容。他惊呼道：

“我的天，地里的庄稼上可以站住人！这简直就是在共产主义的天堂里。”

根据文件的指示和画报上的说明，人们学会了一些全新的名词和革命口号，如果亩产达到了一万斤，那就叫“放卫星”。“卫星”对峡谷里的人们来说也是一个新词汇，但它不是在天上飞行的航天器，而和地里的粮食产量有关。可高寒地区历来一亩地只能产三四百斤青稞的贫瘠土地，怎么能产出一万斤的粮食呢？

旺久大队长搞的大跃进当时遇到了强大的阻力，这种阻力不是源于群众科学的认识，而是来自于宗教的浸淫。信奉藏传佛教的群众认为，那一定是内地的某个德行高深的活佛施了强大的法力，人才可以站在水稻上，从前噶丹寺的让迥活佛还可以在雪地上行走不留下脚印哩。而右盐田信仰天主教的一些老教民则说，过去外国神父早就说过了，在上帝的国里，才会有长得那样好的庄稼，大地上的河流淌的不是水，而是牛奶与蜂蜜。

旺久大队长对他的干部们说："看来我们藏族人、纳西人真是落后了。内地的汉人已经把他们的地方建成天堂了。其实在水稻上站两三个人算个啥，我还见过在庄稼上行船的大机器呢。"

两年以前，旺久大队长曾经被抽到地区去学习培训，一次组织看电影，其中有一部电影放的是《新闻简报》[①]。那时由于他汉语还不太能听得懂，就只能看画面上的热闹。他看见一大片一望无边的大麦田上，一台台联合收割机在麦浪中破浪航行。"它们在麦地里一边走一边把麦子吃进去，一点也不摇摆，身后一张巨大的嘴就把麦粒吐出来了，旁边有一辆汽车接着，装满就拉走。"他绘声绘色地告诉干部们说，"收割季节的全部工作，那麦地船一天就干完了。劳动就像唱歌一样轻松。"有个听入了迷的细心人问："大队长，那么麦秆呢？麦壳呢？"旺久大队长沉思片刻，一拍大腿说："当然，被它吃进去了。那么大一个家伙，总得像牛一样吃点东西，对不？"有人建议道："那就赶快给毛主席打个报告吧，我们也要有汉地的那种麦地船。"旺久大队长说："看看你们种的青稞吧，稀疏得像山羊的胡子。别说站个人上去，就是一只鸟也不愿落到上面去唱歌。毛主席怎么会派麦地船给我们，它怎么能吃得饱呢？"

于是，那一年淳朴的人们把青稞种得像藏族阿妈编织的氆氇一般密实。可等到收获季节，地里的青稞像荒草一样，只长苗不结穗。

对山外世界美好生活的憧憬常常陷于这种似是而非的猜测

---

① 《新闻简报》是六七十年代中央新闻电影纪录片厂摄制的新闻短片，分年编号发行放映。

中。但不管怎样,旺久大队长带领他的社员们仍然在跌跌撞撞地向前闯,他可不愿意做政治上的落后分子。那时峡谷里的人们确实感到自己落后了,落后到连用神灵的法力都不能说清楚在汉地发生的一切。当比马帮驿道宽得多的公路终于修到了峡谷,第一辆解放军的汽车开进左盐田时,人们被这能跑动的房子吓呆了,它明亮耀眼的眼睛也令人敬畏,几个对着汽车车灯看的喇嘛受到了神灵的惩罚,眼前五颜六色、金星直冒,却什么也看不见。两个藏族大妈抱了一捆草去喂汽车,心疼地说:“看把你累的,辛苦啦,请吃一口嫩草吧。”

这几年变化来得如此之快,以至于人们的脑子已经装不下接踵而至的新鲜事物。一天峡谷里的人看见一群头上戴着软边白帽子的陌生人肩扛着有三个脚的神秘仪器,用一头尖的锤子东敲敲西挖挖,像从前为了阻止众生的暴力行为而在大地上击法印[①]的高僧。干部说他们是年轻的县委书记木学文从汉地请来的地质队员,他们要把一条河修到山冈上,以后人们给耕地浇水,只需在这河边扒开一道口子,水就自己流到地里去了。

那个抢修水渠的躁动的春末没有一点莺飞柳长的气息,一切显得忙碌而慌乱,连天气也热得特别早,人们几乎来不及享受春天的气息,夏天就来了。峡谷里规模最大的引水灌溉工程开工以后,好些青年小伙子就没有穿过上衣。工地人喊马嘶,炮声隆隆,温度比所有的村庄要高好几度。

那一年木学文还不到三十岁,他相信他将为峡谷两岸的人们做一件功德无量的大好事。他把男女青年们编成突击队,让他们在劳动竞赛和情歌对唱中提高两条水渠的工作进度。无论是藏族人还是纳西族人,歌声是艰苦劳动的力量源泉和解除疲劳的良药

① “法印”是藏传佛教的高僧大德为了防止人间的战争、抢劫、狩猎等而在山脉、河流、道路的关键处做的一种以石相击的仪式,并伴随相应的仪轨,它是禁止某种行为的标志。

偏方,更何况青年们唱出的歌大都和爱情有关。木学文看到,水渠在情歌飘荡的峡谷沿着山梁的等高线神速地向前蜿蜒延伸,连他从汉地请来的工程师们都对如此快的进度大为惊讶。

情歌漫漫的余音之后,麻烦便接踵而至。雨季来临之前,天气出奇的闷热,峡谷里的一些鸟儿被热得晕头转向,纷纷像山崖上落下的石头一样栽进澜沧江里。而盐田里上午倒进去的盐卤水,中午就可以收盐了。可惜好景不长,那么好的太阳,那么闷热的峡谷,天上又没有雨水,本来是晒盐的大好季节,可是盐井坑里的卤水仿佛是被强烈的阳光直接收走了似的,越来越少了。在一个天边响了一夜可怕的闷雷,但却一滴雨水也没有下的夜晚,大地像被天上的雷击中了一样轻微地颤抖了几下。木学文在水渠工地的工棚里感受到了这次地震,他叫醒自己的通讯员,两人打起手电筒,到外面查看,他担心地震会将新挖好的水渠震塌了。那是一次轻得不能再轻的地震了,许多人的美梦都没有受到惊扰。

但是第二天人们发现澜沧江边的盐井坑里冒出一些带有泡沫的黑色卤水,峡谷里的老人记得,在第一次因为白人喇嘛的宗教引起战争的年月里,盐井坑里就冒出过黑色的卤水;在二十世纪二十年代,藏纳两个民族为了盐的颜色发生的战争前,盐井坑里也冒过黑色的卤水,晒出来的盐是黑色的,人畜都不能吃。

寺庙里的喇嘛们曾经说过:“那是魔鬼的盐。”

而人们更愿意相信,当盐井坑里冒出黑色卤水时,峡谷就有灾难了。

最后连黑色的卤水也不冒了,江边的盐井坑一个个地枯竭了,像母亲干枯了的乳头,再不给人们以希望的乳汁。峡谷里年纪大一点的人们中已经有某种恐惧在暗地里流行,盐井不冒盐卤水了,峡谷里的女人便不会有生育。但这并没有引起木学文的足够重视,他认为,应该集中所有的劳力,在雨季来临之前到山上去抢挖引水渠。左盐田的老东巴和阿贵已经是个七十多岁的老翁了，尽管现在是新社会，来找他做法事的纳西人越来越少，但他还身体硬朗，耳聪目明，思路清晰。他以一个东巴的法眼，一眼就看出盐井坑不出卤水是因为天空中充满秽气，有人因私情污染了草场和山林，得罪了“署”神。他对在水渠工地上干活、十天左右才回来收一次换洗衣服的大儿子和庚林说：

“‘署’神发怒了，我闻到了满峡谷的秽气，年轻人都在山林里胡来。盐井不出卤水，只是‘署’神生生闷气，给我们一个提醒，更厉害的惩罚还在后面哩。”

“阿爸，你就少说些封建迷信的东西吧。现在没有人信了。”和庚林在屋里到处翻找可以带到工地上吃的东西，但是他没有找到。他说：“工地上快缺粮了，我听说木书记派了几拨人到外面去运粮，可一颗粮食也没有运回来。我们已经喝了半个月的稀饭啦。”

和阿贵说：“地里的青稞还没有打下来，青黄不接的日子，劳力又都去挖水渠了，当然要饿肚子啦。你可要看好格桑卓玛，她那天回来时，带着些不干净的气味。”

格桑卓玛是和庚林的小女儿，今年十九岁了，是右盐田小学的教师，现在也在水渠工地上参加劳动。和庚林说：“她表现不错哩，那天木书记还跟我讲，卓玛当团支部书记了。阿爸，你说她身上啥不干净？”

和阿贵没有回答儿子话，只问：“团支部书记是多大的官？”

“官不大，就是管年轻人聚在一起读报纸啊、开会啊、唱歌啊这些事。”

“男女都在一起？”

“当然，团员也有男有女么。”

和阿贵一拍自己的大腿：“这就是啰，小丫头早晚要弄出事情来的。你回去告诉她，要小心风中的哭声。”

和庚林那时并没有把他父亲的话当真，他认为这不过是老年人颠三倒四的胡话罢了。作为一个一生都在神界和人间来回奔忙的老东巴，他有权力说一些神神道道的话，做一些神神鬼鬼的事，有些事情经过验证，证明老东巴不是一个凡人，不只是因为他嗅觉灵敏、目光深邃，还由于他能从喧嚣的尘世中嗅出天空中的秽气，看到一幕幕的爱情悲剧。有些事情没有应验，但同样也不能说明什么，也许是因为你没有一个东巴祭司的法眼呢。不过这不要紧，和阿贵会告诉你："你现在看不明白的东西，过上三五十年，你就能看清楚了。就像澜沧江心的岩石，夏天水涨时你看不见，冬天水枯时就看见了。时间会擦亮我们的眼睛，日子会告诉我们神灵所做的一切事情，如果你能活一百岁的话。"

在这个到处都在热火朝天搞建设、干革命的岁月里，个人的情感不过是澜沧江里的一个小波浪，更大的浪头眨眼就把前面的浪头掩盖的了无踪迹。凄凉的爱情挽歌首先从雪山下的高山草甸上飘了下来，水渠工地上的年轻人那一天都没有唱情歌了，因为他们刚刚获知，右盐田小学漂亮的女教师格桑卓玛在草甸边缘喝草乌酒自杀了，和她一起殉情的是小学校长斯那农布，他喝下的毒酒足以毒死一头牛，但却全吐出来了。不是他不想死，而是神灵认为他一生的苦还没有吃够。

那是一段由于恐惧而发生的爱情。纳西姑娘格桑卓玛从师范学校毕业不到一年，分到斯那农布担任校长的学校教书。在她来之前，学校就只有斯那农布一个人。右盐田小学是所谓的"一师一校"，这样的学校在藏区很普遍，它就设在过去的教堂里。解放后，外国传教士被赶走，教堂就一直荒芜在那里，几年前右盐田筹办学校时，人们自然想到了空着的教堂，那似乎是它最好的出路。人们把从前神父们的宿舍作为老师们的寝室，把教堂的经堂作为教室，而从前教堂的菜园和葡萄园，就成了学生们活动的场所。十二月里一个阴风凄惨、雪花飞舞的黑夜，格桑卓玛在风中听到了一个男人神秘幽怨的哭声，似乎就在房梁上,或者就在她的床下,那哭声在风中到处游走,像一条会飞行的阴冷的蛇。人们都说教堂里从前阴魂很多,一些信奉洋人宗教的藏族人死后,由于肤色和洋人的不一样,到天国又被打了回来,因此他们的阴魂就老在教堂四周徘徊。还说洋人传教士在教堂里挖了很深的地道埋藏带不走的宝贝,说不定还有冤屈的藏族人还埋在里面哩。格桑卓玛从不相信这些传闻,她只是相信这里过去打过仗,死过很多人,因此夜空中飘荡的孤魂野鬼应该是有一些的。那时她的东巴爷爷还没来得及告诉她要提防风中的哭声,她被这凄厉的哭泣搞得浑身发抖,连内裤都尿湿了。到那幽怨的哭声在她的枕头边响起时,她狼狈不堪地逃出了自己的房间,衣衫不整地敲开了睡在她隔壁的斯那农布的门。

从那个晚上以后,她就再没有回自己的屋子里睡过。恐惧让她找到了一个不仅足以抵抗恐惧,还可以抚慰孤独寂寞的温暖的窝。

斯那农布是个有家室的男人,这段爱情从格桑卓玛钻进他的被窝时就注定了结局是殉情。可是对于一个恐惧黑夜的姑娘来说,她唯有用恐惧来抵抗恐惧,用错误来抵消错误,在粲然一现的爱中,忘却人生的所有苦难。

而斯那农布一生的悲剧不在于他爱了一个不该爱的人,而是他缺乏勇气把那口致命的药酒再咽下去。他没有能死在最幸福的时刻,他就必将活在一生的苦难与羞耻之中。

人们在为格桑卓玛收殓尸体时发现,她已经有四个月的身孕了。

男女殉情如果有一方因为畏惧死亡而苟且偷生的话,在澜沧江东岸的纳西人看来,是和弑父娶母相差不了多少的大罪过。木学文已经派民兵把斯那农布关押在公社的粮食仓库里,但是水渠工地上的纳西年轻人情绪激动,他们暗地里派人给斯那农布送去了一把康巴刀和一只乌龟。而工地上的藏族年轻人则认为纳西人做得太过分了,他们涌到木学文的办公室:“康巴男人什么时候怕过死了?如果纳西人不服气,让他们把刀子亮出来!”

“简直胡来!”木学文一拍桌子喝道,“现在是什么时候了,还是从前的土司时代吗?藏族人、纳西人都是民族兄弟。刀子亮出来容易,收回去难。都给我干活去!斯那农布的错误,组织上会处理的。”

一场有可能发生的民族纠纷被木学文很快就压下去了。但是由地区和县里组成的联合调查组却让事态进一步扩大。地区行署的陆副书记担任联合调查组的组长。他带人一来到工地上,就召开了大大小小的无数次会议,还不时把被关押的斯那农布拉到会场上来接受批判。可怜那斯那农布,已经死过一回的人了,现在却还要忍受生的折磨。他现在才弄明白幸福是稍纵即逝的东西,像一条泥鳅,从手上滑走了,就再也逮不住啦。

工作组在水渠工地上搞得风声鹤唳,人人自危。工地上的藏族人和纳西人已经互相不讲话了,即便他们是在一个青年突击队,摩摩擦擦的事情天天都有发生。工作组发动一些积极分子,揭发出一批在劳动中建立了“不正当男女关系”的情侣。这种揭发无疑在两个互相不服气的民族中挑动起更大的不和谐,如果一个藏族人揭发出某对关系不正当的纳西情侣,那么纳西人一定会到工作组那里去奏藏族人一本。所谓“不正当”,是因为这些男女要么有家室,要么已被父母早早做主跟另一个男人或女人订了婚,那时峡谷里自由恋爱的还不多,藏族人一般都很听父母的话,纳西人家庭观念更强,因此两个民族的婚姻大事年轻人能做主的并不多。木学文之所以在前一段时间不管年轻人的情歌对唱,其实心底里是想在峡谷里倡导一种新风气。直到这个世纪末,当他欣慰地看到一对对的藏纳年轻情侣组建起幸福的家庭时,他才醒悟到,在民主改革刚刚完成不久的六十年代,他想倡导某种新的生活方式和爱情方式,付出代价是不可避免的。

工作组认为事态严重,有必要停下工来,在青年中开展一次思想整风活动。但是出乎工作组意料的是,在整风活动正式开展的前一天晚上,四对男女青年相约殉情。他们一起喝下剧毒的草乌酒,双双拥抱而死。他们中有三个叫达娃,两个叫尼玛,三个叫甘玛。[①] 那是一个日月无光、星光暗淡的夜晚,从那以后,人们眼里的太阳是一个愤怒的太阳,人们眼里的月亮充满了迷茫的哀伤,而从来都离人们很近的星星,则再也看不到了,仿佛都已陨落在苍茫的大地上。

44. 丢失时间

干部们在大雨来临前的一个周末接到了一道神秘的命令,让他们到地委集中学习。这次被召去学习的人很多,不但工作组撤走了,从大队支书到公社书记,再到寺庙里的高僧,野贡家的后人野贡·坚赞罗布等政府需要团结的民主人士,都被一辆大卡车拉走了。人们记得县委书记木学文走的时候曾经忧心忡忡地对盐田公社的大队长旺久说:

"水渠修到关键时刻,但是学习的事又耽误不得。今后你们只有靠自己了。"

旺久是木学文培养出来的第一批年轻民族干部,他的父亲就是从前的纳西族长和万祥,但是他更喜欢自己的藏族名字。他对木学文说:"你们可得早点回来,工地上年轻人思想越来越复杂啦。我已经派了几个民兵把去高山草甸的路口封死了,年轻男女一律不准上山。"

① "达娃"、"尼玛"、"甘玛"的汉语意思分别为"月亮"、"太阳"、"星星",藏族人的名字中同名很多,一般都以吉祥事物和神灵的称谓来作为自己的名字。

木学文苦笑道："你守得住路口，守不住心。也许工作组撤走了，对大家还是一件好事呢。"

旺久说："木书记，你知道的，纳西的年轻人听不得殉情的事，一有人殉情，他们就像得了瘟疫一样。工作组在工地上搞整顿，被揭发出来的那些年轻人，照他们的说法是'把爹妈的脸挂在裙子尾巴上了'。对纳西人来讲，被伤了脸比伤了心更要命，伤了心还可以自己憋着，伤了脸大家都看得到啊。"

"你认为，还会有人去殉情？"木学文有些担忧地问。

旺久说："除非雨季来了，只有大雨才能浇灭他们殉情的想法。老天爷啊，你怎么还不下雨呀，救救我们的年轻人吧。"

木学文当时笑着说："求老天有什么用？要学会自己救自己。"

仿佛老天听明白了旺久的话，这年的雨季在一个月黑风高之夜猝然来临。疾风骤雨像一个狂怒的偷袭者，任意蹂躏着毫无防备的峡谷，天上的神灵挥动着千万根雨鞭，疯狂地抽打着还在沉睡的大地。在大雨如注的日子里，人们有种久旱逢甘霖的痛快感，一些老人甚至还为这终于盼来的大雨哭泣。在下雨之前，地都快烤焦了，青稞地里的庄稼无缘无故地会冒出白烟，青稞穗全被火辣辣的阳光烧成了粉末。现在好了，大雨浇灭了烈火燃烧的土地，大雨也让有殉情想法的年轻人出不了门，那些以修水渠、政治学习、排练文艺节目、过团组织生活等等借口试图聚在一起又唱又跳又闹的年轻人，如今都被大雨封在各自的家中，老人们怎么能不为它掬一把感谢的眼泪呢。可是谁也没有想到这一年的雨季是一场空前绝后的大浩劫的开始。

但是雨一直下个不停，从青藏高原涌下来的积雨云沿着澜沧江峡谷的山口，像一条倒悬着的大江一般，翻滚着向峡谷的下方流去。在曾经干燥得连眼泪都没有了的峡谷，现在满世界都是水，天上是水，地上是水，江里更是水。澜沧江在一夜间不仅换了身衣服，而且还像换了个人，它出人意料地臃肿肥胖起来，并且变成了一个暴怒的汉子。江面上一个接一个的浪涛不是往下游流走的或泄下去的，而是互相跳着往天上蹦。浪涛激起的水雾像天上的云层一样迷蒙、沉重，以至于让人们分不清峡谷里哪里是浪涛哪里是云团；而充斥着一条峡谷的江水轰鸣声和天上的雷鸣，更让人担心澜沧江是不是在前面的哪个拐弯处一下就蹿到天上去了，然后又向人们兜头倒下来？不然天上哪来这么多的雨水？

老东巴和阿贵在大雨来临时的那个夜晚，在梦中看见了一条青色的蛇盘卷在他家盛青稞的柜子里。在东巴的经书里，蛇释放的巫术力量能带来雨水，同时蛇也是人的灵魂的偷窃者。"人为什么一见到蛇就会浑身起鸡皮疙瘩呢？因为他在偷窃你的灵魂。"和阿贵经常这样教育人们要提防蛇。那晚他醒来后，老觉得那条蛇还在柜子里，于是就点着一支松明火把到灶房里查看，果然在青稞柜子里发现了它，并且还像梦里见到的那样盘卷在一起。蛇见了他也不逃跑，用灰暗而阴鸷的目光和他较劲，让老东巴一时弄不清此刻自己究竟是在梦里还是梦外。在他正努力想清楚这个问题时，大雨就来了。

老东巴和阿贵偷偷在自家后院的山坡下做了一场祭天的法事。做法事之前，先要"除秽"，用一只刚杀的公鸡的血，洒在用松枝搭建起来的三道"秽门"之下，但是和阿贵发现，不知是他法力不及了，还是天空中的秽气太重，他总感到这一道仪式做得十分勉强。他敲响了手中的法器，那叮当哐啷之声在风雨中孤独而飘零，仿佛畏惧魔鬼的威力，不敢大声张扬开去。天空中的电闪雷鸣时常打断他念诵的经文，他在观想中调集起来的各路神灵，也纷纷被乌云后面的魔鬼们击败，他像千军万马阵前唯一的抵抗者，眼睁睁地看着受魔鬼驱赶的乌云，将他的一世功名彻底废除了。从那以后，他就再没有举行过祭天的仪式。

他心情沮丧地找到旺久，一本正经地对他说：“我看到了云层后面的魔鬼，比当年泽仁达娃的土匪还要凶恶。我斗不过他们，峡谷里要出大事了。”

大队干部旺久取笑道：“云层后面要是有魔鬼的话，那一定是国民党反动派。”

和阿贵怆然道：“你父亲就不会说这种不敬畏神灵的话。”

“大叔，现在是人定胜天的时代了。”

“没有人可以战胜天。纳西人从来不和自己的神灵打仗。”

旺久说：“你看我们修水渠，不就是把神灵们的传说变成了现实吗？”

和阿贵嘀咕道：“我们纳西人，本来就生活在传说里。看看天上的那些云团吧，与《人类迁徙记》经书中写的有什么区别。”

旺久大队长正色道：“和大爹，你该加强学习啦。现在是新社会了，你过去搞的那些封建迷信，闹不好是要挨批判的。”

和阿贵无言以对，作为一个东巴，从来都是人家向他学习，他是民族的智者，是神界和人间的传信者。如果说要学习，只能是向控制自然的神灵、向祖先的东西学。像《人类迁徙记》这样的经书，不仅是纳西民族的创世纪史书，还讲述了开天辟地之初由于人类兄妹成婚而得罪了天神，导致洪水泛滥。那场灾难就跟我们今天看到的差不多。《人类迁徙记》中说，天是一顶巨大的帐篷，由五根大柱子撑着，中间高、四周低，但是天地间一些被神灵控制的野牛随时都可能把天踩塌、顶垮。峡谷里只有和阿贵看到了要把天踩塌的野牛，支撑天空的五根天柱快要撑不住了。因为天上的云层越压越低，越来越乱。云层总是压在半山腰以下，像铅一样沉重，仿佛它们从来不曾在天上轻盈地飘荡，浪漫地舒展一般。天地变得如此狭窄，人们就像被挤压在一条阴沟里，憋得出气也困难了。每个人都能感觉到天上越堆越多的云层的重量，因为自雨季开始以来，它们就不是悬在半空中，而是压在人们的心里。它压得人们的心直往下坠，一直坠到肚脐以下。什么叫心里没有底，现在大家有了真切的感受。

铅一般沉重的云层有一天终于承受不了自身的重量，“喀嚓”一声垮下来了。峡谷里的很多人都听到了天垮下来的声音。多年以后他们都还能形象生动地向你描述天塌下来后的惨景，他们说就像一间房子垮了一样，就像《人类迁徙记》中的那顶巨大的帐篷塌了一般，峡谷里的一切在一瞬间便被埋在了里面。

当天坍塌在峡谷中时，光明就被神灵收走了，明明才上午八点，可是人们伸手不见五指；明明是六月，可是人们从那以后就离不开火塘，一出门就感到自己掉进了一个冰窟里。就这样没有光明、没有白昼，也没有时间地过了不知多少日。因为自下大雨以来，峡谷里所有的手表、所有的时钟全都受潮不走了。戴得起手表的干部们发现时间还停留在雨季来之时他们最后能看清手表时的位置上，时针上指着的八点钟不知是哪一天的时间，而他们在黑暗中已经忘记了自己究竟睡了几多觉，醉了几多次了。

由于没有了白天和黑夜的替换，也就没有了干活和休息的区别。开初，大家还在火塘边庆幸这难得的机会。就当是多过一次年吧，前一阵在工地上抢挖水渠太累啦，神灵怜惜我们，收走了白天让我们好好休息呢。于是人们就成天坐在火塘边喝酒、闲聊，醉了就睡，醒了再喝。许多陈年旧事都被翻出来了，那些再没有人提起过的掌故，那些在有白天黑夜的岁月里根本就不值一谈的话题，现在被人们在火塘边像嚼一块牛肉干巴一样，反反复复地咀嚼，直到那话题淡而无味了，还有人在唠唠叨叨地讲，因为他们已经忘记这些故事究竟是讲过还是没有讲过了。最令人反胃的故事是人们从汉地学来的一个永远循环往复、永远也讲不完的故事。这故事说从前有一座山，山里有一座庙，庙里有个老喇嘛在讲故事，讲什么故事呢？讲的是从前有一座山，山里有一座庙，庙里有个老喇嘛在讲故事。老喇嘛说从前有一座山，山里有一座庙……这个老套的故事在风雨如磐的黑夜中一遍又一遍地被人们讲述，并不是因为它新鲜好听，而是说话是人们抵御黑暗的唯一法子。因为找不到事情干，就像找不到一块干的地方一样。无论是男人还是女人，大人还是小孩，都变得像个自言自语的孤独而零碎的老人。

漫长无边的黑暗把峡谷罩死了，情况开始变得不妙。如果说失去了昼夜比失去了光明更惨的话，那么，失去了时间感则比失去了光明更严重。过去人们知道天地间的一切都可能会失去，金钱、财富、权势、荣耀、土地、盐田、女人的美色、男人的力气，亲人的呵爱等等，因此佛教告诉它的信徒“诸行无常，是生灭法”，一切凡人所能得到的看到的享乐到的，都是前念死，后念生，方生方死，方死方生，人们追逐的事物永远都是一刹那间的过眼烟云。但是从没有人想到时间也会失去，大概连寺庙里的那些高僧大德也没有思索过，时间失去了，人该怎么办？连一刹那都没有了，人的灵魂又该往何处寄托？

接着人们开始慢慢丧失过去从来不在意、现在却是无垠的黑暗中不可或缺的东西——记忆，语言，方位感，还有亲情和友谊。人们不再讲那些陈年往事，不再讲从前有座山，也不再憧憬光明回来之后的幸福时光，因为谁都受不了这些让人们暂时忘却自己被光明抛弃的可笑伎俩，丢失了时间的深刻屈辱。人们说话的方式仿佛回到了洪水开天辟地时期，他们只能根据外面的风雨来说明或回忆自己曾经干过的事情，说过的话。多年以后，从漫长的黑暗隧道爬出来的人回想起自己那时说话的神态，都不禁哑然失笑。他们曾经这样说：

——打那个大雷的时候，我才醒来；水淹到火塘边时，我又醉过去啦。

——风把山坡上的大核桃树吹翻了后，我把酒坛里最后一点酒也喝干了。

——歇着点吧，对面山坡上的山神发怒，下来泥石流时，你已经要过我一次了。到处都湿湿的，你让我躺在哪里？

后来人们连这样的话也懒得说了，家庭成员间说话的语气越来越冷漠、越来越简短、越来越灰心丧气。人人都生活在真实的噩梦里，看别人的目光朦胧而迷糊，悲悯而孤独，那潮湿阴冷的目光所到之处，水都在滴答滴答地淌。在梦和现实无法分别的空间里，人就像无头的苍蝇一样找不到落脚的地方，也像无头苍蝇一样惶惶不可终日。让人们日益担忧的是，老这样雨不停夜不尽，家家都围着火塘、无所事事地坐着吃喝，死水潭也经不住瓢舀，各家的存粮已经不多了。令人沮丧的还有家家的酒都喝光了，酥油和茶也没有了。没有酒和酥油茶的火塘，就像没有声音和音乐的电影一样，生活不仅变得索然寡味，而且使人烦躁不安。峡谷里的男人们过去经常说起的一句谚语是：喝了酒，头痛；不喝酒，心痛。

卡瓦格博村有几个康巴男人由于再也不能忍受没有酒和酥油茶的漫漫黑暗，就打老婆，下死劲地打。不是他们对老婆有气，而是他们对自己有气；也并不是他们的老婆没有和他们做爱，而是没有比做爱更让人感到心顺的事情。大队干部带着几个民兵冒着倾盆大雨将这些没有酒喝的“醉汉”集中起来，开导他们要忍耐，要相信黑夜即将过去，光明就要来临，毛主席会派亲人解放军来救我们的。但是一个康巴汉子趁干部们走了以后，抽出了自己的康巴藏刀，一刀就扎进了自己的大腿，他看到那鲜血哗哗地往外淌，心中感到无比的惬意。他周围的人都是木木的，仿佛他扎的不是自己的腿，而是一棵没有痛感的树。当乡卫生院的赤脚医生一身是泥地赶来为他包扎时，大骂他身边的那几个同伴没有良心，眼看自己的乡亲血都快要流干了，也不管一管。这个汉子的一个堂兄说：

“医生,你总得让他做点事情吧。”

45. 受困

也不知挨过多少日,多少月,或者多少年,人们仿佛走到了地狱的尽头,在希望就要彻底消失的时候,才看到了能让人活下去的光明。光明就像一扇沉重的门一下被推开、扑面而来的一个怪兽。猛烈的阳光顷刻间直射在已经长满了苔藓的人们身上。天亮了,雨也停了。天空碧蓝如洗,蓝得如此透明,如此深邃,连一丝白云也没有。天上就像什么都没有发生过一样,那些曾在上面纵横驰骋的雷电、乌云、狂风、暴雨,被一只看不见的巨手一下收走了。老东巴和阿贵躺在潮湿的铺上,已经饿得奄奄一息,没有力气来追赶败走的恶魔了。他望着湛蓝的天空嘀咕道:“兄弟啊,你倒闹够了,我们可就惨啦。”噶丹寺的喇嘛们互相拍打着袈裟上潮湿的霉斑,有气无力地举手相庆:“神灵胜利了!”现在他们不敢过多地染指世俗的事务,念好自己的经就不错了。

强烈的阳光让毫无防备的人们措手不及,尽管他们在漫漫的黑夜里向光明祈祷了千万遍,甚至连想象一下有阳光的日子都是一种奢侈。但是迅猛的光明击倒了渴望光明的人。人们的眼睛突然接受不了这满世界浩浩荡荡的光明,许多人的眼睛一下就失明了,仿佛春光乍泄,昙花一现,人们重新回到了黑暗之中,以至于他们认为自己做了个美梦,现在梦破灭了,天堂是个幻象,光明是个错误。于是这些可怜的人儿拍打着泥泞的大地嚎啕大哭。待淋漓的泪水滋润了他们的眼睛,阳光让他们重新感受到了太阳的温暖,他们才又一次如梦方醒,畅怀大笑起来。那个高兴劲儿,就像民主改革时毛主席派来的工作队第一次把土地、盐田的地契和契约交到他们的手上一般。他们哽咽着说一些孩子才说的话:“天啊,我看见了我的手指啦!”“嗨,那不是我家的中柱么,我总算看见它啦。”“妈妈,你的头发怎么都白了。”“爸爸,你的胡子太长啦。”“佛祖啊,我的身上怎么长了一层霉呢?”

在每个人的眼里,天地如此之新,仿佛眼前的峡谷不是他们生于斯长于斯的峡谷,而是一个新世界。如果只感受天上的阳光,会觉得生活如此美好,生命的力量陡然间全部复苏了。而当人们的目光张望到满目疮痍的大地时,现实变得恐怖狰狞。有人惊奇地发现峡谷里的一大条山梁不见了,露出新鲜的巨大伤痕,就像有人把一头大象的腿一刀斩断了一般。老一辈的人猛然醒悟过来,惊叫道:

“它掉到江里去了!”

“快去看我们的盐田,天啊天,那可是‘署’神恩赐给我们的啊!”和阿贵已经哭得捶胸顿足了。

江两岸的盐田不见了,全都给江水冲垮了。东岸的人们发现江西岸的藏族人呆呆地站在江边发傻,那边的盐田由于地势较低,现在被一片宽阔的江面所代替,仿佛那里从来就不曾有过盐田,不曾有过财富之源与欢乐之源。实际上江西岸的藏族人看东岸悬崖上的盐田,也同样看得心惊肉跳。那些从前悬在半空中的吊脚楼一般的盐田,现在就像被轰毁的城堡,到处断壁残垣,支离破碎。澜沧江两岸站满了来看盐田的辛劳的盐民,人人神色哀戚,欲哭无泪。尽管自人民公社化以来,盐田收归公社,但是历代晒盐的盐民们仍把江边的盐田当成自己的命根子。就像无论在什么情况下,人们对土地的依恋永远都不会改变。

干部们在天亮起来的头一天就发现了一个比丧失土地和盐田,甚至比丧失光明和时间更为严峻的现实,他们与世隔绝了。既打不通外面的电话,也无法派人将盐田受灾的情况送出去。人们竟然找不到那条刚修起来不久的进出盐田的公路了。峡谷里几乎所有能淌水的沟壑,淌的都是夹带着石块与泥沙的泥石流,石头与石头之间的流动、碰撞,发出像天上的雷鸣一般的吼声,盖过了澜沧江的波涛。山梁上到处是塌方和淌过泥石流后留下的新鲜伤口,就像一个满目疮痍的洪荒世界,仿佛峡谷里压根儿就没有过给人们带来了激动和梦想的汽车与公路。山坡上也从来没有过青稞地,江边从来没有过盐田,山洼里也从来没有过牛羊牲畜制造出来的乡村情调,没有过煨桑的袅袅青烟,没有过村庄里生动而喧嚣的人喊马嘶、战天斗地的革命口号,以及卓玛和尼玛们、达娃和顿珠们情歌漫漫的爱情气息。

“我们被困住了。不知毛主席他老人家知不知道?”旺久队长向公社武装部长曹志汇报说,现在他是峡谷里最大的领导。

曹志的一只腿丢在了朝鲜战场上,但是他依然有旺盛的革命斗志。他胳膊一挥说:“谁也不可能包围我们。当年美帝国主义飞机大炮包围了我们,部队还不是一样突围出去了。你给我找十个思想好、觉悟高的年轻人,组成敢死队,我带他们突出去。”

旺久说:“曹部长就留在公社指挥全局吧,我带他们去就行了。”

敢死队顺着澜沧江峡谷往下游汉地方向只走了三里,就被山上的泥石流挡回来了,又沿澜沧江往相反的方向逆流而上,道路在一段绝壁处直接栽进了澜沧江,就像一截折进去的断木。峡谷两岸除了澜沧江就是绝壁,有经验的猎手说,连一只敏捷的猴子也走不出去。江两岸稍微平坦的地方都被江水冲走了,凶猛的江水把两岸切割得像刀削了一般。他们后来又往四川方向摸索前进,那里的情况则更为险恶,一条新冒出来的汹涌而宽阔的河流挡住了去路,而从前这里有一个汉藏杂居的村庄,还是一个马帮的大驿站哩。从四川方向来的马帮,一定要在这里歇上一夜,才可在第二天赶到左盐田。更早以前,它是“魔鬼部落”出没的地方,右盐田的外国传教士带着探路的人最先发现了他们。马帮驿道开通以后,赶马的人把那些患麻风病的人们赶到了更远更偏僻的雪山上。

“这不是思想和觉悟的问题,美帝国主义的包围和神灵对我们的包围是不一样的,我们可以把美帝国主义打跑,但是我们却打不败神灵。”旺久队长探险回来后对曹部长汇报说。

“越是在这种时候,越要反对迷信。”曹部长一拍桌子道,让旺久吓了一大跳。他知道自己说漏嘴了,忙改口说:

“曹部长批评得对。我想,我们得赶快组织群众自救才行。”

所谓自救,不过是把坍塌的房屋清理出来,把屋子里的水排出去,连修整都是梦想,因为没有任何原料;而地里和盐田的情况简直惨不忍睹,没有收割的青稞和麦子冲得连影子都不见。连接东岸和西岸的溜索不知是被风刮断的,还是被雷劈断的,或者是被魔鬼斩断的,没有人能相信有小孩胳膊粗的钢绳竟然也会断。不仅东岸和西岸被分割开了,东岸的左右两个盐田村也被山沟里的泥石流隔断了。人们孤立无援,坐以待毙。也就是在这种时候,人们痛切地认识到,在这险恶的大峡谷里,他们实际上谁也离不开谁,不论是藏族人、纳西族人、汉族人、傈僳族人、彝族人,也不论你是信仰藏传佛教、东巴教,还是其他信奉万物有灵、多神崇拜的弱小民族,大家需要互相依靠,互相支撑,背靠背地和大自然抗衡。前一段时间因为年轻人的殉情使藏纳紧张的关系,现在看来是多么地鲁莽冲动,多么地像小孩子打打闹闹的游戏啊。友谊和团结,是他们目前唯一能指望的东西。

卡瓦格博村两个勇敢的康巴人在老人的指点下,穿起了过去野贡土司攻打东岸的纳西人时穿过的羊皮气囊,冒死渡江。当然他们不是过来打仗争夺盐田,而是来寻求帮助和依靠的。他们带来了溜索的牵引绳,然后人们在极短的时间里修复好连接两岸几百年的溜索,当旺久队长第一个溜到西岸时,卡瓦格博村的社员们抱着他大哭,就像丢失了的孩子找到了父亲。同样,卡瓦格博村的康巴人溜到东岸见到他们的纳西朋友和亲戚时,大家也互相抱住哭成一团。其实那几天大家冒着风险在溜索上溜来溜去,飞越波涛汹涌的澜沧江,藐视江中随时都可能把人像摘桃子一样摘下去的魔鬼,并不为十分重要的事情,只是为看看自己认识的朋友和亲戚还在不在,或者,仅仅是为了和一个幸存者一起哭一场。

卡瓦格博村的藏族人和左盐田的纳西人一致认为,应该和右盐田村及时取得联系,因为他们还在孤独中。大家都孤独怕了,打破孤独比填饱饥饿的肚子更为重要。人们推出臂力最好的猎手,由他用弓弩将一支系着羊皮绳的箭隔着山梁射过去,他一共射了九十九支箭,终于将那连接信心和爱的纽带从横隔在左、右盐田间的沟壑上射了过去。借着这条细长的羊皮绳,人们把溜索拉在了山涧两端,第一个从右盐田溜过来的是右盐田大队的大队长扎西约翰。听这名字你就知道他是一个教民之后。如今好多教民都取了个汉族或藏族名字,有的人干脆像扎西约翰一样,把藏族人吉祥的称谓和耶稣的印记巧妙地联结在一起。

扎西约翰伏在旺久的肩头上哭着说:“旺久大哥,洪水滔天的时代是不是来了?可是我们现在没有诺亚的方舟啊?”

旺久还算清醒,他悄声说:“老弟,我们不靠神灵的羊皮囊,你们也不能靠外国人的啥方舟。我们要靠毛主席,他老人家会派解放军来救我们的。”

在没有多大意义的自救的同时,人们开始漫长的等待。自打解放以后,峡谷有点什么灾,就像家里的宝贝孩子生病了一样,人人都来送温暖,大包小包的救灾物资早早地就送来了,峡谷里的人们甚至还接到过来自北京、上海、广州的救灾物品。但是这次最为严重的自然灾害好像有些不一样。人们天天跑到山梁的尽头往汉地方向张望,往拉萨方向张望,可天上除了神鹰的影子,一样生动的东西也没有。天上的兀鹫特别多,一些人们来不及掩埋的死牲畜,成了他们饕餮的美味。曹志部长带领几个队干部统计了受灾情况,左、右盐田和卡瓦格博村受灾最为严重,全公社共有十八人死亡,他们中有的是被坍塌下来的土掌房砸死的,有的是被泥石流冲走的,其中有一家连人带房子整个儿被泥石流冲进了澜沧江。右盐田的山体滑坡和泥石流情况最严重,有几户人家下大雨前明明住在山梁的上端,待天亮后,却发现他们的房子挪到山梁的中部;有一家人从前一直为用水不方便而发愁,现在发现有一条水沟就从他们家的火塘边流过,只是过去立在他们家房前的核桃树挪到了房后,从前在房子左边的地却神奇地挪到右边。"上帝把一切都重新安排了一遍。"这家人的阿老对他的孩子们说。

曹志毕竟当过军人,应付特殊情况比起本地的藏族干部更有经验一些。他命令干部们把所有能找到的粮食集中起来,每人每天实行定量供应,只配给一碗青稞面。他告诫大家说:"谁知道外面是不是在打世界大战呢?我们得有长期吃苦的准备。"

但是有些村民实在抵不住饥饿的折磨,就把家里的死牲畜洗净了吃。各个村庄都有大量的牲畜死亡,很多都来不及掩埋。它们在雨水中早就泡肿发烂了,峡谷里的死对头老鼠,其实比人更早发现这满世界的大餐,它们又像多年前导致峡谷发生大瘟疫一样肆无忌惮地到处乱窜了。好在公社卫生院的医生及时提醒干部们,当务之急是要预防瘟疫流行。干部们带着还有力气走动的人,到处挖坑埋死牲畜,打老鼠,撒石灰。但是一些被饥饿搞得无所畏惧的人,甚至重新挖开埋了的死牛烂马,洗洗烧烧后照吃不误。

东巴和阿贵有一天给焦虑的旺久出了一个绝妙的主意,他说从前木天王征伐西藏时,要往纳西地送信,就把羊皮扎成皮囊,里面吹足气,把树皮纸信封在里面,放到澜沧江里,下游的纳西地就收到了。"天上飞得快的是神鹰,地上走得快的是澜沧江的水。"和阿贵说。

旺久茅塞顿开，一拍大腿道："真是的，澜沧江也是一条路呢。我们没有电话报信，有澜沧江么。就叫它'水电话'吧。"

旺久马上组织人缝了十个羊皮气囊，里面都写上盐田受灾的情况，还用红漆在每个羊皮气囊上大大地写上"毛主席，我们被困在盐田了，快来救我们！"那些羊皮气囊被几个细心的藏族大妈缝上了五彩经幡旗，她们默默地为它们念了几遍经，"愿你带来吉祥啊，请毛主席收到我们的'水电话'！"她们哭着说。

"水电话"在人们殷切的目光中被当做全部希望放到澜沧江里，在滔天的巨浪中，它们一眨眼就不见了，直到在很远的地方才冒出头来。人们的心里一下子开始发毛，有谁敢冒死从江水中捞起这些关系着上千人性命的"水电话"啊？愿一切的神灵保佑它们被下游慈悲的人们发现吧。

"水电话"发出去五天了，按推算早该流经下游的汉地，要是没有人发现它们，"水电话"就打到国外去了。旺久队长由此及彼，发明出放倒山上的大树的方法。他带人在每棵大树上刻下"盐田被困，救命"，"盐田断粮，请报告毛主席"的字样，每天他都放倒十棵大树到澜沧江里，他曾听从汉地回来的人说起过，每年雨季涨水时，下游汉地的百姓都会到江中捞上游冲下来的木柴，因为他们那里没有森林。江水带给了他们烧的和温暖。

半个月过去了，还是没有人间的消息。

46. 纸片的法力

最后不是澜沧江，而是大峡谷的风恢复了盐田和外面的联系。一个纳西族妇女最先发现了天上随风飘来的一张红色的纸片。据那妇女多年以后向某个对峡谷地区的历史感兴趣的作家描述：最先到来的那张纸片是有魔力的，它顺着澜沧江峡谷直线飞行，比天上的神鹰飞得还快，而且从不受气流的干扰，就像有人在驾驶它一样。它平稳地降落在公社的大门口，仿佛一个目的明确的信使。这时那个妇女刚好路经那里。“怕是佛祖传来西天的音讯了。”她嘀咕道，捡起了那红色的纸片，但上面都是些汉字，妇女看不懂，就把它交给了公社的武装部长曹志，曹志那时正在和几个大队干部商量如何预防可能到来的大瘟疫，因为根据掌握的情况，许多家庭都在吃死牲畜肉，公社卫生院的院长沮丧地说，大家都认为，反正饿死也是死，得鼠疫也是死，谁能给他们活下去的希望呢？

那时他们都不知道，随着这张小小的红色纸片的到来，一场比瘟疫更为可怕，比失去光明更为恐怖，比孤独受困更为糟糕，比大雨、泥石流更为惨烈的浩劫正在向灾难深重的大峡谷扑来。

曹志看了看那张红色纸片，他先是惊讶得合不拢嘴，就像迎着枪口吃了一颗子弹，然后他的脸色变得铁青，半晌他才咬紧牙关恨恨地说：“可恶！这些狗娘养的国民党反动派！狗娘养的美帝国主义分子！”

“上面写的什么？”旺久问。

“你们不能看。这是国家机密！”曹志一脸严肃，把纸片扔进抽屉里锁起来了。

但是在随后的几天里，更多的五颜六色的纸片从峡谷下游的汉地不远万里、像迁徙的候鸟般飞过来了。它们先穿过了彝族地区的轿子雪山，又飞越了白族地区终年积雪的苍山，再翻越纳西地的神山玉龙雪山，然后进入雪域高原，把它们的咒语撒遍藏族人的一座座神山圣湖。它们来得如此迅猛，如此神秘，如此法力无边，以至于再高的雪山和再大的狂风都不能改变其飞行的意志。当然，并不是外面已经知道盐田的人们求教的讯号，才采用这种方式来和峡谷的人们联系，而是那边早已进入满天飞舞红色传单和声讨檄文的时代。

风把中国大地上已经发生“文化大革命”的消息吹过来了。

可是，武装部长曹志对这个消息深表怀疑，他认为这肯定是国民党特务的反动宣传。因为根据各种传单上自相矛盾的说法，从县长到国家主席，从将军到元帅，都成了叛徒、特务、内奸、工贼，统统被打倒了，好像整个国家没有一个好人似的。他知道凭他个人的力量，再也不能为满天飞舞的传单保密了，他把几个大队干部召集起来，严肃地对他们说：

“你们看，外面的灾害比我们这里严重多了。我想是蒋介石要反攻大陆了。除了国民党反动派会这样搞破坏，谁会这样胡闹呢？”

旺久其实已经看到过一些传单了，但是他一直不敢跟人说，因为他不知道说了自己的嘴巴会不会长疮发烂。他说：“外面一定是闹鬼了。”

曹志说：“管他鬼不鬼的，在没有接到上级的指示之前，我们一是要生产自救，二是要组织民兵，把所有的传单都收集起来，不准懂汉字的人看，不准互相传阅，不准回去跟自己的老婆儿女谈，哪怕连梦话也不准说传单上的事情。这是革命的纪律！”

当第一批解放军的救援队误闯误撞地进入到盐田公社时，人们丧失的信心终于得到恢复。不过当初他们并不是冲着盐田来的，他们奉命去救援高山牧场的牧人，但却在崇山峻岭中迷路了，军事地图上标明的那些羊肠小道全都不见了踪影，大部分山头的标高也和他们实际测绘到的高度不一样，每条河流都改变了方向，本来应该有吊桥的地方，连岸边的吊塔都找不到。他们在深山峡谷中走了一个多月，经历了一百二十场大暴雨，六十场冰雹，五次地震，遭遇了三百多次泥石流和山体滑坡，渡过了无以计数的河流和山沟，在一天中横渡了两条在中国闻名的大江——金沙江和澜沧江，如果不是及时修正了方向，他们还可能去渡第三条大江——怒江。这三条在多年以后被人们开发成国家级森林保护区的大江挨得如此之近，中间只隔着一系列由北向南、高耸入云天的大山脉和大雪山，它们像从青藏高原上一齐向南奔跑的三个巨人，从地球第三极一齐跳了下来。在一些地方站在一个山巅上，至少就可以看到两条大江。在完成这次世界上任何一支军队都不能完成的艰苦卓绝的行军后，他们损失了三个士兵的生命，另外还有十八匹骡子和战马掉下了悬崖。

当他们到达盐田时，还以为是误出了国境，或者回到了旧社会。因为他们看到人们在泥地里挖草根，在树上摘树叶剥树皮。所有的人都面黄肌瘦，骨瘦如柴，除了两个眼珠在转外，形同死人，连呼吸都感觉不到了。可是这些人一辨认出他们头上的红五星和领口上的红领章，全都匍匐在地上嚎啕大哭。军人们这才松了口气，这是在我们自己的国土上啊。

曹志带着干部们把军人们激动地迎进了公社机关的院子。带队的是个解放军营长，后面还跟着一个背着电台的通信兵。曹志先向营长汇报了灾情，紧接着汇报敌情：

“我们这里发现了大量国民党特务的传单。”他神色严肃地拿出一大摞传单，递给解放军营长。

营长将那些花花绿绿的传单草草看了，一时不知该从何说起，良久才问：

“你们被困多久了？”

曹志反问他：“现在是几月了？”

“九月十八号啦。”营长说。

曹志惊讶道：“哦呀，下大雨那阵，好像是六月二号，没错，因为头天是六一儿童节，我还到学校给学生们讲战斗故事哩，然后天就黑得没有边了。”

营长比他更惊讶:“不可能吧,三个多月了,你们都不知道外面发生的事情?”

曹志一下就哭了,“我们把时间丢了。”他哽咽道。这个在朝鲜战场上和美国人拼命的汉子,大腿被一发炮弹炸飞了都没有流过眼泪,现在他为自己、为峡谷里所有善良的人们丢了三个多月的时间而哭。他一哭,几个大队干部也跟着哭了起来,让军人们心中升起从来没有过的怜悯和同情。

“外面在搞‘文化大革命’了,”营长斟词酌句地说,“群众都发动起来了,很乱。各级地方政府都参加了这次大运动。我估计他们忙于参加运动,没有收到你们的告急信。”

旺久急得嚷:“人都快饿死了,还有比这更重要的革命吗?”

营长说:“老乡,你不要急。我还带的有十匹骡子的军粮,先分给乡亲们吃吧。另外,我马上用电台和上面联系,汇报你们这里的情况。”

旺久扑上去紧紧抓住营长的手:“还是解放军好啊。”

解放军就在公社大院里架起了电台,很快就和上面沟通了。答复说,马上就和地方联系,会尽快派人来帮助他们。左、右两个盐田的老百姓得知消息后都激动不已,他们把能见得着的士兵都拉进屋里,但是家里没有任何可以拿得出来的东西招待自己的救命恩人,他们唯一能做的,就是在火塘上烧一锅热水,让士兵们好好烫一烫久走山路而起泡发肿的双脚。

第二天银色的吉祥鸟就飞来了,这是人们第二次看见飞机。三十多年前,那个叫沙利士的外国传教士为了向峡谷里的人们证明上帝是听从他调遣的,就用法力从云南那边调来一架飞机。这件事峡谷里许多人都还记忆犹新,那飞机给外国神父投来了一顿早餐,甚至还有一份菜单哩,那上面告诉神父先吃什么,再吃什么。那是外国神父最威风的日子。但是你看吧,现在我们劳动人民也该威风起来了，毛主席的飞机不但要给我们投来早餐，还会有中午的酥油茶，晚饭后的青稞酒。你想想，我们峡谷里的人现在过的是当年白人喇嘛才过的好日子。人们在峡谷里欢呼着、跳跃着，刚刚受过的苦难早丢到九霄云外。

银色的吉祥鸟发出吉祥的歌声，在峡谷里人们的翘首张望中盘旋。多年以后，人们还清楚地记得那神奇的一幕，当飞机第二次盘旋俯冲时，从机尾上突然撒出像雪花一样的纸片来，聪明的人立即说："人家飞机投吃的都是这样，总是要先投下菜单，再投吃的。不然那么多东西投下来，大家乱吃一通，会撑出病来的。"又有人问："怎么会投那么多的菜单啊？"这个聪明人喝道："真是不会动脑筋，峡谷里一千多人，菜单当然是一人一份的。"

那些满天飞舞的菜单遮蔽了大峡谷的蓝天，连太阳的光芒都看不到了。勾起人们强烈口水的菜单终于落在地面上时，人们惊愕地发现，它们跟从峡谷外吹来的东西一样，全都是些不能填肚子的废话和咒语。上面写的是造反新闻，夺权风波，武斗成果，以及抗议、警告、谴责、批判等与饥饿的峡谷毫不相干的东西。所有的人脸都气青了，气傻了，眼泪在眼眶中转，可就是流不下来，因为那些传单有无边的法力，不仅在藏区，就是在全中国，看见它们的人都只许欢呼，不许有其他的表情，你就是想与大家不一样都不可能。

那个解放军营长也按捺不住一腔的怒火了："王八蛋！这里需要粮食，而不是传单！已经快饿死人了，你们的眼睛瞎了吗？"

他让报务员直接把这句骂人的话译成电文发了出去，他是一个有正义感和同情心的标准军人，如果那个命令投传单到峡谷的上级就站在他的面前，他会给他一枪。

其实山外就先给盐田投什么的问题，造反派和当权派已经激烈斗法三天了。在藏区的干部们看来，造反派是当时中国获得最高法力的一群人,尽管他们都很年轻,大部分人连胡子都没有长出来,身体各方面都没有发育成熟,几乎是清一色的童男处女;他们既没有打仗流血的革命经历,也不掌握军队和武装,但是他们法力无穷,上可揪斗国家主席、元帅将军,下可横扫一切牛鬼蛇神,连西藏这片雪域净土上的各路神灵,见到他们都要退避三舍。

造反派在救灾工作会上义正辞严地指出,这是诬蔑。饿死人的事情怎么会在红色中国发生呢?应该把那个在电报中骂娘的军人抓起来批斗,撤他的职。十大元帅我们都揪出来好几个了,他一个小小的营长算老几。等我们去了,首先砸烂他的狗头!

尚有一点权力的当权派一边深刻地检讨,一边尽最大的努力,冒最大的风险,履行自己的职责。木学文那时被靠边站了,他被人从学习班里叫出来,问盐田那边究竟是怎么一个情况。木学文昨天才挨了一顿打,坐了造反派的"喷气式飞机",现在腰还直不起来呢。他说:

"那里确实不容易进去,要翻十来座海拔五千多米的雪山呢,无论从四川、云南方向还是从西藏这边进去,都一样艰难。前一段时间我们在学习班接受教育,在隔离写检讨,不慎把他们忘了。没有想到他们那里遭了那样大的灾。实在对不起毛主席。如果再不运粮进去,他们会饿死……哦不不,他们真的会吃不好睡不香的。解放那么多年来,在毛主席共产党的领导下,藏族人民翻身做了主人,一直都生活得很好。现在他们只差一点酥油茶和青稞酒了。"

最后双方终于达成协议,给盐田灾区的食品要投,毛主席的最高指示和"文革"战报也要传达。飞行员得到严格的命令,每投一包食品,就搭配投一包语录书和革命传单。同时,号召四川、云南的红卫兵向这个"文革"之火还没有烧到的死角进军。责令有关部门紧急抢修通往盐田的公路,必要时动用军队。灾要救,群众也要发动起来,参加"文化大革命"。绝不能因为救灾而影响了革命。

47. 诸受都是苦

很多年过去了,人们都还心有余悸地告诉来峡谷旅游、探险、考察甚至路过的人们,他们说,红卫兵是法力最厉害的人,从他们来到峡谷那一天起,我们就没有梦了。我们睡着了,就跟死了一样;我们醒的时候,也跟死了差不多。

最先发现峡谷里的人没有梦的是噶丹寺的六世让迥活佛,自平叛以后,让迥活佛和政府的合作一直很愉快。他甚至还被政府请到内地去参观学习,成为峡谷里第一个坐过火车和飞机的人。在雨季来临之前,让迥活佛作为民主人士的代表也曾被叫到地区去开会,但是就在活佛准备启程时,他梦见了雪山上的一次雪崩,那次雪崩并不大,但是非常奇怪,峡谷被坍塌下来的积雪淹没了,而且卡瓦格博雪山的尖顶竟然裸露了出来。让迥活佛把这个奇怪的梦跟自己的老师四世绛边益西活佛说了。年迈的绛边益西活佛说:"雪山顶上没有积雪,众生就有灾难了。"

活佛是人间的佛,当然要站在人类的灾难前面。让迥活佛请了假,留在寺庙里组织一场规模空前的祈祷众生平安的大法会。大法会进行到一半时,雨季就来了。大雨把喇嘛们的诵经声冲得七零八落,不成章法。当峡谷没有白天并且暴雨成灾时,让迥活佛以为这就是他梦里所预示的峡谷的灾难,可是等到红色的传单满天飞舞以后,让迥活佛才感觉到峡谷的灾难他其实还看不到头。

一天,一个叫央金的老阿妈匍匐在让迥活佛的脚边,目光哀哀地望着他说:"活佛,我已经好多天没有好好地睡觉了。不是我没有睡在火塘边,也不是火塘不够温暖,而是我醒来的时候,不知自己到底睡了没有。"

让迥活佛那时还坐在高高的诵经台上,他一声长叹:"你说的事情,我也在为它犯愁呢。因为最近好多来寺庙上香的人,都说他们分不清白天和黑夜了。明明刚起床,可不知道自己睡了没有;天上的启明星都亮了,可他们的眼睛还睁得大大的。魔鬼像抽一根绳子一样,把人们的睡眠抽走了。我们好像已经失去了明断能力。"

央金说:"怕是山上的蘑菇吃多了吧?"

每年雨季过后,雪山下的森林里长遍了野生蘑菇,人们当然不会放弃这大自然赐予的美味。不过有些蘑菇被魔鬼施了魔法,人吃了会产生幻觉。去年卡瓦格博村的几户人家吃蘑菇中毒后,愣说电线上站满了麻雀大的小人,而站在他们面前的人,他们却说这些大麻雀怎么赶也赶不走,难道它们没有翅膀了吗?

让迥活佛却不这样看,他问央金:"你最近做梦了吗?"

央金使劲想了想,说:"我想不起来了,活佛。"

"你们都没有梦了,我们也没有梦了。梦被魔鬼夺走了。"活佛嘀咕道。

央金惊恐地问:"这是为什么啊活佛?我们在什么时候得罪神灵了呢?"

让迥活佛有些灰心地说:"我也不知道啊。绛边益西活佛昨天说,他要到雪山下的山洞里去苦修了。神灵给他的最后一个梦,还是在雨季到来之前的那个晚上。他告诉我,他成佛的正果在黑暗的山洞里。他不会出来啦。"

央金给活佛伏身跪下了,她热泪长淌地问:"尊敬的活佛啊,难道你们要抛弃峡谷的众生了吗?活佛们都去山洞里苦修,我们可怎么办?"

让迥活佛目光穿过了经堂的大门,绕过寺庙里的幢幢僧舍,然后在峡谷里像一只鸟一样地飞翔,这目光在峡谷的上空飞行得迟疑而缓慢,像触摸自己信徒温热的手掌。神灵早已远遁,连魔鬼的踪影都寻不见。让迥活佛的目光在峡谷里盘旋了一周,然后毅然决然地向雪山上飞去,他在寻找那个从前莲花生大师修行时住过的山洞,只要找到了,他也将像绛边益西活佛一样,把自己隐藏在黑暗的山洞闭关苦修再不出来,无论是心灵还是肉体。但是他没有找到。

让迥活佛收回了自己的目光,他已经知道自己还不到遁世苦修的时候,神灵赐予他与众生共同担当苦难的职责。他恢复了常态,平和地说:

"不管将来的日子是吉祥的还是苦难的,我都会和你们在一起。我将每天为你们迎请分管梦的神灵,给峡谷的众生带来梦。没有梦的人,就像鸟儿没有翅膀。"

央金伤心地啜泣:"难道我们修行一生,梦没有了,来世也没有了吗?梦是来世的影子啊!"

让迥活佛捻起了手中的佛珠:"诸受皆是苦,我们要忍耐。"

就在让迥活佛说这话的第二天,仿佛受看不见的法力推动,来自四川和云南的两个邻近省份的红卫兵从不同的方向,在同一天同一小时同一分钟,同时进占盐田人民公社。他们分别从成都和昆明出发,四川的红卫兵要翻越大雪山、过草地,云南的红卫兵也要翻越大雪山,跨越金沙江和澜沧江,穿越大峡谷。从困难程度看,两边的红卫兵所面临的生死考验都一样,他们为此付出的代价也几乎一样地惨重。在离澜沧江大峡谷同样远的路程中,他们共同遇到了大自然的阻挡,他们毫不犹豫地做出了同样的决策,弃车步行。因为前面没有路也没有人烟了,只有还在奉命抢修公路的解放军。

就像执行得天衣无缝的军事行动,两队充满狂热革命干劲的红卫兵小将在左盐田肮脏狭窄、尘土飞扬的小街上胜利会师。

令人沮丧的是,会师没有喜悦和激动。在他们相见的那一刻,敌意就产生了。云南红卫兵“红色瑞金”兵团司令杨新民发现对面那个扎两小辫的丫头长的酷似他的妹妹，而四川红卫兵“井冈山”兵团的领袖陈卫红则觉得她面前这个帅气的小伙子跟他的哥哥从身高到相貌都一模一样。他们都穿着粗布黄军装，头戴没有帽徽的黄军帽，腰扎宽宽的牛皮武装带，脚穿军用橡胶鞋，脸上流露出同样的骄傲和自信。

四川妹子毕竟要泼辣一些，在短暂的迟疑、惊讶以及深藏不露的敌视之后，陈卫红开口挑衅道：“嗨，云南蛮子，这里已被成都红卫兵‘井冈山’兵团进驻了。请你们退回去！”她是音乐学院钢琴专业的高材生，如果不是戴着那顶黄军帽，她的美会让卡瓦格博雪山感到羞愧。

杨新民以嘲弄的口气说：“四川耗子，昆明‘红色瑞金’兵团的红卫兵都是属猫的。你们最好有点自知之明。”

双方的革命小将立即挽起了袖子，准备先混战一场。街上的纳西人和藏族人袖手旁观，以为他们在演戏。他们听不懂这些后生在说些什么，更感觉不到他们将给峡谷带来什么。在当地人看来，一向孤独闭塞的峡谷里突然涌进来这么多像电影里的可爱人儿，男的个个都英武挺拔，女的人人都如花似玉。一个藏族大妈感叹道：“谁家的妈妈呀，福气那样好，养了这么多水灵灵的大姑娘和儿子。”

就在双方唇枪舌剑，马上就要升级为“全武斗”的时候，驻军营长和公社武装部长曹志等人及时插在他们中间。营长因为那句出于良知的国骂已被降职为副营长，就地参加革命。但他的属下和当地的百姓仍然称他为营长。他们让双方都冷静下来，请他们到公社大院里休息。然后，公社大院里就被辩论、声讨、谴责、抗议、批判、谩骂、恐吓以及大段大段的引经据典和领袖语录淹没了。从他们口中喷射出来的咒语，比当年噶丹寺里的喇嘛们念经时还要多。争吵中杨新民的脖子变得像牛脖子那么粗,而陈卫红的辫子都竖起来了。他们的豪气让在场的藏族人和纳西人纷纷吐出了舌头[①],不是对他们表示钦佩,而是被他们像子弹一样互相对射的话语搅糊涂了,不知道该向谁表达自己的敬意。

他们经过三天三夜相互间的语言攻击,最后在驻军的协调下终于达成了协议:右盐田、卡瓦格博村两个藏族村庄的文革运动划归四川的红卫兵,左盐田由于是纳西人聚居地,又是公社机关所在地,揪走资派的任务重一些,就划归云南的红卫兵。四川"井冈山"兵团的红卫兵为自己分得的地盘欢呼雀跃,就像勇敢善战的军人遇到了最强劲的对手,当他们听说自己的地盘上不但有寺庙还有外国传教士留下的教堂时,他们已经在脑海里勾勒出要进行的惊世骇俗的战役:首先要揪出那些还在搞封建迷信的喇嘛活佛们,然后再去教堂深挖潜伏下来的外国特务间谍。想一想吧,外国特务披着传教的外衣,在这个山高皇帝远的地方干了多少坏事啊。别看峡谷里就这么几个村庄,真是什么乌龟王八蛋、牛鬼蛇神都有。

教堂对于来自四川的红卫兵来说,无异于发现了一个敌巢。红卫兵把那些从前的教民都集中起来学习。为了找到可供批判的对象,他们发动了右盐田小学不谙世事的小学生,对他们施展了神奇的法力,让他们揭发自己信教的父母和亲戚朋友们。村里文化程度相对较高的小青年安多德是临时代课老师,那时他才十六岁。到这个世纪末,当安多德神父穿着神圣的教士祭服,站在布道台上,面对教堂里大部分日渐苍老的教民,他会想起多年以前自己对上帝所犯下的罪——但愿仁慈宽容的上帝能饶恕我们的罪。他一遍又一遍地在心底里忏悔、真诚地祈求上帝的宽恕。可是在当初,魔鬼轻易地俘获了他的心。更要上帝命根子的是,十六岁的少年安多德认为,戴上一顶黄军帽,扎上宽宽的武装带,左臂戴上汉地

① 吐舌是藏族人向对方表达敬意或致歉的一种方式。

来的红卫兵发给的红袖章，是一件多么自豪的事情。因此，当他激动地接过漂亮的女红卫兵领袖陈卫红送给他的一只红袖章和一顶黄军帽时，这个曾经为信仰上帝奉献出了两代人生命的世代教民之后就站在上帝的对立面了。他对陈卫红说：

“来吧，我带你们去揪斗那些帝国主义的走狗。”

最先被揪斗的自然是两个苦命的修女微娜和凯瑟琳。自教堂改做学校后，她们就迁出了教堂，在外面搭了间小屋子。两个修女都成了人民公社的社员，靠挣工分吃饭。微娜修女过去跟沙利士神父学了点医术，因此时常有人来找她看病，这样还可挣点外快。凯瑟琳修女有个当县委书记的儿子，因此生活上也不缺什么。曾经有干部来动员她们找个男人过日子，但被修女们坚决拒绝了。这成了她们今天被批斗的一大罪状。“她们还想为自己的外国主子保持贞洁哩！”陈卫红在批判会上说，“实际上她们是外国特务豢养的帝国主义婊子。”于是人们把几只破鞋挂在了两个修女的脖子上。

“主啊，饶恕她吧。因为她不知道自己的罪。”微娜修女痛苦地呼喊道。

“有罪的正是你们！拿剪刀来。”陈卫红一声大喊，有人递给她一把剪刀，另几个人冲上去把修女们的头按下，陈卫红三下五除二地就把修女们的一头青丝修理成光头不像光头、鸡窝不像鸡窝了。

傍晚，微娜修女服毒自杀。在那之前两个修女商量好一起逃亡到天国，微娜修女对凯瑟琳说：“妹妹，你去打点水来吧。尽管他们剪乱了我们的头发，但在上帝面前我们也得体面一点。”多年以来，在坚韧孤独的守斋和祈祷生活中她们一向以姊妹相称。微娜修女虽是外地人，个子矮小，可她见多识广，仁慈宽厚。当凯瑟琳从外面打水回来时，发现她们事先准备的一瓶农药不见了，但是她看到门槛边的一个十字架，那是用两只木棍草草拴起来的，它指向澜沧江方向。凯瑟琳修女心中阵阵发凉,她沿着十字架指引的道路寻去,每走一百步都可以发现这通往天国之路的标记。凯瑟琳修女一路走一路呼喊,手里攥着一大把木棍十字架。她终于来到澜沧江边,看到最后一个十字架指向江心汹涌的波涛。凯瑟琳修女正要纵身跳下江时,闻讯赶来的几个教友死命拉住了她。

凯瑟琳修女嚎啕大哭:“上帝从来不给我升天堂的机会。”

接着遭殃的是那些外国传教士留下的图书。它们全是些外文书籍,没有人能看懂。多年以前杜朗迪神父、沙利士神父,还有那个嗜书如命、一心想在遥远的西藏做罗马传教会在东方的传教史研究的巴勒神父,都是这些书的主人。在最后化为一阵风的学者巴勒神父的眼里,它们是教会的历史。而按当年他在山道上见到的那个四川军政府大兵连长的说法,“教会的屎(史)也是屎。”现在这些书被学生们从屋子里一捆一捆地抬出来,堆在教堂的院子里,成了人们眼里的狗屎。人们发现有的书上甚至还有裸体的小孩和女人。啊天啦,你看这些腐朽堕落的大鼻子外国人。啊天啦,你看它们多么地黄色下流。啊天啦,你看那些大着奶子……不知羞耻的洋婆娘们!烧了它们,这些狗屎一样臭不可闻的东西!

“教堂里的牛鬼蛇神还多着哩!潜伏特务的发报机我们还没有挖出来呢。等我们揪出了里通外国的特务,挖出了埋藏的电台,头功就是我们的了。”

陈卫红细嫩的手指再次指向了教堂的祭台。这双手从前弹过莫扎特、巴赫、贝多芬的曲子,本是一双习惯于在雪白的钢琴键上跳跃、在大师们宗教般圣洁优美的音乐中翩翩起舞的艺术家的手。现在它指向了教堂,要把灾难降临到那些音乐巨人们曾经在音乐里赞美过的地方。

有个小个子红卫兵问:“你怎么知道教堂里会有发报机呢?”

“同志,你要有一双阶级斗争的眼睛。”陈卫红说。

在无数双这样的眼睛的注视下,教堂再次被抄了个底朝天。教民们不知道发报机是什么东西,还以为是什么值钱的宝贝。他们被一个个地叫去审问,办学习班。其中一个叫比利的年轻教民,非常渴望进步,他在学习班上主动向红卫兵们交代,他听他已故的父亲说,外国传教士好像在教堂挖有一个地道,据说藏了件藏族人不知道的宝贝。

那天峡谷的天空中焚毁一切的焦煳味和新翻出来的泥土潮湿味混杂在一起。右盐田的教民们被集中到教堂的大院里,默默地看着他们的过去被化为灰烬,被捣毁为瓦砾。在比利扑朔迷离的回忆中,教堂被毁坏得更加彻底。当他推测地道可能在教堂的后院时,后院于是就被挖得七零八落,根据那时一部风靡全国的电影《地道战》的启示,人们甚至把后院的大核桃树也伐倒了两棵,这是由于人们怀疑地道的出口有可能就藏在大树的树心里,红卫兵们甚至做得比当年搜寻八路军的日本兵还要仔细。而当比利说教堂的葡萄园也值得怀疑时,人们就把刚挂上大串大串葡萄的葡萄园拔了个精光,望着一地被踩成烂泥的葡萄,陈卫红突然找不到信心了,她有些恼怒地对比利说:

"难道你要我们把一条山梁都翻一遍吗?"

比利用诚恳的语调说:"我小时候就听说过,峡谷里到处都有神秘的地道。东岸那边信佛教的藏族人还有一条通往印度的地道呢。"

"它在哪里?"陈卫红顿时又来了精神。

"那边的雪山下。"比利指着对岸卡瓦格博雪山前面那些巨大的山脉说,"一只猫曾经从那个地道里去到了印度,告诉了印度那边这里有座寺庙的消息,然后又把信佛教的人需要的经书驮回来了。"

"你说的是什么年代的事?"陈卫红越听越糊涂了。

“解放以前吧。”比利也搞不清什么年代,因为自解放以后,峡谷的时间就划分为解放以前和解放以后。

陈卫红望着对岸那些大山,把自己的脖子都望酸了:“你说的大概是传说吧。”

“不,是真的。”比利认真地说,“喇嘛们经常从这个地道去印度取经修行。”

“孙悟空还一个跟斗翻了十万八千里呢,你说他是真的还是假的? 王八蛋。”陈卫红的眉毛竖起来了,那是她要生气的前奏,如果她的辫子也竖起来了,你就等着好看吧。

“可是,可是……”比利争辩道,“发报机的事情你们都相信,为什么就不相信喇嘛们通往印度的地道呢?”

当天傍晚,安多德头戴黄军帽,趾高气扬地回到自己的家,他的妈妈安妮和他的舅舅诺斯以及几个长辈都围坐在火塘边。教堂被捣毁了,微娜修女自杀了,他们不仅惶惶不可终日,还清楚而痛切地看到了地狱的烈火在熊熊燃烧,在等待煎熬他们有罪的灵魂。安多德像往常一样想坐到火塘边时,安妮低声喝道:

“脱下你那魔鬼的帽子和袖套,别弄脏了火塘!”

安多德说:“阿妈,你说这话是要挨批判的。”

“来吧,小子,把你阿妈和你舅舅都拉出去批判吧。还有你那不知是死还是活的阿爸,主耶稣在看着你哩。”

“阿妈,别提我的父亲。我为他害羞,他是帝国主义特务的走狗。”

安妮哭了:“主啊,你竟这样说你的父亲? 他可是个诚实的基督徒。”

安多德说:“阿妈,基督徒都是些帝国主义的走狗,都要被革命小将打倒。革命不是请你吃饭喝酒,不是你坐在家里织氆氇,不是讲客气讲礼貌尊敬老人,革命就是用暴力打倒过去的神父们和喇嘛们。他们没一个是好东西。高音喇叭里天天都在说这些,难道你们没有听进去吗?”

安多德的舅舅诺斯从火塘里抽出一块还在燃烧着的木柴,挥舞着朝安多德打去:“老子先把你这个孽种打倒。”他气咻咻地说,“过去雪山上的大土匪泽仁达娃才会说这些魔鬼的话,别忘了谁给你取的教名。”

安妮死死抱住了诺斯的手,安多德才有机会逃到了门外。他回头对一屋子的老人们说:“去你妈的教名,去你妈的王八蛋,”他学着红卫兵的口吻说,“我已经改名叫安卫东了。知道吗,我现在是一名保卫毛泽东的红色卫兵。你们敢打我,就是反对毛主席。”

火塘边的人们都愣住了,诺斯舅舅手里的木柴落在了地上。他怎么能打一个毛主席的卫兵呢?峡谷里的人之所以对汉地来的红卫兵诚惶诚恐、言听计从,就因为他们是毛主席的红色卫兵。他们不仅法力无边,而且是红色的。

安多德骄傲地返回了火塘边,旁若无人地坐在从前只有老人才能坐的正上方。所有长辈都没有胆量多看他两眼,诺斯舅舅缩到了火塘的一个角落里,好像随时想溜掉。

“打碗茶来。”安多德威严地说。

安妮躬身去打茶,她抹了一把眼泪,在胸前画了个十字,低声道:“全能的主耶稣,只有你才知道他们给我们的孩子施了什么魔法。”

“打茶就打茶,画什么十字!”安多德喝道,“别忘了,是毛主席派来的飞机投下青稞和酥油,你们今天才有茶喝。在大家都饿肚子的时候,全能的上帝管过你们了吗?以后不准在胸前画十字了,红卫兵说了,不仅在白天黑夜里不准画十字,就是在梦里也不准画。谁画开谁的批判会。”

解放军终于把进出峡谷的公路抢修通了,不过第一辆从外面开进来的汽车上装的并不是过去运来藏区的布匹、药品、粮食和琳琅满目的百货,而是那些被打倒了的干部们,他们像一群牲口一样地被押解了回来。让峡谷里的人们感到惊奇的是,县委书记木学文和野贡家的坚赞罗布土司绑在了一起;而更让他们张大的嘴合不拢来的是他们的后生们,安多德们,玛丽亚们,达娃们,央珍们,都成红卫兵了,仿佛魔鬼在一夜之间控制了他们的灵魂。

峡谷里花样翻新的各式批判会把人们搞得晕了头,红卫兵们不仅揪斗有历史问题的人,有信仰背景的人,甚至还揪斗峡谷的解放者木学文,过去的奴隶娃子、现在的公社党委书记曲热,抗美援朝的功臣曹志,说他们是“保皇派”,连三十年代路过这里的红军的一个失散人员也被他们揪出来了,他理所当然地被打成“革命队伍的逃兵”。

“红色瑞金”的革命小将得知“井冈山”的人捣毁了教堂后,就把老东巴和阿贵揪出来批了一场,一问才知道原来纳西人的东巴教是没有寺庙的。和阿贵被揭发出在大雨来临时还在做法事迎请神灵,搞封建迷信。揭发他的不是别人,正是也靠边站挨批判的前大队长旺久,他还以为这是在帮助那个可怜的老东巴哩。和阿贵被勒令将所有的东巴法器全挂在脖子上,红卫兵们押着他到各村庄游斗。在一个太阳毒辣的下午,差半个月就满九十大寿的和阿贵走到了他漫长生命的最后一天。他站在高高的批斗台上,仿佛回到了人类迁徙的岁月,山岭行走,树木飞驰,魔鬼横行,日月无光。人们脸上的眼睛都竖着生长而不是横着长的,那是人类的始祖崇忍利恩错误地娶了魔鬼的女儿才生下来的怪物。台下人们的口号此起彼伏,会场上热浪汹涌,鬼影憧憧。眼睛竖着长的人浑身妖气,与魔鬼共舞,而善良的人类浑然不知。和阿贵拼着最后一丝力气高喊:

“秽气啊,天上地上都是秽气啊!‘署’神会惩罚你们的。”

然后他就从高高的批斗台上一头栽了下来，潜伏在大地下的“署”神眨眼就把他干瘦的像一棵老核桃的躯体收走了。那么多人眼睁睁地看着他跌到了地上，可是他就像泼到干旱的土地上的一瓢水，马上就被大地吸收了，人们竟然到处都找不到他的尸体。一个祭祀自然的东巴，在大自然中总有很多的神灵朋友。这个时候神灵的帮助既不晚，也不迟。

曾经住满神灵的天空和生活着虔诚信徒的大地上布满污秽。大字报、战报连篇累牍地刷满左右两个盐田狭窄的街道和人们房舍的外墙，藏式民居全被搞得花花绿绿、黑黑白白。满天飞舞的传单连雪山上的云雾也自愧弗如，纷纷撤退，但是人们仍然看不到卡瓦格博雪山圣洁的峰顶，因为永远都在峡谷的上空飞舞的传单早就将它完全遮盖了。劲吹的东风把一个又一个震撼人心的消息传向四面八方。空气中到处飘散着火药味十足的语言和文字，全是一些用藏语无法翻译出来的新词汇，“血战到底”，“誓死捍卫”，“油煎”，“炮打”，“踏上一只脚”。这些词汇年龄大一点的人说不来，而二十岁以下的年轻人却一学就会。人们发现古老的藏语已经不适应这个动荡而疯狂的年代了，许多意思你用藏语根本无法表达，而用那些填满了路边、天上，或任何一个角落里的汉语随便一说，你就可以免受挨批判的危险。到后来连牛羊们的叫声、打出的喷嚏声，也带有那个时代的话语霸权了。有人亲耳听见左盐田的一头毛驴在叫唤“造反有理，革命无罪”；而一条藏獒则在一个批判会的场子边高呼“完蛋就完蛋，哪怕碎尸万段”。当时全会场的人都听见了，但是谁也不感到稀奇，主持会议的红卫兵小将甚至还表扬了这条革命觉悟很高的藏獒，“你们看，我们要的就是这样的精神。”他们说。

不过峡谷里的牛羊却在这个时期给运动添乱。本来它们应该在高山牧场上享受夏季草场的丰盛，但是牛羊的主人们都被叫下山来参加运动，它们只得被赶下山来。可是峡谷里没有吃的，只有空洞乏味的革命语言。不知哪头聪明的牛发现大字报也可以入口，糨糊和墨汁的香味即便不能和高山草场上青草的香味媲美，但至少可以填饱肚子。于是白天属于忙于开批判会的人类，晚上则归饥饿的牛羊。它们用坚韧的舌头把一张张大字报从墙上揭下来，咀嚼着送进坚强的胃里，把人间的荒唐和苦难一齐咽下去。红卫兵们当时搞不懂是谁敢撕革命大字报，后来派了巡逻队漏夜明察暗访，结果现场抓获了七十二头牛，一百三十六只羊。他们把这些获罪的牛羊赶到一起开了个绝对牛头不对马嘴的批判会。

在这个批判会上，牛羊们不得不低头服罪，尽管它们的目光中满是委屈。而被叫去参加开会的人们全张大了嘴，却说不出话来。话语被魔鬼一把收走了。从那以后，峡谷里的人们有三个月不会说话，仿佛都喝了哑泉的水一般。

就像所有的灾难年份一样，那一年，峡谷的盐田里晒不出来盐，女人们一年都没有生育。

第九章　四十年代

48. 打冤家

泽仁达娃已经等了野贡家族的杀手三十多年了，他们始终没能杀了他，连泽仁达娃都不耐烦过这种老是与死神相伴、被人追杀的日子。有几回野贡土司的谋杀看上去就要成功了，但他是一个命相当硬的家伙。有一次他们把他手下的弟兄都杀光了，还毒死了他的战马，一队康巴骑手追他到澜沧江边，但是他居然抢了一个纳西小商贩和德忠的骡子跑了。还有一次野贡土司不惜重金从拉萨雇来了杀手，他有举枪击落天空中飞行的一只苍蝇的本事，并且还亲自演示给野贡土司看过。他化装成一个云游喇嘛，成功地混到了泽仁达娃的火塘边，并和他一起喝酒。他喝酒胜过了泽仁达娃，但是他杀人的运气和胆量却没有泽仁达娃好，他在泽仁达娃醉生梦死的时候掏出藏着的手枪，对准了泽仁达娃的太阳穴，他连扣了三次扳机，竟然都没有打中。第一次子弹卡壳了，他把子弹退出来，又打，但是又遇上是颗臭子儿，这个倒霉的杀手不得不再来一次，重新装上一颗崭新的子弹，可是他连扣动扳机的力气都没有了。因为他看见睡着了的泽仁达娃还微微睁开的眼睛，一股恨恨的目光从睡眠的深处溢出来，足以让一个盖世英雄胆寒。在离泽仁达娃的脑袋不到半米远的地方，这个可以打掉苍蝇的神枪手竟然不能把子弹打进一个熟睡的脑袋。胆怯的子弹把泽仁达娃头上蓬松的头发推出了一条深沟，一簇头发落地的响动让泽仁达娃心疼。他惊醒过来,伸出长长的胳膊,一把就将那个杀手揪到自己怀里,两下就把他的脖子扭断了。然后,——这是传说中的一种,——他继续睡觉。

那个漂亮的纳西姑娘木芳被劫到雪山上的第二年,生下了一个儿子。这孩子如今也有六岁了,在到底谁是他的父亲这点上,泽仁达娃当初也有过狐疑。可是随着孩子一天天长大,随着木芳对雪山上的生活日益适应,他不再为这个问题烦恼。他给儿子取名叫益西单增,在他四岁的时候就把他扔到马背上,他的玩具就是泽仁达娃的手枪、藏刀、佛珠、护身符,以及和他一起长大的一匹小马驹。木芳不仅是一个绝色的美女,还是一个不错的妻子。这几年泽仁达娃自己也试着做一些马帮生意,他在雪山下的一个山谷里安下自己的营寨,手下随时有四五十个弟兄调遣,不出去抢人的时候,他们也放牧、开地、做生意。尽管土地贫瘠、远离驿道和村镇,人们辛勤的努力收获都很微薄,但这些事都是木芳在操劳。她安排四季的农耕,决定生意的大小,管理几十个人的生活,甚至还亲自为牛羊接生催产。康巴汉子们没有想到一个纤弱的女人有这么大的能量,她在狭窄的山谷里上上下下地奔忙,指挥一群汉子们做这做那,但就是反对他们出去抢人。她对他们说,田地再瘦,能收一背粮,抢到的东西再好,也是一段冤孽。每当泽仁达娃有抢劫的打算时,木芳就不与他同床,以这唯一的手段来表示自己的抗议。令人奇怪的是,泽仁达娃自有木芳以后,就再没有沾过其他的女人。哪怕有一次泽仁达娃在一次抢劫中杀了一个老人,木芳知道后整整一年没有搭理他,泽仁达娃也没有到外面去寻花问柳。他在木芳的房屋前搭了一个小窝棚,像一只温驯的小羊羔一样天天守候着她,等待她心回意转。有一天他抓回来两个赶马的纳西商人,让他们去木芳跟前为他求情。那两个商人跪在木芳的面前痛哭流涕地说,如果今晚你再不让那个高个子老爷进你的房间,明天我们的命就丢在这里了。

那个晚上木芳的门没有像以往那样反扣死，泽仁达娃顺利地摸到了她的床上。他们几乎折腾了整整一个晚上，激情就像多年前他们第一次在草甸上的那次野合。木芳问泽仁达娃，出去抢人和在我的床上，哪一件事情更让你感到幸福？泽仁达娃把头埋在木芳深深的乳沟里，毫不犹豫地说，当然是在你的床上了。木芳告诉他说，你以为你是雪山下最强的人，可是雪山以外的强人你知道多少呢？因为我们这里的雪山，还不是世界上最高的雪山。

自那个晚上以后，泽仁达娃再不轻易地乱杀人了。他还答应了木芳的一个条件，待山谷里的庄稼和牛羊可以养活所有的弟兄以后，他们就再不出去抢劫。

可是，仿佛老天总要跟泽仁达娃作对，这年的夏天，山谷里发生了一场罕见的泥石流，二十多个兄弟被冲走了，还有他们几年来艰难开垦出来的土地和好不容易慢慢长大的牛羊，全都被冲得一干二净。泽仁达娃右肩驮着自己的儿子单增，左手拉着木芳，从泥石流中九死一生地逃出来。在整整一个秋天，他们没有一粒青稞，全靠山上的野菜和野物度日。到了冬天，泽仁达娃在四川的几个土匪朋友来约他合伙抢劫峡谷里的村庄。因为那里连续两年没有遭受到大的自然灾害了，这意味着峡谷里有了点“油水”。泽仁达娃对面黄肌瘦的木芳说：“不是我不想做一个不抢人的丈夫，而是饥饿的肚皮只能养出一个强盗。等我把那狗娘养的土司的财富都抢过来了，我儿子就再不用当强盗了。”

木芳泪水涟涟地说：“佛祖啊，一个当强盗的父亲，难道还能把他的儿子培养成一个体面的有钱人。”

泽仁达娃抚摸着木芳的脸说：“你等着瞧吧，我儿子会过上体面的生活的。妈的，这年月，什么才叫体面的生活呢？”

那年峡谷里飘起第一场大雪时，泽仁达娃的人马和四川藏区的土匪武装把峡谷两头的道路都堵死了，除了天上的飞鸟和澜沧江里的鱼，任何有生命的东西都被装在土匪们布下的口袋里。泽仁达娃发出的抢掠号令是：每一个弟兄的腰间都要塞满大洋，每一匹战马身上都要驮满粮食，每一个没有女人的弟兄都要有一个女人。

尽管泽仁达娃号称带了一千来号人的武装来围攻野贡土司的大宅，但是顿珠嘉措土司认为这些乌合之众并不是他装备精良、训练有素的家丁队伍的对手。他连德国造的马克沁机枪都有两挺呢。这得感谢那些进出峡谷的马帮们，现在不仅可以买到汉地的各式商品，甚至还能买到世界各地的东西，野贡土司要购买军火再不用求江东岸右盐田的外国神父了。战事正如顿珠嘉措所料，泽仁达娃的马队抵不过土司大宅里像雨点一样泼过来的机枪子弹。土匪们在机枪的欢叫声中铺下一层层的尸体，土司大宅前的开阔地看上去就像一个屠宰场。泽仁达娃恼怒地对其他几个匪首说：

"死水潭也经不住瓢舀，围他几个月，我看这狗娘养的土司老爷还有多少机枪子弹。"

这是一条聪明的计策。半个月以后，从土司大宅里射出来的子弹日益稀少了，泽仁达娃看到了胜利的曙光。但是，来自澜沧江东岸的支援打破了他的美梦。

当土匪们封锁了峡谷后，澜沧江两岸人们的惊恐其实是一样的。东岸的纳西族长和万祥受族人之托，到右盐田找沙利士神父商量对付土匪的办法。他发现这边已经戒备森严。每一家的墙上都抠了枪眼，柴薪都搬得离房子远远的，以防土匪放火烧房子，粮食也都埋藏起来了。男人们枪不离身，连睡觉都放在身边。沙利士神父对和万祥说："这得感谢那个红汉人，他教会了我们如何打仗。"

这个红汉人是上次红军路过时掉队的伤员，他是汉地江西省人，人们私下里都叫他高班长。红军走后，他在教堂里养了一段时间的伤，国民党的军队追过来时，沙利士神父建议他躲到高山牧场上去。他在那里待了一年多,而他的部队已经到了中国的西北。高班长回到峡谷后便同一个放牧的藏族姑娘结了婚,并且很快就非常藏族化了,甚至能说一口听不出破绽的藏语,再没有人怀疑他曾经是一个红汉人。土匪打过来时,沙利士神父想起这个曾经打过仗的人,就让他来组织右盐田的备战。高班长见到和万祥的第一句话就是:"我正要叫人去请你呢,我们应该联手打过江去。"

和万祥犹豫片刻,才说:"可是我们纳西人和野贡土司过去有仇,右盐田的天主教徒和那边的佛教徒也曾经是冤家。"

高班长说:"都在一条峡谷里生活,会有多大的仇呢?现在最大的敌人不是西岸的藏族人,而是土匪。"

沙利士神父说:"可以肯定,泽仁达娃下一个目标就是江东岸的两个村庄。"

高班长说:"我们的人从溜索上过去,抄土匪们的后路。土司大宅里的人再打出来,前后一夹击,他们就垮了。"

和万祥一击掌道:"拇指挨砸,小指也疼。我们干吧。"

于是在一个月黑风高的夜晚,澜沧江东岸四百多条好汉趁着夜色从溜索上飞到了澜沧江西岸,高班长指挥藏纳两个民族的汉子偷袭了泽仁达娃的营地。搞偷袭是红军习惯的战术,而泽仁达娃的土匪武装却对此一无所知。他们从梦中醒来时,帐篷已经着火了,马群也炸了,一些土匪甚至连自己的枪都找不着。天色微明时,土司大宅的人马也及时冲出来。土匪们更是慌成一团,很快他们就像退去的洪水一样,消失在山岭上的密林之中。

野贡土司看见了一身征尘的和万祥,看见了仗义行侠的纳西武士,看见了右盐田全副武装的教民。他的眼眶潮湿了,他拉住和万祥的手说:

"兄弟,你再迟来几天,就见不着你大哥了。"

和万祥说:"我等了你这句话二十年。"

两个月后,泽仁达娃被政府的军队捕获,因为他劫了政府用于抗战的军火。那时中国的沿海口岸都被日本人封锁,唯一一条通往境外的滇缅公路也因为缅甸战场的失利而被日本人截断了。因此有一段时间内,国民政府的外援只有依靠那些勤劳的马帮们,他们从印度一驮一驮地驮回前方将士需要的军火和药品,穿越西藏的高山峡谷,到了云南后再用汽车运到前线。崎岖险峻的山道上几乎天天都有来往的马帮穿梭,泽仁达娃以为发财的时候到了,可是他刚一下手,娄子就捅大了。在全民抗战大敌当前的非常时期,抢劫军火可不是一桩小事,于是国民政府从云南调来一个团的正规军,像用梳子赶头上的虱子一样把泽仁达娃经常出没的山谷反复梳理了几遍,终于在一个山洞内将他擒获。他们把泽仁达娃打得不成人样,给他戴上四十公斤重的手铐和脚镣,在冰天雪地里让他赤脚从山道上走过。峡谷里的人们都涌到官道的两旁来观看这个江洋大盗,他的一只眼睛肿成一条线了,鼻子是烂的,嘴里的门牙也被打掉了,腿也是一瘸一拐的,浑身上下没有一块好肉。尽管有几十名荷枪实弹的大兵围着他,但他高大威猛的身躯还是让人恐惧,峡谷里的人们见到这个噩梦中经常出现的强盗束手就擒,竟然没有谁敢拍手称快,甚至连多看他两眼都需要勇气。

野贡土司顿珠嘉措也从江西岸赶过来看自己宿敌的下场。他们坐在县衙门大堂内的三张太师椅上,让人把泽仁达娃押进来,顿珠嘉措笑呵呵地问:“哦呀,老冤家,你怎么成了这个样子啊?”

“你胖得像一头猪。”泽仁达娃蔑视地说。

顿珠嘉措扭头问章团长:“你们干吗不马上杀了他呢?峡谷里从来不缺杀泽仁达娃的人。”

章团长说:“我们要把他押解到军事法庭去受审。”

顿珠嘉措说:“那就太便宜他了。泽仁达娃,没想到你要死在汉人手里。”

泽仁达娃高傲地说:“杀我的人还没有生出来呢。”

顿珠嘉措指指站在自己身后的坚赞罗布说:“看看我的儿子,都长成一个男子汉了。可是他今后没有冤家打了,多没意思啊。”

泽仁达娃说:“你等着看吧,我还有儿子哩。”

土司肥胖的身子抖了一下,但他很快掩饰住了内心的惊惶。泽仁达娃和被他抢去的那个漂亮的纳西女人居然在一起生活了那么多年,这让所有的人都感到惊奇。顿珠嘉措又问王县长:“他家里的人抓到了吗?”

“大军压境时,他们就跑到四川那边去了。”王县长说。顿珠嘉措又把头扭向章团长:“要是你们肯追杀过去的话,我可以奉送十匹骡子的大洋,算是给弟兄们的烟酒钱。”

但章团长不耐烦地说:“那边不是我们的防区。”

泽仁达娃笑了:“别打斩草除根的主意啦。我儿子将来是要干大事情的。一个喇嘛说过,峡谷里的恩怨要了断,除非中国再换一个朝代。喇嘛还说,我儿子会成为这里的大土司。”

顿珠嘉措和王县长、章团长都哈哈大笑起来:“一个强盗的儿子会当上土司,乞丐也可以当总统了。”

泽仁达娃却神奇地看到了那么一天,他的儿子带着一支勇敢的军队把眼前这些县长、团长、土司撵得屁滚尿流。他的儿子将是峡谷里受人尊敬的大人物。

多年以后,泽仁达娃还认为自己一生中最为聪明的决定就是把木芳和儿子送出了峡谷。实际上他在四川的土匪朋友也是一个有身份和地位的人,他是一个土司手下的大头人。那边藏区的风气似乎比西藏和云南藏区更糟糕,他们平时忙于农耕和经商,冬季没事可做时,就出来四处抢掠。并不是他们需要抢掠来抵抗饥饿和贫困,而是抢掠本身让他们感到自豪和骄傲。

泽仁达娃被抓获时,木芳和她儿子益西单增已经到了四川境内藏区玉丹头人的领地。随同他们母子俩一同来的还有一驮骡子的银锭和十块金砖。显然泽仁达娃已经做好了最坏的准备。玉丹头人是一个很仗义的人,他问木芳今后如何打算,形容枯槁的木芳说,她自己今生算是彻底完了,让她忧心如焚的是孩子今后怎么办?长大后是去做一个仇杀家族的复仇者呢(尽管孩子还小,但是泽仁达娃可没少给木芳说他家和野贡家族的世仇)?还是子承父业,做藏区的江洋大盗?玉丹头人问,那么你希望孩子做点什么事才好呢?木芳幽幽地说:“我希望他能上学读书。在我的家乡,有钱人家的孩子都是要上学的。”

玉丹头人说:“我们这里,孩子要学点东西,要么送他到喇嘛寺,要么送到汉地。”

木芳说:“送到汉地去吧。他们的先生都是一些学问很高的人。只是不知道该怎么去。”

玉丹头人拍着胸脯说:“我在汉地大地方成都有朋友,他们年年都要到我这里来买藏药和野货。这个事情可以交给他们来办。”

木芳担忧地问:“泽仁达娃留给我的这些金银,够吗?”

玉丹头人豪爽地说:“不够的就全包在我身上。我再给你一驮骡子的银子,我想也差不多了。你可以在那里买一所房子,陪你儿子念书。只是你得给孩子取一个汉族人的名字,在这里我们欺负汉族人,在汉地汉族人欺负我们。”

木芳想了半天,最后说:“就叫木学文吧。这个名字能带给他吉祥。”

49. 强盗一家

抗战胜利后,木学文已经在汉地的大城市成都上中学了。自从离开藏区,木芳像一个保姆始终陪伴着念书的儿子。他们在成都租了一间房子,白天木学文去上学,木芳就在家操持家务,有时也帮人干点缝衣服、锁纽扣眼的针线活,以补贴家用。母子俩日子虽然过得清贫,但却很恬淡宁静。没有人知道他们的真实身份,也没有人去打搅他们平和的日子。木学文的学习成绩总是班上最好的,他穿上学生装,留着汉人的小分头,胳肢窝里挟着课本,曾经很粗糙的皮肤在汉地柔和的阳光下越来越细腻滋润。木芳从儿子身上隐约看到了与他父亲不一样的生活道路。

但是国内时局动荡不安,读书人纷纷抗议道,他们连摆放一张书桌的地方都快没有了。红色汉人和白色汉人眼看着又要打仗,工人和学生三天两头地上街游行示威,他们不要战争,只想填饱自己的肚子。日益飞涨的物价和变魔术一般贬值的纸币让木芳心惊肉跳,当她要上街买一扎草纸时,她要付出比买回的草纸还要大捆的国民政府金圆券。"汉地的魔鬼作起恶来可一点也不比我们藏区的差,他们不但惩罚我们贫穷,还把我们活下去的路子像抽一根带子一样抽走了。"木芳对儿子说。

"妈妈,我们得和他们斗争。"儿子说。木芳发现木学文那段时间经常在她面前说一些她不明白的新鲜词汇,斗争,革命,民主,独裁,剥削,反抗,劳工大众,法西斯,内战,白色恐怖,共产党,红色中国,毛泽东。儿子长大了,并且像泽仁达娃一样,天生具有叛逆、倔强、刚直、侠义的性格。木芳在汉人城市里到处哀嚎的警笛声中时常为儿子担惊受怕。

不久以后,木学文在街上参加游行示威时被捕,一群身份不明的男人大白天忽然闯进木芳的家里翻箱倒柜地搜查。他们的行为比泽仁达娃还要匪气十足,泽仁达娃抢人时还要通报自己的姓名,事情做得还有一定的规矩,触犯神灵的事一定不会干。可是这些人就像不通人性的野兽,来自地狱的恶煞小鬼,他们把木芳的神龛掀翻了,把衣柜里的衣物抖的一地都是。一个家伙甚至还捏着木芳的下巴说:“一个长得多让人心疼的小娘子啊。”他们不但抄了她的家,还搜了她的身,几个家伙肮脏的手像几条令人恶心的蛇在木芳发抖的身子上到处游走。而且,他们搜她身子的时间,长于他们抄家的时间。

他们走了以后,木芳倒在凌乱的家里哭了三天,那是粒米未进、滴水不沾的三天。在这个陌生的汉人城市,她举目无亲,身边的魔鬼却比在藏区时还要多。那些小特务们三天两头地来骚扰她,让她噩梦不断。当年泽仁达娃霸占她时,说峡谷里没有比他更坏的人了,可现在比泽仁达娃坏得多的家伙却遍地都是。后来她明白了,汉人地方要么根本就没有护佑信男善女的神灵,要么神灵们并不站在纳西人或者藏族人一边。一个在汉地没有神灵护佑的女子,不如归去。

她没有勇气在老家云南丽江的纳西地生活,因为她的酒鬼父亲刚刚醉死在一个水潭边,据说他死前的呕吐物使几条野狗舔吃了后成了疯狗。老家那边一向生活十分严谨古板的亲人不但以她父亲的荒唐人生作为茶余饭后的笑谈,而且还以木芳和一个大土匪生活了那么多年为羞耻。木芳只在自己的家乡停留了一晚上,满城的闲言碎语几乎就要淹没她了。第二天她就跟随一队马帮回到了峡谷,但是她发现在左盐田她的婆家里,人们看她的目光比看一个娼妓还要鄙夷。他们认为,如果她当初追随丈夫殉情而死,她就是一个烈女;但是她却活下来了,她就成了一个比娼妓还不如的女人。她早就应该找一条绳子吊死自己啦。

在左盐田暂住的那段时间里,前夫和德忠的阴魂每个晚上都来骚扰她,当年被泽仁达娃抹了脖子的伤口直到现在都还没有愈合,黑红的血还在咕噜咕噜地往外冒,像一眼红色的山泉。令人不可思议的是,木芳在雪山下泽仁达娃的部落里,在汉地又那么多年,和德忠却很少来打扰她。而她一回到左盐田,他就找到她的梦里来了，还和他临死前一模一样，矮矮的、胖胖的，瞪着一双精明过人的商人的眼睛。有一次他甚至在梦里提了一把刀到处追杀她，一直把她追到了梦外，他还站在梦的门槛边挥舞着刀子说，贱货，你要再过来，我一刀把你的脖子抹了。

峡谷里的杜鹃花满地残红的时候，木芳感到生命的凋零其实比花儿更快更凄凉。她终于结好了一根上吊的绳子，不慌不忙地把它搭在了一棵松树上。她想，要是十多年前泽仁达娃不阻止她结同一条绳子，她就不会活在世上受这么多的罪了。“挨刀剐的泽仁达娃。”她临死前都还在恨他。在木芳面前的山坡上，是遍野枯萎凋敝的杜鹃花；在她身后的村庄里，是房前屋内到处游走的流言蜚语；而在更遥远的汉地，是生死不知、身陷牢狱的儿子。没有一件事使她再有理由活在这个世界上，于是她把自己挂了上去。

“啪嗒”一声脆响，挂绳子的树枝断了，木芳重重地摔在地上。

“天啊，难道死也这么难吗？”她躺在地上向苍天抗议道。

“不是难不难的问题，而是你的罪还没有得到上帝的赦免。”一个沙哑苍老的声音在树丛后面说。

“是……是人还是鬼？”木芳紧张地问。她想我还没有吊死自己，怎么就听到了来自阴间的声音了呢？

“是沙利士神父在和你讲话哩，上帝可怜的迷途羔羊。”沙利士神父从树丛后面转了出来。他在左盐田收集东巴经书，早就从人们的流言中知道了这个不幸女子的遭遇，这一天木芳神色凄惶地独自来到山坡上时，沙利士神父就远远地跟来了。因为他有某种预感，多年以来，他没有能在纳西人中发展一个信徒，如果这个遗憾要想有所弥补的话，那个从汉地回来、曾经被土匪抢过、心灵满是创伤的女子，将会成为上帝在纳西人中的突破口。

木芳本来想站起来逃走，但她摔下去时把脚崴了。她一瘸一拐地走了两步，便再次跌倒了。沙利士神父上前去搀扶起她，和蔼地说:“如果你在自己的家里都找不到同情和怜悯,我主耶稣那里有一个温暖的火塘。”

“放开我！你说的那些跟我有什么关系?”

“噢,可怜的人,我们一直在等你归来。”沙利士神父殷勤慈爱地说。

就这样,木芳成了第一个皈依天主教的纳西人,她由沙利士神父付洗,取圣名为凯瑟琳,并在沙利士神父面前发了四愿[1],成为教堂里的第二名修女。在那个年代,那似乎是她能活下去的唯一路子。如果上帝连这样的人都不怜悯,还有谁能得到他仁慈的垂怜?

泽仁达娃在抗战时期被政府军捕获后不久,就被押解到汉地一个他不知道的地方,那里没有一个藏族人,那里的混乱也比峡谷里好不了多少。他曾经在囚车中遇到过日本飞机的轰炸,囚车被炸得翻了几个滚,泽仁达娃只受了点轻伤。那是天上的魔鬼第一次以看得见、感受得到的形象出现在泽仁达娃的面前。泽仁达娃大笑道,哈,原来你们汉地的天空也到处是魔鬼。

可惜没有人能听明白他的话,他们给了他一枪托,让他老实点。对那些押送他的士兵们来说,来自藏区的巨人泽仁达娃给他们心理上造成的恐惧一点也不亚于日本人的轰炸。国民政府像惧怕一个野人般防范他。他们不仅给他戴上沉重的脚镣手铐,而且还将一块要两个男人才能抬得动的石磨随时坠在他的脚镣上,让他拖着走路。因为他们不知道他究竟有多大的力气,不知道这个巨汉一旦发起怒来,会不会像捏死一只蚂蚁一般把人挤压得粉身碎骨。在汉地他的犯人身份变得如此特殊,以至于没有一个法官愿意审他的案子。原来说是要将他交给军事法庭,可是抓捕他的部队又开赴前线去了,他们就把他移交给地方法院,地方法院的一

① 一个基督徒的四愿包括:神贫愿——不具私产、绝财;贞洁愿——不结婚、绝色;听命愿——服从长上、绝意;服从愿——服从教堂。

个法官见了他便老是做噩梦，于是他干脆将泽仁达娃转送到更上一级的法院。而他的案卷在日本人的飞机轰炸中弄丢了，法官们又找不出一个懂藏语的人来做翻译。于是他们就把他胡乱地下到监狱里，既不判也不审，反正这样的人监狱中多的是。

泽仁达娃在汉地的监狱里过着双重的囚禁生活，国民政府不但囚禁了他的身体自由，还囚禁了他的语言。他和一些死刑犯和政治犯关在一起，没有人能听得懂他说的话，他也无法与人交流。在放风的时候，那些政治犯曾经试图对他表示友善，把他当兄弟看，但是不同的语言却像监狱的高墙一般使他们无法突破交流的障碍。而监狱里杀人越货的江洋大盗，巨匪惯偷，却总想和这个康巴人比试一下高低。一次一个曾经聚啸山林的巨匪纠集了七八个犯人，想把泽仁达娃按翻教训一顿，但结果是他们中三个折了胳膊，两个断了肋骨，一人被打掉了一嘴的牙。那个斗败了的巨匪头子捂着自己的肚子说："好汉，以后你就是这牢房里的老大了。可惜你他妈的只会像老虎一样吼叫，不会说话。"

泽仁达娃就这样莫名其妙地当了监狱里的哑巴老大，所有的犯人都畏惧他，有好吃的都要先孝敬他一份。他也为犯人们做一些他们不敢做的事情，要是哪个狱卒欺负了谁，犯人们就把他叫来，瞅准机会让他往那个狱卒面前一站，瞪他两眼也就够了。后来不但犯人们拿他当狐假虎威的保护神，监狱长也把泽仁达娃当宝贝。因为他经常在妓院和老鸨们打牌，输的钱累计起来让他卖了乌纱帽也还不清。一次监狱长在牌桌上说他的牢里关了一个和美国好莱坞影片人猿泰山一样高大的家伙，要是放到你们这妓院来，保你们这皮肉生意再也做不下去了。老鸨不相信，监狱长就和她打赌，说她一定会被那家伙的东西吓倒。那个女人臃肿、肥胖，年轻时拿身子当地种，年纪大了又以出卖其他女人的青春为生，一生都在和形形色色的男人打交道。她笑着说老娘也是做卖笑起家的，什么男人没有见到过。你只管放他来，老娘要是皱一下眉头，你的账就一笔勾销。监狱长当了真，第二天就偷偷让人把泽仁达娃押到了妓院，他命令一个狱卒将泽仁达娃的裤头褪了下来，老鸨只往那地方看了一眼，就不是皱眉头的事情了，而是昏了过去。监狱长轻易地平了自己的账，于是又和老鸨联手做起了新的生意。他们每周选一个晚上，给泽仁达娃戴上一百多斤重的镣铐和铁链后，再带到妓院里来，不是要给他舒服放松，而是让那些在妓女们面前找不到自信的嫖客们来参观足以让男人骄傲的样本。这个主意使妓院的生意一度十分红火，沉溺于花天酒地中的嫖客们像看西洋景一般在妓院的门外排起了长队，尽管每看一次得交两个大洋。

监狱长和老鸨数钱数得高兴时，忘记巨人终于醒悟过来了。当那个狱卒再次想褪他的裤头时，他一把揪住了他的头，稍一用力就把狱卒的脖子拧断了，然后泽仁达娃夺下了他的枪。妓院一时大乱，监狱长从老鸨那里跑来时，正撞在泽仁达娃的枪口上。

“钥匙。”泽仁达娃用汉语准确地说。

“妈呀，原来你并不傻，还知道钥匙。”

“钥匙。”泽仁达娃重复道，把枪口抵进了监狱长的嘴里。

监狱长乖乖拿出了挂在腰间的一串钥匙，泽仁达娃轻松地就将自己身上多年的禁锢捅开了，连哪一把钥匙开哪一把锁，顺序一点都没有乱，仿佛他早已开过它无数次。那脚镣已经生了锈，深深地嵌在他的脚踝皮肉里，还生了根，一些地方新长出来的肉已经和脚镣连在一起了。但是泽仁达娃眉头都没有皱一下，连皮带肉一把将它们扯开了。

他哈哈一笑，然后像放出牢笼的老虎，在这间散发出脂粉味的屋子里转了两转，仿佛在活动筋骨。监狱长那时不敢跑也不敢喊，在一旁簌簌发抖，他甚至真切地听到泽仁达娃自由了的身躯里骨骼在“啪啪啪”地舒展。巨人站起来了,再不是任人宰割和羞辱的阶下囚。泽仁达娃一把将监狱长提了起来,就像提一个包袱一般,横提着他走过一间间昏暗的包房,走过妓院暧昧的长廊,走过长廊里一盏盏猩红的红灯,走过一群群小便失禁的妓女,走过阳痿了的嫖客,走过再度昏过去了的老鸨,最后,走到自由的天空下。他将手里的监狱长远远地扔了出去。他年轻时和汉人军队打仗受了重伤,一个活佛看见阎王要来拖他走,他把阎王像扔一个松果一样扔得老远。现在,他把人间的一个阎王扔到昏暗的大街上,把囚禁的生活甩在一边。天上飘着细细的雪花,泽仁达娃从雪花中嗅到了故乡卡瓦格博雪山的气息。尽管日思夜想的神山是那样的遥不可及,但是泽仁达娃是自由的,再遥远的路跨一步就到了。

50. 耶稣的蜜蜂

巴勃神父被风吹走了以后,沙利士神父一人独撑着上帝在西藏的传教事业。现在根本别奢望再往前建立新的教点,能守住这个最后的堡垒不被强大的藏传佛教吞没,就该感谢上帝了。可不知是传教士们缺乏献身精神,还是教会传信部对西藏失去了信心,多年来孤军深入的感觉一直陪伴着耶稣的尖兵沙利士神父。尽管他毫无怨言,恪尽职守,并为此引以为荣,但是被教会遗忘总不是一件令人舒服的事情。在沙利士神父看来,那不是对他一个人的遗忘,而是对整个西藏的遗忘。不仅如此,沙利士神父的传教经费也经常捉襟见肘,有两次甚至一年都没有见到从教区主教大人那里拨来的费用,沙利士神父甚至连为“圣徒药房”买药的钱都没有。倒是巴黎的那些大学和图书馆、甚至美国的一些学术研究机构时常给沙利士神父汇来一些款项,救了他不少急。自从多年前和布洛克博士结识以后,他也经常尝试着为美国《国家地理》杂志写一些东西,这并不是为了在久已陌生了的西方世界沽名钓誉,而是他认为有责任让西方认识这些位于地球边缘地带的人们,以及他们的信仰和生活方式。他现在已成了一个地道的峡谷人,说着藏东地区鼻音很重的藏语方言,过着和藏族人一样的生活,一天不喝酥油茶就不舒服。他的教民都是些藏族人,令他着迷的却是纳西人的东巴宗教。他肩负着神圣的使命而来,反被一种陌生的文化所征服。这令他自己也百思不得其解。

这些年他把大部分精力用在对东巴象形经文的破译上,像一只辛勤的蜜蜂,只知操劳而不问收获。和阿贵已经成了他的朋友和老师,这个敦厚善良的东巴祭司现在认为,东巴万物有灵、崇拜自然的宗教一定在白人喇嘛所在的国度找到了自己的信徒,因为"署"神已经在照管着白人喇嘛国家中的森林、河流、高山、峡谷、草场。另一方面他们面对强大的藏传佛教,还有一种共同的失落感。和阿贵有一次对沙利士神父说:"神灵也和人一样,也需要走动和交朋友,你们的耶稣来到我们这里做客,我们的'署'神也同样可以到你们那里去照管你们的自然,神父,我感到如今这个世界,替什么神灵烧香再不是一个本民族的祭司可以说了算的事了。力量强大的民族,他们的神灵也是强大的。"

"可是佛教徒却认为,国家昌盛,宗教沉沦。"沙利士神父推推自己的老花眼镜,想起多年前他和杜朗迪神父在噶丹寺求学时那个活佛给他讲的这句话,"我一直没有弄明白他们脑子深处的东西,难道他们不需要自己的民族站在世界的前列参与竞争么?你们纳西人怎样看待宗教和民族昌盛的关系?"

"我们民族最强盛的时期是木天王时代。那时靠近纳西地的西藏、云南、四川藏区都成了木天王的领地。峡谷里这一支纳西人就是木天王当年征讨西藏时留下来的后代。可是木天王不是一个好的东巴教徒,他是靠汉人的儒教打下自己的天下的。"

“这说明佛教徒们的观点是错误的，至少也落后于这个时代了。我们的一个伟人拿破仑说，‘上帝站在物质力量强大的一方。’”

和阿贵忧心地说：“可是他们的玛尼堆已经堆到澜沧江东岸来啦。”

自从纳西人和阿贵的儿子被认定为转世灵童，后来又坐床做了活佛后，澜沧江东岸的纳西人越来越多地往西岸的噶丹寺去烧香。寺庙对纳西人皈依藏传佛教采取宽容仁慈的态度，后来西岸的喇嘛们干脆就来到东岸，在纳西人村庄的后面建了一座小寺庙，作为噶丹寺的分寺，分寺里通常只有三四名喇嘛。这是峡谷里藏传佛教势力在东岸的第一个立足点。左盐田的纳西人和过路的马帮使这座小小的分寺香火旺盛。只有沙利士神父和和阿贵从心底里反感这座看上去不甚规整的寺庙，按神父骄傲的想法，应该是基督的教堂重新回到澜沧江西岸去，或者在纳西人的村庄建立右盐田教堂的分堂，而不是佛教徒们的香火熏到上帝的眼皮底下。这座分寺只有一幢不到一百平方米的房子，连僧舍都没有，喇嘛们晚上就睡在他们供奉的菩萨脚下。沙利士神父评价说，它连一所避风的旅店都不如。和阿贵更为夸张地说，我家的柴棚也比它更能挡风哩。两个不同宗教的祭司经常在一起交换各自的失落情绪，一个感到佛教徒在基督的背后捅了一刀，另一个则为自己民族信仰的改弦易辙而悲凉。

好在沙利士神父对东巴象形文字的痴迷使和阿贵多少拾回了点自信心。他教神父识读那些饶有趣味的东巴象形文字，引领他进入纳西文明的秘密路径，以至于沙利士神父在很多时候把自己当成了一个研究古老东方纳西山地民族文明的学者，而不是上帝福音的传播者。太平洋战争爆发以后，他已经能阅读一些浅显的东巴经书，并撰写出了一百多万字的研究成果。四年前，应巴黎国家图书馆之约,他把自己辛勤研究东巴象形经文的调查手记,两卷本《纳西东巴象形文——拉丁文对照词典》,以及上千册东巴经书,打包成四个大木箱托运回法国。可是,日本人的潜艇却在南太平洋无情地击沉了载有沙利士神父十多年心血的运输船。

沙利士神父得到这个噩耗是在一年以后,战争轻易地摧毁了一个人的精神世界,摧毁了对一个民族文明的发现。这使本已老迈的沙利士神父衰老得更快,使他像丧失了自己的亲人一般哀恸,变得如巴勒神父被风吹走前那样寡言少语、忧郁沉闷,本已花白的头发一夜之间全白了。现在沙利士神父又重新投入到纳西东巴象形文字的研读中。他在重复劳动中找到了生存在这片峡谷中的意义。他变得愈发坚韧,沉默,严谨,执著。白发在峡谷的风中飞舞,一绺一绺地飘撒在西藏的大地上,飘撒在东巴象形文字经书上,飘撒在人们怜惜的目光中。教民们担心他们的神父也会落入魔鬼的风中,马修成天跟在沙利士神父的身后,与他形影不离。他向上帝发誓,如果风要夺走沙利士神父,他绝不会答应。

好在这时都伯修士及时被教区主教大人派来了,沙利士神父低沉的情绪才稍微有所缓解。

身材高大的都伯修士是个好动的人。他是一个参加了欧洲二战的老兵,蹲过著名的马其诺防线。残酷的战争使他失去了生活的勇气和信心。他曾在德国人的集中营里囚禁了三年,身上的骨头关节都生了锈,人虚弱苍白得风都可以把他吹倒。都伯修士的家族是一个古老高贵的家族,家族中的一个祖先曾经做过红衣大主教,和教皇的关系密切。他之所以在心灵饱受创伤之后选择做一名遁世的修士,和家族的荣誉不无关系。而且,他一步就到了西藏,这让他的家乡的人们深为羡慕。因为在他们眼里,西藏是比天堂还要遥远的地方。

都伯修士的到来使宁静了多年的教堂变得热闹起来,他庞大的身躯使教堂处处都显得狭小、拥挤。他兴趣广泛，性格活跃，对一切事情都感到新鲜好奇，不仅如此，他还扰乱了一个修女的心扉，这人就是刚受洗不久的凯瑟琳修女。

上帝的爱使这个曾经饱受苦难的女人找到一方宁静的港湾，在到教堂一年多以后，她过着晨钟暮鼓的安详生活，在守斋和祈祷中默想上帝的恩赐。她很快就恢复了往昔的容颜，似乎比十年前还年轻，比天使还纯洁。在她后来一直孤独清贫的岁月里，她永远都不会忘记都伯修士的背影第一次映入她的眼帘时的情景，那仿佛是在她寂静得如雪山下的湖泊里扔下的一块石头，响声打破了湖泊的宁静，涟漪一层层地荡开去，一千年也不会平静。那天凯瑟琳修女和马修到村子里磨青稞面，当他们回到教堂时，凯瑟琳修女忽然发现院子里一个虎背熊腰的汉子正把头扎进木盆里，溅得一院子水花四溅。“上帝啊，他怎么回来了？”

她脑子里一阵晕眩，险些倒了下去。她身后的马修一把搀住了她，“站稳啊，凯瑟琳修女。”马修说。

“泽仁达娃……”

凯瑟琳修女嘴唇发抖，脸色苍白，就像中了风一般。马修往院子里望去时，那个洗头的巨人正好抬起头来，回头面对他们，水从他的头发上、脸上、胡须上似眼泪一样往下滴，使他像个哭泣的蛮汉。

“你们好。”他用生硬的藏语说。然后他看见了凯瑟琳修女忧郁的眼神，像太空里的黑洞，一下让他坠了进去。那是比全欧洲所有苦难寂寞的女人的眼睛都要伤感忧郁、深不见底的眼睛。他还看见围着这个忧郁的女人飞舞的几只蜜蜂，就像她是它们要采花粉的花朵。

“哦，对不起，真的、真的很……对不起。”他狼狈不堪，满头是水，想找个什么东西来揩一揩，可却找不到自己的毛巾。他转身往屋子去，但却走向了教堂的厕所方向。他躲进了厕所，把湿漉漉的头不断地往墙上撞,祈求上帝不要让他坠入魔鬼的诱惑。他来教堂才第一天哩。

噢上帝,他不是泽仁达娃。院子里那个可怜的修女暗自庆幸。但是凯瑟琳的心还是乱了,泽仁达娃已经不知生死有七八年啦。现在上帝派来一个和他一样身高马大的巨人,仿佛在考验她侍奉上帝的勇气和信心。从那天以后,凯瑟琳修女便不能正视都伯修士的眼睛,甚至不敢多看两眼他的背影。

夏季闷热的河谷里苍蝇无数,但是教堂里的人们似乎习以为常,连沙利士神父也对在餐桌上、屋子里嘤嘤嗡嗡到处乱飞的苍蝇熟视无睹。有一次吃饭时,都伯修士眼睁睁看见一只苍蝇掉进了汤里,可是沙利士神父只是用拇指和食指把它捉出来,顺手弹进火塘,然后把汤盛进自己的碗里,就像什么都没有发生。而都伯修士那时差点恶心得要呕吐。就像不能忍受自己的眼睛里掉进一粒沙子一样,都伯修士也不能容忍苍蝇在眼前肆无忌惮地飞舞。但是成群结队的苍蝇无处不在,厨房里的锅碗瓢盆、菜刀菜板,全落满了密密麻麻的苍蝇。厨子诺斯切菜时,苍蝇们就在他的刀刃下窜来窜去;微娜修女缝衣服的一根针线上也会落上三五只苍蝇;尤其让都伯修士气愤的是,苍蝇们把他的床当成了自己的栖息地,残留在铺上的味道成了苍蝇们逐臭的战场。都伯修士白天简直不敢往自己的床上看一眼,而到了晚上,他躺在床上,想起这床曾经是苍蝇们的乐园,他怎么能安然入眠呢?于是,他勇敢而无聊地投入了和苍蝇的战斗,那可是他到教堂以后,找到的第一件永远也干不完的事情,就像西绪弗斯①推动的那块巨石。

都伯修士曾经要求马修为他做一个苍蝇拍,可是马修不明白他要这玩意儿干什么,他按照都伯修士的比划做了一件扇子一样

① 西方神话人物。因触犯天条被万神之王宙斯贬下奥林匹亚山,罚他每天推巨石上山,而每次快到山顶,巨石就滚回到山角,周而复始,循环往复。

的东西,而且还是木头的。都伯修士用它拍打苍蝇时,搞得教堂到处“啪啪啪”乱响,尘土飞扬,但是却收效甚微。沙利士神父皱着眉头对都伯修士说:“上帝创造了人,也同时创造了苍蝇。你干吗要跟这些弱小的生灵过不去呢?”但是都伯修士说:“它们可不弱小,看看它们的嚣张吧,简直要把我们吃了。”沙利士神父朗声说:“西岸的佛教徒,连一只蚂蚁都害怕踩死,而左盐田信奉东巴教的纳西人,则认为天地间的一切都是他们的兄弟。还是藏族人说得对,世间一切,取决于心。”

都伯修士嘀咕道:“假如是一颗无事可做的心呢?”

他在教堂到处拍打苍蝇,以打发每天无聊的时光。后来他发现了一种有利的武器,那就是多年前峡谷里瘟疫流行时,虔诚的教民为了驱赶身上的魔鬼,用来抽打肉体的那种名为“荣子”的荆棘。这东西握在手上既轻巧又灵活,就像一根得心应手的鞭子。当都伯修士挥舞着手中的“荣子”向苍蝇抽去时,它们往往躲避不及,“唰”一下便被打下来了,还一点响动都没有,不至于影响沉浸在东巴象形文字中冥思苦想的沙利士神父。

他把抽打苍蝇的技巧发展到百发百中、炉火纯青的地步。在他的房间里,不一会儿工夫就满地苍蝇的尸体,以至于亚当一天要为他打扫五次房间。没过多久,他赢得了战争的胜利。他甚至能做到命令苍蝇悬停在半空中不敢飞走的地步,他对苍蝇说:“我是都伯修士。”苍蝇们便停在半空中瑟瑟发抖,然后他一鞭子将苍蝇抽下来。都伯修士多次在沙利士神父和两个修女面前表演自己这一绝招,他得意地说:“什么东西都是可以驯化的。只是看你采用哪种手段罢了。”

到后来,他走到哪里,哪里的苍蝇便一哄而散,纷纷逃窜。当他抽打永远也打不尽的苍蝇时,只有凯瑟琳修女用欣赏的目光看他。因为她也讨厌苍蝇,还有一个在她内心深藏不露的缘由是,都伯修士面对苍蝇忙碌出击的身姿总让她想起另一个巨人。如果从背影上看,他们几乎像是两兄弟。

都伯修士在教堂里到处追杀苍蝇的时候,就像一个童心未泯的大孩子。其实谁也不知道那是他的一场游戏,一场目的地很隐蔽又非常明确的游戏。有一天他终于把所有的苍蝇都追赶到了凯瑟琳修女的面前,那时她正在厨房前打酥油茶,一群群的苍蝇围着她嗡嗡转,仿佛在等着她饲养它们。

“这些该死的苍蝇。”凯瑟琳修女嘀咕道。

“让我来对付它们。”都伯修士从自己的房间里走了出来,手里提着他的荆棘鞭子,就像蛰伏在堑壕中终于等到冲锋命令的士兵。他在走向她的时候,步履坚定,目光炯炯,呼吸急促,带起一阵风,地上的尘埃都打起了小旋儿。

“我是都伯修士。”他对苍蝇们宣布自己的身份。

“嗡”,一群苍蝇飞走了,转眼,另一群又来了。

“滚开,我是都伯修士。”他又重复道。

“扑哧”,凯瑟琳修女笑了,手上一失控,竟将茶桶里的酥油茶泼洒了不少出来。因为四只眼睛不合时宜地碰在了一起,目光和目光碰得支离破碎,像两只打碎了的玻璃杯子。

都伯修士慌乱中用手里的鞭子猛抽一阵,赶走了猖狂的苍蝇。如果一个巨人要掩饰自己的心慌,他的动作会夸张得吓人。凯瑟琳修女仿佛面对一个拳打脚踢的武林高手,她快要被他眼花缭乱的招式吓晕过去了。

“噢,对不起,我吓住你了。”都伯修士说。

“你以为自己是个英雄?”凯瑟琳修女忽然变了脸色,冷冷地说。然后她收起酥油茶桶,回厨房去了,几只围着她转的蜜蜂和她一起仓皇逃窜。厨房对面,沙利士神父的咳嗽声正从房间门口传来。他手里拿着一本东巴经书,眯着眼睛来到院子里灿烂的阳光下。

“都伯修士,你吓住谁了?”沙利士神父问。

“一只蜜蜂。”都伯修士说。

“噢,蜜蜂也飞到教堂里来了。”沙利士神父说。

“是的,那是耶稣的蜜蜂。”都伯修士回答道。

“一切都荣归天主。”沙利士神父微微颤颤地走过来,“可是纳西人的东巴经书上说,蜜蜂分管他们的爱,就像我们的爱神丘比特。”

好在日渐老迈的沙利士神父没有看到都伯修士慌乱的眼光,没有听到厨房里茶壶打落在地的“咣当”声,也没有感觉到有一股气流绕过他的身边,向另一个人春风拂面般地吹去。他在阳光下的一张躺椅里坐下,自顾自地喃喃道:

“蜜蜂怎么能管好纳西人的爱情呢?”

“也许是通过空气,”都伯修士看着厨房那边说,“它们的翅膀扇动时,搅起一阵阵爱的气流,敏锐的纳西人感受到了,而你却不知道。”

“这倒是一个很独特的见解。”沙利士神父说。

都伯修士感受到了蜜蜂带来的爱的气息,一种看不见的气流从那天起就在教堂里暗中形成了。不论白天还是黑夜,不论刮风还是下雨,这股气流在耶稣的圣像前,在圣母玛利亚慈爱的目光注视下,在朗朗的诵经声中,在就餐前的默祷时,在每个清晨的滴滴露珠前,在中午炽热明亮的阳光下,在黄昏时夕阳越拉越长的惆怅中,在半夜月明星稀的寂寞里,在马修劈柴时的“嘿嘿”声中,在亚当拨弄火塘的火苗上,在微娜修女指挥唱诗班咏唱《弥撒曲》的音符间,在沙利士神父独自朗读东巴经文干涩沙哑的嗓音后,在落在教堂屋顶的乌鸦“呱呱呱”的凄叫声里,在桃花悄然开放的黑夜,在杜鹃花粲然怒放的午后,在牧场上的姑娘悠扬歌声飘来时空气的颤动里，在教堂里的蜜蜂嗡嗡作响的翅膀下，这股气流在空气中左躲右闪，暗自滑行，像那条伊甸园里的蛇。

但是另一个人却试图赶走这条有罪的蛇。他已经走了几千里的路，卡瓦格博雪山是他永不会迷失的路标，也是他的人生终点。他受到一股芳香气味的神秘引导，翻越重重山岭，跨过道道险碍，终于找到教堂里来了。人们立即认出了他，所有的人都仿佛回到噩梦里。

他就是泽仁达娃。

他形单影只，蓬头垢面，饥肠辘辘，衣衫破烂，像一个从深山里闯出来的野人。那时他还不知道，上帝已在他和要寻找的女人间划了一道深不见底的鸿沟。一个和他一样身坯巨大的白人汉子把他挡在了教堂门外，都伯修士对他说：

“你不能在上帝面前讨要自己的妻子。”

泽仁达娃那时想揍他一拳，但是都伯修士身后的凯瑟琳修女甚至连看他一眼的勇气都没有，脸上冰冷得像冰川的冰面。泽仁达娃看着那个一身黑袍的女人，觉得她的良心比她那身衣服还要黑，他隔着都伯修士高大的身躯问：“哎，我儿子呢？”

凯瑟琳修女忽然掩面哭泣，然后转身跑回了自己的房间。都伯修士对泽仁达娃说：“他被你们的政府抓去啦。找蒋先生要去吧。”

泽仁达娃就这样落寞地离开了教堂，临走前他对都伯修士说：“不管你的上帝是哪一方的神灵，总有一天，我会带人来踏平你们的教堂，抢回我的女人。”

都伯修士耸耸肩：“这既要看上帝愿不愿意，也要看凯瑟琳修女高不高兴。”

泽仁达娃在教堂门口的诺言使他轻率地再度落草为寇。在峡谷里，这是再容易不过的事。过去他为饥饿当土匪，现在他为向上帝夺回自己心爱的女人而战。第二年仲秋,一支马队拖着长长的尘埃直冲教堂而来。泽仁达娃腰别双枪,马刀在阳光下闪着寒冷的光芒。但是森严壁垒的教堂给予他迎头痛击。那时他的人马不够多,还不足以打破教堂高高的围墙,没过两天就被教堂的武装赶了回去。半年以后,他卷土重来,还邀约了四川藏区玉丹头人的武装。他们包围了教堂,截断了教堂的水源,试图困死教堂里的人们。十天后,教堂里断水断粮,能抵抗的子弹也不多了,泽仁达娃攻破教堂指日可待。一个阴风凄惨的黄昏,凯瑟琳修女站到了教堂围墙高高的垛楼上。

“泽仁达娃,我有话跟你讲!”她迎着土匪们的枪口高喊道。

泽仁达娃提马前来,“木芳,出来吧,跟我走。”他说。

“我可不跟你一起下地狱。”凯瑟琳修女说。

“你信他们的地狱,还不如信我们的神灵。出来吧,要下地狱我们一起下。”

“泽仁达娃你听着,要是你不把你的人带走,我就从这里跳下去。”凯瑟琳修女坚定地说,同时往前迈了一步。

垛楼下就是十几米深的悬崖,当初沙神父把教堂建在山头上时,就已充分考虑了教堂易守难攻的特点。泽仁达娃仰望着自己的女人,一阵阵心疼。

“别……”他挥手喊。

“你不会得到上帝的宽恕的。”凯瑟琳修女又上前了一步,半个身子已悬在外面了。风吹动着她黑色的修女袍,仿佛随时都要将她吹起来,升到天空中去。

“狗娘养的,魔鬼把你的心吃了。”泽仁达娃愤愤地说,“弟兄们,我们走。”他拨转马头,把手枪里的子弹一连串射向了天空。此时他才明白,洋人的上帝并不喜欢他家人团聚。

凯瑟琳修女只身退敌的壮举赢得了教堂内外人们的一致赞

赏，沙利士神父在一次布道时将她誉为峡谷里的圣女贞德。但是，人们对她的赞誉越高，她就越愧疚。倒不是她已经完全具备了一个基督的纯真美德，而是她认为自己给教堂增添了麻烦。泽仁达娃两次围攻教堂，四个年轻的教友为了主的光荣升向了天国，给右盐田村留下了三个寡妇、一个孤儿。凯瑟琳修女甚至后悔那天在垛楼上她没有及时地一步跨出去，泽仁达娃拨转马头的速度快于她荣耀天主的念头。他又一次粉碎了她想死的信念，让她继续活在这个纷乱的世上，直至把这一个世纪的沧桑演变看完。

51. 仁慈的白杜鹃

泽仁达娃知道，他再也找不回自己的女人了。那一段时间里他陷入深刻的孤独和忧郁中，一个巨人突然忧郁起来，是一件很可怕的事情。他不说话，是能量在胸中积蓄，他脸上没有笑容，是杀气憋在肚子里，他躺在床上几天不吃不喝，是冬眠的老熊。他手下的弟兄们都离他远远的，隔着九尺远也大气不敢出。当他们终于有机会跟他一起出去做事时，这位老大杀戮无常的脾气也让他们捉摸不透。一次他们在一条山道上劫持了一队商旅，其中有一个饶舌的家伙说他会说唱格萨尔王的故事。“如果你们抢了我，就是对伟大的格萨尔王不恭。峡谷里令人尊敬的野贡土司曾经说过，说唱格萨尔英雄故事的人，自己也是半个英雄。”他喋喋不休地对泽仁达娃说。多年前他在野贡家说唱格萨尔王时，拐走了野贡家漂亮的女仆，野贡土司也没有把他怎么样，因此他认为自己真的是受格萨尔王护佑的半个英雄。泽仁达娃手下的弟兄都以崇敬的目光看着那个倒霉鬼，他们甚至还要求他立马唱上一段，为弟兄们开开心。可是泽仁达娃在他的英雄故事刚刚从喉咙里冒出来时，便挥刀斩断了他的英雄梦。刀刃割断那家伙的脖子时，人们还可以听到格萨尔王的英雄故事顺着鲜血源源不断地淌出来，旋律和歌词伴着血珠四处飞溅。有个兄弟斗胆喊道：“大哥，你干了件蠢事。”泽仁达娃瞪了他一眼，他就哑了，再不会说话。而且，从此以后路经这条山道的人，都会变成哑巴。那个格萨尔王英雄故事说唱者的精魂游荡在山道边的古树和怪石间，报复那些在不该说话时却多嘴多舌的人。直到多年以后，泽仁达娃和一个孩子重新走上这条古老的小道，他会想起那个说唱格萨尔王英雄故事的好汉，想起一个又一个的血泡从割断的喉咙处不停地冒出来，像在讲述许多动人心扉的情节，像人间许多想说而又没有机会说的话，像一个人对另一个人杜鹃啼血、刻骨铭心的思念。

当然，忧郁的泽仁达娃也没有从此变得嗜杀成性。藏历新年快要到的时候，他们和野贡家族的马帮队伍打了一仗，抓到了野贡家的马帮队长洛桑，那是泽仁达娃和野贡土司结仇以来第一次抓到野贡家族的人。刀架到洛桑的脖子后时，洛桑想到再也见不到自己心爱的姑娘了，便对泽仁达娃说：

“在你杀我之前，请让我唱一支歌吧。风会把我的歌声带给我心爱的姑娘。”

泽仁达娃懒洋洋地说：“你唱吧，趁你的脑袋还在身子上。”

洛桑引吭高歌，悠扬而凄凉的歌声似高山流水般淌出来，天上的云不走了，风也不吹了，路边松树林的松果纷纷往下落，像是有情人情到深处的大滴眼泪。洛桑是峡谷里的情歌王子，他苦难的爱情使他的情歌苍凉悲壮，激越凄美，悠长的调子像一个人徘徊挣扎的灵魂，也像一把刀穿透了所有找不到爱的人心。

泽仁达娃忘了自己要做的事儿，仿佛一颗铁石心肠正在被一只温柔的手掌抚摸，先是使它温热，然后让它感动，直至将它融化。那是他从未有过的感受，比砍下一个人的头颅美好得多。他第一次明白生活的目的并不是为了报仇和杀人，享受美妙的情歌并被它所击倒，然后在美丽而忧伤的痛苦中回忆自己爱过的女人，才是真正的生活。泽仁达娃收起了要嗜血的康巴刀，对他说：

“滚吧，你的嗓子是神灵赐予的。”

一个也跟野贡家族有仇的弟兄说：“大哥，你的康巴刀是青稞面做的吗？”

“你们这些家伙就只知道杀杀杀，”他忽然变得像一个很有教养的人，把刀小心地插进了刀鞘，“你们应该明白，美妙的歌声会让我们想起爱过的女人。”

不久以后泽仁达娃的土匪武装再次受到政府的合力围剿。两次围攻教堂使沙利士神父到处写信陈述峡谷里的匪患对上帝事业的威胁，他甚至给法国总领事也写了一封措词激昂的信。洋人的事情在那个年代可不是一件小事，政府在左盐田县成立了一个“弹压委员会”，专门为教堂提供保护。拉萨方面也派出了一支藏军开到峡谷里，由一个代本带队。这次他们列队前进时不是演奏《上帝佑我女王》，而奏的是《桃花江是个美人窝》。沙利士神父对此的评价是：“英国佬的阴谋终于在藏区没有得逞，国民政府总算知道自己该在西藏做点什么了。”那个代本对沙利士神父夸下海口说，三个月之内，他就可以提着泽仁达娃的头来见他。沙利士神父忙说：“别，我只是想看到他皈依我主耶稣的心，而不是一颗滴血的人头。”

但那个代本把神父的话理解错了，他对自己的手下说：“谁抓到了泽仁达娃，就把他的心挖出来。白人喇嘛要用它来祭祀他们的神灵。”

藏军显然比汉人军队更擅长在雪山上作战，没过多久他们就把泽仁达娃的武装赶到雪山的背后，有一段时间泽仁达娃甚至逃到缅甸西北部人烟罕迹的原始森林中去躲避。他翻越了卡瓦格博雪山垭口，下到怒江大峡谷中。他穿越了这条陌生的峡谷，一直走到了一个没有藏族人和汉人的地方。这倒不是藏军把他追得那么惨,而是他有一个晚上做了一个梦,梦见一棵参天大树就要倒了,弯下的树身像一个年逾古稀的老人,仿佛在召唤他。

那棵大树就是泽仁达娃的灵魂寄居树,多年前由一个活佛占卜算出来的,活佛还没来得及告诉他这棵奇异而高大的树究竟在什么地方,就圆寂了。多年来泽仁达娃一直在寻找自己的灵魂树,或者说,在寻找自己的灵魂。现在,梦告诉他:应该往西边去找,见到了原始森林,就见到了那棵灵魂树。

泽仁达娃从来都相信梦里的景象,因为梦是神灵对凡夫俗子的显现。和藏军作战屡次失败证明了他的灵魂寄居物一定出了点什么问题。如果它受到伤害,被护佑的人肯定就没有了好运。他沿着梦中的召唤来到异国他乡,身边只有三个铁心跟他的弟兄。他们在现实世界里寻找梦中的大树,在苍茫群山中捕捉梦的影子。他们终于来到了神灵的眼睛也看不透的原始森林。在一匹背阴的山梁上,泽仁达娃看到了他梦中的那片森林,还有那棵巨大无比的树。但那是一片已成了焦炭的森林,那棵大树高得让人望掉了帽子,可它同样被烧焦了,只剩下一根黑黢黢的弯曲的树干和少部分枝丫,孤零零地矗立在一片焦土上。

“完了,”泽仁达娃一声哀叹,“我这一生再不会有好运了。”

“是天火烧了这片森林。”一个兄弟说。

他刚说完,西边的天空就滚过一阵阵雷霆,向他们打来。泽仁达娃没有躲,愤怒地掏出身上的枪,对准天上的雷霆射击。

“狗娘养的,你干的坏事比我还大。”他怒喝道。

天上的雷神被泽仁达娃的子弹击伤,哀鸣着逃了。从那以后,他就和雷神结下了冤仇,在他回来的路上,天空中的炸雷一直追着他打,就像官军在他的屁股后面穷追猛打一样。在过怒江峡谷时,一颗炸雷准确地落在他们中间,炸死了泽仁达娃的两个好兄弟,而泽仁达娃只被炸飞了右脚的三个脚趾甲。在翻越卡瓦格博雪山垭口时,天雷再次追来,击倒了站在泽仁达娃身边的最后一个兄弟,并且灼伤了泽仁达娃的腹部。那是一颗正中他肚子的响雷,但是泽仁达娃满腹的怒火将响雷挡了回去,他对着天边喊:

"来吧!天打雷劈,爷爷也不怕你。"

在后来逃亡的日子里,天雷到处追杀他,无论他躲在岩洞里还是古树下,无论他愤怒地反抗还是虔诚地祈祷,兜头打下来的天雷秉承神灵的旨意,从下到上一步步地向他的脑门逼近。一天他在一棵大树下避雨时,一颗天雷绕过山梁,直奔他而来,他转身躲到树后,但是胳膊还是被烧着了,一个指头被炸飞;半个月以后,他在一处岩洞睡觉时,一颗炸雷在洞口爆炸,洞内红光闪耀,响声震天,像地狱里炼人的火坑,泽仁达娃苏醒过来时,脸上的胡子全部被烧光,耳朵许久听不到人间的声音。

在雪山上幽静的密林里,他成了无处可逃的罪人。泽仁达娃终于明白,一个人的罪孽朗朗乾坤下是无法掩藏的,即便是在黑夜里,月亮和星星的光芒也让泽仁达娃胆战心惊。你纵有天大的本事,纵然是世上最强的强人,躲得过官军的追捕,躲得过仇家的追杀,躲得过无数扑面而来的子弹,躲得过像风一样飞舞过来的刀子,但是,你躲不过上天的惩罚。

他不再暴怒,不再有起伏无常的杀心,走在山道上连一只小鸟都害怕惊吓着它。他在山上过着野人一般的日子,靠野果野菜充饥,不要说山上的野物不敢打,就是高山牧场上走失的牛羊,他也不敢抓来吃了。他在等待最后一颗直冲他脑门而来的天雷。

那颗期待中的天雷终于在一个阴霾的下午如约而来。泽仁达娃预感到这是自己人生中的最后一站,他已彻底放弃了永不服输的骄傲,放弃了面对厄运的最后抵抗。一个康巴汉子即便失败了,也会败得体面而尊严。

“来吧，冲这里打吧！”泽仁达娃拍打着自己的胸脯，对远方电光闪闪的天空说，“我知道你就差这点骄傲的本钱了。劈死泽仁达娃可是一件能说上一百年的事儿。”

雷神躲在厚重的乌云后，积蓄着最后一击的力量。它先放出一些小雷试探虚实，把闪电的鞭子在泽仁达娃的头顶挥来舞去。狂风带来死亡的消息，掀翻了他的毡帽。魔鬼的狞笑充斥了山谷，大地上飞沙走石，树木战栗，山峰低头，仿佛阎王出行。

“够啦，把活儿做得像个男人。”泽仁达娃在一片昏天黑地中说。

满世界的混沌中，泽仁达娃忽然发现对面山崖上的一点红，它并不十分耀眼，但让人瞥一眼就终生难忘，仿佛那是深渊里的一盏酥油灯，黑夜中的一颗星星。

泽仁达娃正对那点朦胧中的红色发呆时，天雷打来了，它怪叫着、咆哮着，拖着魔鬼吃人时才会发出的凄厉悠长、暴怒横蛮的声音，劈头盖脸地向泽仁达娃打来。泽仁达娃尽管在为匪生涯中九死一生，多次被子弹击中，被仇家算计谋杀，被炮火从马背上掀下来，被天雷一直穷追猛打，可还从来没有见到过这么迅猛、凶残的一个大雷，从来没有像现在这样感到生命在自然——神灵——面前如此弱小和不堪一击。他竟然在这最关键的时刻，失去了一个男子汉的尊严，一屁股坐在了溪流边的一块石头上。

“佛祖啊！”他哀叹道。

这一声不算太迟的呼唤救了他。昏暗的山谷中适时地闪现出一道红光，直奔索泽仁达娃命的天雷而去，并准确地在半空中将它击落。天雷落在地上死亡的声音泽仁达娃清晰地听见了，就像摔碎了一个瓦罐。

泽仁达娃看见对面山崖上一个喇嘛绛红色的僧衣在狂风中飘拂，“你就是佛祖。”他伏身在地，长久不敢抬起头来。

许多时日以后,阳光重新普照大地,天上滚来滚去的炸雷了无踪迹,泽仁达娃在六世让迥活佛的面前剃度受戒,取法名吹批。一代枭雄泽仁达娃其实在那最后一个天雷击来时,已经死了。仁慈的六世让迥活佛并没有救他的命,也没有运用自己修持到的无穷法力击落那颗奔泽仁达娃脑门而来的天雷,他甚至没有为他讲经说法,更没有为他显示佛法的力量,让满峡谷的杜鹃花因为一个罪人的皈依而感天动地,全部开成白色的花朵。那是一个让峡谷里的人们一百年都不会忘记的奇迹。人们只知道,六世让迥活佛为了拯救一颗罪孽深重的心灵,提前结束了自己在雪山上山洞里的闭关苦修,在一个雷电交加的下午,用法杖轻轻地触了一下那个跪在苍天之下的罪人的头,告诉他说:

“解脱之路不过是要证得佛的存在罢了。”

52. 土司的地狱与天堂

“他们把泽仁达娃这样的人都收留在寺庙里了,寺庙不就成了一个匪窝子了吗?”顿珠嘉措土司气呼呼地对沙利士神父说。最近几年魔鬼总是卡住他粗壮的脖子,让他吸一口空气都很困难。而教堂“圣徒药房”里的一种洋药可以让他进出气稍微舒畅一些。要不是为了这个,他可不愿意有失体面地经常在溜索上荡来荡去。但是洋人总有让人离不开的玩意儿,要么是他们的枪,要么是他们的药。当初他们来到峡谷时,征服人心的就是这两样东西。

半个月前野贡土司在寺庙里见到已出家了的泽仁达娃,发现自己的这个冤家老得几乎认不出来了。并不是他脸上开始显现出来的皱纹和微微弯曲的背脊,也不是他头上稀疏可见的白发,而是他再没有了一个大土匪、大强盗的精气神韵和英雄气概。他就站在那个纳西活佛的身后,低垂着头,耷拉着双肩,一副衰败模样。

本来顿珠嘉措土司带了一队人马，是到寺庙里去兴师问罪的，他甚至以断绝每年敬献给寺庙的香火资费为要挟，逼他们交出泽仁达娃来。可是仁慈的活佛不温不火地对他说："尊敬的顿珠嘉措土司，一只苍鹰飞行三天也飞不出你的领地，你家里的奴隶和为你交地租的佃户，比寺庙里的僧侣还要多，你的马帮商队远走到了拉萨和印度，你的财富像澜沧江水一样源源不断，你拥有的枪弹可以像当年的赵屠户一样打碎上师的咒语。因此，今天你能把一个僧侣抓到地牢里去，明天，你就可以带人来捣毁寺庙了。请吧！请吧！"野贡土司恼怒地反唇相讥："你们都把大土匪请到寺庙来供奉了，我怎么敢再来打扰尊敬的上师。至少对岸的那些白人喇嘛还知道这个世界的黑白。"从那天以后，他就再不去寺庙了。

"不管怎么说，那是佛教徒了不起的一个成就呢。他们甚至说今年峡谷里杜鹃花全开成白色的，也是由于泽仁达娃的皈依。"沙利士神父说。他让顿珠嘉措坐在阳光下，用一面镜子反射一束光到老土司昏暗腐臭的喉咙里，检查他的病情。

"他们就会编故事。当年我让寺庙做法事改变盐的颜色，他们都办不到。"

"噢，他们不是法力无比吗？"神父明知故问，"他们怎么对你解释的呢？"

顿珠嘉措艰难地说："五世让迥活佛说神灵只控制盐的味道，并不控制盐的颜色。神父，你照到里面的魔鬼了吗？我感觉它越来越有力气了。"

"在哪里？"神父问。

"这儿。"老土司指着自己的喉咙深处说，"它不想让一个土司再发号施令了，看来到了让坚赞罗布当土司的时候啦。"

沙利士神父微笑着说："从前你气太粗了，说话的口气太大了。上帝总是公平的，从不敢大声说话的人，也得给他自由表达和喘息的机会。”

“你们的上帝从不为有钱人说话。”顿珠嘉措土司嘀咕道。

“上帝的公正在于,穷人比富人更先进天堂。”沙利士神父结束了自己的检查,“尊敬的土司,忏悔吧,现在还来得及。”

“来得及什么?”

“免除下地狱的惩罚。”沙利士神父怜悯地说,“我看到了魔鬼的拳头卡在你的喉咙深处,它马上就要顶上来了。”

“你说什么,神父?”老土司紧张地抓住了沙利士神父的手。

“按我们的话讲,那里面长了一个瘤,它挡住了你的呼吸,除非做手术切除它。‘圣徒药房’里的药只不过能让你暂时好过一些罢了。真正能挽救你的,只有全能的上帝。”

随顿珠嘉措土司一起来的还有他的女儿野贡·康珠小姐,她着人带来了两头骡子的青稞和酥油,期望这临时抱佛脚的供奉能赢得上帝的欢心。康珠小姐多次陪父亲来教堂看病,因此跟神父也很熟。她央求沙利士神父:“神父,想个法子吧,阿爸还有很多话没有说出来哩。求求你啦!”

沙利士神父兑了一种药水,让微娜修女灌进顿珠嘉措的口中,这让他稍微好过一点了。神父说:“康珠小姐,不要求我,得向上帝祷告。如果你父亲畏惧地狱的烈火,向往天国的召唤,有话就在上帝面前说,忏悔,认罪,祈祷,求得上帝的宽恕。唯如此,他才可以得救。”

顿珠嘉措土司不等自己的女儿回答,就迫不及待地说:“听神父的。认罪就可上天堂,这是只赚不亏的事。”

“上帝可从不跟人讲价钱。”沙利士神父叹了一口气,“扶他到教堂里去吧。”

教堂主殿的大门边就是付洗池,那是一个靠墙的水台,里面的水是山里的泉水。人们把顿珠嘉措土司搀扶在一边,沙利士神父

换上了白色的祭衣,都伯修士和两个修女在一旁做他的助手。他一手拿着法杖,一手摸着顿珠嘉措土司的头顶,声音低缓地说:

“迷途的羔羊顿珠嘉措,你知道自己的罪孽了吗?”

“请等一等。”顿珠嘉措土司忽然想起多年前神父到土司大宅来借粮,他只招待了神父一碗酥油茶,招致神父的诅咒。于是他问:“神父,从前你说骆驼穿过针眼,也比富人进天国还容易。你们的天国不喜欢富人吗?”

沙利士神父说:“我主耶稣说,骆驼穿过针眼,此非人力所能,非神力不可。对上帝来说,一切都是可能的。”

“那么好吧,”土司嘀咕道,“一切都交给你们的神灵了,我喉咙里的魔鬼和我的罪孽。”

顿珠嘉措土司就在这种迷惘、昏沉、痛苦的状态下受了洗,并被取教名查尔斯。但是这个名字自受洗以后从来没有人敢在病入膏肓的土司面前称呼过,人们还是敬畏地称他土司老爷。从外表上看,他和受洗前几乎没有什么两样,他的威严一直延续到他死前的最后一刻。受洗一周后的一个上午,土司一家人围坐在火塘的四周,他们是顿珠嘉措的妻子,儿子坚赞罗布和他的三个妻子,女儿康珠小姐,还有康珠小姐尚未过门的夫婿洛桑。洛桑从小在土司大宅里长大,是个很英武年轻的小伙子,像阳光一样明媚灿烂。顿珠嘉措土司忽然感到对不起洛桑,倒不是没有及时让洛桑和康珠小姐成亲,而是他想起另一个人来。多年前这个人喝醉了酒,说了句著名的错话,他说自己的脑袋是想去给土司老爷晒盐,可是他的脚不想去了。于是这个倒霉鬼的脑袋就搬家了,被管家旺珠提到了盐田。那人就是洛桑的爷爷。好多年了,顿珠嘉措土司天天都和洛桑打照面,可就是想不起洛桑的爷爷来,甚至忘记了他叫什么名字。现在他想起来了,他叫友吉,一个很精明能干、忠心耿耿的家伙。他的头颅现在还在江边搁着哩,已经化成了一块石头,背盐卤水的盐民们看见它都得跑快一点。从洛桑的爷爷友吉开始，顿珠嘉措土司看见了许多死在他手下的冤魂，他们在友吉的带领下，簇拥在厅堂的门外，趴在窗子上，张头露耳的，仿佛想进来喝一碗茶。

“让他们走。”顿珠嘉措土司困难地说。

“谁？”坚赞罗布问。

他忽然急促地喘息起来，一口痰卡在嗓子眼憋不出来，人慢慢地向一边滑倒，手脚都哆嗦起来啦。他在死亡的边缘看到友吉的精魂钻到他的脖子里，友吉说，老爷，我的头被砍啦，我用脖子说话。太阳出来啦，不要浪费土司的太阳。老爷啊老爷，在阴间的友吉晒不到太阳啊，快抓住那片阳光吧。

顿珠嘉措土司第一次听从了一个下人的话，伸手在空中乱抓乱扑，他身边的人以为他是给气憋的，实际上他只不过想带走一缕阳光。这是他对人间的最后一个奢望了。火塘边的人们忙着为他抚胸捶背，呼天抢地地叫他。可他的眼睛只死死盯住天窗上的那束阳光，以至于人们看不到他的眼仁儿。

他终于把那口痰咳出来了，那是一堆浓黑的血团。尽管这次垂死前的折腾几乎耗尽了他生命中的最后一点资本，使他气若游丝，命悬一线，但他的意识却超乎寻常地清醒，说话又恢复了从前的威严。那是夕阳落山前最后的一抹亮光。他抓住坚赞罗布的手说：

“儿子，好好当一个土司吧。”

“别让野贡家的火塘熄了。”他请求道。

“泽仁达娃……”他的呼吸急促起来，眼又往上翻了。

“阿爸，他躲不掉的。我已经为他准备好一把刀啦。”坚赞罗布哭泣道。

“哦呀，你把他当兄弟……看，就对了。”顿珠嘉措土司突兀地说。

“阿爸,我们野贡家和他们打了四代的冤家了。”坚赞罗布悲愤地说。

“噢,上帝啊,神父……是这样说的,我也不明白。”他说这话时仿佛很害羞,就像一个弄不明白老师话的孩子。他的头沉重得已经支撑不起了,但他还是顽强地追逐天窗里射下来的阳光。火塘里冒出的青烟让这束光更加生动质感,仿佛一切都在往上飘升。这一次,他看到了阳光中飞舞的花瓣,看到了衔着橄榄枝的小鸟,看到了天国的大门洞开,而地狱的烈火,正在他的身下燃烧。

“神父,沙利士神父,我看见了,看见啦。”顿珠嘉措土司最后提高了嗓门喊道,嗓音洪亮得让一屋子的人都吓着了,就像他的脖子从来没有得病一样。

53. 葡萄园中的原罪

尽管八世野贡土司顿珠嘉措只做了一个星期的基督徒,但是沙利士神父仍然把这视为基督的胜利。他在给教区主教大人的信中写道:

> 这个虔诚的信徒在生命的最后时刻皈依了耶稣天主,是上帝的事业在西藏取得的又一个重大的胜利。当年我和杜朗迪神父首次来到峡谷里,他是我们带着《圣经》前去拜访的第一个绅士,实际上,峡谷里也就只有他一个人称得上绅士,但是那时他更看重我们送给他的礼品——几支九子快枪,因为多年来,魔鬼使这片土地上的人们陷入冤冤相报的家族仇杀中。但是,尊敬的大人,我要自豪地告诉你,当这位绅士即将进入主的国的时候,他对家人说,要爱他们家族的仇敌,把他当兄弟看。主啊,山上的杜鹃花将为这位绅士的仁慈全部开

成白色的花朵。而且在这位贵族绅士精神的感召下，他的女儿也放弃了异教徒的信仰，光荣地成为了上帝的选民。这个事件在峡谷里引起了意义深远的震动，我甚至听到了佛教徒的寺庙里传来的惊叹之声。尽管不久前因为一个巨匪皈依了佛教而令他们沾沾自喜，但是查尔斯和玛丽两位圣徒的行为已给佛教徒们的骄傲以沉重打击。

沙利士神父的信虽然不无夸张，但是野贡家族两位重要人物的皈依已足以让他在整个教区赢得荣誉。据他所知在教会所辖的滇、川、藏教区，迄今还没有一个贵族上层人物受洗入教。尤其在西藏，动员贵族上层入教历来是教会试图打开铁板一块的佛教圣地的一个突破口。

顿珠嘉措的女儿受洗后没有放弃家族尊贵的姓氏，沙利士神父在给她施洗时也没有过分地强求康珠小姐非要用教会的教名，不过在神父的受洗登记簿上，野贡·康珠的教名为野贡·玛丽，这是一个双方都做了适当妥协的名字。在神父和自己的教友面前，她被称为玛丽小姐，而在土司大宅，人们依然称她为康珠小姐。沙利士神父当时说："姓氏和教名并不代表一个人的高尚，关键看你是不是像婴儿一样爱耶稣，并如婴儿一般被耶稣所爱。"

虽然沙利士神父在传教时口口声声称上帝是站在穷人一边的，但是如果富人也信仰耶稣基督，上帝将会更高兴。野贡·玛丽在为父亲办完丧事后，大部分的时间都待在教堂里，她参加了微娜修女的唱诗班，并且出钱让马帮从汉地运来了一架管风琴，了结了微娜修女多年来的一个夙愿。过去教堂一直没有一架管风琴，不是教区主教大人不喜欢上帝的音乐，而是每次拨给教堂买琴的钱，沙利士神父都用来救济穷人了。他说，在教友的肚子还在饥饿时，唱给上帝的歌声哪里还有爱呢。圣母诞辰节[①]刚过，微娜修女便忙

---

① 天主教纪念圣母玛利亚诞生日的节日，教会规定为每年的九月八日。

着组织唱诗班为这一年的圣诞节排演节目，管风琴激发起了这个小个子修女的一腔热情。在她看来悠扬浑厚的管风琴声与信徒们的圣歌相伴，就像鸟儿终于张开了的翅膀。那些教民们用唱山歌的嗓子唱出来的赞美诗，简直就是天国才有的歌声。她列出了一长串庆祝圣诞的节目名单，有要排演的圣诞剧，要合练的圣诞颂歌，要搭建表演节目的圣诞马棚等等。她拿着节目单去请示沙利士神父，可神父正忘情地投入到重新撰写《纳西东巴象形文——拉丁文对照词典》的工作中，对还遥远的圣诞节缺乏热情。他只草草看了看微娜修女精心制作的圣诞节目单，就说："很好，好极了。你可以找凯瑟琳修女帮帮你。"

"可是，凯瑟琳修女病了。"微娜修女嘟着嘴说。

"是吗？噢，对了，她有两个礼拜没有来望弥撒了。"沙利士神父说，然后又把头埋进一大堆东巴经文的树皮纸堆中去了。

凯瑟琳修女病了，并且病得很严重，但是教堂里的人们都忽略了她的病。这场大病是由蜜蜂引起的。一个月前的一个黄昏，凯瑟琳修女到教堂的后院打核桃，她用一根竹竿去捅那些枝头上的核桃，却不料将一个蜂窝捅下来了，蜜蜂一下炸了窝，像一群被惹恼了的小天使，疯狂地向凯瑟琳修女进攻，她尖叫着往屋里逃。多年以后，凯瑟琳修女听到蜜蜂嗡嗡的声音，就会想到这个爱情本不该发生的下午。可是，蜜蜂掌管着人们的爱情，它们飞来了，爱情就不可避免。

这时都伯修士手里挥舞着他的鞭子及时赶来，用他制服苍蝇的本领为凯瑟琳修女解了围。那时教堂里没有人，沙利士神父带着亚当到左盐田找东巴和阿贵请教问题去了，他有时甚至就借住在和阿贵家，几天都不回来；勤杂工马修和厨子诺斯回家帮助收青稞，微娜修女也不在。教堂里连耶稣和圣母玛利亚都安息了，对即将要发生的一切浑然不知。

那是一个被上帝错误地安排了一切的黄昏,如果说凯瑟琳修女有所预感,那么都伯修士则似乎是早有准备。他到“圣徒药房”找了些消炎药水,对惊魂未定地斜靠在床上的凯瑟琳修女说:

“蜇着哪里了?让我帮你抹点药水吧。”

凯瑟琳修女咧着嘴说:“脖子,头,手臂,上帝啊,好像到处都是。”她痛得几乎要哭了,但是她看见都伯修士发光的眼神,感到一股熟悉的气流直向自己逼来,这气流已经搅得她连续几个月睡不踏实觉了。于是她打起精神说:“你别过来,我自己抹。”

都伯修士把药水递给了她,看着她艰难地东抹抹西擦擦,可是当她把药水从左手换到右手时,她“哎哟”了一声。

“怎么了?”都伯修士问。

“这……这手指头上……”她指着发肿了的右手食指说。

“给我看看吧。”都伯修士一把将那受伤的手握在自己巨大的手掌中,两人的皮肤刚一接触,竟然都同时哆嗦了一下,都伯修士当兵时曾经坚守过的马其诺防线不攻自破了。

“噢,主啊,都肿了。”都伯修士说。

凯瑟琳修女脸色通红,娇羞得像一个怀春的少女。她感到先是自己的手掌被这个巨人捏碎了,然后全身的骨头在变酥变软。她觉察到自己是在向一个充满诱惑的罪恶深渊坠去。

“凯瑟琳,刺还在里面哩。我们得把它挑出来才行。”

凯瑟琳修女显然不可能用左手挑出右手的刺。她只有任自己软绵绵的手被都伯修士的巨掌轻轻握住,然后看着他像一个笨拙的绣花匠那样用一根针在她的指头上左挑右探,难为得他满头大汗、面红耳赤。而凯瑟琳却一点痛感都没有,并不是都伯修士挑刺挑得好,而是凯瑟琳修女脆弱的心灵承受不住一个男人如此近距离的关爱。

“噢,对不起,噢,我真笨。凯瑟琳,你痛吗?”

刺挑出来了，但是凯瑟琳的指头上血肉模糊。凯瑟琳修女那时说了一句她一辈子都会后悔的实话，她说:“我不感到痛。”

都伯修士把这句话的含义想得太复杂了，他在凯瑟琳修女面前跪了下去，连他自己都被这个举动吓了一跳，忙找了个非常合适的理由。“凯瑟琳，让我把它吸吮出来吧。”他捧着她的手说。

“什么?”凯瑟琳修女吃了一惊，想把自己的手抽出来，但是她只做了一点点尝试，就没有再坚持了。那推脱本来是想表示拒绝，但却让都伯修士感到他在受到引诱。她抽手的时候，把都伯修士往自己的怀里带了一下，带到了一个危险的禁区前。

“蜜蜂的毒液还在里面哩。”都伯修士说。然后他用坚定的目光逼着凯瑟琳修女羞赧的眼神。多年以前，一个和都伯修士同样高大的巨人也曾经用这种目光击落了凯瑟琳修女手中的刀子。那时她才十七岁，现在她三十七岁了，可错误就像轮子上的轴，永远支撑着轮子转，而凯瑟琳修女，就是那可悲的轮子。

都伯修士慢慢把凯瑟琳修女的指头塞进了自己的嘴里，他的刀子一样的目光一直没有离开凯瑟琳，逼得她动弹不得。他吸吮得很轻柔，让凯瑟琳修女感到仿佛那是一张婴儿的嘴，她全身的骨头一下全散架了，一颗心悬在了半空中，找不到依靠。

“别别别……”她几乎要晕眩过去。

“凯瑟琳，噢凯瑟琳……”都伯修士也战栗起来了。

“别别别……”她只有这一个词。

“噢凯瑟琳，凯瑟琳……”都伯修士语无伦次，因为他的嘴现在已经不在指头上，而是移到了凯瑟琳修女的手背，手腕，然后是她细嫩的小手臂，丰腴的胳膊；令人惊奇的是，他的放肆并没有受到激烈而坚决的拒绝，那个娇柔的小妇人只是不停地颤抖，牙齿磕得像幽谷深泉的水滴。于是都伯修士步步逼近，攻到了她白皙的脖子处和像满月一样的脸庞。在圣母玛利亚慈爱的目光下，都伯修士为自己的行为找到了差强人意的理由，既然指头上蜜蜂蜇的毒液需要吸吮出来，手上，胳膊上，脖子上被蜇伤的地方，当然……圣母玛利亚，宽恕我们的罪吧！

最后，在都伯修士的嘴就要封住浑身发抖的妇人哆嗦的嘴唇时，凯瑟琳修女只来得及叫了一声：

“噢主耶稣，罪孽啊！要下地狱的……”

而罪孽总是和欢娱、欲望、不可抑制的快感连在一起。它给人的感觉不是在地狱里，当然，也不是在天堂。几天以后，两个罪人都沉浸在偷吃禁果的深深忏悔里。那是不能在沙利士神父面前忏悔的罪过，也是不能面对耶稣和圣母的罪过。都伯修士每个夜晚都辗转难眠，庞大的身躯将床板压得嘎吱吱乱响，以至于睡在他隔壁的沙利士神父有一天私下里问他，修士，晚上也有苍蝇钻到你的被窝里来吗？都伯修士的目光一下乱了，一时语塞，不知如何作答。沙利士神父尽管老眼昏花，做事时颠三倒四，经常呼错教友的名字，甚至在布道时把《马太福音》上的引言说成是《马可福音》的，把施洗者约翰的德行和圣徒保禄混为一谈。可他对隔壁房间的骚动却机警得像一条嗅觉灵敏的藏犬。他一针见血地向都伯修士指出：“‘天主十戒’[①]中的第六戒不仅要我们在行为上保持洁德，思想上的洁德也同样重要。既不要乱摸别人的身体，也不可乱摸自己的身体。耶稣在你的身体内哩。”

神父的话像乱军阵中胡乱地放出的一支箭，但它却直奔都伯修士的要害处，吓得他晚上躺在床上像一具僵硬的僵尸，但是他的手同样不老实。他无法不想念那个丰腴性感的小妇人，尽管修女的长袍将她全身包裹得一片素黑，但那天蜜蜂让他看见了她白皙的胳膊、脖子。那是让人惊心动魄的白嫩，细腻得像中国上等的瓷

---

① 天主十戒是天主教徒伦理生活的基本准则，其内容包括：1. 钦崇一天主万有之上，2. 毋呼天主圣名以发虚誓，3. 守瞻礼日，4. 孝敬父母，5. 毋杀人，6. 毋行邪淫，7. 毋偷盗，8. 毋妄证，9. 毋愿他人妻，10. 毋贪他人财。

器。抚摸甚至亲吻她,都是比进天国还要幸福的事情。他一遍又一遍地在想象中抚摸那片白嫩,可是摸着摸着手就摸向了自己。过去他在枯燥乏味的当兵岁月里就沾染上了手淫的坏习惯,在德国人的集中营里天天和死亡相伴而眠,手淫也是解除恐惧的唯一安慰。到了西藏后,他以为自己改掉了这个毛病,可是自从那个蜜蜂飞舞的黄昏后,他违反了天主的戒律,先乱摸了别人的身体,然后,只有无奈地乱摸自己的身体。

后来,都伯修士为了抑制不断往上蹿的欲火,不得不用抽打苍蝇的鞭子抽打自己的肉体,就像多年前峡谷里瘟疫大流行时,恐惧黑死病的教友们用荆棘抽打变黑了的肌肤一样。都伯修士用荆棘抽打自己的四肢、小腹、背脊,在火辣辣的疼痛中消除欲望的煎熬。这个笨拙的方法虽然只能扬汤止沸,但至少在无所不知的天主面前,他鞭笞自己求得宽恕,主耶稣将会怜悯他、赦免他的罪。一天在晚饭前的祷告后,微娜修女忽然惊讶万状地说:“都伯修士,你的胳膊怎么了?”虽然她问的是都伯修士,但是凯瑟琳修女却打翻了自己手里的酥油茶碗。都伯修士拉了拉自己的衣袖,不慌不忙地说:“没什么,皮肤有点过敏罢了。”

都伯修士曾在多个机会里把浑身的伤痕露给凯瑟琳修女看,与其说那是在展示肉体的创伤,莫如说是在凯瑟琳修女面前捧出自己一颗血淋淋的心。他对她说:“你瞧,我惩罚过自己了,可是那没有用。”

在一个令人昏昏欲睡的午后,微娜修女在午眠,沙利士神父在自己书房里诵读一本新得到的东巴经文,谁也听不懂他读的是什么,但那声音就像一只年迈的知了的鸣叫,同样催人睡意绵绵。凯瑟琳修女独自到教堂后院拾掇葡萄园,那里的葡萄刚收获过,葡萄架上只是一些葡萄藤和快要枯黄的葡萄叶。几分钟以后,都伯修士嗅着那妇人酥人的气味而来。在凯瑟琳修女正要弯腰抱起地上的一捆葡萄藤时，都伯修士从背后一把抱住了她。

“嘘……”都伯修士用手指压住自己的嘴唇，又指指沙利士神父的房间，神父枯燥乏味、似唱非唱的东巴经文诵读声正从那屋子的窗口传出来，听起来像是一个刚刚启蒙受教育的老小孩的读书声。

仿佛是为了配合都伯修士，凯瑟琳修女没敢出声，连出气都减弱了。但是她浑身发抖，目光飘浮，就像即将走向屠场的羔羊。

都伯修士把她扑倒在那堆葡萄藤上，掀起了她的修女袍。噢主啊，雪白细腻的胴体在阳光下刺得人眼睛都快要睁不开了，都伯修士脑子里嗡嗡乱响，一眼望不到头的欲望自上而下地向他压来，像多年前他在保卫法兰西的前线时面对德国人铺天盖地而来的容克-87式轰炸机，炸弹爆炸时掀起的气流把人的心都撕碎了。都伯修士现在也差点把凯瑟琳修女的内衣撕碎了。他们在葡萄藤中翻滚，像在做一场配合默契的游戏。她只要喊一嗓子，所有的侵犯都将被彻底打退，可是她没有喊，只是为了上帝的荣誉做着毫无意义的无声抵抗。那抵抗如此地温柔，仿佛是在撒娇，是在配合入侵者将动作做得更迅猛果断。他们搅得葡萄园里枝叶飞舞，泥土四溅，宁静的葡萄园像闯进来了一群野牦牛。歇息在葡萄架上的麻雀们也为他们近乎野蛮的翻滚感到害羞，叽叽喳喳地一哄而散。凯瑟琳修女在两个人粗重急促的喘气声和葡萄藤稀里哗啦的乱响中听到了从沙利士神父房间里传来的诵经声，——那些她从小就耳熟能详的东巴经文。

> 砍柴男奴缢于山，背水女奴缢于箐；或缢行走之路口，或缢分手之桥边；脚穿金子鞋，跳死于悬岩；手拿细麻绳，吊死于树上……

凯瑟琳修女听出来了，这是为殉情的纳西男女做祭风道场的经文。纳西人的殉情者都是一些爱情出了差错的风流鬼，他们殉情后灵魂徘徊飘荡在房前屋后、田野和山岗,必须由东巴祭司做法事超度他们的灵魂,指领他们回到祖先的家园。凯瑟琳修女沮丧的是,为什么偏偏在自己的爱出了差错时,要听到这晦气的经文。在纳西人苦难的情感世界里,偷情总是和死亡连在一起,它们就像不被承认的爱的两翼。偷情是欢娱的开始,死亡则是爱情的结局。

来吧,让死亡和爱一同飞翔吧。

"唉!"凯瑟琳修女重重地叹了口气,彻底放弃了抵抗。

都伯修士乘胜前进,一直攻到自己梦寐以求的目的地。妇人不再战栗了,而是有节奏地化解着他猛烈的冲击,化解着他一腔的欲火,就像大地化解着凶猛的洪水。都伯修士弄出的那些"嘿——嘿——嘿——"的声音,在凯瑟琳修女巧妙而艺术的迎合下,变得像马修劈柴时的喘气,像亚当深翻葡萄园时锄头挖进湿润土地时的欢唱。因此午后的葡萄园即便有一些让耶稣忧伤、令圣母玛利亚怜惜,让沙利士神父失望、让教会愤怒的耐人寻味的响动,也很容易使人以为不过是有谁在这里辛勤地劳作罢了。因为如果凯瑟琳修女不这样做,都伯修士的欲火不但会焚毁他自己,还会焚毁这精致浪漫的葡萄园,焚毁凯瑟琳修女为上帝守斋节欲的清白之身,甚至焚毁沙利士神父殚精竭虑、九死一生才在西藏站稳了脚跟的教堂。

凯瑟琳修女感到自己身下那座沉睡了千年的雪山湖泊决堤了,爱的洪流倾泻而下,滋润着龟裂的大地。时间已经凝固了,在肉体与肉体剧烈冲撞的间歇中,他们还有机会舔尽对方眼中的眼泪和绝望,还有耐心欣赏牧场上牧羊姑娘们飘来飘去的浪漫情歌。葡萄园竟然宁静得听得到风儿拂过喇叭花时和它的亲昵声,听得到鸟儿落在枝头上的轻微脚步,听得到蜜蜂的翅膀在空气中的扇动,——这爱的天使,情欲的精灵,它振动翅膀的嗡嗡声令人亢奋。

实际上纳西人的眼光最为独到,他们与自然本是一家,因此最了解蜜蜂和爱情的关系,没有蜜蜂,山岭上不会开出那么多五颜六色的花儿,世界上不会有这样多错综复杂的爱情,人的情感世界也不会这般千变万化,以至于超出了无所不能的上帝的控制。当蜜蜂沉醉在花蕊之上时,世界变成了一个真空的乐园,只有沙利士神父近在咫尺的诵经声,似哭似唱:

> 主人这一家,眼不见吊死鬼,耳不闻殉情鬼,鬼却要作祟,鬼偏要缠人……

到都伯修士达到雪山的巅峰禁不住要滑下来时,他一头扎进地里,把满腹的快乐隐藏在虬枝遍地的葡萄藤中了。

“噢,凯瑟琳,你是个多么丰沛的女人啊。”

“修士,我是个多么有罪的女人啊。”

“凯瑟琳,罪孽不过是我们自己套给自己的枷锁。凯瑟琳,我喜欢你,哪怕下地狱,我也喜欢你。”

凯瑟琳修女忽然紧紧抱住了都伯修士:“都伯,哦都伯,我害怕啊!我们怎么面对圣母,怎么面对耶稣?”

她的声音稍微大了点,都伯修士忙堵住了她的嘴,再次用手指了指沙利士神父房间的方向。那里,神父还在一字一句地念:

> 鬼渴无水喝,鬼饿无饭吃,鬼身无衣披,脚烂无鞋穿,亡失无人找,死后无人祭。

“主,他成天在念些什么啊?”都伯修士嘀咕道。

“神父他……他在唱爱情的悲歌。”凯瑟琳修女泪水涟涟地说。

“他可真的是老了。”都伯修士嘲弄道,丝毫没察觉到那是一支唱给他的歌。

第十章　五十年代

54. 蒙难

这年春，一只云雀带来了改朝换代的消息。那是一只从很远很远的汉地飞来的浑身通红的云雀，峡谷里从来没有人见到过它。连东巴和阿贵也不知道这天空中的红色精灵来自何方。它从云层之上俯冲下来，响亮的叫声唤醒了沉睡的峡谷。春风在它的翅膀之后，峡谷里的第一场春雨应着它的呼唤。那个雨后清新的早晨，云雀落在左盐田县衙门前的一棵核桃树上，唱起了谁也听不明白的歌。左盐田的纳西人都纷纷围过来聆听云雀的歌声，令人奇怪的是，县衙门大门洞开，里面一个人也没有，连平时县守备队站岗的士兵也不见踪影。到了中午，一条峡谷的人都知道了这样一个消息：县衙里的县长大人跑了，“弹压委员会”的官吏们不见了踪影，守备队的士兵扔下枪换上了老百姓的衣服。一只红色的云雀告诉人们，这里和平解放了。

那时峡谷里的人们对解放的理解就是再没有了汉人的衙门，盐民们可以不被抽高额的盐税了；而对澜沧江西岸的喇嘛们来说，和平解放就是赶走洋人和汉人，让峡谷重新回到神灵的统治中。

事实上那一阵教堂的上空始终笼罩着一股厚重的晦气，东巴和阿贵早就看出来了，他曾警告过沙利士神父，你们的教堂里有一股污秽之气，那是有了男女私情才会发出的气味。它玷辱了你们的神灵。当时沙利士神父一笑置之，只把这忠告当成纳西人特有的情爱观。通奸会污染神灵控制的天空,并产生一种污染鬼——秽鬼,这种鬼原来是不存在的,就像欲望的痛苦和爱情的不幸原来不存在一样,都是因为人们行为不检点才造成的。沙利士神父现在也可以算作一个纳西通了,教堂上空这一阵总是阴云密布不过是一种自然现象罢了。至于和阿贵说的秽鬼将阻塞男人的尿道和女人的阴道,使右盐田的男女再没有了生育能力,沙利士神父更将此作为一种独特的文化现象来看待,他在当天的日记中写道:

> 纳西人称男人的精液为"尼",女人的分泌液(或叫做生殖之蛋)为"窝",他们认为"生殖之路"要畅通,人丁才会兴旺。因此要保证"父亲流尼之路"和"母亲下窝之路"不受秽鬼的干扰。那个认为地球上的天空都属于他管辖的东巴竟然要求到我们的教堂做一次驱除秽鬼的仪式,他要迎请一个名叫"凑树吉般"的性神来赶走秽鬼。这本来是一个很好的学习机会,但是主啊,我怎么能让一个信奉多神教的祭司到你的面前亵渎圣灵呢?

当凯瑟琳修女的腹部逐渐大起来、成为一个在上帝面前不容争辩的事实时,沙利士神父才发现自己原来太自信了。纳西东巴真有一只嗅觉灵敏的鼻子。那是教堂前所未有的一场灾难,比当年喇嘛们在西岸捣毁了教堂和杀死杜朗迪神父还要严重。沙利士神父气得大病一场,三天三夜茶饭不思,羞愧得不敢走上布道坛。那几天连教堂呼唤教友们前来望弥撒的钟声都羞羞答答的。那两个偷吃禁果的人儿,一个曾经想再度自杀,把一块草乌吞了下去,但是沙利士神父及时地为她洗了胃,她命中注定一生要经历无数次自杀,不是她没有勇气死,而是上帝要她为耶稣在峡谷的光荣与苦难作出见证;另一个罪人现在再不用荆棘抽打自己的肉身,他受到了教区主教大人的严厉申斥,并勒令他收拾行装,择日回法国接受宗教法庭的审判。

在等待归程的日子里，都伯修士把娄子捅得更加不可收拾。这倒不是他还在和凯瑟琳修女幽会，而是他触犯了西藏的地神。几天以前，右盐田的教民们发现左盐田噶丹寺分寺的喇嘛们在教堂外面的驿道路口堆了一座玛尼堆，还把一些五彩经幡和风马旗插在路口，佛教徒们称它为“战神的城堡”。路过的藏族马帮走到这里时都要大声高呼：“拉嗦啰！神灵必胜，魔鬼必败！”可是天主教徒们却认为它亵渎了神圣的教堂，他们告诉都伯修士说，玛尼堆的石头上刻满了渎神的咒语，这些咒语白天黑夜都面对着教堂，散发出让人看不见的魔力，它会让我们进不了天国。都伯修士急于在上帝面前为自己扳回一分，就不假思索地带了几个教友将玛尼堆铲平了。

喇嘛们又将玛尼堆重新堆了起来。傍晚，都伯修士带人再次将它铲掉。

于是，峡谷里的玛尼堆之战开始了。当喇嘛们又来路口堆放“战神的城堡”时，他们发现路口原来堆玛尼堆的地方布满了牛粪和人粪，一些经幡旗被扯到地上，上面满是污秽。喇嘛们气得哇哇乱叫，向教堂扑去。但是教堂围墙上一排排伸出来的枪口逼得他们不得不退了回去。

噶丹寺的八大老僧和活佛们对洋人的这种挑衅行为深为愤慨，连一向处事温和的六世让迥活佛也愤愤不平地说：“我们在西藏的大地上修建神灵的城堡，洋人有什么权力去毁坏它？要是我们的人去砸教堂的十字架，他们又当作何想？”

寺庙武装僧团的带兵百长鲁茸次尼说：“那么，我们就去砸十字架吧。”

“冤冤相报，不是一个有信仰的人做的事情。你去砸了十字架，他们就会来砸我们藏族人吉祥的白塔；然后我们就该去烧他们的教堂，他们呢，就会叫官府的兵来捣毁我们的寺庙。因为信仰纷争而杀生的人，不可能有真正的宗教精神，语言和智慧才是征服对方的法宝。你们去通知教堂里的白人喇嘛，我将等待他们前来就此事做出说明。我要像我的前世五世让迥活佛一样，和他们辩论。”

但是，寺庙发出的辩论邀请被都伯修士轻蔑地忽略了，沙利士神父已经没有当年敏捷的才思和滔滔的辩才，他躺在病床上对都伯修士说：“我老了，已经过不了溜索了。修士，我现在终于明白我们在这片峡谷里和佛教徒相处的法宝仅仅是只埋头宣讲耶稣的教义，不触犯西藏的神灵，不批评人家的宗教。修士，寄宿在主人家的客人不会去打坏人家的窗户玻璃。”

“那我们怎么办，向那些佛教徒道歉吗？”都伯修士问。

沙利士神父没有回答，也无法回答。传教士们的自负使峡谷里的宗教悲剧再次不可避免。

圣枝主日[①]的前一天，几个在山坡上采摘棕树枝准备为教堂做装饰的教民受到了武装喇嘛的袭击，两人被打成重伤，一人被割去了一只耳朵。都伯修士带人前来救援，用枪打死了一名武装喇嘛，教堂和寺庙的新仇旧恨再度燃烧起来，噶丹寺的武装喇嘛纷纷过江围攻教堂，这是自峡谷里第一次宗教纷争后佛教徒和天主教徒最为激烈的冲突，教堂周围的山梁上都是喇嘛，驿道也被他们轧断了。教民们都退守到了教堂大院内，右盐田一些教民的房子被烧毁。空气中飘拂着浓烈的仇恨和恐惧，神灵和神灵翻了脸，仁慈和宽容被丢在了一边。

喇嘛们向被围困的教堂提出了唯一的条件：交出杀人凶手都伯修士。

沙利士神父在教堂的垛楼上望见四周山头上喇嘛们扎下的帐

---

① 也名为“主受难圣枝主日”，时间为复活节的前一个礼拜日，是为了纪念耶稣受难前最后一次到耶路撒冷，受到信徒们手持橄榄树枝和棕树枝的欢迎。

篷，对都伯修士说：“基督的委屈看来只有到拉萨去申诉了，那里还有国民政府的办事处哩。”

“我把喇嘛们的罪行都拍了照片，这些证据可能对我们有帮助。神父，给我一个赎罪的机会吧。”都伯修士说得很诚恳，甚至连眼眶中都闪着泪花。在不拍打苍蝇的时候，都伯修士经常摆弄布洛克博士为教堂留下的那台照相机，他拍了许多峡谷风光的照片。要是有一天都伯修士能回到欧洲，这些照片将会给他带来令人羡慕的荣誉。

圣周四，都伯修士将带着教堂忠实的杂役马修前往拉萨申述，这是主的罪人得到怜悯与宽恕、和耶稣修好的一天①。沙利士神父在那天的早祷上让全体教民为两个远行的人祈祷，祈祷全能的耶稣赦免都伯修士的所有罪孽。凯瑟琳修女一身素黑，安静地坐在教堂前排，不敢抬头面对耶稣和圣母玛利亚。都伯修士在默祷中乞求上帝宽恕自己的罪，也宽恕那个可怜的妇人。他向上帝陈述道，是教堂的蜜蜂引诱了他脆弱的心灵，就像伊甸园里的蛇引诱了亚当和夏娃。可是现在教堂里的蜜蜂了无踪迹，窜来窜去的爱的气流衰弱得连一支蜡烛都吹不熄。

表面上看反反复复的洗胃让凯瑟琳修女元气大伤，其实真正让她形容枯槁、柔肠寸断的是这生不如死的苦难人生。由死亡和欢娱构成的爱的翅膀折断了，可悲的是断掉的那只翅膀是死亡，而不是欢娱。如果上帝可以追问，她真想跪在他的面前乞问：进你的国难道真的就这样难吗？

那天另一个大肚子的女人是马修的妻子安妮，她已经怀孕七个多月了。清晨她挺着肚子来为马修祈祷，在送马修出教堂大门时，安妮大叫一声：

---

① 主的晚餐纪念日，耶稣在此日被犹大出卖，也称为罪人修好礼。教会认为在复活节前四天信徒只要虔诚祈祷，所有罪孽都能得到耶稣的宽恕。

“马修,孩子等着你哩!”

马修和安妮已经有两个孩子,马修不明白妻子说的究竟是已经出生的孩子们,还是没有出生的那个。他回头望了安妮一眼,说:“好吧,就让他等着吧。”

昨晚大约下了一场不大不小的春雨,早晨的空气很清新湿润,大地呼出婴儿一般的气息。天还没有亮透,对岸的卡瓦格博雪山还笼罩在云层之中。今天都伯修士和马修如果一切顺利的话,将上到雪山的半山腰,明天他们便可以翻越雪山垭口,然后下到怒江大峡谷,顺着这条峡谷进入到西藏腹地。他们选择了敌人后方的一条冒险的线路,因为澜沧江东岸的驿道都被喇嘛们封锁了,连一只有基督印记的鸟儿都不能从东岸飞过。当过兵的都伯修士说,最安全的道路就是敌人鼻子底下的那一条。

人们目送两个男人宽阔的背影出了教堂,随他们去的还有教堂的一条藏獒摩比,他们的身影很快消失在山坡下。大家又不约而同地上到了教堂围墙的垛楼上,在那里他们牵挂的目光可以被拉得更远。沙利士神父把教堂的望远镜翻出来,不等多久就往峡谷对岸张望。快到中午时,沙利士神父终于在对岸半山腰的灌木丛中发现了都伯修士的身影,马修背着行囊跟在他身后,如果他们能上到雪线以上,那就基本上安全了。沙利士神父刚刚松了一口气,忽然发现从另一座更为险峻的山梁上,几个红色的身影在陡峭的山路上闪现。两条山梁在峡谷里几乎呈平行状态,在雪线的下方处交汇,远远望去就像一个人伸出的两条大腿。神父用望远镜仔细追踪着那些在西藏高原的湛蓝天空下随处可见的绛红色身影,越看他的心就越凉。神父判断,依照这些红色身影攀登的速度和他们与都伯修士的距离,喇嘛们至少应比都伯修士提前半个小时抵达两条山梁的交汇处。

神父的心一下凉了:“快敲钟通知他们。”

亚当敲响了教堂的钟，那急促的钟声在峡谷里带着某种焦灼的心情传播出去，但没传多远就被峡谷里的大风吹散了。在神父看来，这不是报警的钟声，而是为那两个迷失了方向的羔羊敲的丧钟。

“主与都伯修士同在。”神父苍老的脸上流下了两行热泪。

凯瑟琳修女一下晕倒在垛楼上。人们忽然发现鲜血洇红了她的下身，等大家把她抬到房间里时，凯瑟琳修女已经流产了。从那天以后，她就再没有离开过病床，一直到她的另一个亲人回到峡谷。

峡谷对岸的山梁上，都伯修士和马修对即将到来的灾难一无所知。都伯修士已经累得气喘吁吁，大汗淋淋。他身上所有的东西都交给了马修，但还是快拖不动自己的脚步了。那山梁上的小道几乎有六七十度的坡度，他们手脚并用地爬行。都伯修士说：“马修，这不是人走的路。”

“修士，这是兽道。看见那些蹄印了吗，豹子的。”

“主啊，它们可别再来给我们添乱了。”都伯修士在胸前画了个十字。

“我们有枪哩。”马修说，“修士，你见到过教皇吗？他是不是跟我们的活佛一样大？”

“噢，教皇，他现在离我们多么遥远啊！这个老家伙可难见到啦。”都伯修士揩了一把汗，有些奇怪一个藏族基督徒怎么会将教皇与佛教徒的活佛相比，“他可比活佛大多了，他管着全世界的基督徒哩。”

“那他的法力一定很厉害。他能把天上的炸雷像扔一个松果一样扔下来吗？”

“不，他不能。”

“他可以飘飞在半空中吗？”

“不。”

“那他可以连续三个月不吃不睡吗？”

“不能。”

“他可以从江面上徒步走过去吗？”

“不能。”

“他可以把一束光当手杖使吗？”

“不能。”

“那么，他可以降服那些魔鬼吗？”

“不能。”

“可是……可是，这样的话，我们为什么要听教皇的呢？”

“走吧，马修。因为他是教皇。”

“因为他是个老家伙，我们就得听他的。”马修幽默地说，“沙利士神父比他还更老，他才应该当教皇。”

“你等着瞧吧，”都伯修士说，“等全西藏人都成了基督徒，他就是我们的教皇了。愿主保佑他能活到那一天。”

马修在山道上回头往东岸望去，看到教堂像一个纸盒子那般大小。他想起了妻子安妮，仿佛看到了她像大地一般隆起的肚子。马修想那是一个儿子呢，不知他是否还来得及赶回来参加儿子的洗礼。“修士，复活节到来时我们该翻过卡瓦格博雪山了。”马修有些遗憾地说。

“唔。”都伯修士想了想，若有所思，“明天是主受难日呢①，教堂里够忙的了。”

马修想起了去年复活节的烛光游行，教民们手中的蜡烛映红了教堂，沙利士神父每点燃一支蜡烛，都要高声唱：“基督的光！”那蜡烛的光芒就像人心里跳起来的火焰，在每个人的心中温柔地燃

① 圣周的周五（复活节的前三天）为受难节，也称为“耶稣受难瞻礼日”，耶稣在这一天被钉在十字架上，信徒们为纪念耶稣殉道，一般都安排有隆重的庆典和弥撒仪式。

烧。一年中无论是复活期还是圣诞期，教堂的庆典总让喜好节庆、生性乐观的藏族人很容易把自己的身心融进去。他们敦厚善良，易被感动，对上帝的认识纯洁直观。就像他们对雪山的敬畏一样，上帝和他的国绝不是虚无缥缈的，你只要相信，他就在路的前方。

玛利亚，请你告诉我，你在路上看到了什么？
我看见了永生基督的坟墓，
和他复活后无比的光荣，
还看见天使作证，又有汗巾和殓布。
基督，我的期望，已经复活，
他要先我们而去加里肋亚。
我们知道，基督从死者中复活了。

马修还想得起去年复活节时他唱过的歌。他在寂静的山谷里轻轻地哼唱，耶稣将会宽恕他不能在教堂参加复活节庆典的过错，因为耶稣能听到马修为他唱的颂歌，耶稣也能感受到马修中枪时一个基督内心深处的苦难。

那是从前方山崖上的灌木丛中射出来的一枪，枪声沉闷而突然。子弹准确地打进马修的右胸，他一屁股坐在了地上。“修士，喇嘛们来啦。”他喊道。

走在他身后的都伯修士迅速伏在了地上，他抬起头来，看到了前方约两百米处几个红色的身影。喇嘛们的枪弹劈里啪啦地打过来，都伯修士忙把马修拉到岩石后。血正从马修的肺部流出来，洇浸了他胸前的衣衫。“噢主啊，噢，全能的上帝。他们还是抢在了我们的前面。”都伯修士一时不知该怎么办了。这个经历过世界上最残酷的战争的人，现在竟然也慌了手脚。

“枪，修士。”马修困难地说。

都伯修士把马修肩上的枪取下来，往前方胡乱放了几枪。他把马修背上的行囊背在自己背上，想把他搀扶起来。

“修士,我不能去拉萨了。你自己去吧。”马修喘着气说。

“不,我不能丢下你不管。来,我们回去。”

“修士,求求你,别让他们抓住我。喇嘛的法力会让我上不了天堂。”都伯修士听马修说起过,当年他的父亲托马斯被喇嘛们吊在树上,让他的灵魂一直升不到天国。可怜的人,上帝的福音到峡谷以来发生的两次教案,都给马修的家族赶上了。

“我发誓,绝不会让他们抓住你。坚强些,马修,我们还来得及。”

“修士,给我一枪吧。”

“不!”

“来吧,修士,让我痛快些。”

“绝不!”

“修士,修士,听啊,我听到主的声音了。基督复活了,坟墓里不再有死人。”马修惨淡地笑了笑。

修士把枪口抵近了马修的头,他感到自己脚下的大地在下陷,天要垮下来了。

“修士,别伤心,我又要当父亲啦!”马修微笑着说。

“是的,你又要为耶稣生出一个小基督徒啦。你是一个好父亲,一个好基督徒。”都伯修士的枪口在马修的脑袋上游动,似乎在找一个准确的射击点。

“神父会给他付洗的。”

“当然。”都伯修士找好射击点了,他相信马修一点也不会痛苦。

“还会给他取个好听的名字。”

“是的,”都伯修士的手指扣在扳机上,“一个圣人的名字。”

“是一个儿子。”马修自豪地说。

“当然,是个儿子。”都伯修士痛苦地闭上了眼睛。

“把他交给上帝……修士,你一路上要小心喇嘛,还要提防山谷里的大风,不要像巴勃神父那样,被风吹走了。”多年以来,马修一直为当年自己没有为巴勃神父挡住那阵夺他命的大风而后悔不已。他总认为,如果没有信奉耶稣的教友在神父们身边,连一棵树枝都可能是一种威胁。

都伯修士哽咽道:“放心吧,马修,孩子们等我们回去哩。”

“下手啊。”马修突然提高了声音,“基督复活了,天使们皆大欢喜。天使啊天使,请等一等……”

都伯修士开了那一枪,打掉了马修半个脑袋。他的心就像被痛苦的马修紧紧抓住,以至于他差点憋死过去。喇嘛们的大呼小叫和枪声越来越近,才让他清醒过来。

下午的太阳非常火辣,山谷里空气闷热,一点风也没有。都伯修士拼命往雪山上爬,喇嘛们的枪子儿像蜜蜂一样在他的身后飞舞。在到达雪线时,他累瘫在浅浅的雪地上,他的大腿上已经中了一枪。都伯修士已经看见了前方的冰川,像一条悬在头顶上的白色的河,冰川的上面才是雪山垭口。几年以前,凯瑟琳修女的男人泽仁达娃就是从这个垭口翻过了卡瓦格博雪山,下到怒江峡谷。也是在这片山谷里,他回来时受到了雷霆的追击,幸运的是他被拯救了。可是,现在有谁来拯救孤独无援的都伯修士?

喇嘛们追击的脚步已经清晰可闻,一座大山都在颤抖。可怜的修士知道主的召唤临近了。他把身上的背囊解开,把那些他收集的证据——一叠用油纸包好的照片——取出来,刚才喇嘛打向马修的那一枪穿胸而过,将油纸包也击穿了,马修的鲜血浸透了纸包,使它显得沉甸甸的。“但愿他们还看得清那些照片。”他把它捆在藏獒摩比的背上,“伙计,我走不动了。把这东西送回教堂吧,基督的冤屈全指望你了。愿主保佑你。”他指指教堂的方向。

但是摩比不走,用恋恋不舍的眼光看着他。“走吧,看在主的分上，去告诉他们真相！”都伯修士用手拍了一下摩比的后腿。

喇嘛们的子弹又飞过来了，都伯修士想爬起来，但是一颗子弹又打中了他的腹部，强大的冲击力让他一个翻身从雪坡上滑了下去，一直滑到山涧的深处。

都伯修士醒来时，不知道自己究竟在哪里。山谷里再也听不到喇嘛们的叫声和枪声，“主啊，是你赶走了这些像苍蝇一样的家伙。”他嘀咕道，却没想到这句祈祷触犯了山谷里的苍蝇国王。都伯修士发现自己正被强大的苍蝇集团所包围，像笼罩在他头上的一小团黑色的乌云，苍蝇们叮得他连眼睛都睁不开。他浑身是血，黑压压的苍蝇爬满全身，使他像个苍蝇人。苍蝇尖尖的吸嘴像一只吸血管，贪婪地吸吮着他的血，就像他当初吸吮凯瑟琳修女雪白的肌肤一样。“噢主啊，噢，这些吸血鬼。”他悲哀地叫道。蝇群嗡嗡的叫声让他不能不想起二战时德国人的机群，容克-87 轰炸机和梅-109 战斗机的嗥叫都没有这些苍蝇的叫声令人沮丧。因为这是西藏所有苍蝇推出的复仇者，哪怕只是一只，也可以把巨人都伯击倒。况且都伯修士的防线彻底垮了，成千上万的敌人从缺口处蜂拥而入，他不过是一块摆放在案板上的鲜血淋淋的大肉。

“走开。”他说，“我是都伯修士。”他想故伎重演，靠自己从前和苍蝇的战斗中赢得的威望吓唬住对手。

蝇群嗡嗡地欢叫着，并不飞走，仿佛是在嘲笑一个被废黜了的将军的命令。

“看在主的分上，求求你们啦。”他哽咽道，但是没有流泪，不是他害怕和恐惧，而是感到深深的屈辱，“啊凯瑟琳，啊主啊，凯瑟琳……”

最后，都伯修士在半昏迷中终于看见了那只苍蝇王国的国王，它比噩梦中的幻觉还要巨大可怖。它或许有一只公蜂那么大，或许可与德国人的飞机相比。它像一个土著部落的酋长，指挥着它的部落向生命之光一点点暗淡下去的都伯修士发起轮番进攻。这位酋长高高在上，声色不露，但是都伯修士清楚地看见了它尖长的吸嘴，还有它锋利的爪子，像牙齿一样张开的翅膀。它在都伯修士的头顶盘旋，巨大的羽翼带着死亡的阴影在雪地上游动，一圈又一圈地向都伯修士覆盖过来。主啊，世界上有谁见过这样大的苍蝇啊？

"你不是苍蝇王国的国王，就是天使！"都伯修士嘟噜道。

它降下来了，落在离都伯修士不远处的一棵小松树上。凶悍的眼睛死死盯着血肉模糊的都伯修士。它的头上光秃秃的，专啄人肉的嘴看上去比刀子还要坚硬。天空中，它更多的同伴大张着翅膀滑翔下来了。如果你要升往天国，它们是最好的工具，就像马是峡谷里的人们最好的朋友一样。

"我知道你啦。"都伯修士用尽了最后一丝力气绝望地喊，"你这西藏的黑色天使，飞行在天空中的棺材，下手吧，懦夫！"

在雪坡上，喇嘛们还在追逐教堂的藏獒摩比。摩比驮着都伯修士的照片在喇嘛们的围攻下左冲右突。它动作灵巧、奔跑速度奇快，能把飞奔的岩羊一枪打下来的喇嘛，此时也拿它没有办法。他们看见了狗身上捆着的东西，"那里面装的是黄金。"一个喇嘛叫道。于是他们追得更来劲了，他们忘了观察狗逃跑的路线，忘了已经追上了冰川，圣洁的雪山就在眼前。他们边追边开枪，枪声在这终年人烟罕迹的冰川上荡漾开来，撕裂着纯净的空气，使天空中的神灵也战栗不已。子弹打在万年冰川上，冰碴四处飞溅，形成一团团的雾气，像神山的叹气。喇嘛们为了捕捉到那狗，已经打光了枪里的所有子弹，他们只有和摩比拼体力和耐力。一个喇嘛甚至想，如果获得了那狗身上的黄金，我就可以为寺庙里的莲花生大师的佛像镀一层金粉了。

他的幻想忽然插上了翅膀，在雪山上飞腾起来了，他升到了空中。

这时他才恍然大悟,大叫一声:“神山发怒了!”然后他就被一股白色的气流卷了起来,横空抛了出去。那飞向深渊的姿态像一只红色的鸟儿,在天地间一晃,就不见了踪影。

跟在后面的几个喇嘛这才听到神山怒吼的声音,那是地狱里的猛兽出笼,但却从天而降。他们看到一面坡的雪像澜沧江的洪流一样滚滚而来,他们没有躲避,也没有时间躲避,只是冲着高在云端深处的卡瓦格博雪山俯身跪下去了。但是雪山上的神灵没有理会他们迟来的虔诚,将他们的生命在一瞬间就收纳了。

55. 末日审判

雪山上发生的悲剧峡谷里的人们浑然不知,雪崩掩盖了一切,冰川上就像什么都没有发生过。后来苯教法师敦根桑布在雪原上飞行时,看到了那条没有了主人的藏獒摩比,他收留了它,把峡谷最深的谜带到了神灵们的世界。在我们这个地球上,有许多人的命运结局不为人所知。他们就像某个与我们擦肩而过的陌生人,当我们蓦然回首时,只看到一个消失在悠悠岁月中的背影。我们只能根据这些模糊的背影,寻找他们曾经走过的足迹。

沙利士神父那段时间唯一可做的事情就是屈指掐算着都伯修士的行程,当他认为国民政府该来解救峡谷里受困的基督时,一队国民党兵开到了峡谷。神父欣慰地对自己的信徒宣布道:

“主护佑着都伯修士和马修的平安,基督的福祉降临了。”

但是残酷的现实嘲弄了沙利士神父的宣言。那是一队被红汉人击溃的国民政府残军,带队的是一个吊着一只胳膊的团长,可是他对百姓下起毒手来比两只手都健全的人还要狠毒。他们先洗劫了左盐田,就像一群恶狼扑进了羊群。左盐田的纳西女人们最先遭殃，孩子的哭喊和妇女的尖叫让行云落泪，雪山蒙羞。然后是左盐田的牛羊、粮食和家财，最后是他们的房子，稍有反抗的纳西人家的房屋全被一把火烧了。那是地狱里的一天，十几名受辱的妇女跳进了澜沧江，她们中年龄最大的近五十岁，最小的才十三四岁。纳西族长和万祥是第一个被杀的男人，他试图阻挡国民政府的军队对女人和粮食的要求，他说：

“如果你们肚子饿了，我们可以卖粮食给你们，甚至可以请你们到家里来吃饭；如果你们需要女人，请不要动我们的妻子和女儿。”

但是一个下级军官一枪就打在和万祥的肚子上，他说：“你们不是自己宣布解放了吗？这就是你们的解放。”

东巴和阿贵想通过做法事迎请纳西人的神灵来解救遭受灾难的村庄，他的法铃刚刚摇响，一个大兵挥起枪托就将他打倒在地，把那召唤神灵的法铃踢到了牛圈里，还说：“烦不烦哪，装神弄鬼的干吗。”

左盐田的血腥味飘到了山涧对面的右盐田，年轻一些的女人全都失去了说话的能力，恐惧攫住了每一个人的心。从山梁那边升起的黑烟直达到云层之上，并且久久不散。峡谷里那么猛烈的大风，竟然没有吹散这象征着死亡与灾难的浓烟，它们就像冻结在天空中一样。一些教友聚在教堂里，让沙利士神父想个办法。神父说：“他们是政府的正规军，不是泽仁达娃的土匪武装，可怎么连土匪都不如？如果他们有大炮，教堂的抵抗也是无意义的。”

“神父，我们的妻子和孩子，地里的庄稼和牛羊，都是在主耶稣的护佑之下的，难道今天就是你说的世界末日吗？”一个教民问。

“如果末日的审判到了，我们要为主的光荣作好准备。”沙利士神父吩咐亚当说，“敲钟吧，荣耀天主的时刻到了。让我们上围墙。”

急促的钟声在村庄上空回荡,教民们从没听到过教堂的钟声如此惊惶紧迫。那钟声仿佛在说,耶稣有难了,快去拯救遇难的基督。村子里从十几岁到六十多岁的男人都带上了家里能找到的自卫武器——火绳枪、弓弩、长刀、铁矛、斧子,女人们则带来了菜刀、剪子、锥子,即便她们不能用它来杀死敌人,也可用来杀死自己。

天快黑时,在左盐田作恶够了的魔鬼们挟带着死亡的气息向右盐田扑来。神父站在墙头,手拿一支顶端镶有铜十字架的法杖,悲怆地喊道:"天主的子民,让我们跟随主的召唤,与他同去!"

奔杀而来的马队大约有两百来人,张狂的蹄声敲打着宁静的驿道,搅起的尘土冲天而起,像随同魔鬼一同扑来的雾瘴。两个修女和其他女人们一样,准备好了剪刀,当教堂被攻破时,也就是她们为主献身、保持贞洁的最后时刻。村民们在胸前画着十字,低声的祈祷,有个教友唱起了赞美诗,然后大家低沉地跟着一起唱——

父啊这杯酒,这杯酒,这杯苦酒,
你是否要我把它喝干?
我心烦意乱,我害怕;
求你赐我力量,求你给我勇气。
背起十字架,背起十字架,
走到骷髅山下,走到骷髅山腰,
走到骷髅山上,像一只绵羊,
在屠刀下,没有抵抗。

低回婉转的歌声在教堂上空盘桓,像一道悲壮的墙,准备同一切来犯者同归于尽。教民们都清楚,这不是和喇嘛们的战斗,喇嘛们只冲着教堂的十字架和神父而来,今天他们面对的禽兽是要霸占他们的女人、孩子、房子、牛羊。他们宁愿速死,也不愿看到那悲惨的一幕在自己的眼前发生。

马队冲到离教堂两百米处猝然停下,山谷里静得像没有人一样,死亡的气息却在四处蔓延。双方对峙了约五分钟,对方显然在观察估量这视死如归的教堂。一个教友实在忍受不了这决死前的拖延,他猛然站在墙头上,发出藏族人驱赶野兽的那种高亢激昂的吆喝:

"胆小鬼,下地狱去吧!"然后他用火绳枪冲那边打了一枪。

令人惊奇的是对方没有还击,也没有提缰冲锋。一个士兵下马往前走了十几步,大喊:"不要开枪,我们长官有话对你们讲。"

他说的是汉话,围墙上只有沙利士神父听懂了,他招呼教民们安静,然后站在垛楼上,用久已生疏的汉话说:"这里是教堂,是受国民政府保护的。看在主的分上,我希望你们善待自己的仁慈!"

这时一个军官模样的人站到了马队前,高声问:"你就是那神父吗?"

沙利士神父凛然答道:"正是。如果你有罪过忏悔,可以对我说;如果你有什么灾难要降临到这个村庄,我向耶稣发誓,你要下地狱。"

那军官说:"别紧张,能下来谈谈吗?"

神父回答说:"与人交谈,拯救有罪的灵魂,正是我的天职。"

神父把法杖交给亚当,对教民们说:"假如我回不来了,相信主,他会帮你们度过这一劫。"

教民们全都跪下了,很多人泪流满面,他们乞求神父不要离开。神父将他们一一搀起,可是他发现他永远搀扶不尽这些屠刀面前的羔羊了。因为当他去搀扶下一个时,刚扶起来的那个又跪下了。神父此时也老泪纵横,说了句与自己的圣职不相称的话:"这不是为了使你们得救,而是我自己也看不到灾难的尽头了。"

一刻钟后,沙利士神父站到了军官的面前,看到他肮脏的军服领口后挂着的银白色十字架。他威严地说:"你这罪人,难道见了十字架还不知道忏悔吗?"

军官没有发怒，笑着问：“是新教教堂吗？”

“不，是天主教的圣母圣心教堂。”

“可惜，我是新教教徒呢。”军官说。

“那有什么区别，在上帝面前，你们都是有罪的。”神父喝道。

“谁知道呢？皈依了上帝的人都有罪。神父，我想看看你的教堂。上帝啊，我有好多年没有进过教堂了。如果你允许，我还想请你听听我的忏悔。”他见神父没有反应，又自己嘀咕道：“谁知道这是不是最后一次忏悔。”

“可怜的罪人，但愿我能医治你邪恶的灵魂。”神父松了一口气，“你的士兵，那些异教徒，不能进村庄和教堂。”

军官大度地说：“遵命，神父。这些家伙本来就只配在路边吃土。神父，你先请吧，我随后就来。我保证，一个人。”

神父回到教堂时，人们用疑惑惊恐的目光望着他。神父说：“都回去吧。主再一次显示了自己的力量，那是一支由一个基督徒带领的军队。唉，多年来这样的事情还是第一次。这是主的恩典。”

“可是他们在左盐田烧房子、抢女人。”一个教民说。

神父一时语塞，竟然说：“谁叫他们不信奉我主耶稣。当年十字军东征攻下圣城耶路撒冷时，异教徒的尸体和鲜血淹过了十字军战马的马膝。”他看着惊诧得张惶失措的教民们，又说：“主自会审判他们的罪孽，至少我们现在安全了。回去吧回去吧。”

当神父为那个军官打开教堂的大门时，他惊诧于自己的眼睛。他看到一个西装革履、绅士味十足的中年男人站在他的面前，尽管他的左手还用绷带吊在胸前。“神父，你瞧，我信守了我的诺言。我可以进来了吗？”

“天国的大门永远向迷途的羔羊开启，”神父揉了揉自己的眼睛，确信自己没有看错人，“请吧，尊敬的军官先生。”

他们进了教堂的院子，向教堂大殿走去，神父说："自这所教堂建立以来，还没有一个新教教徒进过这扇大门。不过在此特殊时刻，让我们摒弃教派之争，都皈依到天主的仁慈之下吧。"

"是上帝的仁慈。"军官说。

"都一样，"神父说，"他的慈悲与怜悯对我们同样重要。"他把祭台上的蜡烛点燃，教堂笼罩在一片柔和朦胧的烛光之中。

军官在耶稣的圣像前单腿跪下，低头画了个十字。然后他嘀咕道："天主教的教堂我也是第一次进呢，要是我妈妈知道了，肯定会打我屁股。"

神父问："你是在哪里受的洗？"

"上海徐家汇耶稣圣心教堂。"军官在教堂里四处打量。

"噢，主，那可离这里很遥远。"神父感叹道。

"是啊，命运把我抛到这里来了。"军官伤感地说。

"是主把你感召到这里的。"神父肯定地说。

"谁知道呢？"这是军官的口头禅。

也许这只迷途的羔羊永远找不到去天国的路了，甚至连回家的路都找不到。沙利士神父想。

"神父，你看我们能打赢这场战争吗？"军官突兀地问。

"我不是占星术士，我只拯救有罪的灵魂。"神父矜持地说，"多年以前，一支军队被你们追赶到这里，但是现在轮到你们被他们追赶。当兔子也会追赶猎人的时候，主的光芒就照耀在兔子身上了。"

"可他们是不信耶稣基督的。"

"谁知道呢？"现在轮到神父来说这句话了。"他们离你们有多远？"

"已经过了金沙江进入藏区了。云南、四川那边全都赤红一片啦。神父，你也不会有好日子过了。"

“那有什么关系,关键看他们有没有信仰。”神父说。

“当然,他们有信仰,不过他们信仰苏俄那一套。一个大胡子德国人马克思,一个小胡子俄国人列宁,还有一个不留胡子的毛泽东,就是他们的弥赛亚。”军官怨气冲天地说。

“我也很奇怪哩,这个世界越来越乱了。弥赛亚太多啦,上帝会忧郁的。”神父说。

“他们就像有神相助,三下五除二地就把政府的军队打垮了。神父,猎人还会追赶兔子吗?”

“以纳西人的眼光看,喏,就是白天被你的军队抢劫的那个村庄,万物是有灵的。自然中的一切东西,无论是山水草木,还是飞禽走兽,都是神灵的化身。自然和人是兄弟,兔子和猎人也是兄弟。既然是兄弟,谁追谁,不过是一场游戏。你何必在乎那么多呢?”

军官有些不明白神父的话,“可这毕竟是打仗,是要死人的。我最关心的,并不是谁的主义好,而是我能不能活下去。”军官显得有些急迫。

“你先忏悔吧。”神父走进了忏悔室,放下布帘,“我的孩子,说出你的罪过。”

很长一段时间,神父没有听到外面的声音,他以为那个罪人消失了,或者被风吹走了。这时他听到一阵低低的啜泣,“我也不知道怎么走到今天这一步,就像一件摔烂了的珍贵瓷器,谁还珍惜它当初的完美与高雅呢?要是当年听我母亲的话,进神学院,然后做一名上帝的使徒,哪里会有今天?可那时正在打日本人,我父亲非要让我上军校,他说国家更需要热血男儿,而不是牧师。”

“说说你今天的罪行。”神父冷冷地说。

“我有罪,神父。他们抢粮食,抢女人,都是在我的眼皮下干的,我没有制止他们。我们这样做,不是由于我们手里有枪,而是因为我们害怕。我们走在山路上，连一只乌鸦飞过都要让我们惊恐半天。我们还孤独，思念家乡，在藏区转了一个多月了，天天都和死亡打照面，军官们看不到前途，士兵们只想女人，及时行乐，过一天算一天。神父，别看我的队伍有两百多号人，可一大半是拉来的土匪武装，如果我制止他们，我们就会火并一场。其实，我也肚子饿啊神父。"

"我主耶稣把面饼分给他的门徒，让成千上万的人都吃饱了肚子。你应该记得耶稣的奥迹。"

"神父，我怎么能跟一帮饿红了眼，不知明天脑袋是否还在肩膀上的大兵讲耶稣？"

"正是这生死存亡的关头，人的灵魂才能获救。一支没有信仰的军队，是支持不了多久的。多年前被你们追赶的那支军队，路过这左、右盐田，鸡不飞狗不叫，对百姓秋毫无犯。他们尽管衣衫不整，武器破旧简陋，但走到哪里，就把欢笑和歌声带到哪里。仿佛他们并不是被追赶者，而是一群去开拓新大陆的人，是摩西引导犹太人出埃及的上帝的宠民。我的孩子，请对比一下你的军队的所为吧。"

"神父，如此看来，我们是一点希望都没有了吗？"

"如果你的军队不可教化，如果他们依然坚持异教徒的暴行，如果你还把自己当成一个基督，那么，放下武器，重新皈依到天主的仁慈之下吧。"

"可是，可是，即便上帝赦免了我的罪，共产党不会宽恕我的。我跟他们打了那么多年，他们会杀了我的。"

"杀人者终将被人杀，与其拿起武器，不如举起圣十字架。"

外面沉默良久，似乎军官在想武器和十字架孰轻孰重。"晚了，神父。"他的声音阴郁而空洞，像来自地狱的边缘。"上帝与你同在。"他说。

“主与你同在。”神父灰心地想，这颗罪恶的心灵，他是拯救不了啦。

军官起身告辞，神父从忏悔室里出来时，只看到军官宽阔、笔挺的背影。他似乎在抹眼泪。神父内心深处发出一声叹息，他冲那背影喊：

“在你刀光剑影、充满血腥的日子里，请留下一点点时间，接受末日的审判吧。天国近了，你应当忏悔！”

这声音在兵荒马乱的岁月里，从藏区的教堂内喊出，显得那样的遥远和凝重，仿佛是耶稣在圣城耶路撒冷的声音，穿过漫长的时光隧道，把上帝即将来临的愤怒审判告示于他的罪人面前，令人恐惧，又让人沮丧、悲哀。

军官在教堂的门口站住了，就像站在审判台上的罪人，一动不动，长久才说：“他妈的，会有人来审判我的。”

两天以后，红汉人的军队就打过来了。他们在左盐田一侧的一个山头上和国民党残军打了一仗，嘹亮的军号和冲锋的呐喊瞬间就如洪水一般淹没了曾经在百姓们面前不可一世的白色汉人。他们被追赶到澜沧江边，可是没有谁敢把自己挂到溜索上去，尽管那样或许可以保一条命。有几个白色汉人试图游过江去，但是他们的头像江水中飘零的几截朽木，转瞬就不见了踪影。一些白色汉人跪在地上，把手里的枪举得高高的，另一些知道自己最终逃不脱红汉人惩罚的军官拔枪自尽。那个吊着一条胳膊的败兵团长在这时想起了耶稣基督，他往教堂方向跑，不知是想去赢得上帝的护佑，还是想找神父做最后的忏悔。在他看到教堂的十字架时，几个追击而来的红汉人扑倒了他。到他被五花大绑地押走时，他想起了神父的话，末日的审判来临了。

56. 个人的失败

此时才是峡谷真正的解放。前些日子由那只云雀宣布的解放不过是一些上层人物为了向红汉人表示友好，提前发布的一个消息。人们发现红汉人的军队里有一个藏话说得非常流利的年轻军官。这个长有两个舌头的青年身材高大魁梧，看上去有些面熟。直到他带了几个红汉人到了教堂，喊卧病在床的凯瑟琳修女“妈妈”时，人们才恍然大悟，噢，主啊，他是木芳的儿子！

红汉人这次来到峡谷和他们上次一样，纪律严明，朴实热情。他们为老百姓挑水、背柴、耕地，还到盐田帮晒盐女们背盐卤水。沙利士神父想在这支军队中找到他曾经为他们治过伤的红汉人，可是他们个个看上去都差不多，几乎就像一群随着岁月的流逝而不会有什么变化的年轻人。神父特地让人做了一幅横幅，上面写着“荣耀属于仁慈的军队”，并把它挂在教堂外面的驿道路口。他借此表达了自己对这支军队的欣赏。

沙利士神父以乐观的语调给教区主教大人写了一封信（他已经有半年多没有得到主教大人的音讯了），他在信中写道：

> 自红汉人来了以后，峡谷里一样都没有改变，土司依旧是土司，寺庙的喇嘛照样供奉他们的神灵，而上帝的子民也没有受到一丝侵犯。唯一有所改变的大概是峡谷从此变得更安宁了，红汉人看上去似乎比白色汉人做事更有效率得多。我想我有充足的理由继续在这个地方留下来。既然那么多年来上帝的圣教事业在强大的藏传佛教包围下都坚韧地存活了下来，那么，上帝的羔羊们同样可以在红汉人的世界中生存下去。

这封信还没有来得及发出去，沙利士神父便接到了红汉人让他离开峡谷回国的通知。这个要神父命的通知是凯瑟琳修女的儿子木学文带着一个红汉人的政委来告诉他的。

他们就坐在教堂的阳光下交谈，那是一次饶有趣味的谈话，表面上看双方谈的话题风马牛不相及，实质上则是沙利士神父没有弄明白在中国政治与宗教的关系。他争辩说，你们可见过没有牧人的羊群吗？你们不想让自己的百姓升向天堂吗？政委说，我们所认为的天堂就是共产主义，它是实实在在的。要不了几十年，我们就可以达到这个目标了。你们的天堂里并没有什么具体的目标，好像只有一个上帝。而一切统治阶级、帝王将相，都是我们要打倒的。蒋介石不是被我们打倒了吗？神父以自己多年来在深山峡谷里对蒋介石极为肤浅的认识，极力想向政委说清他们和罗马教会的区别，但是他越说越糊涂，越说越像政委所认定的帝国主义分子。当他论说到罗马教会把中国划为一个教省，边藏地区视为一个大的教区时，就引来政委的猛烈抨击，他向神父指出：新生的人民共和国是一个独立主权的国家，有自己的民族尊严，也有自己历史悠久的宗教，如佛教、道教、儒教等，干吗要让你的什么罗马教廷来管中国的宗教事务。三日之内，你必须离开这里。神父固执地说，要我离开，除非有教皇的手谕。政委更加严厉地说，什么教皇？中国的皇帝、总统、委员长，统统都被我们推翻了。你那个教皇也应该被打倒，让人民起来革他的命。神父用拉丁语嘀咕了一句，异教徒的言论。政委问，你说什么？神父苦笑道，我说你现在就在革我的命了。

上午的阳光暖洋洋的，在以往，这是神父喝茶的好时光。他时常会捧一本东巴经书坐在屋顶的平台上，面对空旷的峡谷和高远的蓝天，喝着亚当或者修女们打的酥油茶，时睡时醒，一坐就是几个小时。可怜的神父忘记了这是人衰老的信号，忘记了自己的存在，忘记了现实和梦的区别，忘记了自己是个神父还是纳西东巴象形文字的研读者,忘记了头上日益稀疏的白发和下巴上越长越密的胡须,忘记了自己究竟从哪里来,甚至还忘记了山上的杜鹃花一岁一枯荣。当它们年年把峡谷里的山梁点染得色彩斑斓,像印象派大师的巨幅油画时,沙利士神父常常会为这蔚为壮观的大自然感动得涕泗横流。

沙利士神父忽然想到一个关键的问题,他问:“你们赶走了神父,谁来照管那些信奉耶稣天主的教民呢? 谁来拯救他们的灵魂? 我的迷途的羔羊啊。”

政委响亮地说:“毛主席,共产党。我们不把他们当羔羊,我们要让他们做新中国的主人。”

“可是人的灵魂生来就是有罪的。这是原罪,知道吗,尊敬的政委先生? 在上帝面前,我们都是罪人。”

“我只知道人民无罪,有罪的是国民党反动派和帝国主义及其走狗。”

“你说的是政治,我说的是宗教。政委先生。”神父说。

“宗教从来就是为政治服务的。我说的对吧?”

沙利士神父终于不得不面对自己在右盐田教区——这个在西藏克服了无数难以想象的困难才建立起来的唯一传教点——的失败。导致这场败局的不是来自于宗教派别之争,不是西藏恶劣的自然环境,不是与罗马教会遥远的距离,不是民族与民族之间的文化差异,不是语言的巴比伦塔,不是酥油茶和咖啡的味道区别,不是青稞酒与葡萄酒不同的醇香,不是罗马教堂的尖顶与藏式土掌房的建筑风格之不同,当然也不是一个传教士飘零的白发,更不是上帝仁慈的目光没有垂怜到这地球上最偏远蛮荒的峡谷,而是政治。

“如果你们真要赶我走,那么,我接受我个人的失败。”神父颤颤巍巍地站起身来,缓缓地说,“我不想再多说什么啦。如果上帝不被更多的人所接受，或者说，虽然我们有一万个理由证明上帝存在，但却被地球上另一部分人所不能理解和认知，历史就会重新制造出一个救世主来。由他来创造一切，并发号施令，带给人们新的福音。愿主保佑我们大家。”

政委笑了，以胜利者的姿态。

政委走了以后，木学文想留下来陪陪他母亲，可是凯瑟琳修女从病床上硬撑起来把他挡在门外。“别进来，”她喑哑着嗓子说，“既然你们赶走了神父，也就可以赶走自己的妈了。”

木学文那时正年轻气盛，对他母亲的落后表现深为不满，他站在院子里高声说：“妈，全中国的妇女都解放了，可是你怎么还执迷不悟？这些骑在你们头上欺负藏族人的外国传教士，都是些帝国主义的走狗、特务。”

凯瑟琳修女那时还深深地沉浸在对都伯修士的思念中不能自拔，他似乎是第一个让她刻骨铭心地感受到了爱的男人，尽管这种爱是在都伯修士离开以后，才一个夜晚一个白天，又一个夜晚又一个白天地增强，就像雨季来临时天天见涨的江水。可是现在她含辛茹苦养大的儿子却说她日思夜想的人是狗，是她在汉地时领教过的曾带给她深深屈辱的特务。

“滚出去，你不再是我儿子了。”她喝道。

那是严峻而漫长的一天，教堂里一片死气，像战败的战场。人们说话走路都是轻轻的，因为沙利士神父仿佛佛教徒的活佛入定了一般，在院子里一直坐到天黑。微娜修女下午时曾小心地到他面前问，如果神父真的要离开，她怎么办？神父静默了许久，微娜修女的腰都站麻木了，他才说：“服从主的安排吧。”这是他说的唯一一句话。吃晚饭时，厨子诺斯费了好多口舌才把神父劝到餐桌边。那是一顿让诺斯绞尽脑汁的晚餐，神父爱吃的烧小牛肉，土豆泥，烤羊排，炸青豆，鲜菇汤，还有一碟新鲜奶渣和几个时令蔬菜。

天知道诺斯从哪里搞来这一顿丰盛的晚餐,即便是圣诞节,教堂的餐桌上也难以有这么多的菜。大约是因为菜很多的原因,人们在作晚餐前的祷告时把经文默念了一遍又一遍,可是神父面对菜肴丰盛的餐桌就像睡着了。最后,他只喝了半碗酥油茶,就起身回自己的房间去了。

"尽管他们显得很有教养,但是他们不站在你的一边。"沙利士神父在房间里转来转去,不知道自己该先收拾些什么。房间里凌乱得如他的思绪。他已经在这片隐秘的峡谷生活了四十多年了,他忽然发现自己根本就没有考虑过离开这里。他根本就不知道该如何收拾要和这片土地分离的心情!无论是教会要他回去述职,还是巴黎那些大学和学术机构的邀请,都没有让他产生过一丝离开自己的信徒的念头。在这段漫长的岁月里,他对上帝的事业是否能在西藏获得成功已再不在乎,当年来到峡谷之初一心要为上帝献身的狂热、执著、理想,现在已经变成连他自己都感到吃惊的冷静、隐忍、沉默。甚至连传教士们经常提在口中的异教徒,他也能以超然的态度来对待,他已经是纳西人的朋友,西方公认的纳西学者。谁知道再过上几十年,他会不会成为佛教徒的朋友,成为一个藏学专家呢?——只要上帝给他时间和机会。

主啊,教会和中国新生的政府会不会达成某种协议呢?现在的境况是否像满清王朝垮台后,国民政府坐稳江山以前那一段黑暗混乱的时期?当蒋介石委员长成了中国的统治者,他不是还讨了一个教民世家的闺秀做妻子吗?清朝皇帝发给的传教护照他们照样承认。事实上任何一个稳定的社会一定是有信德的社会,当中国的混乱被共产党结束以后,谁知道他们会不会把教会的教士们再请回来呢?

神父不由得乐观起来,乐观到不想带走什么东西。最后他只收了三套换洗衣服和一本《圣经》。他明确地听到了主的旨意,他必将回来。多则八九年,少则两三年,这峡谷里教堂还是教堂,神父还是神父。深夜十二点了,沙利士神父忽然精神抖擞,一反下午时的萎靡不振。他叫醒了亚当。亚当以为自己在梦里,因为他看见神父的眼睛像黑暗中的豹眼,熠熠闪光。他跟着神父来到教堂的忏悔室,不解地问:“神父,你要听忏悔,是不是太早了点?”沙利士神父狡黠地笑笑:“我要你看一个秘密。来,掀开这块地板。”

他指指忏悔室里平时自己坐的那张高高的凳子下,亚当举着酥油灯趴在地上,好不容易才找到了上面隐藏的机关。在这个世纪末,教堂的新神父安多德也是在这样的一个夜晚,在凯瑟琳修女的指点下,才发现教堂最后的秘密。此刻这个秘密在亚当看来一文不值,神父半夜三更地叫他起来,不过是让他将一大摞手稿和纳西人的东巴经书抱到地窖里去。神父老了,老得抱不动自己看的书和写的东西了。亚当想。

他们在地窖里折腾到凌晨三点,才把一切都收拾好。手稿和东巴经书都装在一个密封的大铁箱里。亚当记得,这个大铁箱还是当年天上的神鹰给神父投来早餐的那只箱子。在出地窖前,亚当多了一句嘴,他问:“神父,你藏的这些东西难道比珠宝玉石还值钱吗?”

“珠宝玉石值几个价。这是无价之宝啊。”神父抚摸着用油纸包裹得密密实实的书稿说,仿佛抚摸着一个圣婴。神父沉默良久,又说:“亚当,我走后,对你有个要求。”

嘴快的亚当说:“神父,不用你说,我已经知道了。尽心侍奉我主耶稣,虔诚的祈祷,过一个基督化的生活。”

这个世纪初,峡谷里的流浪儿亚当被沙利士神父收留以后,便在教堂里长大,成为教堂的敲钟人。神父视他如同自己的孩子,他聪明机灵,伶牙俐齿。早些年神父想给他撮合一门亲事,但是亚当说他不愿意离开教堂和神父,而他多嘴多舌的毛病有时也让人讨厌。神父突然有些后悔,今晚应该叫诺斯。

“亚当,你说得都对。”神父拉过地窖里唯一一把椅子,“来,孩子,坐下吧。”

亚当忙说:“神父你坐,我站着。”

“坐下吧,孩子。我主耶稣可以为他的门徒洗脚,你为什么就不能在一个神父面前坐下呢?”神父把亚当强压在了椅子上,搞得亚当诚惶诚恐。

“你听好,亚当,”神父指着桌子上的大铁箱说,“有些秘密会在黑暗中腐烂,有的则是森林中的火星,与其让它燃烧起来招致灾难,还不如让它熄灭;而更多的秘密,将会在时间的河流中被冲洗干净,成为历史。就像澜沧江中那些巨大的岩石,在水落石出时,人们便会发现,洪水滔天时的波浪和漩涡,不过是这些沉默的岩石与水流在抗争罢了。你知道,这是我二十多年的心血。日本人曾经毁过它一次,这几年我又重新将它复原了。就像一个失去眼珠的人,重新看到了光明。”

“神父,我知道。你为了这些纳西人的东西,经常吃饭睡觉都忘了呢。”

“连我的圣职都快忘了。亚当,我还没有做完这件工作。我不希望再在路上遗失这些宝贝。因此我把它们留下来,我还会回来的,主已经明示我了。即便……即便我回不来了,孩子,我请求你,以一个基督徒的名义,替我保护好它们。”

“神父,放心吧,谁也别想从我这里夺走你的宝贝。”亚当肯定地说。

“只要你管好自己的嘴,就没有人来夺走它们。如今你是知道这个地窖的最后一个人了。”

“神父,我发誓……”亚当举起了自己的右手。

“在天主面前,毋妄誓。”神父将手摸到亚当的头顶上,动情地说，“我把自己活下去的勇气和信心都交给你了。我们都是和上帝有契约的信徒，现在我和你也有了一个契约。”神父的语调哽咽起来，“孩子，别让一个老人失望。”

亚当感到自己浑身的血在往上涌，他从椅子上滑下来，跪在神父的脚下：“神父，我会报答你的。”

“报答天主吧。”神父把他扶起来，“走，让我们去迎接天国的光芒。”

那个晚上沙利士神父像一个梦游症患者一样在教堂里转来转去，亚当一直在他身后陪伴着他。在耶稣的圣像前，神父长跪不起，昏暗的教堂内只有圣台前的两盏酥油灯若明若暗，悲切压抑，像神父此刻的心情。神父后来起身到圣台上，拿起上面的一个十字架，吻了吻。从这里往下望去，教堂内一片昏暗模糊。这里曾经是他的讲台，他的战场，他的生命立足点。除了这里，世界上再没有一个地方可以令他有荣耀天主的成就感了。他随后又梦游到圣台旁边的圣器室里，把那些做弥撒和瞻礼时用的枝形烛台、花架、法杖一一抚摸了一遍，亲吻了一遍。里面的东西他一样都不想带走，包括那些不同祭日穿的法衣。因为他坚定地认为，这些属于上帝的东西总有人会用得着的。谁将会是他走后那布道的神父？

他从教堂内出来时，天色已经微亮。“该敲钟了。”他喃喃说，向教堂围墙上的垛楼走去。在他艰难地想爬上垛楼的台阶时，亚当从后面拉住了他：“神父，还不到时辰呢。”

“该敲钟了。”神父固执地说，想从亚当手里挣扎出来。

“好吧，”亚当把神父挡在身后，“今天我就敲一次早钟吧。但愿圣母玛利亚不会责怪我。”

亚当爬上了垛楼，过去的每个凌晨，亚当都是这样披着晨曦的光芒敲响教堂的钟声。那是耶稣的召唤，是和澜沧江对岸的佛教徒竞赛的钟声。神父看见亚当使劲地晃动着钟绳，可是他竟然没有听到一点声音传来。

“使劲敲啊，亚当。天要亮了。”神父挥手喊道。

亚当显然听到了神父的呼唤，他敲得更快了。但是神父就像在看一部无声片，只有动人的情景，却没有一点声音。那钟锤仿佛不是敲在铜钟上，而是在敲打一坨棉花。

“我真的老啦，听不见上帝的钟声啦。”神父颓然地放下了自己不断挥动的手，不能自持地淌下两行老泪。

第二天，神父到村子里的教友家一一和他们道别，感谢他们顺应了主的感召，皈依到天主的圣宠里。本来他还打算到左盐田去跟和阿贵告别的，但是教堂里的马都被解放军征用去驮军粮了，神父已没有勇气徒步走到左盐田。下午，几个教友抱来了马修的孩子，要求神父为他付洗。这时他强烈地思念起都伯修士和马修来，他们现在在哪里？愿主的恩宠与他们同在。那是一个长得很健康的男婴，用一双无邪的眼睛滴溜溜地打量着神父，这让神父一直很郁闷的心情豁然开朗。到该给孩子取教名时，沙利士神父不假思索地说：

“安多德。一个圣人的名字，愿主赐福与他。他将成为主忠实的仆人。”

后来在这个孩子身上发生的事情，既对沙利士神父的祝福作了无情的嘲弄，也最终证明了他的一片苦心。在这个世纪末，跟随主的召唤也做了神父的安多德听他母亲讲起他受洗时的情景，反问道：“当年沙利士神父为什么要给我取这样一个教名呢？”

第三天，早晨七点，解放军一个姓赵的排长带着两个士兵准时来到教堂，他们还牵来了一匹马。神父和教堂的两个修女早就恭候在大门口，他回头对修女们说：“时辰到了，人子的光荣终将得到见证。”修女们倚在教堂的大门旁，目光哀哀地和他作最后的道别。神父向她们微笑着说：“我会回来的，至少在大雪封山前。主与你们同在。”

微娜修女本来也想跟沙利士神父一起走的,但是她又不忍心抛下病重的凯瑟琳修女。微娜修女很小的时候就进了澳门的一家修道院,她在广东的老家还有什么亲人,连她也不知道。与其回到陌生的故乡,不如服从主的召唤,留在寂寞的峡谷。微娜修女仁慈的选择让她的后半生命运多舛。

神父原来以为教堂的大门外应该有一群教友来为他送行,可是他一个人也没有看见。在这样的一个上午,生活跟以往一样,村子里的狗吠叫唤出生动的生活气息,鸟儿在树上欢唱。这个离别的日子看上去一点也不显得伤感,甚至有歌声从村子里飘来,那是红汉人的宣传队在教村民们唱和赞美诗的旋律大不一样的革命歌曲。神父在心里嘀咕道,原来他们唱歌去了。

赵排长示意他的两个士兵扶沙利士神父上马,神父上了两次,都没有成功。过去他是先踩在亚当的背上跨到马背上,但是今天亚当到哪里去了呢?神父想,或许他不愿忍受离别时的伤感罢。赵排长过来抱住神父的一只腿,三个人几乎是将他举上去的。神父说:“我老了。谢谢。”

神父尽量挺直了腰坐在马背上,决心在离开这生活了四十多年的峡谷的最后时刻,将自己的形象塑造得跟进来时一样。热情,谦逊,执著,充满活力和希望。但是他发现要做到这一点很难。当年他和杜朗迪神父进来时,为了敲开西藏的大门,可以用两匹骡子的银元买下一段被土司们控制的栈道,如今谁还相信他们当初的豪情。他不能不想起巴勃神父说过的一句话:传教士在西藏的命运,不过是九死一生地进来,在石头缝里播种信仰的种子,然后,被驱除。幸运的巴勃神父,他被峡谷的风吹到了天国,我却是被中国革命的风吹回去了。他心酸地想。

峡谷的风吹送着黯然神伤的沙利士神父一路南行,他心情沮丧,话语很少,就像一个被逐出比赛场的老选手。上帝不仅再不给他机会,而且还让他衰老得连失败都不敢面对。他们翻越了四座大雪山,快要走到藏区的边缘进入云南纳西地时,教堂的厨子诺斯飞马赶了上来,沙利士神父心里长长地吁了口气,四十多年的传教生涯总算没有白白度过,藏族人为朋友送行的方式总是出乎你的意外。

诺斯星夜兼程赶来并不是来道别,只是为了向沙利士神父捎一个重要的口信。诺斯说:“神父,亚当让我带句话给你,他请你放心,他已经在上帝面前收藏好了你交给他的契约。”

神父满足地说:“我知道。他是个好基督徒。”

诺斯哭着说:“神父啊,亚当把一颗子弹打进自己的嘴里啦。”

沙利士神父惊得差点从马背上摔下来,他仰天长叹:“亚当啊,我的孩子,我有罪!”

沙利士神父走出去很远了,驿道上的风还吹不干他脸上苍凉的眼泪。在一个山垭口,神父勒马回望渐行渐远的西藏。蓦然发现,忠心的厨子诺斯还立马山头上一动不动,那遥远的身影仿佛风中的一个问号,要在天地间寻找答案。

57. 拯救

几年以后,木学文带着土改工作队再次回到峡谷时,已经是新成立的盐田县县长。他把土改工作队的队部设在澜沧江西岸的卡瓦格博村里的藏公堂里,这里从前是野贡土司召集村民开会议事的地方,它就面对着土司大宅。工作队把奴隶、农奴、佃户们请来开会、教唱歌、讲故事,对待老百姓比当年的外国传教士还要热情,他们也比传教士能说会道得多。工作队没有告诉藏民们谁是救世主,谁将会赦免他们的罪,谁将引领着他们走向天堂。他们只给藏民们讲人间的平等与不平等，人和人都是父母生的，没有贵贱高低之分；讲耕者有其田，就像牛羊总有属于自己的草甸一样，可见你们连牛羊都不如。而为什么有的人饱食终日，既不放牧也不干活，却占有大量的土地和牲畜，还骑在你们头上作威作福呢？

和大部分藏区一样，刚解放那几年这里的一切似乎都没有多大的改变，农奴和佃户们该向土司和寺庙纳的粮、进的贡，一样都不能少。除了那个外国传教士沙利士神父被赶走了以外，峡谷里的人们还没有更深刻地体验到改朝换代与自己的切身关系。但是随着穷人逐渐站在了红汉人一边，变化就像春天里的大地。卡瓦格博村的几个佃户多听了几次土改工作队的宣传，回去后就不交这一年的粮租了。这种行为要是在过去，野贡土司的家丁会将他们捉去丢在地牢里，还会给他们穿“木靴”，那是野贡土司家族诸多刑具中最有特色的一项发明，人们听见“木靴”一词脸色都要吓得发白。受刑者穿上去后，家丁把“木靴”外面的活动扣一个个地钉紧，钉三个扣，脚背脆裂；钉六个扣，五个脚趾全部挤碎；钉九个扣，“木靴”里面的脚骨头便一根根一块块地被夹断、夹碎。再强的汉子，一双“木靴”套上去，能坚持钉六个扣而不昏倒，就算是铁骨铮铮的好汉了。当管家把佃户们抗拒交租粮的事报告给野贡家族的新土司坚赞罗布时，年轻的土司只是对管家说：“记下他们的名字。要像记下借高利贷者的名字一样准确。”

要是老土司顿珠嘉措还在的话，坚赞罗布将会问他足智多谋的父亲，如果人家继续让你当土司，甚至还让你当新成立的盐田县的副县长，但是他们又煽动那些草头藏民不交租粮、不还高利贷，甚至还要把田地和牲畜分一些给那些没有土地的人，这土司还当得下去吗？坚赞罗布隐约感到峡谷里的变化已经超出了神灵控制的能力，野贡家族传到他这一代，火塘里的柴火，怕是要越来越烧不旺了。

那一年,雪山上的冰川大幅度地向峡谷里延伸,卡瓦格博村住得比较高的几户人家,冰舌都从他们狭小的窗户中伸进来了。峡谷里的老人们说这样的事情要一百年才遇得到一次,藏族人有大吉祥了。丰沛的冰川似乎印证着穷人们朦朦胧胧的期盼,连野贡土司家的马帮队长洛桑,也感到自己苦难的爱情总算有救了。

洛桑虽然出身地位低下的人家,但他是峡谷里公认的情歌王子。当年野贡家族的那个为情而死、招致藏纳两个民族第一次战争的大情种扎西尼玛与他比起来,不过是一个乳臭未干的毛头小子。由于长年在外面奔波,他的皮肤不像峡谷里种地放牧的人们那样是土黄色的,而是油亮发光的棕色,像汉地华贵的锦缎一样光滑、滋润,那肤色即便在黑夜中也能照亮姑娘们的春心。而更让姑娘们倾心的是他那副善唱情歌的好嗓子,人们说是神灵赐予的,因为父母给的嗓子根本唱不出那么动听的情歌来。每当他放歌一曲时,山上的鸟儿不再鸣叫,坡上的牛羊不再吃草,峡谷里百花盛开,草甸上青草起舞。多年前泽仁达娃的刀架在他脖子上,他高歌一曲,竟然勾起了那个杀人如麻的大土匪无限惆怅。神灵的歌喉救了他的命,一直成为峡谷里的美谈。

那个洛桑刀架在脖子上还思念着的女人,并不是野贡家族从小就给他订了婚的贵族女子野贡·康珠,而是澜沧江边的晒盐女央金卓玛。她就像峡谷里的一株无名的杜鹃花,开放得朴素自然、美丽大方。但是如果没有她对山岭默默无闻的装点,峡谷的美就不存在。澜沧江会干枯,万年的冰川将融化,千年的雪山不再有洁白的峰顶。这是一场秘密的看上去几乎不可能达到目的的恋爱。洛桑每隔半月到江边的盐田去收盐,便是他们能见上一面的唯一机会。他们靠情歌和眼神来传递相互的渴望和炽热的爱,在他们还没有摸一下手说上一句话的时候,就知道自己的灵魂被对方勾走了。他们在梦里神交,在强烈的思念中各自默默地对着一棵树、一江春水、一朵盛开的杜鹃花倾诉衷肠。像许多心有灵犀的藏族人一样,他们每天晚上在同一时刻准时跨入对方的梦,就像跨进一道爱的大门。那是一扇只为对方洞开的大门,里面爱神飞翔,鸳鸯嬉戏,鸟语花香。他们在那里相亲相爱,诉说比澜沧江水还要丰沛的爱恋。在浪漫而自由的梦中,她抚摸过他坚挺的鼻梁,宽阔的脸庞,他吻干过她横飞的眼泪,圆润的嘴唇。他甚至还清楚她脖子上的胎记,她也曾躺在他大地一般厚实的胸膛前,细数过他下巴上的胡须。而在白天,他们只能用山歌唱给对方自己不可言传的痛苦。那些动听哀婉的山歌唱的是星星对月亮的依恋,风对树的缠绵,江水对大地的拥抱,白云对雪山的厮守,牛羊对青草的亲吻。

如果他们能有一次约会,那无异于到老虎的嘴边抢食吃。因为峡谷里所有的人都知道,顿珠嘉措土司早就做好了招婿上门的一切准备了。从印度买来了珍贵的虎皮和九眼猫眼石,从拉萨买回了镶金护身符,哲蚌寺有名的大活佛为它开光,并将祝福的经文藏在里面,还有藏北草原的红狐皮帽,藏东昌都做工精细的金边藏靴,尼泊尔的玛瑙,汉地的翡翠和绸缎。人们说,光是新郎那身穿戴,就可以买下一个牧场上所有的牛羊。

本来一场万事俱备的婚事,却被一再拖延,甚至拖到顿珠嘉措土司死都没有赶上自己千金小姐的婚礼。因为根据噶丹寺的喇嘛卜算,婚礼总和不吉祥的时间和峡谷里的战事相冲突。不是康珠小姐的属相和年份的属相相克冲,就是接下来的年头不宜举办喜事,似乎神灵对土司家的婚事不甚热心。后来连洋人的上帝也加入到反对者的队伍。野贡·康珠小姐受洗后,沙利士神父告诉她,一个基督徒是不能和异教徒结婚的,除非你的夫婿皈依到上帝的恩宠之下。可是洛桑对上帝一点兴趣都没有,每当康珠小姐要拉他去教堂受洗,以尽早完成一个基督徒完美的婚礼时,他总是说,等一等吧,等我赶马从拉萨回来后吧。等我去一趟汉地再说吧。

等山上的杜鹃花再一次全部开成白色的时候。等你们野贡家也能晒出白色的盐。

当野贡家为婚事再次隆重而铺张地大做准备时,红汉人来到了峡谷。他们并没有搅乱野贡家招婿上门的步骤,他们有更重要的事情要做。追剿土匪,解放农奴,平分土地和财富,让地位低贱的人第一次找到做人的感受。这些事看起来和野贡·康珠的出嫁没有关系,但是,对那对秘密相爱的人儿来说,他们从红汉人为藏族人所做的一切中看到了自己爱情获救的希望。

那个让坚赞罗布大动肝火的早晨,一只乌鸦蹲在土司大宅里的核桃树上聒噪不休,让坚赞罗布心烦意乱。土司一家围坐在宽大的火塘边喝那一天的早茶时,坚赞罗布土司对坐在对面的洛桑说:“今天不要出去了,中午寺庙里的喇嘛要来占卜,确定个吉祥的日子。你和我妹妹的婚事不能再拖了。这个月内必须办。”

“不必费心啦,土司老爷。”洛桑一字一句地说,“我早就想告诉你,告诉康珠小姐,其实我喜欢的是盐田里的晒盐女央金卓玛。我要和她结婚。”

他的话刚一出口,就像一个耳光响亮地打在康珠小姐脸上,火塘边所有的人都愣住了。康珠小姐捂着脸跑到客厅一侧的房间里哭了起来。

“你喝的是茶,不是酒。说什么胡话?”坚赞罗布呵斥道。

“老爷,这碗茶还在我手里哩,我为什么要说胡话呢?”洛桑平静地说。

坚赞罗布把手里的茶碗一蹾,泼出的茶溅到火塘里,发出“嘶嘶”的响声,像他心中就要露出的杀气。“是谁养大了你!翅膀长硬了是不?飞得再高的鹰,也飞不过我枪口里射出的子弹。”

“我在土司的大宅里长大,就像盐田里晒出的盐,人人都看得到。”洛桑也把茶碗放下了,“可是,是一只鹰,它总要飞,哪怕地上的人有枪呢。”

坚赞罗布傲慢地说:“砍断了翅膀的鹰,还能往哪里飞！别忘了我小时候一句话,就砍下了你爷爷的头。”

洛桑微笑道:“我当然不会忘记,永远不会。就像泽仁达娃永远没有忘记和你们野贡家族的世仇一样。”

坚赞罗布“嗯”地站了起来,手摸向了腰间,这时他妻子楚姆扑上来抓住了他的手,楚姆对洛桑喊:“你还不快走！好好想想,孩子,再好的骏马,也喜欢一套漂亮又富贵的马鞍。”

坚赞罗布大喊:“关上大门,把这个狗娘养的吊起来,打断他的腿!”

洛桑也站起来了,用嘲弄的口吻说:“别耍土司老爷的威风啦,连奴隶你都关不住了,还想把我一个自由民怎么样呢？红汉人说,一切都变了。现在你和我们一样,都是普通人。”

洛桑昂首走出了土司大宅,连头也不回。他感到奇怪的是自己竟然对康珠小姐一丝怜悯也没有,因为他和她没有做过同样的梦,甚至没有为她唱过一支情歌。与其说野贡·康珠是他的未婚妻,不如说她是他的又一个主子。

洛桑像一只翅膀坚硬的苍鹰,往澜沧江边的盐田飞去。那个背盐卤水的姑娘央金卓玛还在苦熬着自己没有指望的爱情,她日复一日地干着这繁重的劳动,在光明与黑暗中挣扎,在微薄的希望和极度的失望中煎熬,在永无止境的劳役中淡忘洛桑动人的歌声和深情的眼睛,在心力交瘁的痛苦中压抑头一天晚上的美梦。她的忧伤像澜沧江水一样长流不息,滔滔不绝,她曾经多次地想,当洛桑和野贡·康珠结婚办喜事的那一天,她将像那些敢于为情而死的纳西女子一样,义无反顾地跳进这忧伤的澜沧江。如果佛菩萨允许她选择来世,她将投生为洛桑身边的一匹马,天天陪伴着他浪迹四方。

当洛桑从天而降般地站在央金卓玛的面前时，仿佛梦中情景再现，她看见了他湿润的眼睛和动人的嘴唇，那嘴唇因为激动而颤抖，但说出的话却清晰准确，让央金卓玛以为是佛菩萨的金口开了。

"我退婚了。"

"谁……婚……"央金卓玛身子晃了晃，差点要倒。

"我可以娶你啦。卓玛啊卓玛，我的卓玛，我要娶你。"洛桑手舞足蹈，忘了唱一支在这个时候最应该唱的歌。

央金卓玛眼前一阵晕眩，一下跌进幸福的漩涡里，脑子里天旋地转。幸好洛桑一把抱住了她，她才没有掉进澜沧江里。到她醒来时，他们已经依偎在一起了。佛祖在上，这是他们第一次嗅到对方身上甜甜的汗味。尽管他们在各自的梦中拥抱依偎过无数个日夜，但梦里的依偎，是闻不到对方的汗味的。

"不是在梦里？"

"不是。"

"刚才你说什么啦？"

"向佛、法、僧三宝顶礼，感谢仁慈的观世音菩萨带来的吉祥。我要娶你。"

"我又在梦里哭了。"

"不，你在我怀里哭。"

"我天天都在梦里哭啊！"

"我看见了，在我的梦中你的眼泪比雨季里的雨水还多。"

"因为我不是康珠小姐。"

"你不是，你是央金卓玛。"

"我是一个农奴的女儿，苦命的晒盐女。"

"嫁给了我，你的命再不苦。"

"野贡土司会杀了你的。"

“有红汉人在,他杀不了我。”

“红汉人管穷人的事?”

“管。他们过去也是穷人。”

“这是梦里才有的事情。佛祖啊,就不要让我醒吧。”

“看到天上的苍鹰了吗? 它在飞。”

“梦里的鹰也会飞,比它飞得更高更远。”

“看看眼前的澜沧江,听听它的波浪声,它在唱歌哩。”

“梦里的歌声比它好听多了。那是你的歌声啊洛桑。”

“啊,看看山坡上的那些杜鹃花吧,那些像你一样漂亮的杜鹃花。”

“梦里的杜鹃花都要凋谢了,可是你赶马还没有回来。”

“那么,请尝一尝这桶里的盐水,它是甜的还是咸的呢?”

“佛祖啊,它是甜的。佛祖啊,我不是在做梦。”

他们俩在盐田边呢呢喃喃,像两个说疯话的孩子。他们一边说一边泪雨横飞,让澜沧江水也涨了三尺,把临近江边的盐田也淹没了不少。人们过去只知道雨季里澜沧江要涨水,而情人的眼泪也可使澜沧江陡然水涨,则只有天上的神灵知道。

三天后,在木学文的主持下,这对苦尽甘来的情人举行了隆重的婚礼。峡谷里所有的晒盐女、马脚子、奴隶、佃户、放牛娃、牧羊女都来了,他们在江岸边一块不大的空地上唱歌、跳舞,主人甚至拿不出一壶酥油茶来招待自己的客人。新婚夫妇什么都没有,只是在盐田边搭了一个简陋的木棚,木学文乐观地对洛桑说:“只要身上的这双手是在为自己苦自己干,还有什么不会有的呢?”洛桑信心十足地说:“牛羊在自己的牧场上,佛祖就会保佑它们像天上的星星一样多。”

风把盐田边的欢乐传到了死气沉沉的土司大宅,有一个人在自己的闺房里低声啜泣。第二天,野贡·康珠小姐去了教堂,教堂里空空荡荡,除了修女微娜和凯瑟琳,一个教民也没有。康珠小姐悲哀地想,教堂现在似乎成了峡谷里毫无用处的东西。凯瑟琳修女还躺在病床上,她已在床上躺好几年了。微娜修女见到野贡家的小姐,便不停地在心里感激主耶稣,因为教堂已经快断粮了。

“玛丽妹妹,即便神父不在了,主耶稣看到你的虔诚,也会感到高兴。”微娜修女说。尽管她看见土司家的千金小姐忧心忡忡,人憔悴得像即将凋零的花朵,连那身华贵的衣服上也布满晦气。

“我好久没有做祈祷了。”康珠小姐心事重重地说。

“教堂里也没有周日的弥撒啦。农会的人说,我们这是外国迷信。好多教友们都参加了农会。不知在上帝眼里,教会和农会,哪一个更重要。”微娜修女牢骚满腹地说。

康珠小姐放眼空荡荡的教堂,忧郁地说:“微娜修女,我真想在神父面前做一次忏悔。没有神父在,我的罪不知耶稣能不能听到?”

“只要你在全能的耶稣面前说出自己的罪,耶稣就会赦免你。”

微娜修女殷勤地把康珠小姐引进阴森森的教堂内,那里面有一股浓重的霉味,可以肯定好久没有人来做弥撒了。康珠小姐在祭台后耶稣的圣像前跪下,低头画了个十字。微娜修女便退了出来,反手把教堂的门掩上了,然后她在教堂的台阶前坐下,忧心忡忡地想:该如何对野贡·玛丽讲教堂的窘境呢?

微娜修女想起沙利士神父经常说起的那句话:“教堂不能使人神圣,但人能使教堂神圣。”一座没有人敢来的教堂怎么能神圣起来呢?微娜修女感到后院葡萄园里的荒草正一步步地逼近到前院来,连教堂大门台阶的缝隙里,长出来的野草都漫过了脚背。总有一天,它们会把我和凯瑟琳修女淹没起来。她悲哀地想。

在峡谷里矗立了半个世纪的教堂,现在压在两个孱弱的修女身上,显然她们不能担负起救赎人们灵魂的重任,她们连填饱自己的肚皮都成问题。微娜修女指望野贡·玛丽带来献给耶稣的奉仪——一袋青稞,一点钱,甚至几张烙饼。但是野贡·玛丽似乎心思不在对耶稣的爱心上,她依然满脸忧郁地走出了教堂,微娜修女殷勤地迎上去,“耶稣饶恕你的罪了。”

“微娜修女,我的罪孽太深太重。”

“每个人都罪孽深重,主会拯救我们的。”微娜修女说。

“啊,拯救……主啊。”

野贡·玛丽在胸前画了一个沉重的十字,低头往教堂大门外走去,谁也不知道她有没有得到拯救,因为她忍不住要哭了。微娜修女张张嘴,想说的那句话终于没有说出来。她看着野贡·玛丽悲伤的背影,灰心地说:

“可怜的人,看在上帝的分上,别忘了你的爱心和仁慈。”

这句话让野贡·玛丽更加难受,她把它想象得复杂得多,“爱心”和“仁慈”就像两支利箭穿在她渴望复仇的心里。刚才在耶稣面前,她仿佛听到一个声音说,要爱你的仇人,宽恕他的过错。这好像是从前的神父沙利士的声音,又好像是她父亲顿珠嘉措在临终前出人意料的呼喊。可当她一想到家族的姓氏和自己的爱,她便看到魔鬼在仇恨的海洋深处挥舞着嗜血的刀子,愤懑地喊道,不。绝不!

那一阵峡谷里到处都能听到洛桑高亢动人的歌声,他走到哪里,歌声就跟到哪里,仿佛歌声是他的影子一般。他参加了农会,铁了心跟红汉人走,渴望改变自己命运的年轻人都服他,还推举他为藏民自卫队的队长。他受木学文的委托,组织了一队马帮,为进藏的解放军去汉地运粮食和军用物资。洛桑的歌声在峡谷里暂时消失了,野贡家的人找到了复仇的机会。

洛桑走后的第二天夜晚,月亮躲在厚重的云层后,峡谷里黑得很早,魔鬼盘踞在峡谷四周的山头上。两匹马一前一后地走出了土司大宅，坚赞罗布土司站在大门口对牵马的管家旺珠说："放心去吧，佛祖会保佑复仇者的。"

土司家的老仆人拉巴平措多年以后都还能清晰地回忆起那个鬼影憧憧的夜晚。土司大宅里明明走出去了两人两骑，回来时就只有一人两骑了。那另一个人横搭在马背上，已经口吐白沫，撒手归西了。

旺珠泪流满面地跪在坚赞罗布土司的面前，不停地扇自己的嘴巴。说他该死。他说他和康珠小姐来到央金卓玛的家后，把那些带去的面点和酒菜摆放了一桌，然后他就退出来了。临走前他还特意嘱咐康珠小姐，酒可别喝得太多，老爷还在家里等着我们哩。可是，等他听到一个女人的大呼小叫再冲进屋里时，倒在地上的不是那该死的、下贱的晒盐女央金卓玛，而是康珠小姐。老爷啊，神灵一定把我们的想法弄反了。

坚赞罗布一直没有想明白自己的妹妹为什么会弄出那样大的差错。在管家旺珠精心的安排下，他们在康珠小姐临行前千叮咛万嘱咐，一定要认清那唯一一块拌有剧毒药物的三角形面点。下贱的晒盐女央金卓玛吃下它了，你的爱情才有希望。用毒药毒死家族的仇人野贡家的人一点也不陌生，多年以前坚赞罗布的爷爷——七世野贡土司曾经用一把单面涂有毒药的刀切梨给前来讲和的泽仁达娃的祖先吃，顺利地维护了家族的荣誉。可是这一次，毒药毒死了下毒的人。

很多年以后，末代土司坚赞罗布和教堂的神父安多德作为政协委员经常在一起开会，一次他们被安排住在同一个房间。晚上两人躺在床上闲聊时，坚赞罗布向安神父说起这段往事，安神父不经意间的一句话让坚赞罗布似乎看到了多年前的真相。神父对他说："耶稣的仁慈会让我们的信徒化恨为爱。"

那晚坚赞罗布一夜未眠。第二天他对安神父说："你们的耶稣害了我妹妹。”

可是比他年龄小了近三十来岁的神父直率地说：“恰恰相反，耶稣拯救了她。”

58. 叛乱

藏区的局势越来越不稳定，邻近几个地区的土司和寺庙的武装喇嘛都上山参加了叛乱。叛乱的流言与传闻躲在峡谷上空的乌云背后，阴森的风把它们吹到宁静的村庄，让藏族人祈祷平安吉祥的煨桑的青烟也战栗不已。有人传言说四川藏区的红汉人围攻了叛乱的寺庙，喇嘛们实施黑巫术和红汉人对抗。他们做了一个巨大的塔，在基座内埋藏了四处收集来的人间最龌龊污秽的东西——猫头鹰和乌鸦的骨头、肉、污血，人的头骨，死于斗殴的男子的新鲜血液，杀过人的兵器，暴亡者的耳垂、鼻尖，心脏和嘴唇，寡妇的黑色内衣，吊死鬼用过的绳子，因分娩而死亡的妇女的骨头，死尸的皮肤，地下幽暗之地的泉水，活的黑蜘蛛，死人的头发，魔鬼遗留在悬崖边的唾沫，十字路口上亡魂坐过的石块等等，此外还从一百零八个不同的墓地取来土，一百零八眼山泉中取来水，一百零八种毒树上采集来树叶和嫩枝。据说他们找齐了大部分东西，但只有一样由于时间仓促和世道变了，怎么也找不到啦，这就是淫荡妓女们的经血。因为红汉人来了以后，取缔了卖笑生意。因此那座叛乱喇嘛寺的黑巫术做得有点不伦不类，以至于针对红汉人的巫术失去了应有的法力。红汉人得到了支持他们的藏族人提供的准确情报，把大炮瞄准那座巫术之塔，一炮就将它炸得飞上了天，塔内刻毒的咒语被炸得粉身碎骨。喇嘛们像炸了群的马，各自携枪跑到山上躲起来了。不过，他们依然认为，不是红汉人打败了他们，而是自己的毁敌巫术少了一样东西。

这些被风吹来的恐怖故事让峡谷风声紧张。野贡家族的坚赞罗布土司已经征派了“门户兵”，噶丹寺的喇嘛们也人心惶惶，尤其是那些武装喇嘛们，他们平常在寺庙里念经的工夫少于舞刀弄枪的时间。寺庙里的活佛和八大老僧已经接到了来自拉萨方面的指示，要他们把人拉到雪山上去，跟红汉人对抗。

木学文便是在这个时候接到了噶丹寺的请柬，请他到寺庙里和八大老僧以及上层贵族一起商议峡谷的未来。土改工作队的所有队员都反对木学文去，但是他说：“如果我不去，他们看不到我们的诚意。”

木学文去的前一天晚上，他的床铺上飞进来一张神秘的字条，上面只有一行藏文字，“危险，勿来。”工作队的队员们都感到奇怪，由于最近一段时间形势严峻，土改工作队所在地藏公堂的前后都有武装岗哨，别说来一个人，就是一只鹰也飞不进来。木学文笑着对自己的队员们说：“你们看，即便藏区真有神灵，也是站在我们一边的。”

实际上木学文心里还挂记着寺庙里的一个喇嘛，因为人们传说，这个喇嘛可能就是他的父亲。而且木学文凭直觉可以断定，这张纸条和这个喇嘛有关。

木学文在成都上学的岁月里，母亲木芳从没有提起她被人抢过，也很少提起他父亲。随着岁月的流逝，世事变迁，木学文一天天长大，父亲在他的脑海里就只剩下一个个子高高的男人的模糊印象。有时他在梦中见到一个跃马横枪、满脸络腮胡的藏族汉子，有时一个穿长袍马褂的男人又老是在他的梦里浮现。他曾经问过自己的母亲，父亲究竟喜欢穿马褂长衫呢还是穿藏族人的楚巴？母亲总是支支吾吾，实在无法回答就以眼泪来面对。回到峡谷工作以后，他曾经想从他母亲那里得到有关父亲的消息。但自从赶走了外国神父，凯瑟琳修女便不再认这个当了红汉人的儿子。木学文只能在峡谷里的风声中捕捉父亲踪影的蛛丝马迹。

几天以前,他和那个曾经抢过他的母亲、现在皈依了佛门的吹批喇嘛在寺庙外面的白塔前见过一面。正如人们所说,他是寺庙里个子最高的喇嘛,看上去比木学文还要高,只不过没有年轻的县长挺拔、魁梧。他围着转经塔一圈又一圈地转,每转一圈,都要往白塔上放一个小石子,那上面已经密密地放了上千颗石子。木学文开初不相信一个抢掠成性的巨匪会这样心无旁骛地围着一座座无言的白塔兜圈子。他站在一边默默地看了他许久,他在阳光下显得猥琐、谦卑、迟疑,像一个过早地被生活压垮了的老年人。

木学文终于鼓起勇气对他喊:“哎,你,过来一下。”

那个高个子喇嘛定定地看了身着军装的木学文好一阵,才慢慢走到他的身边,躬身向他施了个礼,谦逊地说:“大军,你是叫我吗?”

“师父,叫什么名字?”木学文问。

“大军,我的法名叫吹批。”

“出家以前呢?”

吹批喇嘛坦然地说:“出家以前,我是一个魔鬼,不配有人间的名字。”

“那么,你有家人吗?”

“出家人,哪里有家? 寺庙就是他的家。”吹批喇嘛说。

“我是问你,还有没有亲人?”木学文紧张地看着他。

吹批喇嘛依旧平和地说:“大军,不要费那些心思了。我的罪孽我一个人赎还,与我的亲人没有关系。”

木学文心里有些感动,又涌上来一股强大的怜悯。如果这个高个子喇嘛真的是某个人的父亲,他应算是一个伟大的父亲。

但是如果作为一个革命者的父亲,那就有些糟糕了。木学文自参加革命以后,从来都是在各式干部履历表的家庭成员一栏上,填写“父亲,纳西商人,已亡”。不是木学文想掩盖什么,而是他小时候能从母亲那里得到的有关父亲的消息就是这些。

第二天木学文让土改工作队暂时撤到澜沧江东岸,自己带着一个通讯员如约来到寺庙,他们都没有带枪,是真心来谈判的。武装喇嘛们虎视眈眈地拥在措钦大殿的外面,有的人连枪都上膛了。木学文没有看到这些时日以来一直萦绕在他脑海里的那个高个子喇嘛吹批的身影。他被引到大殿楼上的一间掌教厅,寺庙的两大活佛——年轻的六世让迥活佛和年迈的绛边益西活佛以及八大老僧都围坐在几张长条拼成的方桌前,野贡家族的坚赞罗布土司和几个头人坐在另一边。

木学文向活佛和老僧们施了礼,又向坚赞罗布土司点头致意,寒暄之后双方开始正式的谈判,主要是喇嘛们和坚赞罗布在滔滔不绝地诉苦。他们说自土改工作队来后,寺庙的“神民户”交租不积极了,连酥油也不给寺庙供啦,没有酥油用什么点佛菩萨面前的酥油灯?“神民户”是大清乾隆皇帝在位时恩赐给寺庙的,民国政府都不管“神民户”的事,你们共产党为什么要削减“神民户”的户数呢?没有“神民户”的供养,寺庙拿什么敬奉给神灵,神灵要是发怒了,峡谷的众生怎么生存?

坚赞罗布土司今天就像他父亲顿珠嘉措当年要和纳西人打仗时那样,全身武士装打扮,甚至还把那只野贡家祖传的能抵御枪弹的金靴也挂在了胸前。他插进来说,你们不但抢走了我们家的奴隶,还煽动那些下人们把高利贷借据和地租契约都烧了,没有这些东西,我还是峡谷里的土司吗?你们不是委任我当副县长吗?一个副县长没有奴隶,也没有为他种地的佃户,甚至连借出去的钱都要不回来,还算是一个副县长?我连一个乞丐都不如。这就是你们的土改吗?你们什么都管,连我妹妹的婚事也插上一手,现在她死了,——啊,愿佛祖能超度她的亡灵,——都是你们让那些贱民的脑袋发了疯。要是在过去,土司家的婚事不顺,是要打仗的哩。

木学文平静地说:"你们说得大体都对。共产党的土改就是要把土地分给穷苦的百姓,不论是寺庙的土地,还是土司的财产,都应该匀一些出来救济贫苦的百姓。共产党为什么能得到人民大众的支持,就是因为我们给他们活下去的希望和生路。再说,贫富差别太大也违背佛教慈悲为怀的宗旨。信仰归寺庙,土地归民众。大家两不相扰,不是很好吗?尊敬的绛边益西活佛,清朝乾隆年间噶丹寺的'神民户'核定了一百五十户,对吧?现在有多少户呢?三百三十二户,翻了一倍还多。而寺庙的喇嘛人数和从前没有多大的变化呀。坚赞罗布土司,高利贷是旧时代的产物,是最不公平合理的,我们当然要废除它。借你十块大洋,就把人家儿子抓来当了八年的奴隶,天下还有比这更不公平的事情吗?"

"借债还钱,翻倍计息,无钱还债,以人相抵。这是规矩。"坚赞罗布振振有词地说。

"我们革命的目的,就是要打破旧社会的规矩。而你们的出路,取决于你们是否和人民站在一边。"

"野贡家族的人,从来就只站在属于相同'帕措'①的一边。只有相同的血脉,才会有相同的种姓。"野贡土司讪讪地说,"请问木县长,你属于哪个种姓呢?"

木学文一愣,然后才说:"我的生命是共产党给的,因此你可以认为我属于共产党。但我们不是一个家族或者种姓,我们是全中国无产者阶层的政党。"

坚赞罗布闪着狡猾的眼光说:"你可找到一个大种姓当依靠了。现在不是共产党跟我们过不去,而是老冤家找上门来了。"

木学文身上的血一下冲到脑门,他一拍桌子喝道:"坚赞罗布,共产党不计个人私怨。如果你站在人民一边,我和你就是朋友!"

---

① 父系血统家族集团之意。"帕"在藏语中是父亲、父系的意思。

谈判陷入僵局，而且话题越扯越远，从大地上的人间扯到天空中的神灵，双方都无法说服对方。喇嘛们说峡谷的土地、盐田是神赐予的，寺庙有权拥有。并举出实例说，某一块土地上曾有莲花生大师的脚印，而另一片土地曾经是佛陀和魔鬼打过仗的地方，佛陀战胜了魔鬼，才把土地留给了寺庙。他们还说，一个藏族人不会在乎你们分给他们多少地，我们能不能让他们顺利转世投生，对他们来讲才是最重要的。土司说当年峡谷里没有青稞也没有牦牛，是一个受他家资助的活佛用风把青稞种吹到野贡家的后院里，自此以后峡谷里的人们才会种青稞。他们极力向共产党的县长证明，没有土司和寺庙，就没有峡谷的众生。众生没有土地和生活贫困，是他们前世没有修得好，如果他们听土司的话和虔诚地来寺庙进香，他们的来世就会有很多的土地和财产了，说不定还可以投生到土司家哩。一个老僧对木学文说：

“神灵照管下的土地，不需要土改。土改只能带来战争。”

木学文没有接他的话，把脸朝向六世让迥活佛：“尊敬的活佛，寺庙真的希望打仗吗？”

六世让迥活佛沉吟片刻，才说：“我在拉萨哲蚌寺学经的时候，僧人们在春天都不出门。因为他们害怕踩死地上的蚂蚁。”

木学文说：“出家人的清规戒律，我想你们都比我清楚。峡谷里打了几十年仗了，什么最珍贵呢？是和平。”

但是几个喇嘛气势汹汹地说，不是寺庙不需要和平，而是你们红汉人要来割佛菩萨的肉。神灵已经在昨天通过一朵乌云告示人们了，寺庙和红汉人终有一战。

让迥活佛说：“那是魔鬼的阴谋，你们不要上当。”

但他的老师绛边益西活佛说：“神谕是不可违背的。一个僧侣的职责，就是服从神的旨意。”

喇嘛们在欢呼，向木学文挑衅性地扇动着胸前的僧衣。木学文没有感到害怕,而是感受到了让迴活佛的悲哀。

“我要到静室里闭关静修了。”让迴活佛在人们的嚷嚷声中缓缓地说,仿佛说他累了,要去休息一样。

尽管那声音不大,但是所有的人都听到了。渴望打仗的人像被迎头泼了一盆冷水,呆呆地看着让迴活佛。

“如果杀戮能够解脱恶业,还要僧侣做什么?”让迴活佛一字一句地说,然后起身,拂袖而去。

木学文站起身来高声说:“你们应该听让迴活佛的,别辜负了他的慈悲。”但是喇嘛们的喧哗淹没了他的声音。他走到措钦大殿外时,四个身材高大的武装喇嘛围了上来。

“跟我们走。”一个喇嘛命令道。

“我是盐田县人民政府的县长,你们不能这样。”木学文提高了声音说。

一个喇嘛用枪托在木学文的头上猛击一下,他眼前一黑,就什么也不知道了。

他们把木学文囚禁在一间地牢里,那里面阴暗潮湿,有股腐烂的味道,还有丝丝血腥味若有若无地在霉烂的空气中飘浮。天黑以后,木学文才醒来,他不明白以慈悲为本的寺庙为何还有地牢。不过他对这种地方并不陌生,当年他参加学生运动被捕后,也在这样的地牢里呆过。

是夜,山风在峡谷的磨刀霍霍声中哭泣了整整一晚。启明星快升起来的时候,地牢的大门轻轻打开,有一缕星光飘进来。平时人们没有注意到星光的穿透力,那是因为被黑暗埋藏得不够深,只有蹲过地牢的人才能看到星星飘逸的光芒。星光映衬着一个高大的身影,一步步地走向坐在地上的木学文。木学文心中长长地吁了口气,总算见到他了,只是没想到是在这种情况下。木学文脚上还戴着脚镣,要迅速站起来还不是那么利索。但那个身影一躬身,就把木学文背起来了。

木学文伏在他背上悄声问:“我还有个通讯员。他在哪里?”

“他们杀了他。”身影闷声闷气地说。

“唉,他们还是叛乱了。”小李才十七岁,是个刚从汉地参加工作的青年。木学文不知道他是如何死的,他不忍心问。

他们走出了地牢,绕过幢幢僧舍,远处传来狗吠声,西北的天空上一颗流星拖曳着长长的白光扎向远方黑黢黢的群山,寺庙的头通鼓还有一个时辰就要敲响,有几个睡不着觉的老僧已经起床点燃了酥油灯,正在僧舍里的神龛前默默地祷告。寺庙正在沉睡中缓缓醒来,而大地仍然被黑暗所覆盖。

噶丹寺并没有围墙,四处都有进出寺庙的小径。他们从寺庙的背后溜了出来,其间木学文还看见两个巡夜的喇嘛模糊的身影,但是他们没有被发现。吹批喇嘛虽然人高马大,但走起路来就像走在棉花上一般,一点响动也没有。木学文想,不愧是当过土匪的人,干这样的事情易如反掌。

“让我下来走吧。”木学文说。那时他们已经离寺庙有三里地了。

“得先把你的脚镣弄开。”吹批喇嘛把木学文放了下来,蹲到他的面前,用一把康巴刀撬脚镣上的锁,他干得很麻利,三下两下就把锁撬开了。木学文说:“谢谢啦,你让我当不成烈士。”

“我要你好好活着。”

“为什么救我?”

“度己度人,出家人的天性。”

木学文从他苍凉刚毅的脸上读出了寺庙在这个时代不可避免的错误,他忽然担心这个与自己的身份有暧昧关系的喇嘛如果也走向叛乱的队伍,他们会不会在两军交战中面对面呢?如此,他就更需要弄清他们到底有没有那种关系。

“师父，我想问你一件事。”

“问吧，趁天还没有亮。”

“我的母亲是教堂的凯瑟琳修女，我的父亲在哪里呢？”

“他早死了。”吹批喇嘛麻木地说。

“怎么死的？”木学文定定地看着吹批喇嘛的脸。

“我杀死的。”

“你……”木学文很失望，只有把目光转向天上的星星，那上面兴许有答案。

“你走吧，天要亮了。”吹批喇嘛又说。

“我想起了童年时候的一匹小马，是我父亲送我的。我给他取了个名字，叫‘农批’。那是一匹灰色的马，四个马蹄却是白色的。能跑，又听话。我父亲说，孩子，它会和你一起长大，但是你走的路要比它长，这样你才会有出息。”

“你现在又有新的马了。”

“可是我的小灰马呢？”木学文看着星星喃喃地说。

“别管它啦，它老了，而你还年轻，路还长。”他语调轻柔，像一个慈祥的长辈对晚辈的嘱咐。

一声枪响从寺庙那边传来，风带来了喇嘛们的惊慌。这时他们已经走到了澜沧江的溜索边，木学文没有得到答案，怅然跨上了溜索，他吊在溜索上回头看着吹批喇嘛，但是喇嘛的脸上波澜不惊，布满麻木的苍凉。

木学文高声说：“别跟他们走！想一想你为什么出家。”然后他双腿一蹬岩壁，把自己射向了对岸。

他没有看见吹批喇嘛长久地伫立在澜沧江边，佝偻着背一动也不动，仿佛一棵正在枯老的树；他也没有看见山风吹动着那老喇嘛绛红色的僧衣，向着他远去的方向飘动，像一个父亲对儿子殷勤召唤的手；他还没有看见吹批喇嘛手里捻动的佛珠，那佛珠陈旧而圆润，在手指长年的抚弄下，像一颗颗虔诚的心，每捻动一次，都是对那个远去的背影的祝福；当然，他更没有看见老喇嘛目送他的目光越拉越长，那是最坚韧顽强、最炽热温情的目光，是世界上任何一个父亲凝望长大了的儿子的目光，骄傲、幸福、自豪、希望全都深藏不露，坚硬的山风没有把它吹散，而是将它越送越远；最后，他没有看见吹批喇嘛蠕动的嘴唇，没有看见潮湿的眼眶——这双眼睛后来见风落泪，具有佛的灵光；这软弱的嘴里想说什么话，那深情的眼仁里期待的是什么，木学文永远听不到也看不到了。

59.最后一枪

当天，峡谷里的叛乱开始了。叛乱的队伍首先袭击了农会和藏民自卫队，藏民自卫队的队长洛桑那天早晨还在温暖的被窝里就听到了划破峡谷宁静天空的枪声。“他们闹起来了。”他翻身爬起来，但是央金卓玛死死地搂住了他。“别去，别出去。”她说。“难道等他们打到家门口来吗?”洛桑推开了央金卓玛，他听见了皮肉撕裂的声音，听见了心和心分开时痛苦的脆响。每个夜晚，他们依偎在被窝里一分钟也不曾分开过，他们还做同一个梦，只是醒来后发现现实比梦中还美好，这让他们常常幸福地从梦里笑到梦外，又从梦外沉醉进梦里。早晨起来时，他们必须小心翼翼离开对方的身体，动作快了或大了会把对方的皮肉撕扯下来。因为他们的肤肌是粘在一起的，心也是交融在一起的。因此，当洛桑听见枪声急忙起床时，不小心将央金卓玛青春的皮肤撕痛了，把她盛满柔情的心伤着了。但是他已经没有时间来缠绵和道歉。

藏民自卫队和农会的人加起来，其实只有三十来号人，而且他们手中的枪大都是陈旧的火绳枪，步枪也只有几支。坚赞罗布的“门户兵”和寺庙里的叛乱队伍冲进村庄时，藏民自卫队退守到了藏公堂。坚赞罗布土司手下的一个头人扎巴多吉很快带领叛匪们包围了这座土司大宅对面的房子,他们用机枪把藏公堂的大门打成了筛子。洛桑指挥大家用桌子、柜子等家什堵住大门,单调沉闷的火绳枪声和步枪声在叛匪们猛烈的射击中显得如此孱弱,就像暴风雨中折断的树枝。即便如此,土司家的马队也没能冲进藏公堂,火绳枪的射击就像长了眼睛,藏公堂外的一小块开阔地上被击中的人马在到处翻滚,仿佛地狱中的景象再现。扎巴多吉躲在外面的一道土坎后高喊道:

"洛桑,出来吧,土司老爷还没有喝到你的喜酒哩。"

"可我想请他吃一颗枪子儿。"洛桑在里面说。

"洛桑,牛粪堆不成高山。别说大话了,我家老爷要用你背叛的心下酒哩。"

"他还没有那个口福。"洛桑往外打了一枪,射穿了扎巴多吉的帽子。

战斗持续到下午,叛匪们始终没有攻进藏公堂。天要黑的时候,扎巴多吉又在外面喊了:"洛桑,看看谁在我手里。"

洛桑从藏公堂破败的窗子看见了被绑着的央金卓玛,还有所有坚守在藏公堂里的自卫队队员和农会会员的妻子、母亲、姐妹。洛桑的眼珠差点就爆裂出来了。

"你们还是康巴人吗?"他愤怒地喊。

"跟着红汉人跑,你们也算康巴人?"扎巴多吉反问道。

"放了她们。我们男人的事情,用男人的方式解决。"洛桑说。

"那你们出来,我们商量一个解决的办法。她们的命在你们手里,想一想云南那边的土司们怎样对待跟红汉人走的女人吧。"

据说云南那边一个叛乱的土司把抓到的女土改工作队员剥光了衣服,将高高的树梢拉下来拴在她们的乳头上,然后一放树梢,一团乳房就飞向了天空。

“洛桑，别出来啊！他们会杀了你们。”央金卓玛高喊道。

“别出来啊，孩子！”“别出来，哥哥。”“别出来，爸爸。”外面的女人们喊得声嘶力竭。

但是藏公堂里的所有男人几乎没有犹豫，都出来了。他们紧握着手里的枪，一步步地走向自己的亲人，也一步步地走向死亡。扎巴多吉笑了，他说：“放下枪，我就放娘儿们走。”

洛桑说：“先放了她们。”

扎巴多吉一挥手，他手下的人便把绳子拴着的女人们都放了。扎巴多吉用枪指着洛桑说：

“该你履行自己的诺言了。”

洛桑深情地看了自己的妻子央金卓玛一眼，手里的枪“咣当”一声落在了地上。他骄傲地说：“来吧，像个真正的康巴男人一样。”

扎巴多吉一枪打在洛桑的肚子上，但是他动也不动，眼睛还望着央金卓玛，就像他第一次在盐田边看到那个美丽非凡的晒盐姑娘时一样，神情专注，心旌摇荡，分不清现实和梦想，仿佛一步跨进天国，就看到了仙女。

扎巴多吉又打了一枪，洛桑身子才摇晃了一下，他回过头来，对扎巴多吉说：“你不是个男人。”

央金卓玛这时才从噩梦中醒过来，她一声尖叫，像一头暴怒的母兽，扑向扎巴多吉，在她咬下扎巴多吉的一只耳朵时，她为洛桑挡住了射向他的第三颗子弹。

机枪再次响起来了。它如此近距离地向人群射击，人们还是第一次看到。仿佛那只是藏族人炒青稞时青稞在锅里劈啪的爆响。为了亲人自动放弃战斗的康巴汉子们像被砍倒的大树，纷纷倒在了藏公堂外面的空地上。许多自卫队队员没有想到对手会这样不讲信誉，他们也是康巴人，应该顾惜康巴人的名誉。多年前当他们面对徒手的纳西男人和女人时,康巴骑手们选择了荣誉,放弃了杀戮。正如两个康巴男人持刀格斗,刀被打落的那一方绝不会被刀还在手上的一方杀掉,要么他认输,要么他把刀拣起来,再重新搏杀。你赢了,但必须赢得很骄傲;同时你也应该让对方输得很尊严。

被机枪扫倒的自卫队队员眼睛都没有闭上,永远也闭不上了。洛桑的眼睛还望着他的央金卓玛,她也深深地凝望着他。两人的目光永恒地交织连接在一起,就像两只紧挽在一起的手。以至于当人们抬他们的尸体时,必须将这一对生死恋人一起抬走。因为爱的目光是世界上最坚韧的东西,任何外力都割不断它。

第二天,坚赞罗布土司和寺庙的武装喇嘛裹挟了大量的藏民逃到了山上。叛匪们把凡是参加了农会的藏民的房子都烧了,抓到的男人全部剁去食指,使他们以后再不能打枪,然后一根绳子拴了,拖在马后面,让他们和康巴骑手一起在险峻的山道上奔跑,许多人跌倒了,马背上的骑手反手一刀,将绳子砍断,后面奔跑而来的马便将这些可怜的人撞下悬崖。那些骑手和被绳子拴着的人过去都是朋友,甚至还是表亲兄弟,不少年轻人还一起长大,在同一个牧场放牧,在同一个祭神的节日里唱歌跳舞喝酒。红汉人来了后,一些人想在今生改变自己的命运,一些人依然听土司和寺庙的,把希望寄托在来世。峡谷里的藏族人从来没有对自己的同胞兄弟这样凶残过,过去他们作为土司属下的"门户兵",跟随土司抗拒土匪,和纳西人打仗,都有看似很正当的理由,而现在他们却不知道为什么要杀同一个村庄的兄弟。仿佛每一个"门户兵"的脑子都被魔鬼控制了,平时在寺庙进香磕头时的虔诚、在佛菩萨和神山面前的敬畏、在父母兄弟姐妹面前的孝敬和谦逊,全被嗜杀的热血淹没了。有一个骑手的后面就拖着他的表哥,一个农会的积极分子,表哥说:"兄弟,你慢一点好么?我实在走不动了。"那兄弟说:

“哥,别废话了,走不动你还跟红汉人跑。”表哥说:“红汉人分给我们土地,就像把美梦分给我们一样。”兄弟说:“别信他们的,我们有土地在下一世。”然后他扬起了马刀:“你走还是不走?”

三天以后,木学文带着两个连的解放军来到了澜沧江西岸,那时叛乱的烽火已经把卡瓦格博雪山下的冰川都融化了好长一截,峡谷里狼烟滚滚,让人分不清哪是乌云哪是战争的硝烟。幸存的农会会员见到木学文时都跪伏在地上哭得爬不起来,他们说:“木县长啊,土司的心被魔鬼控制了,他干的事情比魔鬼还更像一个魔鬼。”

多年以后,坚赞罗布土司在共产党的监狱里接受改造时,曾在一次思想学习检查会上追忆了自己当年率众参加叛乱的动因。他说有一个傍晚他的妻子楚姆到房顶上去煨桑,忽然看见一头金色的牛从后院的门里撞了进来,楚姆当时吓得差点从房顶上跌倒。坚赞罗布当初还以为这是野贡家的第一世土司借给那个拉萨活佛的牦牛转世投生,因此大家在围捕金牛时高兴得大呼小叫。牛和这个家族有着如此密切的联系,凡是野贡家的人都没有忘记在他们家长年不息的火塘下,还埋有几百年前拉萨有名的活佛送回来的牦牛的头颅,是它保佑了野贡家族的传宗接代和繁荣昌盛。可是野贡家的人那晚付出了极大的代价,一个家丁的肠子被它的牛角挑出来了,另一个家奴则被它踩扁了头。把这头金牛捕到后,他们被它的外形吓呆了,即便是牧场上最年长的牧人也没有见过如此恐怖怪异的牛。它暴怒、凶残,生着两只天青石一般的牛角,而且还有火焰从牛角尖中喷射出来;更为可怕的是它竟长有三只凶暴的大眼,那眼睛比人的一个拳头还大,盯你一眼就像在你的心窝处打了一拳;当它吼叫时,露出的牙齿就像冰川上那些锋利的冰尖。最让人做梦都想不到的是,它的额头上镶嵌着五颗人头骷髅,就像国王戴的王冠,而它的脖子上则挂着由五十颗滴着血的小人头组成的花环。

“你还在讲封建迷信,坚赞罗布。”在那个学习会上,一个从前在他手下当头人的改造积极分子批判他说。

坚赞罗布却说,你们等我说完么。那晚我们把它用铁链拴在后院的核桃树下,马上叫人去请寺庙的喇嘛来看这到底是头什么样的怪物。我记得很清楚,那天是绛边益西活佛和一个老堪布来的。他们打着火把将金牛一照,绛边益西活佛当时就惊呼起来,他说:“佛祖啊,这是业力阎王的身形啊!”

“你想说明什么问题呢,坚赞罗布?”主持会议的管教人员打断了他人神不分的回忆。

“报告政府,我是想说明,阎王找到我的家里来了。所以从那天以后,我就成了夺去许多人生命的阎王。”

可是当年坚赞罗布却不这样认为,那头被拴在他家后院核桃树下的金牛——业力阎王的密修身形——第二天早上就不见了,拴牛的铁链被它全部咬碎,吐了一地。从那天早上起,坚赞罗布就感到自己长了三只眼睛,多生出来的那只眼睛一直在盯着那些想分他的地和财产的贱民和奴隶们,目光里随时想伸出一只拳头去揍扁他们。他的脾气也变得跟公牛一样暴躁,总想把令他不顺眼的人一口吞了,总想把挡他道的人一头撞开。他不明白业力阎王已经进入了他的体内,让他暂时充任峡谷里的生死判官。不幸的是他滥用了这个权力,使许多人由此坠入了死亡的深渊。

与解放军打的那一仗,使他终于明白藏族人的战神并不站在他的一边。更何况还有那些跟红汉人走的农会会员帮助,他们带解放军跨越了只有在高山牧场放牧的人才知道怎么行走的冰川,截断了他原来打算一旦打不赢就翻越卡瓦格博雪山垭口往西藏腹地或者印度逃亡的退路,而另一支解放军却一路追杀过来,一直将他们逼到一块密林中的草甸上,并把他们团团围住。老管家旺珠

一逃到这里便老泪纵横,跪在草地上对坚赞罗布说:

"老爷啊,这块草甸是野贡家的伤心之地,你的叔叔江春农布就是在这里被泽仁达娃杀死的啊!现在泽仁达娃的儿子又追杀我们到了这里,两个世仇家族一决生死的时候到啦。"

多年前,江春农布的头在这里被泽仁达娃一刀砍下来后,曾倔强地一路滚回峡谷底的土司大宅,让许多人唏嘘不已。雪山下两个家族总是重复演绎同一段精彩的故事,连地点都不改变,似乎是神灵的有意安排。今天坚赞罗布要么成为野贡家族光荣的复仇者,要么变成这个骄傲的家族第一个阶下囚。

那时坚赞罗布骑在马上,不服输的偏执情绪使他的双眼比疯了的公牛还要红,他气汹汹地说:"狗娘养的泽仁达娃,自己跑到寺庙里躲起来,却让儿子带着红汉人跟我们过不去。老爷我今天死也要跟他同归于尽。"

而外边红汉人却让一些藏族人拼命地向被包围的骑手们喊话,说解放军优待不抵抗的"门户兵",只要放下武器,徒手走过去,红汉人会把他们当兄弟看待。

喊话取得了一定的效果,连一些骑手的马都迈不开脚步了,它们只在原地打转。骑手们自从跟野贡土司跑到山上来以后,已经和红汉人打了六仗,他们没有打赢过一次。骁勇的头人扎巴多吉在一次冲锋时跃马冲进了迫击炮弹炸开的一朵黑色大花里,然后飞起来挂在了树上,天上的兀鹫就在那里掏空了他的身子。解放军的迫击炮常常把叛匪们轰得晕头转向,硝烟的味道让骑手和他们的战马闻着十分不舒服,骑手们说那味道像放屁一样臭,它射击的样子也像放屁。马一嗅到这种味道就受惊,双腿发软。今天解放军为了威慑叛匪,将迫击炮在草地上摆了一排,远远望去,像一片矮小的灌木丛,让被围在草甸中央的骑手们看着心寒。

旺珠焦急地看着踌躇不前的马队,便斗胆对坚赞罗布说:"老爷，把你胸前的金靴借我，我带十几个人冲过去，先踏平他们老放臭屁的小炮。”

那只可以抵御枪弹的金靴自叛乱以来一直都挂在坚赞罗布的胸前，连睡觉都不曾把它摘下来。有一次一发迫击炮弹片飞过来将金靴的鞋帮削掉了，而坚赞罗布却安然无恙。这更让野贡家的人深信这只几百年历史的金靴是有灵性的，虽然它没有像传说中那样可以在一次战斗后倒出一捧射向主人的子弹，但是至少弹片击中了靴子却没伤着坚赞罗布土司一根毫毛。

坚赞罗布土司毫不犹豫地把胸前的宝贝取下来，在空中挥舞着高喊：“雪山下的勇士们，野贡家族的吉祥金靴将为你们抵挡红汉人的炮弹。”

旺珠流着老泪接过了金靴，挂在自己的胸前。由于他身上的佩饰不像坚赞罗布胸前那般琳琅满目、繁复累赘，他连仅有的护心镜也在逃跑中弄丢了，因此金靴挂上去后，显得突兀而滑稽，他便从峡谷里一人之下、千百人之上的管家，变成了找不到另一只靴子的落魄流浪汉。连坚赞罗布看着也为他忠心的老管家感到心酸。旺珠老啦，老得离死亡只差一步了，可是他干吗要这么急呢？

旺珠身边已经跟上来十来个相信金靴无穷法力的康巴汉子，旺珠向坚赞罗布掌心向上，抬起了双手，“谢谢啦，老爷。我这把岁数的老人家，本来该在家修佛养身啊，可是旺珠没有那个福分了。”

然后他一夹马肚，率先冲了出去。十几匹战马也疯狂地跟上去了，那是向死亡迎面撞去，仿佛渡溜索的人没有对岸，但却不管生死地往深渊里滑去。对面的藏族人都急得高喊：“别过来！快下马投降啊！”

但是奔跑起来的战马和热血燃烧起来的康巴汉子一样，已没有时间考虑生和死的选择，只是一个劲地往地狱里冲。木学文深深地叹了口气，命令他身边的士兵们：“举枪，向马射击。”

一阵排枪过后，前方的草地上人仰马翻，旺珠胸前的金靴在他摔倒时被抛上了天空，落到草地上成了一只普通的靴子，以后再也没有人找到它。直到这个世纪末的一次新春茶话会上，身为县政协委员的坚赞罗布在品着来自汉地的碧螺春茶时，还心平气和地对木学文说："我家祖传的那只金靴，虽然不能挡住解放军的子弹，但的确是一只做工很精细的靴子，如今再也找不到那样工艺精湛的鞋匠啦。要是能留下来，也是一件文物呢。可惜那天我头脑一热，就把它拿给旺珠啦。"

坚赞罗布多年后应该还记得，旺珠摔下马来时折断了脖子，扭头看着他身后的坚赞罗布，再也转不过头去了。他好像在问：为什么我还是中弹了？

解放军冲了过来，将那些摔倒在地的骑手们俘获。一些受伤的人立即被抬到卫生员那里包扎。坚赞罗布身边已经没有几个可以投入战斗的人了。木学文带着解放军士兵越逼越近，一排排的枪口对着草地中央的坚赞罗布。

"坚赞罗布，放下枪，下马投降！"木学文命令道。

"看哪，野贡家的仇家来啦。"坚赞罗布扭头对他身边的一个侄儿说。

"别再闹下去啦。峡谷里死的人够多的了。"木学文边说边勒马向前。

"再死一个也不嫌多。嗨，巨人部落的后代，来杀了我吧。"坚赞罗布说。

"我们不杀你，要把你交给人民审判。"木学文说。

"别侮辱一个土司的骄傲啦，哪有贱民审判贵族的事。来吧，像个爷们。"

"坚赞罗布，下马投降！"木学文再次命令道。这时他们已在互相的射程之内，木学文已经能清晰地看到对手眼里绝望的目光。

坚赞罗布忽然抬平了手臂，手里的枪对准了木学文的心窝，木学文当时有些惊讶，没料到这个土司会这么顽固，他愣愣地望着对方黑洞洞的枪口，仿佛要看清子弹是怎么打出来的。只听得“啪”的一声枪响，枪声从很远的地方传来，在雪山下的森林里拖着悠长的回音。他想：糟糕，我中弹了。但是他却发现坚赞罗布扬手从马背上摔了下来，手中的枪甩出去老远。

木学文定定地骑在马上，在枪声的余音中迷惑不解。直到他看见雪山上的白云仍在游动，才确信自己还活着。“谁开的枪？”他问。

他身边的士兵也在互相询问，谁开的这一枪？因为在这之前，木学文规定了严格的纪律，坚赞罗布土司即便参加了叛乱，也是我们政府团结改造的对象，一定要活捉他。没有他的命令，谁也不许开枪。

但是这救了木学文命的一枪竟然没有人知道是谁打的，成了雪山下永久的谜。即便是在战斗结束后部队的总结会上，也没有人承认这件可以立功的事。士兵们都说，他们没有听到指挥员的命令前，是绝不会开枪的。有个老兵在总结会上曾经说，那一枪是从雪山上打下来的，我能听出来，射程至少在一千米以远。不过，就是我军的神枪手，也不可能打得那样准。

那神秘的一枪准确地击中坚赞罗布的右臂，让他丧失了反抗的能力；那也是腥风血雨的峡谷前半个世纪的最后一枪。从那以后，人们再也没有听到过枪声。

解放军士兵冲过去把坚赞罗布绑了，木学文对他说：“坚赞罗布，你还没有本事杀我哩。”

坚赞罗布说：“你记住，我们两家的冤仇还没有完。”

木学文说：“我和你没有仇，是你和人民有仇。”

坚赞罗布对他翻翻白眼：“是泽仁达娃家的人，就和我们野贡家有仇。”

木学文没怎么在意他的话，挥挥手叫人把坚赞罗布带走了。他们刚走了两步，坚赞罗布突然对着空旷的雪山高声叫嚷起来：“佛祖，你怎么老是袒护泽仁达娃这样的贱民！他是峡谷的魔鬼，你为什么不让尊贵的野贡家族来降服它？早知道你站在泽仁达娃一边，我们野贡家就该把酥油青稞送到白人喇嘛的教堂里去，让外国人的神灵来保佑我们。父亲啊，我该听你的话。父亲啊，泽仁达娃的儿子又找上门来啦。父亲，野贡家的火塘要熄啦。你看到了吗？”

他又跳又喊，像一个闹事的醉鬼，全然没有了一个土司的尊严与矜持。几个士兵最后不得不把他摆平捆了个结实，然后将他趴着横放在马背上，他已经处于一种迷狂状态，口水沿着他的嘴角不断往下淌，雪山在他的眼里是尖顶向下的，路边树木的根都在上面。这时他才悲哀地承认：天地真的是翻了个个儿啦。

雪山下的平叛战斗很顺利地结束了，木学文带着部队凯旋回到峡谷。第二天他被叫到组织部门谈话，坚赞罗布在被俘后的那一通乱叫让有关部门对他的身世产生了怀疑。他们问他，你的父亲到底是谁？

“他是一个赶马的纳西商人，早死了。”木学文平静地回答说。

“那么，泽仁达娃与你是什么关系呢？”

“大概应算是我的养父。因为他杀了我的父亲后，抢走了我的母亲。”木学文说，感到自己快要虚脱了，仿佛这话是泽仁达娃要他这么说。

“噢，这样的话，你也是泽仁达娃的受害者了。”盘问他的领导说。

“是的。尤其是我的母亲。”木学文说。

“我们马上就要到寺庙里抓泽仁达娃了。”

“为什么?”木学文脱口而出,但随即又问:“他参加叛乱了吗?”

“没有。但他从前是个大土匪啊,又有那么多血案在身。连国民党政府都要抓他,我们人民政府当然更要将他绳之以法。”

“可是,他已经出家皈依了佛门。”木学文鼓起勇气说。

“谁知道他是真出家还是假出家。旧时代的残渣余孽躲到那些地方去的家伙多得很。同志,平叛虽然结束了,但清匪反霸的工作同样很严峻,我们可不能松劲啊。”

“请组织上考虑,派我去执行这个任务。”木学文挺了挺胸,认真地说。

“你不怕泽仁达娃认出你来吗?”

“我们早打过交道了。”

上次木学文从寺庙逃出来之后,回到江东时只给组织上汇报说,一个老喇嘛把他救出了地牢,但并没有说明这个老喇嘛就是昔日的泽仁达娃。因为泽仁达娃,喇嘛吹批,生父,养父,在木学文的脑子里好像应该是四个人,而不是现在这样让人皂白不辨、好坏不分的一个人。他就像站在澜沧江对岸的一个熟悉的身影,但是你又拿不准他到底是不是你认识的那个人。一条像大峡谷一样深邃绵长的鸿沟稀释了你想看清他真面目的目光。如果按佛经的观点来解释,假如泽仁达娃是某个魔鬼,那么在这前半个世纪里他变化为不同的身形显形于世——抢人的土匪,霸道的丈夫,宽容的养父(或者沉默的父亲),皈依的喇嘛。但那时年轻的木学文认为,一个人身上根本不可能同时拥有这样多截然不同的性格,因此他陷入深深的苦恼之中。并不是他非常需要找到自己的父亲,而是他要弄明白前大土匪泽仁达娃究竟是不是他的父亲。因为革命队伍是纯洁的,木学文是革命队伍中的一员,而且在峡谷里还是相当重要的一员。在有些特殊时候,他希望自己的出身是纯洁的,哪怕是在推测中;而在某些他和泽仁达娃单独在一起的时间里,他甚至希望泽仁达娃就是自己的父亲。比如，当他看到这个古怪的老喇嘛在白塔面前一圈又一圈的转经时，或者，从寺庙里被救出来的那天和泽仁达娃在澜沧江边的分别，那时，他真想叫他一声——爸爸。

当年他为什么要请求亲自去执行逮捕泽仁达娃——吹批喇嘛的任务，多年以来木学文一直没有弄明白。是为了向组织上表明自己的清白吗？或许是，或许不是；是担心泽仁达娃在抓捕过程中受到伤害吗？好像是，但又好像不是。

这是他人生的一个谜，就像泽仁达娃对他的身世来说是个不可解的谜，也像平叛战斗中那救他命的神秘一枪无处可问一样。

寺庙在那一段时间里元气大伤，一部分跟随坚赞罗布土司参加叛乱的武装喇嘛被解放军击溃、俘虏，另一部分喇嘛跑到了西藏腹地，有的人逃得更远，到了印度，再也没有回来过。而年轻的六世让迥活佛因为不能阻止喇嘛们的叛乱，还在静室里闭关静坐。噶丹寺的喇嘛只有叛乱前的四分之一，八大老僧走了五个，绛边益西活佛病在床上，剩下的两个老僧已经无力组织起任何佛事活动了。一些不愿意惹事的喇嘛干脆回到了家里躲起来，寺庙就像一座遭受了灾难的村庄，一片死寂。凌晨催喇嘛们起来念早经的钟声已有多日没有人敲响了；措钦大殿里也没有了琅琅的诵经声和沉闷浑厚的法号。马上就要到“跳神节”[①]了，往年这是寺庙里人神共娱的最为欢乐的节日，寺庙会选出二十多名身强体壮的喇嘛，戴上密宗面具，为僧俗表演神灵的舞蹈。但现在谁还能跳得出神灵飘逸怪异、凌空蹈虚的舞步？

寺庙冷清了，峡谷就变得空虚、沉闷，连魔鬼都躲得远远的。木学文带了公安队的两个士兵走进近乎空荡的寺庙，感觉到一阵阵阴气逼人。不像以往，还没有进寺庙的大门，佛像前酥油灯燃烧

---

① 跳神是藏区各地喇嘛寺举行法会庆典时，由喇嘛、僧侣表演的一种宗教舞蹈，各地各派因其信奉的本尊和护法神有所不同，因而举行跳神节的日期、程序、舞蹈、服饰也有所不同。

的酥油清香就扑鼻而来。

凭直觉,木学文几乎不用在寺庙里搜寻他要抓的人,他直奔经堂外的那一排白塔而去。果然,吹批喇嘛跏趺坐于一座平安白塔前,遥对着雪山,眼睛半睁半闭,似睡非睡。他的身边有一个小包袱和一根拄杖,仿佛已经做好了云游尘世的准备。

木学文走到他面前,一时不知该怎样说那第一句话。他发现与他们前一次在澜沧江边分手时相比,吹批喇嘛仿佛一下就老了十岁,他粗硬的短发泛着灰白的暗淡光芒,像草甸上即将消融的残雪。木学文忽然心酸地想起了孩童时雪山下的某个景象,泽仁达娃长长的辫子在风中飞舞,那辫子不是一根,而是无数根,像一把把驱赶白云的黑色钢鞭;他胯下的战马不像是在草地上奔跑,而是离地三尺地飞行;他头上的五彩头绳在湛蓝的天空和洁白的雪山下,似一团游动的霓虹,远远地向他奔来。于是他喊:"泽仁达娃。"

吹批喇嘛一动不动,仿佛木学文叫错了人。他苍凉的目光望着远方的雪山,对人间的声音麻木而冷漠。"泽仁达娃,站起来。我代表政府,问你话。"木学文鼓起了勇气,高声说。

吹批喇嘛站起来了,然后弯下身去拎那小包袱,又拾起了那根拄杖。他缓缓说:"不用问了,我跟你走。"

木学文拦住了他,有些仓促地说:"泽仁达娃,人民政府有充足的证据证明你过去在峡谷里犯有血案。我代表政府……"

一阵阴冷的风吹来,老喇嘛眼眶里的眼泪潸然而下。

木学文看见泽仁达娃在揩眼角的一滴眼泪,那眼泪不是因为心伤,也不是因为心寒,而是风吹出来的。从这一时刻起,泽仁达娃便患上见风落泪的眼疾啦。木学文等他把眼泪揩掉了,才一字一句地说:

"我代表政府,逮捕你。"

"你做得对。"吹批喇嘛向他弯下腰来说,"这符合佛祖的旨意。”

公安队的士兵要上前去给泽仁达娃戴手铐,但是木学文制止了他们,说跟着他就行了。他们离开白塔时,一些喇嘛默默地站在各自的僧舍前,用目光和吹批喇嘛告别。当年他被六世让迥活佛收为弟子、第一次来到寺庙时,喇嘛们也曾这样用沉默而敬畏的眼光看着他。这个峡谷里从前的恶魔受戒剃度以后,每天在大殿里念经时坐在僧侣们的最后面,跟着众僧的念诵声磕磕绊绊地往前念,有时遇到难念的经文段落时,人们便听不到他的声音。他微弱的念经声和他高大粗犷的身材极不相称,一个十来岁的小沙弥在佛陀面前嗓音也比他洪亮。喇嘛们私下里说,吹批喇嘛的念经,就像一个在父母面前认错的儿子。在佛陀悲悯的眼光下,他深重的罪孽第一次被自己看到,连他本人也被吓倒了。在寺庙里吹批喇嘛还担任六世让迥活佛的近侍,每天早晚都不离开他半步,连睡觉也是在让迥活佛静室外的一间小屋里。他从一个嗜杀成性的恶魔变成了活佛身边的忠实奴仆,就像一头被降服的老虎。瞄准他的枪口离他越来越远了,他狂躁了一生的性子慢慢归于宁静,仿佛湍急的江水冲出了峡谷,流到了一个平缓的开阔地,他看到与以往不一样的世界。

“益西单增,我想跟活佛告个别,可以吗?”吹批喇嘛小声问。

木学文吓了一跳,“益西单增”这个名字就像从天上飘下来的一支箭,准确地击中了他无法抹杀的过去,把他和泽仁达娃之间那道帷幕射穿了。他们之间不用再互相猜哑谜。木学文紧张地看了看跟在他身后的两个公安兵,幸好他们是汉族人,听不懂泽仁达娃的藏话。多年以来,木学文甚至已经忘记了自己这个吉祥的藏族名字,它和雪山、草甸、森林、游牧的部落、父亲颠簸的马背、母亲温暖的胸怀,还有那匹童年时叫“农批”的小灰马紧密地联系在一起。“益西单增,看那草甸上的花儿。”母亲喊。“单增,看这匹小马驹,它的腿又细又长,一匹善跑的马啊。”父亲说。

“木县长,他说了什么?”一个公安兵问。

“哦,他要磕几个头,让他去吧。”木学文醒悟过来,恢复了常态。他一点也不认为泽仁达娃在给他难堪,相反他看见了吹批喇嘛眼光中的慈祥和温顺,那是一个父亲在饭桌边的慈祥,是被驯服的烈马才会有的温顺。木学文感到欣慰的是吹批喇嘛没有跟着那些叛乱的武装喇嘛上山,也没有选择逃亡的生涯。照常理,他这样的人在这种特殊时期应该是最不安分的,他完全有机会重操旧业,在战火纷飞中大显身手,找回自己从前的骄傲。那些参加叛乱的武装喇嘛虽然平常看上去很威风凶悍,但是真刀实枪地打仗,他们都是外行。在平叛战斗开始之前,部队的指挥员唯一担心的就是泽仁达娃参加叛乱队伍,他一个人便可以抵三百名叛匪造成的麻烦。但是当他们听说泽仁达娃还在寺庙里时,指挥员们高兴得击掌相庆,同时又惋惜地说,我们失去了一个有意思的对手。

木学文原来以为吹批喇嘛要去让迥活佛闭关的静室,但他没有动,只是面对活佛的静室方向,默立了片刻,嘴里蠕动着什么,然后把双手高高举起来,在头顶上合拢,缓缓移到胸前,再匍匐下去,额头在地上磕出沉闷的响声。

一次,两次,三次。

木学文那时想,其实他已经建造了一座囚禁自己的监狱。

吹批喇嘛拉长在地上、佝偻而日渐衰老的身影,就像一个被击倒的巨人。一代枭雄泽仁达娃谢幕的时刻到啦。他的时代结束了,新的时代属于站在他身后的那个年轻人。

木学文的眼眶潮湿了,但他悄悄地将快要流出来的泪滴揩掉,没有让任何人看见。因为风不会吹出一个年轻人眼眶中的眼泪。

最后的晚餐

沙利士神父临终之际，右盐田教堂已经离他很远很远了，那是一个闷热潮湿的地方。那段时间他常常彻夜难眠，像耶稣在客西马尼园那般忧伤。倒不是因为要被推上十字架而感到神圣和悲壮，而是没有边际的失败感像大海一样彻底淹没了他。他孤独，凄楚，沮丧，悲愤，两手空空，稀疏的白发在风中飘零，像一个晚景凄凉的老人。

一个月前，沙利士神父几经辗转，到达云南的省会昆明，在那里他见到了昔日的老朋友布洛克博士，还有几个在云南偏远地区传教的五旬节派、救世军等新教教派的传教士，他们都被集中到一起等待去广州的飞机，然后从那里遣送到香港。沙利士神父除了与布洛克博士还谈得来以外，和新教传教士们几乎没有什么语言。不是他矜持，也不是别人傲慢，那时他还沉浸在对亚当的追思中。“快乐的亚当”，“长舌头的亚当”，他天天都在念叨这个名字，以至于新教传教士们认为这个古怪的老头儿被共产党逼疯了。

其实是亚当的义举让他背负上沉重的罪孽感。他是一个多聪明快乐的孩子啊，可是人们却嫌他话多，连沙利士神父也不能宽容他这个毛病。他拯救过亚当，但最终谋杀了他。不要说上帝，就是峡谷里的教友都不能原谅他的弥天大罪。他不会忘记和亚当分别的那个晚上，亚当伏在他的腿上灼热的眼泪，不会忘记教堂忠实敲钟人每天清楚呼唤教民们的钟声——亚当最后一次敲响那口大钟时，沙利士神父竟然没有听到清脆悠扬的钟声，实际上那就是上帝对他的警告了。——不会忘记亚当受洗时眸子里纯洁无邪的目光，不会忘记他的快乐，不会忘记他像百灵鸟一样多的话语，当然，沙利士神父更不会忘记亚当在寂静的山林里——或者在黑暗的屋子中，把枪口塞进自己嘴里时的沉着冷静、毅然决然。一个秘密的保存真的需要一个人付出生命的代价吗？沙利士神父永远猜想不出亚当临死前是怎样想的。

在昆明等飞机的日子里，传教士们受到了应有的礼遇。同各传教点的艰苦比起来，他们简直过的是上等人的生活，住在干净的旅馆里，床上铺着雪白的床单，早餐天天都有纯正的咖啡，还有法式硬壳面包，美国黄油，餐后的甜点甚至有巧克力。那段时间传教士们尽管生活得无忧无虑，但都有些惺惺相惜的伤感，他们中沙利士神父是在中国传教时间最长的，但并不是付出的代价最惨重的。五旬节教派的牧师摩尔一家三口都在云南怒江大峡谷的傈僳族地区传教，那个地方离沙利士神父的教点只横隔着卡瓦格博雪山，他们互相都知道对方的活动，但是两个教派的传教士从来没有互相走动过。摩尔牧师的一个儿子在怒江峡谷里染上了一种怪病，不治而亡，另一个儿子在过溜索时掉进了怒江中。但是摩尔是个对什么都满不在乎的牧师，他在一次喝咖啡时对沙利士神父说：

"我早就知道你在雪山那边啦，我还以为我们能在拉萨会师呢。当然不是你先到，就是我在拉萨等你。可是你瞧，我们却在一个离西藏更远的地方会面。中国不需要我们啦。嗨，神父，我们一起到非洲去吧，我听说那儿还有很多未开垦的处女地呢。怎么样，神父，再比试比试？"

沙利士神父眯着眼睛，不急不缓地说："我宁愿天天跟魔鬼打交道，也不和你们美国人一起去旅行。"

每当这两个老家伙争论时，布洛克博士总是充当他们的调停人。在这群人中，只有布洛克博士是在中国西南地区探险的赢家。他在几十年时间里，采集了十多万份植物标本、鸟兽标本、昆虫标本和植物种子，欧洲和美国的花园、植物园因为他像蜜蜂一样辛勤的采集而丰富多彩，他的英名早就誉满全球，人们说他是个“植物海盗”，据说他不久就要被英国王室封为爵士。布洛克博士总是对传教士们说：“中国有句老百姓经常说在嘴边的话，叫做‘一个和尚挑水吃，两个和尚抬水吃，三个和尚没水吃’。这该死的飞机还不来，连医生也治不好他们自己的病了。”

布洛克博士的诅咒得到了应验，沙利士神父和摩尔牧师再不说话了。幸好不多久共产党的官员终于为他们找来了一架飞机，那是架二战时飞越驼峰航线的老飞机，沙利士神父还吃过它空投来的早餐。他们在一个清晨登上了飞机，中午时，就到了中国的南部海岸城市广州。沙利士神父发现更多的传教士从中国各地被遣送到这里来，等待出境。那时他才恍然大悟，无论在上帝名义下的何种教派，中国的传教事业都和他个人的命运一样。他不知道巴勃神父要是不被风吹走，看到这一天又当作何想。也许打垮他的就不是一阵澜沧江峡谷的大风，呵一口气就能将他软弱的意志摧毁。

他们离境前，人民政府的官员请传教士们吃了一顿饭，同时向传教士们宣讲了遣返他们的理由，他说的和峡谷里的政委讲的那一套差不多，唯一不同的是，这个看上去水平更高的官员说他们今后要自办热爱国家的教会团体，推举自己的大主教。外国传教士在中国传教的历史结束了。

那顿晚餐沙利士神父几乎没动一下餐桌上的刀叉，他神情恍惚，万念俱灰，老眼昏花，餐厅里就餐的人们在他看来都是和耶稣共进最后的晚餐的犹大。是他们把事情搞砸了，惹得共产党不高兴，才把所有的传教士都赶出去了。这一段时间里，人民政府的官员们拿出了大量的证据材料，指责一些品行不端的传教士如何鱼肉乡里、欺压百姓、制造传教血案。沙利士神父过去从来没有在教会的简报中读到有关对传教士不利的消息，到处都是主的福音在弘扬。没有冤案，没有流血，没有违背基督德行的上帝的使徒。可是，人家却给他看到了传教事业的另一面。实际上细想起来，在澜沧江峡谷五十来年的传教岁月中，也不是没有一点遗憾。比如杜朗迪神父在一张牛皮上建教堂的把戏，对藏传佛教的蔑视和与喇嘛们的冲突。这些往事回首望去，上帝的使徒们也显得并不清白。

晚餐还没有结束，沙利士神父步履踉跄地起身回自己的房间，布洛克博士和摩尔牧师追上来，博士问："神父，你不舒服吗？"

沙利士神父喃喃说："回不去了回不去了。犹大出卖了我们。"

摩尔牧师说："神父，看在上帝的分上，这还在中国的最后一晚，让我们尽释前嫌，一起去喝杯咖啡吧。"

"喝咖啡？主啊，这个时候，这个时候，竟然还有人……"神父继续往前走，像一个唠叨零碎的老头儿。

"我们只能等待上帝在末日审判之时，做出公正的裁决。"他最后说。

布洛克博士望着沙利士神父佝偻的背影，从嘴上取下烟斗说："他真疯了。"

摩尔牧师揶揄地说："不，他就要见证到上帝的光荣了。"

那天晚上，摩尔牧师和布洛克博士到珠江边的一间咖啡馆坐到半夜。博士向牧师谈了他在澜沧江峡谷所看到的沙利士神父的生活，也谈了他在那片峡谷的见闻。牧师说，过去我只知道卡瓦格博雪山的这一面，也只认为怒江峡谷是世界上最蛮荒偏远的地方。我只为自己感到骄傲。谢谢你，博士，你不仅让我看到了雪山的那一面,看到了澜沧江峡谷的壮观与传奇,你还让我看到了一个圣徒。

第二天早晨,阴雨绵绵,空气潮湿得令人窒息。传教士们将乘头班到香港的客船。布洛克博士在人群中没有发现沙利士神父,他想,难道神父还会睡过头吗?他和摩尔牧师返回去敲神父房间的门,许久都没有将门敲开。布洛克博士急了,两人用肩硬把门挤开,一股伤感的气味扑面而来。那伤感三分的孤独,三分的无奈,三分的沮丧,还有一分深深的悲凉。多年以后这两个见证者在无数个暮色黄昏中将回忆得起这人生中凉到骨头深处的凄楚,回忆得起融化在眼眶边的眼泪潮湿了广州的天空,回忆得起屋檐下的一只鸽子扑打着沉重的翅膀,一头向阴沉的天空扎去;还回忆得起隔壁房间传来的婴孩啼哭声,他哭得认真而执著,直到母亲把奶头塞进他嘴里,哭声才戛然而止,然后是孩子有节奏的吸吮声,像大海温柔的潮汐。外面的世界是如此的生动,而在昏暗的屋子里,他们看见沙利士神父没有倚靠在床头,而是两膝平伸横坐在床上,背抵着墙,枕头放在小腹处,面向西藏的方向,双眼微微闭上,一丝仁慈眷恋的目光还凝固在眼眶周围,像圣婴纯洁的眸子。

"噢,主啊。"布洛克博士上前去为沙利士神父合上了双眼。摩尔牧师在胸前画着十字,一股强大的悲悯袭击了他,他这才发现这个固执倔犟的老神父原来和自己是多么的相像。

2001 年 8 月 25 日—2002 年 8 月 9 日一稿完于昆明北郊

2002 年 9 月 11 日二稿

2002 年 12 月平安夜三稿

2003 年元旦夜改定

“新中国70年70部长篇小说典藏”书目

书　名	作　者
风云初记	孙犁
铁道游击队	知侠
保卫延安	杜鹏程
三里湾	赵树理
红日	吴强
红旗谱	梁斌
我们播种爱情	徐怀中
山乡巨变	周立波
林海雪原	曲波
青春之歌	杨沫
苦菜花	冯德英
野火春风斗古城	李英儒
上海的早晨	周而复
三家巷	欧阳山
创业史	柳青
红岩	罗广斌　杨益言
艳阳天	浩然
大刀记	郭澄清
万山红遍	黎汝清
东方	魏巍

书名	作者
青春万岁	王蒙
许茂和他的女儿们	周克芹
冬天里的春天	李国文
沉重的翅膀	张洁
黄河东流去	李凖
蹉跎岁月	叶辛
新星	柯云路
钟鼓楼	刘心武
平凡的世界	路遥
第二个太阳	刘白羽
红高粱家族	莫言
雪城	梁晓声
浴血罗霄	萧克
穆斯林的葬礼	霍达
九月寓言	张炜
白鹿原	陈忠实
长恨歌	王安忆
马桥词典	韩少功
抉择	张平
草房子	曹文轩
中国制造	周梅森
尘埃落定	阿来
突出重围	柳建伟
李自成	姚雪垠
历史的天空	徐贵祥
亮剑	都梁

书　名	作　者
茶人三部曲	王旭烽
东藏记	宗璞
雍正皇帝	二月河
日出东方	黄亚洲
省委书记	陆天明
水乳大地	范稳
狼图腾	姜戎
秦腔	贾平凹
额尔古纳河右岸	迟子建
藏獒	杨志军
暗算	麦家
笨花	铁凝
我的丁一之旅	史铁生
我是我的神	邓一光
三体	刘慈欣
推拿	毕飞宇
湖光山色	周大新
大江东去	阿耐
天行者	刘醒龙
焦裕禄	何香久
生命册	李佩甫
繁花	金宇澄
黄雀记	苏童
装台	陈彦

新中国 70 年 70 部
长篇小说典藏